저자

보리스 존슨
Boris Johnson

영국의 저널리스트이자 역사학자, 정치인이다. 1964년 뉴욕에서 태어나 이튼 칼리지, 옥스퍼드 베일리얼 칼리지에서 서양고전학을 전공했다. 저널리스트로 사회에 첫발을 내디딘 후 〈스펙테이터Spectator〉에서 편집자로 활동하다 정치에 입문했다.

2001년 하원 의원에 선출되었고 줄곧 하원에서 활동했는데 정기적인 TV 출연, 책 집필, 저널리즘 작업에 적극적으로 참여하면서, 영국에서 가장 눈에 띄는 정치인 중 하나가 되었다. 2008년에는 런던 시장으로 선출되었고, 2016~2018년 외무부 장관을 역임한 뒤 제77대 영국 총리로 재임했다.

특히 2016년 실시된 영국의 유럽연합 탈퇴 여부를 묻는 국민투표를 찬성으로 이끈 주역으로 크게 주목받기도 했다. 《존슨이 쓴 런던에서의 삶: 세상을 형성한 도시를 만든 사람들Johnson's Life of London: The People Who Made the City That Made the World》을 포함해 다수의 책을 집필했다.

처칠 팩터

지식향연 '뿌리가 튼튼한 우리말 번역'은
신세계그룹과 김영사가 함께 만든 인문 출판 브랜드입니다.

처칠 팩터

발행 | **지식향연**

기획 | **신세계그룹**

THE CHURCHILL FACTOR

처칠 팩터

보리스 존슨 지음 | 안기순 옮김

지식향연

레오 존슨에게 바칩니다.

———

신세계는 인문학의 가치를 믿습니다.

밤하늘의 별이 더는 길을 일러 주지 않는 시대입니다. 삶의 의미와 인간성에 대한 믿음을 회복하는 데 이제는 인문학이 새로운 길잡이 역할을 하고 있습니다. 나의 본질을 들여다보고, 삶을 바꾸게 하는 힘. 이제까지 인류가 살아온 모든 시간, 얻어 낸 모든 통찰의 다른 이름이 바로 인문학이기 때문입니다.

신세계 '지식향연'은 인문학 중흥을 통해 행복한 대한민국 만들기를 희망합니다. 인간과 문화에 대한 지식과 지혜를 나누고 향유하는 '지식향연'은 인문학 예비 리더 양성, 인문학 지식 나눔을 목표로 2014년부터 수준 높은 인문학 강연과 공연을 제공해 왔습니다. 그리고 이제 인문학 콘텐츠 발굴 및 전파를 위한 '뿌리가 튼튼한 우리말 번역'을 세상에 내놓습니다.

뿌리가 튼튼한 나무는 바람에 흔들리지 않습니다. 우리 시대 최고의 인문학 서적을 번역하는 '뿌리가 튼튼한 우리말 번역'이 어떠한 시련과 도전에도 흔들리지 않는 나무를 키울, 작지만 소중한 씨앗이 되길 바랍니다.

신세계그룹

─────

'시대가 사람을 만드는가? 사람이 시대를 만드는가?'

새로운 산업혁명이 예고하는 대로 모든 것이 불확실한 시기에 한 '인물'의 평전에 주목해야 하는 이유가 이 오랜 물음에 있습니다.

윈스턴 처칠. 그는 20세기의 위대한 리더이자 정치인이었습니다. 두 번의 세계 대전을 승리로 이끈 전쟁 영웅이었고, 노벨 문학상을 수상한 명문장가였습니다. 처칠은 쉴 새 없이 브랜디를 마시고 시가를 피우며 영국의 대표적인 작가 찰스 디킨스와 윌리엄 셰익스피어의 작품을 합친 것보다 많은 글을 남겼습니다. 정치, 경제, 외교, 군사, 문학, 언론, 예술에 폭넓은 지식과 재능, 탁월한 통찰력이 있었습니다.

처칠은 빅토리아 여왕 시대에 국회에 들어와 55년 가까이 공직에 몸담았습니다. 그동안 두 번의 세계 대전을 정치의 전면에서 치렀으며, 두 차례나 총리를 지냈습니다. 특히 제2차 세계 대전 기간 동안 처칠의 존재는 압도적이었습니다. 그가 1940년 국가의 방향타를 잡지 않았다면 영국마저 히틀러에게 무릎을 꿇었을지도 모릅니다. 처칠이 '전쟁광'이란 정적들의 비난에 굴복했다면, 전제정치와 타협할 수 없다는 도덕적 용기를 지켜내지 못했다면, 오늘날 인류의 모습은 지금과 전혀 달랐을 겁니다.

처칠은 결점도 많습니다. 말실수가 많았고 '인종차별주의자', '이기주의자'라는 비난을 들었습니다. 전 세계를 무대로 벌어진 세계 대전에서 수많은 장병들을 죽음으로 몰아넣는 전략적 실책을 범하기도 했습니다. 그럼에도 그가 위대한 리더가 될 수 있었던 이유는 잘못을 인정하는 용기, 결정을 밀어붙이는 추진력, 조국을 사랑하는 마음, 자유에 대한 신념을 간직하고 있었기 때문입니다. 이 책은 그런 처칠이 현대사의 치열한 고비마다 세상을 위해 어떤 결정적인 업적을 남겼는지 잘 보여줍니다.

특히 저자인 보리스 존슨은 뛰어난 글솜씨와 분석으로 처칠의 다양한 면모를 흥미롭고 재미있게 풀어냅니다. 〈타임스〉의 유명한 언론인이었던 존슨은 영국의 대표적인 보수정치인입니다. 대중적인 인기가 높았던 그는 노동당 표밭이었던 런던 시장 선거에서 두 번이나 승리하며 정치계에 새바람을 일으킨 인물입니다. 영국의 유럽연합 탈퇴를 이끈 주역의 한 명이며, 현재는 외무장관으로서 브렉시트 협상을 주도하고 있습니다.

저명한 언론인이자 현역 정치인이 바라본 처칠은 어떤 인물이었을까요? 영국의 수상을 바라보는 유력한 정치인이 처칠의 전기를 통해 말하고자 한 바는 무엇이었을까요? 존슨은 "오늘날 처칠이 중요한 인물인 까닭은 과거에 우리의 문명을 구원했기 때문이고, 게다가 그렇게 할 수 있는 인물도 처칠뿐이었다"라고 단언합니다. 존슨은 특히 젊은이들에게 처칠이 어떤 사람이었는지, 우리가 살고 있는 지금의 세상을 만드는 데 그가 어떤 기여를 했는지 기억해야 한다고 말합니다. 또 수많은 약점에도 불구하고 처칠을 위대하게 만든 중요한 자질인 불굴의 정신과 치열한 노력을 기억해야 한다는 메시지를 전합니다.

윈스턴 처칠은 격동의 시대를 살았습니다. 그는 무모하다고 평가할 만큼의 용기로 시대의 광기에 맞서 자유의 신념을, 도덕적 용기를 지켰습니다. 그렇게 시대를 만들었고, 영웅이 됐습니다.

우리 역시 처칠의 시대에 필적하는 변화무쌍한 시대에 진입했습니다. 그 어느 때보다 인류와 세상에 필요한 근본적인 가치와 바른 신념을 구별하는 통찰력과 그것을 지켜내는 용기가 필요합니다. 윈스턴 처칠의 불꽃같은 삶이 독자 여러분께 의미 있는 응원이 되기를 희망합니다.

지식향연 기획위원 송동훈

차례

서론

처칠을 아느냐고요? 광고에 나오는 개 이름 아니에요?

내가 자랄 때는 영국이 배출한 가장 위대한 정치가가 처칠이라는 사실에 아무도 토를 달지 않았다. 매우 어린 시절에도 나는 처칠이 어떤 업적을 남겼는지 똑똑히 알았다. 처칠은 역사상 가장 혐오스러운 독재자에 대항해 전쟁을 치르며 온갖 난관을 극복하고 조국을 승리로 이끌었다.

게다가 나는 마틴 길버트Martin Gilbert가 쓴 전기 《사진으로 보는 삶Life in Pictures》을 사진 설명까지 외울 정도로 샅샅이 읽었으므로 처칠에 관해 훤히 꿰고 있었다.

처칠은 연설에 능통했으므로, 내 아버지는 당시 여느 아버지와 마찬가지로 처칠이 말한 매우 유명한 구절들을 가끔 암송했다. 그때 나는 처칠의 연설 실력이 기울어 간다는 사실도 감지했다. 처칠은 재미있고 불손했으며 당시 잣대로도 정치적으로 부적절한 행보를 보였다.

저녁 식사를 하면서 우리 가족은 출처를 알 수 없는 다음과 같은 이야기를 주고받았다. 화장실에서 볼일을 보고 있던 처칠이 옥새 상서*가 만나고 싶어 한다는 소리를 전해 듣고 자기는 화장실privy에 갇혀 있어서seal 당장은 만날 수 없다고 말했

---

* Lord Privy Seal, 영국에서 두 번째로 중요한 도장인 옥새를 관리하는 장관.

다는 것. 사회주의당 하원 의원 베시 브래드독Bessie Braddock이 술에 취했다며 처칠을 공격하자 깜짝 놀랄 정도로 무례하게도 자신은 아침이면 술이 깰 텐데 그때도 브래드독은 여전히 못생겼을 것이라고 받아쳤다는 것.

토리당 장관과 근위병에 얽힌 이야기도 들어 어렴풋이 알고 있었다. 이 책을 읽는 독자도 아마 들어 봤겠지만 그 이야기는 잊어라. 나는 사보이 호텔에서 처칠의 외손자인 니컬러스 솜스Nicholas Soames와 함께 점심 식사를 하면서 제법 근거 있는 이야기를 들었다. 솜스가 탁월한 이야기꾼이라는 사실을 감안하더라도 그때 들은 이야기에는 얼마간 진실이 담겨 있으며, 처칠의 위대한 정신을 살펴보려는 이 책의 주제와도 연결된다.

"할아버지가 통솔하는 한 보수당 장관이 한마디로 꾼이었어요. 무슨 뜻인지 아시겠죠? (실제로 솜스는 식당 손님들 대부분이 들을 수 있을 정도로 크게 말했다.) 하지만 할아버지의 친한 친구이기도 했습니다. 그가 한 짓은 영락없이 들통이 났지만 당시는 지금과 달리 기자들이 사방에 널려 있지 않았고 목격한 사람조차 입을 다물었어요. 그런데 어느 날 그가 대담하게도 새벽 3시에 하이드 파크Hyde Park에 있는 벤치에서 근위병과 그짓을 하다가 체포된 겁니다. 게다가 2월이었어요.

이 소식을 즉시 보고받은 원내 총무는 할아버지의 보좌관인 조크 콜빌Jock Colville에게 전화를 걸었어요.

'조크, 그 장관에 대해 매우 좋지 않은 소식을 들었네. 처음 있는 일은 아니지만 언론에 꼬리가 잡히는 바람에 외부로 알려질 판이네.'

콜빌은 외마디소리를 질렀습니다.

'당장 달려가 총리를 직접 뵙고 보고드려야겠네.'

'그러시는 편이 좋겠습니다.'

그래서 원내 총무는 차트웰Chartwell로 내려가 할아버지의 서재로 황급히 들어갔어요. 키가 높은 책상에 앉아 일하고 있던 할아버지는 반쯤 몸을 돌리며 '원내 총무

께서 어쩐 일이십니까?'라고 물었죠.

원내 총무는 불미한 상황을 설명했습니다. 그러면서 그 장관을 버려야 한다고 주장했어요. 할아버지는 시가만 피울 뿐 아무 말도 하지 않다가 이윽고 이렇게 물었어요. '지금 아무개가 근위병과 함께 있다가 체포되었다고 들었는데 내가 정확하게 들었나요?'

'예, 총리 각하.'

'하이드 파크에서 그랬단 말이죠?'

'예, 그렇습니다.'

'새벽 3시에요?'

'예, 정확히 그 시간입니다.'

'세상에 맙소사, 이렇게 추운 날씨에! 우리 영국인이 새삼 자랑스럽습니다.'"

———

젊은 시절 처칠은 두 눈으로 유혈 사태를 목격하고 네 개 대륙에서 저격을 당했으면서도 눈부시게 용감했고 비행기에 몸을 싣고 하늘을 날았다. 해로Harrow에서 약간 열등생 대열에 끼었고 신장 170센티미터에 가슴둘레가 79센티미터에 불과했지만 말 더듬는 버릇과 우울증을 이겨 내고 무시무시한 아버지의 그늘에서 벗어나 생존하는 영국인 중 가장 위대한 인물이 되었다.

처칠이 아흔 살을 일기로 세상을 떠난 날부터 내 할아버지와 할머니가 〈데일리 익스프레스Daily Express〉 1면 기사를 보관해 온 덕택에 나는 처칠에 관한 숭고하고 신기한 지식을 쌓았다. 처칠이 사망하기 전에 내가 태어난 것은 행운이었다. 처칠에 대한 글을 읽을수록 그가 생존해 있는 동안 내가 같은 공기를 호흡했다는 사실이 자랑스럽기 때문이다. 그렇기에 사망한 지 50년이 훌쩍 지난 요즈음 사람들에게 처칠의 존재가 잊히거나 적어도 불완전하게 기억된다는 사실이 더더욱 슬프고 낯설다.

어느 날 나는 아마도 처칠 자신이 설립하는 데 기여했을 한 중동 국가의 공항에서 시가를 사고 있었다. '샌안토니오 처칠'이라는 상표가 붙은 시가를 발견하고 면세점 판매원에게 처칠이 누구인지 아느냐고 물었다. 그제야 상표를 조심스럽게 들여다보는 판매원에게 나는 처칠의 이름을 또박또박 다시 들려주었다.

"셔실Shursheel요?" 판매원이 맹한 표정으로 물었다.

"제2차 세계 대전에서 활약했던 사람이에요." 내가 말했다.

그러자 판매원은 까마득한 옛날 일이어서 기억조차 희미하다는 표정을 지었다.

"옛날 지도자인가 보죠? 그런가 보군요. 누구인지 모르겠어요." 판매원은 어깨를 으쓱하며 대꾸했다.

판매원의 이 같은 반응은 요즘 많은 젊은이와 조금도 다르지 않다. 정신을 차리고 수업을 들은 젊은이들은 처칠이 유대인을 구하려고 히틀러와 싸운 인물이라고 어렴풋이 기억한다. 하지만 최근 조사 결과를 보더라도 대부분 젊은이들은 처칠 하면 영국 보험 회사 광고에 등장하는 개를 연상한다.[*]

나는 이러한 현실이 부끄러웠다. 처칠은 요즘 젊은이들이 흥미를 느껴야 하는 종류의 인물이기 때문이다. 그만큼 처칠은 독특한 개성을 표현한 복장에다가 타의 추종을 불허하며 과장된 행보를 보인 별스러운 천재였다.

물론 약간 건방지게 들릴 수 있겠지만 나는 처칠의 천재성을 온전히 깨닫지 못하거나 잊고 말았을 사람들에게 일부라도 알리고 싶다.

나는 전문 역사가가 아닐뿐더러 처칠의 신발 끈은커녕 훌륭한 단행본 전기를 펴낸 로이 젠킨스Roy Jenkins의 신발 끈조차 풀 자격이 없는 정치인이다. 게다가 처칠

---

[*] '처칠'이라는 영국의 보험 회사는 불도그를 마스코트로 정하고 자사 광고에 늘 등장시킨다.

에 대한 연구로도 마틴 길버트, 앤드루 로버츠Andrew Roberts, 맥스 헤이스팅스Max Hastings, 리처드 토이Richard Toye 등 많은 학자에 미치지 못한다.

우리 영웅인 처칠에 관해 출간되는 책만도 연간 100여 종에 이른다. 하지만 처칠이 이렇게 자자한 평판을 받는 것이 당연하다면서 방관하기보다는 그를 새롭게 평가해야 할 때가 되었다. 제2차 세계 대전에서 활약했던 노장들이 점차 세상을 떠나면서 처칠의 목소리를 기억하는 사람들이 사라지고 있으므로 처칠이 남긴 방대한 업적을 현대인이 망각할까 봐 두렵다.

오늘날 우리는 러시아의 피와 미국의 자금 덕택에 제2차 세계 대전에서 승리할 수 있었다고 어렴풋이 알고 있다. 어느 정도 맞는 말이기는 하지만 사실상 처칠이 없었다면 히틀러가 승리했을 것이 거의 틀림없다.

이는 당시 유럽에서 나치의 우세한 판도를 뒤집을 수 없었으리라는 뜻이다. 오늘날 우리는 유럽 연합의 결점들을 거론하면서 마땅히 우려를 나타내지만, 하마터면 나치가 득세했을 세상에서 느낄 뻔한 순수한 공포는 까마득히 잊었다.

지금은 그 공포를 되새기면서 우리가 현재 살고 있는 세상을 만드느라 영국 총리 처칠이 어떻게 기여했는지 기억해야 한다. 세상을 주도했던 처칠의 흔적이 유럽은 물론이고 러시아 · 아프리카 · 중동까지 전 세계에 남아 있다.

오늘날 처칠이 중요한 인물인 까닭은 과거에 우리 문명을 구원했기 때문이고 게다가 그렇게 할 수 있는 인물도 처칠뿐이었다.

역사는 방대하고 비인격적인 경제 세력의 이야기라는 마르크스주의 역사학자들의 주장을 처칠은 몸으로 저항했다. 그래서 처칠 요인의 핵심은 바로 단 한 사람이 세상을 바꿀 수 있다는 것이다.

70년에 걸친 공직 생활을 돌아보면 처칠이 사건과 세상에 미친 영향력은 현재 우리가 널리 기억하는 것보다 훨씬 크다.

처칠은 1900년대 초반 복지 국가의 물꼬를 트는 데 결정적 역할을 담당했다. 영국 근로자에게 직업소개소 · 휴식 시간 · 실업 보험을 제공하는 데 기여했다. 영국 공군RAF을 창설하고 탱크를 발명했으며 제1차 세계 대전에 참전해 혁혁한 공을 세우면서 영국에 궁극적인 승리를 안겼다. 유럽을 통합하는 운동을 벌였는가 하면 이스라엘과 다른 국가들의 건국에 중추적인 역할을 담당했다.

어떨 때는 사건의 흐름을 가로막는 비버였으며 가장 막강하게는 1940년 역사의 흐름에 엄청난 영향력을 행사했다.

성격이 운명이라는 그리스인들의 말에 나도 동의한다. 그렇다면 대체 성격을 형성하는 요인은 무엇이냐는 더욱 심오하고 대단히 흥미로운 의문이 떠오른다.

처칠이 그토록 어마어마한 역할을 감당할 수 있었던 요인은 무엇이었을까? 그토록 강철 같은 정신과 의지는 대체 어떻게 빚어졌을까? 영국 시인 윌리엄 블레이크William Blake가 노래했듯 처칠의 두뇌는 대체 어떤 용광로에서 만들어진 어떤 망치이고 어떤 사슬이었을까? 그것이 문제이다.

하지만 이 책에서는 우선 처칠이 한 일부터 알아보자.

일러두기

1. 이 책의 각주는 모두 옮긴이의 설명이다.
2. 원서에서 영어권의 거리, 높이, 넓이, 무게 등을 나타내는 단위(인치, 피트, 야드, 마일 등)는
   독자의 이해를 돕기 위해 미터, 그램 등으로 환산해 표기했다.

히틀러의 제안

1

지난 세계 대전의 승패를 결정한 중요한 순간과 세계 역사를 바꾼 전환점이 무엇인지 궁금하다면 나를 따르라. 계단을 올라 전등 빛이 희미한 복도를 지나 삐걱거리는 낡은 문을 열고 칙칙한 국회 의사당으로 들어가자.

그곳은 보안 문제로 웨스트민스터 궁전 지도에 없다. 게다가 대개는 길을 안내해 줄 가이드도 구할 수 없다. 실제로 내가 언급할 방은 대공습 때 폭파되어 사라졌지만 우리가 대신 들어간 방과 매우 흡사하다.

이 방은 총리가 의회에 등원해 동료들을 만났던 여러 방 중 하나이고 어떤 모습일지 충분히 예측 가능하므로 실내 장식에 관해서는 그다지 자세히 묘사하지 않아도 알 수 있다.

초록색 가죽과 장식용 놋쇠 못이 군데군데 눈에 띄고, 육중하고 결이 거친 참나무 판자와 퓨진Pugin 벽지가 시야에 들어온다. 벽에는 그림 몇 점이 약간 삐딱하게 걸려 있다. 그리고 담배 연기가 자욱하다. 때는 1940년 5월 28일 오후였고, 처칠을 비롯해 줄담배를 피우는 정치가들이 많았기 때문이다.

유리창은 세로 창살로 막혀 있어 실내로 빛이 많이 들어오지는 않았지만 회의실에 있는 주요 인물이 누구인지 쉽게 알아볼 수 있다. 참석자는 영국 전시 내각의 각료들로 모두 일곱 명이다.

사흘 꼬박 만나고 있는 것으로 보아 당시 상황이 얼마나 긴박했는지 알 수 있다. 이번 회의는 5월 26일 이후 벌써 아홉 번째 열리는 것으로 영국과 세계가 직면하고 있는 실존적 질문에 대해 대답을 도출해 내야 했다.

의장석에는 총리인 윈스턴 처칠이 앉고, 한쪽에는 깃 높은 재킷을 입어 목을 뻣뻣이 세우고 콧수염을 칫솔 모양으로 다듬은 전 총리 네빌 체임벌린Neville Chamberlain이 자리했다. 체임벌린은 총리 자리에서 가차 없이 처칠에게 밀려났다. 비난이 정당하든 아니든 체임벌린은 히틀러의 위협을 치명적으로 과소평가하고 유화 정책에 실패했다는 이유로 비난을 받았다. 그달 초 나치가 노르웨이에서 영국을 내몰자 비난의 화살을 집중적으로 맞았던 것이다.

키가 크고 산송장처럼 생긴 외무 장관 핼리팩스 경Lord Halifax도 참석했다. 그는 태어날 때부터 왼손이 여위고 약해서 언제나 검은 장갑을 꼈다. 그 밖에도 처칠이 외면했던 자유당의 지도자 아치볼드 싱클레어Archibald Sinclair, 처칠이 발작적으로 욕설을 퍼부었던 노동당 대표들인 클레멘트 애틀리Clement Attlee와 아서 그린우드Arthur Greenwood가 자리했다. 내무 장관 에드워드 브리지스Edward Bridges 경은 앉아서 메모를 하고 있다.

들려오는 뉴스가 날이 갈수록 암울해졌으므로 회의 참석자들이 지난 며칠 동안 심사숙고하며 대답을 찾고 있는 질문은 매우 단순했다. 정확하게 말로 표현하지는 않았지만 그 질문이 무엇인지는 누구나 알고 있다. 영국은 싸워야 할까? 패배하리라는 신호가 널려 있는 전쟁에서 젊은 영국 군인들이 목숨을 바치는 것이 과연 타당할까? 아니라면 영국은 수많은 생명을 구할 수 있는 거래를 해야 할까?

그때 거래가 성사되어 영국이 퇴장하면서 실질적으로 전쟁이 막을 내렸다면 전 세계 수백만 인구의 생명을 구할 수 있었을까?

내 자녀 세대는 말할 것도 없고 다수의 내 세대 사람들도 영국이 이러한 거래 성

　　　　　　　　　　　　　　　　　　　　　　　　　　　　　　　　처칠 팩터

사에 얼마나 접근했었는지, 1940년 어떻게 거래를 포기하기로 신중하고 이성적으로 결정할 수 있었는지 제대로 알지 못한다. 게다가 당시에는 '협상'을 시작해야 한다는 진지하고도 영향력 있는 주장이 있었다.

사람들이 협상하고 싶어 한 이유를 파악하기는 어렵지 않다. 프랑스에서 들려오는 소식은 그냥 나쁜 정도가 아니라 믿기 힘들도록 불길했고 앞으로 상황이 나아지리라는 희망도 전혀 없어 보였다. 독일군은 마치 군사적으로 우월한 인종처럼 보이면서 우세한 열정과 효율성을 발산하며 적군이 모욕을 느낄 만큼 수월하게 프랑스 방어선을 뚫고 파리를 향해 진군하고 있다. 히틀러가 통솔하는 전차 부대는 저지대 국가*는 물론 일반적으로 관통할 수 없으리라 생각했던 프랑스 북동부의 아르덴Ardennes 협곡을 통과해 쇄도하는 중이다. 다시 말해 어리석은 마지노선**을 우회해 진군하는 것이다.

프랑스군 장성들은 코미디 영화의 주인공 클루소Clouseau 형사가 쓴 것 같은 군모를 백발이 성성한 머리에 눌러쓰고 나이가 들어 몸도 말을 안 듣고 비틀대는 듯 보였다. 새로운 방어선으로 후퇴할 때마다 어찌 된 영문인지 독일군들이 이미 도착했다. 급강하 폭격기 슈투카Stuka가 마치 죽음을 알리는 유령처럼 쏟아져 내리고 탱크도 쇄도했다.

영국 해외 파견군British Expeditionary Force은 영국 해협에 있는 항구 근처의 고립 지대에서 독 안에 든 쥐 신세가 되었다. 반짝 반격을 시도했다가 격퇴당하면서 결국 됭케르크Dunkerque에서 철수하기만을 기다렸다. 히틀러가 휘하 장교들의 조언에 귀를 기울였다면, 그래서 공격 범위가 줄어들고 실제로 무방비 상태인 땅에 기량이 뛰어난 하인츠 구데리안Heinz Guderian 장군과 탱크 부대를 파견했다면 영국을 격파

---

* Low Countries, 유럽 북해 연안의 벨기에 · 네덜란드 · 룩셈부르크로 구성된 지역.
** Maginot line, 1935년 프랑스가 완성한 독일과 프랑스 국경에 있는 요새선.

할 수 있었을 것이다. 상당수의 영국군을 죽이거나 포로로 사로잡고, 영국의 물리적 저항력을 무력화시킬 수 있었을 것이다.

독일 공군이 히틀러의 명령으로 해안을 맹공격하자 영국군의 시체가 물 위에 둥둥 떠다녔다. 무기력하게 공중을 향해 리엔필드LeeEnfield 총을 쏘아 대던 영국군이 급강하 폭격기의 공격을 받고 무참한 최후를 맞았다. 5월 28일 당시에 대중은 아니더라도 장교와 정치인이 판단하기에는 전사자가 엄청나게 발생할 가능성이 농후했다.

전시 내각은 미국 식민지를 잃은 이후로 영국군 최대의 수치스러운 사건을 맞았고 물러설 길도 없어 보였다. 유럽 지도를 들여다보고 있는 각료들의 등줄기를 타고 식은땀이 흘렀다.

오스트리아는 2년 전 독일에 흡수되었고 체코슬로바키아는 사라졌으며 폴란드는 짓밟혔다. 지난 몇 주 동안 히틀러는 소름이 돋을 정도로 주변 국가들을 하나씩 정복해 나갔다. 선수를 치려고 처칠이 몇 달에 걸쳐 정교하게 계획을 세웠지만 히틀러는 이를 비웃듯 영국을 손쉽게 따돌리고 노르웨이를 점령했다. 게다가 고작 네 시간 만에 덴마크를 손에 넣었다.

네덜란드가 항복했고 벨기에의 국왕은 전날 자정 잔뜩 겁에 질려 백기를 들었다. 시간이 흐를수록 프랑스 세력권에 있는 국가들이 때로 터무니없이 용감하게 저항하다가 항복하거나 절망에 휩싸여 자포자기 심정으로 무기력하게 무너졌다.

1940년 5월 전략 지정학적으로 가장 중요한 점은 영국 제국이 외톨이였다는 사실이다. 현실적으로 다른 국가의 지원을 받을 가능성이 없었고 즉각적으로 도움을 받을 가능성은 더더구나 없었다. 이탈리아는 영국에 등을 돌렸다. 파시스트 지도자 베니토 무솔리니Benito Mussolini는 히틀러와 '강철 동맹Pact of Steel'을 맺고, 전쟁에서 절대 패배하지 않을 것처럼 보이는 히틀러 편에 서서 곧 전쟁에 돌입할 기세였다.

러시아는 혐오스러운 독일·소련 불가침 조약Molotov-Ribbentrop Pact에 서명하면서 폴란드를 나치와 분할해 차지하기로 합의했다. 미국은 유럽 전쟁에 더는 끼어들고 싫어 하지 않았고 이는 충분히 납득할 만했다. 제1차 세계 대전에서 5만 6000명 이상이 전사하고 인플루엔자 때문에 사망한 사람까지 합하면 10만 명 이상이 목숨을 잃었기 때문이다. 따라서 처칠이 군사 원조를 갈망하며 목청 돋워 구애를 하는데도 미국은 멀리서 동정의 목소리를 낼 뿐 군대를 보낼 조짐을 조금도 보이지 않았다.

회의 참석자들은 전쟁을 멈추지 않으면 앞으로 어떤 결과가 빚어질지 짐작했고, 그 참상을 훤히 꿰뚫고 있었다. 개중에는 제1차 세계 대전에 참전했던 사람도 있고 잔인한 학살 광경을 목격한 지 22년밖에 지나지 않았으므로 참상에 대한 기억은 오늘날 우리가 1차 걸프 전쟁을 기억하는 것보다 생생했다.

당시 영국에는 슬픔을 겪지 않은 가정을 찾아보기 힘들었다. 그렇다면 영국 국민에게 같은 슬픔을 다시 겪게 하는 것이 과연 옳을까? 정당할까? 대체 어느 정도까지 겪게 해야 할까?

핼리팩스가 발언하면서 회의의 물꼬가 트이기 시작했다. 핼리팩스는 단도직입적으로 본론에 들어가 지난 며칠 동안 내세웠던 주장을 다시 펼쳤다.

그는 타인에게 깊은 인상을 남기는 인물이었다. 탁자에 둘러앉아 있을 때는 그다지 장점으로 생각되지 않겠지만 신장이 196센티미터나 되었으므로 처칠보다 머리 하나는 컸다. 이튼 스쿨 졸업생이면서 학계에서 발군의 실력을 발휘했으며 돔 모양 이마는 올 소울즈 칼리지All Souls College에서 우등상을 수상한 장학생이라는 명예에 걸맞아 보였다. (처칠은 대학에 들어가 본 적이 없고 삼수 끝에 샌드허스트Sandhurst 육군 사관 학교에 입학했다.) 동시대 자료를 바탕으로 판단하면 핼리팩스의 말투는 당시 시대와 계급을 반영하듯 또박또박 끊어지면서도 목소리는 약간 낮고 리듬감이 있었다. 말할 때는 렌즈가 두툼한 둥근 테 안경 너머로 상대를 내다보며 자기주장의 정당성을 강조하듯 아마도 오른손 주먹을 살짝 쥔 상태로 들어 올렸을 것이다.

그러면서 지금이야말로 영국이 이탈리아를 매개로 타협을 시도해야 한다는 메시지를 이탈리아 대사관이 보내왔다고 전했다. 메시지를 전달한 사람은 로버트 밴시

타트Robert Vansittart 경으로 해당 임무를 맡기에 적임자였다. 맹렬한 반독일 인사이면서 히틀러에 대한 유화 정책에 반대한 것으로 유명한 외교관이었기 때문이다. 메시지는 실현 가능한 계획처럼 세심하고 구미가 당기게 포장되었지만 속뜻은 노골적이었다.

게다가 무솔리니가 제시한 것은 단순한 건의 사항이 아니라 상위 협력자가 보낸 신호가 확실했다. 영국 정부를 휩쓸고 하원 중심까지 도달한 건의 사항은 사실상 히틀러의 의사 타진이었던 것이다. 처칠은 펼쳐지고 있는 상황을 정확하게 파악했다. 절망에 빠진 프랑스 총리가 도심에 있고 핼리팩스와 막 점심 식사를 함께했다는 정보도 입수했다.

폴 레노Paul Reynaud 프랑스 총리는 자국이 패배했다는 사실을 알았다. 자신의 영국 측 대화 상대들은 결코 믿지 못하겠지만 프랑스 군대가 종이접기 군대라서 신기에 가까운 속도로 계속 접히기만 했다는 사실을 인식했다. 레노 총리는 자신이 프랑스 역사에서 가장 비굴한 인물로 기억되리라는 점도 깨달았다. 그러면서 영국을 설득해 협상에 참여시킬 수 있다면 굴욕을 나눠 져서 자국의 상처를 완화시킬 수 있으리라 믿는 동시에 무엇보다 프랑스에 유리한 조건을 끌어낼 수 있으리라 생각했다.

따라서 원래 독일 독재자의 입에서 나와 프랑스가 지지하고 이탈리아가 전달한 메시지는 영국이 현실을 인식하고 타협해야 한다는 내용이었다. 우리는 에드워드 브리지스 경이 아마도 불쾌한 표현을 삭제하고 간결하게 정리한 대답만을 전해 들었을 뿐이므로 처칠이 정확하게 어떤 표현을 사용해 대답했는지 알 수 없지만 내용은 충분히 짐작할 만하다.

당시 기록에 따르면 처칠은 피곤해 보였다. 예순다섯 살이었던 처칠은 시간을 잘게 쪼개 쓰고 브랜디와 술을 마셔 에너지를 얻으면서 정부 기관 여기저기 전화를 걸어 서류와 정보를 요구하고, 정상적인 생활을 하는 남자들이 대부분 아내와 함께 포근히 잠자리에 들어 있을 시간에 회의를 소집하는 습성이 있었으므로 부하 직원들과 장교들은 거의 미칠 지경이었다.

처칠은 특유의 야릇한 빅토리아 왕조와 에드워드 왕조풍 상의에 검정 조끼를 안에 받쳐 입고 금시계 줄을 밖으로 드리우고 마치 세면도구 주머니처럼 생긴 바지를 입었다. 모습만 보아서는 드라마 〈다운턴 애비Downton Abbey〉에 출연하는 몸이 건장하고 숙취에 시달리는 집사 같았다. 당시 기록을 찾아보면 처칠은 안색이 창백하고 몸이 축 늘어져 있어 믿음직해 보이지 않았다고 했다. 여기에 시가 한 대를 물고, 무릎에 시가 재를 조금 묻히고, 침 자국과 함께 굳게 다문 턱을 덧붙여 상상해 보자.

처칠은 핼리팩스에게 중단하라고 말했다. 그때 의사록에는 이렇게 적혀 있다. "총리는 무솔리니를 중간에 내세워 영국과 히틀러를 중재하게 만들자는 것이 프랑스의 분명한 의도라고 주장했다. 그러면서 영국을 이러한 상황에 말리게 하지 않겠다는 결심을 굳혔다."

처칠은 이탈리아의 제안에 숨어 있는 뜻을 정확하게 파악했다. 영국은 작년 9월 1일부터 독일과 전쟁을 치르고 있었다. 이것은 자유와 원칙을 수호하기 위한 전쟁으로 혐오스러운 독재자의 손길에서 영국을 보호하는 동시에 가능하다면 피정복 국가들에서 독일을 축출한다는 명분이 있었다. 히틀러나 그의 사절과 '회의'를 시작하든지, '협상'에 돌입하든지, 종류를 불문하고 모여 앉아 토론을 하든지 숨어 있는 뜻은 모두 같았다.

처칠은 이탈리아의 중재안을 받아들이는 순간 영국의 저항력이 약해지리라는 사실을 직감했다. 영국에는 눈에 보이지 않는 백기가 올라가고 계속 싸우겠다는 의지는 사라질 터였다.

그래서 처칠은 타협을 거절하겠다는 의사를 핼리팩스에게 분명하게 표시했고, 일부 참석자는 그것으로 충분하다고 느꼈을 것이다. 총리가 국가의 존폐가 달린 문제에 대해 결론을 내렸으므로 다른 나라였다면 논쟁은 거기서 끝났을 수 있다. 하지만 영국 헌법은 달랐다. 총리는 '동등한 사람들 중 1인자primus inter pares'이므로 어느 정도 동료들의 동조를 얻어야 했다. 당시 대화의 역학 관계를 제대로 파악하려면 처칠의 지위가 취약했다는 사실을 감안해야 한다.

처칠은 총리로 부임한 지 3주가 지나지 않았고, 회의 참석자 가운데 진정한 아군이 누구인지 전혀 파악할 수 없었다. 노동당 대표들인 애틀리와 그린우드는 대체로 우호적이었고 아마도 애틀리보다 그린우드가 좀 더 그랬다. 자유당 지도자 싱클레어도 우호적이었다. 하지만 이 세 사람에게는 그다지 발언권이 없었다. 어쨌거나 의회에서 다수당은 토리당이었기 때문이다. 따라서 처칠이 자기 뜻을 관철시키려면 토리당에 의존해야 했는데 정작 토리당은 윈스턴 처칠을 불신했다.

처칠은 젊은 시절 토리당 하원 의원으로 정계에 입문했을 때부터 자기 소속 정당을 맹비난하고 풍자했으며 급기야 토리당을 버리고 자유당으로 갈아탔다. 결국 토리당으로 다시 돌아왔지만 토리당 안에서는 처칠을 지조 없는 기회주의자로 생각하는 의원이 차고 넘쳤다. 며칠 전만 해도 토리당 의원들은 체임벌린이 의회에 입장할 때는 야단스럽게 환호하면서도 처칠이 입장할 때는 침묵을 지켰다. 지금 처칠 옆에는 토리당의 막강한 실력자들인 추밀원 의장 체임벌린과 1대 핼리팩스 백작이자 외무 장관인 에드워드 우드Edward Wood가 앉아 있다.

두 사람 모두 과거에 처칠과 격렬하게 충돌했고, 처칠을 그저 성질이 불같은 정도가 아니라 자신들의 사고방식으로는 비이성적이고 확실히 위험한 인물로 생각했는데 거기에는 나름대로 근거도 있다. 처칠은 히틀러에 대항하는 데 실패했다면서 체임벌린을 오랫동안 집요하고 냉혹하게 몰아붙였을 뿐 아니라 재무 장관 시절에는 체임벌린이 토리당 지역 정부의 수입을 부당하게 억제할 수 있다는 이유로 반대했던 사업용 재산세 삭감 계획을 실행하자고 주장해서 체임벌린을 심하게 자극했다. 또한 인도 독립을 둘러싸고 자그마한 낌새만 있어도 이를 과장하면서 1930년대 인도 총독이었던 핼리팩스를 집요하게 비난했다.

그토록 암울했던 5월 핼리팩스는 정치적 입장에서 처칠까지 압도하는 암묵적인 권한을 소유했다. 5월 8일 체임벌린은 노르웨이 논쟁에서 많은 토리당 당원의 지지를 잃으면서 정치적으로 치명적인 상처를 입었다. 게다가 퇴임하는 체임벌린이 지목한 차기 총리는 핼리팩스였고, 조지 6세의 의중도 그랬다. 노동당과 상원, 무엇보다 토리당 하원 의원 다수가 총리로 핼리팩스를 선호했다.

사실 처칠이 총리직에 오를 수 있었던 단 한 가지 이유는 체임벌린에게 총리직을 제안받은 핼리팩스가 잠시 쥐 죽은 듯 침묵하다가 경쟁에서 물러나겠다고 선언했기 때문이다. 그렇게 결정한 까닭은 핼리팩스가 분명히 밝혔듯 선출직이 아닌 상원 의원의 신분으로 정부를 지휘하는 일이 힘들 뿐 아니라 의회를 종횡무진 휘젓는 윈스턴 처칠을 상대하기가 벅찼기 때문이었다.

그래도 핼리팩스는 국왕이 자신을 총리로 임명하고 싶어 했다는 사실에 힘을 얻어서, 처칠이 분명히 반대했는데도 경쟁 구도로 돌아왔다. 하지만 핼리팩스가 제안한 내용은 결과적으로 수치스러웠다.

제안의 요지는 영국이 히틀러의 관용에 힘입어 이탈리아와 협상을 시작해야 하고 협상 초반에 여러 국가 자산을 독일에 상납하자는 것이었다. 회의에서 핼리팩스가 분명하게 언급하지는 않았지만 영국은 몰타Malta, 지브롤터Gibraltar, 수에즈 운하 운영권 등을 포기해야 했다.

이러한 계획을 감히 처칠 앞에서 주장한 것을 보면 핼리팩스가 얼마나 강심장인지 엿볼 수 있다. 협상을 시작하면서 자국을 공격한 처사에 대해 보상까지 하자는 말인가? 무솔리니처럼 바보같이 턱이 튀어나오고 태도가 고압적인 독재자에게 영국의 재산을 넘겨주자는 말인가?

처칠은 반대의 뜻을 조금도 굽히지 않았다. 프랑스는 히틀러와 협상하고 항복 문서를 작성하는 '미끄러운 경사면*'으로 영국을 끌어들이려 하고 있었다. 이에 맞서

---

* 일단 시작하면 중단하기 어렵고 파국으로 치달을 수 있는 상황.

서 처칠은 독일이 침략을 시도해 실패하면 영국의 위상이 훨씬 군건해진다고 주장했다.

하지만 핼리팩스가 반격했다. 프랑스가 전쟁에서 빠지고 독일 공군기가 몰려와 영국의 항공기 공장을 파괴하기 전에 협상하면 좀 더 나은 조건을 얻어 낼 수 있다고 주장했다.

가련한 패배주의에 젖은 핼리팩스의 주장을 읽고 있자면 낯이 뜨겁지만 그가 그토록 비뚤어진 판단을 내렸던 이유를 이해하고 그를 용서해야 한다. 1940년 7월 마이클 푸트Michael Foot가 유화 정책을 통렬하게 비판한《죄를 범한 사람Guilty Men》을 출간하면서 핼리팩스는 '인격 살인'의 표적이 되었다.

핼리팩스는 1937년 히틀러를 방문했었다. 처음에 총통을 하인으로 잘못 알기는 했지만(그 사실을 우리는 통쾌하게 생각하지만) 핼리팩스는 당혹스럽게도 헤르만 괴링Hermann Göring과 친근한 관계를 형성했다. 두 사람은 여우 사냥을 즐겼고 괴링은 핼리팩스에게(오글거리는 친밀감의 표시로) '할랄리팩스Halalifax'라는 별명을 붙여 주었다. 할랄리Halali는 사냥감을 잡았을 때 보내는 독일어 신호이다. 하지만 핼리팩스를 나치 독일의 옹호자로 생각하는 것은 부당하다. 핼리팩스도 자기 방식으로 처칠만큼 애국자였기 때문이다.

핼리팩스는 자신이 영국 제국을 보호하고 국민의 생명을 구할 길을 찾을 수 있다고 생각했다. 그렇게 생각한 것은 핼리팩스만이 아니었다. 영국 지배 계층에는 유화론자와 나치 동조자가 넘쳐 났다. 메리 러셀 미트퍼드* 같은 작가들, 영국의 파시스트 지도자인 오즈월드 모슬리Oswald Mosley 경의 추종자들만 그랬던 것은 아니다.

1936년 넬리 세실Nelly Cecil 부인은 자신의 친척 거의 모두가 '나치에 우호적'이라고 주장했는데 그 이유는 단순했다. 1930년대 일반적인 상류층 인사들은 재산 재

---

* Mary Russell Mitford, 영국의 여류 소설가 · 시인 · 극작가 · 수필가.

분배를 주장하며 등장한 공산주의자들의 볼셰비즘Bolshevism을 나치주의보다 훨씬 두려워했고 파시즘을 공산주의에 대항하는 방어 수단으로 생각해 정치 무대에서 강력하게 지지했다.

데이비드 로이드조지*도 독일을 방문했다가 히틀러에게 깊은 인상을 받고 그를 조지 워싱턴에 비교했다. 정신이 혼미해진 과거 영국 총리는 히틀러가 '타고난 지도자'라고 선언했다. 그러면서 "오늘날 영국 국정을 담당하는 자리에 히틀러 총통처럼 최고의 자질을 지닌 인물"이 올랐으면 좋겠다고 말했다. 대체 제1차 세계 대전의 영웅이 할 말인가! 황제에 대항해 영국에 승리를 안겼던 인물이 할 말인가!

이제 백발이 성성한 웨일스 마법사는 스스로 마법에 걸렸고 이렇게 처칠의 과거 멘토는 뼛속까지 패배주의에 물들었다. 언론이 같은 주장을 펼쳤던 것도 그리 오래 전 일이 아니다. 〈데일리 메일Daily Mail〉은 볼셰비즘을 타도하려면 히틀러가 동부 유럽에서 자유 재량권을 행사해야 한다고 오랫동안 목소리를 높이면서 이렇게 강조했다. "히틀러가 존재하지 않았다면 지금쯤 서구 유럽은 그런 투사가 나와야 한다고 이구동성으로 떠들어 댔을 것이다."

〈타임스The Times〉가 유화 정책을 적극 지지했으므로 편집장 조프리 도슨Geoffrey Dawson은 기사의 교정쇄를 면밀하게 검토하면서 독일의 신경을 거스를 수 있는 표현을 삭제했다. 신문왕 맥스 비버브룩Max Beaverbrook은 자신이 소유한 〈이브닝 스탠더드Evening Standard〉의 칼럼에서 처칠이 나치에 지나치게 강경하다고 비난했다. 존 길구드John Gielgud, 시빌 손다이크Sybil Thorndike, 조지 버나드 쇼G. B. Shaw 등 대중의 존경을 받는 문화계 자유주의 인사들은 독일과 협상하는 방안을 '고려하라고' 의원들을 압박했다.

물론 사회의 분위기가 바뀌면서 독일에 거스르는 감정이 당연히 완고해지고 훨

---

* David Lloyd George, 영국의 자유당 출신 정치가.

씬 널리 확산되었다. 핼리팩스의 입장에 서서 언급할 수 있는 것이라고는 사회 모든 계층의 많은 영국인이 평화를 갈구해서 핼리팩스의 주장을 지지했다는 사실이다. 따라서 결정적으로 중요한 시기에 핼리팩스와 총리는 계속 논쟁을 주고받았다.

회의실 바깥은 따뜻하고 화사한 5월이었다. 세인트 제임스 파크에는 밤나무 꽃이 피어났지만 실내에서는 시소게임이 한창이었다.

처칠은 히틀러와 협상하면 함정에 빠져 영국을 그의 처분에 맡기는 꼴이 된다고 핼리팩스에게 강조했다. 핼리팩스는 프랑스의 제안이 대체 왜 잘못인지 도무지 이해할 수 없다고 맞섰다.

체임벌린과 그린우드는 계속 싸우거나 협상을 시작하는 두 가지 방법 모두 위험하다는 무익한 주장에 편승했다.

5시경이 되었을 때 핼리팩스는 자신의 제안에서 조금이라도 궁극적인 항복으로 분류할 수 있는 사항은 전혀 없다고 말했다.

처칠은 독일이 괜찮은 조건을 영국에 제시할 확률은 절대적으로 희박하다고 주장했다.

논쟁은 교착 상태에 빠졌다. 역사학자들의 견해에 따르면 이때 처칠이 회심의 일격을 가했다. 처칠은 회의를 중단하면서 오후 7시에 속개하겠다고 선언했다. 그러고는 내각 전체 각료 25명을 소집했는데 개중에는 처칠이 총리에 부임하고 처음 대면하는 사람도 많았다. 당시 처칠의 입장을 생각해 보라.

처칠은 핼리팩스를 설득할 수 없었고 그렇다고 그의 의견을 짓밟거나 무시할 수도 없었다. 하지만 전날 외무 장관 핼리팩스는 '끔찍한 헛소리'를 한다며 대담하게도 처칠을 비난했다. 핼리팩스가 사임하면 처칠의 입지는 약해질 것이었다. 자신이 주도했던 노르웨이 작전이 완전히 실패하면서 전시 지도자로서 처음 기울인 노력들이 승리의 결실을 거두지 못했기 때문이다.

이성에 호소하는 방법은 실패했다. 하지만 청중이 많을수록 분위기는 뜨겁기 마런이므로 처칠은 감정에 호소했다. 내각 각료 전원을 앞에 놓고 처칠은 좀 더 규모가 작은 회의에서 보였던 지적 한계를 전혀 찾아볼 수 없는 매우 눈부신 연설을 했다. '끔찍한 헛소리'가 스테로이드를 맞은 것이다.

현재 우리가 찾아볼 수 있는 최상의 기록은 경제 전쟁 장관이었던 휴 돌턴Hugh Dalton의 일기이고 그 내용은 신뢰할 만하다. 처칠은 매우 차분하게 연설을 시작했다.

> 나는 그 사람(히틀러)과 협상을 시작해야 하는지 숙고하는 것이 내 의무의 일부인지에 관해 지난 며칠 동안 곰곰이 생각했습니다.
>
> 하지만 전쟁을 계속하기보다는 지금 평화를 찾아야 우리가 더욱 나은 조건을 확보할 수 있다고 생각하는 태도에는 근거가 없습니다. 독일은 우리 함대를 요구할 것이고 이는 곧 무장 해제를 뜻합니다. 게다가 영국의 해군 기지를 포함해 더욱 많은 것을 요구할 것입니다.
>
> 모슬리든 누구든 앞장세워 히틀러의 꼭두각시 정부가 들어서겠지만 결국 영국은 노예 국가로 전락하고 맙니다. 그렇다면 우리는 어디에 서야 할까요? 반면에 우리에게는 막대한 병력과 장점이 있습니다.

처칠은 거의 셰익스피어 희곡에나 등장할 것 같은 클라이맥스로 연설을 끝냈다.

> 내가 한 순간이라도 타협이나 항복을 고려했다면 여러분 모두가 일어나 나를 자리에서 끌어내리리라 확신합니다. 오랜 역사를 지닌 섬나라 영국이 결국 최후를 맞아야 한다면 우리 모두 땅 위에 쓰러져 자기 피로 질식해 죽은 후라야 합니다.

돌턴과 리오 애머리Leo Amery가 남긴 기록을 보면 이때 회의 참석자들은 매우 감동하여 환호를 지르고 몇몇은 자리에서 일어나 처칠의 등을 두드렸다. 이처럼 처칠은 논쟁을 잔인하리만치 극적으로 움직였다.

하지만 이것은 외교적 몸짓이 아니라, 조국을 보호하느냐 아니면 피를 흘리면서 그 피에 질식해 죽느냐의 선택이었다. 전투 전야 연설에서 처칠은 부족들이 사용하는 원시적 방식으로 참석자들에게 호소했다. 저녁 7시에 전시 내각 회의가 속개되었을 때 논쟁은 끝났다. 핼리팩스는 자신이 주장한 명분을 포기했고, 내각은 명쾌하고 요란스럽게 처칠의 손을 들어 주었다.

그날 전시 내각 회의에서 독일과 협상하지 않고 계속 싸우기로 결정을 내린 후에 1년 동안 영국인 남녀노소 3만 명이 독일군에게 죽임을 당했다. 근대 영국 정치인 가운데 굴욕적인 평화와 무고한 국민의 학살을 저울질해 보고 나서 과연 처칠이 결정한 노선을 선뜻 선택할 만한 배짱이 있는 인물이 있을까?

심지어 1940년에도 그러한 종류의 지도력을 발휘할 수 있는 사람은 전혀 없었다. 애틀리도 체임벌린도 로이드조지도 그럴 수 없었고, 가장 근접한 대안이었던 3대 핼리팩스 자작도 당연히 그럴 수 없었다.

말장난을 즐겼던 처칠은 핼리팩스에게 '신성한 여우Holy Fox'라는 별명을 붙였다. 핼리팩스가 종교에 심취한 동시에 사냥개를 사용한 사냥을 좋아했기 때문이기도 하지만 주로 여우처럼 교활하고 교묘한 성향이 있었기 때문이다. 하지만 여우가 많은 것을 아는 반면에 처칠은 한 가지 중대한 사실을 알았다.

처칠은 인명의 희생을 기꺼이 감수할 마음의 태세를 갖췄다. 실제로 핼리팩스보다 당시 상황을 더욱 분명하게 파악했기 때문에 가능한 일이었다. 엄청나고 거의 무모하다 싶은 윤리적 용기를 지니고 있었으므로 계속 싸우는 것도 끔찍하지만 항복하는 것은 훨씬 더 끔찍하리라 판단했다. 그리고 처칠의 그러한 생각은 옳았다. 그 이유를 이해하기 위해 처칠이 없는 1940년 5월의 상황을 상상해 보자.

처칠이 없는 세상

2

역사상 가장 대담했던 전차 부대 사령관의 하나로 꼽히는 하인츠 구데리안이 엄청난 승리를 거두려는 찰나인 1940년 5월 24일로 시계를 돌려 보자. 맹렬한 전투를 벌이고 나서 구데리안이 지휘하는 기갑 부대는 프랑스 북부의 아Aa 운하를 건넜다. 엔진이 태양열에 달아올라 소리가 나는 노킹 현상이 생기자 부대는 잠시 행군을 멈추었고 구데리안은 영국을 향한 최종 공격을 준비했다.

구데리안의 먹이인 영국 해외 파견군 40만 명은 30킬로미터도 채 떨어지지 않은 거리에서 잔뜩 겁에 질려 항복하는 수치스러움을 감내하겠다고 마음먹었다. 구데리안은 강력한 마이바흐Maybach 엔진의 회전 속도를 높여 됭케르크를 향해 돌진해야 했고 그랬다면 영국 군대는 산산이 부서지고 영국 본토의 저항 능력은 사라질 것이었다. 그때 베를린에서 구데리안에게 보낸 메시지에는 그가 나중에 재앙이었다고 비난할 내용이 담겨 있었다.

히틀러는 모호한 이유를 들어 진격을 중단하라고 명령했고 구데리안은 엄청나게 실망했지만 어쨌거나 명령에 복종했다. 독일군의 철수 속도가 고통스러우리만치 느렸으므로 다음 며칠 동안 영국의 경동맥은 나치의 칼 밑에서 애처롭게 펄떡였다.

이렇듯 다급한 상황을 맞은 영국 전시 내각은 앞으로 독일과 협상해야 할지 계속 싸워야 할지를 놓고 숙고한다. 이 등식에서 처칠을 빼 보자.

몬티 파이턴*이 제작한 영화에 등장하는 거대한 손을 내려보내 담배 연기 자욱한 회의실에서 처칠을 끄집어내자. 젊은 시절 죽음을 모면했던 여러 차례의 고비 중 한 시점에서 처칠이 생명을 잃었다고 가정하자. 처칠의 파격적 행운이 수년 전에 바닥나 극도의 금욕 생활을 서약하는 이슬람교 집단의 창에 찔리거나, 총신이 가늘고 긴 10루피짜리 제자일jezail에서 발사된 총알에 맞거나, 밧줄과 캔버스 천으로 만든 특이한 비행기를 타다가 추락하거나, 참호에서 전사했다고 가정해 보자.

그래서 영국과 세계의 운명이 핼리팩스·체임벌린·노동당과 자유당의 대표들에게 넘어간다. 그들은 외무 장관의 제안을 따라서 히틀러와 협상할까? 그랬을 가능성이 압도적으로 크다.

이미 몸이 쇠약해진 체임벌린은 불과 몇 달 후면 암으로 세상을 떠난다. 영국이 체임벌린을 총리직에서 사임시킨 근거는 전쟁 지도자로서 적합하지 않기 때문이다. 핼리팩스는 단연코 협상하기를 원했다. 어느 누구도 무시무시한 위험에 직면한 순간 히틀러에 대항해 싸우자고 의회에 영향력을 행사할 수도 없었고 나라를 이끌 만한 전투 솜씨도 갖추지 못했다.

나치에 대항하는 것이 정치적 사명이었던 사람은 처칠뿐이었다. 항간에는 처칠이 핼리팩스의 제안에 반대한 행위가 이기적이었다는 인식이 떠돌았다.

자신의 정치적 생명과 신뢰성을 지키려고 투쟁했던 처칠이 핼리팩스에게 굴복했다면 그의 정치 경력은 끝장났을 것이다. 명예·평판·장래·자아 등 처칠에게 중요한 정치적 자질은 계속 싸우자는 명분과 관계가 있으므로, 일부 역사가는 해당 명분이 영국의 국익이 아니라 오로지 처칠 자신을 위한다고 잘못 판단했다.

지난 몇 년 동안 수정주의자들의 주장이 흉측한 발진처럼 돋아나면서 영국은 모

---

* Monty Python, 영국의 코미디 그룹.

든 계층의 너무나 많은 사람이 희망하고 기도했던 대로 움직였어야 했다고 강조했다. 다시 말해 나치 독일과 타협해야 했다고 주장했다. 게다가 영국 제국과 나치 제국은 평화롭게 공존할 수 있었고 히틀러도 그러한 개념을 부추기는 발언을 많이 했다고 덧붙였다.

1930년대 히틀러는 영국의 기득권층과 협상하려고 요아힘 폰 리벤트로프Joachim von Ribbentrop를 파견해 상당한 성과를 거뒀다. 전하는 기록에 따르면 1938년 핼리팩스는 매우 경솔하게도 히틀러의 부관에게 이렇게 발언했다. "총통이 영국 국민의 환호를 받으며 영국 국왕 옆에 나란히 서서 런던으로 입성하는 모습을 내가 그동안 쏟은 노력의 절정으로 보고 싶습니다."

당시 영국에는 과거 군주였던 에드워드 8세를 포함해 히틀러주의에 유감을 표명한 상류층과 중류층이 존재했다. 1940년 사악한 시절 히틀러는 이따금씩 영국 제국에 감탄하는 발언을 하면서 미국·일본·러시아 같은 경쟁 강대국에게만 유리하므로 영국을 침략할 생각이 없다고 강조했다.

게르만 민족처럼 유전적으로 특별하지는 않지만 영국인도 아리아인종이고, 영국과 영국 제국은 그리스부터 시작해서 나치 로마에 이르기까지 역사는 깊지만 근본적으로 무기력한 일종의 종속적 협력국으로 살아남을 수 있었다.

제국을 보존하고 학살을 피하려면 수모를 견디는 대가쯤은 치를 만하다고 생각하는 사람이 많았다. 히틀러와 거래하려는 사람이 있었을 뿐 아니라 거래가 불가피하다고 생각하는 사람도 많았다.

프랑스는 어땠을까? 프랑스 함대를 지휘하는 프랑수아 다를랑François Darlan 사령관은 영국이 패배하리라 확신했고 1940년 독일군에 합세하기로 마음먹었다.

많은 미국인도 마찬가지였다. 당시 미국 대사는 아일랜드계 미국인 조지프 케네디Joseph Kennedy로 주류 밀매업자이며 사기꾼인 동시에 존 F. 케네디의 아버지였다. 그는 히틀러와 만나게 해 달라고 끊임없이 요청하면서 미국의 구미에 당기는 우울한 메시지를 워싱턴에 보냈다. 본국에 소환되기 직전인 1940년 말에는 급기야 "영국에서 민주주의는 끝장났다."라고 선언했다.

과거의 핼리팩스와 유화론자, 현재의 수정주의자는 물론 조지프 케네디의 생각도 틀렸다. 하지만 그들의 터무니없는 주장을 반박하려면 그들의 바람이 실현되었을 때 대체 어떤 일이 발생했을지 따져 봐야 한다.

나는 '반反사실적' 역사를 추론할 때마다 늘 신경이 곤두선다. 인과 관계의 사슬은 결코 명쾌하게 정체가 드러나지 않기 때문이다. 사건은 공 하나가 다음 공을 때려 움직이게 만드는 당구공과 같지 않을뿐더러 당구 자체도 속임수일 수 있다.

나무 블록을 사용해 젠가 보드 게임을 하듯 사건 유발 요인이 차곡차곡 쌓여 있는 블록에서 어느 한 요인을 쏙 뺐을 때 블록이 어떤 식으로 무너질지는 결코 예측할 수 없다. 하지만 역사적 사실에 거스르는 모든 '반대 가정' 중에서도 가장 인기 있는 가정은 이렇다. 일부 현대 역사가는 이러한 사고 실험을 거쳐 다음과 같은 결론에 도달한다. '1940년 영국이 저항을 중단했다면 도저히 바로잡을 수 없는 재앙이 유럽에 불어닥칠 조건이 조성되었을 것이다.'

히틀러는 거의 확실히 승리를 거뒀을 것이다. 그래서 러시아를 공격하는 바르바로사 작전Operation Barbarossa을 1941년 6월보다 훨씬 일찍 개시할 수 있었을 것이다. 지중해와 북아프리카 사막에서 고통을 안기며 독일 군대와 무기를 묶어 놓는 성가신 영국을 상대할 필요가 없었을 것이다.

아울러 히틀러는 나치 · 소련 평화 협정에 동의하면서도 등 뒤로는 은밀하게 의도한 대로 러시아에 온통 분노를 쏟아부어 전투를 얼어붙은 지옥으로 만들었을 것이다. 제2차 세계 대전 당시 독일군의 전과는 놀라워서 엄청난 면적의 땅을 점령하고 군인 수백만 명을 생포했다. 스탈린그라드Stalingrad를 거의 함락시키고 모스크바 전철의 외부 정거장에까지 손을 뻗쳤다. 독일군이 모스크바를 손에 넣고, 공산주의 정권을 전복시키고, 회복할 수 없는 두려움을 스탈린에게 안겼다면 어땠을지 상상해 보라(독일군 탱크가 러시아 국경을 넘어올 때 스탈린은 이미 신경 쇠약에 걸렸다).

역사가들은 집산화 때문에 손해를 본 중산층의 지지를 등에 업고 공산주의 폭정을 빠른 속도로 붕괴시키면서 친親나치 꼭두각시 정권이 들어섰으리라 추정한다. 그 후에는 어떤 상황이 벌어졌을까?

히틀러와 하인리히 히믈러Heinrich Himmler를 포함해 극악무도한 일당은 대서양에서 우랄산맥에 이르는 광활한 무대를 발판으로 가증스러운 정치 야망을 펼쳤을 것이다. 영국을 제외하면 어느 세력도 그들을 중단시키거나 방해할 수 없고, 심지어 공공연하게 비난할 윤리적 지위를 갖추지 못했다.

영국이 없었다면 미국에는 고립주의자들이 득세했을 것이다. 영국이 자국민의 생명을 무릅쓰지 않는데 하물며 미국이 그럴 이유가 없지 않은가? 베를린에서는 알베르트 슈페어Albert Speer가 게르마니아라는 신세계 수도를 건설하겠다는 터무니없는 계획을 계속 추진했을 것이다.

게르마니아의 중앙에는 로마 장군 아그리파Agrippa가 건설한 판테온Pantheon을 본떠 '시민의 홀'을 화강암으로 세울 예정이었다. 이 건물은 돔 꼭대기에 뚫린 둥근 구멍에 런던 소재 성 바울 대성당의 돔이 들어갈 정도로 웅장하게 설계되었다. 자체적으로 비가 내리도록 고안해 10만 명이 엄청난 구호와 함성을 내뿜을 때 따뜻해진 수증기가 위로 증발하고 나서 응축하여 열광적인 파시스트 군중의 머리 위로 비가 되어 내릴 것이었다.

이 무시무시한 악몽 같은 건물은 거대한 독수리의 품에 안겨 전체가 웅장한 프러시아 투구처럼 보이는 동시에 높이는 290미터에 달해 현재 서더크Southwark 지역에 솟아 있는 고층 건축물 샤드Shard와 맞먹는다. 주위로는 나치의 지배를 상징하는 건축물들이 방대하게 뻗어 나간다. 남쪽 끝에 세우려고 설계한 대형 아치는 크기가 개선문의 두 배이고, 엄청나게 거대한 기차역에서 출발하는 2층 열차가 시속 190킬로미터로 달리면서 '열등한' 슬라브 족을 '쫓아낸' 카스피 해, 우랄산맥, 기타 동부 유럽 지역으로 독일 정착민들을 실어 나른다.

물론 스위스를 침공할 비밀 계획도 세워 놓았지만 스위스를 제외하고 광대한 유럽 대륙을 독일 제국이나 친親독일 파시스트 국가로 만들 작정이었다. '반反사실적 역사'를 다루는 소설가들이 우후죽순처럼 등장하면서 유럽 영토를 사악한 형태의 유럽 연합으로 바꾸어 놓는 온갖 종류의 계획이 쏟아져 나왔다.

1942년 독일 제국 경제 장관이자 라이히스방크Reichsbank의 수장이었던 발터 풍크Walter Funk는 '유럽 공동 시장'이라는 제목으로 논문을 쓰면서, 단일 화폐 · 중앙은행 · 공동 농업 정책 등을 포함해 현대인에게 익숙한 제도를 도입하자고 주장했다. 리벤트로프도 비슷한 계획을 제안했지만 히틀러는 나치 유럽 연합의 기타 국가에 충분히 잔인하지 않다는 근거로 반대했다.

비밀 국가 경찰 게슈타포Gestapo가 좌지우지하는 나치 유럽 연합은 가증스러운 인종 차별주의 이념을 아무렇지도 않게 실행할 것이었다. 나치는 1930년대 인종 박해를 시작했고 처칠이 권력을 잡고 나치에 맞서 계속 싸우기로 결정하기 오래전부터 유대인과 폴란드인을 이주시키고 있었다.

나치는 '강제 이주'의 서곡으로서 철도 중심지 근처에 게토를 만들었고, 나중에 아돌프 아이히만Adolf Eichmann이 재판 과정에서 시인했듯 강제 이주는 결국 청산을 뜻했다. 따라서 나치는 대부분 비난과 제재를 피하는 동시에 자신들이 열등하다고 생각한 유대인 · 집시 · 동성애자 · 정신질환자 · 선천적 장애인 등을 대량 학살하는 만행을 계속 저질렀을 것이다.

게다가 인간의 육체를 대상으로 상상력을 제멋대로 발휘해 믿기 힘들 정도로 소름 끼치고 냉혹하고 비인간적이고 오만한 실험을 실시했을 것이다. 후에 윈스턴 처칠은 1940년 여름을 일컬어 유럽이 "비정상적인 과학 탓에 더욱 사악하고 아마도 더욱 오랫동안 새로운 암흑시대의 심연에 빠져들었다."라고 언급했고 그의 말은 정확하게 옳았다.

처칠이 없었다면 그러한 세계가 펼쳐졌을 가능성이 크다. 하지만 설사 히틀러가 러시아를 공격해 성공하지 못하고 스탈린이 히틀러의 공격을 받아쳤다 한들 인류의 삶이 훨씬 나아졌을까?

아마도 유럽은 두 가지 형태의 전제주의로 갈라졌을 것이다. 한쪽은 소련 국가 보안 위원회KGB나 동독 국가 보안 부서 슈타지Stasi의 활동으로 공포에 떨고, 다른 한쪽은 게슈타포의 지배로 시민들이 밤에 습격을 당하거나 아무 이유 없이 체포되거나 수용소에 갇힐까 봐 두려움에 시달리면서 자신을 보호할 아무 수단 없이 살았을 것이다.

오늘날 세계 200여 개 국가 중에서 약 120개국만이 이런저런 형태로 민주주의를 실행해서 투표를 통해 자국 운명을 손수 결정한다. 대부분의 국가는 처칠이 언젠가 강조했듯 인류가 지금까지 시도했던 다른 모든 체제 중에서 최고라고 적어도 말로는 그렇게 주장한다. 하지만 히틀러와 스탈린이나 두 사람 중 하나라도 승리했다면 민주주의가 오늘날처럼 꽃피웠으리라 진심으로 믿는 사람이 존재할까?

인류는 역사가 정의와 진실을 실현하는 방향으로 흘러간다는 미신을 믿고 있으므로 '신이 독재자에게 미소를 지었으므로 우리 무능한 인간에게는 독재자가 필요하다'는 암울한 교훈을 수용했을 것이다.

영국인은 이러한 윤리적 파탄을 묵인했을 것이고 틀림없이 그 논리를 정당화하면서 자신을 기만했을 것이다. 그래서 핼리팩스든 로이드조지든 독재자 편에 서는 것이 영국이 염원하는 평화라고 유권자를 납득시킬 수 있었을 것이다.

이토록 비겁한 태도를 취했다면 영국이 나치에게서 평화를 쟁취해 낼 수 있었을까? 전시 내각 각료들에게 처칠이 지적했듯 히틀러와 어떤 협정을 맺더라도 영국은 자국 군대를 무장해제해야 했을 것이고, 자국을 보호하거나 반격할 장기적 능력에 치명타를 입었을 것이다.

결정적으로 중요한 점은 히틀러와 맺은 어떤 협상도 신뢰할 수 없다는 것이다.

처칠이 1930년대 독일에 가서 청년들이 눈빛을 이글거리며 행진하는 광경을 보고 나서 발언한 이후로 나치주의를 조심하라는 처칠의 경고가 절대적으로 옳았다는 사실이 여실히 입증되었다. 많은 사람이 보지 않으려고 눈을 가렸지만 처칠은 나치 정권의 근본적인 보복 정책과 공격 뒤에 숨은 사악한 정신을 감지하고 신문 기사와 연설에서 수도 없이 지적했다. 처칠이 라인란트Rhineland · 체코슬로바키아 · 폴란드에 대해 펼쳤던 주장과 영국이 필사적으로 재무장해야 한다는 주장은 옳았다.

다수의 반反사실적 역사가는 나치가 제트 전투기와 로켓 추진식 미사일을 세계 최초로 보유했으므로 21세기 들어 가장 치명적인 무기의 일부를 개발하는 경쟁에서 독일이 다른 국가보다 훨씬 앞섰을 것이라고 지적했다. 독일 과학자들이 소련을 누르기 위해 매우 필사적으로 연구에 몰두해 세계 최초로 핵무기를 만들어 냈다고 상상해 보라.

수정주의자들의 주장에 귀가 솔깃하거나, 영국이 히틀러와 거래했다면 상황이 더욱 나아졌으리라고 마음속으로 의구심을 품고 있는 사람들이 결국 어떤 운명에 처했을지 생각해 보라. 유럽 대륙은 짐승 같은 전체주의 아래에서 연합하고, 핵무장한 로켓이 페네뮌데*에 있는 V2 발사대에 장착되고, 영국은 유럽 무대에서 외톨이가 되었을 것이다. 그러면서 새롭게 노예가 되거나 노예보다 못한 상태에 빠졌을 것이다.

히틀러가 아 해협에서 구데리안에게 탱크를 멈추라고 명령한 까닭은 마음속으로 영국 예찬론자였기 때문도 아니고, 아리아인종에게 동료 의식을 느꼈기 때문도 아니었다. 구데리안은 총통이 나치의 정복 속도에 놀란 영국에게 오히려 반격을 당할까 봐 두려워 실수를 범했다고 언급했고 진지한 역사가들도 그렇다고 동의한다.

실상은 이렇다. 히틀러는 영국을 잠재적 협력 국가가 아닌 적국으로 여겼고 이따

---

* Peenemünde, 제2차 세계 대전 중 독일의 미사일 및 로켓 연구소와 공장이 있던 곳.

금씩 영국 제국을 인정하는 듯 떠들어 대기는 했지만 영국군을 전멸시키라고 명령했다. 또한 어떻게 해서든 영국 국민의 목숨을 살리고 싶은 마음에 광범위한 영국 침공 계획(작전명 '바다사자Sealion')을 철회한 것은 아니었다.

히틀러가 작전을 포기한 진짜 이유는 작전이 지나치게 위험해졌기 때문이고, 한 사람이 자국 국민을 향해 바닷가에서 언덕에서 비행장에서 계속 싸우자고 말하기 때문이었다. 심지어 처칠은 전시 내각에게 독일에 항복하느니 차라리 땅 위에 쓰러져 자기 피에 질식해 죽자고 말하고 있었다.

바다사자 작전의 목표는 단순한 침략이 아니라 정복이었다. 히틀러는 트라팔가르 광장Trafalgar Square에 서 있는 넬슨 제독 기념비를 베를린으로 옮기려 했고, 괴링은 국립 미술관 소장품을 통째로 약탈할 계획을 세웠다. 심지어 엘긴 마블스*를 아테네로 다시 보내려 했다. 나치가 작성한 블랙리스트에 오른 반反나치 성향의 영국 인사들은 나중에 투옥되거나 총살형을 당했을 것이다. 게다가 어느 시점에서 히틀러는 영국 인구의 80퍼센트를 죽이거나 노예로 삼자고 제안했다.

지금까지 열거한 사항은 핼리팩스가 제안한 대로 히틀러와 타협했을 때 발생할 수 있었던 결과이다. 영국인은 유럽을 집어삼킬 전체주의 독재에 말려들 뿐 아니라 그럴 리는 없었겠지만 궁극적으로 자멸의 길을 걸었을 가능성도 배제할 수 없다.

최종적이고 가장 중요한 요점은 이렇다. 1940년 영국이 독일과 타협했다면 유럽 대륙은 결코 해방을 맞지 못했을 것이다. 저항의 거점이 되기보다는 지옥 같은 나치 유럽 연맹의 암울한 꼭두각시가 되었을 것이다.

그랬다면 폴란드군이 영국군과 함께 훈련하지도, 체코슬로바키아 항공병이 영국 공군과 함께 훈련하지도 않았을 것이고, 자유 프랑스 시민이 조국의 수치가 끝나기를 희망할 수도 없었을 것이다.

* Elgin Marbles, 영국인 엘긴이 아테네의 파르테논 신전에서 떼어 간 대리석 작품.

무엇보다 처칠이 미국에게 고립주의를 버리고 지원해 달라고 호소하지 않았다면, 무기 대여법도 발효되지 않았을 것이고, 따라서 리버티 선박*도 존재하지 않았을 것이다. 공격 개시일을 기다리는 기대감도 없고, 오마하 해안Omaha Beach에서 펼쳐졌던 영웅적 행위와 희생도 따르지 않고, 힘과 영향력을 갖춰 세계를 구원하고 해방시킬 새 세상이 찾아오리라는 희망도 품을 수 없었을 것이다.

1940년 영국이 제정신이 아닌 탓에 히틀러와 거래하는 잘못을 저질렀다면 미국은 유럽의 갈등 문제에 결코 개입하지 않았을 것이다. 지난날을 뒤돌아보고 우리가 얼마나 위태로운 지경에 이르렀었는지 깨달을 때마다 섬뜩할 뿐이다.

나는 역사가 철로를 달리는 기차라는 개념이 옳은지 여부는 모르겠다. 하지만 영국이 나치와 계속 싸우기를 포기했다면 히틀러가 만들라고 명령했던 거대한 2층 급행열차가 막무가내로 독일 정착민들을 가득 싣고 요란한 소리를 내며 밤공기를 갈랐을 것이다.

다음과 같은 광경을 눈앞에 그려 보자. 기관차가 승리의 쐐기를 박으려고 윙윙 무섭게 소리를 내며 달린다. 한 아이가 철도교의 보호벽에 기어 올라가 기관차의 연결 지점에 쇠지레를 떨어뜨려서 기관차를 옴짝달싹 못하는 금속 덩어리로 만들어 버린다. 윈스턴 처칠이 바로 그 운명의 쇠지레였다. 처칠이 굳게 자리를 잡아 뿌리를 내리고 저항하지 않았다면 나치라는 기관차는 계속 무섭게 질주했을 것이다. 게다가 처칠이 그 자리에 있었던 것은 그의 과거 경력을 고려할 때 기적에 가까웠다.

---

* Liberty ship, 제2차 세계 대전 때 미국이 대량 건조한 수송선.

거만한 코끼리

3

오늘날 자기주장이 강하고 특히 젊은 남성 토리당 당원이라면 윈스턴 처칠을 신성한 존재로 존경할 것이다. 이 솔직한 젊은이들은 십 대 시절 침실 벽에 세로 줄무늬 양복을 입고 기관 단총을 손에 들었거나 훈족*을 겨냥하는 모습을 담은 포스터를 붙였을 수도 있다.

대학에 입학한 후에는 처칠 소사이어티Churchill Society나 처칠 다이닝 클럽Churchill Dining Club에 가입하고 처칠의 초상화가 근엄하게 내려다보는 방에 모여 포도주를 마시며 떠들었을 것이다. 심지어 처칠을 본떠 동그라미가 점점이 박힌 나비넥타이를 맸을 수도 있다.

마침내 의회에 성공적으로 입성한 젊은이들은 발언하라고 호명되기 전에 초능력이라도 전수하고 싶은 심정에 휩싸여 의사당 로비에 우뚝 서 있는 청동 조상의 왼쪽 구두 앞코를 경건하게 어루만진다. 때가 되어 토리당 총리로 부임했다가 궁지에 몰리면 세인트 스티븐스 클럽St Stephen's Club에서 대담하게 연설할 수 있고, 그러면 추측하기로는 자부심의 표현으로 얼굴색이 붉고 턱이 나오고 후계자를 향해 입을

* 제1차와 제2차 세계 대전 중에 독일인을 경멸적으로 가리키던 말.

불룩 내민 퉁명스러운 과거 전쟁 지도자의 모습을 카메라 렌즈가 사진에 담았을 때와 똑같은 구도로 자신의 모습도 담으리라 생각해 본다.

토리당 의원들은 처칠과 맺은 관계를 소중하게 지킨다. 명예의 표시이자 정치적 소유권의 문제라고 생각하기 때문이다. 그래서 파르마 사람들이 파르미지아노parmigiano 치즈를 생각하듯 처칠을 생각한다.*

처칠은 토리당 의원들에게 가장 커다란 치즈이고 포상인 동시에 토리 팀에서 뛰어서 해트트릭을 기록하고 월드컵을 우승으로 이끈 역대 최고 주장이기도 하다. 따라서 나는 1940년 총리에 취임한 처칠에게 토리당이 의심과 의혹을 품고 독기를 내뿜었었다는 사실을 사람들이 제대로 알고 있는지 궁금하다.

전쟁에 휩싸인 조국을 승리로 이끌기 위해 처칠은 핼리팩스와 체임벌린을 비롯하여 다수의 토리당 의원 등 굴욕적인 유화 정책을 펴는 침울한 인물들을 상대해야 했다. 많은 토리당 의원은 처칠을 기회주의자 · 변절자 · 허풍쟁이 · 이기주의자 · 깡패 · 망나니 · 비열한 인간 등으로 치부했고 몇 가지 사례를 들어 영락없는 술꾼으로 몰아붙였다.

1940년 5월 13일 처칠이 총리로 하원에 첫발을 들여놓던 날에 토리당 의원들은 체임벌린에게 환호하면서도 처칠이 들어섰을 때는 수군거리기만 했다(이 일로 당황한 처칠은 의사당을 나서면서 "나는 필시 오래 버티지 못할 거야."라고 말했다). 토리당 의원들은 처칠을 향해 끊임없이 적의를 품었다. 의회 기자석에 앉아 토리당 의원들의 모습을 꼼꼼하게 살펴볼 수 있었던 〈파이낸셜 뉴스Financial News〉 소속 기자 폴 아인지그Paul Einzig는 의원들 머리 위에 적의가 수증기처럼 맴돌았다고 증언했다.

아인지그의 기록에 따르면 처칠이 총리에 취임하고 최소 두 달 동안, 토리당 의

---

* 파르미지아노 치즈는 일명 파르마산 치즈로서 원래 이탈리아 파르마 지방에서 엄격한 규제와 통제를 받으며 생산된 치즈로 파르마 사람들이 이 치즈를 자랑스럽게 생각한다는 뜻이다.

원들은 처칠이 일어서서 발언하거나 역사적으로 유명한 연설을 했을 때조차 '침울한 침묵'을 지키며 앉아 있었다. 자유당 의원들이 환호할 때도 토리당 의원들은 자나 깨나 처칠을 제거할 궁리를 했다. 5월 13일경 토리당 평의원 모임인 '1922 위원회'를 이끄는 의장 윌리엄 스펜스William Spens는 구성원 4분의 3이 처칠을 밀어내고 체임벌린을 총리로 복귀시키고 싶어 한다고 발언했다. 체임벌린을 지지하는 하원 의원의 아내인 낸시 더그데일Nancy Dugdale이 군대에 복무 중인 남편 토미 더그데일에게 보낸 편지를 읽어 보면 당시에 만연했던 흉흉한 기류가 잘 드러나 있다.

당신도 알다시피 그들은 처칠을 철저하게 불신하고 처칠의 호언장담을 증오합니다. 정말 처칠은 영국의 괴령으로 불릴 만합니다. 피를 부르고, 기습 공격을 열망하고, 자부심이 잔뜩 부풀어 있는 데다가 괴령과 마찬가지로 혈관에 배반의 피가 흐르고 간간이 영웅심과 허풍까지 과시하는 모습을 보니 영락없습니다. 처칠만 생각하면 기분이 너무나 우울해집니다.

이 점잖은 부류에 속한 사람들의 눈에 처칠을 지지하는 무리는 '깡패'에 지나지 않았다. 하원 의원 밥 부스비Bob Boothby는 양성애자 망나니로 나중에 악명을 떨치는 갱스터 '쌍둥이 크레이Kray'의 친구가 되었다. 브렌던 브랙큰Brendan Bracken은 머리카락이 붉은 아일랜드계 몽상가로 후에 〈파이낸셜 타임스〉를 인수했다. 신문왕 맥스 비버브룩은 익스프레스 그룹Express group의 소유주로 신뢰하기 힘든 인물이었다. 모두 '거만한 코끼리'가 이끄는 불충실하고 이기적이면서 '매혹적인 사내들'이었다. 토리당 의원들은 처칠의 음주 습관을 못마땅하게 여겼는데, 절제하기를 바라서가 아니라 윤리적으로 반감을 느꼈기 때문이다. (고위 공무원 모리스 행키Maurice Hankey는 눈에 띌 정도로 코를 씰룩거리며 "처칠이 스스로 업무를 매우 잘 추진하고 있다는 인상을 내비치지 않았으면 좋겠다."라고 콕 집어 지적했다.)

가장 맹렬하게 처칠에 반대했던 일부 사람은 계속 눈부시게 활약했다. 1960년대 해럴드 맥밀런Harold Macmillan에게 배반을 당하지 않았다면 총리가 됐을 수도 있었을 랩 버틀러Rab Butler는 1940년 차관 신분으로 유화 정책을 강력하게 지지했고 처칠의 부상을 지켜보며 이렇게 언급했다.

"영국 정치의 깨끗한 전통이 현대 정치사의 최대 투기꾼에게 매도당하고 있다. 윈스턴과 그의 오합지졸에게 굴복하는 것은 재앙이고 불필요한 행위이다. 비슷한 유형의 비효율적이면서 수다스러운 국민의 지지를 받는 혼혈 미국인에게 국가의 미래를 저당 잡히는 것도 마찬가지이다."

어조가 사뭇 강력하다. 1940년 초 처칠보다 대중의 인기가 높았고 존경할 만한 인물로 널리 인식되었던 체임벌린에게 사람들이 충성심을 느낀 이유를 이해할 만하다. 그들은 처칠 갱단이 등장하자 사실상 궁정 쿠데타라도 일어난 것처럼 당황했다. 처칠은 1951년에야 비로소 대중 전체의 의견을 반영하여 총리로 선출되었지만, 당시 처칠을 비판하는 언어에는 적의가 담겨 있었다.

핼리팩스 경은 처칠의 목소리에 "포도주와 브랜디와 씹는 시가가 배어 나온다며" 개탄했다. 한 옵서버는 하원의 앞자리에 앉아 다리를 흔들면서 처칠이 체임벌린의 쩔쩔매는 모습을 지켜보며 웃음을 애써 참고 있는 모양새가 '뚱뚱한 아기' 같았다고 언급했다.

따라서 점잖은 토리당 의원들은 윈스턴 처칠을 괴링 같은 인물, 투기꾼, 혼혈아, 반역자, 뚱뚱한 아기, 국가의 재앙으로 여겼다. 다리에 상륙한 해적을 보고 무도회장에서 비명을 지르는 형국이었다.

20세기를 대표하는 영웅에게 사람들이 이토록 신경질적인 반응을 보이는 현상을 어떻게 설명할 수 있을까?

안타깝게도 엄밀하게 토리당의 관점에서 생각하면 충분히 납득할 만하다. 40년에 걸쳐 의정 활동을 벌이는 동안에 처칠은 토리당에 대한 충성심은 고사하고 어떤 정치적 충성심도 철저하게 경멸했다.

빅토리아 여왕이 여전히 재위했던 1900년에 건방진 25세 청년으로 붉은 머리카락을 날리며 의회에 입성한 순간부터 처칠은 불충을 자신의 표어이자 선전의 전략으로 삼았다. 국방비를 과도하게 지출한다면서 토리당 지도부를 강타했다. (그는 "집이 가난해 본 적이 없나요?"라고 물었다.) 또한 근로자에게 더욱 저렴하게 식량을 제공할 수 있다고 생각했으므로 좌파의 편을 들어 보호 관세 정책에 반대했다. 처칠이 워낙 화를 돋웠으므로 그가 연설을 시작하려 하자 의원석 맨 앞줄에 앉아 있던 선배 의원들이 일제히 자리에서 일어나 의회를 나가기도 했다.

1904년 1월 토리당은 올덤Oldham 선거구를 대표하는 보수당 공식 후보로 삼아 처칠을 축출하려 시도했다. 4월이 되자 이미 당적을 바꾸기로 결정한 처칠은 동기를 상당히 솔직하게 털어놓았다. 그는 토리당이 재앙을 향해 나아가고 있다고 생각했고 1904년 10월 이렇게 말했다. "나는 토리당 지도부가 자기 목을 치고 자기 정당을 완전히 파괴하리라 예언한다. …… 그리고 자유당이 선거에서 엄청난 승리를 거둘 것이다."

한마디로 처칠은 사람들이 일반적으로 생각하는 절조 있는 인물이 아니었고 명예를 추구하고 목적을 달성하기 위해 기회를 노렸다. 그는 의회를 가로질러 로이드 조지의 옆자리에 앉았으므로 마땅히 '블레넘의 쥐Blenheim rat'로 불렸다.

처칠도 토리당을 향해 기분이 불쾌하기는 마찬가지여서 "나는 영국 자유당 의원으로 토리당과 그곳 소속 의원들 그리고 그들이 사용하는 방법을 증오한다."라고 썼다. 물론 20년 후 처칠은 의회에서 서커스 공연을 펼치며 솜씨 좋게 말안장을 갈아타듯 다시 당적을 바꿨다. 어쨌거나 1930년대를 아우르는 긴 기간 동안 자기 명분을 부각시키려고 지팡이든 곤봉이든 눈에 띄는 대로 집어 들고 자신이 속한 토리당의 지도부를 끊임없이 강타해서 자신의 명성에 부응했다.

사정이 이렇다 보니 토리당 의원들과 정계 전체에 처칠에 대한 회의론이 일어났던 것도 전혀 의외가 아니다. 1940년대 활동했던 반처칠 인사의 눈앞에는 처칠을 고발하는 문서가 쌓였다.

———

샌드허스트 육군 사관 학교에 재학했을 당시에도 비윤리적 행위로 비난을 받았던 처칠은 동료 생도들과 함께 조랑말 경주의 승부를 조작했다는 혐의로 고발당했다. 또한 전해 내려오는 이야기에 따르면 불쌍한 앨런 브루스Allan Bruce를 군대에 발붙이지 못하게 하려고 동료와 함께 공작을 벌였다고 했다. 오스카 와일드가 저질렀던 유형의 부도덕한 행위에 처칠이 가담했다고 브루스의 아버지가 주장하자 처칠의 어머니는 거액을 쏟아부어 상대방을 명예 훼손죄로 고소함으로써 근거 없는 주장이라는 판결을 받아 냈다. 하지만 어쨌거나 처칠의 명예는 상처를 입었다.

보어 전쟁에 참전한 처칠은 남아프리카 공화국의 수도인 프리토리아Pretoria에 포로로 잡혀 있다가 동료들을 남겨 놓고 탈출하는 위험천만한 사건을 겪었다. 내가 보기에 처칠의 정치적 행보는 한마디로 어설펐다! 아마도 반처칠 인사라면 내무 장관 시절에 처칠이 1910~1912년 발생한 폭력 시위를 제대로 처리하지 못한 일부터 거론할 것이다. 사실 반처칠 인사들은 거의 모든 관점에서 처칠을 공격할 수 있었다. 실제로 경찰이 휘두른 무기라야 돌돌 만 방수 외투 정도였는데도 처칠은 노동당이 주장하는 악마론에 근거해 웨일스 남부 지역 토니팬디Tonypandy에서 비무장 광부에게 총을 발사한 인물로 낙인찍혔다. 게다가 토리당 의원들에게는 오히려 시위대에 지나치게 미온적인 태도를 취했다며 비난을 받았다.

1911년 '시드니 거리 포위'라는 웃지 못할 사건이 발생했다. 처칠은 전혀 정체가 밝혀진 적이 없고 실존 인물이 아닐 가능성조차 있는 '화가 피터Peter the Painter'라는 수수께끼 갱과 경찰 사이에 벌어진 총싸움을 제압하기 위해 출동했다.

사건을 기록한 사진을 보면 처칠은 정장용 모자를 쓰고 사람들 눈에 잘 띄는 차림으로 거리 구석에 서서 소위 무정부주의 테러리스트들이 있는 방향을 찬찬히 들여다보고 있다.

맥없어 보이는 아서 밸푸어Arthur Balfour가 하원에서 이렇게 물었다. "사진 기자가 무엇을 하고 있는지는 알겠습니다. 하지만 고결한 신사는 그곳에서 대체 무엇을 하고 있었나요?" 장내에 웃음이 터져 나왔다. 누구나 짐작하듯 처칠은 사진에 자기 모습이 찍히게 하려고 애를 썼던 것이다. 이 사건은 반처칠 인사들이 제1차 세계 대전 동안 목격한 처칠의 엄청난 오판에 비한다면 새발의 피였다. 1914년 10월 처칠은 안트베르펜Antwerpen을 독일의 손아귀에서 구해야 한다고 판단했고 게다가 구할 수 있는 사람은 자기뿐이라고 생각해 결국 안트베르펜 '대실책' 또는 '대실패'를 초래하고 말았다.

4~5일 동안 처칠은 항구를 방어하도록 배후에서 조종하고 심지어 벨기에 전역을 명목상으로 통제했다. 한 저널리스트는 처칠의 나폴레옹 같은 처신을 포착하고 이렇게 보도했다. "그는 망토를 걸치고 요트 모자를 쓰고 커다란 시가를 입에 물고 평온하게 피우면서 총알이 비 오듯 쏟아지는 전투의 진행 상황을 지켜보고 있었다. …… 그는 얼굴에 미소를 지었고 만족스러워 보였다."

안트베르펜은 곧 함락되었고 일반적으로 사람들은 처칠이 전투에 개입한 것은 아무 실익 없이 제멋대로 행동한 결과였다고 인식했다. 〈모닝 포스트Morning Post〉가 보도할 때 사용한 단어를 빌리자면 "그는 현재 맡고 있는 공직에 적합하게 행동하지 못했다". 적합성 여부와 상관없이 처칠은 반처칠 인사들이 유달리 엄청난 전대미문의 군사 재앙이라고 부를 작전을 수행할 만큼 오랫동안 해군 장관 자리를 유지했다. 안트베르펜 작전은 '경기병대의 돌격'*을 오히려 멋져 보이게 만들 정도로 지

---

* Charge of the Light Brigade, 무능한 지휘관의 부적절한 돌격 명령으로 영국군이 참패당한 사건.

휘관의 무능한 통솔이 빚은 실수로 불렸다. 1915년 터키 원정으로 서부 전선의 교착 상태를 측면에서 뚫어 보려 시도했지만 결국 영국군에게 굴욕을 안기는 동시에 막대한 수의 오스트레일리아군과 뉴질랜드군의 목숨을 앗아 갔으므로 오늘날까지도 오스트레일리아에 '영국인 때리기 스포츠'가 생겨나고 반영 감정이 광범위하게 형성되는 주요 원인이 되었다.

아마도 처칠이 가장 신랄하게 비판을 받은 계기는 갈리폴리Gallipoli 또는 다르다넬스Dardanelles 해협에서 벌어졌던 전투일 것이다. 당시 전투에 대한 기억이 워낙 생생했으므로 사람들 사이에서는 1940년까지도 처칠이 전시에 국가를 이끌 만한 인물인지 판단하는 데 영향을 미쳤다. 처칠을 탁월한 인물로 생각했던 사람들조차 겉보기에 판단력이 부족하고 과장해서 행동하고 지나치게 흥분하거나 심지어 히스테리를 일으키는 처칠의 모습을 보면서 자주 경악했다. 1931년 처칠이 인도의 독립 문제에 신경을 쏟은 나머지 마하트마 간디를 '반쯤 벌거벗은 탁발승'이라 불렀던 사건을 인도인들은 결단코 잊지 못한다.

1936년 에드워드 8세의 퇴위 사건에 직면해서도 처칠은 대중의 감정을 잘못 읽고 행동했다. 표면적으로 처칠이 취한 입장은 상대가 미국인 이혼녀든 아니든 영국 왕은 자신이 좋아하는 여성과 결혼할 수 있고, 그럴 수 없다면 대체 왕이라는 지위가 무슨 소용이 있겠느냐는 것이었다. 한번은 에드워드 8세의 입장을 옹호하는 연설을 했다가 청중의 야유를 듣고 하원의 통제권을 잃었다. 하지만 역설적으로 친나치 인사였던 에드워드 8세가 계속 왕위를 유지했다면 나중에 처칠에게 온갖 종류의 문제를 안겼을 것이다.

정적들은 처칠 안에서 꿈틀거리는 엄청난 자만심을 감지했다. 처칠이 크든 작든 물결이 몰려와 해안에 부딪혀 거품으로 사라지고 난 한참 후까지도 그 물결로 파도타기를 하고 싶어 하는 욕망의 소유자라는 사실을 눈치챈 것이다. 히틀러와 독일 재무 장관을 향해 처칠이 퍼붓는 엄청난 독설을 들은 반처칠 인사들은 처칠의 독설이 마치 하이드 파크의 울타리처럼 풍경의 일부여서 과거에도 있었고 앞으로도 끊이지 않고 존재하리라 생각했다.

처칠의 이러한 평판이 불현듯 생겨나지 않았다는 사실을 인정해야 한다. 사람들이 처칠을 오만하고 '불건전'하다고 생각하는 데는 그럴 만한 이유가 있고 어느 정도는 진실이기도 하다. 처칠은 죽음을 불사하며 신념에 따라 행동했고, 타인이 현명하다고 판단하는 정도를 넘어서서 훨씬 위태로운 상황까지 자신을 밀어붙였다. 그렇다면 처칠은 어째서 그렇게 행동했을까?

초기 경력 내내 처칠은 그냥 신뢰할 수 없는 정도가 아니라 선천적으로 믿을 수 없는 인물로 사람들에게 인식됐다. 처칠이 원래 불안정한 별자리에서 태어났다고들 주장했다.

언젠가 나는 이토록 중대한 사건이 발생한 바로 그 방의 침대에 가 본 적이 있다. 건너편 복도 끝에서는 21세기 헤지펀드 왕의 61세 생일을 축하하는 성대한 파티가 열리고 있었다.

나는 샴페인을 손에 받쳐 든 가정부의 안내를 받아 파티 장소로 향하는 도중에 "잠깐만요, 처칠이 태어난 방을 볼 수 있을까요?"라고 물었다. 마음씨 좋은 가정부는 측면 복도를 지나 각진 작은 방으로 우리를 안내했다.

문이 닫히고 소음이 잦아들자 나는 140년 전 다른 거대한 파티가 한창 벌어지던 때로 거슬러 올라갈 수 있었다. 두 눈을 가늘게 뜨자 전기등 대신 가스등이 아련하게 보이고, 그때와 똑같은 야단스러운 무늬의 벽지, 활활 타오르는 작은 화롯불, 말버러marlborough 가문의 문장이 새겨진 접시와 물병이 시야에 들어왔다.

나는 마음의 눈으로 모든 장면을 볼 수 있었다. 흥청거리며 파티를 즐기려는 초대객들이 벗어 놓은 코트들을 침대에서 황급히 치우고, 주전자에는 더운 물을 가득 붓고, 위층 침대에서는 제니 처칠Jennie Churchill이 온몸을 비틀며 장시간 진통을 겪는 광경이 눈에 선하다. 제니 처칠은 스무 살에 불과하지만 이미 런던 사교계에서 가장 아름다운 젊은 여성으로 유명했다.

모두 사냥을 나갔고 제니는 어떤 이유에선지 바닥에 미끄러져 넘어졌다. 제니가 지나치게 열정적으로 빙빙 돌며 춤을 추었기 때문이라는 말도 들렸다. 1874년 11월 30일 새벽 1시 30분 제니가 출산하고 남편은 아기가 "정말 예쁘고 매우 건강하다." 라고 말했다.

윈스턴 레오나르도 스펜서 처칠의 심리적 기질을 이해하려면 장소도 시간도 고려해야 한다. 방은 말버러 공작이 소유하고 필요 이상으로 거대한 블레넘 궁전 Blenheim Palace의 한가운데에 있다. 저택에는 방이 186개 있고 건평은 호수·미로·기둥·초원 지대·개선문을 빼고도 2만 8000평방미터에 달한다. 또한 영국에서 왕족이나 주교가 살지 않는 건물로는 유일하게 궁전으로 불린다.

비판하는 사람이 있기는 하지만 나는 거대한 양쪽 날개가 엄밀하게 대칭을 이루면서 뾰족하지 않은 흉벽과 벌꿀 색깔 돌을 깎아 만든 꼭대기 장식을 뽐내는 블레넘 궁전이 단연코 영국 바로크 건축물의 최대 걸작이라 생각한다. 블레넘 궁전은 건축을 통해 "나는 크다. 너희가 여태껏 보아 온 어떤 것보다 크고 장대하다."라고 선언하는 것 같다.

블레넘 궁전은 처칠의 선조인 말버러 공작 존 처칠이 유럽을 정복하려는 프랑스의 야심을 저지하고 18세기 영국을 유럽 최정상 국가의 반열에 올려놓는 데 기여한 공로로 왕에게 하사받았다. 블레넘 저택이 고향이기도 했으므로 처칠은 그곳에서 태어날 만했다. 처칠은 7대 공작의 손자이고, 8대 공작의 조카인 동시에 9대 공작의 첫 사촌이었다. 한동안 그럴 가능성이 다분해 보였지만 사촌 슬하에 상속자가 태어나지 않았다면 처칠이 말버러 공작이 되었을 것이다.

중요한 사실은 이렇다. 처칠은 단순히 상류층이 아니라 공작이라는 귀족 신분이었으므로 자의식의 전면에는 자신이 영국 역사를 빛낸 위대한 군사 영웅의 계승자라는 인식이 자리 잡고 있었다.

처칠의 출생 시기에 관해서도 흥미로운 사실이 드러났다. 처칠은 부모가 결혼하고 7개월 만에 예정일보다 2개월 일찍 출생한 것으로 보이고, 사람들은 이 점을 늘 못마땅해하며 눈살을 찌푸린다. 처칠이 미숙아로 태어났을 가능성이 있기는 하지만 매우 단순하게 생각하면 혼전 임신으로 예정일을 다 채워 출생한 것 같다.

만약 그렇다면 아들 못지않게 처칠의 부모도 고집이 세고 인습에 얽매이지 않으며 자기 방식대로 살았다는 뜻이므로 그다지 놀랍지 않다. 게다가 처칠의 부모는 자녀를 방임함으로써 세계 문명에 가장 지대하게 기여했다.

처칠의 외할아버지는 성공한 미국 사업가 레오나드 제롬Leonard Jerome으로 한때 〈뉴욕 타임스〉 주식의 과반수를 갖고 있는 주주로서 경주마 여러 마리를 거느렸고, 오페라 하우스를 소유했으며, 여성 오페라 가수들과 염문을 뿌렸다. 처칠의 어머니 제니는 손목에 작은 용 문신을 새기고 풍만한 모래시계 몸매의 소유자로 알려졌다. 맨해튼 칵테일을 발명했고 검은 표범 같은 멋진 외모와 뛰어난 재치로 사교계에서 크게 사랑을 받아 영국 황태자를 포함해 많은 연인의 관심을 끌었다. 결혼을 세 번 했는데 아들보다 젊은 남편도 있었다.

후에 처칠은 "어머니는 저녁 별처럼 빛났다. 나는 어머니를 그저 멀리서 깊이 사랑했다."라고 썼다. 처칠이 학교에서 어머니에게 보낸 편지에는 사랑과 돈을 구하고 자신을 방문해 달라고 애처롭게 간청하는 표현이 넘쳐 난다. 하지만 처칠에게 진정으로 영향을 준 사람은 아버지로 처음에는 진저리가 나는 행동으로 나중에는 요절해서 영향을 미쳤다.

아버지 랜돌프가 아들에게 보낸 편지를 읽으면 그 불쌍한 아이가 대체 무엇을 잘못했기에 아버지에게 그런 대우를 받아야 하는지 의아해진다. 랜돌프는 애정이 담긴 '아빠'라는 호칭을 쓰지 말고 '아버지'로 부르라고 말했다. 아들이 이튼 스쿨에 다니는지 해로 스쿨에 다니는지 기억하지 못한 것 같고, 아들이 "단순한 사회 건달이자 공립 학교를 졸업한 수많은 실패자의 한 사람인 동시에 추레하고 불행하고 하

it is one which will look very well when made into [sketch] & also do to wear on Sunday [sketch] with Etons - it also looks well when [sketch] the Jacket Waistcoat & Trousers are worn.

1890년 처칠이 어머니에게 보낸 편지.

찮은 존재로 전락하리라" 예언했다.

처칠이 아버지를 기쁘게 해 주려 애썼던 가장 슬픈 예로 시계 사건을 들 수 있다. 처칠은 샌드허스트 육군 사관 학교 생도일 때 아버지에게 선물로 받은 시계를 그만 깊은 강 웅덩이에 빠뜨리고 말았다. 여러 차례 잠수해서 찾았지만 물이 지나치게 차가워 번번이 실패하자 처칠은 강물을 퍼내기 시작했고 그마저 실패하자 3파운드로 동료 생도 스물세 명을 사서 댐을 쌓아 강물을 새 길로 우회시켜 빼내고 결국 시계를 찾았다.

처칠은 아무리 노력해도 격렬한 감정의 소유자인 아버지를 만족시킬 수 없었고, 아버지에게 "미숙한 바보"이고 "믿을 만한 구석이 조금도 없다."라는 말을 들어야 했다. 랜돌프가 이렇게 극단적으로 행동한 까닭은 아마도 병 때문이었을 것이다. 랜돌프 처칠 경은 매독으로 죽어 가고 있었다.

최근 학자들은 성병을 앓았다는 오명을 벗기려고 랜돌프가 실제로는 뇌종양을 앓았다고 주장하지만 그렇다 하더라도 자신은 물론 아내와 의사까지도 그가 매독에 걸렸다고 생각했다. 처칠도 자연히 그렇게 생각했고 사춘기 내내 아버지가 정치적으로 초신성에서 블랙홀로 끔찍하게 전락하면서 수치스러운 질병을 앓고 모두가 주시하는 가운데 서서히 죽어 가는 모습을 지켜보아야 했다.

따라서 처칠은 아버지를 향해 강력한 두 감정을 동시에 느끼며 성장했다. 자신은 아버지에게 실망스러운 아들이었고, 아버지는 속임수에 빠져 자신의 위대함을 빼앗겼다고 생각했다. 따라서 자기 능력을 아버지에게 증명하는 동시에 아버지의 정당성을 입증하고 싶었다.

처칠의 행동을 이해하려면 아버지와 맺은 관계가 어떤 성격을 띠는지 더욱 깊이 파고들어야 한다. 처칠은 아버지를 모방해야 했다. 자기 능력을 아버지에게 적절하게 증명하려면 달리 방법이 없지 않을까? 게다가 아버지의 삶과 심지어 행동 유형까지도 모방해야 했다. 타인의 눈높이에 맞춰 아버지의 정당성을 유일하게 입증할 수 있는 방법이었기 때문이다.

1916년 더비 경Lord Derby은 "앞서 그의 아버지가 그랬듯 처칠은 전혀 신뢰할 수 없다."라고 언급했다. 시어도어 루스벨트Theodore Roosevelt는 부자가 모두 '보잘것없다'고 했다.

처칠이 그러한 평판을 들었던 까닭은 아버지를 본보기로 삼아 모방하려고 의도적으로 계획하며 살았기 때문이었다.

아버지의 영향

4

73세가 된 윈스턴 처칠은 적어도 생전에는 출간하지 않으려 했던 짧고 기발한 수필을 썼다. 1947년 겨울에 직접 겪었던 무시무시한 경험을 담은 내용이었다. 전쟁을 지휘하고 총리로 나라를 호령했던 영광스러운 시절이 끝나고 처칠은 차트웰의 아담한 주택에 칩거했다.

　　그림 그릴 준비를 하는데 야릇한 느낌이 들어 뒤를 돌아보니 아버지가 안락의자에 앉아 있다. 처칠이 아버지에게 매력과 사랑을 느꼈던 몇 차례 되지 않는 순간처럼 아버지는 두 눈동자를 반짝이며 호박색 재떨이를 손으로 만지작거린다.

　　그러고 부자 사이에 감동적인 대화가 오간다. 아버지는 정치적으로 고립되고 매독에 걸려 절망에 빠져 허우적거리다가 죽은 지 52년이 되었고, 그동안 세상에 무슨 일이 벌어지고 있는지 모른다. 아들이 그 공백을 메운다.

　　조지 6세가 왕위에 올랐고, 경마 대회는 여전히 열리고 있으며, 터프 클럽Turf Club은 '오케이'라고 전하면서 오케이는 새로 생긴 미국식 표현이라고 아버지에게 말해준다. 전 토리당 당수인 아서 밸푸어가 결국 낙마했다는 소식도 전한다. 건방지고 늙은 밸푸어와 사이가 좋지 않았던 처칠 부자에게는 기쁜 소식이다. 사회주의가 부상했다는 소식도 빼놓지 않는다. 세계 대전이 두 차례나 터져서 그때마다 3000만여 명이 죽었고, 러시아에 새로운 형태의 황제가 출현해 과거 어떤 황제보다 잔인하게 많은 사람을 죽이고 있다고 설명한다. 수필의 묘미는 아들이 어떤 업적을 달성했는지 아버지가 전혀 알지 못한다는 사실이다. 아버지는 아들이 화가로서 재능이 시원치 않아 그림을 그리는 것만으로는 밥벌이를 못 하고 자그마한 집에 살면서 군대에 복무하더라도 소령 이상 진급하지 못했으리라 추측한다.

아들에게 요즘 세상 돌아가는 상황을 전해 들은 아버지는 현재 정세에 대해 아들이 얼마간 알고 있다고 희미하게나마 감을 잡은 것 같다. 그래서 얄궂게도 이렇게 말한다. "물론 네가 너무 늙어 이제 어쩔 수는 없겠지만 네 말을 듣고 있자니 정계에 가지 않은 것이 이상하구나. 그랬다면 정계에 유용한 인물이 되었을 수도 있었을 텐데 말이다. 이름도 날릴 수 있었을지 몰라."

이 말을 들은 아들이 씩 미소를 지으며 성냥을 긋자 아버지 유령은 사라진다. 많은 역사가는 처칠의 가족이 '그 꿈The Dream'이라 부르는 이 장면이 윈스턴 처칠의 심리를 의도적으로 상당히 많이 드러낸다고 생각하며 사실 그렇기도 하다.

이 글은 슬프고 안타깝다. 부분적으로는 항상 아버지를 감동시키고 싶었지만 결코 그럴 수 없었던 한 남자의 슬픈 탄식을 담았기 때문이다. 자기 자녀에게 가끔 말했듯 처칠이 아버지와 대화한 것은 평생 기껏해야 다섯 번을 넘지 않았고 그나마 길지도 않았다. 처칠은 자신이 아버지의 기대에 미치지 못했다는 회한을 언제나 가슴에 품고 살았다.

어린 시절 처칠은 확실하게 결과가 나올 일에만 매달렸고 아버지의 몹시 엄격한 태도에 주눅이 들어 자신은 틀림없이 아버지보다 똑똑하지 못하다는 생각에 사로잡혔다. 아버지 랜돌프는 자신은 이튼에 재학할 수 있었지만 아들은 해로에 입학하는 편이 안전하다고 판단했다. 아들의 건강 때문이기도 했지만(템스강가의 축축한 공기보다는 언덕의 공기가 아들의 약한 폐에 더 낫다고 생각했다) 당시에는 해로가 좀 더 수월하게 공부할 수 있는 학교로 여겨진 것이 진짜 이유였다.

처칠 팩터

랜돌프는 옥스퍼드 소재 머튼 컬리지Merton College의 법학과를 다니면서 수석을 거의 놓치지 않았고, 로마 시인 호라티우스Horatius의 시를 유창하게 암송할 수 있었다. 하지만 아들인 처칠은 시험에서 낙제하고 샌드허스트 육군 사관 학교에 가까스로 입학했다.

윈스턴 처칠은 자신이 무엇 하나 제대로 하지 못하고 허덕이는 동안 아버지가 장관에 임명되고 토리당을 쥐락펴락하며 화려하게 출세하는 모습을 지켜보았고, 그러다가 잔인한 운명의 장난으로 아버지가 쇠락하는 모습도 보았다. 처칠은 신문을 열심히 뒤지며 아버지의 연설에 대해 보도한 기사를 찾아 읽었고 아버지에게 몹시 충성스러웠다. 그러니 아버지의 능력이 빛을 잃고, 말투가 어눌해지고, 과거의 열정적인 웅변이 사라졌다는 사실을 인정할 수 없었다. 언젠가 십 대 때 청중 속에 묻혀 아버지의 연설을 듣고 있다가 누군가가 야유를 보내자 그쪽으로 몸을 돌려 입을 다물라고 소리쳤다. "들창코 과격파, 그 입 닥쳐!"

처칠이 스무 살 때 아버지와의 관계가 마지막 황금기를 맞았다. 처칠은 조지프 체임벌린Joseph Chamberlain, 허버트 헨리 애스퀴스Herbert Henry Asquith, 로즈베리 경Lord Rosebery 등 위대하고 유명한 사람들과 점심 식사를 하는 자리에 초대받아 훌륭하게 처신했다. 아버지는 뿌듯해하며 "아들이 많이 말쑥하고 의젓해졌다. …… 샌드허스트가 아들을 잘 가르쳤다."라고 언급했다. 스스로 말했듯 처칠은 아버지에게 정치적으로 유용한 인물이 되어 아버지와 나란히 의회에서 활동하면서 아버지가 믿는 명분을 뒷받침하고 싶다는 꿈을 꿨다. 하지만 아버지는 아들이 꿈을 이룰 기회를 얻기도 전에 마흔다섯 살을 일기로 세상을 떠났다.

이제 처칠은 '그 꿈'에서 아버지 앞에 섰다. 자신이 교장에게 새 학기말 고사 성적표를 받았고, 더 이상 건달이나 게으름뱅이가 아니라 당대 최고의 영국인이자 조국의 구세주라는 사실을 노기등등한 아버지에게 설명할 수 있는 기회가 마침내 찾아온 것이다. 하지만 아버지는 좋은 소식을 전부 듣기도 전에 훅 하고 연기처럼 사라졌다.

글은 우울하게 끝을 맺는다. 처칠은 너무 피곤해 그림을 계속 그릴 수 없다. 시가도 다 타서 재가 그림에 떨어진다. 겉보기에는 처칠에게 연민을 느껴야 하고 부자의 관계에서 머나먼 거리감을 느껴야 마땅하다. 하지만 글에 처칠의 우쭐한 기분도 약간 배어 있다는 생각을 떨칠 수 없다.

처칠은 아버지의 사후 인정을 받는 데 그치지 않고, 자신에 대한 아버지의 형편없는 평가를 극복하고 실제로 거의 모든 면에서 아버지를 뛰어넘었다는 사실을 아버지와 독자에게 은근히 자랑한다.

아버지의 사라진 그림자에 대고 "자, 어때!"라고 말한다. "잘 생각해 봐, 구스베리처럼 생긴 눈에 바다사자처럼 수염을 길렀던 정치가 양반! 당신은 내게 그렇게 신랄하게 굴 이유가 없었어." 이것은 처칠이 아버지에게 보내는 메시지인 동시에 수필에 숨겨진 진심이다.

아버지의 영혼이 나타났을 때 처칠은 차트웰의 화실에서 무엇을 하려 했을까? 실제로는 얼스터 클럽Ulster club에서 손상된 아버지의 옛날 유화 초상화를 손보고 있었다. 처칠은 아버지의 모습을 떠올리며 자신의 그림 솜씨로 그 모습을 캔버스에 옮겼다.

그림은 전체 상황을 묘사하는 은유이다. 처칠은 아버지의 정당성을 입증하겠다고 말했다. 하지만 입증하는 데 그치지 않고 한 발짝 더 나아가 상처 입고 담뱃진으로 얼룩진 그림을 다시 손질하고 있었다.

언론 활동으로 수입을 창출하는 가족 전통을 시작한 것은 아버지였다. 처칠이 '그 꿈'에서 말했듯 아버지는 〈데일리 그래픽Daily Graphic〉 소속으로 남아프리카 공화국에 파견되어 기사 한 편에 100파운드라는 엄청난 돈을 벌었다. 그렇다면 처칠은 어떻게 세상에 등장했는가?

처칠은 남아프리카 공화국을 포함한 여러 지역으로 파견되어 당대 최고의 보수를 받는 저널리스트로 활동했다. 또한 아버지와 마찬가지로 자신의 야심을 충족할 수 있게 도와주는 사람들을 괴롭혔다.

의회에 진출하는 방법에 관해서는 아버지에게 어떤 가르침을 받았을까? 아버지는 토리당에게 지독하게 불충했고, '제4의 당'을 만들어 윌리엄 글래드스턴william Gladstone을 공격하는 동시에 스태퍼드 노스코트Stafford Northcote 경을 본보기로 삼아 토리당 지도부를 정비하는 것을 사명으로 삼았다.

랜돌프 무리에게 '염소'라는 소리를 듣다 못한 스태퍼드 노스코트 경은 랜돌프에게 편지를 써서 망나니짓을 그만두라고 간청했다. 랜돌프는 더할 나위 없이 유쾌해하며 생색내는 태도로 "의회에서 늘 내 방식대로 행동해 왔듯 앞으로도 꾸준히 그렇게 할 겁니다."라고 대꾸했다.

젊은 처칠의 행보에도 그러한 모습이 보인다. 1900년 의회에 입성한 처칠은 반항적인 젊은 토리당 의원을 중심으로 집단을 결성하고(휴 세실Hugh Cecil에게 경의를 표한다는 의미로 휴리건스the Hughligans로 불렸다) 아버지를 닮은 활기차고 오만한 태도로 토리당 고위 지도부를 비웃었다.

아버지 랜돌프는 당에 대한 충성심의 개념을 처음으로 그리고 체계적으로 무시했다. 아들인 처칠이 나중에 기술했듯 랜돌프가 선호한 전략적 입장은 "양쪽 당 지도부를 내려다보며 하원에서 활동하는 모든 정당을 매우 고결하고 공정하게 생각하는" 것이었다.

그렇다면 처칠은 정당에 어떻게 행동했을까? 처칠이 요즘처럼 메마른 정계 풍토에서는 용납될 수 없을 정도로 솔직히 말했듯 정당을 선택하는 것은 자신을 목적지까지 가장 빠르면서도 멀리 데려다줄 수 있는 말을 고르는 것과 같았다. 처칠은 그러한 기준으로 정당을 선택했고 그 정당이 죽기 직전에 뛰어내려 자유당 말로 갈아탔다. 자유당 말이 달리다가 죽으려 하자 다시 뛰어내려 새 토리당 준마에 올라탔다. 처칠만큼 일말의 가책 없이 당당하게 정당에 불충했던 사람은 이전에도 이후에도 없었다.

처칠은 정계 활동을 시작한 초기부터 좌파와 우파를 초월하고 두 입장의 장점을 살려 국가의 목적을 구현하겠다고 마음먹었다. 자신은 아치를 형성하는 거대한 쐐기돌이므로 자신의 정치적 입장을 좀 더 작은 돌들이 논리적으로 지탱해 주어야 한다고 생각했다. 그래서 극단의 이념을 주장하지 않고 좌경적 보수주의를 앞세워 낭만적이지만 근로자의 편에 서 있는 제국주의자로 행동했다.

이러한 철학은 아버지인 랜돌프에게 배웠다. '토리식 민주주의'라고 불렸던 약간 애매한 개념의 정의를 묻는 질문을 받고 랜돌프는 '대개는 기회주의'라고 대답했다. 하지만 토리식 민주주의는 1880년대 토리당에 활력을 주입했고, 랜돌프 처칠의 경력에도 생명력을 불어넣었다.

처칠은 아버지의 이러한 정치적 태도를 채택했다. 랜돌프는 산업 재해를 당한 하인이 보상을 받을 수 있게 하려고 운동을 벌였고, 이러한 정신을 이어받은 처칠은 전반적으로는 자유 시장 개념을 꾸준히 주장하면서도 연금 수령 연령을 65세로 낮추고, 직업소개소를 세우고, 근로자에게 휴식 시간을 제공하는 등 중요한 사회 개혁안을 입안했다.

처칠은 아버지에게서 정치적 입장과 무엇보다 스타일과 자기 투사 능력을 물려받았다. 당대에 가장 유명한 연설가였던 랜돌프가 일어서면 청중이 잠잠해졌고 근로자 팬들은 '땅딸보 랜디Little Randy'나 '건방진 랜디Cheeky Randy'라 부르며 환호했다. 술에 취한 것만 다를 뿐 P. G. 우드하우스Wodehouse가 쓴 소설에서 마켓 스노즈베리 중등 학교Market Snodsbury Grammar School를 배경으로 구시 핑크 노틀Gussie Fink-Nottle이 수상 연설을 할 때와 마찬가지로 작은 새우처럼 생긴 사내가 눈이 휘둥그레질 정도로 미친 듯이 욕설을 퍼붓자 청중은 "랜디! 본때를 보여 줘, 한 방 먹여!"라고 소리를 질러 댔다.

말을 만들어 내기로 유명했던 랜돌프는 글래드스턴을 가리켜 '서둘러 늙어 가는 노인'이라고 불렀다. 하워든 성Hawarden Castle에서 통나무를 쪼개며 여가를 보내는 글래드스턴의 습관을 언급하면서 "글래드스턴 씨가 땀을 흘리게 하려고 숲이 탄식한다."라고 언급했다. 처칠은 아버지와 같은 화법을 도입해 연설문을 쓰고 내용을 완전히 암기하여 당대는 물론이고 아마도 역사상 가장 명예로운 정치 연설가로 부상했다.

하지만 랜돌프는 정작 누구에게 영감을 받았을까?

처칠 부자는 토리당 마술사들과 기회주의자들 가운데 가장 위대한 인물로 꼽히는 벤저민 디즈레일리Benjamin Disraeli의 전통을 공공연하게 따랐다. 랜돌프는 디즈레일리의 신봉자이자 대리인으로, 사망한 디즈레일리를 추모하여 '앵초단Primrose League'을 결성하는 데 기여했다. 앵초는 빅토리아 여왕 시대에 활동한 위대한 지도자이자 신사인 디즈레일리가 좋아한 꽃이었기 때문이다.

랜돌프는 '그 꿈'에서 아들에게 이렇게 말했다. "나는 늙은 유대인 디즈레일리를 늘 믿었다. 그는 미래를 보았다. 그가 영국 근로자들을 세상의 중심에 놓아야 했다." 윈스턴 처칠이 언급했듯 처칠 부자는 디즈레일리의 계승자이고 "엘리야 선지자의 망토를 전달하는 사람"이었다.

디즈레일리에서 처칠 부자로 이어지는 특징은 매우 인상적인 동시에 사회 개혁을 향한 관심 이상이었다. 세 사람은 언론에서 활동하고 쇼를 사랑하고 웅변에 능했다는 공통점을 보였다. 또한 역사의식이 같았고, 제국주의와 군주주의를 믿었으며, 약간 과장하는 행동을 보이고 기회주의를 뿌리 깊게 신봉했다.

하지만 현대 들어 디즈레일리는 빛을 잃을 위험에 놓여 있다. 더글러스 허드Douglas Hurd는 내용이 훌륭하지만 약간 부정적인 전기를 써서 필Peel처럼 꾸준히 '효과적으로' 활동하는 사람과 비교해서 디즈레일리가 실제로 이룩한 성과가 무엇인지 알아야 한다고 주장했다.

물론 이것은 디즈레일리에게 부당한 주장이지만 근대 영국 정치의 중요한 전통에도 부당하기는 마찬가지이다. 디즈레일리가 없었다면 랜돌프 처칠도 없었을 것이고, 랜돌프가 본보기가 되지 않았다면 윈스턴 처칠도 없었을 것이기 때문이다. 스탠리 볼드윈Stanley Baldwin 총리가 자신을 재무 장관에 임명했을 때 처칠은 기뻐하며 어떤 반응을 보였는가? "나는 아직까지 아버지의 가운을 간직하고 있습니다!"

그렇다고 처칠이 아버지 랜돌프와 같거나 비슷한 부류의 인물이었다는 뜻은 아니다. 중요한 방식에서 처칠은 아버지와 매우 다르면서도 훨씬 훌륭했다.

랜돌프는 처칠이 결코 따라갈 수 없으리만치 비열했다. 윈스턴이 매독에 걸리는 것은 상상하기 힘들다. 처칠과 달리 부모는 뮤리엘 스파크Muriel Spark가 구사한 표현대로 "섹스로 유명했다".

처칠은 아버지와 달라 하인을 공격할 만큼 분노하며 미쳐 날뛰지도 않았고, 자녀에게 무시무시한 내용의 편지를 쓰지도 않았다. 또한 1873년 황태자를 협박해 결투 신청을 받는 것처럼 정신 나간 행동도 하지 않았다.

이토록 기이하고 불쾌한 사연은 이제 도서관의 먼지 쌓인 구석으로 밀려나고 있지만, 이 사실을 기억하고 있던 사람들은 윈스턴 처칠이 사회에 발을 디뎠을 때 부자가 무척 다르다고 생각하고 틀림없이 의아해했을 것이다.

게다가 랜돌프의 형인 블랜드포드 백작Earl of Blandford이 이디스 에일즈포드Lady Edith Aylesford 부인과 요란하게 바람을 피웠으므로 사람들의 의구심은 더욱 짙었을 것이다. 이디스는 콧대가 꽤 길고 성욕이 강한 여성이어서 남편은 물론 블랜드포드와 약간 뚱뚱하고 별 볼 일 없는 왕위 계승자인 '버티Bertie'와 동시에 관계를 맺었다. 그들은 당시에 이런 식으로 관계를 맺었다.

이디스는 남편인 에일즈포드 경과 이혼하고 블랜드포드와 동거하고 싶어 했다. 분명하게 밝히지 않은 몇 가지 이유를 근거로 랜돌프는 형이 그러한 사건에 연루되면 안 된다고 판단했고, 타인의 이혼 문제에 이름이 오르내리는 것만으로도 가문에 불명예라고 생각했다.

디즈레일리의 유령과 함께 있는 랜돌프.

아버지의 유령을 뒤에 두고
하원에서 연설하는 처칠.

그래서 사회의 도덕 풍조를 결정하는 황태자를 움직여 이혼을 금지시키는 책략을 꾸며 냈다. 우선 버티 황태자가 이디스에게 보낸 편지 몇 통을 발견하고, 편지 내용이 격정적이라고 언급했다. 편지에는 황태자와 이디스의 친밀한 관계가 암시되어 있으므로 내용이 외부에 알려지면 황태자는 절대 왕위에 오를 수 없었다!

랜돌프는 편지를 외부에 폭로하겠다고 위협했다. 엄청난 추문이 터질 찰나였고 급기야 여왕의 귀에까지 소식이 들어갔다. 당시 총리였던 디즈레일리가 즉시 개입해야 했다. 흥분한 버티 황태자가 결투를 신청하자 랜돌프는 왕위 계승자에게 은유로 두 손가락을 곤두세우는 모욕적인 답장을 보내면서 신하는 미래 군주의 생명을 위협하는 사건에 결코 개입할 수 없다고 지적했다. 결국 처칠 가문 전체가 섬으로 추방을 당해 말버러 공작은 섬의 총독으로, 랜돌프는 형의 보좌관으로 전락했다. 그래서 처칠이 삶의 초반을 더블린에서 보냈던 것이다.

나는 윈스턴 처칠이 아버지에게 어떤 속성을 물려받았는지 증거를 찾으려고 이 불행한 사건을 조사했다. 결과적으로 내가 발견한 속성은 천박함이 아니라 무모함이었고 오히려 위험을 기꺼이 감수하는 태도였다. 유부녀가 이혼하는 사건에 형이 개입하지 않게 하려고 황태자를 협박한 것은 랜돌프의 약삭빠른 계산이었다.

게다가 자기 말고는 재무 장관 자리에 오를 인물이 없다는 사실을 간파했으므로 사임하겠다고 위협해도 안전하리라 판단한 것도 약삭빨랐다. 하지만 예상 밖으로 정부가 조지 고션George Goschen을 재무 장관에 임명하자 랜돌프는 "고션이 있다는 사실을 깜빡 잊었다."라고 언급했다. (후 세대가 1대 고션 자작인 조지 고션에 대해 기억하는 것은 당시 랜돌프가 그의 존재를 깜빡 잊었었다는 사실뿐이다.) 하지만 무엇보다 중요한 사실은 랜돌프가 아들 처칠에게 도박꾼 기질을 물려준 것이었다.

1940년 5월 윈스턴 처칠이 권력을 잡자 많은 사람이 놀라고 당황했지만, 불가피하다고 생각하는 사람도 많았다. 1936년 처칠이 각료 자리를 거절했을 때도 스탠리 볼드윈은 처칠을 전시 내각 총리로 임명해야 한다고 주장했다.

처칠 팩터

1939년 런던에는 '처칠의 값은 얼마인가?What Price Churchill?'라는 구호를 담은 벽보가 나붙었다. 후보자들은 처칠을 정계에 복귀시킬 기회가 달린 보궐 선거에 나갔다. 1940년 5월 노르웨이 논쟁이 벌어지기 직전 처칠의 부하인 해럴드 맥밀런은 로비에서 처칠에게 다가가 "우리에게는 새 총리가 있어야 하고, 그 총리는 당신이어야 합니다."라고 말했다.

결국 총리 자리에 오른 순간을 처칠은 이렇게 묘사했다. "마치 운명의 길에 들어선 것 같았다. 여태껏 살아온 삶은 이 순간을 맞이하기 위한 준비 과정이었다." 처칠은 총리직에 오를 운명인 것 같았고 처칠만 그렇게 생각한 것은 아니었다.

누구도 정치가로서 군인으로서 처칠만큼 오래 투쟁해 온 경험이 없었다. 누구도 처칠만 한 수준으로 업적을 쌓거나 대단한 사건을 감당해 내지 못했다. 당대 사람들이 당연히 그랬듯 처칠을 대단한 인물로 생각하는 사람이 엄청나게 많은 이유는 더 있다.

놀랍도록 우여곡절이 많았던 생애 내내 처칠은 아버지의 태도를 물려받아 정당을 무시하거나 세속적 영광을 좇았을 뿐 아니라 자신과 자기 생각을 적극적으로 주장하기 위해서라면 아무도 감히 시도하지 않을 위험을 감수했다.

평화 시기에 이렇게 행동하면 재앙을 맞을 수 있다. 하지만 위험을 감수하지 않고서는 전쟁에서 승리할 수 없고 위험을 무릅쓰려면 용감해야 한다. 결국 사람들은 처칠에게서 이러한 역량을 감지했으므로 처칠이 토리당 체제와 유화론자를 경멸하는데도 1940년 정계에 복귀하기를 열렬하게 원했던 것이다.

그때까지 처칠이 쌓아 온 모든 경력은 이러한 근본 미덕을 보여 준 증거였다. 처칠 자신이 지적했듯 그 미덕 덕택에 다른 업적들도 달성할 수 있었다. 게다가 처칠은 두말할 필요 없이 엄청난 신체적·윤리적 용기의 소유자였다.

대범하거나 고결한 행동이
과도할 수는 없다

———

5

때는 1919년 7월 18일 눈부시게 아름다운 저녁이었고 장소는 크로이던Croydon 이었다. 전쟁이 끝나고 처칠은 정부에 복귀했다. 갈리폴리 전투에서 불명예를 입고 장기간 칩거한 후였다. 전쟁 장관으로 힘든 시기를 보내고 지금은 흥미진진한 경험을 할 수 있겠다는 기대로 가슴이 부풀어 있다. 드디어 비행 수업을 받기로 했기 때문이다.

처칠은 해가 지기 전까지 몇 시간을 활용하려고 런던 남쪽의 비행장으로 차를 몰았다. 비행 교관인 잭 스콧Jack Scott 대장을 대동하고 놋쇠 부품에 양질의 나무 프로펠러를 장착한 복엽 비행기 드 하빌랜드 에어코de Havilland Airco DH.4에 기어올랐다. 스콧은 이중 조종 장치를 장착한 비행기의 앞좌석에 앉고 처칠은 그 뒤에 자리를 잡았다. 정식 조종사 자격증은 없었지만 처칠의 비행 실력은 단독으로 이륙할 수 있을 만큼 노련했다.

한동안 비행은 교본에 적혀 있는 대로 순조로웠다. 비행기가 털털대며 들판을 달리고 엔진은 순탄하게 가동했다. 비행기가 20~25미터를 날아오르자 지상 근무자들이 고개를 젖혀 바라보았다. 영국에서 가장 유명한 정치가가 커다란 머리에 가죽 비행모를 쓰고 보호 안경을 끼고 당시 영국이 자랑하는 첨단 기술 장비에 몸을 실고 하늘을 향해 날아올랐다. 처칠은 이카로스Icaros가 하늘을 정복하려고 날아오른 이후로 공기보다 무거운 기계를 타고 중력을 거스른 초기의 인간이었다.

하지만 비행기가 땅에서 꽤 멀어졌을 때 상황이 어긋나기 시작했다.

당시 크로이던 공항의 경계에는 높다란 느릅나무가 빽빽이 자랐다. 조종사가 느릅나무에 부딪히지 않고 상승하려면 처음에는 오른쪽으로 다음에는 왼쪽으로 비행기를 회전시켜야 했다. 처칠은 첫 회전을 무사히 마쳤다. 비행기를 통과하며 바람이 불었다. 비행은 60노트의 속도를 일정하게 유지할 만큼 순조로웠다.

처칠이 비행기를 왼쪽으로 회전시키자 예민한 수평 키와 보조 날개도 명령에 따랐다. 이제 비행기를 안정 궤도에 진입시키려고 자신이 배운 대로 조종간을 서서히 부드럽게 중앙으로 돌렸다. 그리고 조종간을 즉시 되돌려 놓으면서 그 머리 부분을 약간 움직이자 뭔가 수상한 현상이 일어났다.

비행기가 45도 선회한 상태에 머물면서 조종사의 명령에 따라 움직이지 않는 것 같더니 이내 왼쪽으로 훨씬 많이 기울기 시작했다. 비행 속력도 빠르게 떨어졌다. 비행기에 문제가 발생한 것이 분명했다.

"비행기가 통제 불능 상태입니다."라고 처칠이 스콧에게 말했다. 비행 경험이 매우 많고 유능한 인물로서 심각한 추락 사고를 당해 부상을 입기도 했던 스콧이 좌석을 타고 넘어와 조종간을 붙잡고 페달에 발을 올려놓고는 이러한 긴급 상황에서 유일하게 취할 수 있는 방법으로 조종간을 홱 잡아당기며 페달을 있는 힘껏 밟았다. 미끄러지지 않을 정도로 속력을 내려고 비행기 앞부분을 아래로 향하게 했다. 이때 고도만 조금 더 높았다면 이 방법은 효과가 있었을 수 있다. 하지만 지금 비행기와 지면의 거리는 30미터도 채 되지 않았다. 재앙이 그야말로 코앞에 닥쳤다.

통제 불능 상태의 비행기에 몸을 싣고 하강하면서 처칠은 발아래로 햇살을 받고 있는 비행장이 악의적인 누르스름한 빛에 잠겨 있다는 인상을 받았다. 머릿속에 '죽음이 이런 것이군.'이라는 생각이 번개처럼 스쳤다. 정말 꼼짝없이 죽을 판이었다.

우리의 영웅을 크로이던의 단단한 땅을 향해 곤두박질치고 있는 상태에 잠시 놔둬 보자. 처칠이 그때까지 어떤 위험을 겪었는지 되새겨 보자. 비행을 시도했을 뿐아니라 갖가지 명예를 추구하려는 욕망을 충족하느라 어떤 방식으로 자신을 불리한 상황에 빠뜨렸는지 생각해 보자.

처칠은 제1차 세계 대전이 발발하기 전인 해군 장군 시절에 이미 비행에 심취했다. 1913년 초반에는 셰피Sheppey 섬의 이스트처치Eastchurch에 있는 해군 항공 기지를 방문했다가 그곳 분위기에 매료되었다. 어디로 튈지 모르는 자유분방한 젊은 비행사들이 세계 최초의 수상 비행기(seaplane은 처칠이 처음 용어를 만들었다)를 시험 비행하면서 창공을 이리저리 누비고 다녔다. 코밑수염을 제외한다면 미국이 항공 프로그램을 추진했던 초기 시절 같았다. 필사의 도전 정신*이 그들의 온몸에서 발산되었다.

처칠은 비행사들의 활동에서 즉시 잠재력을 감지하고, 자체적으로 정체성과 소속감을 자랑하는 부서를 만들고 싶었다. 그래서 출범시킨 조직이 바로 왕립 공군Royal Air Force의 전신이었다. 또한 증기 기관차의 발명을 언급하면서 "우리는 비행의 스티븐슨 시대를 살고 있다."라고 역설했다. "지금 영국 항공기는 노쇠했다. 하지만 언젠가 힘을 되찾아 조국에 소중한 존재가 될 것이다." 처칠은 무척 고무된 나머지 비행술을 배워 비행기를 직접 이륙시키고 싶어 했다.

이것이 얼마나 정신 나간 생각인지 파악하려면 그때는 비행 자체가 시작된 지 10년 밖에 되지 않았다는 사실을 기억해야 한다. 오빌 라이트Orville Wright와 윌버 라이트Wilbur Wright 형제가 기묘한 기계에 몸을 싣고 키티 호크Kitty Hawk를 이륙한 해가 1903년이었기 때문이다. 체격이 딱히 비행에 적합하지도 않은 39세의 처칠이 요즘 사람 눈에는 거의 비행기로 보이지 않는 기계를 타고 하늘을 비행하려 했던 것이다. 당시 비행기는 잔디 깎는 기계용 엔진을 장착하고 거대한 캔버스 천으로 만

---

* the Right Stuff, 톰 울프가 미국 우주 프로그램의 역사에 관해 쓴 책에 비유한 말.

든 야릇한 모양의 상자형 연을 손수레 위에 얹은 후에 밧줄이나 가죽끈으로 칭칭 동여매 제작했다.

이렇게 만든 비행기로 하늘을 나는 것은 생명이 위험해 보였고 실제로도 그랬다. 1912년 조사 결과에 따르면 비행 5000번 중 한 번꼴로 사망 사고가 발생했다. 현대의 기준에 비추면 이 정도 사망률로 비행하는 것은 미친 짓이다. 런던에서 자전거를 타는 것처럼 비이성적이면서 위험할 수 있는 다른 유형의 교통수단과 비교해보자. 자전거를 탈 때 사망률은 1400만 번 중 한 번이다. 이만하면 처칠의 행동이 얼마나 위험천만했는지 짐작할 수 있다.

오늘날에는 고위 정부 관료는 물론 어느 누구도 그렇게 열악한 비행기에 몸을 싣고 비행하도록 승인받지 못한다. 처칠의 초기 교관이었던 23세 청년 귀족 스펜서 그레이Spenser Grey는 나중에 심각한 사고를 당하고 죽을 고비를 넘기고 나서 교관을 그만두었다.

친구들은 처칠에게 비행을 그만두라고 말렸다. 사촌이자 말버러 공작인 서니Sunny는 이렇게 말했다. "자네가 공중 비행을 멈추지 않는다면 앞으로 내가 자네에게 편지를 더 쓸 수 있을 확률이 그렇게 높지 않을 걸세. 자네는 아내와 가족과 친구들을 위해서라도 비행을 그만두어야 마땅하네. 비행은 생명을 심각하게 위협하기 때문이지. 자네는 정말 잘못하고 있네." F. E. 스미스Smith는 '어리석고' '가족에게 공정하지 않다'며 처칠을 책망했다.

사촌인 런던데리Londonderry 부인은 처칠이 '사악하다'고 말했다. 아무 말 없이 몰래 집을 빠져나가기도 하는 남편 때문에 아내 클레먼타인Clementine은 마음이 심란했다. 1913년 11월 29일 처칠은 식품 저장실에 몰래 들어가 아이들의 푸딩을 먹어 치우듯 "나는 요즈음 비행을 하고 싶은 나머지 말썽꾸러기 아이가 된 것 같다."라고 털어놓기도 했다.

다음 교관은 역시 젊고 기운찬 길버트 와일드먼 러싱턴Gilbert Wildman-Lushington 기

처칠 팩터

장이었다. 처칠은 자기 생일인 11월 30일도 러싱턴 기장과 하루 종일 상공에서 보냈다. 러싱턴은 자신이 가르치는 학구열이 왕성한 제자에 관해 약혼녀 에얼리 하인스Airlie Hynes에게 이렇게 언급했다. "오후 12시 15분가량부터 처칠을 가르치기 시작했습니다. 처칠이 훈련에 너무 열중했으므로 도저히 그를 비행기 밖으로 나오게 할 수 없었어요. 점심 식사를 한 45분가량을 제외하고 오후 3시 30분까지 꼬박 비행기를 탔습니다. 처칠은 소질이 다분했고 수업을 더 받을 뿐 아니라 연습도 더 하고 싶어 했습니다."

처칠은 점심 식사를 간단하게 해결하려고 러싱턴의 숙소에 들어갔다가 젊은 여성의 사진을 보고 언제 결혼할 계획인지 물었다. 러싱턴은 결혼식을 하려고 저축하는 중이라고 대답했다. 처칠에게 비행술을 가르치는 일도 저축에 크게 보탬이 될 터였다. 하지만 안타깝게도 결혼식은 치르지 못했다. 사흘 후 러싱턴이 수업용 비행기를 몰다가 비행기가 옆으로 미끄러지는 사고를 당해 사망했기 때문이다.

아마도 두 사람이 함께 비행했던 날 저녁, 처칠이 러싱턴에게 보냈을 으스스한 내용의 편지가 남아 있다. 처칠은 방향키를 제대로 작동시키지 못한 이유를 모르겠다면서 방향키가 매우 뻣뻣한 것 같다고 말했다. 그러면서 "아마도 내가 방향키를 반대쪽으로 밀었기 때문인가 봅니다."라고 애매하게 결론을 내렸다. 러싱턴은 방향키를 작동시켜 보았지만 문제가 없어 보였으므로, "아마도 장관님의 추측이 맞는 것 같습니다."라고 답장을 보내고 비행을 떠났다가 영영 돌아오지 못했다.

어떻게 방향키를 반대쪽으로 밀 수 있을까? 이 말은 무슨 뜻일까? 처칠은 원시적 형태의 보조 날개와 조종간에 어떤 현상이 벌어지는지 알고는 있었을까?

러싱턴이 사망하자 처칠은 비행을 그만두겠다고 아내에게 약속했다. 그리고 1914년 프랑스 공군의 에이스인 구스타프 하멜Gustav Hamel에게 파리를 출발해 해협을 횡단해 달라고 초청하면서 자신은 영국 공군에게 비행 시범을 보여 주고 나서 비행을 포기하겠다고 거듭 맹세했다.

하멜은 파리를 출발했지만 상공에서 실종되었다. 그런데도 처칠은 비행을 멈추지 않고 높은 상공에서 종다리처럼 즐거워하고 프랑스를 지속적으로 드나들며 비행 속력과 공중의 안락함을 누렸다. 1919년에 이르러 다시 본격적으로 조종간을 잡은 처칠은 크로이던에서 온갖 운명의 불길한 예감을 느꼈던 치명적인 사건을 겪을 때까지 비행을 멈추지 않았다.

한번은 프랑스 북부 상공에서 폭풍을 만나 완전히 길을 잃는 바람에 철로가 보일 때까지 비행기를 하강하고 나서야 가까스로 경로를 바꿀 수 있었다. 그 전달에도 파리 근처 벅Buc 비행장에서 심각한 충돌 사고를 겪었다. 풀이 크게 자라 이륙 속력이 떨어지는 바람에 비행기의 스키가 활주로 끝자락에 있는 도로의 가장자리를 쳤던 것이다.

처칠의 표현을 빌리자면 비행기는 총에 맞은 토끼처럼 공중제비를 했다가 거꾸로 뒤집혔다. 이제 크로이던 땅으로 격렬하게 그것도 순식간에 추락할 판이었다. 이때 삶이 눈앞에서 주마등처럼 펼쳐졌다면 지난 몇 년 동안 앞뒤 가리지 않고 행동해 왔다는 생각이 들었을지도 모를 일이었다.

군대에서 경력을 쌓는 초기에 보여 주었던 엄청나게 용감한 행동을 생각해 보면 처칠이 적극적으로 위험을 쫓아다녔다고 결론을 내릴 수밖에 없다. 처칠은 아킬레우스Achilleus나 아서 왕의 기사처럼 전투가 치열한 한복판에 있는 것만으로 만족하지 않고 전투에서 두각을 나타내 명성을 얻는 데 굶주려 있었다.

처칠은 20세 되던 해에 쿠바에서 영국군 장교이자 종군 기자라는 애매한 임무를 수행하며 공적을 쌓기 시작했다. 샌드허스트 육군 사관 학교는 만족스러운 열매를 맺고 졸업했다. 대담하고 노련하게 말을 몰 수 있었고 130명 중 20등으로 졸업하면서 제4 왕립 경기병 연대에 기수로 입대했기 때문이다. 하지만 군대에서 생활하는 데 돈이 많이 들었으므로 수입을 보충하는 동시에 개인적인 명성을 갈고닦을 수 있는 기발한 수단으로 저널리즘을 선택했다.

쿠바가 스페인의 식민주의 지배에 대항해 반란을 일으키자 처칠은 감쪽같이 스페인 군대에 들어갔다. 명목상으로는 〈데일리 그래픽〉의 기자로 쿠바에 갔지만 속셈은 총격을 받지 않으면서 진짜 총알에 최대한 가까이 접근하는 것이었다.

처칠은 이곳에서 곧 요행을 경험했다. 21세 생일날 처칠이 정글에 들어갔을 때 총소리가 크게 울렸다. 뒤를 따르던 말이 고꾸라지면서 처칠이 입은 밤색 코트에 온통 빨간 피를 뿌리며 죽었다. 총알이 "내 머리를 살짝 스치고" 지나던 순간을 묘사할 때 처칠의 목소리는 흥분으로 떨렸다. 다음 날 강에서 멱을 감을 때는 총소리가 콩 볶듯 들렸다. 처칠은 "총알이 머리 위로 윙윙 지나갔다."라고 뿌듯해하며 보고했다.

이러한 경험이 나름 영광스럽기는 하지만 본격적인 전투 경험으로 보기는 어려웠다. 따라서 처칠은 군대에 복무하면서 가능하다면 적군과 제대로 맞붙고 싶었다. 어머니가 재치 있게 공작을 벌인 덕택에(항간에는 어머니가 장군들에게 여성적 매력을 십분 활용한 덕택에 뜻을 이루었다는 말이 돌았다) 2년 후 처칠은 빈던 블러드Bindon Blood 경이 지휘하는 말라칸드 야전군Malakand Field Force에 들어갈 수 있었다.

콧수염을 멋지게 기른 제국주의자 블러드 경은 파탄Pathan 족 반란군을 제압하는 임무를 맡았다. 파탄 족은 영국 제국에 대항해 반란을 일으킨 이슬람교도 부족으로 현재 아프가니스탄과 파키스탄에 접한 인도 북서 변경주North-West Frontier에 거주하면서 지금도 세계에서 가장 완고한 광신도들과 테러리스트들에게 은신처를 제공하고 있다. 현재도 그렇지만 당시에도 이곳에서 펼치는 군사 작전은 장난이 아니었다.

파탄군은 격렬하게 저항했으며 전투에 참여하고 싶어 했던 처칠은 열망을 이루었다. 교전의 양상을 묘사한 처칠의 글을 읽으면 정말 머리카락이 쭈뼛하게 곤두선다. 자기 옆에 있던 군인들이 적의 칼에 갈가리 찢긴다. 부족들이 무섭게 돌진해 오고 처칠은 총을 쏜다. 영국 보병대는 공포에 휩싸여 뿔뿔이 흩어지고 들것에 실린 한 부상병이 광분한 파탄군의 칼에 무참히 베인다. 처칠은 몇 시간 동안 줄곧 공격을 받는다.

언젠가 처칠은 계속 권총을 쏘다가 떨어뜨리고 소총을 집어 들었다. 그리고 나중에 이렇게 보고했다. "근처 병영에 40발가량을 집중적으로 발사했다. 확실하지는 않지만 네 명을 명중시킨 것 같다. 어쨌거나 적이 쓰러졌다." 때로 처칠은 자신이 적의 총알의 표적이 되었다고 자랑했다. "다른 군인은 모두 몸을 숨기고 있었지만 나는 전선으로 나아가 회색 말을 몰았다. 아마도 어리석은 행동이었겠지만 커다란 위험을 감수하고, 대범하거나 고결한 행동이 과도할 수는 없다는 사실을 군인들에게 몸소 보여 주었다."

처칠의 행동은 1980년대 북부 케냐의 천년 왕국 부족들이 호두 기름을 몸에 바르면 총알을 피할 수 있다고 믿고 무모하게 몸을 던졌던 것과 비슷했다. 말라칸드 야전군에서 처칠이 거둔 공적이라면 오늘날 빅토리아 무공 훈장을 받거나 적어도 상당히 비중 있는 훈장을 받았을 것이다.

1898년 처칠은 수단의 옴두르만Omdurman에서 영국 기병대의 마지막 돌격 작전에 투입되었다. 여기서도 처칠은 식민주의 진압자로서 임무를 수행하여 영국 법을 증오하는 수단 이슬람교도들의 반란을 진압하는 데 힘썼다. 이때도 처칠은 어머니의 도움을 받아 군인이자 종군 기자라는 특이한 임무를 맡으면서 고위 장교들의 따가운 눈총을 받았다. 옴두르만 전투에서는 더욱 중요한 자리인 정찰병에 배정되어 콧수염이 풍성한 허레이쇼 허버트 키치너Horatio Herbert Kitchener 장군에게 수단 이슬람교도 군대의 행방을 알려 주는 임무를 수행하기도 했다.

옴두르만 전투의 목적은 이슬람교도 지도자의 무릎을 꿇리고, 찰스 고든Charles Gordon 장군의 죽음에 대해 복수하는 것이었다. 13년 전 찰스 고든 장군이 수단의 반란 토착민에게 무참히 효수당하자 빅토리아 여왕 시대 영국은 크게 분노했다. 1898년 9월 2일 영국군이 6만 명에 달하는 데르비시* 군대에게 한 시간 이상 총알

---

* Dervish, 극도의 금욕 생활을 서약하는 이슬람교 집단의 일원.

세례를 퍼붓고 난 후 오전 8시 40분경 처칠은 적군을 향해 돌진했다. 처칠 무리는 150명의 토착민 창병을 공격했다고 생각했지만 실제로는 소총수들이었다.

데르비시군이 갑자기 무릎을 꿇더니 영국군 창기병 파견대를 향해 일제히 총을 발사하기 시작했다. 이 상황에서 영국군은 어떻게 해야 할까? 후퇴해야 할까, 돌진해야 할까? 영국군은 돌진했다. 데르비시 군대가 있는 방향으로 100미터가량을 달린 처칠은 눈빛이 이글거리는 열두 명의 "창병이 빈틈없이 길목을 막고 기다리는" 협곡의 입구에 도달했다.

처칠은 어떻게 했을까? 멈추지 않고 돌진했다. 곧이어 아수라장이 벌어졌고 많은 데르비시 군인이 도미노처럼 우수수 쓰러졌다. 처칠은 모제르Mauser총 열 방을 쏘고 자신도 말도 털끝 하나 다치지 않은 채 협곡을 통과했다. 아수라장을 빠져나오고 나서 말 머리를 돌려 전투장을 바라보니 데르비시군과 영국군이 뒤엉켜 싸우고 있었다.

처칠은 "다시 말을 몰고 돌진해 적군의 얼굴을 겨냥하고 총을 쏴서 몇 명을 더 죽였다(세 명은 확실히 죽었고 두 명의 생사는 확실하지 않았으며 한 명은 거의 죽은 것 같았다)."라고 보도했다. 처칠의 이러한 묘사를 읽고 있으면 당시 전세가 일방적으로 영국군에게 유리했다는 생각이 든다. 영국군이 적에게 없는 맥심 기관총으로 무장하고 있었기 때문에 가능한 일이었다.

그렇지만 처칠의 공격은 전적으로 위험을 과소평가한 행위였다. 공격 부대원 310명 중 21명이 사망하고 49명이 부상을 입었다. 처칠이 나중에 기술했듯 이 순간은 "내가 살아서 경험했던 가장 위험한 2분이었다".

과연 그럴까? 그 후 처칠은 보어 전쟁에 참전해 파탄군과 데르비시군보다 무기의 성능과 구사력이 뛰어난 거친 네덜란드인 농부들에게 여러 차례 공격을 당했다. 이 책에서는 지면에 한계가 있으므로 처칠과 보어 전쟁에 얽힌 사연을 쓸 수 없지만 이를 다룬 책이 여러 권 출간되었고 특히 처칠도 두 권을 직접 썼다.

내용을 정리하면 처칠은 24세에 이 불운한 보어 전쟁에 종군 기자로 참전했고, 이 전쟁에서 굴욕을 당하는 영국 제국의 모습은 마치 윌버 스미스Wilbur Smith가 남아프리카 대초원을 무대로 쓴 소설에서 등장시킨 수염이 덥수룩하고 거칠게 저항하는 인물들에게 당하는 것 같았다. 종국에 처칠은 1900년 엄청난 궁지에 몰리면서 언론의 집중 조명을 받았다.

처칠이 나탈Natal의 콜렌소Colenso로 가려고 탑승한 기차가 매복해 있던 적에게 습격을 당해 탈선했다. 그러자 처칠은 적의 포화가 쏟아지는 와중에도 자신의 안전은 아랑곳하지 않고 저항 세력을 규합하며 매우 침착하게 행동했다. 언제나 그랬듯 처칠은 총상을 입었지만 기적처럼 살아남았다. 적에게 생포되었다가 탈옥에 성공해 화물 열차에 뛰어올랐다. 숲에 몸을 숨기고 독수리에게 쫓기면서 탄광으로 피신했다. 그러다가 지금의 모잠비크인 로렌수마르케스Lourenço Marques에 도착해 영웅으로 환영을 받았다.

나중에는 현상금이 걸려 있는데도 자전거로 프리토리아를 통과하다가 데웨츠도르프Dewetsdorp에서 다시 총에 맞아 죽을 고비를 넘겼다. 다이아몬드 힐Diamond Hill 전투에서는 '눈에 띄게 용맹한 모습'을 보였다. 이 책에서 내가 처칠에 대해 말하고 싶은 요점에 서서히 접근하고 있다.

물론 이러한 내용의 글을 계속 쓸 수도 있다. 처칠은 갈리폴리 전투 이후인 1915년 서부 전선에서 복무했고, 무인 지대에 36차례 나갔고, 실제로 독일군이 대화하는 소리를 들을 수 있을 정도로 독일 전선에 가까이 접근하기도 했다. 그뿐만 아니라 포탄과 총알을 우습게 생각했다는 글도 덧붙일 수 있다. 하지만 굳이 서술하지 않더라도 내가 무엇을 말하려 하는지 독자들이 미루어 짐작하리라 믿는다.

젊은 시절부터 평생토록 처칠은 사자처럼 용감했다. 영국군이 처칠의 명령을 받아 발사한 총알과 미사일은 얼마나 될까? 1000개? 처칠이 자기 손으로 죽인 사람은 몇 명일까? 열두 명? 아마 그보다 많을 것이다. 처칠처럼 적극적으로 임무를 수행하고, 자신에게 폭력을 행사했거나 절대 폭력을 행사하지 않은 개발 도상국 국민을 그토록 많이 살해한 총리는 웰링턴* 이후 처음이었다.

특이하게도 처칠은 총리의 자리에 있을 때 네 개 대륙에서 총상을 입었다. 그렇다면 민감한 독자는 처칠의 용맹성을 나타내는 강력한 증거를 받아들이면서도 이면에 숨겨진 처칠의 심리가 무엇인지 알고 싶을 것이다. 어째서 처칠은 위험을 자초했을까?

처칠을 그토록 치열하게 행동하게 만든 원인은 무엇일까? 처칠은 유쾌한 구석이 있어서 자신의 행동 동기를 숨기지 않고 상당히 솔직하게 밝혔다. 어머니에게도 썼듯 말라칸드 야전군에서 벌인 자신의 활약상을 이야기하면서 대중의 인기를 의식했다. 자신의 대담하고 고결한 행동을 설명할 때 그 이야기를 들어 줄 청중이 필요했던 것이다.

그는 다음과 같이 털어놓았다. "나는 많은 면에서 특히 학교에서 비겁했으므로, 용감하다는 평판을 듣고 싶은 욕구가 없었다." 아이는 어른의 아버지이고, 어린 처칠은 발육이 정지된 아이였다.

해로가 자랑하는 격렬하고 원기 왕성한 해로 스쿨 축구 시합에도 처칠은 뛰지 않았다. 크리켓에도 별로 흥미를 보이지 않아서 학생들이 던진 크리켓 공을 피해 숲에 숨은 적도 있었다. 당시 처칠은 아버지와 동년배에게 평가당한다고 느꼈고 그들에게 애정받기를 원했다.

나는 처칠이 자신을 잘못 판단했다고 생각한다. 학창 시절에 처칠은 비겁하지 않고 지독하리만치 용감했다. 일곱 살에 학교에 입학해 허버트 스네이드 키너슬리 Herbert Sneyd-Kynnersley라는 가학적 성격의 망나니를 상대해야 했다. 키너슬리는 영국

---

* Wellington, 거만하고 독재적인 성격이었으나 뛰어난 전략가이기도 해서 나폴레옹의 마지막 전투인 워털루 전쟁에서 승리해 영국의 영웅이 되었다.

국교를 신봉하는 늙은 변태로서 학생들이 아주 사소한 규칙을 위반해도 회초리로 스무 대씩 때렸다.

처칠은 학교에서 비참할 지경으로 불행했지만 키너슬리의 미개한 행동에 대해 결코 불평하지 않았으므로 주치의가 회초리 자국을 발견할 때까지도 가족들은 전혀 눈치채지 못했다. 그렇다면 어린 처칠은 어떻게 했을까?

어느 날 설탕을 조금 집어 먹었다는 이유로 키너슬리에게 매질을 당하자 그의 밀짚모자를 가져다가 발로 차서 망가뜨렸다. 나는 처칠이 그렇게 행동한 것이 마음에 든다. 처칠은 학교에서 전혀 겁쟁이가 아니었다. 진흙에서 뒹구는 팀 경기에서는 그다지 두각을 나타내지 못했지만 학교 대항 펜싱 경기에 출전해 우승했다. 연상인 아이들을 수영장으로 밀어 넣은 사건도 유명하다. 순수한 용기를 지녔다는 사실을 입증하는 증거로는 그가 동생 및 사촌과 어울려 도싯Dorset에서 '토끼와 사냥개' 놀이를 했던 유명한 일화가 있다.

동생과 사촌이 각각 다리 양쪽 끝에 서서 처칠을 오도 가도 못하게 만들었고 다리 바로 밑에는 아주 깊은 웅덩이가 입을 벌리고 있었다. 이때 처칠은 전나무 꼭대기가 다리 높이까지 뻗어 있는 것을 보고 순간적으로 기발한 생각을 해냈다.

그래서 나무로 몸을 날린 후에 가지를 사용해 하강 속도를 늦추며 미끄러져 내려왔다. 이것은 듣기에는 그럴듯하지만 실행하기에는 끔찍한 계획이어서 처칠은 꼬박 사흘이 지나서야 의식을 찾을 수 있었고 석 달이나 침대에 누워 있어야 했다.

이 일화는 상상력, 허세, 순간적 결정 능력 등 처칠의 성격을 엿볼 수 있는 많은 요소를 담고 있다. 처칠은 용감한 척 가장한 것이 아니라 원래 용감했다. 옥탄가가 높은 연료가 몸에 흐르기라도 하듯 어느 누구보다 대담한 정신이 혈관에 솟구쳤다.

처칠을 저지할 수 있는 것은 전혀 없었다. 크로이던에서 비행기가 땅을 향해 빠르게 곤두박질쳤던 사고도 그랬다. 비행기는 시속 80킬로미터 속력으로 큰 소리를 내며 활주로에 추락했다. 왼쪽 날개가 지면에 먼저 닿아 산산조각이 났고 프로펠러는 땅에 묻혔다.

처칠의 몸은 앞으로 쏠리면서 짓눌렸고 압력을 견디기 힘들었다. 휘발유가 몸을 타고 흐르며 다시 한번 죽음의 문턱에 이르렀다. 하지만 사람 좋은 스콧 기장이 쓰러지는 찰나에 전류를 차단한 덕택에 생명을 부지할 수 있었다.

비행기 잔해에서 빠져나오고 나서 처칠은 다시는 하늘을 날지 않겠다고 맹세했다. 한동안 그 맹세를 지켰지만 제2차 세계 대전이 중반을 치달으며 자신의 진면모를 보여 줘야 할 때라고 판단하는 동시에 비행기를 모는 위험을 무릅쓰는 태도가 조국의 저항에 중요해지자 처칠은 다시 비행기에 몸을 실었다.

물론 처칠은 어머니뿐 아니라 언론이나 대중에게 과시하는 것을 즐겼지만 무엇보다 자기 행동을 가장 애정 깊이 성실하게 기록하는 자기 자신에게 더욱 그랬다. 무슨 말을 하든 어떤 행동을 보이든 처칠은 율리우스 카이사르Julius Caesar처럼 보도할 안목을 지녔다.

하지만 그러한 성향이 그가 용맹하다는 사실에 흠집을 내지는 않는다. 엄밀히 표현하자면 처칠은 아무도 반박할 수 없을 정도로 용맹했으므로 1940년부터 타인에게 용기를 내라고 당당하게 요구할 수 있었다. 물론 애틀리와 로버트 앤서니 이든Robert Anthony Eden 등도 전쟁에서 싸웠지만 명성은 처칠에 못 미쳤다.

대중은 처칠에 대해 다음 한 가지만큼은 확실히 알았다. 자신이라면 하지 않을 일을 영국군에게 요구하지는 않으리라는 것이었다.

그리고 처칠에게는 타인을 압도하는 장점이 있었다. 개인적으로 본을 보이고 임무를 수행하면서 사람들을 고무시키는 데 그치지 않고, 언어를 사용해 사람들에게 가슴 뜨거운 감정을 주입시키고 용기를 불어넣는 재능이 있었다.

위대한 독재자

6

나는 윈스턴 처칠의 서재에 서서 처칠의 행동 방식을 곰곰이 생각한다. 차트웰에 근무하는 직원에게 특별히 허가를 받아 접근 금지선을 넘어 책상까지 걸어갔다. 처칠이 사용했던 존 레논 스타일의 테가 검고 둥근 명품 안경이 눈에 띈다. 종이에 구멍을 뚫는 용품 몇 개도 놓여 있다. 넬슨의 흉상보다 약간 더 큰 나폴레옹의 흉상이 보인다. 사진에서 보았던 문진도 몇 개 있다.

처칠에게는 아마도 탈구된 어깨 때문이겠지만 책상 의자를 움켜쥐는 습관이 있었다. 그 때문에 깊이 패어 있는 오른쪽 의자 손잡이를 자세히 들여다보려고 허리를 구부리자 직원이 뒤로 물러서라고 정중하게 요청했다. 내가 몸무게로 의자를 누를까 봐 걱정하는 눈치였다.

이미 충분히 관찰했으므로 나는 흔쾌히 그러마고 했다.

차트웰은 그저 평범한 영국 시골 주택이 아니다. 전면으로는 켄트Kent의 삼림 지대가 눈부시게 펼쳐지고, 양어장과 크로켓 잔디가 있으며, 영화관과 화실을 갖추었을 뿐 아니라 여유로운 생활을 즐기는 신사가 고안할 수 있는 문명의 온갖 이기가 구비되어 있다. 많은 개조 작업을 거친 이 영국식 저택은 휴식 공간이 아니라 일종의 기계이다.

탱크와 수상 비행기를 발명하는 과정을 돕고 원자 폭탄의 탄생을 예견한 두뇌가 이 집을 설계했다는 사실이 새삼스럽지 않다. 켄트의 웨스터럼Westerham에 둥지를 틀고 있는 차트웰 저택은 세계적인 초기 워드 프로세서라 할 만했다. 집 전체가 문장을 만들어 내는 거대한 엔진이었기 때문이다.

아래층에는 녹색 등이 천장에 매달려 있고 벽에 지도가 붙어 있으며 전화 교환대가 있는 방이 있다. 처칠은 이곳에 여섯 명가량의 연구원을 두었다. 그중에는 옥스퍼드 대학 교수들과 연구자들이 있고 그중 일부는 뛰어난 학문적 업적을 자랑했다. 연구원들은 유용하게 사용할 가능성이 있는 정보를 찾아 책과 문서를 분석하고 내용을 파헤쳤다.

연구원들은 처칠의 니벨룽겐*이고 요정이었으며, 헤파이스토스**의 대장간에서 딸랑딸랑 소리를 내며 일하는 난쟁이들이었다. 요즘으로 치면 구글처럼 윈스턴 처칠의 개인 검색 엔진이었던 셈이다. 연구하다가 책을 봐야 하면 주로 복도를 지나 가죽 장정의 책 6만 권이 빼곡히 꽂힌 도서실에 갔다. 이곳은 처칠의 자료 은행이었다. 특정 사실이나 글이 필요한 경우에는 비유적으로 실행 키를 눌러 자료를 불러오면 필요한 자료가 하나씩 등장했다. 이렇게 찾은 정보를 활용해 처칠은 서재에서 문장을 만드는 데 몰두했다.

처칠을 보며 경외심을 품는 이유는 많지만 그중 하나가 무섭게 일을 많이 했다는 점이다. 낮에는 각료로 활동했고, 샴페인·와인·브랜디를 곁들여 풍성하게 저녁 식사를 하며 재충전을 하고 밤 10시가 되면 상쾌하고 매우 쾌활한 마음으로 글을 쓰기 시작했다.

---

* Nibelungen, 소유자에게 무한한 힘을 주는 보물을 갖고 있는 난쟁이족.

** Hephaestos, 불과 대장간을 담당하는 고대 그리스 신.

많은 저널리스트를 대변해 말하자면 점심 식사를 하고 난 후라면 설사 와인 한 병을 마셨더라도 당연히 글을 쓸 수 있다. 하지만 딱히 술을 먹지 않더라도 저녁 식사를 하고 나서는 가능하지 않다. 내가 아는 사람 중에 하루 종일 일하고 저녁에 술을 거나하게 마시고 나서 최고 수준의 글을 써 낼 수 있는 사람은 처칠뿐이다.

처칠의 신체 대사 경로는 매우 특이했다. 더욱 놀라운 것은 구술하는 방법을 사용해 거의 하루 종일 손으로 글을 쓰는 법이 없었다. 생각을 모으고 여기에 담배와 알코올을 섞고, 아마도 턴불Turnbull과 아세르Asser가 제작한 독특한 연보라색 벨벳 작업복을 입고 자기 이름의 첫 글자를 새긴 슬리퍼를 끌면서 마룻바닥을 이리저리 서성이며 스스로 깊이 연구하고 고심한 끝에 만들어 낸 문장들을 큰 소리로 뱉어 냈을 것이다. 이것은 가히 워드 프로세싱 체계의 시작이라 말할 수 있다.

타자수들은 처칠이 말하는 속도를 따라잡으려고 애를 먹었고 처칠은 깊은 밤중에도 술을 홀짝 들이켜고 불을 붙이지 않은 시가를 씹으며 구술을 멈추지 않았다. 가끔 타자수들을 자신의 작고 소박한 침실까지 불러들여 그들이 얼굴을 붉히고 외마디소리를 질러도 아랑곳하지 않고 스스럼없이 옷을 벗고 욕조에 몸을 담그고서 계속 산문을 뱉어 냈다. 그러면 타자수들은 욕실 바닥에 앉아 소음이 적어서 처칠이 선호했던 자판을 두드리며 그의 말을 받아 기록했다.

처칠은 타자를 끝낸 원고 뭉치를 받고 나서야 비로소 손으로 내용을 수정했다. 그가 파란색 잉크로 여백에 필기체로 기록한 원고가 지금까지도 상당량 남아 있다. 글 쓰는 과정은 여기서 끝나지 않는다.

벽에 기댄 책상은 위판이 비스듬해 마치 클럽에 있는 신문 독서대처럼 생겼다. 요즘 사람들이라면 마이크로소프트 프로그램을 이용해 수월하게 작업하겠지만 처칠은 이 책상에서 워드 프로세싱의 마지막 단계를 밟는다. 특정 표현을 강조하기 위해 문장을 전환하고 수식어를 바꾸는 등 자신이 생각해 낸 문장을 갈고닦는 과정을 거치며 극도의 즐거움을 느낀다. 문장을 정리하고 나면 조판을 다시 짜기 위해 원고 전체를 타자수들에게 보낸다.

이는 상상을 초월할 정도로 비용이 많이 드는 작업 방식이었고, 그 덕택에 처칠이 만들어 낸 단어는 디킨스와 셰익스피어를 합친 것보다 많았다. 점잖은 영국 중류층 가정, 그중에서도 나이가 지긋한 세대의 책꽂이를 살펴보면 《브리태니커 백과사전Encyclopaedia Britannica》 옆에 《세계의 위기The World Crisis》, 《영어권 국민의 역사A History of the English-Speaking Peoples》, 《제2차 세계 대전The Second World War》, 《말버러: 그의 생애와 시대Marlborough: His Life and Times》 등 처칠이 쓴 책이 육중하게 자리를 잡고 있을 것이다. 과연 그중에서 몇 권이나 읽어 보았는지 자문해 보라.

이렇게 방대한 양의 책을 접한 사람들 중 일부는 처칠의 작가로서의 재능을 무시하거나 과소평가하려는 충동을 느낄 수도 있다. 실제로 처칠의 주변에는 그를 비방하는 사람들이 항상 있었다. 고질적으로 혹독하게 비판해 온 에벌린 워Evelyn Waugh 는 처칠을 "글 쓰는 재능을 갖추지 못했으면서 자기표현이 뚜렷한" "엉터리 신고전주의 산문의 대가"라고 꼬집었다. 아버지인 랜돌프 경에 대해 처칠이 쓴 책을 읽고 나서는 "문학 작품이 아니라 교활한 법정 변호사의 사건 기술"이라고 일축했다.

케임브리지 대학에서 '사회사' 분야를 개척한 J. H. 플럼브Plumb 같은 부류의 인물들은 1960년대 말 사학자로서 처칠의 재능을 신랄하게 비판했다. 플럼브는 《영어권 국민의 역사》에는 "노동 계급과 산업 기술에 관한 토론이 없다."라고 지적하면서 "처칠은 경제학·사회사·지식의 역사에 깜짝 놀랄 정도로 무지하다."라고 정리했다. 처칠의 산문 스타일은 "쇼핑 번화가에 들어선 세인트 패트릭 대성당처럼 신기하고 구식이면서 어딘가 어색하다."라는 것이다.

처칠이 노벨 문학상을 수상한 놀라운 성취를 놓고 사람들은 일반적으로 어이가 없다고 반응한다. 전쟁에서 자국이 중립을 유지했던 비겁한 태도를 만회하려는 스웨텐의 황당한 시도라는 것이다. 피터 클라크Peter Clarke처럼 상대적으로 처칠에게 우호적인 역사가들조차 처칠의 글에 노벨 문학상을 수상할 만한 가치는 전혀 없다고 주장했다. "1953년 노벨 문학상 수상자의 작품에 몰리는 관심은 과거 어느 때보다 적었다." 하지만 그의 발언은 약간 오만한 정도를 넘어 완연한 거짓이다.

20세기 노벨 문학상 수상자 명단을 보라. 아방가르드 일본 극작가, 마르크스주의 페미니스트인 라틴계 미국 작가, 전형적인 시를 쓰는 폴란드 대표 시인 등을 망라한다. 작품 자체에 대해서는 모두 찬사를 받을 만한 작가들이지만 처칠보다 독자가 훨씬 적은 사람이 많다.

그렇다면 에벌린 워가 처칠의 작품을 비웃는 까닭은 무엇일까? 워는 1930년대 처칠에게 뒤지지 않으려 노력했고 아비시니아 전투를 취재하려고 자원 종군했다. 물론 워의 작품인 《스쿠프Scoop》는 20세기 문체에 위대한 금자탑을 이룩했지만 영향력 면에서는 처칠의 작품에 한참 뒤졌다.

그렇다면 워가 처칠을 시기했을까? 나는 그렇다고 생각한다. 처칠이 워보다 훨씬 유명해졌기 때문만은 아니고 처칠이 글을 써서 엄청난 수입을 거뒀기 때문이다. 대부분의 저널리스트들에게 수입 수준은 상당히 민감한 문제이다.

1900년까지 처칠은 다섯 권의 책을 써서 일부는 베스트셀러가 되는 인기를 얻었고 영국에서 최고의 보수를 받는 저널리스트가 되었다. 보어 전쟁을 취재하면서 매달 250파운드를 받았는데 오늘날 화폐 가치로 환산하면 매달 1만 파운드에 해당한다. 1903년 들어서는 아버지인 랜돌프의 삶에 대해 글을 써 달라는 의뢰를 받고 8000파운드라는 어마어마한 수입을 거뒀다. 이러한 수입의 규모를 가늠해 보려면 당시 연간 160파운드 이상을 벌어서 소득세를 내는 특권을 누렸던 사람이 100만 명에 불과했다는 사실을 생각해 보라.

출판사들이 처칠의 푸른색 눈동자를 좋아해 그 엄청난 액수의 돈을 지불한 것은 아니다. 처칠이 그만큼 대중에게 인기가 있고 자사의 발행 부수를 늘려 주었기 때문이다. 처칠은 탁월한 기자로서 글의 내용이 풍부하고 재미있게 읽혔으므로 인기가 높았다. 1900년 4월 처칠이 〈모닝 포스트〉에 기고한 기사를 살펴보자.

처칠과 동료 기마 정찰 대원들이 남아프리카 평원의 작은 바위 언덕을 점령하려고 보어인과 싸웠던 이야기이다.

이 전투는 처음부터 일종의 경주였고 양쪽 모두 그렇게 인식했다. 우리가 집결했을 때 가장 선두에 서 있는 보어인 다섯 명은 동료보다 좋은 말을 타고 있었고, 유리한 지점을 확보하려는 필사적인 결의도 단연 두드러졌다. 나는 이번 작전이 불가능하다고 말했지만 아무도 패배를 받아들이려 하지 않았고, 문제를 미결정 상태로 남겨 놓고 싶어 하지도 않았다. 그렇다면 무엇을 해야 할지 결정하는 것은 매우 단순하다.

우리는 바위 언덕 마루에서 100미터가량 떨어진 가시철조망에 도착하자 말에서 내려 철조망을 자르고 값나가는 돌을 차지하려 했다. 그때 프레레Frere에서 보았던 음산하고 털이 덥수룩한 보어인 십여 명의 머리와 어깨가 보였다. 그 뒤에는 적군이 대체 얼마나 더 매복해 있을까?

이상하고 무엇이라 설명할 수 없는 정적이 흘렀다. 아니 정적이 한 순간도 없었을 것이다. 하지만 무슨 일이 일어났는지는 상당히 많이 기억난다. 먼저 보어인 한 명이 검은 수염을 길러 길게 늘어뜨렸고 초콜릿 색 코트를 입었으며, 또 한 명은 빨간색 수건을 목에 둘렀다. 어리석게도 두 정찰병이 가시철조망을 자르고 있었다. 한 명이 말 뒤에 서서 총을 겨눴고 맥닐의 목소리는 매우 차분했다. "안 되겠어. 후퇴하자. 달려!"

이내 소총이 일제히 발사되고 총알이 쐑쐑 허공을 가르며 날아들었다. 나는 등자에 발을 얹었다. 말이 총성에 놀라 뒷발을 들고 거칠게 뛰어올랐다. 올라타려 했지만 안장이 말의 배 쪽으로 떨어졌다. 말은 미친 듯이 뛰어 달아나 버렸고 정찰 대원들은 대부분 200미터도 훌쩍 넘게 후퇴했다. 나는 혼자 고립되었고 말도 달아났고 적의 사정권에 들어 있는 데다가 무엇이든 몸을 피할 수 있는 곳까지 거리는 1킬로미터도 넘었다.

　　　　　　　　　　　　　　　　　　　　　　　　　　　　　처칠 팩터

의지할 것은 권총뿐이었다. 예전처럼 무기도 없이 개활지에서 적에게 쫓길 수는 없었다. 그러면 정말 운이 좋아 봤자 부상을 입고 불구가 될 터였다. 어디 한번 해보자고 마음먹고는 이번 전쟁에서 두 번째로 보어인 사수의 사정권에서 벗어나려고 사력을 다해 뛰었다. 그때 갑자기 정찰병이 왼쪽에서 나타나 내 앞을 지나갔다. 키가 큰 정찰병은 해골 밑에 대퇴골 두 개를 교차시킨 배지를 달고 옅은 색 말을 타고 있었다. 계시록에 등장하는 죽음의 사자 형국이었지만 내게는 생명줄이었다.

정찰병이 지나갈 때 "나를 태워 주시오."라고 소리를 질렀다. 놀랍게도 그는 당장 말을 멈추더니 "그러죠."라고 짧게 대답했다. 나는 그쪽으로 달려갔고 한 치의 망설임도 없이 재빨리 말에 올랐다.

그리고 우리는 달렸다. 나는 떨어지지 않으려고 정찰병의 몸에 팔을 둘렀다. 내 손이 피에 흥건히 젖었다. 말은 총상을 심하게 입었지만 용감하고 꿋꿋하게 버텼다. 사정거리가 점점 길어졌고 총알이 뒤에서 휙휙 머리 위로 날아갔다.

"겁내지 마시오." 내 구원자가 말했다. "그들은 당신을 해치지 못합니다." 나는 아무 대답도 하지 않았고 그는 이렇게 덧붙였다. "불쌍한 내 말이 총에 맞았군요. 악마들 같으니라고! 하지만 그들도 응징을 당할 날이 오겠죠. 이 불쌍한 것!"

나는 이렇게 말했다. "나는 괜찮습니다. 당신은 내 생명의 은인입니다." 정찰병은 내 말을 받으면서 "내 말에 대해 말했을 뿐입니다."라고 대꾸했다. 이것이 우리 둘이 했던 대화의 전부였다.

귀에 들리는 총알의 수로 판단해 볼 때 500미터만 지나면 적의 사정권에서 벗어나리라 생각했다. 달리는 말은 조준하기 힘든 데다가 보어인은 숨을 헐떡이고 흥분해 있을 것이기 때문이다. 하지만 언덕의 모퉁이를 돌면서 안도의 숨을 내쉬고 뒤를 돌아보자 경주는 다시 시작되었다.

이 글의 문체는 역사가 에드워드 기번Edward Gibbon의 문체도 신고전주의 문체도 아니다. 오히려 빅토리아 여왕 시대에 활동했던 모험 소설가 헨리 라이더 해거드 Henry Rider Haggard의 책에 나올 법하다. 책에서 눈을 떼지 못하도록 독자의 흥미를 끄는 거칠고 힘차고 간결하면서도 효과 만점의 문장으로 가득하다. 처칠은 위대한 많은 기자를 능가하는 필력을 구사하며 사건을 보도했고 일인칭 시점을 사용하는 엄청난 장점을 활용했다.

처칠은 〈보이즈 오운Boy's Own〉* 종류의 잡지에 실리는 글도 쓸 수 있었다. 마음만 먹으면 《대담한 행동의 탐구 노트The Wonder Book of Daring Deeds》에 등장하는 것 같은 문장도 쓸 수 있었다. 여기에 그치지 않고 저널리스트로서 훨씬 다양한 문장을 구사했다. 이슬람교 원리주의의 폐해를 논하는 명상적인 성격의 글이나 전쟁의 공포를 다룬 글도 썼다. 때로는 자신의 편에도 분노했다.

자신이 무공을 빛냈던 옴두르만 전투를 기술하는 처칠의 문장은 독자의 눈과 귀에 살아 꿈틀댄다. 기관총에 맞아 쓰러진 시신이 세 줄로 널려 있고 아직 숨이 붙어 있는 군인의 몸도 이미 부패하기 시작하고, 탈수 증세로 죽어 가는 군인들이 나일강을 향해 애처롭게 기어간다. 어떤 군인은 한 다리로 사흘 동안 고작 1.6킬로미터 정도를 걷고, 두 다리를 모두 잃은 군인은 하루에 400미터를 꾸역꾸역 전진한다.

고대 로마 시대 이래로 종속국 국민이 겪는 고통을 눈물겹게 상세히 서술해 정복민의 승리를 부각시키는 것은 대영 제국에서 오랫동안 대중의 인기를 끌어온 주제였다. 하지만 처칠은 이 주제를 한 단계 위로 끌어올려 영국 지도자들과 그들의 근거 없는 자기 과신을 맹렬히 강타했다. "'부상당한 데르비시들이 인정 어린 손길과 관심을 받았다'는 말은 철저하게 진정성이 없고 우스꽝스럽기까지 하다."

처칠은 전쟁 수행 능력이 열등하다면서 키치너를 공공연하게 모욕했다. 그리고

---

* 제목이 비슷한 남자 아동용 잡지의 총칭으로, 내용은 논픽션, 모험담, 스포츠, 학교 생활, 탐정 소설, 공상 과학 소설 등 다양했다.

처칠 팩터

이슬람 구세주를 자처한 마디Mahdi의 묘를 더럽히고 전해 듣기로 그의 목을 석유통에 담아 전리품으로 가져오라고 명령했다면서 신랄하게 몰아세웠다. 처칠의 비난은 정당했지만 무례하고 교만했다.

키치너는 총사령관으로서 전투가 벌어지던 날 아침 처칠에게 개인적으로 정찰 내용을 보고받았다. 자신에게 보고한 장교가 악평이 자자한 처칠이었다는 사실을 키치너가 알았는지에 관해서는 논란이 있다. 키치너는 한물간 인물이 아니라 꾸준히 활동하면서 제1차 세계 대전 당시 영국군을 지휘했다.

하지만 키치너는 자기 휘하 부대에 복무하는 젊고 우쭐대는 장교에게 하찮은 인간으로 취급받았다. 처칠은 양다리를 걸치고 있는 것으로 보여 장군들의 분노를 샀다. 게다가 군대에서 자신이 차지한 직위를 이용해 군사 작전에 끼어들어 장군들을 혹평했다. 물론 키치너도 좀 더 현명하게 행동했어야 했다. 처칠은 전에도 그렇게 행동했었고 그 점은 모두 알고 있었기 때문이다.

처칠은 말라칸드 야전군에 자신을 받아 준 빈던 블러드 경의 은혜를 다음과 같이 갚았다. 어머니에게 편지를 보내 그동안 일어난 사건들을 설명하면서 원정이 "재정적으로 파산하고, 도덕적으로 사악하고, 군사적으로 의문이면서, 정치적으로 실수"라고 적었고, 게다가 중요하게는 대중 앞에서도 이와 비슷한 취지로 말했다. 1897년 10월 16일 노우세라Nowshera에 특파원으로 파견되어 〈데일리 텔레그래프Daily Telegraph〉*에 보낸 최종적인 기사는 다음과 같은 암울한 분석으로 끝을 맺었다. "부족들과 맺은 합의가 영구적으로 유지되리라는 징후를 전혀 볼 수 없어 안타깝다. …… 부족들은 감정이 가라앉은 것이 아니라 처벌을 받고 있으며, 무해한 존재가 아니라 적대적인 존재가 되었다. 그들의 광신은 변함이 없으며 그들의 야만성은 수그러들지 않았다."

----

* 영국 일간지로 중도 우파의 입장을 취한다.

이 기사가 어떻게 〈데일리 텔레그래프〉 독자의 기분을 만족시킬 수 있었겠는가? 처칠이 전쟁에 매우 열광적으로 덤벼들었고 자신의 무공을 과시하기 좋아하고 때로 미치광이처럼 용맹했지만 상관들이 처칠을 빅토리아 십자 무공 훈장 수상자로 결코 추천하지 않은 것도 무리는 아니었다. 키치너도 처칠을 수단에 데려가기를 무척 꺼렸지만, 1898년 처칠의 어머니에게 청탁을 받은 친구로부터 "당신이 처칠을 거둬 주면 좋겠습니다. 그가 글을 쓰지 않도록 단속하겠습니다."라고 당부하는 편지를 받고 마음을 돌렸던 것 같다. 친구가 부탁 하나는 제대로 했던 것이다.

키치너에게 편지를 쓴 여성이나 영국 군대에 있는 친구들에게 처칠의 어머니가 얼마나 몰염치하게 청탁을 했는지 누가 알겠는가? 여하튼 그녀의 아들은 저널리스트가 치러야 하는 처음이자 가장 중요한 시험을 통과했다. 처칠은 누구보다 독자를 먼저 생각했던 것이다.

처칠은 직접 목격한 대로 기사를 썼고 마음에 품은 생각을 털어놨다. 물론 자신은 반제국주의자도 반서구주의자도 아니었지만, 번민하며 베트남 전쟁을 보도했던 기자들의 선도자라 할 수 있었다. 제국주의를 열정적으로 지지했지만 그렇다 해서 스스로 목격한 광경 즉 보어인의 우월한 투지와 사격술, 맥심 기관총의 사악한 위력을 간과할 수는 없었다.

누구든 처칠의 기사가 정직하다는 사실을 알 수 있었다. 나중에 해럴드 니컬슨 Harold Nicolson은 처칠에게 미덕이 많은데 "거짓말을 하지 못하는 성품"도 포함된다고 말했다. 하지만 이렇게 판단하기에는 단서가 붙는다. 전시에는 이따금씩 상황을 과장하거나 왜곡했지만 기사를 쓸 때만큼은 진정으로 단호하게 상황의 본질을 전달하려는 의지를 보였다.

반면에 처칠을 중상하는 속물들은 어땠는가? 에벌린 워가 작성한 기사의 질이 말라칸드나 수단에서 처칠이 쓴 기사의 절반에라도 도달한 적이 있는가? 처칠이 지속적으로 글을 쓸 수 있었고, 그의 글이 독자에게 꾸준히 인기가 있었던 까닭은 매우

처칠 팩터

다양한 문체를 구사할 수 있었기 때문이다. 그만큼 기번을 흉내 내는 문체뿐 아니라 앵글로·색슨어의 핵심 문체도 구사했다.

"닭도 닭 나름, 목도 목 나름입니다.* 우리는 적과 해안에서 맞붙을 것입니다. 나는 피와 노력과 눈물과 땀밖에 드릴 것이 없습니다. 인간 분쟁의 현장에서 이토록 많은 사람이 이토록 소수의 사람에게 이렇게 많은 은혜를 입은 적은 없었습니다." 과장되고 고전적인 문체를 자주 구사했지만 후대가 기억하는 처칠의 글은 압축의 걸작이었다. 처칠은 새 기계를 사랑하는 만큼이나 새 단어를 좋아했다. 예를 들어 미국에서 들어온 '스턴트stunt'라는 단어를 처음 듣고 기뻐 어찌할 줄 몰라 하면서 끊임없이 '스턴트, 스턴트'를 입안에서 굴리고 되뇌며 되도록 빨리 사용하겠다고 별렀다.

게다가 처칠은 위대한 언어 발명가였다. "세계 지도자들이 중동MIDDLE EAST 문제를 의논하거나 러시아가 새롭게 철의 장막IRON CURTAIN을 칠 위험성을 논의하기 위해 정상 회담SUMMIT에 참석한다." 여기에 포함된 신조어 세 개는 처칠이 만들었거나 사용했다. 처칠은 때로 기번의 문체를 구사하거나 이를 파격적으로 바꾸기도 하는 동시에 늘 바쁘게 활동했고 글 쓰는 속도가 빨랐다.

처칠의 글 쓰는 경력은 일찍 시작됐다. 학교 성적이 늘 뒤처졌다는 것은 납득하기 힘든 수수께끼이다. 1884년 브라이턴Brighton 소재 예비 학교 재학 시절에는 고전 과목에서 일등을 했다. 해로 재학 당시 세례 요한 시대의 팔레스타인을 주제로 쓴 글을 예로 들어 보자. 여기서 처칠은 바리새인 편에서 논리를 전개한다. "바리새인이 잘못한 점은 많다. 하지만 누구의 잘못이 더 적은가? 사람들은 기독교의 이점을 총동원해 바리새인이 자기보다 악하다고 단언함으로써 바리새인과 똑같은 죄를 저지른다."

---

* 영국의 목을 닭처럼 비틀겠다는 히틀러의 말에 반박한 문장.

이것이 처칠 본연의 모습이다. 바리새인은 타인을 매우 신랄하게 평가하는 것으로 유명하다. 하지만 바리새인을 맹렬하게 평가하는 사람도 결국 스스로 바리새인처럼 되는 것이다! 역설이 아닌가! 이렇듯 처칠은 열두어 살 때 이미 풍자적 표현을 구사했다. 또한 인도에 있을 때는 기번과 토머스 매콜리Thomas Macaulay의 글을 읽기 오래전부터 《고대 로마의 민요Lays of Ancient Rome》에 수록된 시 1200편을 암기했다.

처칠은 영어 운율 모두를 실리콘 칩에 저장해 놓고 일반인보다 두세 배 많은 6만 5000여 개의 어휘로 무장해서 자신의 목적과 야심을 뒷받침하는 무적의 무기로 삼았다.

자신에게 쏟아지는 세간의 주목을 글로 움직일 수 있었고 이는 자신의 능력을 극적으로 포장하고 홍보하는 방법이었다. 처칠은 젊은 경기병답지 않게 자신의 용맹성을 알리고 세상의 눈길을 끄는 글을 꾸준히 썼다. 또한 아버지와 마찬가지로 단어 구사 능력을 십분 활용하여 끊임없이 불안정했던 주머니 사정을 해결할 수 있었다.

처칠 가문은 가난하지 않았으며 오히려 가난하다고 말하는 것은 불합리한 언사이다. 하지만 재산이 대부분 블레넘 궁전에 묶여 있었으므로 공작 가문 시대가 저물면서 당장 소비할 수 있는 수입은 많지 않았다. 어머니 제니는 흠모하는 남자가 주위에 많았지만 그들의 관심을 돈으로 전환하는 일에는 그다지 재주가 없었다(로이 젠킨스는 그 숫자가 '정확한지 의심스러워했지만' 제니의 연애 상대가 200여 명에 달한다는 것이 속설이었다). 게다가 처칠은 자신과 동생 잭의 유산을 어머니가 더 이상 낭비하지 못하게 하려고 소송을 해야 했다.

저술 활동으로 거두는 처칠의 수입은 당시 기준으로 대단했다. 저널리스트로 계속 승승장구하면서 1929~1937년 평균 소득은 1만 2883파운드에 달했다. 이 금

액은 부유한 전문가들이 거두고 싶어 하는 수입의 약 10~12배였다. 하지만 처칠은 버는 만큼 지출 규모도 엄청나게 컸다.

와인 상인이 청구한 금액만도 당시 남성 육체노동자가 버는 수입의 세 배였다. 처칠은 차트웰의 유지비도 지불해야 했다. 네로 황제 시대에 사용했을 법한 원형 야외 수영장은 1년 내내 수온을 24도로 유지했고, 그러려고 가동한 석탄 보일러의 크기는 하원 의원에 있는 것만 했다.

처칠의 생활 방식은 절약과 거리가 멀었다. 언젠가는 자신과 친구를 위해 샴페인 한 병씩을 주문할 수 없었던 시기는 평생 단 한 번도 없었다고 자랑했다. 하지만 자신에게 청구되는 금액을 지불해야 해서 종류를 불문하고 닥치는 대로 글을 써야 할 때도 있었다. 언젠가 〈세계의 뉴스News of the World〉가 '다시 전하는 세계의 위대한 이야기Great Stories of the World Retold'라는 제목으로 고전 소설 시리즈를 요약하고 개작해 달라고 의뢰했다.

처칠 스스로 털어놓았듯 이것은 '예술'과 거리가 먼 작업이었다. 하지만 아무려면 어떤가? 처칠은 한 작품당 333파운드로 계약을 맺고 실제로는 비서 에디 마시Eddie Marsh에게 작업을 시키고 오랫동안 고되게 일한 대가로 25파운드를 주었다. 그러고 나서 세무 당국에 끔찍하게 약탈을 당했다. 역사가 피터 클라크는 세금을 피하기 위해 처칠이 사용했던 특별한 묘책의 일부를 발굴해 냈다.

합법적이기도 했으므로 처칠은 각료로 일하면서도 쉬지 않고 저술 활동을 했다. 예를 들어 1924년 재무 장관 자리에 오를 때도 《세계의 위기》를 계속 집필하고 있었다. 하지만 아버지에게 물려받은 장관 가운을 입고 나서 '저자'가 되는 것을 포기하고 2만 파운드에 달하는 거액의 원고료를 소득이 아니라 '자본 이득세'로 분류시켜 세금을 피했다(또는 어떤 총명한 회계사가 그렇게 결정했다).

그러한 방법을 사용하면서 터무니없게도 세금을 한 푼도 내지 않았다! 이를 축하하기 위해 처칠은 샴페인 폴 로저*를 터뜨렸다.

처칠은 새뮤얼 존슨 Samuel Johnson의 말을 인용하면서 돌대가리를 제외하고는 누구나 돈을 벌려고 글을 쓴다고 자주 언급했다. 하지만 기질적으로 글쓰기를 원했던 처칠에게 이 말은 사실이 아니다.

성격이 창의적이면서도 우울했던 처칠이 우울증을 극복하려고 사용했던 방법은 저술 · 그림 그리기 · 벽돌 쌓기 등이었다. 처칠은 하루에 벽돌 200개를 쌓고 단어 2000개를 쓰고 나서 찾아오는 해방감을 느끼려고 꾸준히 글을 썼다.

무엇보다 처칠이 언론에 글을 기고하고 역사서와 전기를 쓰는 작업은, 수단은 달라도 정치 활동의 연장이었다. 끊임없이 글을 쓰려 노력한 것은 인도 독립 운동에 직면하거나 히틀러에 대해 안일한 태도를 취하는 경향에 맞서 다양한 작전을 구사하며 싸울 때 대단한 잠재력을 발휘했다.

처칠은 다른 정치인이 거의 흉내 내지 못하는 방식으로 스스로 주장하는 명분에 맞춰 감정과 색을 입혀 사건과 인물을 극적으로 부각시키는 능력을 갖췄다. 네빌 체임벌린은 체코슬로바키아가 영국에 거의 알려지지 않은 머나먼 나라라고 치명적으로 불리한 발언을 했지만, 처칠은 체코슬로바키아를 생각해 본 적이 없는 사람들에게도 비극을 머릿속에 그리고 이해시키는 문학적이고 창의적인 기술을 구사했다.

1940년 5월 다우닝 가에 들어섰을 때는 이미 역사에 관한 글을 많이 읽고 쓴 후였으므로 사건들을 역사의 맥락에서 파악하고 영국이 무엇을 해야 할지 판단했다. J. H. 플럼브는 처칠이 영국의 위대함을 지나치게 단순하게 이해하고 자기만족적 신념에 사로잡혀 있다고 비웃었다.

플럼브는 "책장을 넘길 때마다 늙은 휘그당원의 쓸데없는 말이 메아리친다."라고 주장했다. 영국의 부상, 영국에서 자유의 부각, 왕권에서 자유를 획득한 과정, 군주와 민주주의 의회의 성장에는 특별한 점이 있다는 처칠의 평생 신념을 공격한

---

*   Pol Roger, 처칠이 사랑했던 샴페인.

             처칠 팩터

것이다.

그러면서 "과거는 전혀 무의미하고 미래조차 보여 주지 않는 속빈 가장행렬이
다."라고 덧붙였다. 오늘날 세계의 모습을 바라보면서 나는 플럼브의 생각이 틀렸다
고 결론을 내린다. 과거 소비에트 연방의 국가들을 보라. 아랍의 봄을 겪은 국가들에
어떤 현상이 벌어지고 있는가? 내가 생각하기로 대부분의 사람은 과거에 세운 이상
들을 달성하기 위해 여전히 싸워야 하고 그럴 만한 가치가 있다고 말할 것이다.

처칠이 이와 같은 비전을 확신에 차서 언어로 표현할 수 있었으므로 영국과 세계
는 상당한 혜택을 입었다. 처칠은 영국이 실수를 저지르기는 했지만 세상에 기여한
다는 사실을 알고 있었으므로 결국 승리하리라 확신했다.

집필 활동을 통해서 처칠이 1940년 세계정세를 헤쳐 나갈 최적의 인물이 될 수
있었던 원동력은 두 가지 방식이었다. 플럼브조차 인정했듯 처칠은 말버러에 있는
서재에 앉아 마치 오케스트라를 통솔하는 지휘자처럼 자신이 보유한 자료를 적절
하게 활용할 수 있도록 조정하고 통합하면서 회의 주제를 네덜란드에서 파리로 런
던으로 7대양으로 옮겨 갔다. 회의를 계속 진행하는 와중에도 어떤 주제에 특별히
관심을 집중해야 하는지 본능적으로 알았다. 처칠은 이렇게 전쟁을 이끌어 나갔다.

이제 차트웰에 있는 서재를 이리저리 서성이면서 바이올렛 피어먼Violet Pearman 부
인이나 에디 마시에게 구술하는 처칠의 모습으로 돌아가 보자. 머릿속으로 적절한
단어를 찾아 조립한 다음에 인쇄하기에 적합한 모양새를 갖추고 나서 혀라는 컨베
이어 벨트에 싣기까지는 엄청난 정신적 노력이 필요하다.

처칠이 작가뿐 아니라 연설가로 실력을 갖출 수 있었던 것은 구두 훈련을 무한히
거듭한 덕택이었다. 요즘 들어 그의 책을 읽는 독자는 많지 않을 수 있지만 그가 했
던 연설은 영국 전체를 뒤흔들었다.

이제 앞으로 살펴보겠지만 현대가 낳은 가장 위대한 웅변가라 하더라도 처음부
터 유창하거나 훌륭하게 말했던 것은 아니다.

영어에 생명을 불어넣다

—

7

하원에 우뚝 서 있는 우리의 영웅을 보자. 청중의 뇌리에 결코 잊히지 않을 연설을 리듬을 담아 토해 낸다. 청중을 감동의 도가니로 몰아넣어 숨죽이게 만들 방법을 습득했던 처칠의 뇌리에 영원히 잊히지 않을 사건이 있었다.

때는 1904년 4월 22일로 젊은 정치인은 한창 호기가 대단했다. 스물아홉 살의 나이에 걸맞게 뺨에는 붉은 기운이 돌고, 보송보송 솟은 붉은색 머리카락은 차분하게 빗어 넘겼다. 처칠은 기운이 넘쳐흘렀다. 올해만도 십여 차례 강연을 했고, 군대 지출 예산부터 브뤼셀 설탕 컨벤션Brussels Sugar Convention, 중국인 도제 노동Chinese Indentured Labour 등의 주제를 토론하는 자리에서 청중을 자유자재로 요리하며 조금씩 명성을 떨치기 시작했다.

신문사는 처칠의 사진을 정기적으로 내보내며 찬사를 담은 해설을 실었다. 사진에서 처칠은 주먹으로 손바닥을 치거나, 양손을 엉덩이에 대고 서 있거나, 두 손가락으로 유명한 브이 자를 그린다. 또한 토리당 의원들은 선거라는 감옥을 향해 소용돌이치듯 휩쓸려 들어가는데 오만하게도 자기 정당을 공격하는 처칠의 인기는 점점 상승한다. 자유당이 처칠에게 자리를 마련해 주려는 움직임을 보이면서 처칠은 자신이 공직에 오를 수 있다고 감지한다.

그래서 처칠은 시골길을 재미로 걷는 사람들이 엉겅퀴를 밟아 볼품없이 만들듯, 자기 앞에 앉은 토리당 의원들을 야바위꾼이라 부르며 난도질한다. 앞서 발언한 밸푸어를 겨냥해서는 토리당의 민주주의 교훈을 망각했다고 비난한다. 그 말을 들을 때 밸푸어가 속을 알 수 없는 독수리 같은 눈매 뒤로 무슨 생각을 하고 있는지 가히 상상할 수 있다.

주위에 있는 토리당 의원들은 야유를 보내며 처칠의 공격에 맹렬하게 반박하려 한다. 하지만 반대편 입장에 선 의원들은 그 공격적 발언 때문에 처칠에게 환호한다.

처칠의 주장은 요즈음 토리당원도 보수주의로 인정하지 않는 개념이다. 마거릿 대처Margaret Thatcher라면 그 말을 듣고 격노했을 것이다. 실제로 현존 노동당 정부라도 당시 처칠의 주장에 동의하지 않을 것이다. 대규모 시위 중인 노동자 집단이 시위에 참여하지 않는 노동자를 찾아가 협박하여 시위에 참여시키도록 허용하는 논지를 펼쳤기 때문이다. 처칠은 소송을 당하지 않도록 노조를 보호하는 조치를 취함으로써 노조원이 시위를 벌이다가 설사 법을 위반하더라도 벌금형을 받지 않게 하려 했다. 오늘날 토리당원들은 불같이 분노하기 전에 당시 전후 상황을 이해해야 하지만, 처칠의 주장은 사회주의라기보다는 무정부주의적 노동조합주의에 가까웠다. 하지만 처칠이 이렇게 발언할 당시의 사회에서는 빈곤 문제가 지금보다 훨씬 심각했고 노동자들은 상사들의 손아귀에 붙들려 요즘 사람들은 알지 못하는 종류의 억압에 계속 시달렸다. 45분 동안 처칠의 연설은 순조로웠다.

이제 연설이 절정에 이르자 처칠은 적절한 계급 대표성을 현저하게 상실했다면서 하원 의원 전체를 비판했다. 블레넘의 명문 자손은 "대체 노동자는 어디에 있는가?"라고 물었다. 회사 중역, 학문 분야의 직업 종사자, 군대 요원, 철도업자, 주류업자, 지주 등이 휘두르는 영향력을 직시하라고 지적했다. 처칠은 악의를 담은 눈빛으로 쏘아보는 토리당 의원들을 향해 여봐란듯이 팔을 내두르며 열변을 토했다.

노동 계급의 영향력이 우스우리만치 작다는 사실을 인정해야 한다고 강조하면서 처칠은 "책임져야 하는 사람은 ……"이라고 말머리를 꺼냈다가 불현듯 멈췄다.

영문을 몰라 의아해하는 의원들의 눈길들이 처칠에 꽂혔다. 대체 누가 책임져야 한다는 거야? 무엇을 책임져야 한다는 거야? 무엇을 누가 책임져야 한다는 말이야 대체? 의원들은 뒷말을 기다렸다.

적막이 흘렀다. 처칠이 다시 입을 열었다. "책임져야 하는 사람은 ……" 이쯤 되니 무슨 상황이 벌어지고 있는 것이 분명해졌다. 얄궂게도 처칠은 일종의 정신적 방해 공작 즉 기억의 비공인 노동 쟁의에 뒤통수를 맞은 것이다. 혀의 컨베이어 벨트가 멍하니 헛돌았다. 아무 말도 나오지 않았다. 연설을 이어 가려고 다시 시도했지만 허사였다. 당시 하려던 말이 무엇이었는지 처칠은 평생 기억하지 못했다.

처칠이 침묵을 지키며 멍하니 제자리에 서 있는 3분 동안 토리당 의원들은 너털웃음을 터뜨렸고 반대편 의원들은 동정하는 말을 쏟아 냈다. 자그마치 3분이었다! 토론의 최고 절정에 이르렀던 하원은 용서를 모르는 생태계였다. 불과 몇 초 동안만 우왕좌왕하더라도 의원들의 조롱을 받기 일쑤였다. 그러한 곳에서 처칠은 제자리에 서서 이 책의 한 장을 읽는 시간보다 더 오랫동안 한 마디도 하지 못했다.

이것은 재앙이자 살아 있는 죽음이었다. 의원들은 속삭이면서 바닥으로 시선을 떨어뜨렸다. 아버지인 랜돌프에게도 같은 사건이 일어났었다. 불쌍한 젊은이 같으니라고, 아버지의 전철을 그대로 밟아 젊은 나이에 끔찍한 노망 현상을 보이다니 애처롭군. 결국 처칠은 자리에 앉아 두 손으로 머리를 감싸며 절망에 휩싸였다. "그래도 의원들이 그동안 내 말을 듣고 있었다니 감사한 일이군."

다음 날 신문들은 처칠의 조난 사고를 대서특필했고 원인을 진단한다며 유명한 뇌신경 전문의를 인터뷰했다. 의사는 '대뇌 작용 결함'이라고 진단했다. 살다 보면 누구나 대뇌 작용 결함을 겪기 마련이지만 그날 처칠의 문제는 달랐다.

사람들이 처칠에 대해 보이는 즉각적인 부동의 확신이 있다면 처칠이 지난 수백 년을 통틀어 가장 위대한 대중 연설가라는 사실이다. 영국이 배출한 가장 위대한 웅변가이고 아마도 마틴 루서 킹을 제치고 세계 1위 자리에 오를 정도이다. 그러기에 자신의 연설과 대화 스타일이 모든 시대 사람에게 풍자의 대상이 될 수 있는 유일한 정치인이다,

아, 처칠! 우리는 턱을 내밀고 으르렁거리는 친숙한 목소리로 해안에서 적과 맞붙을 것이라고 암송한다. 처칠이 웅변에서 차지하는 위치는 셰익스피어가 희곡에서 차지하는 위치와 같다. 그는 일류 공연자인 데다가 페리클레스*와 에이브러햄 링컨Abraham Lincoln을 섞고 여기에 조금이기는 하지만 반박할 여지 없이 레스 도슨**을 가미했다.

우리는 웅변을 담당하는 뮤즈인 폴리힘니아Polyhymnia와 제우스 사이에서 태어난 듯 처칠이 초자연적인 재능을 타고났다고 생각한다. 하지만 이것은 반쯤 옳은 소리일 뿐이다.

처칠은 나름 천재지만 그 천재성은 사실상 타고나지 않았다. 적어도 일부 타고난 강연자들과 달리 즉흥적으로 연설할 수 없었기 때문에 로이드조지나 마틴 루서와 달랐다. 다시 말해 처칠은 미리 생각해 놓지 않고서도 속에서 우러나와 풍성하게 말을 쏟아 내는 연설가는 아니었다.

문장을 고치고 어미 곰이 아기 곰을 혀로 핥듯 문장을 매만져 완성했으므로 처칠의 문장은 노력과 준비의 승리였다. 처칠에게 연설은 마치 도깨비불처럼 항상 아버지의 평판을 퍼뜨리는 도구였으므로 성장하면서 전력을 다해 아버지의 그늘과 경쟁했다.

해로 재학 시절 처칠은 상급생들과 토론을 벌이면서 요란하게 목청을 높였다. 샌드허스트 육군 사관 학교 생도였을 때는 일부 매춘부들이 레스터 스퀘어Leicester Square

* Perikles, 고대 아테네의 정치가이자 군인.
** Les Dawson, 영국의 코미디언.

에 있는 술집 엠파이어Empire에 드나들 수 있는 권리를 열렬하게 옹호했다. 19세 숫 총각은 동료들이 깔깔 웃는데도 주눅 들지 않고 의자를 딛고 올라가 외쳤다. "엠파 이어의 아가씨들이여, 나는 자유를 위해 일어선다!"

영국 최고의 정치가가 대중에게 처음 실시한 연설이 어째서 하필 매춘부들이 개인 장사에 힘쓸 수 있는 권리를 옹호하는 것이었는지는 분명하지 않다.

육체적으로든 물질적으로든 처칠이 해당 문제에 개입해 보상을 받았다는 증거는 없으므로 일종의 장난으로 시작한 것이 확실해 보인다. 연설 내용은 여러 신문에 실렸으므로 대중의 관심을 끌고 싶었던 처칠의 의도는 제대로 적중했다.

23세가 되자 처칠은 웅변가로 활동한 경험이 충분해서 '수사학의 발판The Scaffolding of Rhetoric'을 주제로 글을 쓸 수 있겠다고 생각했다. 더할 나위 없이 과장되고 자신감이 넘쳐흐르는 해당 글에서 처칠은 자신이 성공했다고 생각하고 그 성공을 분석한다. 그러면서 "때로는 불쾌감을 주지 않으면서 약간 말을 더듬는 것이 관중의 주의를 집중시키는 데 얼마간 유용하다."라고 언급했다. 말을 더듬는 것이 혀짤배기 발음과 무관하지 않을 테고 처칠은 다른 사람의 혀 구조에 없는 인대 때문에 정확하게 발음하는 데 어려움이 있다고 주장했다.

계속해서 처칠은 자신이 설명한 수사법이 청중에게 어떤 영향을 미치는지 서술했다. "청중은 환호가 점차 커지고 빈도가 증가하면서 시시각각으로 열광이 더욱 뜨거워지다가 결국 통제할 수 없는 감정에 몸을 떨고 열정에 휩싸인다." 이는 확실히 일부 웅변가만이 구사할 수 있는 기교이다. 그리고 처칠이 최대 적수로서 1940년대 이후 대적하여 웅변 전쟁을 펼쳐야 했던 독일 독재자가 타고난 기술이었다.

하지만 진정으로 처칠이 구사한 기교였을까? 처칠의 연설을 들으며 청중은 사시나무처럼 떨었을까? 스스로 통제할 수 없는 감정에 북받쳤을까? 하원에서 실시한 처칠의 처녀 연설은 일반적으로 성공작으로 여겨졌다. 하지만 적어도 한 목격자는 처칠이 약간 불안정하고 "학구적이면서 활기가 없는 듯" 보였다고 생각했다. 어쩔 수 없이 사람들은 처칠을 아버지인 랜돌프와 비교했고 그 결과가 항상 처칠에게 우호적이지는 않았다.

한 비평가는 이렇게 언급했다. "처칠은 약간 혀짤배기소리를 내는 점을 제외하고는 아버지의 목소리나 연설 방식을 물려받지 못했다. 어투도 말솜씨도 외모도 연설에 도움이 되지 않는다." 한 언론인은 본질적으로는 우호적인 글에서 "처칠과 웅변은 아직 친한 사이가 아니다. 그리고 나는 친해지리라 생각하지 않는다."라고 썼다.

이러한 종류의 비판을 받고 처칠은 아마도 실망했을 것이다. 처칠은 자신의 연설에 엄청난 자부심을 느꼈고 인도에 체류했을 당시에 썼던 소설 《사브롤라Savrola》에 자신의 작문 방법을 엄청나게 부풀려 서술했다.

무엇을 말해야 할까? 그는 무의식적으로 줄담배를 피워 연기에 파묻혔다가 대중의 심장을 깊이 파고들 결말 부분을 생각해 냈다. 배우지 못한 사람도 이해할 수 있으면서 정확한 어법을 사용해 고결한 생각과 멋진 미소를 끌어내고, 매력을 발산해 평민을 매료시키고, 그들이 삶의 세속적 관심사에서 벗어나 감정에 눈뜰 수 있게 했다. 생각이 단어의 형태를 띠고 단어는 자기끼리 무리 지어 문장을 만든다. 이렇게 만들어진 문장을 혼잣말로 중얼거린다. 이때 생기는 리듬에 사로잡혀 본능적으로 두운頭韻을 사용한다. 시냇물이 빨리 흐르고 수면에 비친 빛이 바뀌듯 좋은 아이디어가 하나씩 떠오른다. 그는 종이를 집어 아이디어를 재빨리 받아 적기 시작했다. 동의어 반복을 부각시킬 수 없을까? 그는 머리에 떠오르는 대로 문장을 휘갈겨 쓰고, 대략 읽어 보고 나서 갈고닦고 다시 썼다. 문장이 내는 소리가 청중의 귀를 즐겁게 하고, 감각을 개선시키고, 정신을 자극할 것이다. 얼마나 멋진 놀이였던가! 그의 뇌에는 스스로 다뤄야 하는 카드가 들어 있고 세상은 그가 거는 판돈이었다.

그가 일하기 시작하자 시간이 훌쩍 흘렀다. 가정부가 점심 식사를 갖고 들어왔을 때도 그는 말없이 바쁘게 일하고 있었다. 전에도 이런 모습을 보았던 가정부는 방해할 엄두

처칠 팩터

를 내지 못했다. 손도 대지 않은 음식이 테이블에서 식어 가는 동안 시곗바늘은 정확한 보폭으로 서서히 움직였다. 그는 드디어 몸을 일으키고 생각과 언어의 영향에 완전히 휩싸여 짧고 빠른 보폭으로 방을 이리저리 서성이면서 낮지만 또박또박한 발음으로 중얼거렸다. 그러다가 발걸음을 뚝 멈추더니 야릇하고 격렬하게 손을 테이블에 내려놓았다. 드디어 연설문이 완성되었다. ……

단어와 문장, 사실과 수치가 잔뜩 적힌 십여 장의 종이가 아침 내내 작업한 결과물이었다. 무해하고 그다지 중요하지 않은 종이가 한데 묶여 책상에 놓여 있다. 로라니아 공화국Republic of Laurania 대통령 안토니오 몰라라Antonio Molara는 폭탄선언의 효과가 약할까 봐 걱정했겠지만 이제는 바보로도 겁쟁이로도 보이지 않을 것이다.

나는 이 글을 좋아한다. 처칠이 처음에 연설문을 작성할 때 사용하는 방법은 물론 언어를 향한 뜨거운 흥미를 드러내기 때문이다. 처칠은 단어가 중요했고 그 단어를 조합해 자신이 원하는 리듬과 효과를 만들어 내며 즐거워했다.

처칠의 작업은 연설의 논리나 내용보다는 리듬과 관계가 있다. 소시지가 아니라 문장을 지글지글 요리하는 것이다.

처칠에 반대하는 목소리 중 가장 치명적인 주장은 자신이 말하는 내용을 별로 믿지 않는다는 것이었다. 1904년 4월 그날 처칠이 무너진 까닭은 매우 간단하다. 노조 문제를 여러 해 동안 다루며 깊고 직접적인 지식을 획득한 후에 그 지식에서 우러나 연설해야 하는데 처칠은 그러지 못했기 때문이다.

처칠은 단순히 암기에 의존해 연설했다. 《사브롤라》에서 묘사한 작문 방법에 맞춰 연설문을 작성하고 앵무새처럼 글을 외웠다. 45분 동안 토리당 의원들이 쏟아내는 신랄한 비난을 온몸으로 받고 나자 당황한 나머지 다음에 무슨 말을 해야 할지 잊었던 것이다. 아니면 자신이 표현하는 사회주의 감성에 대한 무의식적 반감에 무릎을 꿇은 것인지도 모른다.

그 후로 처칠은 그런 실수를 두 번 다시 저지르지 않았다. 타자기로 친 메모 다발을 묶어 보관했다가 연설 도중에도 둥근 안경테 너머로 원고를 천연덕스럽게 들여다보았다. 문학적 특징이라는 관점에서 살펴본 처칠의 연설문은 키케로의 문장처럼 장중하고 극적 효과를 노렸다.

처칠은 하원에서 여러 차례 위대한 승리를 거뒀다. 총리의 입장에서 자신이 이해한 대로 경제 문제를 간결하고도 명쾌하게 설명한 연설들을 들어 보라. 하지만 처칠이 활동했던 기간 동안 연설을 들은 청중은 처칠의 연설에 무언가 빠져 있다고 말할 것이다. 그렇다. 처칠에게는 언어를 현란하게 구사하는 능력이 있었다. 하지만 감정이 있었을까? 진실이나 진정성은 있었을까? 1936년 로이드조지는 이렇게 언급했다. "처칠은 미사여구를 늘어놓았지만 웅변가는 아니었다. 문장이 어떻게 소리 나는지에 대해서만 생각했을 뿐 그 문장이 청중에게 어떤 영향을 미칠지는 생각하지 않았다." 1909년 자유당 하원 의원 에드윈 몬터규Edwin Montagu는 헨리 애스퀴스에게 이렇게 썼다. "윈스턴은 아직 총리 재목이 아닙니다. 설사 그렇더라도 강력한 무기가 없어요. 대중의 귀를 만족시켜 주고 기분 좋게 자극하며 심지어 열광시킵니다만, 그가 자리를 뜨는 동시에 연설 내용도 사라지고 맙니다."

처칠을 강력하게 지지한 사람들조차 이러한 결점을 감지했다. 비버브룩 경은 1940년 처칠이 권력을 잡도록 도왔던 공신이었지만 1936년 처칠에 대해 "처칠에게는 온 국민이 귀를 기울일 만한 진실성이 부족하다."라고 언급했다.

자주 그랬듯 처칠은 자신의 결점을 스스럼없이 인정했다. 자신이 단어를 절제하며 사용하지 못한다는 사실을 알았고 언젠가 이렇게 말했다. "나는 스스로 주장하는 원칙보다는 단어로 형성하는 인상에 더욱 신경을 쓴다."

아마 요즘 사람들이 기억하는 처칠은 시대에 뒤떨어지는 과장의 대가, 거짓을 '용어의 부정확성'이라 생각하는 연설자, 힌두교도를 "급속도로 번식함으로써 정해진 파멸로부터 구제를 받는 역겨운 인종"이라고 언급한 경솔하고 입이 딱 벌어질

or miscalculation

Military defeat can be redeemed. The fortunes of
war are fickle and changing. But an act of shame would
~~rock~~ *sap* the vitals of our strength, and deprive us of the
respect which we now enjoy throughout the world, ~~and~~
~~would especially rob us of the immense potent hold~~
During the last year *a potent hold*
we have, gained by our behaviour, *(during)* upon the sentiments
of the people of the United States. In that great
travail &
Republic ~~across the Atlantic Ocean,~~ now in ~~great~~ stress
soul *valid*
of ~~spirit,~~ it is customary to use all the many, solid
aback of the
arguments, ~~affecting~~ American interests and American
depend upon
safety which ~~are involved in~~ the destruction of Hitler
even
and ~~of Hitlerism~~ his foul gang and, fouler doctrines.
But in the long run, believe me, for I know, the action
of the United States will be dictated not by methodical
profit
calculations of ~~product~~ and loss but by moral sentiment
and by that gleaming flash of resolve which lifts the
hearts of men and nations and springs from the spiritual
life itself
foundation of human, ~~actions.~~ ~~Thus it seemed to me~~
~~and to all my colleagues in our War Government, that~~

Never
ever in
our history
have we
been
held
in such
admiration
& regard
by those
across
the
Atlantic
Ocean

1941년 4월 27일 방송된 처칠의 연설문 원고.

정도로 편견에 휩싸인 연설자일 수 있다.

또한 과장된 언어를 향한 사랑이 상식을 뛰어넘고, 반드시 필요한 성실성이 결여되어 결국 글이 최종적 설득력을 잃은 사람으로 여겨질 수 있다.

하지만 1940년 상황은 완전히 바뀌었다. 영국이 직면한 위기가 처칠이 연설하며 과장해 언급했던 상태에 도달하여, 처칠의 주장이 더 이상 과장되거나 시대에 뒤떨어지지 않은 것 같았다. 처칠은 영국에서 대대로 내려온 감정, 즉 침입자를 무찌르려는 섬사람의 깊은 욕망을 환기시켰다. 영국이 처한 위험이 매우 강렬하고 분명했으므로 누구도 처칠의 진정성에 토를 달 수 없었다.

처칠은 여느 때보다 탁월한 연설로 역사의 요구에 응답했다. 그러한 연설들이 웅변 무대에서 반드시 걸작은 아니었다. 히틀러와 처칠의 연설을 유튜브에서 듣고 비교해 보라. 군중을 선동하는 능력만으로 판단한다면 두말할 필요도 없이 나치 지도자가 훨씬 앞선다.

히틀러는 괴벨스*를 바람잡이로 활용해 청중을 유대주의에 반대하는 광란 상태로 몰아가고, 탐조등·음악·횃불을 포함한 연출 도구를 사용해 분위기를 고조시키려 노력했다. 하지만 이것이 청중을 선동할 수 있었던 비결은 아니다. 참고 들을 수만 있다면 히틀러의 연설에 귀를 기울이면서 청중에게 최면을 유발시키는 특징에 주목하자. 우선 히틀러는 연설을 시작하기 전에 듣는 사람이 고통을 느낄 정도로 오래 뜸을 들인다. 그리고 나서는 팔짱을 낀 채로 매우 부드러운 어조로 입을 열었다가 목소리를 점차 높이며 어떤 방식으로 이야기를 전개하는지 살펴보라. 급기야 몸을 격렬하게 움직이며 연설의 강도를 점점 높여 완벽한 타이밍에 절정으로 치닫는다.

히틀러는 앞에 원고를 놓아두기는 하지만 거의 들여다보지 않는다. 원고 없이 철

---

* Paul Joseph Göbbels, 독일 나치 정권의 공보 장관.

저하게 즉흥적으로 연설하는 것 같다. 청중의 반응을 살펴보자. 젊은 여성들의 얼굴이 행복감에 젖어 환하게 빛나고, 남성들은 소리를 지르고 환호하며 마치 거대한 바다 생물의 잎처럼 히틀러를 향해 일제히 팔을 들어 올린다.

히틀러는 동사를 빼고 문법적으로 무의미하지만 암시하는 힘이 담긴 짧은 문장을 사용해 청중을 집단으로 감정의 최고조로 끌어 올린다. 이것은 고도로 영향력 있는 기술로서 후에 토니 블레어Tony Blair 등 여러 인물이 모방했다.

이제 처칠의 연설을 들어 보라. 손에 들려 있는 원고에는 주동사를 완벽하게 갖추고 문법에 맞는 온전한 문장이 빼곡히 적혀 있다. 히틀러와 비교해 처칠의 몸짓은 뻣뻣하고 타이밍도 약간 어긋나는 것 같다. 가끔 팔을 휘젓지만 일관성은 없어 보인다.

연설을 전달하는 방식은 어떨까? 애석하게도 처칠이 하원에서 연설하는 장면은 기록으로 남아 있지 않으므로 방송용 녹음을 살펴봐야 한다. 호령하는 것 같은 어투가 많기는 하지만 확실히 고래고래 소리치지는 않는다. 일부 문장은 끝부분으로 갈수록 점점 힘이 빠진다. 하원에서 연설할 때는 이보다 열정을 더 쏟았겠지만 처칠의 연설을 둘러싼 평가가 항상 좋지만은 않았던 이유를 알 수 있다.

실제로 역사학자 리처드 토이가 최근 발표한 탁월한 개론서 《사자의 포효The Roar of the Lion》에서 설명했듯 "처칠이 앞장서고 국민이 결집했다는 주장은 약간 근거 없는 낭설이다". 에벌린 워는 1965년 처칠이 사망하자 다시 그에게 한 방 먹일 기회를 잡았다. "참으로 국민을 결집하기는 했다! 1940년 당시 나는 군대에 복무 중이었다. 우리는 그의 연설을 정말 증오했다!"

에벌린 워는 처칠이 전성기를 지나고도 명성이 건재했던 '라디오용 인물'이었다고 말했다. 어떤 사람들은 처칠이 술에 취하거나 피곤하거나 지나치게 연로했다며 불평했고, 그도 아니면 자신의 연설을 효과적으로 전달하려고 지나치게 노력한다며 비판했다. 리처드 토이는 맨체스터 의회 서기 A. N. 제러드Gerrard의 의견을 폭로하기도 했다. "연설할 때 처칠은 게티즈버그 연설Gettysburg Address을 했던 링컨처럼 자신도 '선善을 전달해야 한다'는 기대를 한 몸에 받으면서, 다음 세대로 전해지는 연설을 남기려고 노력하는 것 같다. 하지만 나는 그가 처절하게 실패했다고 생각한다."

리처드 토이는 병원 병동에서 처칠의 연설을 듣던 군인들이 "망할 놈의 거짓말쟁이fucking liar"라거나 "허튼소리 집어치워fucking bullshit."라고 소리치는 것을 들었다. M. A. 프랫Pratt이라는 작가의 친척은 라디오 연설의 끝부분을 듣다가 "그가 설마 연설가는 아니지요?"라고 물었다.

지나치게 토리당원 같다거나 반공산주의자 같다거나 호전적이라 주장하면서 처칠을 싫어하는 사람들이 있었다. 그들은 정부가 재정을 지원하는 사회 연구 활동인 매스 옵서베이션*에 자기주장을 자유롭게 밝혔다. 이 모든 반대자가 국가가 최대의 위기에 봉착한 시기에 일제히 일어나 위대한 전쟁 지도자를 천진하게 비판했다고 생각하니 리처드 토이의 주장을 뒤엎고 싶은 충동을 느낀다.

물론 상당수의 영국 대중에게 맹비난을 받았다고 해서 처칠의 명성에 금이 가지는 않는다. 하지만 최소한 처칠의 주장대로라면 영국은 대체 무엇 때문에 전쟁을 치렀는가? 영국은 무엇을 위해 싸웠는가?

처칠은 긴 역사를 자랑하는 영국의 자유를 수호하기 위해 싸운다고 주장했고, 자유 중에서도 사법 절차를 밟지 않고 임의로 체포당하지 않고 정부에 자기 생각을 말할 수 있는 권리를 보장해야 한다고 강조했다. 물론 처칠이 행한 일부 연설에 불만을 품은 사람들도 있었지만 연설은 거의 대부분 훌륭했던 것이 사실이다.

링컨과 비교해서 처칠에게 낮은 점수를 매겼던 까칠한 A. N. 제러드에게 1863년 〈타임스〉의 기사 내용을 귀띔해 준 사람이 있을 수 있다. "게티즈버그에서 열린 의식은 서투른 링컨 대통령의 불운한 몇 마디 말 때문에 비웃음거리가 되었다."

---

* Mass Observation, 1937년 영국에서 설립된 사회 연구 조직.

　　　　　　　　　　　　　　　　　　　　처칠 팩터

물론 당시에 나치라면 당연히 절대 허용하지 않았을 방식으로 처칠을 혹독하게 비판했던 독설가들이 많았다. 하지만 리처드 토이가 저서 끝부분에 수록한 통계 자료에서 처칠의 방송 연설에 몰린 엄청난 청중 수와 하늘로 치솟던 지지율을 눈으로 확인해 보라. 영국 국민은 처칠의 연설을 들으며 사기가 올랐고 기운이 났으며 활력을 얻었다.

청중은 연설을 들으며 고개를 빳빳이 세우고 눈물을 흘렸다. 어느 날 밤 라디오로 처칠의 연설에 귀를 기울였던 비타 색빌웨스트Vita Sackville-West는 등줄기가 오싹해지는 경험을 했다. 혐오스럽거나 곤혹스러워서가 아니라 처칠의 말이 옳다는 생각이 들면서 전율을 느꼈기 때문이다.

아마도 과거에는 피했겠지만 전쟁을 치르는 동안 처칠은 대중의 심정에 직접 호소하는 단어를 찾아 썼다. 그렇다고 늘 진실만을 말한 것은 아니었다. 해럴드 니컬슨에 따르면 언젠가 영국 해군의 규모를 추산하면서 캐나다에 있는 호수를 운항하는 증기선을 포함시켰다.

공군 대령 A. G. 탤벗Talbot은 바다에서 나치의 유보트 작전에 대항하는 책임을 맡았다. 독일 잠수함의 침몰에 관한 통계 자료를 인용하는 처칠에게 탤벗이 당돌하게도 의문을 제기하자 처칠은 이렇게 대꾸했다. "탤벗, 이 전쟁에서 유보트를 침몰시키는 사람은 둘이네. 자네는 대서양에서, 나는 하원에서 침몰시키지. 문제는 자네가 침몰시키는 잠수함의 수가 내가 침몰시키는 수의 정확하게 절반이라는 걸세." 하지만 청중은 대체로 처칠이 진실을 숨기지 않고 국가가 직면한 난제를 솔직하게 털어놓는다고 느꼈다.

청중은 삶에서 느끼는 불안을 웃음으로 덜어 낼 수 있었으므로 처칠이 던지는 농담을 좋아했다. 동료 하원 의원 칩스 채넌Chips Channon은 처칠의 '경솔'한 태도가 부적절하다고 생각했지만 일반적으로 청중은 처칠이 나치를 '나르치스Narzis'로, 히틀러를 '쉬켈그루버 씨Herr Schickelgruber'로, 페탱Pétain을 '피테인Peetayne'으로 부를 때 유쾌해했다. 무엇보다 처칠은 청중이 듣는 즉시 이해할 수 있는 말을 사용했다. 1943년 해럴드 니컬슨은 이렇게 정리했다. "처칠이 민심을 얻을 수 있었던 승리의 공식은 번뜩이는 위대한 웅변과 불현듯 허를 찌르는 재치와 더불어 친근한 회화체 표현을 구사한 것이었다. 처칠이 사용한 모든 장치 중에서도 이 공식은 단 한 번도 실패하지 않았다."

처칠은 1897년《수사학의 발판》에 기술한 주요 규칙인 짧은 단어의 사용으로 회귀했다. 젊은 처칠은 수십 년 세월을 앞당겨 늙은 전쟁 지도자이자 65세 아바타의 쭈글쭈글한 귀에 대고 이렇게 속삭였다.

"청중은 흔히 사용하는 짧고 소박한 단어를 선호합니다. 무슨 언어든 대개 역사가 오랠수록 단어는 짧아지기 마련입니다. 그래서 라틴이나 그리스어에서 최근에 끌어와 사용한 단어보다는 짧은 단어가 청중에게 훨씬 강한 인상을 주고 의미가 쉽게 파악되고 국민의 뇌리에 더욱 깊이 새겨집니다."

이 개념은 처칠이 전시에 실시한 위대한 연설에 녹아 있다. '최상의 시간'을 언급한 연설 원고에서 처칠은 '자유를 획득한liberated'이라는 단어를 '풀려난freed'으로 대체했다.

니컬슨이 언급한 대로 처칠이 고상한 문체에서 수수한 문체로 과감하게 문체를 바꾼 완벽한 사례로 브리튼 전투Battle of Britain에 관해 쓴 불멸의 글을 들 수 있다. 때는 1940년 8월 20일로 상공에는 영국과 독일의 전투가 최절정에 이르렀다. 영국에서는 급기야 예비 병력이 바닥났고 독일 폭격기를 요격하려고 거의 모든 전투기가 투입되었다.

처칠의 군사 수석 보좌관 헤이스팅스 '퍼그' 이스메이Hastings 'Pug' Ismay 장군은 억스브리지Uxbridge 소재 공군 벙커에서 처칠의 곁을 지키며 오후 내내 작전 상황을 지켜보았던 경험을 이렇게 적었다. "나는 두렵다 못해 토할 것 같았다. 전투의 기세가 잦아들고 땅거미가 지기 시작할 무렵 우리는 자동차를 타고 총리 관저로 출발했다.

침묵 끝에 처칠은 대뜸 이렇게 말했다. '내게 아무 말도 하지 말게. 이렇게 감동하기는 처음이네.' 15분쯤 지나자 처칠은 몸을 앞으로 숙이며 덧붙였다. '인간 분쟁의 현장에서 그토록 많은 사람이 그토록 소수의 사람에게 그토록 많은 은혜를 입은 적은 없었네Never in the field of human conflict has so much been owed by so many to so few.'"

처칠이 이스메이 장군에게 아무 말도 하지 말라고 지시한 이유는 감정이 복받쳤기 때문이기도 했지만 이러한 상황에서 훌륭한 저널리스트라면 으레 그렇듯 자신에게 밀려오는 감정을 언어로 표현하고 싶었기 때문이다.

'인간 분쟁의 현장'은 처칠이 일반적으로 전쟁을 에둘러 표현할 때 사용하는 격식 차린 용어이다. 이제 이렇듯 고상한 단어를 입 밖으로 내보낸 처칠은 앵글로 · 색슨족이 사용하는 재치 있고 짧은 단어를 사용한다. 이 여섯 단어가 어떤 효과를 발휘하는지 살펴보자.

'그토록 많은So many' 사람은 누구인가? 처칠은 영국 국민 전체, 생존을 영국에 의존하는 다른 국가, 정복당한 프랑스 국민, 미국 국민, 히틀러가 승리하지 않기를 바라는 사람 모두를 가리킨다.

'그토록 많은So much' 은혜는 무엇일까? 처칠은 감사를 뜻한다. 영국을 보호해 준 것에 감사하고, 따뜻하게 마실 수 있는 맥주, 전원생활, 마을에서 열리는 크리켓 경기, 민주주의, 공공 도서관 등 영국을 특별하게 만드는 동시에 독일 공군의 폭격으로 사라질 위험에 놓였던 것을 모두 지킬 수 있어 감사했다.

'그토록 소수So few'인 사람은 누구일까? 매우 오래전부터 소수의 영웅이 다수에 대항해 왔다. 《헨리 5세》에서 셰익스피어는 "소수인 우리. 소수이기에 행복한 우리We few, we happy few"라고 말했고, 처칠의 정신적 하드 드라이브에는 에트루리아 족 무리를 무찔렀던 호라티우스 코클레스Horatius Cocles의 연설을 포함해 《고대 로마의 민요》에 담긴 시 1200편이 내장되어 있었다. 코클레스는 이렇게 외쳤다. "저기 곧 은길에서 세 명이 천 명의 발걸음을 막는다."

인간 분쟁의 현장 운운하면서 처칠이 생각한 것은 군대의 보호를 받는 국민 수백만 명과 비교할 때 소수에 불과한 영국 공군 조종사였다. 공군 조종사들은 임무를 띠고 하늘로 올라갔다가 많이 돌아오지 못했지만 전쟁의 향방을 결정했다.

앞서 인용한 문구는 탄탄하게 압축되어 있고 리듬을 완벽하게 갖추어 흠 잡을 곳이 없는 경구로서 청중의 뇌리에 그대로 새겨진다. 여기서 처칠은 기술적 수사학 방법으로 어구 반복anaphora을 사용한 고전적인 하강 트라이콜론을 사용한다. 각 콜론은 바로 앞 콜론보다 짧다.

(Never in the field of human conflict has)

so much been owed by

so many to

so few

고전적인 상승 트라이콜론의 예를 살펴보고 싶다면 1942년 엘 알라메인El Alamein 전투에서 승리하고 나서 처칠이 사용했던 탁월한 표현을 참고하자.

Now this is not the end.

It is not even the beginning of the end.

But it is, perhaps, the end of the beginning.

이번 승리는 끝이 아니다.

심지어 끝의 시작도 아니다.

하지만 아마도 시작의 끝일 것이다.

시장이 베푼 공식 연회에서 처칠이 이런 표현을 사용하자 청중은 깜짝 놀라고 기뻐했다. 처칠은 마지막 콜론에서 어구의 교차 배열법*을 사용해 표현의 다양성을 추구했다. '시작'과 '끝'이라는 단어의 자리를 바꾸어 청중의 주의를 환기시키고 오로지 앵글로 · 색슨어에 뿌리를 내린 인용문을 다시 만들어 낸 것이다.

여기서 이 수사법을 설명하는 까닭은 위대한 연설에 얼마간 사용되었기 때문이다. 고르기아스Gorgias 시대 이후로 소피스트들은 수사법을 모조리 의심스러워하며 논지가 약한 논쟁을 더욱 강하게 만들어 청중의 정신을 혼미하게 흔든다고 주장했다.

유튜브에서 들어 보면 히틀러가 말한 "우리는 결코 느슨해지지 않고, 결코 지치지 않고, 결코 신념을 잃지 않을 것입니다." 등의 연설은 궁금하게도 처칠의 "해안에서 적과 맞붙을 것이다." 연설과 비교해서 주제와 구조가 비슷하다. 히틀러의 연설을 분석하려면 두 사람의 연설을 비교해 볼 수밖에 없다.

히틀러는 무엇을 원했을까? 다른 국가들을 정복하고 복수하는 것이었다. 그의 연설은 청중에게 어떤 감정을 불러일으켰을까? 편집증과 증오였다. 그렇다면 처칠은 무엇을 원했을까? 좋은 질문이다. 생존 문제가 달려 있지 않다면 연설로 희망을 주며 청중의 사기를 진작시키지만 처칠이 의도하는 진정한 목적이 무엇이었는지는 상당히 모호하다.

처칠은 "더욱 넓은 땅과 더욱 좋은 시대"나 "햇빛이 비추는 넓은 고지대"를 원한다고 말했다. 그러면서 "결단코 광대한 시대"라는 개념을 좋아했다. 광대한 시대라니? 대체 무슨 뜻일까? '더욱 넓은 땅'은 무슨 뜻일까? 노퍽Norfolk을 가리킬까?

나는 처칠이 일반적인 의미의 안전 · 행복 · 평화와 자신이 성장한 세상을 보존하는 임무를 제외하고는 스스로 무엇을 원하는지 제대로 몰랐다고 생각한다. 따라서 처칠이 연설로 청중에게 불러일으켰던 감정은 매우 건전했다.

그렇다. 처칠의 의도를 의심하는 회의론자들이 많다. 하지만 처칠은 지적 수준이

---

* chiasmus, 어구의 순서를 뒤집어 반복하는 수사법.

다양한 인구 수백만 명을 상대로 수사학적 기교를 구사하여 그들의 가슴에 용기를 불어넣음으로써 과거 어느 때보다 치명적인 위협에 직면해도 스스로 싸워 물리칠 수 있다는 믿음을 주었다.

히틀러는 수사학 기교가 사악한 사건을 벌이는 데 사용된다는 사실을 보여 준 반면에 처칠은 인류를 구하는 데 유용하게 쓰인다는 것을 증명해 보였다. 두 사람의 연설을 비교해 보면 히틀러의 청중은 히틀러가 무엇이든 할 수 있다고 믿기 시작하는 데 반해 처칠의 청중은 스스로 무엇이든 할 수 있다고 믿기 시작했다.

처칠이 포효할 수 있었던 것은 세상의 행운이었다. 연설을 하면서 처칠은 불멸의 명성과 인기를 얻었다. 물론 박수갈채를 사랑했던 그에게 연설은 육체적 흥분을 계속 구하는 시도였다.

처칠은 위험에 맞서고 청중에게 자신을 노출시키면서 아드레날린이 분비되고 찬사가 쏟아지기를 원했다. 원래 그러기를 원하는 사람이 많고, 대중에게 과시할 목적으로만 그렇게 행동하는 사람도 많은 법이다. 그래서 대중에게 사랑을 받기는 하지만 사생활에서는 자주 괴물로 비친다.

하지만 처칠은 결코 그렇지 않았다. 처칠은 더욱 광범위한 대중을 자기편으로 만들면서도 가까운 사람들의 마음까지 샀다.

따뜻한 마음

8

런던에는 일정 시기 동안 거의 비가 내리지 않는다. 하지만 이날은 예외여서 나는 비에 흠뻑 젖었다. 푸른색 양복이 물에 젖어 색이 짙어지고 표면이 반짝거렸으며 웅장한 포틀랜드석 입구에 도착해 자전거에서 내려 땅에 발을 디디자 구두 속에서 물이 철퍽하는 소리가 났다.

자전거를 타고 지나왔던 롬퍼드Romford 거리의 언어와 문화는 처칠이 다녀간 후로 조금씩 달라졌다. 나는 회교 사원을 지나갔고 인도 전통 의상인 사리나 케밥, 휴대 전화 용품 등을 판매하는 상점을 통과했다. 이곳을 찾은 목적은 원스테드Wanstead에 있는 런던 시립 묘지를 방문하기 위해서였다.

정문에서 "묘지를 둘러보러 왔습니다."라고 말하자 직원들은 둘러볼 곳을 여러 군데 추천해 주었다. 앞 차양이 달린 모자를 쓴 직원은 "영화배우 애너 니글Anna Neagle의 묘지가 여기 있어요."라고 일러 주며 이렇게 덧붙였다. "그리고 축구 감독 바비 무어Bobby Moore도 여기 묻혔고, 잭 더 리퍼*에게 당한 희생자 두 명도 여기에 묻혀 있답니다." 그들 외에도 수천 명이 이 공동묘지에 잠들어 있다.

---

* Jack the Ripper, 영국 런던에서 다섯 명이 넘는 매춘부를 엽기적 방법으로 살해한 연쇄 살인범.

시선이 닿는 곳마다 대리석·반암·화강암 등으로 만든 빅토리아 시대풍의 묘지와 비석이 즐비했다. 일부 묘지의 비석이 산성비를 맞아 세월이 흐르며 그 위에 새겨진 고인의 이름이 침식되어 있어서, 이러다가 공항 주차장에서 자동차를 찾지 못해 헤매던 악몽을 재현하지 않을까, 잘 가꾼 길을 몇 시간이고 헤매다가 비에 몸이 흠뻑 젖지 않을까 일순간 걱정했다.

그때 직원의 설명이 정확하게 맞아떨어지는 묘지를 발견했다. 잔디를 철벅철벅 밟으며 그 묘지로 갔다. 내가 찾고 있던 묘지가 맞았다. 네모난 초석에 단순한 모양의 십자가가 꽂혀 있고 그 앞에는 장방형으로 새로 갈아 정돈한 흙에 백합 두 송이가 꽂혀 있다. 누군가가 묘지를 돌보고 있다는 생각이 들었다. 나는 몸을 앞으로 구부려 초석의 아랫부분에 새겨진 이름을 읽었다.

윈스턴 스펜서 처칠이라고 적혀 있었다.

물론 처칠은 이 땅이 아니라 옥스퍼드셔Oxfordshire의 블래던Bladon에 잠들어 있다. 이곳은 처칠이 매우 사랑했다고 알려진 사람의 안식처이다.

나는 그곳에 잠시 서 있었다. 그새 비가 멈추고 내 머리 위로 뻗은 밤나무 가지에서 빗방울이 똑똑 떨어졌다. 나는 무덤 주인의 모습을 머릿속에 그려 보고, 그녀와 처칠 사이에 오간 뜨거운 우정과 그녀를 향한 처칠의 감정이 어땠을지 곰곰이 생각했다.

내가 이곳을 찾은 이유는 유명한 사람에 대한 중요한 질문, 아니 더 나아가 인간 모두에 관한 주요 질문에 대해 답을 찾고 싶어서였다. 유명한 사람이 처칠인 경우에는 해당 질문이 상당히 중요하다. 정치인이나 저널리스트는 물론이고 공개적으로든 비밀로든 처칠의 삶을 본보기나 영감의 원천이나 역할 모델로 삼는 사람이 워낙 많기 때문이다. 그러므로 우리는 처칠의 본질적인 기질을 탐구해야 한다.

어느 날 밤 나는 몇몇 친구에게 처칠이 보였던 용감성, 천재적인 언어 구사력, 불굴의 에너지를 설명했다. 그런데 친구 하나가 별반 흥미가 없다는 표정으로 상체를 뒤로 기대며 "그래, 무슨 말인지 알겠어. 하지만 처칠이 대체 어떤 종류의 사람이었

처칠 팩터

다고 생각하나? 내 말은 처칠은 만나기에 유쾌한 사람이었을까?"

나는 몇 달 전에 실제로 만나 보았으므로 처칠이 어떤 사람인지 말할 수 있다.

———

나는 케임브리지 대학에 있는 처칠 기록 보관소에 들어가자마자 깜짝 놀라 뒷걸음질했다. 책임자 앨런 팩우드Allen Packwood가 나를 맞이하면서 불쑥 의수를 내밀었기 때문이다. 물론 예의를 갖춰야 한다는 인식이 일시적 감정을 이겼으므로 그가 내미는 청동 의수를 잡고 악수했다.

이내 앨런은 "당신은 방금 윈스턴 처칠과 악수하셨습니다."라고 말했다. 찬찬히 들여다보니 청동 주조물이 상당히 우아했다. 손가락은 길지도 크지도 않게 잘생겼다. 처칠은 52세가 될 때까지 이 손으로 폴로 타구봉을 맹렬하게 흔들고, 모제르총을 쏘고, 수상 비행기를 조종하고, 무인 지대의 가시철조망을 뜯어냈다.

이 손으로 도시를 함락시키는 서류에 서명했고 한 정권에 사망 선고를 내렸다. 앨런은 처칠의 손이 작았다고 내게 귀띔해 주었다. 처칠의 손은 크기가 어머니의 손만 했다. 내 말을 믿을 수 없다면 차트웰의 유리 상자에 보관되어 있는 제니의 손 주조물을 보라. 오히려 처칠의 손이 더욱 섬세해 보인다.

앨런은 이렇게 덧붙였다. "워낙 목욕을 좋아했기 때문에 처칠의 손은 발그레했어요." 그렇다고 처칠의 손이 작았다는 뜻은 아니다. 의사당 광장에는 지팡이를 짚고 등을 구부정하게 구부린 처칠의 동상이 서 있다. 동상을 보고 있자면 처칠이 손은 갈퀴 모양이고 어깨는 들소 같은 거인이라는 인상을 받는다. 실제로 윌리엄 맨체스터William Manchester, 노먼 로즈Norman Rose 등은 처칠의 키가 173센티미터라고 주장하지만 마틴 길버트는 기껏해야 169센티미터라고 강조한다.

처칠이 집사 바지를 입고 다리를 휘저으며 근위 기병대를 지나가는 사진 몇 장으로 판단해 보면 키는 톰 크루즈 정도였다. 가장 저명한 처칠 전문가인 앤드루 로버츠Andrew Roberts는 이 말에 어느 정도 수긍했다. "우리가 함께 서면 눈을 맞대고 보았을 겁니다!"

키가 168센티미터 이하인 사람이 또 누가 있었을까? 세계 역사상 최대 폭군들과 불쾌한 작자들이 있었다. 아우구스투스 · 나폴레옹 · 무솔리니가 168센티미터이고, 스탈린이 163센티미터, 히틀러는 173센티미터였다. 이 인물들은 '키 작은 남성 증후군'으로 불리는 과잉 보상 공격성을 이따금씩 보였고, 처칠도 최소한 겉보기로는 이 증후군을 앓았다는 증거가 있다.

확실히 처칠은 사람들에게 퉁명스러웠다. 로버츠가 대담하게도 처칠과 비교해 아마도 히틀러가 주변 사람에게 더욱 친절하고 세심했을 것이라고 주장할 정도였다. 처칠은 자기 생각을 구술시키느라 직원들을 밤새 붙잡아 두었을 뿐 아니라 업무를 잘못 처리하면 역정을 냈다. "대체 자네는 어디서 교육을 받았는가?" "책 좀 읽지 그러나?"

아랫사람에게만 소리를 지른 것은 아니었다. 1920년대 기록에 따르면 처칠은 네빌 체임벌린과 논쟁을 벌이는 동안 이리저리 서성이면서 고함을 치고 주먹을 휘둘렀다. 이제 처칠의 성품을 조합해 보자. 현란한 말솜씨로 눈길을 끄는 요즈음 검사들의 방법을 본보기로 삼아 중요하든 사소하든 증거를 모조리 뒤죽박죽 모아 보자.

처칠은 현대 영국사에서 가장 위대한 인물이었지만 타인을 대하는 태도는 서툴렀다.

적은 말할 것도 없고 때론 친구조차 처칠이 버릇없는 아이처럼 행동하고, 아주 어릴 때부터 제멋대로 행동했다고 진술했다. 12세 때 처칠이 버펄로 빌*을 보러 가

---

* Buffalo Bill, 버펄로 사냥으로 인디언 소탕에 공을 세운 미국 서부 개척사의 전설적 인물인 버펄로 빌이 출연한 쇼.

게 해 달라고 애원하느라 어머니에게 썼던 오글거리는 내용의 조작적인 편지를 읽어 보라.

> ······ 저는 버펄로 빌을 보러 가고 싶어요. 엄마가 그 연극을 봐도 좋다고 약속하셨잖아요. 만약 가지 못하면 정말 서운할 거예요. 아니 서운하다는 말로는 제 비참한 마음을 다 표현할 수가 없어요. 다시는 엄마의 약속을 믿지 못할 거예요. 하지만 엄마가 위니*를 너무나 사랑하는 걸 알아요. ······

그 뒤에 이어지는 글도 어조가 비슷했다. 이는 처칠이 버펄로 빌에 대해 쓴 편지 세 통 중 하나로 처칠의 강철처럼 굳은 투지뿐 아니라 특권 의식을 나타낸다. 14세 때 이미 학교 친구인 밀뱅크Milbanke를 꼬드겨 욕조에 비스듬히 누운 채로 그에게 글을 받아 적게 시켰다. 불쌍한 밀뱅크는 나중에 갈리폴리 전투에서 전사했고, 처칠이 목욕하는 동안 욕조 옆에서 구술을 받아 적었던 많은 사람 중 첫 인물이었다.

처칠의 제수인 그웬돌린 '구니' 버티Gwendoline 'Goonie' Bertie가 썼듯 처칠은 '오리엔탈리즘'**을 믿는 성향이 있었고 하인이 양말을 벗겨 주면 흐뭇해했다. 처칠은 참호에 나갈 때는 더할 나위 없이 용맹했지만 평소에는 믿기 힘들 정도로 엄청난 사치를 누렸다.

처칠의 욕실에는 전용 욕조가 설치되어 있고, 커다란 수건과 뜨거운 물주머니, 복숭아 브랜디와 여러 종류의 술은 물론 포트넘 앤드 메이슨Fortnum & Mason 백화점에서 구매한 고급 식품 상자, 콘비프 조각, 스틸턴Stilton 치즈, 크림, 햄, 정어리, 말린 과일, 커다란 스테이크 파이 등이 쌓여 있었다. 한번 처칠의 아내는 주치의에게 이렇

---

* Winny, 윈스턴의 별칭.

** Orientalism, 동양에 대한 서구의 왜곡과 편견을 뜻한다.

게 말했다. "남편은 일반인의 삶에 대해서는 전혀 모른다는 사실을 기억해 두서야 해요."

아내에 따르면 처칠은 평생 버스를 타 본 적이 없고 런던 지하철도 딱 한 번 타 봤을 뿐이다. 지하철은 처칠이 무릎을 치게 만드는 몇 가지 경이로운 현대 기술의 하나였고, 처칠은 역에서 길을 잃고 타인의 도움을 받아 출구를 찾을 수 있었다.

친애하는 배심원 여러분! 이제 사람들은 처칠이 화를 잘 내고 버릇이 없을 뿐 아니라 남을 괴롭히는 인물이라고 말할 것입니다. 샌드허스트 육군 사관 학교에서 발생했던 불미스러운 사건과 처칠을 포함한 젊은 장교들이 브루스 생도를 뒤탈 없이 빨리 내쫓으려 작당했던 사건을 생각해 보십시오. 처칠이 기독교 정신을 실천했다거나 불안에 떠는 브루스를 안심시키려 했다는 흔적은 조금도 찾아볼 수 없습니다. 오히려 처칠이 브루스를 괴롭히는 데 앞장섰다고 말하는 사람까지 있습니다.

버릇없고 제멋대로인 데다가 남을 괴롭히는 것보다 나쁜 점은 무엇일까요? 처칠은 진정한 친구가 없고 자신의 출세를 위해 사람을 이용할 뿐이라는 세간의 평은 어떤가요? 최근 방영된 다큐드라마 〈폭풍 전야The Gathering Storm〉에서 젊은 외무부 관리 랠프 위그럼Ralph Wigram은 차트웰로 내려와 독일 재무장 상태에 관해 처칠에게 보고해 달라는 청탁을 받았습니다. 이렇게 습득한 정보를 사용해 처칠은 스탠리 볼드윈 총리가 이끄는 정부를 무자비하고 효과적으로 공격했습니다.

위그럼은 정부에서 이 문서를 빼내느라 자신의 경력을 걸어야 했습니다. 종국에는 처칠에게 정보를 누설했다는 의심을 받아 외무부 주류에서 밀려났습니다. 텔레비전 다큐드라마에서는 위그럼의 가족이 고통을 겪고 위그럼 자신은 상사에게 위협을 당하고 자살 지경까지 내몰린 것처럼 보입니다. 드라마에서처럼 불쌍한 위그럼은 처칠의 야망 때문에 희생당한 것입니다.

많은 사람이 이미 범죄라고 간주했듯 친구를 배신했다는 혐의는 어떨까요? 프리토

리아의 포로수용소에 갇혀 있던 처칠은 에일머 홀데인Aylmer Haldane과 A. 브록키Brockie
와 함께 탈출하기로 약속했습니다. 하지만 약속을 어기고 홀로 도망쳤습니다.

　공격적이고 버릇없고 남을 괴롭히는 배반자 말고도 처칠에게 어떤 수식어를 덧
붙일 수 있을까요? 처칠은 인간이라 불릴 수 없을 정도로 지나치게 사리사욕을 밝
히고 자기중심적이라는 평을 들었습니다.

　저녁 파티에 초대를 받은 젊은 여성이 자리를 안내받아 앉고 보니 옆에 유명 인
사가 있었다고 가정해 봅시다. 처칠에 불리한 주장에 따르면 그는 단 한 가지 주제,
즉 자신에게만 관심이 있었습니다. 마고 애스퀴스Margot Asquith는 "자기중심적인 사
람들이 누구나 그렇듯 처칠과 함께 있으면 결국 무료해진다."라고 언급했습니다.
친애하는 판사님, 이상이 기소 사건에 대한 설명이었습니다.

　윈스턴 레오나르도 스펜서 처칠은 버릇없고, 남을 괴롭히고 배반하며, 자기중심
적이고, 주변 사람을 따분하게 만드는 전천후 밉상이라는 이유로 기소를 당한다. 이
제 변호사의 변론을 들어 보자. 논쟁을 이끌어 나가기 위해 변호사 역할은 기쁜 마
음으로 내가 맡기로 한다.

　우선, 처칠이 아랫사람에게 폭군으로 군림한다는 주장부터 꺼내 보자. 물론 처칠
은 아랫사람을 심하게 몰아세우기도 해서, 그의 군사 고문인 불쌍한 앨런 브룩Alan
Brooke은 전시에 머리가 돌 정도로 스트레스를 받은 나머지 북받치는 감정을 다스리
려고 연필을 입에 물기도 했다. 하지만 승리할 조짐이 전혀 보이지 않는 전쟁을 끌
고 나가면서 처칠이 겪었을 스트레스를 생각해 보라.

　처칠은 자기 행동이 밖에 어떻게 비치는지 인식할 때도 있어서 때로 "상당히 많
은 동료가 나와 대화하기를 꺼리는 것 같다."라고 말했다. 또한 쉬지 않고 구술을
하다가 문득 비서들이 추워하는 것을 깨닫고 손수 불을 피워 주기도 했다.

　가장 충직한 동시에 가장 많이 혹사당했던 비서 가운데 한 명인 바이올렛 피어먼

이 사망하자 처칠은 사재를 털어 그녀의 딸을 도왔다. 주치의의 아내가 곤경에 처하자 돈을 보내 주었고, 친구가 옴두르만 전투에서 부상을 당하자 피부 이식을 할 수 있도록 소매를 걷어붙이고 마취제 없이 피부를 제공했다.

이것이 과연 이기적인 배신자의 행동일까? 패멀라 플라우든Pamela Plowden이 말한 대로 "맨 처음 윈스턴을 만나면 결점만 보이나 그 후로는 평생 윈스턴의 미덕을 발견해 간다".

이제 이가 들끓는 참호의 불결한 환경에서 처칠이 군인들에게 세도와 사치를 부렸다는 주장을 살펴보자. 정말 터무니없는 소리이다.

처칠이 1916년 1월 휘하 부대에 도착했을 때 부대에 얼마간 분노가 끓었던 것은 사실이다. 왕립 스코틀랜드 보병 연대 소속 군인들은 지휘관으로 파견 나온 정치인이 대체 누구인지, 어째서 하필 자신들의 부대로 온 것인지 투덜댔다. 처칠은 학명이 풀렉스 오이로패우스Pulex europaeus인 이에 대해 잔인한 수사학적 공격을 개시했다. 군인들은 이의 기원·특징·서식지·고대와 현대에 벌어졌던 전쟁에 미친 영향 등을 설명하는 처칠의 일장 연설을 놀란 심정으로 들었다.

그다음 사용하지 않는 양조용 숙성 탱크를 물레넉커Moolenacker 마을에 가져오게 해서 이를 일제히 박멸하기 시작했고 이 방법은 효과가 있었다. 이로써 처칠에 대한 존경심은 커졌다. 게다가 처칠은 군인에게 가하던 처벌을 줄였고, 부대를 찾아온 사람들 모두에게 자기 소유의 사치품을 나눠 줬다. '캡틴 X(실명은 앤드루 듀어기브Andrew Dewar-Gibb)'가 두 눈으로 목격하고 저술한 《전방에서 처칠과 함께With Winston Churchill at the Front》를 읽어 보라.

만약 "커다란 시가를 피워 겨우 화를 누그러뜨리지 않고도 현장을 떠날 수 있다면, 그 사람은 애당초 담배를 피우지 않거나 처칠에게 책망을 듣지 않았기 때문이다". 처칠은 복숭아와 살구 브랜디도 시가와 같은 용도로 사용했다. 욕조도 마찬가지여서 듀어기브는 일종의 기다란 비누 그릇 같다고 묘사했지만 어쨌거나 처칠 말

처칠 팩터

고도 많은 사람이 사용했다. 듀어기브에 따르면 처칠은 민주적이고 가정적으로 진지를 지휘했다. 휴식을 취하는 군인들의 모습을 화폭에 담았고, 곧 무너질 것 같은 의자에 몸을 기울이고 앉은 채로 문고판 셰익스피어 작품을 읽으며 축음기를 틀어 음악을 들었다. 장교들은 양지를 한가로이 거닐거나 독서를 했다.

사방에서 독일군 이따금씩 영국군의 포탄이 거의 매일 터지고, 평화롭게 휴식을 취하고 있는 이 군인들 중에서도 사상자가 끔찍하게 많이 생겨나고 있다는 사실을 생각하라. 이들에게 노래를 부르게 하고 웃을 수 있을 때 웃으라고 부추긴 사람도 처칠이었다. 젊은 장교 조크 맥데이비드Jock MacDavid는 이렇게 회상했다. "매우 짧은 기간 동안 처칠은 장교들과 군인들의 사기를 거의 믿을 수 없는 수준까지 끌어올렸다. 이것은 순전히 처칠의 개성 덕택이었다."

이것은 남을 괴롭히는 사람의 행동이 아니라 휘하 군인들이 행복할 수 있도록 적절하게 보살펴 주려는 지도자의 행동이다. 따라서 불쌍한 샌드허스트 육군 사관 학교 생도 브루스를 괴롭혔다는 유언비어는 사실이 아니다.

처칠에 거스르는 거의 모든 비판을 제기한 사람은 헨리 래부셰르Henry Labouchere라는 과격한 저널리스트이자 하원 의원(바다로 나가는 밑상)이었다. 래부셰르는 유대인에게 격렬하게 반기를 들었을 뿐 아니라 모든 동성애 활동을 범죄로 간주하는 끔찍한 법안을 의회에 제출했다. 이러한 주장에는 어떤 논리적 근거도 없어 보였다. 처칠의 담당 변호사들은 처칠이 "오스카 와일드가 저질렀던 유형의 부도덕한 행위"에 빠져들었다는 근거 없는 주장을 쉽게 물리쳤지만 어쨌거나 처칠은 상당한 손상을 입었다.

정말 처칠은 젊은 외무부 관리 랠프 위그럼의 경력이야 어찌 되든 조금도 개의치 않고 그를 '이용'했을까? 위그럼이 나중에 자살했는지는 분명하지 않지만 어떤 경우라도 독일에서 발생하고 있는 끔찍한 사태와 '영국 정부의 안일한 태도'에 관한 정보를 노출시켜야겠다고 생각했으므로 처칠에게 해당 정보를 넘겨주었던 것이다.

위그럼은 처칠에게 기만당해서가 아니라 의무감에서 우러나 그렇게 행동했다. 장례식이 끝나고 처칠은 추모객들을 위해 차트웰에 점심 식사를 마련했고, 위그럼의 아내인 에이바Ava에게 애도의 심정을 표현하고 그 후로 여러 해 동안 연락했다.

프리토리아 포로수용소에서 함께 탈출하기로 약속했던 홀데인과 브록키에 대해서도 처칠은 자책할 필요가 없다. 정작 탈출할 날이 되자 두 사람이 겁을 먹고 포기했다는 사실이 당시 일기와 편지에 분명히 기록되어 있기 때문이다.

처칠은 변소로 들어가 벽을 넘은 다음에도 발각될 위험을 무릅쓰고 뜰에서 두 사람이 오기를 한 시간 반 동안 기다렸지만 결국 허탕을 쳤다. 그렇다면 처칠의 잘못이 아니지 않은가! 나중에 경제적 여유가 없을 때도 처칠은 자신이 탈출할 수 있도록 도와주었던 사람들 모두에게 금시계를 보냈다. 처칠이 죄책감을 느꼈기 때문일까? 오히려 그와는 정반대로 성품이 충동적이고 너그러웠기 때문이다.

끝으로 처칠이 이기적이고, 남에게 그다지 흥미가 없으며, 파티에서 뽐내고 과시할 때를 제외하고는 재미없다는 주장에 대해 생각해 보자. 물론 처칠은 자기중심적이며 자기도취에 빠져 있었고 자신도 그렇다고 순순히 인정했다. 그렇다 하더라도 남에게 관심이 없거나 남을 배려하지 않았다는 뜻은 아니다.

아내인 클레먼타인에게 보내는 편지에서 아기가 노아의 방주에 담긴 동물 인형을 입으로 빨아 행여 페인트를 먹을까 봐 걱정하는 대목을 읽어 보라. 또한 자신을 속이고 유산 20만 파운드를 빼돌린 어머니를 넓은 아량으로 대했다. 어머니가 조지 콘월리스-웨스트George Cornwallis-West와 결혼하는 날에는 어머니를 포옹하며 자신에게 무엇보다 중요한 것은 어머니의 행복뿐이라고 말했다.

전시에 다우닝 가에서 자신과 함께 생활한 동생 잭에게도 무한히 너그럽게 행동했다. 여러 증거를 보더라도 처칠은 감성적이라고 말할 수 있으리만치 마음이 따뜻했다. 차트웰에서 키우는 야생 동물들에게도 애정을 쏟았다(히틀러는 독일종 셰퍼드인 블론디 Blondi를 좋아했지만 처칠의 사랑은 동물 전반으로 뻗어 나갔다).

처칠은 눈물도 많았다. 독일의 대공습을 겪는 동안 런던 시민이 카나리아에게 먹일 모이를 사려고 줄을 선다는 뉴스를 듣고 눈물을 떨구었다. 열광하는 하원 의원들에게 자신은 어쩔 수 없이 프랑스 해군을 공격할 수밖에 없다고 말하며 눈물을 흘렸다. 열일곱 번이나 반복해 보았던 알렉산더 코르더Alexander Korda가 제작한 영화 〈해밀턴 부인Lady Hamilton〉*을 보면서도 울었다. 싸구려 음악을 좋아했던 처칠이 애창곡을 고래고래 부르는 장면을 담은 사진이 많이 남아 있다. 이렇듯 처칠은 흥을 깨는 사람이 아니었다.

감정을 드러내지 말아야 하는 사회와 계급에서도 처칠은 공공연하게 감정을 표현했다. 그리고 영국 정치인으로는 독특하게 결코 악의를 품지 않았다. 주위 사람들은 처칠의 따뜻한 심성에 반응했다. 밑에서 일하다 보면 기진맥진해지기 일쑤였지만 처칠에게 충성심을 보였고 아낌없이 헌신했다.

1932년 뉴욕에서 자동차 바퀴에 깔려 거의 죽을 뻔했다가 살아 돌아온 처칠에게, 브렌던 브랙큰의 주도 아래 모인 140명의 친구들과 추종자들이 돈을 모아 다임러Daimler 자동차를 선물했다.

현대 영국 정치인 중 다임러 자동차는 고사하고 닛산 미크라Nissan Micra를 선물받을 만큼 친구와 추종자가 많은 사람이 있을까? 이쯤에서 처칠의 아내가 남편의 친구를 무조건 마음에 들어 하지는 않았다는 점을 밝혀야겠다. F. E. 스미스는 술꾼이었고, 비버브룩은 사업을 하면서 속임수를 쓴다는 소문이 돌았고, 처칠의 사생아라고 이치에 맞지 않는 주장을 했던 브렌던 브랙큰은 많이 봐줘서 말해 봤자 별났다.

브랙큰은 일부러 학교로 돌아가기까지 하면서 나이를 속였다. 게다가 아일랜드 혈통이라는 사실을 숨기고 오스트레일리아인이라고 말했으며, 처칠 내각에서 정보 장관을 역임했다. 처칠은 이 친구들과 가까이 지냈다.

---

* 영국 전체를 들썩이게 만들었던 넬슨 제독과 엠마 해밀턴의 스캔들을 다뤘다.

듀어기브가 진지에서 처칠이 활약하는 모습을 지켜보고 이를 묘사한 글을 읽고 난 다음에 내게는 존 아버스닛 피셔John Arbuthnot Fisher 경에 대한 호의적인 언급이 새롭게 느껴졌다. 당시 함대 지휘관이었던 피셔 경은 1915년 상당히 불안한 전력으로 다르다넬스 해협을 통과하려 시도했다가 단호하게 결정을 내리지 못하는 바람에 작전 수행을 지연시켜 결국 재앙을 불러들였다.

듀어기브는 이렇게 말했다. "처칠 장관은 피셔 경에 관한 이야기를 자주 들려줘서 우리에게 즐거움을 가득 선사했다. 그는 피셔 경을 매우 존경하는 것 같았다." 피셔의 분별없는 행동이 처칠의 정치 생명을 가격했다는 사실을 고려하면 처칠이 얼마나 관대한 영혼의 소유자인지 알 수 있다.

처칠은 이틀 동안 기지를 비우고 하원에서 연설하면서 피셔를 해군 제독으로 다시 불러들이라고 촉구했다. 사람들은 이 연설을 두고 처칠이 상황을 제대로 처리하지 못하는 결정적인 증거라고 생각했다. 처칠은 피셔를 변호할 필요가 없었다. 실제로 피셔는 처칠이 파리에 자주 가는 이유는 여자 친구를 만나기 위해서(거짓으로 보인다)라고 클레먼타인에게 말하는 등 처칠에게 상당히 불충실했다.

이성적으로 생각하면 처칠이 연로한 피셔 경을 전함에서 끌어내릴 이유는 충분했다. 하지만 처칠은 그렇게 하지 않았다. 그만큼 피셔 경을 좋아하고 존경했으며 자기 마음을 표현하고 싶어 했다.

처칠은 그리스인이 말하는 '위대한 영혼megalopsychia'의 소유자였다. 정통 기독교인은 아니었고 신약 성서에 등장하는 도발적인 형이상학을 믿지 않았다. 일부 고위 성직자가 자비롭게도 처칠을 가리켜 '교회의 기둥'이라 환호하며 갈채를 보냈을 때도 처칠은 망설이지 않고 즉시 반기를 들며 솔직히 자기는 '날라리 버팀목'에 더 가깝다고 말했다.

처칠이 믿는 가치 체계는 기독교가 발생하기 이전으로 심지어 호머 시대에 속했다. 자신과 '영국 제국'을 위해 변함없이 영광과 명성에 관심을 쏟으면서도 자신이

처칠 팩터

해야 하는 옳고 적절한 일이 무엇인지 깊이 인식했다. 그리고 화자의 입장에서 예리한 눈초리로 늘 자신을 감시하고 평가했다.

내가 영국 동쪽에서 지금 비로 흠뻑 젖은 무덤을 찾은 이유도 그 때문이다. 무덤에는 처칠의 유모가 잠들어 있다. 비석에는 "1895년 7월 3일 62세를 일기로 사망한 엘리자베스 앤 에버리스트Elizabeth Ann Everest를 추모하여 윈스턴 스펜서 처칠과 존 스펜서 처칠이 세우다."라고 새겨져 있다.

다른 비석과 비교하더라도 감사의 마음이 과장해서 새겨져 있지 않았다. 사랑 운운하지도 않았고 편안하게 휴식하라고 노래를 불러 주는 천사의 모습도 없었다. 그저 자그마하고 수수한 십자가가 서 있을 뿐이었다. 이곳에 도착하기까지 여정이 형편없기는 했지만 처칠의 본성에 자리한 근본적인 선을 발견하는 육체적인 증언이기도 했다.

앞에서 살펴보았듯 처칠의 어머니 제니는 매혹적이지만 쌀쌀맞은 인물로 몸에 착 달라붙는 승마복을 입은 채로 바람처럼 휙 나타나 아들에게 밤 인사를 해 주는 것 외에는 아들에게 별로 관심을 보이지 않았다. 처칠에게 아낌없이 사랑을 베풀어 준 사람은 메드웨이Medway 출신으로 체구가 큰 중년 부인 에버리스트였다. 처칠의 전기에는 약간 통통한 빅토리아 여왕처럼 생긴 부인의 사진이 대부분 실려 있다. 레이스 달린 흰색 모자를 쓰고 검은 옷을 입고, 허리받이와 속치마를 받쳐 입어 전체 모습이 마치 에베레스트 산이나 피라미드 같았다.

처칠은 "유모는 내가 마음을 터놓을 수 있는 사람이었다. 나를 보살펴 주었고 내 요구를 모두 들어주었다. 나는 부인에게 고민을 모두 털어놓았다."라고 말했다. 처칠은 에버리스트 부인을 '움Woom'이나 '우매니Woomany'로 불렀고, 부인이 처칠에게 보낸 애정 어린 편지는 오늘날까지 여러 통 남아 있다. 편지에서 부인은 치통이 나면 진통제를 먹고, 동쪽에서 불어오는 바람을 조심하고, 움직이는 기차에 뛰어올라 타지 말고, 더운 날씨에는 외출을 삼가고, 빚을 지지 말고, 나쁜 사람과 어울리지 말라고 조언했다.

해로 스쿨에서 처칠이 연설하는 자리에 부모는 참석조차 하지 않았지만 에버리스트 부인이 참석했고, 처칠은 다른 아이들이 키득거리는데도 아랑곳하지 않고 자랑스럽게 부인의 팔짱을 끼고 함께 시내를 걸었다. 이것은 처칠의 윤리적 용기를 보여 준 사례였다.

처칠이 열일곱 살이고 잭이 열한 살이 되자 부모는 이제 더 이상 유모가 필요하지 않다고 판단했다. 영국에서는 자녀가 성장해도 유모를 그대로 고용하는 상류층 가정이 많았지만 처칠의 어머니는 에버리스트 부인을 아무 사후 대책 없이 해고하려 했다.

처칠이 몹시 분개하여 항의하자 어머니는 에버리스트 부인이 처칠의 할머니가 사는 런던 집에서 일할 수 있게 주선했다. 하지만 2년 후에 부인이 편지 한 통으로 해고당하자 처칠은 다시 불같이 화를 내며 어머니를 "잔인하고 비열하다."라고 비난했다.

아무리 처칠이 분개해도 아무 소용 없이 에버리스트 부인은 크라우치 엔드Crouch End로 떠났고, 처칠은 얼마 되지 않는 수입으로 부인의 생계를 도왔다. 꾸준히 처칠에게 편지를 썼던 부인은 처칠이 샌드허스트 육군 사관 학교에 재학할 때도 격려의 편지를 보냈다. "바깥 공기를 쐬면서 운동을 많이 하면 약도 필요 없어요. …… 훌륭하고 정직할 뿐 아니라 고결하고 공명정대한 신사가 되세요. 그러면서도 매력을 풍기고 인자해야 합니다. 사랑하는 도련님, 제가 도련님을 얼마나 사랑하는지 모릅니다. 저를 생각해서라도 부디 잘 지내셔야 합니다."

1895년 에버리스트 부인의 건강이 악화했고, 급기야 7월 2일 처칠은 막사에서

처칠 팩터

부인이 '위독'하다는 전보를 받았다. 몸이 흠뻑 젖은 채로 크라우치 엔드에 도착한 처칠을 보고 부인은 자신의 건강은 아랑곳하지 않고 처칠의 건강만 염려했다. "내가 웃옷을 벗어 완전히 말리고 나서야 부인은 겨우 안심했다."

의사와 간호사를 물색하고 나서 처칠은 아침 열병식에 참석하기 위해 서둘러 올더숏Aldershot으로 돌아갔다가 행사가 끝나자마자 노스 런던North London으로 돌아왔다. 에버리스트 부인은 혼수상태에 빠졌다가 새벽 2시 15분 처칠이 지켜보는 가운데 숨을 거뒀다.

처칠은 장례식을 관장하고 화환과 비석을 준비했으며 박봉으로 장례식 비용 전액을 지불했다. 당시 처칠의 나이는 스무 살에 불과했다.

세상이 윈스턴 처칠의 유모에게 진 빚이 어느 정도인지 정확하게 가늠하기는 힘들다. 하지만 처칠에게 선량하고 너그럽고 전반적으로 진실하게 생활하라고 가르친 사람이 다름 아닌 에버리스트 부인이었다. 나는 유모야말로 처칠이 드넓고 너그러운 윤리 의식을 갖추도록 도와주었다고 생각한다.

일곱 살 때 유모와 함께 블레넘의 영지를 걷고 나서 처칠은 아버지에게 "뱀이 잔디를 기어가고 있었어요. 저는 그 뱀을 죽이고 싶었지만 유모가 그러지 못하게 했습니다."라고 편지를 쓰기도 했다.

에버리스트 부인이 사망하자 처칠은 절망했고, 부인처럼 심지가 굳고 신뢰할 수 있는 여성을 다시는 만나지 못하리라 생각했을지 모른다. 그랬다면 그것은 착각이었다. 이제 처칠이 클레먼타인과 결혼하겠다는 탁월한 결정을 내리는 순간을 뒤돌아보고 처칠의 전반적인 여자관계라는 무한한 수수께끼를 풀어 보자.

사랑하는 클레먼타인

———

9

아르테미스 신전 바깥에서 발길을 멈추고 텔레비전에 출연한 자연주의자처럼 속삭여 보자. 때는 8월 중순이고 장소는 영국 귀족의 출생지로 유명한 블레넘 궁전의 드넓고 경사가 완만한 정원이다. 오전 나절 여름 소나기가 가볍게 내리고 있다. 이오니아식 기둥으로 현관을 받친 우아하고 자그마한 신전 안에서는 유서 깊은 짝짓기 의식이 절정을 향해 치닫고 있다.

뒤쪽 의자에 상무 장관인 33세의 윈스턴 처칠과 눈동자가 커다랗고 검은 사랑스러운 여성 클레먼타인 호지어가 앉아 있다. 남성이 얼마나 신중하게 청혼 장소를 골랐는지 둘러보자. 궁전은 남성이 속한 가문의 부와 권력, 자신이 제공할 유전자를 상징한다. 호수는 낭만을 불러일으키고, 양쪽으로 뻗어 있는 자갈길은 걸을 때마다 자박자박 소리가 나서 혹시 나타날지도 모르는 불청객을 감지할 수 있다.

이제 처칠은 청혼을 할 만반의 준비를 갖췄다. 클레먼타인은 신전이 무슨 의미인지 확실히 알고 있다. 사냥의 처녀 신인 아르테미스를 기리는 신전에서 클레먼타인은 막다른 구석까지 몰린 것이다.

이끼 낀 잔디를 살포시 밟으며 건물 뒤쪽으로 돌아가 대체 두 사람이 무슨 말을 하는지 들어 보자. 쉬!

처칠이 쉬지 않고 말하고 또 말하는 것 같다. 옆에 앉은 여성은 눈을 내리깔고 그림처럼 앉아 있다. 사실 여성은 남성의 생기발랄한 얼굴이 아니라 바닥을 기고 있는 딱정벌레에 시선을 던지고 있다. 딱정벌레가 판석의 갈라진 틈에서 나와 다음 틈으로 느릿느릿 움직이는 모습을 지켜보며 처칠이 대체 언제 중요한 말을 할 수 있을지 답답해했다. 신전에서 클레먼타인과 단둘이 있은 지 30분이 지났지만 처칠은 아직도 중요한 말을 할 용기가 나지 않았다.

생물학자가 윈스턴 처칠의 구애를 연구한다면, 거대한 판다의 구애가 상대적으로 무모하고 충동적으로 보인다고 결론을 내릴지 모르겠다. 4년 전 처음 만났을 때 처칠은 클레먼타인에게 그다지 호감을 주지 못했지만 최근 들어 둘의 관계가 순조롭게 풀려서 처칠이 편지를 보내 그녀를 마음에 두고 있다고 분명히 밝힐 정도까지 발전했다. 처칠은 미래의 계획을 세웠듯 청혼 과정도 빈틈없이 설계해 놓았다.

닷새 전인 1908년 8월 7일 처칠은 클레먼타인을 블레넘 궁전으로 초대하는 편지를 보내면서 누구라도 절대 놓칠 수 없는 단서를 흘렸다. "그 아름다운 장소를 당신에게 간절히 보여 주고 싶습니다. 정원에 가면 함께 대화할 수 있는 곳과 이야깃거리를 많이 찾을 수 있을 것입니다." 다음 날 처칠은 또 편지를 보내 어떤 기차를 타야 하는지 알려 주고 클레먼타인의 눈을 가리켜 "내가 알아내려 무던히도 애쓰고 있는 비밀을 담은 야릇하고 신비스러운 눈동자"라고 언급했다.

그리고 의도적으로 자신을 낮추는 표현을 쓰면서 자신이 여성을 사귀는 데 어려움을 느껴서 "어리숙하고 어설프게 행동하고 태생이 상당히 독립적이고 자립적"이라는 언질을 주었다. 그러다 보니 어쩔 수 없이 "외로움을 느낀다."라고도 털어놓았다. 이러한 말 또한 단서가 아닌가! 클레먼타인은 단정한 처녀가 혼전에 성관계를 맺는 것을 금기로 삼았던 에드워드 국왕 시대 영국의 온갖 표현법과 관습으로 미루어 처칠에게 청혼을 받으리라는 사실을 분명히 알 수 있었다.

하지만 클레먼타인이 블레넘 궁전에 머문 사흘 동안 아무 일도 일어나지 않았다.

처칠은 그녀에게 덤벼들지도 않았고, 소파에 함께 앉아 있을 때도 그녀의 사랑스러운 어깨에 슬쩍 팔을 드리우기는커녕 꼼짝도 하지 않았다. 아마도 클레먼타인은 자신이 실격한 것은 아닌지 의아해하기 시작했을 것이다. 이제 아침이면 클레먼타인은 떠날 것이었고 처칠은 아직 침대에서 일어나지도 않았다. 사실 클레먼타인은 몰랐지만 사촌인 말버러 공작이 처칠을 깨워서 클레먼타인에게 청혼하고 싶다면 당장 침대에서 일어나 움직이라고 단호하게 말해야 했다.

결국 오전 11시 처칠이 클레먼타인을 찾아 나섰고 두 사람은 정원을 거닐며 말끔하게 다듬어진 관목들과 그리스 양식 나체 조각상을 지나 왼쪽으로 돌아서 방파제 밑으로 물이 음악을 연주하듯 출렁이는 보트 창고 주변을 서성였다. 청혼할 마음이 솟아나도록 특별히 설계한 것 같은 으슥한 장소와 구석도 여러 곳 지나쳤다.

이제 신전에 호젓이 앉아 있는 두 사람은 젊은 여성이 확실히 고통스럽게 오래 기다렸고 그런데도 아무 낌새도 없는 절차를 밟으려는 찰나였다. 나중에 클레먼타인은 처칠처럼 느릿느릿 움직이는 딱정벌레를 지켜보았던 경험을 회상하며 "딱정벌레가 저 틈에 도착할 때까지 처칠이 청혼하지 않으면 청혼을 받기는 틀렸다고 속으로 생각했습니다."라고 말했다. 그 상황에서 내기를 했다면 아마도 딱정벌레에 돈을 거는 사람이 더 많았을 것이다.

오늘날 아르테미스 신전의 뒤로 돌아가면 최근 그곳에 들러 평온한 분위기를 즐겼던 사람들이 남긴 낙서가 눈에 띈다. 행운의 상징인 만자 무늬를 멋지게 새겨 넣은 낙서도 있고 사랑을 뜻하는 하트 모양도 있다. 이곳에 왔던 남성이라면 함께 앉아 있은 지 30분이 지나기도 전에 여성에게 자기감정을 털어놓았을 것이다. 우리 영국인의 성향으로 짐작하건대 연인이 야외에서 사랑을 나누는 장면까지 펼쳐졌을 것이다. 이 행복한 연인들이 처칠의 방법에 대해 듣는다면 고개를 갸우뚱하며 결코 이해하지 못했을 것이다.

어떤 사람들은 한술 더 떠 처칠이 33세가 될 때까지도 순결을 잃었다는 증거가 없다고 주장했다. 그래서 신전에서 처칠이 그토록 쑥스러워했을 수도 있다. 오랫동안 널리 알려진 이야기에 따르면, 다른 세계 지도자와 비교해 볼 때 처칠에게는 여성이나 최소한 여성과 성관계를 맺는 것이 덜 중요하거나, 일반적으로 찬사·음식·술·시가·흥분 등을 향한 욕구가 엄청난 남성이 그러리라 생각되는 정도보다 성행위 횟수가 적었다. 처칠이 약혼할 무렵 한 신문은 그를 "확고부동한 숫총각"이라고 표현했지만, 이 단어는 오늘날 사람들이 생각하는 의미를 나타내지는 않았고 다만 밖으로 보이는 모습만을 반영했다.

한 여성은 로이드조지에게 다음과 같은 편지를 보냈다. "어느 누구도 윈스턴을 특정 여자와 엮을 수 없다는 말을 들어 왔습니다. 윈스턴이 여자들을 좋아하거나 따라다니는 종류의 남자는 아니라는 뜻이겠죠. …… 윈스턴은 어느 정도 이상한 시각으로 여성을 봐 왔습니다. 좋아하는 여성을 위해 약간의 불편함을 감수하는 남자라는 인상을 줄 수 있다면 처칠은 지금과 비교할 수 없을 정도로 인기가 치솟을 것입니다. 아마도 그런 날이 오겠지만 나는 그것이 실제로 가능할지 의심스럽습니다."

처칠은 성차별주의자였을까? 여성 참정권 운동가들은 처칠의 시각이 이상하다고 확신했다. 테레사 가넷Theresa Garnett은 개 채찍으로 처칠을 공격하면서 "이 짐승 같은 자야! 어째서 여성들을 제대로 대우하지 않는가?"라고 외쳤다. 여성 참정권 운동가들은 자신들의 명분에 반기를 드는 처칠을 용서할 수 없었다. 그래서 처칠에게 덤벼들었고, 그를 바닥에 쓰러뜨렸고, 그의 연설을 방해하는 동시에 무자비하게 야유를 퍼부었으며, 연설이 최고조에 달했을 때 종을 치기도 했다.

요즈음 사람들이라면 당시에 처칠이 부당한 대우를 받았다고 생각하겠지만 처칠은 그때마다 한결같이 정중한 태도로 응수했다. 처칠이 경력 초기에 여성 참정권을 인정하는 문제에 대해 유보적인 태도를 취했던 까닭은 남성 우월주의 때문이라기보다는 순전히 계산에 따른 것이었다. 여론 조사에서 여성이 토리당에 투표하는 경향을 보이리라는 증거가 나왔던 것이다. 어쨌든 처칠은 결국 입장을 바꿔 1917년

30세 이상 모든 여성으로 투표권을 확대하는 법안을 지지했다.

대부분의 현대 역사가는 처칠을 에드워드 히스Edward Heath 같은 일종의 무성애자로 생각하지 않는다. 처칠이 무성애자라는 말은 철저하게 터무니없기도 해서 그는 평생 여성들과 어울리는 것을 좋아하고, 여성의 아름다움을 인정하고, 여성의 환심을 사려 하는 동시에 자신의 능력을 과시하려고 노력했다. 70대 중반에도 할리우드의 촉망받는 젊은 여배우들을 감동시키려고 프랑스 남쪽 바다에서 재주넘기를 해서 '아내의 울화'를 부채질하기도 했다.

여성에 그다지 관심이 없다고 소문이 났던 남성치고는 심심치 않게 불장난과 연애 사건에 연루되기도 했다. 우선 처칠이 18세 때 등장했던 '아름다운 폴리 해킷Polly Hacket'이 있다. 함께 공원을 거닐다가 처칠은 해킷에게 캔디 한 봉지를 건넸다. 이런 사람을 어떻게 낭만적이지 않다고 말할 수 있을까?

그러고 둘 사이에 어떤 일이 있었는지에 대해 역사는 수줍은 듯 침묵하고 있지만 처칠은 메이벌 러브Mabel Love라는 쇼걸을 쫓아다녔다. 하이데라바드Hyderabad 주재 외교관의 딸인 패멀라 플라우든에게 홀딱 반해 "내가 여태껏 본 여성 중 가장 아름답다."라고 말했다. 플라우든에게 코끼리를 태워 주는 등 최대한 합당하게 대우했으므로 그녀에게 퇴짜를 맞은 것은 처칠의 잘못이 아니다.

에티 그렌펠Ettie Grenfell이라는 유부녀하고도 염문을 뿌렸다. 쇼 비즈니스 세계에서 활동하는 에델 배리모어Ethel Barrymore에게도 접근했다. 뮤리얼 윌슨Muriel Wilson을 쫓아다녀서 함께 일주일 동안 자동차로 프랑스를 여행했다. 바이올렛 애스퀴스Violet Asquith와 연애했고, 그녀도 처칠에게 매료되었던 것 같다. 상대방을 향한 감정이 서로 뜨거워서 애스퀴스를 만나려고 스코틀랜드의 슬레인Slains 성을 찾아갔고 클레먼타인과 결혼하기 불과 2주 전에는 애스퀴스를 다독거려야 했다(자신의 승진 여부를 애스퀴스의 아버지가 좌우했으므로 그녀에게 잘못 처신했을 경우에 발생할 정치적 결과가 두려웠을 것이다).

요즘 들어 과거 어느 관계보다 바이올렛 애스퀴스와 맺은 관계가 훨씬 의미심장하고 육체적이었다고 생각하는 사람들이 있다. 둘 사이에 무슨 일이 있었는지 누가 알겠는가? 아니 처칠과 다른 여성들 심지어 우리가 알지 못하는 여성들과 무슨 일이 있었는지 아무도 모를 일 아닌가? 게다가 솔직히 그렇다 한들 어떤가?

동시대인들이 처칠을 현대판 카사노바로 생각하지 않은 것에는 여러 이유가 있지만 가장 분명하게는 그가 지독하게 바빴다는 것이다. 피상적으로 생활 습관만으로 보면 처칠은 버티 우스터* 유의 사람을 닮아 아침에 늦게 일어나고, 아파트에서 혼자 살고, 클럽에서 친구들과 시가를 피웠다. 또한 절대 여자 친구로 삼지 않을 호리호리하고 지적인 여성들에 둘러싸이고, 헌신적인 비서인 에디 마시를 그림자처럼 달고 다녔다. 하지만 근면성과 생산성은 정반대였다. (저널리스트로서 버티 우스터가 거둔 성과라면 달랑 '옷 잘 입는 남성들이 찾는 옷'이라는 제목의 기사 한 편이었고, 그마저도 친척인 달리아Dahlia가 편집한 정기 간행물 《귀부인의 안방Milady's Boudoir》에 딱 한 번 실렸을 뿐이다.)

젊은 시절 처칠은 이미 책을 다섯 권 썼고 하원 의원이 되었다. 여러 전쟁터에서 취재했고, 셀 수 없이 많은 기사를 썼으며, 많은 보수를 받고 여러 차례 강연했다. 최연소 각료로 기록된 여섯 명에 속했고, 각료 자리에 앉았을 때는 이미 수백만 단어를 써서 발표한 저자였으며, 그가 쓴 책 여러 권은 일반 대중과 비평가에게 찬사를 받았다. 이렇게 바빴던 처칠이 여성을 만날 시간이 있었다면 기적이다.

처칠이 여성들과 주고받은 편지를 읽어 보면 초기 연애 역사에 대한 감질나는 온갖 단서를 찾을 수 있다. 패멀라 플라우든은 1940년 처칠에게 보낸 편지에서 수상에 취임한 것을 축하하며 "함께 이륜마차를 탔던 시절"을 다정하게 언급했다. 대체 플라우든은 처칠에게 어떤 의미가 있었을까? 처칠은 택시 안에서 무사했을까? 결국 이러한 온갖 추측은 주제넘을 뿐 아니라 부적절하다. 중요한 점은 결국 처칠이

---

* Bertie Wooster, 영국 작가 R. G. 우드하우스가 쓴 《지브스Jeeves》 시리즈에 등장하는 부유하고 게으른 인물이다.

딱정벌레를 이기고 클레먼타인에게 청혼했다는 것이다. 두 사람은 처칠이 서술한 대로 "그 후로 죽 행복하게 살았다".

당시 클레먼타인은 23세였고 집안은 상대적으로 가난했으며 평판이 약간 좋지 않았다. 어머니인 블랑셰 호지어Blanche Hozier가 바람을 워낙 많이 피워서 클레먼타인은 친부가 누구인지도 확실히 알지 못했다. 클레먼타인은 처칠에게 청혼을 받기 전에 세 번 약혼한 적이 있었고 많은 신문이 그녀의 아름다움을 기사에 실었지만 연적인 바이올렛 애스퀴스는 클레먼타인의 다른 자질을 심술궂게 물고 늘어질 만반의 준비를 갖췄다.

시기심으로 속이 부글부글 끓었던 바이올렛은 친구에게 곧 다가올 처칠과 클레먼타인의 결혼에 대해 이렇게 썼다.

> 내가 자주 말했듯 그에게 아내는 부엌 장식장 이상도 이하도 아니야. 그녀는 그 이상의 존재가 되려고 애쓰지 않을 쉬운 여자야. 아내가 올빼미처럼 어리석다는 사실을 그가 결국 알아차릴지 모르겠지만 그녀가 잠깐 동안은 자기 옷을 만들면서 위안을 삼겠지. 게다가 그가 그녀를 약간은 사랑한다고 생각해. 아버지(총리)는 결혼이 두 사람에게 큰 불운을 안기리라 생각하셔.

이것은 마음에 멍이 든 젊은 여성의 글이다. 클레먼타인은 부엌 장식장이 아니라 올빼미가 잔뜩 앉은 나무처럼 영리했으며, 둘의 결혼은 재앙이 아니라 승리였다. 클레먼타인은 누구나 놀랄 만큼 충실하게 내조해서 남편을 승승장구하게 만들었다.

오늘날에는 감사하게도 정치적 아내, 즉 남편의 대리인이자 남편의 야망을 채우는 도구로 행동하는 아내의 모습이 보이지 않는다. 클레먼타인은 남편을 신뢰하는 데 그치지 않고 정치에 대해 남편과 끊임없이 토론했다. 남편에 대한 신뢰가 정말 대단해서 남편을 위해서면 직접 전쟁터에라도 뛰어들 태세였다.

41579

12 Aug 1908

12, BOLTON STREET,
W.

Pamela - I am going to
marry Clementine & I
say to you as you said
to me when you married
Victor - you must always
be our best friend .

Ever yours

W.

1908년 8월 12일 처칠이 리턴 Lytton 공작부인 패멀라에게 보낸 편지.

한 여성 참정권 운동가가 처칠을 기차 밑으로 밀려고 하자 클레먼타인이 우산을 휘둘러 그녀를 내리쳤다. 처칠이 1922년 11월 선거 운동을 하는 도중에 맹장염으로 자리에 눕자 던디Dundee로 달려가 처칠 대신 선거 운동을 벌였다. 회의적인 청중에게는 남편이 전쟁광이 아니라고 용감하게 설득했다. 선거에 졌을 때도(처칠이 표현한 대로 "공직도 잃고, 의원 자리도 잃고, 정당도 잃고, 맹장도 잃었다") 곧장 웨스트 레스터West Leicester로 내려가 선거 운동을 다시 시작했다. 그녀는 이렇게 역설했다. "처칠이 근본적으로 전쟁광이라 생각하는 사람이 많다. 하지만 처칠을 매우 잘 알고 있는 내가 생각하기에는 결코 그렇지 않다. 실제로 처칠이 지닌 커다란 재능은 바로 평화를 실현하는 능력이다."

이는 단지 해외뿐 아니라 부엌이나 침실에서 평화를 실현하는 기술이 중요하다고 생각하는 남녀노소 청중에게 설득력 있는 주장이었다. 처칠이 토리당원으로 정치에 입문해 토리당원으로 경력을 마쳤다면(그는 근본적으로 토리당원이었다), 클레먼타인은 성장한 배경으로나 기질로나 확고한 자유당원이었다. 그녀는 처칠이 자유당으로 당적을 옮긴 행보와 아무 관련이 없고 그 일도 두 사람이 결혼하기 오래전에 일어난 일이지만, 남편의 타고난 공격적 성향을 누그러뜨리고 온화하게 만들었다.

1921년 클레먼타인은 남편에게 편지를 써서 이렇게 경고했다. "당신이 자신의 거칠고 냉혹하고 야만적인 행동 방식이 지배하는 현상을 당연하게 생각하려는 경향을 보일 때마다 나는 슬프고 실망스럽습니다." 늘 염려하는 심정으로 남편을 지켜보았으므로 그녀는 남편의 존경을 받았을 뿐 아니라 다음과 같은 대단히 훌륭한 편지를 쓸 수 있었다. 1940년 브리튼 전투가 한창일 때 처칠은 당연히 끔찍한 불안에 시달렸고 결국 불안을 행동으로 나타내기 시작했다.

다우닝 가 10번지

화이트홀

1940년 6월 27일

사랑하는 남편에게,

당신이 알아야 한다고 내가 판단한 사실을 말하려 하니 용서하세요.

당신의 측근(헌신적인 친구)이 내게 귀띔해 주더군요. 당신이 거칠고 빈정대며 고압적인 태도를 보여 까딱하면 동료와 부하 직원에게 미움을 받겠다고 말이죠. 보좌관들이 학생처럼 행동하기로 마음먹고 자신들에게 떨어지는 불똥을 그대로 받고는 머쓱해하며 당신 눈에 띄지 않으려고 애쓰는 것 같아요. 그렇게 되면 예를 들어 회의 시간에 아이디어를 제안했다가 당신에게 엄청난 경멸을 받으리라 생각한다면 모두 입을 다물고 말겠죠. 나는 그들이 당신과 함께 일하면서 모두 당신을 사랑한다는 사실을 알기 때문에 더욱 놀라고 당황했어요. 내가 이렇게 말하자 그들은 당신이 "정신적으로 스트레스를 받고 있는 것이 틀림없다."라고 말하더군요.

사랑하는 윈스턴, 당신 태도가 타락해 예전만큼 부드럽지 않다는 말을 해야겠어요. 당신은 국왕, 캔터베리 대주교, 하원 의장을 제외하고 누구라도 당신의 명령을 받았다가 실수를 저지르면 무차별적으로 해고할 수 있어요. 이토록 엄청난 권력을 손에 쥐고 있으니 더더욱 우아하고 너그러운 태도를 지니고 평정심을 잃지 않아야 합니다. 당신이 즐겨 인용하듯 '스스로 평정심을 유지해야만 남에게 권위가 선다On ne régne sur les âmes que par le calme'는 말도 있잖아요? 국가와 당신을 섬기는 사람들이 당신을 감탄하고 존경하는 만큼 당신을 사랑하지 않는다고 생각하니 견딜 수가 없습니다.

게다가 성을 잘 내고 무례해서는 좋은 결과를 얻을 수 없어요. 남의 미움을 사거나 남에게 노예근성을 심어 주겠죠. (전시에 반항이 생겨나는 것은 물론이고요.)

당신을 사랑하는 마음을 품고 헌신적 태도로 조심스럽게 지켜보고 있는 클레미 Clemmie를 용서하세요.

처칠 팩터

지난주 일요일 지방 총리 관저에서 편지를 썼다가 찢어 버리고 결국 다시 씁니다.

클레먼타인은 서명 대신 고양이를 자그맣게 그려 넣고 편지를 맺었다. 이것은 부부가 상대를 부르는 애칭을 나타낸 것으로 클레먼타인은 '고양이pussie'였고 처칠은 '퍼그*'나 '돼지pig'였다. 차트웰에 있는 집에 들어가면서 처칠은 '꿀꿀', 클레먼타인은 '야옹' 하며 유쾌한 동물 소리로 인사를 주고받았다.

클레먼타인의 삶을 돌아보면 남편의 삶과 경력에 전적으로 몰입했다는 인상을 받는다. 그녀는 그저 남편을 사랑하는 아내의 수동적 역할에 머물지 않고 남편을 비방하는 사람들에게 긍정적인 무기를 휘둘렀다. 1930년대 친구 무리와 기차를 타고 여행하면서 라디오 방송을 듣는데 처칠을 경멸하는 발언이 나왔다. 당시 사회에서 폭넓은 지지를 받은 유화 정책에 찬성하는 한 상류층 여성이 무리에 끼어 있다가 "드 드 들어 봐."라고 말을 더듬으며 처칠의 흉내를 냈다. 그 말을 들은 즉시 클레먼타인은 기차에서 내렸고 사과를 받을 때까지 기차에 올라타지 않았다. 1953년 점심 파티에서 만난 핼리팩스 경이 토리당의 상황을 넌지시 비난하는 말을 흘리자, 클레먼타인은 늙은 유화론자를 제대로 한 방 먹였다. "이 나라의 운명이 당신 손에 달려 있었다면 진즉에 전쟁에서 패배했을지 모릅니다."

클레먼타인 처칠은 남편의 삶에 헌신하느라 그만큼 대가를 치러야 했고 자신도 그 사실을 알았다. 한번은 자기 묘비에 이렇게 새겨지리라 언급했다. "너무나 많은 것을 요구하는 세상에서 사느라 늘 피곤했던 여성이 여기에 잠들다." 클레먼타인은 자녀 네 명(다섯째인 메리골드Marigold는 유아기 때 사망했다)을 키우는 재미를 누리지 못했다고 딸인 메리에게 털어놓았다.

딸인 메리 처칠이 말했듯 클레먼타인은 "첫 번째도 남편이고 두 번째도 세 번째

---

* pug, 코는 눌린 것 같고 눈동자가 빛나는 테디 베어 같은 견종.

도 남편"일 정도로 남편을 위해 자기 시간을 대부분 포기했다. 이는 희생이었고 클레먼타인도 자녀들도 자신들을 차트웰의 태양왕 주위를 영원히 빙빙 도는 운명을 타고난 소행성이라 느끼며 괴로워했다. 처칠이 워낙 바빴으므로 클레먼타인은 때로 소외감을 느꼈다.

처칠은 누가 봐도 분명히 느낄 수 있는 열정을 담아 아내에게 편지를 쓰기도 했다(욕실에서 막 나오는 아내의 나체를 확 낚아채고 싶다는 내용의 편지가 남아 있다). 하지만 1916년 3월 처칠이 전장으로 가자 클레먼타인은 구슬픈 내용의 편지를 남편에게 보냈다. "우리는 아직 젊지만 그래도 시간이 화살처럼 빨리 지나 우리 사랑을 훔쳐 가고 우정만 남겼네요. 이 상황이 매우 평화롭기는 하지만 그다지 짜릿하지도 포근하지도 않아요."

언젠가 클레먼타인은 남편의 머리에 시금치가 담긴 접시를 던지기도 했다. 처칠이 무한히 자기중심적일 때가 있다는 점을 생각해 볼 때 아마도 클레먼타인의 이 행동에 박수를 보내면서도 빗맞은 것에 안도할 사람이 많을 것이다. 두 사람 모두 부모가 끊임없이 바람을 피웠고, 이런저런 면에서 불행한 가정에서 성장했다. 처칠이나 클레먼타인은 56년 동안 결혼 생활을 하면서 빗나가고 싶은 유혹을 느꼈을까?

이따금씩 들렸던 소문은 그렇다 치고 처칠이 외도하고 싶은 유혹을 느꼈다고 밝혀진다면 나는 깜짝 놀랄 것이다. 처칠은 클레먼타인에게 헌신했을 뿐 아니라 외도를 하는 것은 처칠의 기질에도 맞지 않기 때문이다. 1919년 베르사유 평화 회담에서 처칠과 우연히 마주쳤던 데이지 펠로즈Daisy Fellowes는 "기세가 당당하고 세련되고 약간 냉혹한 아름다움의 소유자"로 불렸다. 펠로즈는 차도 마시고 자기의 "어린 자녀를 보러" 오라면서 처칠을 집으로 초대했다. 처칠이 차를 마시러 갔지만 어린 아이는 눈에 띄지 않고 호랑이 가죽이 깔려 있는 긴 의자 위에 여주인이 실오라기 하나 걸치지 않고 앉아 있었다. 처칠은 그길로 도망쳤다.

클레먼타인에 관해서는 발리 비둘기를 빼놓을 수 없다. 처칠과 함께 사는 것에 따르는 정신적 압박이 심했으므로 클레먼타인은 이따금씩 프랑스 남쪽, 알프스 산

처칠 팩터

맥, 서인도 제도 등으로 꽤 장기간 휴가를 떠났다. 1934년에는 그야말로 긴 여행길에 올라 기네스*의 상속자인 모인 경Lord Moyne이 소유한 호화 요트를 타고 남태평양을 가로질러 보르네오 섬, 셀레베스Celebes 섬, 몰루카 제도Moluccas, 뉴칼레도니아, 뉴헤브리디스New Hebrides, 발리 섬 등 약 5000킬로미터를 여행했고 발리 섬에서 남편에게 다음과 같은 내용으로 편지를 보냈다. "이곳은 묘한 매력이 있어요. 아름다운 신전들이 마을마다 푸르른 숲에 둘러싸여 있어요. 어여쁜 댄서들도 있고요. 이곳 주민들은 천국의 삶을 살고 있답니다. 하루에 두 시간가량 일하고 나머지 시간에는 악기를 연주하고 춤을 추고 신전에 경배하고 사랑을 나누죠! 정말 완벽한 삶이잖아요?"

이 무렵 처칠은 인도 법안India Bill을 놓고 정부와 백병전을 벌이고 있었으므로 늦게까지 싸우다가 녹초가 되어 집으로 돌아왔다. 누구나 짐작할 수 있듯 처칠이 클레먼타인에게 안겼던 삶은 늘 천국은 아니었다. 그러니 차트웰에서 부부의 성생활은 행복한 발리 부족의 성생활만큼 짜릿하지 않았을 것이다. 클레먼타인은 갖가지 기념품을 들고 체중이 줄고 건강한 모습으로 1935년 4월 여행에서 돌아왔다.

여행 선물로 가져온 예쁜 조개껍데기를 장식용 연못에 넣자 약간 노르스름한 초록색으로 바뀌었다. 그래도 가장 아낀 선물은 발리 비둘기였다. 딸 메리의 묘사에 따르면 새의 깃털이 분홍빛 도는 베이지색이라 사람의 넋을 빼앗고 부리와 발은 산호색이었다. "비둘기는 예쁘게 꾸민 갯가재 잡이용 통발처럼 생긴 아름다운 고리버들 새장에 살았다. 자기가 좋아하는 사람들에게 구구 소리를 내며 동양의 정중한 태도로 정교하게 인사했다." 비둘기는 함께 배를 탔던 테런스 필립Terence Philip이라는 미술상이 준 선물이었다.

테런스 필립이 클레먼타인에게 어떤 감정을 불러일으켰는지 짐작할 수 있는 단서가 있다. 비둘기가 마지막 숨을 거두자 클레먼타인은 묘비 대신 차트웰의 장미

* Guiness, 아일랜드 더블린 소재 양조 회사.

정원에 해시계를 세우고 이렇게 새겨 넣었다.

여기 발리 비둘기가 잠들다

근엄한 사람들에게서
너무 멀리 떨어져 배회하지 않네
하지만 저기 있는 섬 하나
나는 그곳을 다시 생각한다네

이 구절은 클레먼타인이 생각해 낸 것이 아니라 여행 작가 프레야 스타크Freya Stark의 제안을 받아 19세기 문학 비평가 윌리엄 패턴 커william Paton Ker의 작품에서 인용했다. 일부 사람은 이 구절이 무슨 뜻인지 매우 분명하다고 말한다.

클레먼타인이 거리를 두고 배회하는 근엄한 사람은 처칠이고, 그녀는 자신이 잘못이라고 인정한다. 하지만 비너스의 새이고 사랑의 상징인 비둘기는 지구 반대편 열대 섬에서 자신이 거의 쥘 뻔했던 다른 삶을 상기시킨다. 비둘기를 그토록 정중하게 매장한 까닭은 쾌활하고 작은 새를 아꼈기 때문이기도 하지만 무엇보다 자신이 사랑을 속삭였던 시간을 기억나게 해 주었기 때문이다. 비둘기는 클레먼타인의 처음이자 마지막이면서 유일한 일탈의 상징이었다.

정말 그랬을까? 클레먼타인이 그 미술상과 사랑을 속삭였을까? 테런스 필립이 실제로는 동성애자 성향을 보였다고 지적하는 사람이 있기는 하지만 나는 그럴 수 있었다고 생각한다. 필립이 그 후 2년 동안 차트웰을 몇 번 방문했지만 두 사람 사이에 무슨 일이 있었는지는 전혀 알 수 없다. 필립은 전시에 뉴욕에서 미술상 빌덴슈타인Wildenstein 밑에서 일하다 사망했다.

아마도 클레먼타인과 이 상냥한 남자 사이에는 연애 놀음 이상의 뭔가가 있었을 것이다. 물론 없었을 수도 있지만 발리 비둘기에 관해 두 가지 의문이 떠오른다. 첫째, 비둘기에 어떤 의미가 있든 처칠은 이 일을 알고 아내를 이해하고 용서했을까? 아내가 휴가 동안 벌인 연애 사건의 상징물을 어떻게 자기 정원에 세우도록 허용할 수 있었을까?

둘째, 테런스 필립이 어떻게 행동했든 어떤 감정을 품었든 처칠 부부의 사랑은 전혀 변하지 않았다. 클레먼타인이 집으로 향하는 길에 요트에서 남편에게 보낸 편지를 읽어 보자. "오, 사랑하는 윈스턴. 앞길을 준비하는 사도 요한처럼 방금 항공 우편으로 이 편지를 보냅니다. 당신을 사랑하고 당신 품에 안기기를 오랫동안 기다려 왔어요." 다른 남자와 뜨겁게 연애한 여인의 말로 들리는가? 물론 그럴 수도 있지만 클레먼타인은 그러지 않았을 가능성이 다분하다.

처칠이 아내에게 보낸 편지를 읽어 보자.

> 내 사랑 푸시, 당신 생각이 많이 나요. ⋯⋯ 우리가 이생에서 함께 살아가고 앞으로 살아갈 날이 여전히 남아 있다고 생각하니 기뻐요. 정치 문제로 약간 울적할 때가 있어서 당신에게 위로를 받고 싶습니다. 하지만 이번 여행이 당신에게는 멋진 경험이자 모험인 동시에 삶에 새로운 활력을 주고 크게 의미가 있으리라 생각합니다. 그래서 당신이 오래 집을 비워도 투덜대지 않고 지내고 있어요. 하지만 지금은 당신이 돌아왔으면 좋겠네요.

편지를 읽어 보면 처칠은 그동안 아내에게 엄청난 요구를 해 왔다는 사실을 알고 있다. 또한 아내가 없는 것을 아쉬워하고 다시 자기 곁으로 돌아오기를 간절히 원한다. 만에 하나 용서할 거리가 있었다고 가정한다면 아내가 테런스 필립과 연애한 것을 용서하는 까닭은 무엇일까? 그만큼 아내를 사랑하기 때문이다. 처칠이 사망하고 나서 클레먼타인이 남편의 후광이 아닌 자력으로 영국 정부로부터 귀족 작위를 받은 것만 보아도 세계는 클레먼타인에게 엄청난 은혜를 입었다.

아내가 없었다면 처칠은 그만큼 업적을 달성할 수 없었다. 클레먼타인은 평생을 바쳐 산적한 집안일을 처리했다. 차트웰의 살림을 총괄하고 하인 아홉 명과 정원사 두 명을 거느리고 네 자녀를 양육하는 데 따르는 엄청난 감정적이고 물리적인 임무를 감당했다. 그녀의 노력은 성공한 삶으로 마땅히 인정받아야 한다.

남편을 내조하는 동시에 네 자녀인 다이애나, 랜돌프, 세라, 메리를 양육하는 것은 결코 쉽지 않았다. 자녀들의 삶이 한결같이 행복하지는 않았지만 네 명 모두 훌륭하고 용기 있는 개인으로 성장했다. 이것은 처칠(그는 시간만 허락된다면 자녀에게 최대로 사랑을 베푼 아버지였다)과 무엇보다 클레먼타인의 공이었다.

클레먼타인은 남편의 과한 부분을 억제시키고, 남편이 남을 더욱 많이 생각하고 자기중심적 사고에서 벗어나는 동시에 사랑스럽고 존경받을 만한 성격을 끌어내도록 내조했다. 이에 따른 영향은 1940년 중요하게 작용했다. 영국에는 국민이 이해하고 좋아할 수 있으며 '현실에 기반을 두고' 진정성이 있어 보이는 지도자가 필요했기 때문이다.

전시에 나라를 이끌려면 지도자가 국민과 소통할 수 있어야 하는데 국민은 여기에 그치지 않고 자신과 조국을 처칠과 동일하게 생각했다.

영국인의 대표적 인물로
이미지를 구축하다

———

10

1940년 7월 말이었다. 영국이 처한 상황은 절망 자체였다. 영국 해외 파견군은 프랑스에서 오래전에 철수했고, 독일군은 영국 공군을 파괴하려는 수순에 들어갔다. 처칠은 제1차 세계 대전에서 독일 함대의 포격으로 큰 피해를 입은 하틀풀Hartlepool의 방어 상태를 조사하는 중이었다.

처칠은 미국산 무기로 무장한 영국군 앞에 발걸음을 멈췄다. 1928년형 기관 단총 톰슨 SMG였다. 처칠은 먼저 총신을 부여잡고 군인의 손에서 총을 낚아챘다. 영국 해안을 살펴보듯 총구를 위아래로 움직이다가 상체를 돌려 카메라를 향해 총구를 들이댔고 그 결과 나온 사진은 처칠의 저항 의지를 매우 잘 드러낸 작품으로 탄생했다.

실제로 이 사진은 보는 사람의 눈길을 끌고 파급 효과가 상당히 컸으므로 양측에서 선전 도구로 사용되었다. 괴벨스는 기관 단총을 겨누는 사진을 즉시 전단지에 인쇄해 처칠이 전쟁 범죄자이자 깡패라고 비난했다. 알 카포네처럼 살인 기계를 휘둘러 대는 폭력배에 처칠을 비유한 것이다. 머리를 짧게 깎고 철모를 눌러쓴 군인들과 함께 찍은 사진이기는 하지만 영국군도 사진을 사용해 선전하려는 메시지는 사뭇 달랐다. (오늘날 온갖 종류의 머그, 차 수건, 포스터에 이 사진을 인쇄해 판매한다.) 처칠은 세인트 제임스 거리에 있는 록스Lock's에서 1919년 구입한 높다란 채플린 모자를 쓰고 이미 여러 해 전에 유행이 끝난 특이한 옷차림이었다.

그렇다. 처칠은 영화배우 스탠 로렐Stan Laurel과 모자 취향이 같았고, 반점이 찍힌 나비넥타이를 매고 가느다란 세로줄 무늬 양복을 입어 영락없는 시골 변호사 같았다. 하지만 포스터는 처칠이 총을 여러 차례 발사해 봤을 뿐 아니라 장전하고 발사하는 방법을 안다는 메시지를 대중에게 확실히 전달했다.

처칠은 기관 단총의 구조를 제대로 알았고 쏘는 방법도 알았다. 1940년은 그가 우상으로 자리 잡아 가는 과정에 있었으므로 총구를 겨누는 사진을 의도적으로 부각시킨 측면도 없지 않았다.

처칠은 국가의 정신이자 과감한 저항의 상징으로 자신을 변모시켜 나갔다. 볼이 둥그스름하고, 윗입술에 비해 아랫입술이 두툼해 쾌활한 분위기를 풍기며, 눈매가 솔직해 보이는 외모를 머릿속에 떠올려 보라. 처칠은 200년 이상 영국인 특유의 호전적이지만 쾌활한 태도를 구현해 온 당당한 신사의 모습을 보여 주었다. 나폴레옹 시대의 사진과 선전으로 대중의 눈에 친숙한 18세기 영국의 전형적 인물상인 존 불*과 상당히 많은 자질을 공유했다.

처칠은 뚱뚱하고, 쾌활하고, 상류의 생활양식을 즐기며, 떠들썩했다. 게다가 처칠의 애국심은 불필요하게 과장되었다고 생각하는 사람이 많을 정도였지만 현재 영국이 처한 위기에는 그와 같은 애국심이 전적으로 필요했다. 핼리팩스, 체임벌린, 스태퍼드 크립스Stafford Cripps, 이든, 애틀리 등 처칠의 정적 어느 누구도 이러한 위업을 달성하지 못했다.

당시 영국의 주요 정치인 중 손수 기관 단총을 메고 이리저리 총구를 겨누어 본 사람은 하나도 없었다. (정치인들은 국민에게 깊은 인상을 주려면 사진을 찍을 때 절대 총에 손을 대지 말라는 경고를 받았다.) 아울러 어느 누구도 처칠 같은 돌파력 · 허풍 · 색채 · 카리스마는 흉내조

* John Bull, 스코틀랜드 풍자 작가인 존 아버스넛이 쓴 《존 불의 역사》에 등장하는 전형적인 영국인의 별명.

차 내지 못했다.

전시에 국가를 이끌고 깊은 불안에 떠는 국민을 한 덩어리로 규합하려면 국민과 정서적으로 깊숙이 소통할 수 있어야 한다. 그러려면 저항의 논리만으로 무장해서는 호소력이 부족하다. 국민에게 용기를 내라고 말로 부추기는 것만으로는 부족했다.

처칠은 국민의 주의를 끌고, 국민을 즐겁게 해 주면서 기운을 북돋워야 했다. 필요하다면 국민을 웃기고 가능하다면 적을 비웃어 주어야 했다. 국민을 감동시키려면 특정 선에서 일체감을 나타내야 하고, 기본적인 국가 정신으로 생각되는 특징을 공유해야 했다.

그다지 겸손하지 않은 관점으로 살펴본 영국인의 주요 속성은 무엇일까? 영국인은 일부 타국 국민과 달리 멋진 유머 감각을 지녔다. 셰익스피어가 광신적 애국주의에 절어 술자리에서 부르는 노래를 《오셀로Othello》에 등장하는 이아고Iago와 카시오Cassio의 입에 불어넣은 이래로, 영국인은 네덜란드인을 술로 죽이고 덴마크인을 곤드레만드레 취하게 만드는 능력이 있다고 자신해 왔다. 영국인은 과도하게 마른 사람을 약간 의심의 눈초리로 바라보고(현재 영국은 세계에서 두 번째로 비만인 나라이다), 본성이 괴짜이고 기이한 개인주의자라고 생각한다.

앞에서 언급한 영국인의 일반적인 네 가지 특징은 고스란히 처칠의 성격에 녹아 있다. 1940년 처칠이 담당했던 역할을 생각할 때 흥미로운 질문이 떠오른다. 처칠은 그러한 정체성을 어떻게 조합했을까? 완전히 우연의 일치일까? 아니면 모든 속성을 아울러 자아 이미지를 아주 탁월하게 구축했을까?

처칠의 눈부신 대중적 성격은 자신을 비롯해 타인이 신화를 만들어 내려고 얼마간 노력한 끝에 얻은 산물이라고 주장하는 사람이 많다. 오늘날 처칠에 대해 믿는 여러 사실의 하나는 불손하고 종종 날카로운 기지를 발휘하는 전형적인 영국인이라는 것이다.

처칠의 무뚝뚝하고 떠들썩하고 신랄한 태도를 엿볼 수 있는 일화가 있다. 이 일

화들은 처칠에게 혹처럼 붙어 다니지만 아마도 진실이 아니거나 전혀 처칠답지 않은 것들이 많다.

캐나다에서 열리는 연회에 참석한 처칠은 경건하게 생활하는 감리교 주교 옆에 앉아 있었다. 예쁘게 생긴 젊은 웨이트리스가 다가와 쟁반에 놓인 셰리주를 권했다. 처칠은 잔을 받아 들었지만 주교는 "아가씨, 사람을 취하게 만드는 음료를 마시느니 차라리 간통을 저지르겠소."라며 거절했다.

그때 처칠은 그 아가씨에게 이렇게 언급했다. "아가씨, 이쪽으로 다시 와요. 선택권이 있는 줄 몰랐어요." 내 생각이 틀릴 수도 있지만 별로 윈스턴 처칠이 그랬을 것 같지 않고, 처칠을 겨냥해서 이야기를 좀 더 흥미진진하게 만들려고 《어릿광대의 친구The Funster's Friend》에서 인용한 일화 같다.

이러한 이야기는 처칠의 이미지, 즉 사람들이 처칠을 이야기에 꼭 맞는 종류의 사람으로 생각한다는 사실을 알려 주므로 흥미롭다. 처칠과 관계가 있는 일화는 일부에 불과하겠지만 진실 여부는 여전히 의심스럽다. 북극에 파견될 영국 군대가 지급받은 소총의 총구에 꼭 맞는 특별한 덮개에 얽힌 이야기가 그렇다. 콘돔 제조사가 만든 이 덮개는 길이가 27센티미터였다. 탁송물을 점검한 처칠은 꼬리표를 다시 붙이라고 명령했다. "바깥 상자, 속 상자, 낱개 포장에도 '영국군 소유. 크기: 중간'이라고 써 붙이게. 그래야 물품이 혹시 나치 수중에 들어가더라도 어느 쪽이 더 우수한 인종인지 알 테니까 말이지." 이러한 이야기를 자세하게 적어 민망하기는 하지만 비슷한 종류의 이야기는 여전히 많다.

때로 현대 학자들은 처칠과 관계가 있다고 오랫동안 간주해 온 일화까지도 사실이 아니라고 주장한다. 내가 오랫동안 사실이라 믿었던 낸시 애스터Nancy Astor에 관한 이야기가 그렇다. 버지니아 출생으로 자기 의사를 확고하게 표현한다는 평판을 들었던 애스터는 영국 최초로 여성 하원 의원이 되었고, 1930년대에는 히틀러가 정직하고 진술한 사람이라고 줄기차게 주장했다.

애스터는 처칠에게 이렇게 말했다고 한다. "윈스턴, 내가 당신 아내라면 당신이 마시는 커피에 독을 넣겠어요." 그러자 처칠은 "내가 당신 남편이라면 그 커피를 마시겠소."라고 받아쳤다고 전해진다. 처칠이 이렇게 엄청난 말을 하지 않은 것은 거의 확실하고, 혹시 했더라도 다른 사람의 말을 인용했을 것이다.

마틴 길버트는 이 우스갯소리를 한 사람은 처칠이 아니라 친구인 F. E. 스미스라고 주장했고, 연구를 계속해서 1900년 판 〈시카고 트리뷴Chicago Tribune〉을 추적한 결과 '오늘의 농담' 칼럼난에서 같은 이야기를 찾아냈다. 젊은 처칠이 그해 미국으로 여행하는 길에 해당 칼럼을 읽고 그 내용을 머릿속에 담아 두었다가 낸시 애스터에게 썼을까? 나는 그렇지 않았을 것 같다. 그렇다면 누군가가 이 농담을 좀 더 재미있게 만들려고 유명인의 입에서 나온 것처럼 꾸몄을까? 이편이 훨씬 발생했을 개연성이 높아 보인다.

부모님에게 들은 것으로 기억해서 내가 줄곧 사실이라고 믿었던 이야기가 있다. 문장 끝에 전치사를 쓰지 말아야 한다며 젠체하는 공무원에게 처칠이 다음과 같이 호통을 쳤다는 것이다. "This is the kind of English up with which I will not put(이것은 내가 참을 수 없는 종류의 영어이다)."

하지만 이것도 처칠이 한 말이 아니다. 출처가 누구인지는 모르지만 〈스트랜드Strand〉 잡지에 게재된 농담으로 워낙 훌륭한 나머지 처칠의 입에서 나온 말로 둔갑시켜야 한다고 생각한 것 같다. "미래에는 파시스트들이 자신들을 반파시스트라고 부를 것이다."도 처칠이 말하지 않았다. 정치적 관점에서 생각하면 심오한 뜻이 있지만 처칠이 한 말은 아니다.

소모적이고 견디기 힘들었던 샤를 드골Charles de Gaulle과의 관계를 언급한 다음 발언도 처칠이 하지 않았다. "내가 가장 힘들게 짊어져야 했던 십자가는 로렌의 십자가*였

---

* Cross of Lorraine, 독일에 대항한 전투에 참가하여 프랑스의 자유 독립에 공헌한 사람에게 드골 장군이 수

다.”(나는 처칠이 이 말을 하지 않았다는 사실을 알고 거의 울 뻔했다.) 실제로 이렇게 말한 사람은 처칠이 프랑스에 파견한 외교 사절인 에드워드 스피어스Edward Spears 장군이었다. 하지만 대체 누가 스피어스 장군을 기억하겠는가?

그리고 조지 버나드 쇼가 말한 심술궂은 표현이 있다. 쇼는 처칠에게 자신이 쓴 희곡의 초연용 표 두 장을 보내면서 “그럴 리 만무하지만 혹시 친구가 있다면 데려오시오.”라고 말했다. 그러자 처칠은 순발력 있게 이렇게 받아쳤다. “초연에는 참석할 수가 없어요. 그럴 리 만무하지만 둘째 날 공연이 있다면 참석하겠소.”

이 말도 처칠이 하지 않았다. 그렇게 말한 적이 없다고 쇼와 처칠이 한목소리로 밝힌 편지를 박식한 케임브리지 대학 교수 앨런 팩우드가 찾아냈기 때문이다. 해당 농담은 실제로는 전혀 그렇지 않은데도 마치 중력을 초월하는 천체처럼 처칠이 한 것으로 알려졌다. 그러다 보니 사람들은 처칠이 과연 그렇게까지 유머를 풍부하게 구사했는지 당연히 궁금해한다.

이러한 궁금증에 대한 답을 찾아가다 보면 처칠의 습관이 전적으로 폴스타프* 같지는 않다는 사실을 알 수 있다. 처칠은 아침 일찍 위스키와 물을 마셨지만 언젠가 딸이 말했듯 매우 약한 위스키였고 그것도 유리잔 바닥에 조니 워커를 살짝 붓는 정도여서 처칠의 말을 빌리자면 ‘구강 청결제’에 가까웠다.

시가를 피울 때도 하인과 그 밖에 많은 사람이 증언하듯 줄담배를 피우지 않아서 재떨이를 꽉 채우지 않았다. 처칠은 시가가 단순히 시가가 아니라 자기 브랜드의 일부라는 사실을 확실히 이해했다. 1946년 미주리 주 풀턴Fulton에서 연설을 하려고 떠나 목적지에 가까워지자 자동차를 세우더니 주머니를 뒤져 시가 한 개비를 꺼내고 불도 붙이지 않은 채로 입에 물었다.

여한 훈장으로 처칠도 받았다.

* Fallstaff, 셰익스피어 역사극《헨리 4세》에 나오는 뚱뚱하고 쾌활하며 잘 먹고 술도 잘 마시는 몰락한 귀족.

또한 자신의 전매특허인 으르렁거리는 목소리로 "자신의 전매특허를 절대 잊지 말라."고 호령했다. 방탕한 토비 벨치*와 전혀 다르게 처칠은 나름대로 놀라운 자제력을 발휘했다. 아령을 사용해 운동했고, 출장을 가서는 어느 누구 못지않게 부지런히 움직였다. 이 모든 특징은 아마도 계산된 과장을 포함한 활달한 성격을 나타냈고 어느 정도는 외부에서 끌어왔다. 예를 들어 승리를 상징하는 브이 사인은 반나치주의자들이 유럽 점령지의 건물에 낙서한 '자유vrijheid'에서 착안했다.

처칠은 젠체하는 사람이었을까? 누구나 자신의 정체성을 어느 정도 밖으로 내보이지만 처칠은 그런 사람이 아니었다. 다만 특이하게도 처칠의 대중적인 모습, 즉 처칠의 이미지는 실제 모습에 상당히 부합했다.

브이 사인을 유럽 대륙에서 빌려 와서 썼을 수는 있지만 평소 습성대로 이를 짓궂게 반전시켜 승리를 나타내는 동시에 '꺼져 버려fuck off'를 뜻하게 만든 것은 순전히 처칠다운 발상이었다. 어느 관점에서 생각하든 처칠의 주량은 대단했다. 매일 폴로저 샴페인을 한 병 정도 마시고, 점심 식사를 하면서 화이트 와인을 곁들이고, 저녁 식사를 할 때는 레드 와인을 마시고, 그 후에는 포트와인이나 브랜디를 들이켰다. 1936년에 내기한 것을 계기로 1년 동안 희석한 술을 제외하고 금주했지만 그렇다고 해서 개인 보좌관의 말대로 덜떨어진 인간을 무력하게 만들 정도로 다른 형태의 알코올을 소비하는 것은 억제하지 못했다.

처칠에게 시가는 선전 효과를 노리고 허영심 강한 사내다운 힘을 무의식적으로 나타내는 도구만은 아니었다. 비서에 따르면 처칠은 하루에 쿠바산 시가를 8~10개비 피웠다. 한 개비를 전부 태우지 않고 남겼더라도(시가 꽁초는 대개 차트웰의 정원사가 모아서 피웠다) 계산해 보면 연간 약 3000개비이고 평생 25만 개비일 정도로 여전히 많다.

대단한 음주 습관과 흡연 습관을 지녔지만 처칠은 80대에도 혈압이 140/90이

---

* Toby Belch, 셰익스피어의 《십이야》에 등장하는 술고래 기사.

었다. 마치 처칠의 몸 자체가 형벌을 흡수하는 영국의 능력을 상징하는 것 같았다. 폴스타프 같은 처칠의 행동에 대해 말해 보자. 인터뷰를 하려고 차트웰을 방문했던 사람이 처칠의 식사 장면을 보고 흥미진진하게 묘사한 글이 남아 있다. 처칠은 순서 없이 모든 음식을 손 닿는 대로 먹고 싶어 했다. 콩팥으로 만든 파이와 스테이크를 포크 가득 집어 먹고, 시가를 한 모금 빨고 나서, 초콜릿을 게걸스럽게 먹어 치우고, 브랜디를 들이켜고, 다시 고기를 포크로 먹으면서 식사하는 내내 말을 했다.

처칠의 유머와 재치 있는 말을 듣고 있자면 그중에서 온전한 사실이 얼마나 될지 궁금해진다. 출처가 의심스러운데 처칠이 했다고 알려진 말들이 그만큼 많다. 장식에 들어가는 진주는 진실이라는 모래 근방에 형성되기 마련이다.

처칠의 행동을 전하는 실화가 매우 많지만 진실 여부를 가려내기 힘들 수 있다는 점을 이용하여 노련한 위조범이 가짜 이야기를 덧붙여 왔다. 1946년 처칠이 베시 브래드독을 만난 것은 사실이다. 지지 기반이 두텁고 언행이 확고한 노동당 하원 의원 브래드독은 하필 처칠이 약간 '피곤하고 감정적일 때' 일부 토리당 의원을 맹렬하게 비난했다.

브래드독은 노기를 띠며 "윈스턴, 당신은 취했군요."라고 공격했다. 그러자 처칠은 이렇게 받아쳤다. "부인, 당신은 못생겼군요. 그리고 나는 아침이면 술이 깰 겁니다." 우리가 생각할 때는 거의 용서받지 못할 정도로 잔인하고 야비하게 들린다. 하지만 지나치게 개인적인 비난을 했던 브래드독에게는 제대로 한 방 먹인 셈이었다. 어쨌거나 이 이야기가 사실이라고 확인해 준 처칠의 보디가드 론 골딩Ron Golding은 당시 처칠이 완전히 취하지는 않았고 약간 알딸딸할 정도였다고 전했다. 게다가 망설이지 않고 즉각적으로 나온 대답이어서 더욱 통쾌하다.

F. E. 스미스는 "처칠은 즉흥적 발언을 준비하느라 삶의 전성기를 쏟았다."라고 언급했다. 앞서 소개한 처칠의 발언은 불쑥 머릿속에 떠오른 것으로 〈데일리 익스

프레스)가 실행한 조사에서 역사상 최대 모욕으로 선정되었다.

화장실에 있을 때 찾아온 옥새 상서Lord Privy Seal에게 했던 유명한 재담도 처칠이 실제로 한 것으로 보인다. 처칠은 "옥새 상서에게 내가 화장실privy에 갇혀 있다고seal 전하고, 볼일은 한 번에 하나만 볼 수 있다고 말하게."라고 고함쳤다. 설사 전부 처칠이 한 말은 아니더라도 뼈대는 처칠의 입에서 나왔다.

여기서도 단어의 순서를 기발하게 뒤집는 교차 배열법을 처칠이 얼마나 좋아했는지 엿볼 수 있다. 그 예로는 "끝의 시작과 시작의 끝", "나는 조물주를 만날 준비가 됐다. 하지만 조물주가 나를 만나는 커다란 시련을 감당할 준비가 됐는지는 다른 문제이다.", "우리가 건물을 만들고 나면 그 후로는 건물이 우리를 만든다.", "술이 내게서 얻는 것보다 내가 술에서 얻는 것이 더 많다." 등이 있다.

때로 출처가 불분명하다는 이유로 내치고 싶은 유혹을 느꼈던 이야기가 결국 처칠이 말한 것으로 밝혀지기도 했다. 일례로 처칠은 미국으로 강연 여행을 가서 식은 튀긴 닭 요리로 점심 뷔페를 대접받았다.

처칠이 "가슴살을 먹어도 될까요?"라고 묻자 여주인은 "처칠 씨, 이 나라에서는 가슴살이 아니라 화이트 미트나 다크 미트를 달라고 말합니다."라고 대답했다. 다음 날 여주인은 명예로운 손님에게 훌륭한 난초를 받았다. 선물에 동봉된 카드에는 이렇게 적혀 있었다. "이 꽃을 당신의 화이트 미트에 달아 주면 감사하겠습니다."

나는 이 일화를 가짜 이야기로 분류시켰지만 처칠의 외손녀 실리아 샌디스Celia Sandys가 외할아버지의 말이 맞다고 확인해 주었다. 그녀에게 나는 이 이야기를 어디서 들었는지 물었다.

샌디스가 "확실한 소식통에게서 들었어요."라고 대답했으므로 나는 더 이상 반론을 제기할 수 없다.

처칠의 유머는 개념적인 동시에 구어적이다. 처칠은 엄청난 양의 영어 어휘를 사용했을 뿐 아니라 시대를 초월하여 위대한 프랑글레*를 만들어 냈다. 드골에게는 다음과 같은 탁월한 위협을 한 것으로 알려져 있다. "내 말을 귀담아들으시게, 친구. 나를 배반하면 자네를 청산시키겠네."

표현 전부를 처칠이 말하지 않았더라도 '자네를 청산시키겠네'는 확실히 처칠이 말했다. 여태껏 소개한 발언에는 재미있다는 점 말고도 깜짝 놀랄 정도로 무례하다는 공통점이 있다. 노동당 지도자 램지 맥도널드Ramsay MacDonald는 그저 '양의 가죽을 쓴 양'이 아니었다. 어느 날 처칠은 독설이 오가는 영국 의회의 전통에 따라 한 발 더 나아가 아버지 랜돌프도 들었다면 자랑스러워했을 모욕적 언사로 상대를 공격했다.

> 내가 어렸을 때 괴짜와 크고 흉물스러운 인물이 등장하는 유명한 바넘의 서커스 Barnum's Circus에 부모님을 따라갔던 기억이 납니다. 나는 공연 프로그램에서 '뼈 없는 경이The Boneless Wonder'를 몹시 보고 싶어 했습니다. 하지만 부모님은 그 광경이 어린 내 눈에 지나치게 충격적이고 혐오스러우리라 판단했으므로 나는 50년을 기다린 끝에 오늘에야 비로소 국무 위원석에 앉아 있는 뼈 없는 경이를 보게 되었습니다.

전시에 짧지만 놀랍도록 집요하게 처칠의 정적으로 알려졌던 근엄한 노동당 인물 스태퍼드 크립스에 대해 처칠은 "신의 은총이 없었다면 누구나 그리되었을 것이다."라고 언급했다. 동료에게도 신랄한 야유를 퍼부어서 1945년 랩 버틀러 주변에 모여든 새 토리당 하원 의원들을 가리켜 "핑크색 팬지꽃 한 무더기에 불과"하다고 비판했고, 자신을 만나려고 버틀러와 이든이 밖에서 기다린다는 소리를 보좌관에게 전해 듣고는 앤서니 몬터규 브라운Anthony Montague Browne에게 "그들에게 가서 자기들끼리 잘 붙어먹으라고 하게."라고 말했다.

밖에서 기다리고 있던 두 사람이 이 말을 분명히 들었을 터이므로 처칠은 브라운

---

* Franglais, 우스개로 쓰는 프랑스어와 영어의 혼합어.

이 자리를 뜨고 나서 크게 소리를 질렀다. "그렇다고 내 말을 곧이곧대로 따를 필요는 없다고 전하게." 이것은 처칠이 구사한 오래되고 화려한 수많은 익살의 일부로 그의 정치적 정체성을 잘 드러낸다. 처칠에게는 불도그나 존 불처럼 주체하기 힘든 호전성이 있었다. 이러한 속성이 언제나 모든 사람의 취향에 맞는 것은 아니었지만 전시에 마음 내키는 대로 유쾌하게 독설을 내뱉어 나치에게, 아니 그보다는 히틀러를 뜻하는 '쉬켈그루버 하사'와 '나르치스'에게 껌처럼 들러붙을 수 있는 표현을 만들어 냈다.

민주주의를 전시 체제로 가동하려면 대중적인 인물이 필요했고 그런 측면에서는 처칠이 독보적이었다. 처칠은 〈선sun〉의 대표 필자들이 좋아하는 방식으로 말장난과 익살을 구사했다. 사회주의 낙원utopia은 '줄서기 낙원queuetopia'으로 불렀고, 닭장을 짓고는 '치킨 햄 궁전Chicken ham Palace'으로 이름 붙였다. 1941년 12월 오타와Ottawa에 가서는 닭에 관해 말하면서, 자신이 페탱과 갈팡질팡하는 프랑스인에게 닭의 비유를 붙인 유래를 소개했다. "그들이 어떻게 행동하든 영국은 홀로 싸우겠다고 경고하자 프랑스 장군들은 그들의 총리와 분열된 내각에 가서 '3주 안에 영국은 닭처럼 모가지를 비틀릴 것입니다'라고 말했어요. 대단한 닭some chicken, 대단한 모가지죠!"

이 말을 듣자 청중은 일제히 웃음을 터뜨렸다. 처칠이 북미 청중을 배려해 자신의 표현을 교묘하게 손질했을 뿐 아니라(영국에서 더욱 흔하게 사용하는 'what a chicken'을 'some chicken'으로 바꾸었다) 파렴치나 건방을 뜻하기도 하는 모가지라는 단어를 사용하는 익살을 부렸기 때문이다.

처칠은 말로든 다른 방법으로든 영국인의 주요한 특징인 기발함을 남의 이목을 신경 쓰지 않고 꾸준히 발휘했다. 또한 자기가 속한 상황에 맞추어 단어를 만들어 냈다. 영국의 루이스 마운트배튼Louis Mountbatten 사령관에게는 육상에서 바다에서 공중에서 작전을 펼칠 수 있음을 뜻하는 '트라이피비언triphibian'이라는 별명을 붙였다. '무기 대여 협상The Land-Lease deal'은 전에도 후에도 없었던 '비굴하지 않은' 단어였다. 스테이플과 클립을 싫어해서 문서를 트레저리 태그treasury tag로 묶는 것을 선호했는데 묶을 때 나는 소리를 흉내 내서 '클롭klop'이라는 단어를 사용했다.

처칠은 "클롭을 가져와요."라고 소리쳤다. "쉬어번Shearburn 양, 내가 클롭이라고 말하면 클롭을 가져오도록 해요." 한번은 새로 온 비서 캐슬린 힐Kathleen Hill이 클롭을 가져오라는 지시를 듣고 독일 역사학자 오노 클롭Onno Klopp(1822~1903)의 15권짜리 《스튜어트 가문의 멸망Der Fall des Hauses Stuart》을 낑낑대며 가져온 유명한 일화가 있다. 이때 처칠은 "세상에, 맙소사."라고 외마디소리를 질렀다.

처칠은 다른 사람이 이미 쓰지 않는 로럴과 하디*가 영화에서 썼던 모자를 착용했을 뿐 아니라 자신의 옷을 직접 디자인해서 입고 나와 사람들을 놀라게 했다. 상의와 하의가 붙은 푸른색 벨벳이나 때로 연분홍색 작업복을 입었을 때는 지나치게 자라 버린 어린아이 같아 보였다. 이렇게 괴상한 복장을 하고 워싱턴 언론 앞에 모습을 드러내고는 파자마 파티에 참석하기 직전에 휴 헤프너**가 지었을 표정을 연상시키듯 싱글벙글 웃었다. 채플린 모자를 쓰고 있지 않을 때는 특이한 종류의 모자를 썼다. 자신이 좋아하지 않는 모자는 결코 거들떠보지도 않았다는 말이 있지만 사실이 아니다. 진지에서 스코틀랜드 전통 모자인 글렌개리Glengarry 모자를 쓰고 거울을 들여다보았다가 "맙소사!"라고 외마디소리를 지르고는 벗기도 했다.

하지만 정장용 모자, 요트용 모자, 소방관 모자, 러시아 양털 모자, 프랑스 군모, 햇볕 차단용 헬멧형 모자, 건설 현장용 안전모, 중절모, 챙 넓은 멕시코 모자 등은 썼다. 필리핀에 구두광 이멜다 마르코스Imelda Marcos가 있었다면 영국에는 모자광

---

* Laurel and Hardy, 미국 코미디 영화의 명콤비로 깡마르고 왜소하며 복잡한 성격의 로럴과 비대하고 까다로운 성격의 하디가 보이는 대조로 인기를 끌었다.
** Hugh Hefner, 〈플레이보이〉 잡지의 창간인.

처칠이 있었다. 미국 원주민의 머리 장식을 쓴 사진을 구할 수만 있다면 처칠은 빌리지 피플*의 일원으로도 손색이 없었을 것이다. 그는 평생 대중의 이목을 끌었던 쇼맨이었고, 사교적이고 과장된 언행을 보였던 익살스러운 인물이었다. 샌드허스트 육군 사관 학교 재학 시절에는 흰색 페인트를 얼굴에 정교하게 칠하고 광대 복장을 입고 가장 무도회에 참석해 사진을 찍었다.

처칠은 자기 개성을 표출하는 방법을 알았고 전시에 영국에는 단호하고 호전적인 동시에 쾌활하고 사기를 북돋워 주는 이미지를 구축할 수 있는 사람이 필요했다. 그러한 역할을 담당할 수 있는 사람은 성격 자체가 그랬던 처칠뿐이었다.

영국이 싸우는 명분을 표현하는 데는 기행과 유머가 유용하게 작용했다. 처칠은 익살맞은 모자, 위아래가 달린 작업복, 시가, 과도한 알코올 소비 등으로 자기 정치 철학의 핵심 개념을 표현했다. 다시 말해서 영국인에게는 자유롭게 자기 일을 하면서 살 수 있는 양도 불가능한 권리가 있다는 사실을 몸으로 나타냈다.

당시 대중은 처칠을 보면서 그의 생활 방식이 나치의 무시무시한 진지성·획일성·과장성과 매우 다르다는 사실을 인식했다. 히틀러가 술을 입에도 대지 않았고 이 때문에 많은 불행을 초래했다는 사실을 잊어서는 안 된다.

처칠은 개인주의와 낙관적 기행으로 전쟁을 정의하는 데 기여했다. 1945년 선거에서 노동당 정부 관료들을 나치의 비밀경찰 게슈타포에 빗대는 실수를 저지르는 바람에 고배를 마셔야 했지만, 전쟁을 치를 때는 이러한 전쟁 개념이 절대적으로 필요했다.

1944년 3월 말 처칠은 공격을 개시할 군대를 드와이트 아이젠하워Dwight D. Eisenhower와 함께 순시하다가 다시 기관 단총을 들고 사진을 찍었다. 이번에는 실제

* Village People, 전형적인 디스코 그룹으로 요란한 몸치장과 미국인을 상징하는 모자 등을 착용하고 무대에 올랐다.

로 조준을 했다. 기관 단총을 어깨에 얹고 프랑스를 향해 총구를 겨눴던 것이다. 예전과 마찬가지로 가는 세로줄 무늬 양복을 입고 같은 채플린 모자를 썼다. 나는 이것이 우연의 일치라고 생각하지 않는다. 처칠이 거의 4년 전 사진을 찍을 때를 상기시키면서 "우리가 할 수 있다고 내가 그랬잖아."라고 말하는 것 같았다.

처칠이 영국을 대표할 수 있었던 것은 자신이 지닌 자질 덕분이었다. 이러한 처칠 요인이 있었기에 다른 어느 정치인보다 자기 본연의 모습을 대중에게 보이고, 변화무쌍한 정치적 정체성을 나타내면서 정당 정치의 굴레를 벗어날 수 있었다. 좌파와 우파 양쪽에 설득력을 발휘할 수 있었던 근거의 하나로 처칠은 노동자에게 유리한 활동을 했다고 확실하게 주장할 수 있는 정치가이자 사회 개혁가로서의 경력을 시작했다.

당대 가장 진보적인 정치가

———

11

히틀러는 맨체스터 소재 미들랜드 호텔Midland Hotel의 사진을 보고 마음에 들어 하며 영국의 무릎을 꿇리고 지배 계층을 총살에 처하거나 사슬로 묶어 끌어내고 나서 호텔을 나치 본부로 만들면 완벽하겠다고 생각했다. 상당히 고급이었던 미들랜드 호텔은 에드워드 국왕 시대의 고딕풍 건물로 객실이 312개이고 미슐랭 별점을 받은 음식점, 헬스장, 홍차 자동 제조기를 갖췄다. 나는 그곳에 몇 차례 머물면서 한밤중에 우수한 룸서비스를 이용했다. 이곳에서는 정통 영국식 아침 식사를 온종일 제공한다.

미들랜드 호텔은 한때 윈스턴 처칠의 임시 거주지로 맨체스터 노스웨스트 선거구에서 선거 운동을 벌일 때 투숙했었다. 당시에는 하원 의원이 선거구에 거주해야 한다는 윤리적 압력을 받지 않았고 그 시절 미들랜드 호텔은 특별히 사치의 극치였다. 지은 지 3년밖에 되지 않은 신축 건물로 건축비만도 100만 파운드가 소요됐다. 자체 강당이 있었고, 31세의 처칠이 입후보한 맨체스터 지역과 극명하게 대조를 이루었다.

어느 추운 겨울 저녁 처칠은 충실한 비서인 에디 마시와 함께 호텔 주변 지역을 여유롭게 돌아다녔다. 걷다가 미들랜드에서 그리 멀지 않은 빈민가에 들어선 처칠은 주위를 둘러보며 개탄했다. "이러한 거리에 산다고 상상해 보게. 아름다운 풍경도 볼 수 없고, 맛있는 음식은 입에 대 보지도 못하고 …… 현명한 말도 결코 할 수 없는 삶을 살아야 한다니!"

이 발언에 토를 달아 빈민을 낮춰 보는 태도를 드러낸다고 주장하는 사람이 많다. 하지만 현실을 워낙 몰라 저소득층이 현명한 말을 하리라고는 상상할 수 없고, 저소득층의 삶이 어떤지 너무 무지한 나머지 제대로 된 음식을 먹지 못한다고 믿었다는 사실을 그대로 드러낸 것 같다.

마시가 이야기를 지어냈을 것 같지는 않지만 처칠이 정확하게 이렇게 언급했는지도 확실하지 않다. 하지만 항상 처칠이 보수적인 엘리트주의자였다는 사실은 분명히 짐작할 수 있다.

사실 처칠은 우생학을 신봉하는 사회 진화론자로서 범죄자 식민지를 만들어 부랑자들을 그곳으로 축출하는 동시에 열등한 사회 구성원을 단종시키자고 여러 차례 주장했다. 오늘날이라면 매우 위태로울 방식으로 인류에는 질이 다른 '인종'이 섞여 있다고 확실하게 발언했고, 당시에는 일반적이었지만 지금은 금기시하는 어휘를 사용해 외국인을 묘사했다.

처칠은 클레먼타인에게 편지를 쓰면서 자녀들이 여행에서 집으로 돌아오는 어머니를 위해 정리 정돈을 하느라 '흑인처럼' 일하고 있다고 자랑했다. 1930년대 중일전쟁이 터졌을 때는 "황인종이 벌이는 싸움에는 전혀 관심이 없다."라고 무시했다.

처칠은 아일랜드 민족주의적 공화주의 정당인 신페인당Sinn Fein을 "폭파하거나 기관총을 쏘고" 싶어 했지만, 근래에 신페인당 대표들은 윈저 성에서 열리는 연회에 참석해 환대를 받는다. 처칠은 볼셰비키*를 '저지능 미개인baboon'으로 불렀고, 공산주의를 "끔찍한 형태의 정신적이고 윤리적인 질환"으로 지칭했다. "볼셰비키를

* Bol'sheviki, 1917년 혁명 후 정권을 잡은 러시아 사회 민주 노동당의 일원.

인정하느니 차라리 동성애를 합법화하는 편이 낫겠다."라고 말하기도 했다. 오늘날 생각하기에는 오히려 뒤바뀐 주장 같다.

처칠이 지금 영국에서 활동한다면 강경한 목소리를 상당히 낮추지 않는 한 결코 공직에 오르지 못할 것이다. 그는 오늘날 근대 인도의 아버지로 추앙받는 마하트마 간디를 언급하면서 간디에게 양보하는 것은 "호랑이에게 고양이 고기를 먹이는 것" 같다고 언급했다(간디가 독실한 채식주의자라는 사실을 고려할 때 상당히 엉뚱한 비유이다).

그렇다면 처칠의 우파적 성향은 어느 정도였을까? 1910년 노동당은 당시 내무 장관이었던 처칠이 군대를 파견해 광부들의 시위를 진압했다고 주장했다. 1911년 처칠은 리버풀에서 시위를 벌이는 부두 노동자들에게 총을 발사하라고 명령했다. 1926년 총파업General Strike이 진행되는 동안에는 비노조 인쇄업자들과 저널리스트들로 〈영국 관보The British Gazette〉를 발행하여 정부의 입장을 강하게 선전했다. 게다가 총파업 기간 동안 방송국을 폐쇄하라고 BBC에 제의하면서 "유혈 참사를 얼마간 겪더라도 상황이 잘못되지는 않을 것"이라며 운수 노동자들의 "목을 조르고" 싶다고 말했다. 실정이 이렇다 보니 노동당과 노조뿐 아니라 동료 자유당원조차 처칠의 강경한 진압 방식을 비난했다.

앞서 서술한 사실을 모두 고려하고 이렇게 자문해 보자. 처칠의 주장이 비겁한 좌파 자유주의자처럼 들리는가? BBC를 폐쇄하는 동시에 시위에 참여하고 물건을 부쉈다는 이유만으로 시위하는 부두 노동자들에게 사격하라고 명령할 사람으로 들리는가? 골프 클럽 술집에서 술을 거나하게 마시는 사람 같은 면모가 처칠에게 있기는 하다. 하지만 지난 200년 동안 가장 진보적인 입법을 추진한 사람도 다름 아닌 처칠이었다. 로이드조지와 함께 처칠도 '복지의 아버지'로 불릴 자격이 있다.

처칠은 오늘날 찬사를 받아야 마땅한데도 사회 개혁자로서 달성한 업적을 제대로 인정받지 못하고 있다. 제2차 세계 대전에서 세운 업적이 워낙 유명하기 때문이다. 자신이 존경하는 소수에 속하는 웨일스 출신 변호사 로이드조지에게 많은 영향을 받았지만, 사회 개혁 분야에서 처칠이 거둔 성과는 지독하게 뜨거운 에너지를 쏟아 만들어 낸 처칠만의 것이었다.

사회 개혁자로서 처칠의 경력은 '고된 노동'에 시달리는 저임금 근로자 그중에서도 주로 여성 근로자를 돕기 위해 임금 위원회 법안Trades Board Bill을 주장하면서 출발했다. 해당 근로자들은 주로 런던의 이스트 엔드East End · 리즈Leeds · 맨체스터 등에서 옷을 만들었다. 그런데 이민자 특히 동부 유럽 출신 이민자들이 유입되면서 임금이 계속 깎였다. 법률을 제정해 특정 직업에 최저 임금 제도를 강제 시행하기 위해 임금 위원회가 소집되었다. 전통적인 진보주의자, 즉 여전히 내각을 구성하고 있는 글래드스턴 지지자들에게는 낯선 개념이었다. 하지만 처칠과 로이드조지는 신진보주의자이거나 급진주의자였다.

처칠은 최저 임금 제도가 필요한 이유를 이렇게 설명했다.

> 어떤 계급에 속하든 여왕 폐하의 국민이 격심하게 노동한 대가로 생활 임금 수준 이하를 받는 것은 국가의 죄악입니다. 소위 노동이 고되고 노조가 없으며 동등한 협상도 이루어지지 않는 현장에서는 좋은 고용주가 나쁜 고용주에게, 나쁜 고용주는 최악의 고용주에게 역전당하기 마련입니다. 산업에 전적으로 의존해 생계를 유지해야 하는 근로자는 직업이 부차적 수입원인 근로자보다 불리합니다. ······ 저임금 근로자에게 팽배한 이런 조건은 근로자를 발전시키지 못하고 더더욱 쇠퇴시킵니다.

오늘날에도 생활 임금을 둘러싼 논란이 여전하다. 실업을 타파할 목적으로(당시 실업률은 약 8퍼센트였고 실업자를 지원하는 수당은 전무했다) 처칠은 최초의 직업소개소를 세우는 데 기여하고, 1910년 초에는 부인 클레먼타인과 함께 열일곱 군데를 순회했다. 따라서 영국 정부가 일자리와 사회 보장 서비스를 제공하는 잡센터 플러스Jobcentre Plus의 기반을 마련한 사람도 처칠인 셈이다.

처칠 팩터

그뿐만 아니라 처칠은 1940년대 세계 대전이 끝나고 복지 국가를 구축한 윌리엄 베버리지William Beveridge를 처음으로 고용했으며, 베버리지는 초기에 개혁을 추진할 수 있는 원동력을 제공했다면서 처칠에게 공을 돌렸다. 또한 최초의 직업소개소에 대해 언급하면서, "결정적으로 중요하고 상대적으로 단기에 총리가 사회 입법의 방향을 크게 전환할 수 있다는 사실을 여실히 입증한 놀라운 사례"였다고 설명했다.

게다가 처칠은 실업 수당의 전신인 실업 보험을 마련한 선구자였다. 실업 보험은 기여 제도로 근로자가 주당 2.5펜스를 내면 고용주가 주당 2.5펜스를 지불하고 납세자는 주당 3펜스를 지원했다. 근로자가 실직하거나 병이 나면 사전에 납입한 돈이 있으므로 오늘날 화폐 가치로 주당 약 20파운드를 받았다. 물론 실업 보험금의 액수는 얼마 되지 않지만 일단 시작했다는 데 의의가 있다. 처칠은 "보험은 평균의 기적을 일으켜 대중을 구제"한다고 주장했다.

물론 최종적으로는 평균을 추구해도 기적은 일어나지 않았다. 요즘 납세자들은 하는 수 없이 실업 수당을 내놓아야 했고 기여 원칙은 흐지부지되었다. 여하튼 오늘날 정부가 지급하는 구직자 수당의 뿌리는 처칠이 제시한 계획이었다.

실업 보험 제도는 논란을 일으키며 토리당을 당혹스럽게 만들었다. 하지만 1909년과 1910년에 벌어진 대 예산 전쟁에 견준다면 새 발의 피였다. 데이비드 로이드조지가 주장했던 국민 예산People's Budget은 현대 영국 역사에 획을 긋는 사건으로 부의 재분배를 노골적으로 시도했기 때문이다. 이 법안은 부의 불평등한 분배를 공격하면서 불가피하게 처칠이 속한 귀족 계급과 지주 계급을 공격했다. 로이드조지는 최상위 부자에게 세금을 호되게 물리고 무엇보다 토지에 세금을 매기는 방법으로 재원을 확보해 자유당이 주장하는 다양한 사회 보호 계획을 추진하고 싶어 했다. 따라서 땅을 매매하는 경우에 20퍼센트의 양도세를 부과하려 했다.

토리당이 강력하게 반대하면서 예산안을 부결시키겠다고 으름장을 놓았다. 하지만 처칠은 포기하지 않고 로이드조지와 힘을 합해 마치 연예 쇼에 출연하는 콤비처럼 동분서주했다.

1909년 처칠은 영국에서 토지가 불공평하게 분배된다고 한탄하면서 토지세를 부과해야 한다고 주장했다. 독일을 다녀오고 나서는 영국의 계급 불평등이 훨씬 심하다는 사실을 깨달았다. 독일 소 농장을 여럿 돌아보고 귀족이 소유한 토지 주위로 벽이 없다는 점에 주목하면서 영국의 실정과 비교했다. "이러한 광경을 목격하고 나서 불쌍한 영국 국민이 얼마나 끔찍한 황폐와 짐을 견뎌 내고 있는지 절감했다. 영국에서는 귀족 계급이 소유한 정원과 저택이 거의 맞붙어 있어 국민을 옥죄고 마을과 산업을 질식시키고 있다. ……"

빈민이 거주하는 마을을 짓밟고 만든 거대한 정원! 대저택! 이것이야말로 블레넘 출신 후손의 소유물이지 않은가? 당시에 이렇게 생각하는 사람이 많았고, 부의 불평등이 계급 전쟁을 초래하리라고 처칠이 경고하자 국왕은 보좌관을 시켜 〈타임스〉에 항의문을 실으라고 지시했다. 그 글을 읽은 처칠은 맹렬하게 비판했다. 상원이 예산안을 부결시키려 하자 처칠은 자신의 친척 일부가 소속된 기관을 향해 포문을 열었다. 1910년 1월이 되어도 예산을 둘러싼 위기는 진정 기미를 보이지 않았다. 처칠은 상원을 이렇게 묘사했다. "원래의 의미를 완전히 상실하고, 오래전에 힘을 잃고, 이제는 유권자에게 강하게 한 방만 맞아도 영원히 끝장나 버릴 봉건 질서의 유물이다."

처칠이 세습된 권리로 의회에 자리를 차지하고 앉은 사람들의 수치스러운 행동을 비난한 지도 100년 이상이 흘렀지만 지금도 상원에는 세습 지위를 누리는 사람들이 있다. 그러고 보면 처칠의 사상은 상당히 급진적이고 시대를 많이 앞질렀다.

떠들썩하게 입법 전쟁을 치르고 나서 결국 예산안은 통과되었다. 국왕은 필요하다면 토리당 보수주의자들을 투표로 이길 수 있도록 자유당 상원 의원의 수를 늘리겠다는 데 동의했고, 토지를 소유한 귀족들은 종전의 입장을 철회했다. 이렇게 로이드조지와 처칠이 뜻을 이루면서 영국은 부의 재분배 시대를 맞았다.

내무 장관에 취임할 당시에 처칠은 적어도 토리당의 관점에서는 영락없는 좌파였다. 역대 내무 장관들은 대부분 징역형의 형기를 늘리려 했지만 처칠은 오히려 줄였고 독방 감금형도 축소했다. 영국 교도소에서 정치범과 일반범을 구분하기 시작해서 오늘날까지도 여전히 많은 우파 인사에게 원성을 사고 있다. 처칠은 볼셰비즘과 동성애에 관해 매우 강경하게 발언했을 수는 있지만 정작 법을 적용할 때는 일반적으로 유연했다. 평생 사람들의 성적 기호에 대해서는 너그러운 무관심을 보였고(처칠도 알고 있었듯 에디 마시는 동성애자였다), 당시에 범죄로 여겨졌던 행동에 대해서는 처벌을 제한하려고 노력했다. 한 남성이 동성애를 했다는 죄목으로 10년 징역형을 선고받았다는 소식을 듣자 담당 관리에게 편지를 쓰기도 했다. "해당 죄수는 한 번은 라임 주스를 훔치고 또 한 번은 사과를 훔쳤다는 죄목으로 이미 7년 징역형을 받았습니다. 그가 교도소에서 비정상적인 습성에 물들었을 가능성도 배제할 수 없습니다." 이 편지를 읽어 보면 처칠이 천성적으로 자비로운 동시에 에드워드 왕 시대 영국의 처벌이 야만적이었다는 사실을 알 수 있다.

젊은 범죄자에게 관대하다는 토리당 의원들의 비난을 들은 처칠은 벌링던 클럽*에 반대하는 카드까지 꺼내 들었다. 우파 토리당 의원인 에드워드 터너 윈터턴 Edward Turnour Winterton 경이 일부 젊은 범죄자를 투옥시키기를 거절했다며 하원에서 자신을 공격하자 처칠은 이렇게 응수했다. "귀족들이 대학 재학 중에 저질렀다면 손톱만큼도 불이익을 당하지 않았을 범죄를 저질렀다 하여 매년 빈민 계급 청년 7000명을 교도소로 보내는 사악한 행동에 국민의 관심을 집중시키고 싶었습니다." 일부 하원 의원들이 대학생 시절 샴페인 기운에 휩싸여 벌인 행동을 단순한 범행으로 싸잡아 매도당했다면서 분노하는 광경을 머릿속에 그려 보라. 게다가 벌링던 클럽의 회원이라는 명예는 고사하고 대학 문턱에도 들어가 보지 않은 인물에게 그러

---

* Bullingdon club, 부유한 가문 출신 학생으로 구성된 클럽.

한 비난을 받았다고 생각해 보라.

처칠은 제1차 세계 대전이 발발하기 전에 터진 시위와 폭동을 다루는 방법에 덜미를 잡혀 현대 노동당의 신랄한 비판을 받고 있다. 1978년 노동당 총리 제임스 캘러헌James Callaghan은 처칠 가문이 토니팬디 광부들에게 '보복'했다고 주장했다. 2010년 한 사우스 웨일스 의회는 지역 군사 주둔지에 처칠의 이름을 붙이는 것을 금지하려 했다. 지금도 노동당 의원들은 1910년 처칠이 잔인하게 군대를 파견해 무방비 상태의 근로자들을 진압했다고 증언할 것이다. 하지만 이러한 증언은 귀담아들을 가치가 없는 엉터리이다.

기록에 따르면 토니팬디에 주둔한 군대는 신중하게 행동했다. 실제로 토리당 의원들은 처칠이 너무 온건한 태도를 취해 군대의 행동을 지나치게 자제시킨다며 공격했다. 1911년 광란을 일으키며 리버풀을 통과하는 부두 노동자들을 진압하려고 처칠이 군대를 파견하고 발사 명령을 내린 것은 사실이다. 하지만 시위에 따른 파괴 행위의 여파가 워낙 컸으므로 사태를 신속하게 통제해야 했을 뿐으로 개인적으로는 시위대에 연민을 품었다. "그들은 매우 가난하고, 비참할 지경으로 낮은 임금을 받고, 지금 거의 굶주리고 있다." 그러면서 런던에서 시위를 벌이는 부두 노동자들의 입장을 대변해 국왕에게 이렇게 진언했다. "그들은 현실적인 불만을 품고 있습니다. 노동자 계급은 과도하게 혹사당하면서도 우리 문명에 필수 불가결한 기능을 담당하고 있으므로 임금을 높여 주어 그들의 건강과 만족을 증진시켜야 합니다."

되풀이해서 강조하지만 이번 상황에서도 처칠은 지배 계급의 특권 의식을 거슬러 노조의 편을 들고 있다. 1917년 군수 장관 시절 클라이드Clyde에서 군수품 제조 근로자들이 시위를 벌이자 처칠은 시위대를 집무실로 불러 차와 케이크를 대접하고, 임금을 12퍼센트 인상하는 선에서 문제를 해결했다. 근로자의 불만을 가라앉히기 위해 군수 법안을 제출하고 "어떤 근로자도 노동조합에 가입했거나 노동 분쟁에 참여했다는 이유로 처벌받지 않을 것"이라고 약속했다.

처칠 팩터

1926년 총파업을 맞아 처칠은 위기를 끝내려고 부단히 노력했지만, 분쟁이 불거진 세부적인 사항에 접근할 때는 회유하는 태도를 취했다. 여름과 가을 내내 처칠은 가난한 근로자들에게 마땅히 최저 임금을 보장해 주어야 한다는 점을 광산 소유주들이 받아들일 수 있도록 노력하면서 자본주의자들이 '다루기 힘들고' '비이성적'이라고 주장했다. 이러한 행보로 처칠은 정부의 국정 운영권 행사를 방해하는 눈엣가시 같은 존재로 다시 한번 토리당 의원들의 원성을 샀다.

이 밖에도 처칠에게 좌파 입법자의 신전에 들어갈 자격이 있다는 사실을 입증하는 사례는 많다. 처칠은 연금 수령 연령을 70세에서 65세로 앞당겼고(근래 들어 영국은 이 과도하게 관대한 정책을 뒤집어야 했다), 철도의 국유화를 거듭 주장했다. 또한 전쟁으로 폭리를 획득한 사람들에게 횡재세를 부과했고, 1970년대 좌파 노조 대표들이 목청 돋워 주장했던 휴식 시간을 영국 산업계에 도입했다.

그렇다면 처칠의 진짜 색깔은 무엇일까? 이제 진짜 윈스턴 처칠이 자신의 진정한 색깔을 내보일 때이다. 처칠은 보수주의자일까 자유주의자일까? W. S. 길버트Gilbert와 아서 설리번Arthur Sullivan의 작품*에 다음과 같은 대사가 있다. "남녀를 불문하고 세상에 태어난 사람은 누구나 약간 자유주의자이거나 약간 보수주의자이다."

페이비언 협회**의 핵심 구성원인 시드니 웹Sidney Webb과 베아트리스 웹Beatrice Webb은 당대 가장 진보적인 정치가로서 처칠을 꼽았다. 거의 동시에 동료인 자유당 하원 의원 찰스 매스터먼Charles Masterman은 처칠을 가리켜 "변하지 않는 원조 토리당원"이라고 강조했다. 어느 한쪽이 처칠을 잘못 파악했을까?

물론 이러한 수수께끼를 단순하게 설명하는 사람은 과거에도 많았고 지금도 많다. 처칠은 정치 동향에 따라 이리저리 움직여 다른 시기에 다른 발언을 했으므로

---

* 작곡가 길버트와 극작가 설리번은 손을 잡고 여러 편의 희가극을 발표했다.
** Fabian Society, 1884년 영국에서 창설된 점진적 사회주의 단체.

비버브룩의 말을 빌리자면 온갖 의문에 대한 대답은 오로지 처칠이 쥐고 있다. 아니면 애스퀴스의 말대로 "윈스턴은 신념이 없다".

나는 애스퀴스처럼 무능력하고 어리석은 사람의 비판에 비중을 두어야 할지 확신이 서지 않는다. 애스퀴스는 처칠을 끊임없이 속였을 뿐 아니라 내각 회의를 진행하는 동안 베네티아 스탠리Venetia Stanley에게 보낼 연애편지를 구구절절 쓰고, 술에 흠뻑 취해 처칠에게 회의 주도권을 넘겨줄 때가 많았다. 처칠은 영국 역사의 상당히 커다란 부분을 책임졌다. 총리가 되기 전인 1905~1922년(정치 경력 17년이면 대부분의 현대 정치가들은 일선에서 서서히 물러나기 시작하지만 처칠에게는 경력의 전반부에 불과했다)에 이미 고위직을 두루 거쳤다.

물론 처칠의 발언이 다른 시대 상황에서 다른 문제에 대해 언급한 말과 이상하게 어긋날 때가 있다. 하지만 정치적으로 일관성이 없다면서 처칠을 비판하는 사람은 처칠의 정치사상에 담긴 깊이와 치밀성을 과소평가하는 것이다. 나는 처칠이 매우 명쾌한 정치적 정체성을 보유했으며 불변의 원칙을 고수했다고 생각한다.

근본적으로 처칠은 모험을 즐기는 빅토리아 여왕 시대의 휘그당원이었으므로 보수주의자인 동시에 자유주의자였다. 영국과 제국의 위대함을 믿었고 자신이 성장한 조국의 기존 질서를 보존해야 한다고 생각했다. 또한 과학과 기술이 발전해야 한다는 신념을 지켰으며, 국민의 생활 조건을 향상시키려면 정부가 개입할 수 있고 또 그래야 한다고 믿었다.

무엇보다 영국과 제국을 선전하고 보호하는 동시에 국민의 복지를 증진시키는 두 가지 목적은 서로 관계가 있고, 국민의 복지를 증진시키는 것이 국가의 발전을 촉진하는 데 유익하다고 생각했다. 이것이 바로 처칠이 믿는 휘그주의적 토리주의의 핵심이었다.

처칠이 밤공기를 마시며 맨체스터를 걸을 때 어떤 종류의 삶을 목격했는지 생각해 보라. 1902년 처칠은 요크에 거주하는 빈민의 운명을 서술한 시봄 라운트리

처칠 팩터

Seebohm Rowntree의 글을 읽고 "머리카락이 곤두섰다."라고 털어놓았다. 1906년에 이르면서 인구 급증으로 인한 맨체스터 빈민가의 비참한 환경은 훨씬 심해졌다.

집에는 상수도도 하수도도 없고, 방 하나에 식구 열 명이 생활했다. 갓 태어난 아기가 돌을 넘길 때까지 생존할 확률은 4분의 1에 불과했다. 처칠은 빈민가에서 상대적 빈곤은 물론 절대적 빈곤을 목격했다. 빈민들은 오늘날 대부분의 사람들이 당연한 권리로 생각할 조건을 모조리 박탈당한 채 짓밟히고 절망에 빠졌다.

시봄 라운트리는 매우 엄격한 잣대로 빈민층을 분류했다. 그는 종류가 무엇이든 교통수단을 사용할 경제력이 없기 때문에 친척을 찾아가거나 교외에 가고 싶을 때 걸어야 하는 사람이 빈민이라고 주장했다. 빈민은 우표를 살 수 없어서 편지를 쓰지 못한다. 돈이 없어서 담배나 알코올을 사지 못하며, 자녀에게 장난감이나 군것질 거리를 사 줄 수 없다. 생필품을 장만하고 나면 옷을 살 수 없다. 하루만 일하지 않아도 생계에 지장이 생긴다. 처칠이 정치 경력을 시작했을 무렵 이러한 도시 빈민층은 전체 인구의 25퍼센트를 차지했고 오늘날에는 상상할 수 없을 정도로 불결하고 궁핍하게 생활했다.

처칠은 빈민층의 삶에 대해 언급하면서 실제로 자신의 삶과 그들의 삶 사이에 골이 깊다는 사실에 충격을 받고 가능한 한 최대로 빈민층을 옹호했다.

그가 빈민층을 염려하고 돕고 싶어 했던 이유는 다양했다. 여기에는 이기적인 이유도 있었지만 딱히 그래 보이지 않는 이유도 있었다. 정치인의 동기를 연구하는 묘미와 그에 따른 문제의 뿌리는 동기가 이상주의인지 이기주의인지를 가르는 데 있고, 흔히 그 대답은 두 가지가 혼합되어 있다는 것이다.

처칠은 영국과 제국의 존재 가치를 믿었으므로 빈민의 생활 조건을 개선하고 싶었다. 독일을 방문했을 때 고용주와 근로자가 협동하는 제도를 실시해 어떤 결과를 낳는지 목격했고, 모든 영국 지배 계층이 그랬듯 독일의 산업 성장력을 실감할 수 있었다. 그래서 영국이 경쟁력을 갖추려면 자질이 있고 건강하며 노동할 의욕을 소유한 근로자들이 경제 활동에 필요하다고 생각했다.

보어 전쟁에 참전했던 처칠은, 1899년 징병관들이 노동자 계급 출신 입대 자원자의 50퍼센트가 어렸을 때 질병이나 영양실조를 앓아 군인으로 적합하지 않다는 사실을 접하고 아연실색했다는 사실을 들었다. 처칠은 군인들이 신체적으로 건강해 제국을 수호할 수 있기를 바랐다.

또한 정치적 예방책의 일환으로도 빈민층의 생활 조건을 향상시키고 싶었다. 빈민층은 계속 굴욕감을 느끼며 생활하다가 어느 순간 더 이상 참지 않고 불만을 터뜨릴 것이기 때문이다. 20세기 초반 영국은 정치적 불안에 크게 흔들렸다. 시위가 많이 벌어졌고, 그중 다수의 시위는 폭력을 동반했으며 근로자와 경찰 사이에 싸움이 끊이지 않았다.

레닌은 1910~1914년 영국에 혁명 정신이 만연했다고 언급했다. 레닌의 그러한 견해는 옳았고 처칠은 혁명 세력과 정반대 입장에 섰다. 처칠은 자신이 속한 소수 집단의 위치가 얼마나 위태로운지 깨닫고 자신이 성장한 사회에 대해 "그것은 소수의 세계였고, 그들은 매우 소수였다."라고 언급했다. 아니면 처칠의 말마따나 인간 분쟁의 현장에서 그토록 많은 사람이 그토록 소수의 사람에게 그토록 많은 은혜를 입은 적은 없었다.

엄밀하게 말해서 처칠은 보수적이기 때문에 급진적이었다. 그는 분별 있는 토리 당원이라면 누구나 아는 사실, 즉 상황을 똑같이 유지하는 방법은 상황을 바꾸는 것뿐이라는 사실을 알았다. 아니면 버크Burke가 주장하듯 변화 수단이 없다는 것은 곧 보존할 수 없다는 뜻으로 파악했다. 성공적이고 효과적으로 보수의 길을 걸으려면 약간 자유주의적인 태도를 취하는 것 이상으로 행동해야 한다. 찰스 매스터먼이 언급했듯 "처칠은 너그러운 상류층이 감사한 마음을 품고 현실에 순응하는 노동 계급에게 혜택을 분배하기를 원했다". 이것은 오늘날 마음이 너그러운 소수 대도시 자유주의자들의 암묵적인 입장이기도 하다.

처칠이 사회 개혁을 주장한 최종적인 이유가 있다. 사회 개혁이 경제·군대·제국·빈민층의 이해와 맞아떨어졌기 때문이다. 물론 자신의 이익을 도모하려는 동기도 있었다. 정치 경력을 쌓는 초기부터 처칠은 가장 광범위하게 지지를 받을 수 있도록 중도주의 입장을 채택했다. 1902년 국가가 직면한 정치 문제를 해결하려면 거대 중앙당, 즉 "한편으로는 토리주의의 천박한 냉담과 이기주의로부터, 다른 한편으로는 급진적 대중의 맹목적 욕구로부터 자유로운" 정당이 있어야 한다고 썼다. 그러면서 "원칙에서는 보수주의이지만 심정적으로는 자유주의"가 중요하다고 주장했다.

이것이 처칠의 세계관인 동시에 자신을 세계에 각인시키는 방식이기도 했다. 처칠은 어떻게 두 가지 입장을 연합할 수 있는지, 어떻게 두 세계에 각각 한 발씩 들여놓을 수 있는지를 알았다. 이러한 역할을 맡기를 처음부터 꿈꿔 왔고 제2차 세계 대전이 그렇게 할 수 있는 발판이 되었다.

처칠이 바람 부는 대로 흔들리는 갈대 같았다고 말하는 것은 부당하다. 오히려 토리당보다 일관성 있는 정치적 입장을 취했기 때문이다. 1904년 휴 세실에게 보내려고 썼으나 결국 부치지 않은 유명한 편지에서 처칠은 토리당과 토리당이 구사하는 방법이 마음에 들지 않는다고 언급하면서 자유 무역이라는 명분을 버린 것이 주요 이유라고 덧붙였다. 그는 도시 빈민층에게 식량을 값싸게 공급하려면 자유 무역이 필요하다고 생각했지만, 토리당은 처칠의 아버지인 랜돌프가 주장했던 '토리 민주주의 개념' 즉 유산 계급과 노동 계급을 연합시키는 개념을 버렸다.

처칠은 일관성 있게 자유 무역을 주장했고(1931년 들어 입장이 흔들렸던 경우와 수입 미국 영화에 부과하는 세금 문제 등 중요도가 떨어지는 사안에 대해 보호 무역론자의 입장에 섰던 경우를 제외하고) 토리당이 자유 무역으로 정책을 회귀했을 때만 토리당으로 돌아왔다. 처칠은 단순히 보호 무역론자가 아니라 자본주의자였다. 1924년에 말했듯 "기존의 자본주의 체제는 문명의 토대로서 현대인에게 생존 필수품을 공급해 줄 수 있는 유일한 수단이다."라고 믿었다. 또한 부유층을 근거 없이 괴롭히는 처사에 거듭 반대하면서 인간미 있는 자본주의나 연민을 품은 보수주의를 신봉했다.

정치 경력의 초창기에는 자유 시장과 자본주의가 유발할 수 있는 고통을 완화시키겠다고 주장했다. 그래서 시위나 폭동을 일으킨 세력에 강경하게 대응했지만 협상력과 장악력을 활용해 조정자로 이름을 떨쳤다.

1950년대에 접어들자 처칠의 이러한 유연한 태도는 바람직하지 못한 속성으로 인식되었다. 국가는 처칠이 정치에 입문했을 때보다 부유해졌고, 부유층과 빈민층의 격차는 크게 줄어들었다. 총리로 두 번째 맞은 임기 동안 노조의 지배력에 지나치게 느슨하게 대처한 탓에 1960년대와 1970년대 들어 갈등 경화를 초래하는 데 한몫했다는 주장이 돌고 있다.

하지만 제1차 세계 대전 이전의 시대 상황에서는 처칠의 직감이 옳았다. 1920년대와 1930년대 아수라장이었던 유럽을 생각해 보라. 러시아에서는 공산주의 혁명이 일어나 유혈 사태가 벌어지고, 중앙 유럽에서는 다른 공산주의 폭동이 일어나고, 유럽 대륙 전역에서는 파시스트 독재자들이 창궐했다.

주요 격변이나 국가의 근본이 흔들리는 혐오스러운 사태를 겪지 않는 나라가 거의 없을 지경이었다. 이탈리아에는 무솔리니, 포르투갈에는 살라자르Salazar, 폴란드에는 피우수트스키Piłsudski, 오스트리아에는 돌푸스Dollfuss, 독일에는 히틀러가 권력을 잡았다. 영국에는 소도시의 은행 지배인 같은 분위기를 풍기며 사람 좋은 삼촌 인상의 스탠리 볼드윈이 정권을 잡았다.

영국이 당시 유럽 대륙을 휩쓸었던 운명에 빠지지 않았던 것은 자체적으로 지닌 온갖 요인이 크게 작용했다. 우선 영국은 거의 100년 동안 외부의 침입을 받지 않았다. 다른 국가와 비교해 사회 제도의 뿌리가 더욱 깊었고 의회 민주주의의 역사도 길었다. 젊은 윈스턴 처칠과 로이드조지의 지혜와 통찰력도 확실히 기여했다. 처칠은 당시 상황에 대한 국민의 불만을 진정시키고, 가지지 못한 자의 분노를 누그

처칠 팩터

러뜨리고, 자신이 목격한 명백한 사회 불평등을 해소하는 데 국가 재정을 쏟아 반란을 사전에 방지해야 한다고 생각했다.

그런 의미로 생각한다면 처칠은 파시즘에 물들지 않도록 영국을 두 번이나 구원한 셈이다. 따라서 처칠이 1906년 맨체스터의 빈민가를 돌아다녔던 경험은 영국이 맞이할 운명에 중요했다. 오늘날 그곳에 가 보면 세련되고 자그마한 술집과 도시에서 한창 발전 중인 기술 관련 직업에 종사하는 것 같아 보이는 최신 유행복 차림의 젊은이들이 눈에 띈다. 그들에게 정치 신념이 무엇인지 물으면 대답은 다양하더라도 인간미 있는 자본주의를 거론할 것이다.

처칠이 인간미 있는 자본주의를 채택한 이유는 단순히 제국이나 경제를 위하거나 정치인으로서 자신의 입지를 굳히기 위해서만이 아니라, 진정으로 인정이 많았기 때문이다. 노동당의 통념이 어떻든 처칠은 피도 눈물도 없는 사람이 결코 아니다.

이제 처칠의 정신에 대해 알아볼 차례이다. 이는 오늘날까지 처칠에 대해 요란하게 목소리를 높이는 논쟁의 핵심이기도 하다. 우리는 1940년 영국을 이끌어 나갈 준비를 갖췄을 당시에 처칠의 동기가 순수했다는 사실을 절대적으로 확신해야 한다.

다시 말해 응석받이로 자란 우리 세대 사람들에게 아마도 타고났겠지만 생소한 행동을 하기까지 처칠이 무엇을 생각하고 느꼈는지 알아야 한다. 매우 중요한 처칠 요인으로 전쟁을 도발하려는 순수한 욕구를 꼽는 사람이 있기 때문이다(아마도 그런 사람이 많을 것이다).

학살에 영광이란 없다

─────

12

그리스 철학자 헤라클레이토스는 전쟁은 모든 것의 아버지라고 말했다. 확실히 전쟁은 처칠이라는 영웅을 낳았다. 하지만 처칠이 전쟁의 아버지였을까? 일부 사람이 말하듯 맹렬하고 유쾌하게 전쟁을 추구했을까?

전쟁을 끝낼 목적으로 벌인 전쟁의 후반부로 돌아가 보자. 때는 1918년 8월 9일이었다. 당시에는 아무도 알 수 없었지만 대부분 불명예스럽게 역사에 기록될 전쟁이 학살로 얼룩지며 마지막 격동기에 접어들었다. 영국 해외 파견군은 탱크 600대의 활약에 힘입어 아미앵Amiens에서 가시철조망을 뚫고 진흙 바닥을 기고 시체를 넘어가면서 하루 13킬로미터를 진군했다. 수천 명에 달하는 독일군이 전사했고 수천 명이 생포되었다.

당시에 자주 그랬듯 처칠은 베르초크 성Château Verchocq에 체류하고 있었다. 표면적으로는 군수 장관이었으므로 군수품의 분배를 직접 관장하기 위해서였다. 하지만 사람들은 처칠이 작전 중심지에서 멀리 떨어져 있는 것을 견디지 못했기 때문이라고 의심한다. 처칠은 영국 제4군 본부를 향해 가는 길에 독일군 포로 5000여 명의 행렬을 지나쳤다. 독일군 포로들은 정신적 충격을 받아 공허한 눈빛으로 고개를 숙이고 있었고 피부는 화약 때문에 검게 그을렸다. 옆을 지나며 처칠은 이렇게 생각했다. '식량도 없이 휴식도 취하지 못하고 전쟁터를 통과해 장거리를 행군하고, 직전까지 전투의 공포를 겪었을 포로들의 비참한 처지에 어쩔 수 없이 측은한 마음이 들었다.'

처칠이 이러한 심정을 토로한 것은 약간 뜻밖이었다. 영국군은 놀라운 승리를 거뒀었지만 1918년 8월 들어서는 영국군이 결정적으로 승리하리라고 생각할 근거가 전혀 없었다. 처칠은 전쟁의 전망을 낙관하지 못했고 초창기만 해도 1919년 이전에 전쟁이 끝날 수 있으리라고 예측할 수 없었다. 독일군은 영국군 진영에 끊임없이 혼란을 일으킬 수 있었고 실제로 마지막 종전 호각을 불 때까지도 그렇게 할 것이었다.

따라서 처칠은 전투에서 패배해 생포된 많은 적군을 보며 독일이 마침내 도주하기 시작했다는 생각에 격렬한 희열을 느껴야 마땅했다. 하지만 처칠은 비참한 상황에 처한 독일 포로를 동정했다. 가짜로 동이 트는 것이 아니라는 사실이 훨씬 분명해졌고 그만큼 독일의 패배가 눈앞으로 다가왔지만 처칠은 다른 속 좁은 정치인들과 달랐다.

처칠은 결코 보복심을 불태우지 않았다. 적이 궁지에 몰리면 아량을 베풀었고, 적이 보복하겠다고 덤벼들면 중재를 제안했다. 1918년 11월 11일 독일은 휴전 협정에 서명하면서 혼란에 빠졌다. 황제는 도주했고 인플루엔자가 창궐했다. 공산주의 폭동이 일어나 도시가 마비되었고 부분적으로는 영국군이 독일 항구들을 봉쇄하면서 많은 사람이 아사 직전에 이르렀다.

11월 밤 처칠은 친구들인 F. E. 스미스 법무 장관, 로이드조지 총리와 함께 런던에서 저녁 식사를 하다가 독일인들이 굶주림에 허덕인다는 소식을 들었다. 로이드조지는 과거의 적이 계속 고통받기를 바랐지만 처칠은 선박 열두 척에 식량을 잔뜩 실어 급파하자고 주장했다.

로이드조지는 황제를 총살해야 한다고 말했지만 처칠은 반대했다. 4개월 후인

처칠 팩터

1919년 독일의 상황은 더욱 악화했고, 처칠은 여성·아동·노인에게 기아를 무기로 휘두르는 정책은 옳지 않다고 하원에서 역설했다. 그러면서 가능한 한 신속하게 무역 봉쇄를 풀고 독일과 평화 협정을 맺고 싶어 했다.

마침내 하원은 지불할 수 없을 정도로 막대한 배상금을 독일에게 요구하면서 베르사유에서 협정을 체결했다. 일이 어리석게 처리되는 과정을 지켜보며 처칠은 로이드조지와 미국 대통령 우드로 윌슨Woodrow Wilson과 뜻을 달리했다. 협정 체결 조건이 독일에게 지나치게 가혹했다. 처칠은 나중에 이렇게 언급했다. "베르사유 조약의 경제 조항은 상대편을 명백히 무기력하게 만들 정도로 악의에 차고 어리석었다." 이것은 처칠의 선견지명뿐 아니라 인격과 타고난 성향을 엿볼 수 있는 사례였다.

제2차 세계 대전 회고록의 서문에서 처칠은 다음과 같은 명언을 남겼다. 국가는 "전쟁할 때는 결의를, 패배했을 때는 저항을, 승리했을 때는 아량을, 평화로울 때는 선의를" 보여야 한다. 이는 결코 빈말이 아니었고 처칠은 정말 이렇게 행동했다. 처칠에게 쏟아지는 최대 비난에는 지나치게 호전적이라는 주장이 있다. 싸움이 벌어질 가능성이 있다고 생각만 해도 사납고 혈기 왕성한 말처럼 전의에 불타 코를 힝힝거리고 발로 땅을 쿵쿵 구르고 눈동자를 휘둥그레 돌린다고 했다.

사람들이 이렇게 주장하는 이유는 매우 단순하다. 눈을 부릅뜨고 소위 처칠의 시대인 20세기 전반부에 발생한 커다란 사건들을 기억해 보자. 이 시대는 인류 최대의 수치스럽고 파괴적인 분쟁인 제1차와 제2차 세계 대전으로 얼룩져 있다. 제1차 세계 대전에서는 영국인 약 100만 명을 포함해 세계 인구 3700만 명이 사망했다. 재능 있는 청년 세대가 플랑드르Flandre 전투에서 산화하고, 다수는 유골이 되어 베르됭Verdun처럼 이름 없는 거대한 납골당에 묻혔다.

제2차 세계 대전의 사망자는 훨씬 많아 영국인 150만 명을 포함해 세계 인구 6000만 명이 죽었다. 영국은 물리적·감정적으로 짓밟혔고 국가 자산 4분의 1이 날아갔다. 전쟁이 남긴 비극적 결과를 생각하면서 당시 누가 시대를 지배했는지 자문해야 한다. 오늘날 영국인이 당시의 비참한 상황을 거의 망각할 수 있을 정도로 두 분쟁을 처리하는 데 있어서 처칠은 없어서는 안 될 중요한 역할을 담당했다. 시간이 되어 마침표를 찍었을 때 두 전쟁은 하나의 사건처럼 보였다. 같은 전쟁터에서 같은 유형으로 같은 종류의 명분을 내세우며 싸웠고, 적어도 한 전쟁에서는 같은 인물이 정상에 버티고 있었다. 11년에 걸쳐 학살이 벌어지는 내내 처칠은 정치 무대와 군대에서 활약하면서 영국을 세계 최대의 군사 강대국으로 20세기에 진입시켰고, 총리로서 쌓은 평판을 제외하고는 거의 모든 것을 잔인하게 축소시키면서 제2차 세계 대전에 종지부를 찍었다. 처칠은 제1차 세계 대전에서 싸울 수 있도록 군대를 준비시켰고 영국의 독창적인 전략을 생각해 내고 추진했다. 제2차 세계 대전에서는 오늘날 생각하기에 제정신이 아닌 것 같아 보이는 방식으로 작전을 손수 지휘했다.

항간에는 군 지휘자였던 처칠이 전쟁광이라서 자신에게 유명세를 안긴 분쟁을 실제로 조장하기까지 했다는 주장이 나돌았다. 이는 토리당 의원의 아내인 낸시 더 그데일이 앞서 인용한 편지에서 내세운 주장으로 처칠은 영국의 괴링으로 호전적 충동으로 똘똘 뭉쳤다고 했다. 1934년 한 보수주의 하원 의원은 처칠이 특이한 성격의 소유자라면서 그에 따른 두려움을 이렇게 토로했다. 처칠은 "이 나라가 직면한 많은 문제를 평화적으로 해결하는 데 명백히 위협으로 작용하는 힘을 휘두르는 인물"이다.

오늘날 우리가 생각하는 처칠은 윤리적 청렴의 화신으로 독재에 항거하면서도 좋은 성품과 인간성을 유지한 용기의 소유자이고, 민주적이면서 혈기가 왕성하고 근본적으로 관대한 동시에 중용의 태도를 지닌 영국인다운 인물이다. 이 말은 넓은 의미에서 옳다. 하지만 전쟁에 참여한 동안에는 많은 사람을 위해 암울한 카리스마를 내뿜고 폭력 가능성에는 사악한 낙관주의를 발산했다. 심지어 오늘날에는 매우 쾌활한 이미지의 이면에 다스 베이더Darth Vader를 능가하거나 팰퍼틴 황제Emperor

Palpatine*에 버금가는 모습이 있다고들 믿는다.

얼마 전 〈뉴욕타임스〉는 베스트셀러 목록에 팻 뷰캐넌Pat Buchanan의 통렬한 비판서를 포함시켰다. 이 책에서 뷰캐넌은 1914년에 처칠은 "전쟁을 향한 열망"이 강했다고 비판하면서 1939년 영국은 나치가 나머지 유럽 국가를 노예로 만드는 광경을 그저 방관하며 지켜보았어야 했다고 주장했다. 또한 처칠이 황제나 과거에 갇혀사는 사람들보다 훨씬 군국주의적이라고 비판하면서, 1914년 무렵 "처칠은 어떤 독일군보다 훨씬 전쟁 지향적으로 보였다."라고 덧붙였다.

오랜 보수주의자의 견해를 더 들어 보자. 〈선데이 텔레그래프Sunday Telegraph〉의 편집자였던 페레그린 워스손Peregrine Worsthorne 경은 최근 이렇게 썼다. "윈스턴만큼 전쟁을 예찬하고 품위 없이 전쟁을 갈망하는 정치인은 찾아보기 힘들다. 그가 벌인 활동을 보면 전쟁을 사랑하고, 전쟁의 영광을 미화하고, 전쟁의 공포를 최소화한다는 사실을 알 수 있다." 워스손은 실제로 제2차 세계 대전에 참전했던 인물로서 존경받을 만하다. 하지만 그의 견해는 진실과 다를 뿐 아니라 처칠의 복잡한 본성을 제대로 파악하지 못한 소치이다.

물론 처칠이 전쟁에 흥분했다는 점에는 동의한다. 처칠은 극적 사건과 커다란 사건에 감정적이고 낭만적으로 반응하도록 타고났다. 에드워드 그레이Edward Grey 경이 제1차 세계 대전 전야인 1914년 8월 3일 하원에서 연설할 때 처칠은 눈물을 흘렸다. 총리인 애스퀴스가 처칠의 심경을 알아차리고 불만을 표시했다. "윈스턴은 출전에 대비해 얼굴과 몸에 물감을 칠하고 해전이 터지기를 고대하고 있다. …… 그 때문에 나는 그지없이 슬프다." 애스퀴스의 아내인 마고는 남편보다 약간 관대하게 언급했다. "윈스턴은 참호에 가기를 고대하고 있다. 전쟁을 꿈꾸면서 야심을 품고 활력을 느끼며 행복해하기까지 한다. 그는 타고난 군인이다." 심지어 처칠은

---

* 〈스타워즈〉에 등장하는 은하계 의회 지도자. 스스로 은하 황제라 선언했다.

마고에게 전쟁이 '맛있다delicious'고 무심결에 말을 흘리고(그러면서 자기 말을 퍼뜨리지 말라고 즉시 부탁했다) 평화는 우리가 맞이하기를 기도해야 하는 마지막 수단이라고 덧붙였다. 전쟁에 대해 말할 때 처칠에게 활력을 느끼고 눈에서 목적의식이 번뜩이는 것을 목격한 사람이 많았다.

처칠이 전쟁을 사랑한 것만은 확실하다. 전쟁이 없다면 영광도 누릴 수 없고 나폴레옹이나 넬슨을 능가하거나 조상인 말버러를 뛰어넘으려고 애쓸 기회조차 잡을 수 없기 때문이다. 전쟁과 전쟁의 위험은 인간을 고양시키고 일상의 행동을 명예로 채색한다. 그래서 처칠은 젊은 시절에도 신문 기사를 계속 주시하다가 물불 가리지 않고 전장에 뛰어들었던 것이다. 전쟁을 생각하면 아드레날린이 솟구쳤고 전투에 참전해 피가 끓어오를 때는 최대한 세게 적을 내려치고 싶었다. 해로 스쿨의 펜싱 심판은 처칠에게서 앞으로 돌진하는 공격 성향을 감지했다. 처칠은 싸움에 돌입하면 적에게 패배를 확실히 인식시켜야 하고, 어떤 도구를 사용하든 그 점을 확실히 부각해야 한다고 믿었다. 그래서 폭력을 구사할 때는 무자비했다.

오늘날 누구나 마땅히 증오하는 화학 무기를 시리아가 사용하자 고결한 원칙 운운하며 국제적 논쟁이 펼쳐졌다. 그때도 제1차 세계 대전 때 가스를 무기로 사용하자는 주장에 영국의 영웅이 목소리를 보탰던 사실을 언급하는 사람은 찾기 힘들었다. 처칠은 갈리폴리에서 터키군에게 가스를 살포하자고 주장했으며, 군수 장관 시절 달성한 최대 업적의 하나로 1918년 영국군이 발사하는 세 번째 총탄에 겨자 가스를 주입시켰다. 처칠이 전투에서 가스를 몹시 사용하고 싶어 했으므로 휘하 장군들은 제2차 세계 대전 때도 처칠을 자제시켜야 했다.

처칠은 갈리폴리에서 수천 명의 생명을 희생시키는 정도에 머무르지 않았다(한 이튼 재학생은 처칠의 아들인 랜돌프가 등교하자 "네 아버지가 다르다넬스 전투에서 내 아버지를 죽였어."라고 외쳤다). 1940년 프랑스 함대를 파괴하라고 명령했으며 독일에 지역 폭격을 강행했다. 현대 정치인이라면 생각할 수도 없는 명령을 처칠은 당차고 자신만만하게 내렸다. 공격을 받으면 맹렬하게 싸우는 사람과 워낙 호전적이어서 스스로 분쟁의 원인이 되는 사람 사이에는 엄청난 차이가 있다. 공격성과 저항은 다르고 최소한 공격과 반격도 다르다.

물론 처칠은 후기 빅토리아 여왕 시대에 벌어졌던 제국 전쟁에서 개인적으로 명예를 획득하고 싶었다. 그렇다고 해서 자신이 참전했던 전쟁의 명분에 찬성했다는 뜻은 아니다. 마디의 묘를 더럽혔다면서 키치너를 혐오하고, 북서 변경주를 공격한 전쟁을 '비겁한 죄악'이라고 공격했던 사례를 기억하라. 이렇듯 처칠은 근거 없는 제국주의적 공격과 감정적인 대외 강경론을 혐오했다. 단순히 식민지를 확장하려고 전쟁을 벌이는 것은 옳지 않다고 생각했다. 그는 빅토리아 여왕 시대 전장에서 취했던 자유주의 견해를 에드워드 국왕 시대의 국정에 도입했다.

1906년 2월 어느 날 아침, 식민성에서 각외 장관으로 근무하던 처칠을 한 방문객이 찾아왔다. 에디 마시가 돌려보내려 했지만 방문객은 까딱도 하지 않았다. 플로라 루가드Flora Lugard라는 이름의 여성은 키가 컸고 외모는 예쁘다기보다는 야무지고 당당해서 영국 제국의 보아디케아* 같았다. 영국 식민지에서 〈타임스〉의 편집자로 일했던 플로라는 성격이 냉혹한 인물로 알려졌고 영토가 광활한 국가를 '나이지리아Nigeria'라고 명명했다. 원주민들을 학살한 행위로 악명 높은 프레더릭 루가드Frederick Lugard 경과 최근에 결혼하고 나서 새파란 '애송이boy'(그녀는 처칠을 이렇게 묘사했다)에게 아프리카 서부를 제대로 통치하는 방법에 대해 한 수 가르치러 온 것이다. 플로라는 자기 부부가 아프리카 서부를 관할구로 지정받아 자신들이 원하는 방식대로 통치할 수 있기를 바랐다. 다시 말해 늘 최상의 성능을 순조롭게 발휘하는 현대식 무기를 넉넉하게 사용하면서 때로는 런던에서 원거리로, 때로는 현장에서 식민지를 통치하고 싶어 했다.

---

* Boadicea, 이세니족의 왕비로 로마인 지배에 반기를 들었다가 참패했다.

'애송이'는 루가드 부부의 사람 됨됨이를 정확하게 파악했고, 바다코끼리처럼 코 밑수염을 기른 프레더릭 경이 어떻게 처신했는지도 이미 알고 있었다. 그는 초가집에 불을 지르고, 방어 수단이 없는 부족 수천 명을 총과 화포로 학살했다. 과거에 처칠은 "상습적인 살육"이 "우스꽝스럽고 걱정스럽다."라고 언급했었다. "제국주의 개념을 제대로 이해하지 못한 나머지 원주민을 살해하고 그들의 땅을 빼앗는 것이라 생각하는 것 같다." 처칠은 플로라 루가드가 제안한 방법을 승인할 수 없다고 매우 정중하게 거부했다. 이를 계기로 두 사람 사이에 이념적인 불화가 시작되었다. 처칠은 아프리카 서부라는 일종의 '무더운 러시아'에서 황제 부부로 등극하려는 두 사람의 계획을 짓눌렀다. 프레더릭 경은 홍콩으로 파견되었고, 플로라는 만나는 사람마다 처칠이 잘못을 저지르고 있고, 권력은 총에서 나오는 법이며, 아프리카 같은 곳을 다스리려면 자신이 주장하는 방법을 사용해야 한다고 항의했다.

처칠은 나이지리아처럼 큰 땅덩어리를 영국이 계속 보유할 가치가 없다면서 손을 떼야 한다고 주장했다. 그는 제국의 가치를 확고히 믿었고 1907년 케냐에 있을 때는 제국에 일부 영토를 편입시켰다. 하지만 맥심 기관총이 아니라 펜으로 그렇게 했다. 정복하거나 공격하는 전쟁을 치름으로써 영토를 획득하지 않았고 영국은 1914년에도 1939년에도 그러한 목표를 세우지 않았다.

처칠은 제1차 세계 대전이 발발하기 바로 몇 년 전부터 해군의 군사력을 증강하는 책임을 맡았지만 군국주의자로서 정계에 진출한 것은 아니었다. 하지만 1901년 이상하게도 보어 편에 선 것처럼 말하는 처칠의 처녀 연설을 들은 토리당 의원들은 몹시 못마땅해했다. 처칠은 "내가 보어인이라면 나는 전장에서 싸우기를 희망한다. ……"라고 발언했다. 이때 토리당 의원들은 아마도 눈을 휘둥그레 뜨며 의아해했을 것이다. '그가 우리를 상대로 싸우고 싶다는 뜻인가?'

초기부터 처칠은 자기 아버지가 그랬듯 과도한 군비 지출에 콧방귀를 뀌었고, 1908년까지는 전함인 드레드노트Dreadnoughts에 들어가는 비용을 더 이상 늘리지 말고 사회 복지 프로그램에 소비할 재원을 증가시키자고 주장했다. 하지만 해군 본부에 들어가자 방위비에 대한 입장을 바꿨다. 이 무렵 영토를 팽창하려는 독일의 야심은 두드러지게 드러났고, 다른 장관들과 마찬가지로 처칠은 자신이 이끄는 부서의 위상을 끌어올려야 한다는 생각에 사로잡혔다. 하지만 전쟁을 향한 경쟁 속도를 늦추려고 노력해서 양측의 전함 구축을 일시 정지하는 해군 '휴일'을 만들자고 제안하기도 했다.

전쟁이 발발하기 직전에도 전쟁을 막으려고 독일 해군 제독 알프레드 폰 티르피츠Alfred von Tirpitz를 찾아가 설득하려 했지만 외무성에 의해 뜻이 꺾였다. 재앙이 발생하기 전날에도 처칠은 상황을 해결할 목적으로 유럽 지도자들을 모아(나중에 그가 '정상 회담'이라 부를) 회의를 하자고 제안했다.

처칠은 전쟁을 열망하지도 않았고 학살을 영광스러운 사건으로 미화하지도 않았다. 1916년 전장에서 상상할 수조차 없는 끔찍한 공포를 목격하고 돌아온 처칠은 윌프레드 오언Wilfred Owen이나 시그프리드 서순Siegfried Sassoon 등의 전쟁 시인들이 전쟁에 대해 읊은 우울한 혐오를 품고 하원에서 연설했다. 그는 전장에서 불결한 환경과 여기저기 쓰러진 주검을 목격했다. 전사한 군인의 미망인에게 전사 소식을 전하는 임무를 맡으면서 규칙적으로 반복해 드리우는 죽음의 그림자를 보았다. 그래서 동료 하원 의원들에게 이렇게 물었다. "우리가 저녁 식사를 하러 가거나 집에 가거나 잠자는 동안 대체 무슨 일이 일어나고 있나요?" "거의 1000명에 달하는 우리 영국인이 쓰러져 피투성이 천에 덮이고 있습니다."

처칠은 전쟁을 또 치르고 싶은 생각이 추호도 없었다. 전쟁의 참상을 볼 만큼 봤기 때문이다. 1919년 전쟁 장관의 자리에 오르자 10년 원칙을 제정해 군 예산을 삭감하려 했다. 영국 정부는 10년 동안 유럽에 다시 전쟁이 발발하지 않으리라 가정하고 국정을 운영하겠다는 취지였다. 1920년대 재무 장관으로 재임하면서 국방비 지출에 재차 반대했고 이번에는 직접적으로 예산을 삭감할 수 있는 권한을 손에 쥐었다. 1930년대 말까지 체임벌린의 추종자들은 국가가 전쟁에 제대로 대비하지 못한 것이 처칠 탓이라고 부당하게 비난했다.

1930년대 말까지 처칠은 독일 공군력의 팽창에 대비해 국방비 지출을 늘려야 한다고 동료 의원들에게 촉구했다. 그렇다고 해서 처칠의 태도가 호전적이거나 전쟁을 도발한다고 단정 지을 수 없다. 처칠은 미래의 납골당을 흘끗 보았던 카산드라*의 입장에 서서 말했다. 1938년 체코가 위기에 처하고 이든이 사임한 상황에서 밤새 잠을 잘 수 없었다. "아침 햇살이 서서히 창문 틈으로 스며 들어오자 눈앞에 죽음의 환영이 짙게 드리웠다."

역사가들은 제2차 세계 대전이 발발한 원인을 놓고 앞으로도 끊임없이 논쟁을 벌일 것이고, 유럽의 어떤 권력도 그 재앙의 영향력에서 벗어날 수 없었다. 우리가 분명하게 말할 수 있는 것은 윈스턴 처칠에게는 책임이 없고, 전적으로 그렇다고 볼 수는 없지만 비난을 받아야 할 대상은 독일이고 독일의 군국주의이자 팽창주의라는 것이다. 1914년 사라예보에서 무슨 일이 일어났든 독일 황제가 벨기에와 프랑스를 공격한 구실이 될 수 없었다. 영국은 500년을 지켜 온 외교 정책을 따를 수밖에 없었고, 단일 권력이 유럽 대륙을 지배하지 못하도록 막아야 했다.

제2차 세계 대전은 미치광이 독일 지도자와 복수를 향한 그의 편집증적인 욕구 때문에 발생했다. 논객들은 논쟁의 근거를 마련할 목적으로 엄연히 상반되는 증거가 있는데도 처칠과 히틀러의 윤리적 수위를 같다고 간주했다. 하지만 처칠은 전쟁을 피하려 했고, 전쟁에 반대해 싸웠다.

가장 흥미롭고 매력적인 속성으로 처칠은 전쟁을 피하려고 애쓰는 동시에 기술과 과학에서 쇄신을 이루어 전쟁이 인간에 미치는 영향을 최소화하려고 노력했다.

전쟁은 많은 것의 아버지이지만 처칠에게는 연민이 발명의 어머니였다.

---

* Kassandra, 그리스 신화에 나오는 프리아모스 왕의 딸로서 트로이의 멸망을 예언했다.

걸어 다니는 선박

13

오후에 숲에 들어와 보니 이렇게 한가로이 거닐 수 있다는 것이 묘하게 느껴졌다. 앞을 가로막는 것이 전혀 없었다. 임시 문에 설치된 가시철조망을 걷어 올리고 유령의 숲을 가로지르며 천천히 걸었다. 새들이 아름다운 목소리로 지저귀고 나무에는 부드러운 싹이 돋아났다. 주변에는 사람의 흔적이 전혀 없었다. 나는 프랑스 국경에서 그다지 멀지 않은 벨기에 남부의 플뢰그스테르트 우드Ploegsteert Wood에 있다. 이끼로 뒤덮인 숲 바닥을 이리저리 배회하며 100년 전에는 분위기가 얼마나 달랐을지 생각했다.

과거에 영국에서 유명한 숲이었다. 신문 독자라면 서부 전선에 있는 이곳을 대부분 알고 있었고, 대개 군인들이 붙인 대로 플러그스트리트Plugstreet라는 명칭에 익숙했다. 100년 전 이곳 나무들은 그루터기에 총알이 박히고, 가지가 갈가리 찢기고, 새들은 입을 다물고, 토양은 폭탄과 여러 독소로 오염되었다. 육군 중령 처칠은 밤에 숲을 배회하다가 '아기 코끼리' 소리를 내서 순찰병들을 혼비백산하게 만들었다. 영국군이 전선으로 진군하는 길목에서 거쳐 갔을 참호의 잔해에는 시커멓고 끈적끈적한 물이 가득 고여 있다. 군인들은 심하게 훼손된 숲의 끝자락까지 살금살금 걸어갔을 것이고, 지휘관은 이따금씩 혼자서 독일 전선의 가장자리까지 갔을 것이다.

이곳은 무인 지대로 지도에서 찾아보면 평야를 남북으로 꿰뚫는 엄청나게 폭이 좁은 땅이다. 한쪽에는 궁둥이 살이 최상의 스테이크로 꼽히는 유명한 벨기에산 블랑블루Blanc Bleu 젖소 몇 마리가 한가롭게 풀을 뜯는다. 멀리 쟁기로 일군 밭에는 브뤼셀 농부들이 올해에 가장 값이 나가리라 판단해 심은 씨앗이 묻혀 있다. 젖소들과 밭 사이로 독일 국경까지 자갈 도로가 뻗어 있다. 나는 낡은 도요타 자동차를 타고 달려 보기로 했다.

이제 처칠과 영국군이 5년을 끔찍하게 보내며 성공시키려 했던 군사 작전을 펼쳐 보자. 눈 깜짝할 사이에 한번 시도해 보려 한다. 우선 자동차에 시동을 걸고 용기를 내기 위해 급히 술을 한 모금 벌컥 들이켠다. 그리고 자동차를 서서히 앞으로 움직인다.

먼저 자갈길을 따라 달리다가 급기야 활주로에 도착한다. 시속 25킬로미터로 달리다가 지금은 시속 40킬로미터이다. 참호와 폭탄 구멍을 가로질러 도저히 제어할 수 없는 속력으로 가시철조망을 통과한다. 2.5리터짜리 엔진을 장착하고 돌진하는 도요타 앞에서 포탄도 탄알도 맥을 추지 못한다.

전선의 양쪽에서 피로에 절고 부상당한 군인들이 진흙투성이 참호에서 밖을 빠끔히 내다보고 서로 노려보며 머리를 굴리다가 외마디소리를 지른다. 나는 작전대로 드디어 독일 전선에 다다른다. 독일군이 반격하려고 허둥대는 사이에 내가 독일 전선을 관통해 별반 힘들이지 않고 예비 병력과 병원 막사를 지나자 독일군은 공포에 질려 총을 거머쥐고 변소에서 뛰쳐나와 앞다퉈 도망친다.

작은 승리를 거두고 나는 아무 방해도 받지 않고 유턴한다. 이제 히틀러의 군대를 뒤로하고 동쪽에서 서쪽으로 자동차의 방향을 틀어 아까 달렸던 가슴 아픈 460미터를 되짚어 플뢰그스테르트 우드로 향한다. 돌아오는 중간 지점에서 자동차를 한 번 멈춘다. 갓길에 차를 세우고 들판으로 나간다. 이곳은 어떤 인간도 도저히 살아남을 수 없을 것 같다.

밭을 가는 시기가 되면 과거에 묻혔던 녹슨 금속 조각이 수천 개씩 모습을 드러내기 때문이다. 거대한 손잡이처럼 생겨서 폭약을 점화하는 신관으로 보이는 금속 조각은 녹이 슬었지만 여전히 엄청나게 무겁다. 탄피일 수 있는 이 조각은 아직도 근처에 많이 묻혀 있을 것이다. 정체는 확실히 알 수 없지만 전쟁을 치르는 양측 모두 결코 승리할 수 없는 이유를 역력히 드러낸다. 숲 너머로는 가리는 것이 전혀 없어서 이 비극의 넓은 들판은 벨기에 하늘 아래 적나라하게 펼쳐져 있다.

젊은이들은 아무리 용맹하게 싸우더라도 매번 괴멸당했다. 부조리가 기승을 부리는 전쟁 와중에 금속 발사체가 발명되어 멀리서도 엄청난 속도로 날아와 끔찍한 폭발력을 과시하며 인간의 살을 관통할 때 어쩌다 보니 젊은이들이 그 자리에 있었다. 누구도 금속 발사체에 대한 방어책을 마련하지 못했으며 비참했던 3년 동안 상황은 조금도 바뀌지 않았다.

자기 휘하 군인들이 곳곳에서 죽어 가는 광경을 바라보며 처칠이 느꼈을 좌절감이 어땠을지 짐작할 수 있다. 처칠은 이곳 전장에 도착하자마자 자신이 세운 계획에 어떤 차질이 빚어졌었는지 파악하려 했다.

1915년 11월 처칠은 최고 사령관 존 프렌치John French에게 장문의 편지를 보내 온갖 종류의 전술을 제안했다. 솔직히 몇 가지는 정신 나간 아이디어 같았다. 처칠은 군인들에게 금속이나 복합 재료로 특별히 제작한 안전모와 방패를 지급하고 싶어 했다. 그러면서 군인들이 엉덩이 길이까지 내려오는 방패를 앞세우고 15명씩 대형을 형성해 적을 향해 전진해야 한다고 주장했다. 처칠은 기관총을 쏘아 대는 적군에 맞서서 고대 그리스 장갑 보병이 취했던 방어 태세를 취하며 진군하라고 20세기 군인들에게 요구하고 있다는 사실을 인식하지 못하는 것 같았다.

부두에서 근로자들이 판금을 용접하는 장면을 보았던 처칠은 가시철조망을 뚫고 전진할 수 있도록 군인들에게 산소 아세틸렌 토치램프를 지급하자고 주장했다.

혹시라도 가스탱크에 총알이 박히면 어떤 일이 벌어질지 인식하고 있었는지는 분명하지 않다. 하지만 처칠이 주로 관심을 쏟았던 장비는 "가시철조망을 부술 뿐 아니라 이동하면서 적의 기관총을 제압하고 일반 장애물·도랑·방어벽·참호 등을 돌파하는" 새로운 유형의 차량이었다. 처칠은 이 같은 실험적 차량 70여 대를 이미 제작 중이라고 프렌치 장군에게 알렸다.

프렌치 장군에게 직접 눈으로 확인하라고 촉구하면서 처칠은 이렇게 덧붙였다. "이 차량이 얽히고설킨 가시철조망을 자르는 장관을 두 눈으로 목격하면 승리를 확신할 수밖에 없습니다. 마치 자동 다발 묶음기가 작동하면서 작물을 베고 거둬들이는 원리와 흡사합니다." 아마도 처칠은 요즈음 농촌에서 사용하는 '농업용 트랙터'의 원시 형태를 뜻했던 것 같다.

애석하게도 프렌치 장군에게는 이 돌연변이가 농기계를 두 눈으로 확인할 기회가 없었다. 그가 통솔하는 군대가 이렇다 할 성과를 거두지 못하면서 공황 상태에 빠진 애스퀴스에게 해임당했기 때문이다. 처칠은 1916년 1월 해당 계획을 다시 실행하려 시도했다.

영국군 전략을 상당히 마비시켰다는 비난을 지금까지 받고 있는 더글러스 헤이그Douglas Haig가 프렌치 장군 후임으로 임용되자 처칠은 편지를 보내 농업용 트랙터에서 착안한 새로운 유형의 전투용 차량을 제작하자고 제안했다. 헤이그가 관심을 보였다. 얼마 후 처칠은 세인트 오머St. Omer에 있는 영국 작전 본부를 방문해 아이디어를 설명해 달라는 요청을 받았다. 연락을 취한 장군은 해군 본부에서 참호전에 사용할 전투 기계를 만들고 있다는 이야기를 헤이그에게 전해 들었다고 말했다.

처칠은 이 전투 기계에 관해 알고 있었을까? 확실히 알고 있었다. 그는 군대 고위 장성들이 자신의 아이디어를 신속하게 채택하지 않는 것에 어이가 없었다. 1년 이상 거슬러 올라간 1914년 12월 여전히 해군 본부에 몸담고 있을 때, 전쟁이 스위스에서 영국 해협까지 간헐적으로 뻗어 있는 참호와 가시철조망에 갇혀 악몽 같은 교착 상태에 빠져 있다는 사실을 처음으로 인식했다.

처칠은 부분적으로는 H. G. 웰스wells가 쓴 공상 과학 소설과 철판을 두른 '육상 전함land ship'에 대한 묘사를 읽고 영감을 받았다. 1915년 1월 5일 애스퀴스에게 편지를 써서 기술을 비약적으로 발전시켜 전쟁의 난관을 타개해야 한다고 제안했다. 참호전을 돌파할 수 있는 기계가 필요하다고 강조하면서 영국이 개발하지 않으면 틀림없이 독일이 개발할 것이라고 역설했다. 이에 대해 애스퀴스는 매우 신속하게 반응해 육군성에 기계를 검토하라고 지시했다.

위원회를 결성해 기계를 검토한 결과 자체 하중을 견디지 못하고 무너지리라는 결론을 내렸다. 기계가 지나치게 비현실적이라는 결론에 도달했으므로 해당 아이디어는 폐기되었다.

전투 기계를 제작하는 계획은 상상조차 할 수 없는 참담한 결과를 초래할 가능성이 있다는 이유로 전면 중단되었지만 처칠은 포기하지 않았다. 처칠은 해군 본부에 복무하면서 군대의 전술이 아닌 선박을 책임졌으므로 이론적으로는 해당 계획과 전혀 관계가 없었다. 하지만 1915년 1월 18일 해군 본부에 있는 동료에게 편지를 보내 전투 기계를 시험해 보고 싶다는 엉뚱한 요청을 했다.

처칠은 신분을 밝히지 않았지만 누군가가 증기 롤러 두 개를 기다란 금속 막대와 함께 묶어 "롤러 하나가 최소한 대략 4미터 폭의 바닥을 지나가게 만들었다". 여기에 덧붙여 처칠은 장교들에게 런던 근처에 '편리한' 장소를 물색해 프랑스에서 했던 대로 90미터 깊이의 참호를 파라고 지시했다. 양쪽 가장자리에 거대한 바퀴를 달고 괴물 기계를 작동시켜 "적을 납작하게 뭉개 참호 안에 매장시키는 것"이 최종 목표였던 것이다.

이것은 계획이 가장 순조롭게 진행될 경우였고 처칠의 아이디어에는 결함이 있다. 두 롤러가 다른 속도나 다른 기어로 작동하면 어떡할까? 금속 막대가 확실히 버텨 주거나 작동할까? 처칠은 기계에 단일 엔진이 필요하다는 사실을 그때까지도 알지 못했으며 거대한 금속 기어에서 으스러지는 소리가 나기 시작하고 나서야 비로소 문제를 인식했다.

진흙도 문제라는 생각이 들었다. 땅이 끔찍할 정도로 진흙투성이여서 여차하면 기계가 미끄러질 터였다.

"참호 양쪽에 있는 흙을 부수는 동시에 회전을 촉진할 수 있도록 기계의 롤러에 일반 바퀴와 다른 쐐기 모양의 살을 장착할 것이다." 이는 마치 멀리 있는 성운에 망원경을 조준하고 들여다보면서 행성 사이에 있는 가스 구름을 분해시켜 하나의 행성으로 굳히는 광경을 보는 것 같다.

이제 아이디어가 꿈틀거려 현실화되기 시작했다. 스스로 인식하지는 못했지만 처칠이 묘사하는 기계는 무한궤도 장치였다. "필요하다면 커다란 증기 롤러 한 쌍을 장착하고 몸통은 탑승원의 안전을 고려해 어떤 총알도 뚫을 수 없도록 방탄으로 제작할 것이다." 처칠은 전체 제작 과정을 2주 안에 마치라는 엄중한 명령을 내렸다.

해군 엔지니어들이 어떤 반응을 보였을지는 충분히 상상할 수 있다. 증기 롤러를 볼트로 조이거나 납땜질하여 장착하라는 말인가? 실험용 참호를 파서 공원들을 뭉개라는 뜻인가? 어쨌거나 엔지니어들은 명령에 따랐다.

이러한 과정을 거치면서 '육상 전함 위원회Landships Committee'가 출범했고 결과적으로는 처칠이 H. G. 웰스의 용어를 편리하게 빌려 온 셈이 되었다. 선박의 형태로 만들지를 토론하는 시늉이라도 낸다면 모를까 해군 본부가 이 계획을 지휘할 하등의 이유가 없었다. 1915년 2월 22일 해당 분야의 대가인 유스터스 테니슨 데인코트Eustace Tennyson d'Eyncourt가 육상 전함 위원회를 처음 소집하면서 이 사실을 처칠에게 보고했다.

회의 초반에는 주로 해군 장관이 제기했던 문제를 다뤄서 거대 괴물이 진흙탕에서 미끄러지지 않을 수 있는 방법을 중심으로 토론했다. 참석자들은 미끄럼 방지용 바퀴뿐 아니라 '무한궤도'를 장착하자는 의견을 냈다. 무한궤도 장치는 강철판을 체인 모양으로 연결하고 앞뒤 바퀴의 테에 걸어 바퀴가 돌아가며 차량을 주행시킨다. 토론을 거치면서 회의는 놀랄 만한 진척을 보였고 이틀 후 테니슨 데인코트는 처칠에게 편지를 써서 회의 소식을 전했다.

위원회는 "기관총으로 무장한 군인 50명을 수용하는 동시에 적의 참호를 돌파할 수 있는 진정한 군사적 가치가 있는 25톤짜리 트랙터"를 구상했다. 처칠은 편지를 받은 즉시 간결하게 "제안한 대로 시급하게 처리하시오. 윈스턴 처칠 씀."이라고 답장을 보냈다.

3월 3일까지 위원회는 모델 두 개를 설계했다. 하나는 뒤에 커다란 바퀴를 장착하고, 다른 하나는 무한궤도를 장착했다. 이제 돈을 써야 할 시간이 되었다. 처칠은 육군성의 승인을 받지 않고 당연히 내각 동료들과도 상의하지 않은 채로 시제품을 제작하라는 명령을 내렸다. 어느 모델이 더 효과적일지 판단할 수 없었으므로 일단 모델마다 열두 대씩 제작하라고 지시했다. 해군 본부는 경쟁을 유도하기 위해 하청 업체인 포스터Foster와 포든Foden 두 군데와 계약하고 매출의 10퍼센트 이윤을 약속했다. 전체 제작 비용은 오늘날 화폐 가치로 7만~500만 파운드에 달했는데 과거 전쟁 역사로나 현대 국방비를 기준으로 보더라도 상당히 저렴했다.

플랑드르에서 전사자가 계속 늘어나는 동안에도 테니슨 데인코트가 이끄는 팀은 전차 제작에 심혈을 기울였다. 어떤 모델이 나올까? 미끄럼 방지용 바퀴를 장착한 모델일까, 아니면 무한궤도를 장착한 모델일까? 무엇이 됐든 탑승자를 안전하게 보호하면서도 많은 무기를 실었을 때 바퀴가 진흙에 빠지지 않아야 한다는 기본 문제를 어떻게 해결할 수 있을까? 처칠은 해군 본부에서 자신이 차지하는 우월한 위치를 활용해 사람들을 계속 몰아붙였다. 그러던 중 1915년 재앙이 터졌다.

경력이 항로를 이탈하면서 처칠은 결국 몸통이 뒤집혀 바퀴가 공중을 향한 채 도랑에 빠진 꼴이 되었고 밖으로 빠져나올 희망은 보이지 않았다. 갈리폴리 전투에서 패배하면서 직위를 잃었고, 정부에서 그와 함께 일하고 싶어 하지 않는 토리당 의

Private

1. Oct. 1916

41, CROMWELL ROAD,
S.W.

My dear Mr. Wells,

I passed a y pleasant Sunday reading "Mr Britling" & I congratulate you on producing such a suggestive & moving record of these strange times.

You will have been interested to see the success with which yr land battleship idea was at last - after many weary efforts - put into practice.

Yours sincerely,

Winston S. Churchill

1916년 10월 1일 처칠이 '육상 전함'에 관해 H. G. 웰스에게 보낸 편지.

원들에게 비난받을 꼬투리를 잡혔다. 그런데도 육상 전함 계획을 계속 추진하고 싶어 애처로울 지경으로 무진 애를 썼다. 후임자인 밸푸어에게 해군 본부와 육군성이 참여하는 공동 소위원회의 의장직을 계속 맡을 수 있게 해 달라고 요청했지만 허사였다. 멘토인 군수 장군 로이드조지를 웜우드 스크러브스Wormwood Scrubs 교도소의 노천 실험실로 데려가 진창에서 왕쇠똥구리처럼 증기를 뿜어내고 으르렁거리며 방어물과 도랑에 이리저리 부딪치는 무쇠 차량을 구경시켰다. 전차 개발 계획은 자신의 권한 범위를 벗어났으므로 처칠은 더 이상 개입할 수 없었다. 처칠의 창의적인 추진력이 더 이상 유입되지 않자 괴물 트랙터의 개발은 지지부진해졌다. 서부 전선에서 싸우는 군인들은 계속 돌격했지만 결과는 참담했다. 새 기계는 군대 고위 장교들의 뇌리에서 거의 사라졌다. 처칠은 그해 가을까지 서부 전선에서 몸을 사리며 자숙하다가 이듬해 중령의 지위로 왕립 스코틀랜드 보병 연대 6대의 지휘를 맡았다. 이곳에서 처칠은 공포에 휩싸인 전장을 두 눈으로 목격하고 연민을 느꼈다. 더글러스 헤이그 경을 만나러 갔다가 그의 애매한 반응을 보고는 계획을 살릴 수도 있겠다는 생각이 들자 장문의 글을 보냈다.

1916년 2월 14일 테니슨 데인코트가 처칠에게 기쁜 소식을 전했다. 시간이 상당히 많이 걸려 미안하다고 말하면서 계획 전체가 물리적으로도 은유적으로도 수렁에 빠졌었다고 해명했다. "당신이 영향력을 행사하지 못하기 시작하면서 나는 격렬한 반대와 서서히 확산되는 냉담에 부딪혀 계획을 수행하는 데 애로가 많았습니다."

뒤이어 최근에 성과를 거두어 기쁨을 감출 수 없다고 전했다. 최근 제작한 기계의 성능이 개선되어 참호 앞에 쌓은 약 1.5미터 높이의 수직 흉벽을 부수고 약 3미터 너비의 참호를 쉽게 건넜다고 했다. 측면 '포탑'에 약 3킬로그램 중량의 포를 장착해서 전방은 물론 측면에서도 대포를 발사할 수 있다. 철조망도 통과할 수 있다고 테니슨 데인코트는 자랑했다. "마치 옥수수 밭을 관통하는 코뿔소 같습니다. ……거대한 원시 시대 괴물같이 생겼고 늪 같은 땅을 건널 때 특히나 그래 보입니다. 이 광경을 보고 독일 놈들이 겁을 집어먹었으면 좋겠습니다."

작전 실패로 굴욕감을 느끼고 있던 처칠에게 테니슨 데인코트는 어색하지만 마음에서 우러나 감사했다. "당신이 최초로 세웠던 계획이 성공한 것을 축하하고, 전선에서 벌이는 활동에 행운이 따르기를 바랍니다."

이러한 과정을 거쳐 드디어 육상 전함이 생산되기 시작했다. 비밀을 유지하기 위해 공장 노동자들에게는 "가뭄으로 어려움을 겪는 메소포타미아 전장에 투입할 거대한 급수 탱크"라고 둘러댔다. 그래서 육상 전함의 명칭은 짧게 줄여 탱크가 되었고 러시아어로도 탱크라는 이름이 붙었다.

영국이 달성한 비약적 발명의 역사에서 탱크의 족적은 특이했다. 주요 아이디어의 일부가 영국에서 시작했을 뿐 아니라 탱크의 수도 상당히 많았기 때문이다. 영국은 탱크를 개발하고 나서 수백 대를 생산하여 어느 호전적 국가보다 많은 탱크를 보유했으므로 기술을 실용적으로 적용하는 면에서도 단연 선두를 달렸다.

그해 7월 로이드조지에게 군수 장관으로 부름을 받은 처칠은 탱크의 생산을 책임지는 임무를 다시 맡았고 언론은 경악했다. 〈선데이 타임스Sunday Times〉는 이러한 인사 조치가 "행정부와 전체적으로는 제국에 중대한 위험을 안기는 처사"라고 언급했다. 〈모닝 포스트〉는 "위험하고 변덕스러운 인물이고 정치적 조직의 방랑자 같은 윈스턴 처칠이 화이트홀에 다시 돌아왔다."라고 경고했다.

언론의 이러한 주장은 틀려도 한참 틀렸다. 처칠은 영국이 승리하는 데 없어서는 안 되는 인물이었다. 그는 열광적으로 임무를 수행해 교착 상태를 무너뜨리고 악화 일로를 걷는 학살을 억제하는 데 반드시 필요하다고 생각한 항공기·독가스탄·탱크 등의 장비를 제작해 영국군을 무장시켰다. 그해 가을 헤이그 장군이 내세운 정면 공격 전략이 새롭게 광기를 띠기 시작했다. 처칠과 로이드조지가 불안을 나타냈지만 헤이그 장군은 이에페르Ieper를 공격했다. 이에페르 전투에서 영국군 35만명을 포함해 거의 85만 명이 전사했다. 이는 로마군이 한니발에게 참패한 칸나에

Cannae 전투가 산업화 시대에 재현된 꼴로 인류가 여태껏 목격한 적이 없을 정도로 대량 학살이었다.

그때 마침내 탱크가 그것도 다량으로 등장했다. 1917년 11월 20일 캉브레Cambrai 에서 400여 대의 탱크가 전장을 누비며 혁혁한 공을 세웠다. 처칠은 전투에 한층 열성을 쏟기 시작했다. 1919년 4월까지 탱크를 4459대 제작한다는 목표를 세우고 탱크 위원회를 소집했다. 탱크 공장 근로자들이 반항의 목소리를 내자 처칠은 지시에 따르지 않으면 전투 전선으로 보내겠다고 위협하여 반항을 잠재웠다. 그러다가 희열의 순간이 찾아왔다. 때는 1918년 8월 8일로 아미앵 전투에서 무장한 리바이어던°인 전차 부대가 독일군에게 큰 타격을 입혔던 것이다.

처칠이 애당초 상상했던 대로 영국군 탱크 600여 대가 참호를 부수고 진흙탕을 밟으며 서서히 전진했고 적군이 쏘아 대는 총알은 탱크의 딱딱한 금속 몸통에 부딪혀 납작해졌다. 한니발이 투입한 코끼리 떼에 대한 공포를 로마군이 극복했듯 사실상 독일군은 탱크에 대한 두려움을 신속하게 이겼다. 그래서 다음 몇 주 동안 영국군 탱크를 효과적으로 제거해 갔지만 독일군의 사기는 이미 깊게 상처를 입었다. 에리히 루덴도르프Erich Ludendorff 장군이 독일군의 '블랙 데이'로 불렀던 아미앵 전투의 첫날은 마지막의 시작으로 보였다.

그날 결정적인 수훈을 세운 것은 다름 아닌 탱크였다. 처칠이 다음 날 목격한 군인들의 참담한 표정을 떠올려 보라. 독일군은 처칠이 참여해 발명했던 기계 때문에 참패를 당했다. 처칠은 가는 곳마다 야수의 흔적을 보았다고 보고했다.

전차의 발명에서 처칠이 맡았던 역할의 정확한 본질이 무엇인지 분명하게 짚고 넘어가자. 처칠이 개인적으로 탁월한 발명 능력과 즉흥성을 타고났으며, 사물을 기계와 관련지어 실용적 방향으로 생각하기를 좋아한 것은 사실이다. 시가의 끄트머

° leviathan, 구약 성서 욥기에 등장하는 바다에 사는 괴물.

리가 흐트러져 재가 날리는 것을 막으려고 갈색 종이관인 '벨리 반도bellybando'를 발명하고, 공격 개시일에 이동식 선착장인 멀베리Mulberry 항구가 흔들리지 않도록 고정시키는 방법을 생각해 낸 것만 보아도 알 수 있다. 어릴 때는 성채 쌓기를 좋아했고 동생인 잭과 함께 투석기를 만들어 소에게 사과를 쏘는 데 성공했다.

처칠은 그림을 그리고 벽돌 쌓는 것이 취미였고 연못을 파는 것 같은 토목 공사를 즐겨 했다. 자기 세대에서는 최초로 비행기를 조종했을 뿐 아니라(동료 휴리건스Hughligan들은 상당히 겁을 내서 처칠이 모는 비행기에 동승조차 하지 않았다) 원자 폭탄의 제조 가능성을 점쳤고 항공기에 어뢰를 장착하는 방법을 궁리했다. 기술을 혁신하여 인류를 발전시키려는 처칠의 열정은 휘그주의 특성과 일맥상통했다. 처칠은 자신의 상상력과 타인의 자신감을 시각화하고 언어로 표현하고 여기에 불을 붙이는 놀라운 능력을 소유했다.

확실히 과학자는 아니었지만 처칠은 유쾌한 지적 능력이 끊임없이 솟구쳤으므로 실험을 하려는 과학자들의 욕구를 정당하게 충족시켜 주었다. 얼음과 톱밥을 섞어 거대한 이동 항공 모함을 제조하자는 등 처칠이 전시에 제안한 일부 아이디어는 참신했지만 어리석었다. 해당 물질은 발명자인 영국 공군 소속 조프리 파이크Geoffrey Pyke의 이름을 따서 '파이크리트pykrete'로 불렸고 마운트배튼은 이 물질이 견고하다는 점을 처칠과 루스벨트에게 시연했다.

마운트배튼은 1943년 퀘벡에서 열리는 회의에 참석하면서 냉동 파이크리트 조각을 가져가 자신이 소지한 권총으로 겨냥해 쐈다. 총알이 파이크리트를 세게 가격하고 튕겨 나가 하마터면 찰스 포털Charles Portal 공군 중장이 죽을 고비를 가까스로 넘기는 사고가 발생했고, 회의실 밖에 대기하던 경비 요원들은 암살 사건이 터졌다 생각하고 급히 안으로 뛰어 들어왔다.

이것은 과학적 실험의 일환이었다. 파이크리트는 성공작이 될 수도 있었지만 결국 실패했다. 탱크는 실패작이 될 수도 있었지만 엄청나게 파괴적인 영향을 미쳤다.

　　　　　　　　　　　　　　　　　　　　　처칠 팩터

하지만 처칠이 상상력을 풍부하게 발휘해 개발을 추진하지 않았다면 실패했을 수 있다. 처칠에게는 정신에 떠오르는 환상을 캔버스에 유화로 그려 내듯 아이디어를 정신의 전면에 내세우고 열심히 탐구해 현실로 실현시키는 능력이 있었다.

처칠이 전투 기계에 기울이는 관심은 부분적으로는 당연히 공격적 성향을 띠었다. 전쟁에서 그것도 가능한 한 신속하게 승리하기를 원했으므로 항공기·탱크·가스·폭탄 등을 사용하고 싶어 했다. 하지만 이면에 숨은 동기는 연민이었고 두 눈으로 목격한 비참한 대혼란을 줄이려는 의도였다. 탱크가 아직 진가를 발휘하기 전인 1917년 초에는 '기계가 인명을 구한다'고 주장했다. "기계의 성능이 인력을 훌륭하게 대체한다. 두뇌를 쓰면 유혈 사태를 피할 수 있으므로 책략은 학살을 희석시키는 위대한 수단이다."

그래서 처칠은 갈리폴리에서 측면 공격 작전을 펼쳤고, 제1차 세계 대전에서 지역 폭격을 시도했으며, 막대한 양의 겨자 가스를 생산하는 작업을 손수 감독했다. 또한 명령을 받고 금속 발사체가 빗발치는 전장으로 투입되는 군인들의 사망률을 줄일 목적으로 탱크를 투입하고 싶어 했다.

플뢰그스테르트 우드 근처의 들판과 도로 옆에 조성된 공동묘지에 흰색 석조 십자가들이 줄지어 꽂혀 있는 광경은 이러한 전술이 우매하고 터무니없는 죄악이라는 증거이다. 하지만 탱크를 제작하는 데 앞장섰던 처칠은 인명을 구했을 뿐 아니라 제1차 세계 대전의 기간을 줄였고, 논란이 있기는 하지만 전쟁에서 승리하는 데 기여한 공을 마땅히 인정받아야 한다.

물론 영국이 승리한 것이 탱크 덕택만은 아니었다. 종국에 독일이 항복한 까닭은 영국 해군이 5년 동안 봉쇄 작전을 펼쳐서 마치 보아 뱀처럼 독일군의 목을 서서히 졸라 드디어 1918년 독일군을 아사 직전까지 몰고 갔기 때문이다. 게다가 전쟁이 발발하기 전에 해군 장관이었던 처칠이 전함에 사용하는 연료를 석유로 바꾸는 등 전쟁에 대비한 덕분이기도 하다. 영국의 선박이 땅과 바다를 누비기까지는 처칠의 공이 컸다.

———

나는 처칠이 자주 거닐던 숲을 서성이고 거의 비운 맥주 캔과 시가를 손에 들고 선 채로 망자들의 그림자와 대화했다. 이때 고요한 순간이 산산이 깨졌다. 한 벨기에인 농부가 숲 옆에 세워 놓은 내 자동차를 보고 자기 땅에서 쫓아낼 기세로 내게 다가왔기 때문이다.

벨기에인 농부의 숲을 보호해 주려고 많은 영국인이 전장에서 끔찍하게 죽어 갔다는 말을 굳이 해 줄까도 생각했지만 그것보다 더 나은 말이 떠올랐다. 그래서 윈스턴 처칠을 아느냐고 물었다. 농부는 잠시 생각에 잠기더니 이내 "전쟁에서 싸운 사람인가요?"라고 되물었다. 나는 그렇다고 대답해 주었다.

농부는 "전쟁에 참전했던 사람들은 늘 존경해야죠."라고 대꾸했다. 그 말에 나도 전적으로 동의한다. 나는 스텔라*를 쭉 들이켜고 발길을 돌려 음산한 숲을 떠났다. 처칠은 전장에서 생명을 무릅쓰고 싸웠을 뿐 아니라 분쟁을 해결하기 위해 완전히 새 방향에서 원대한 전략을 제시했다. 이 점에서는 제1차 세계 대전에서 싸웠던 어느 누구도 처칠에게 미치지 못한다. 처칠은 어떻게 그렇게 할 수 있었을까?

처칠이 실행을 추진했던 많은 신기술이 일부 해군 설계자의 스케치북에 머물지 않고 현실화할 수 있었던 이유가 있다. 나는 처칠이 남긴 기록과 글을 충분히 읽고 나서 관료로서 품었던 열정뿐 아니라 세부 사항에 경탄스럽게 주의를 기울이는 능력을 발견하고 깜짝 놀랐다.

동시대 모든 정치가 중에서도 처칠은 최고의 연설자이자 최고의 작가로서 최고

* 벨기에산 맥주.

의 유머를 구사했으며 가장 용감하고 대담한 동시에 독창적이었다. 아울러 역사상 최대 전략을 구사했다는 사실도 매우 중요한 처칠 요인이다.

이는 1940년 처칠이 전쟁을 끌어 나가는 데 반드시 필요한 특징이었다. 물론 처칠은 상황을 큰 그림으로 그리고 역사에 큰 획을 그었다. 아울러 처칠의 전기 작가인 로이 젠킨스는 처칠이 어마어마한 업무량을 소화했다는 사실에 매번 놀랐다.

100마력짜리 정신 엔진

14

"어서 오세요, 아가씨."라고 집사가 말했다. "주인님이 아가씨를 만나겠다고 하셨어요. 그분은 원래 두 번 말씀하시는 것을 좋아하지 않습니다." 집사가 가리키는 층계를 올려다보자 아가씨는 심장이 두근거렸다.

당신이 20대 초반의 아가씨라고 생각해 보자. 깔끔한 치마에 단순한 모양의 신발을 신고 곱상하게 생긴 지방 출신 여성으로 야단스레 보석을 두르지도 않았고 화장도 하지 않았다. 대학을 다니지는 않았지만 속기에 능하고 바람처럼 빠르게 타자기를 칠 수 있다.

남성이든 여성이든 1920년대나 1930년대에 비서나 조수로 채용되어 층계 바닥에서 바들바들 떨고 있다고 치자.

커다란 붉은 벽돌 저택은 처칠이 와 있을 때면 언제나 활기가 넘치고 마당은 공사가 한창인 작은 동물원을 방불케 한다. 돼지·염소·개·고양이 등이 돌아다니고, 원앙새가 하늘을 날고, 희고 검은 백조와 거위가 호수를 헤엄치고, 양어장에는 물고기가 돌아다닌다. 거대한 장식용 금붕어가 눈에 띄고 인부들이 언덕 아래에서 흙을 파며 댐을 만들고 있어 마치 수력 전기 시설을 건설하는 것처럼 보인다.

저택 안으로 들어가면 마치 〈피가로의 결혼The Marriage of Figaro〉이 시작하는 장면을 보는 것 같다. 하녀와 하인, 요리사, 관리인 등이 이리저리 분주하게 오가고, 종이 뭉치를 옮기는 것으로 보아 학자 분위기가 나는 붙임성 좋은 젊은이들과 가족 중에서 나이가 가장 어려 보이는 금발 머리 아이들이 보인다.

이제 2층으로 올라가 이 모든 부산스러운 움직임에 동력을 제공하는 정신을 찾아보자. 이 정신이 없었다면 집 안의 왁자지껄한 소동도 마치 스위치를 껐을 때처럼 쥐죽은 듯 잠잠했을 것이다.

"서둘러요."라고 집사가 재촉하자 아가씨는 가장자리를 고무로 덧댄 파란색 리놀륨 층계를 올라 아래층에서 서재라고 들었던 방의 문을 두드린다. 안에서 벽장에 갇힌 죄수가 말하듯 억눌린 것 같은 소리가 들린다.

천장이 높고 널찍한 방으로 들어가자 한쪽에 텅 빈 벽난로 위로 블레넘 궁전의 전경을 담은 다소 우울한 분위기의 사진이 눈에 들어온다. 분홍빛 도는 낡은 카펫 위로 한쪽 벽에는 서서 사용하는 책상이, 다른 쪽 벽에는 앉아서 사용하는 책상이 놓여 있다. 방에는 시가 냄새가 희미하게 배어 있지만 어디에도 윈스턴 처칠의 흔적은 없다.

"안 계세요?" 이렇게 묻는 아가씨의 목소리가 떨린다.

"여기 있소." 목소리가 나는 방향으로 고개를 돌리니 한쪽 구석으로 그릇장이나 술 진열장에 달려 있을 법한 자그마한 문이 보인다. 이 문을 통과한 아가씨는 이곳이 영국에서 가장 커다란 권력을 소유한 사람의 침실이라는 사실에 깜짝 놀란다.

부부의 바이오리듬이 매우 달라 처칠 부인은 침실을 따로 쓴다고 누군가가 귀띔해 주었다. 이곳은 확실히 여성이 생활하는 침실이 아니라 수도사가 사용하는 숙소에 가깝다.

벽에 랜돌프 처칠 경의 사진이 걸려 있고 한쪽 구석에는 자그마한 화장실이 있으며 키 낮은 침대의 꼴은 말이 아니다. 사방이 책이고 종이 더미와 문서를 담은 상자가 여기저기 흩어져 있다. 처칠이 앉은 옆에는 크롬으로 도금한 커다란 재떨이가 놓여 있다.

침대 옆 탁자에는 도수가 약한 위스키와 소다처럼 보이는 음료가 담긴 잔이 있고, 침대 위에는 털이 오렌지색인 고양이가 버티고 있다. 처칠은 은발의 머리카락이 삐딱하게 선 채로 빨간 실크 기모노를 입고 험상궂은 표정으로 침대에 앉아 있다. 시가를 우적우적 씹으면서 무언가를 말하는 듯하다.

"뭐라고 하셨어요?"라고 아가씨가 묻는다.

"받아 적어요." 처칠이 재빨리 말꼬리를 자르자 아가씨는 그가 이미 구술을 시작했다는 사실을 알아챈다.

아가씨는 정신을 가다듬고 빨리 메모지를 꺼내 처칠의 말을 기록하기 시작한다. 처칠이 말을 멈춘다. 형광색 파카 차림의 보행자를 공격할지 말지 망설이는 황소처럼 처칠의 눈이 상대를 매섭게 노려본다.

이불 밑에서 발가락을 꼼지락거리고, 목에서는 주전자나 죽 냄비에서 나는 것 같은 쉬쉬 소리가 나지막이 들린다.

아가씨는 머리를 떨구고 펜에 시선을 고정시키고 있다. 이내 다시 구술하기 시작하는 처칠의 어조는 현저하게 매력적이고 심지어 음탕하기까지 하다.

"아가야, ……" 그가 입을 연다.

아가씨는 깜짝 놀라 고개를 들어 무슨 영문인지 살핀다. 처칠이 고양이를 부르고 있었다. 처칠이 오렌지색 고양이 탱고와 아가씨에게 번갈아 말했으므로 아가씨는 구술 내용을 받아 적기가 약간 힘들다.

처칠이 시가를 피우고 있는 데다가 's'를 'sh'로 발음하자 무슨 말인지 잘 알아들을 수 없어 다시 말해 달라고 부탁한다.

"맙소사!" 처칠이 소리를 지르자 아가씨는 두려워 움찔한다.

눈물을 흘리는 아가씨를 보며 처칠은 즉시 태도를 바꾼다. 미소를 지으며 유쾌하고 푸른 두 눈동자를 아가씨에게 고정시킨다. 그리고 "내가 소리를 지르더라도 신경 쓰지 말아요."라고 위로하며 자신은 전혀 화나지 않았고 다만 무엇을 말할지 생각하려고 애쓸 때 생각의 흐름이 끊기는 것을 싫어했을 뿐이라고 설명한다.

그러고 다시 구술하기 시작한다. 계속 발가락을 꼼지락거리면서 리듬이 있어 음악처럼 듣기 좋고 자연스러운 표현을 찾으려고 한 문장씩 정성껏 만들어 낸다. 그러다가 마치 지휘자가 베토벤 교향곡의 대단원을 알리듯 두 손을 털썩 내려놓는다.

"원고를 내게 줘 봐요." 처칠의 이 말에 아가씨는 받아쓴 종이를 건넨다.

처칠이 원고를 읽고 나서 만년필을 집어 들어 자기 이름의 첫 자를 적어 넣자 구술이 끝난다. 아가씨는 이제 그만 나가도 좋다는 말을 들었지만 30분 만에 다시 호출을 받는다. 처칠의 머릿속에 새로 생각이 떠올랐기 때문이다.

이번에는 서재도 침실도 비어 있고 자그마한 화장실에서 물이 첨벙거리는 소리가 들린다. 몸을 비누로 문지르고 물로 씻어 내리고 있던 처칠은 문 옆에 있는 작은 의자를 욕조 옆에 가져다 놓고 앉아 편지를 받아 적으라고 지시한다. 처칠이 허리에 작은 수건을 두르고 욕조 밖으로 나오자 아가씨는 하마터면 외마디소리가 튀어나오려는 것을 꾹 참고 행여나 수건이 떨어질까 마음 졸이며 두 눈을 질끈 감는다.

아가씨가 눈을 뜨자 처칠은 조금 누그러진 점잖은 태도로 다시 구술을 시작하고는 'KBO'로 편지를 마친다. 나중에 아가씨가 배웠듯 'KBO'는 처칠이 동료에게 자주 사용하는 표현으로 '계속 노력하게Keep Buggering On'를 뜻한다.

처칠이 비서들에게 수시로 자기 생각을 구술하는 일은 이렇게 하루 종일 계속된다. 그 정도로 신문 기사·연설·메모는 말할 것도 없고 책 몇 권을 한꺼번에 쓰고 있는 것 같다.

술을 곁들여 푸짐하게 점심 식사를 하고 낮잠을 잔 후에는 그림을 그리거나, 벽돌 쌓기 선생인 쿠른Kurn 씨와 벽돌을 쌓거나, 카드 게임인 베지크bezique에 거의 강박적으로 몰두한다. 그러다가 처칠이 런던에 가야 할 일이 생기면 비서는 무음 타자기를 무릎 위에 얹고 갈색 다임러의 뒷좌석에 구겨 앉는다. 자동차 실내의 한쪽에는

처칠 팩터

서류 상자가 쌓여 있고 다른 한쪽에는 황갈색 푸들 루푸스Rufus가 앉아 혀로 처칠의 귀를 핥는 동안 비서가 앉아 있는 방향으로 시가 연기가 뭉글뭉글 넘어온다.

처칠이 두어 시간 구술할 때 비서는 풍부한 어휘, 무궁무진한 동의어, 유의어 반복, 중복어를 능수능란하게 구사하는 데 감탄한다. 처칠은 의회와 재무부에서 업무를 보면서 오후와 저녁 동안 틈틈이 엄청난 양의 글과 온갖 종류의 단어를 쏟아 낸다. 비서들은 마치 여왕벌에게 로열 젤리를 모아 주는 일벌처럼 처칠이 구술하는 단어들을 빠짐없이 세심하게 기록한다.

비서는 지치기 시작하지만 처칠은 전혀 피로한 기색이 없다. 저녁 식사를 하고 나서 비서가 다른 비서와 교대하고 잠자리에 들 때도 처칠의 구술은 끝날 조짐이 보이지 않는다. 마치 누구도 알지 못하는 우월한 품질의 화학 물질을 섞어 제작한 배터리를 동력 삼아 움직이는 사람처럼 처칠은 밤늦게까지 단어를 쏟아 낸다. 처칠은 새벽 3시가 돼서야 비로소 베개에 머리를 눕힌다. 다음 날이 밝아 오면 어김없이 같은 과정을 반복할 것이다. 그러면 누구라도 처칠에 대한 세간의 평가가 사실이라는 것을 깨닫는다. 윈스턴 처칠에 가까이 있을수록 그가 천재라는 사실을 확신하게 된다.

아마도 처칠에 관한 최대 착각은 외부에 간판 역할을 하는 허풍쟁이여서 단순히 아이디어를 과시할 뿐이며 한마디로 말해 시가를 입에 문 로널드 레이건Ronald Reagan이라는 것이다. 역대 미국 대통령 레이건이 자신의 인생관에 빗대 다음과 같은 농담을 던진 일화가 유명하다. "사람들은 일을 열심히 해도 죽지 않는다고 말합니다. 하지만 어째서 굳이 위험을 무릅쓰려 하나요?"

이것은 결코 처칠의 인생관이 아니었다. 처칠은 서른한 권의 책을 썼고 그중 열네 권은 이미 출간된 자료를 엮은 것이 아니라 순수 출판물로 조금도 손색이 없다. 의회 의사록에 적힌 처칠의 글이 몇 편인지 세어 보라. 처칠은 거의 공백기 없이 64년 동안 의원으로 활동하면서도 매달 수십 편에 이르는 연설문·발언·질문을 쏟아냈다. 출간된 연설문만도 열여덟 권과 8700페이지이고, 비망록과 편지는 100만 편에 이르러 상자 2500개에 가득 찬다.

처칠은 재무 장관으로 예산을 다섯 차례 제출했고 한 번에 서너 시간 동안 연설했다(요즘 장관들의 연설은 한 시간을 넘지 않는다). 연설문 작성자를 따로 두지 않고 연설문을 손수 썼으며, 구술하거나 글을 쓰거나 대화하거나 그림을 그리거나 벽돌을 쌓지 않을 때는 더더욱 지적인 활동에 비중을 두었다.

처칠은 5000권 이상의 책을 읽고 기억 용량이 대단해서 시를 워낙 많이 암기했으므로 일종의 주크박스라는 평을 들었다. 제목만 대면 시가 튀어나왔기 때문이다. 샹그릴라Shangri-La에 함께 체류했을 때는 에드워드 리어Edward Lear의 난센스 시를 여러 편 읊어 루스벨트 미국 대통령 부부를 감동시켰다.

그때 루스벨트는 존 그린리프 휘티어John Greenleaf Whittier가 쓴 애국 시 〈바버라 프리치Barbara Frietchie〉에서 유명한 몇 줄을 인용했다. "이 늙은 반백의 머리에 총을 쏴야 한다면 그렇게 하라. 하지만 국기만큼은 손대지 마라."

그러자 처칠은 시 전체를 암송해 미국 대통령 부부를 깜짝 놀라게 했다. 그도 그럴 것이 휘티어의 시는 분명히 미국 시여서 해로 스쿨에서 배웠을 리 만무했기 때문이다. 시를 자유자재로 인용하는 것은 매우 능숙한 외교적 행보였다. 엘리너 루스벨트Eleanor Roosevelt는 이렇게 회상했다. "남편과 나는 서로 얼굴을 쳐다봤다. 우리 둘 다 시 전체는커녕 몇 줄밖에 암송하지 못했기 때문이다."

아가 칸*도 처칠이 오마르 하이얌Omar Khayyām의 시를 암송하기 시작하자 어안이 벙벙했다. 그렇다면 처칠이 다른 국가 지도자들을 감동시키려고 의도적으로 시를 암

---

* Aga Khan, 시아파에 속하는 이스마일파 교주.

처칠 팩터

기했을까? 그렇지 않다. 우연히 머릿속에 넣어 두었을 뿐이다. 처칠은 이렇듯 섬세한 문학 표현들을 여러 해에 걸쳐 수집해 두뇌의 기억 통로에 담아 두었다가 언제라도 꺼낼 수 있었다. 예를 들어 내각에서 연설할 때는《고대 로마의 민요》를 인용했고 자녀들에게는 셰익스피어 작품의 구절을 들려주었다. 80대에도 존 콜빌John Colville 경 앞에서 아리스토파네스의 잘 알려지지 않은 시를 금세 기억해 낼 수 있었다.

15분 정도 시간을 낼 수 있다면 유튜브에 들어가 1951년부터 텔레비전으로 방송된 처칠의 정당 정책 연설 가운데 편집으로 삭제된 장면을 보라. 방송국 관계자들이 같은 원고를 계속 반복시키자 처칠은 철저하게 무례한 표정으로 카메라를 응시한다. 결국 처칠은 연출가의 요구를 중단시키고 기번의 책에서 기독교 전파에 관한 장문의 글을 인용했다.

이렇듯 뛰어난 암기 능력은 처칠이 지닌 중요한 자질로서 그는 머릿속에 자료를 저장해 둔 덕택에 논쟁에서 승리하고 동료를 제압할 수 있었다. 1913년 애스퀴스는 애인인 베네티아에게 내각이 회의하는 시간은 세 시간뿐인데 그나마 두 시간 15분은 처칠이 독차지한다고 불평했다. 처칠은 부분적으로는 매력과 친근성을 갖췄고 주로 토론 주제를 매우 깊이 파악하고 있었으므로 대책을 세우고 협상을 벌이는 데에 발군의 실력을 발휘했다. 그러니 당연히 복잡한 협상 자리에 자연스럽게 불려 다녔다. 따라서 아일랜드의 분할을 시작으로 이스라엘의 건국과 총파업에 이르기까지 온갖 국제 문제에 관한 협상에 관여했다. 20세기 세계정세에 큰 비중을 차지하는 사건에서 처칠이 중심적 역할을 도맡았던 까닭은 그가 중앙 무대를 향해 우격다짐으로 전진했다기보다는 그 역할을 담당할 만한 능력이 있다고 동료들이 인정했기 때문이다.

처칠은 수학이나 금융 분야에서 두뇌가 뛰어나지는 않았다. 금 본위제*로 회귀할

---

* 금에 일정한 화폐 가치를 부여해 통화로서 역할을 하게끔 만든 제도.

지 여부를 놓고 논쟁을 벌일 때 스스로 인정했듯 처칠은 "이처럼 극도로 기술적인 문제를 이해하는 데는 한계가 있었다". (역시 재무 장관을 역임했던 아버지와 마찬가지로 온갖 '망할 숫자들' 때문에 골치가 아프다고 불평했다.) 은행가 집단과 회의를 하고 나서는 그들이 하나같이 '페르시아어'를 말했다고 투덜댔다. 이 점에 대해 처칠은 확실히 면죄부를 받을 수 있다. 지난 100년의 역사를 돌아보면 은행가들은 자신이 무슨 말을 하고 있는지조차 모른다는 사실이 분명히 드러났기 때문이다.

방송인이자 칼럼니스트인 제러미 클락슨Jeremy Clarkson이라면 처칠이 지구력과 힘과 순수한 정신적 불평의 소유자라고 언급할지 모르겠다. 누군가가 제1차 세계 대전이 발발하기 전에 "윈스턴 처칠은 100마력짜리 정신력의 소유자"라고 언급했는데 당시 100마력은 정말 엄청난 힘이었다.

세상에는 분석력은 매우 뛰어나지만 일하려는 에너지나 욕구가 없는 사람이 있다. 반면에 추진력은 상당히 크지만 능력이 미치지 못하는 사람도 있다. 보통 인간이 속한 자리는 대부분 두 지점 사이이다. 하지만 처칠은 경이적인 에너지와 엄청난 기억력, 예리한 분석력을 자랑했고 자료를 분류해 핵심을 우선적으로 제시하는 냉철한 저널리스트다운 기술을 지녔다. 게다가 두뇌에서 창의성을 뿜어내며 아이디어가 번개처럼 번뜩였다.

처칠은 아버지에게 능력을 입증해 보이고 싶어 하는 욕구와 부분적인 과대망상증을 포함한 심리적 기질이 있었으므로 게으른 생활을 견디지 못하고 항상 일을 해야 했다. 그래서 소위 우울증, 다시 말해서 당시 이미 사용되던 표현을 빌려 손수 지칭한 대로 '검은 개'의 영향을 많이 받았다. 우울증은 처칠의 기분을 묘사하기에 도가 지나친 표현이라고 생각하는 사람들도 있는데 나도 이 의견에 동의한다.

공직에서 밀려났던 1930년대 들어 처칠이 약간 우울했던 시기가 있기는 했지만 일반적으로 우울증을 앓아도 여기서 벗어나려 노력했고 알코올로 기분을 전환하는 동시에 다시 우울증에 빠지는 주기를 잘 관리했다. 다른 사람보다 주기의 회전수가

처칠 팩터

많기는 했지만 기간이 짧았고 그 결과는 대단했다. 처칠은 존슨 박사[*]와 마찬가지로 자신의 초자아를 계속 채찍질하며 노력했다. 그렇게 분투하는 삶에 대해 처칠은 이렇게 털어놓았다. "그날 유용한 일을 전혀 하지 않았다고 느끼며 잠자리에 드는 것이 싫다. 마치 양치질을 하지 않고 잠자리에 드는 기분이다."

처칠은 시대에 뒤진 태도를 보이기도 해서 영광과 칭찬을 갈구하는 동시에 대중에게 수모를 당할까 봐 두려워했다. 크리스트교의 정통 세계관이 많이 후퇴한 후기 크리스트교 시대의 죄책감도 많이 느꼈다. 정확한 연료 구성비가 무엇이든 처칠이라는 엔진은 정부가 수행하는 복잡한 기능에 완벽하게 들어맞는 인물이었다. 처칠은 화이트홀의 전사로서 상세한 문제에까지 때로 미친 듯이 매달렸다.

재정 문제에서는 외무부에서 소비하는 전보 비용처럼 사소한 문제에도 신경을 썼다. 1939년 해군 본부로 복귀하고 나서는 각 선박에 제공하는 더플코트duffel coats의 수에 의문을 제기했고, 각 선박에서 카드 게임이 아니라 백개먼 게임[**]을 해야 한다고 지시했다.

하루에도 수십 건씩 정부에 메시지를 보내는 와중에도 처칠은 사소한 항목까지 세심하게 신경을 썼다. 차트웰의 벽에 걸려 있는 문서를 예로 살펴보자. 시민 사이에 자신이 거주하는 도시의 명칭을 바꾸려는 움직임이 일고 외무부가 긍정적으로 검토하려 하자 처칠은 꽤나 성깔 있게 반응했다.

　　총리의 회람
　　일련 번호: M 387/5 A
　　외무부

[*]　Robert A. Johnson, 융 전문가이자 심리학자.
[**]　backgammon game, 두 사람이 보드 주위로 말을 움직이는 전략 게임.

1. 'A'의 원칙에 전적으로 반대합니다. 영국인이 여러 세대에 걸쳐 익숙하게 사용해 온 지명을 해당 지역에 거주하는 외국인의 변덕에 맞춰 바꾸는 것은 옳지 않다고 생각합니다.

   지명에 특별한 뜻이 없는 곳에서는 지역 관습을 따라야 합니다. 하지만 어리석은 사람들을 위해 괄호에 이스탄불을 병기하는 한이 있더라도 콘스탄티노플이라는 지명을 버려서는 안 됩니다. 앙고라라는 지명도 마찬가지입니다. 우리가 앙고라 고양이에 오랫동안 익숙해 있으므로 나는 앙카라라는 지명을 사용하자는 주장에 극구 반대합니다.

2. 어쨌든 자신이 거주하는 도시의 명칭을 바꾸려는 사람의 의견을 무조건 존중해서 화를 자초하지 않도록 주의해야 합니다. 과거의 전통과 관습을 파괴하는 사람들에게는 운명의 여신이 정당하게 철퇴를 날립니다. 그러니 뒤에 괄호로 묶어 덧붙이면 모를까 앙카라를 사용하지 못하게 해야 합니다. 우리가 저항하지 않으면 불과 몇 주 안에 레그혼Leghorn은 리보르노Livorno라 부르고, BBC는 패리스Paris를 파리Paree로 발음할지도 모릅니다. 외국 이름은 영국인이 편하게 부르라고 만든 것이지 그 반대가 아닙니다.

성 조지의 날에
윈스턴 처칠
1945년 4월 23일

처칠이 회람을 작성한 날짜를 보라. 여전히 독일군이 공격하고 영국군은 계속 죽어 나가는 상황에서 처칠은 짬을 내서 지명 변경에 관한 유머러스한 회람을 구술했다.

처칠 팩터

때로 동료들은 이렇게 처칠이 지닌 독수리처럼 예리한 시각에 감사했다. 스캐파 플로Scapa Flow에 정박한 영국 전함 모형의 사진을 몇 장 본 후에 처칠은 이상한 점을 알아챘다. 굴뚝 주위에 갈매기가 전혀 없었기 때문이다. 독일군이 속임수라는 사실을 간파할 수도 있었다. 그래서 영국군은 굴뚝 주위에 음식을 넉넉히 놓아두어 갈매기를 불러들였고 아마도 독일군은 깜빡 속았을 것이다.

1940년 이후에는 이렇듯 끈질긴 정신이 절대적으로 필요했다. 처칠은 영국의 운명을 선택했다. 순수한 카리스마와 개성에서 우러나는 힘을 사용하면서 영국이 계속 싸워야 한다고 주장했다. 하지만 영국이라는 기계를 자신이 원하는 방향으로 끌고 가야 했다. 처칠은 활주로를 가로질러 747을 끄는 장사였고, 초대형 유조선의 경로를 바꾸는 밧줄이었다. 한 보좌관이 말했듯 "처칠이 아이디어를 샘솟듯 생각해 내어 집요하게 쉬지 않고 제안하고, 공격하라고 지휘관을 선동하는 행동은 격렬하고 격정적인 열정의 표현이었고, 이것이 없었다면 군대와 민간을 아우르는 방대한 전쟁 기계가 수많은 좌절과 실패를 뚫고 그토록 꾸준히 전진할 수 없었을 것이다".

물론 구술을 받아 적는 젊은 비서가 없었다면 처칠이 그렇게까지 부지런히 일할 수는 없었을 것이다. 처칠은 사람들을 모아 스스로 말했듯 자신의 '공장'으로 삼을 수 있었고 전체적으로 그 공장을 훌륭하게 가동했기 때문에 전쟁에서 승리할 수 있었다. 이따금씩 퉁명스럽게 행동하고 짜증을 내기도 했지만 자신을 돕는 사람들에게 치료비를 내주거나 병가를 허락하는 등 친절하고 자상했다.

처칠에게는 효과적으로 사용할 방대한 양의 자료를 처리하고 이를 상세하게 파악하도록 도와줄 공장이 필요했다. 물론 처칠이 돌아가는 정세에 대해 큰 그림을 그릴 수 있었던 것은 자료를 자세하게 파악하는 능력 덕분이었다. 세계가 길고도 끔찍한 전쟁에 휩쓸리는 상황에서 처칠이 가공할 만한 영향력을 행사할 수 있었던 것도 사실을 확실하게 파악했기 때문이다. 그는 독일의 실체를 꿰뚫어 보았고 나치가 세계에 위협을 가한다는 사실을 본능적으로 이해했다.

예전에 자주 틀렸다는 이유로 처칠의 의견을 과소평가해 왔다는 말이 심심치 않게 들린다. 나는 이러한 주장에 다시 한번 귀를 기울여야 한다고 생각한다. 물론 처칠이 끔찍한 실수를 저지르기는 했지만 심지어 제2차 세계 대전 이전에도 잘못한 일보다는 옳은 일을 훨씬 많이 했다.

역사를 걸고 도박하다

———

15

처칠이 역사를 걸고 도박했다는 말은 어이없는 소리이다. 아슬아슬한 사건을 많이 겪기는 했지만 처칠은 뮌헨 소재의 한 호텔 응접실에서 기다리겠다고 말했을 자신에게 앞으로 어떤 위험이 발생할지 전혀 알지 못했다. 하마터면 히틀러와 악수하는 끔찍한 장면을 사진으로 찍혀 자신의 평판에 엄청난 흠집을 남기는 악몽을 겪을 뻔했다.

1932년 7월 처칠은 말버러 공작의 일생을 다채롭게 서술할 의도로 블렌하임 전투*의 현장을 살펴보려고 독일을 찾았다. 뮌헨에서 가장 호화로운 호텔로 처칠이 묵은 레기나 팔라스트Regina Palast에는 공교롭게도 네빌 체임벌린과 그가 이끄는 참담한 대표단도 1938년 정상 회담에 참석하기 위해 묵었다.

호텔 바로 밖의 뮌헨 거리에서는 파시스트 젊은이들이 가두 행진을 펼치고 있었다. 그들이 갈색 가죽 반바지를 입고 넓적다리를 번쩍 들어 올리며 행진하는 광경을 떠올려 보자. 고적대가 힘차게 악기를 연주하고 나치의 표장인 검은색과 빨간색

---

* Battle of Blenheim, 영국의 말버러 공작과 오스트리아의 외젠 공작이 남부 독일의 소도시인 블렌하임에서 루이 14세의 프랑스군을 상대로 승리를 거둔 전투.

만자형 십자가를 새긴 깃발이 바람에 펄럭인다. 독일 전통 의상을 입고 곱실한 금발 머리를 귀 뒤로 넘긴 아가씨들이 호텔의 맥주 매장에서 명랑한 표정으로 거품이 가득 담긴 맥주를 접대한다.

장난기 가득한 호기심이 발동한 처칠은 맥주잔을 기울이면서 열린 창문으로 눈동자를 반짝이며 가두 행진을 지켜본다. 저널리스트로 활동하며 나치에 대해 몹시 알고 싶었던 아들 랜돌프가 이번 여행에 아버지와 동행해서 에른스트 '푸치' 한프슈텡글Ernst 'Putzi' Hanfstaengl이라는 괴짜를 소개했다. 푸치는 키가 크고 몸이 여윈 40대 중반의 독일계 미국인 사업가로서 하버드 대학에서 수학했으므로 영어를 탁월하게 구사했다. 그는 프랭클린 D. 루스벨트와 마찬가지로 하버드 대학의 연극 단체인 헤이스티 푸딩The Hasty Pudding 클럽의 일원으로 활동했고, 재학 시절 피아노 연주 실력을 갈고닦으면서 유명한 하버드 노래 몇 곡을 작곡하기도 했다.

푸치는 수다스럽고 농담을 즐기면서도 냉소적이었다. 두꺼운 모직 천으로 만든 옷을 입고 당시 유행을 따라 색상이 화려하고 폭이 아주 넓은 넥타이를 앞 셔츠의 반 정도까지 오게 맸다. 또한 선도적인 나치 당원이었고 히틀러와 친분이 두터워 히틀러를 국제 무대에 진출시키는 가교 역할을 담당했다.

어느 날 밤 처칠, 처칠의 아들 랜돌프, 한프슈텡글이 피아노를 에워쌌다. 처칠이 평소 습관대로 음조는 맞지 않지만 활기차게 노래를 따라 불렀는지는 확실하지 않으나 자신이 좋아하는 노래를 푸치가 많이 알고 있다는 사실에 흡족해한 것만은 분명했다. 이렇게 즐거운 시간을 보내고 나서 푸치는 히틀러를 열광적으로 찬양하며 그가 독일에 활력을 불어넣었다고 강조했다.

즉각적으로 처칠은 히틀러의 반유대주의에 대해 질문을 던졌고 푸치는 처칠이 느끼는 두려움을 해소시키려 했다. 푸치는 나중에 이렇게 썼다. "나는 유대인 문제에 대해 동부 유럽계 유대인이 독일에 계속 유입되는 현상과 같은 종교를 믿는 사람끼리 직업을 지나치게 독식하는 현상을 지적하면서 가능한 한 상황을 자극적이지 않게 설명하려고 노력했다."

처칠은 잠시 생각에 잠기더니 이렇게 말했다. "당신의 상관에게 이렇게 말하시오. 반유대주의는 출발할 때는 좋을지 모르나 나쁜 경주마라고 말이오." 이는 경마에서 사용하는 표현으로 처칠은 영국 상류층의 발언 방식에 따라 유대인 학대 행위가 나쁜 말에 내기를 거는 것이라고 정중하게 빗대어 꼬집었다.

푸치는 히틀러를 만나 보라고 처칠에게 권했다. 게다가 두 사람은 쉽게 만날 수 있을 것 같았다. 히틀러가 매일 오후 5시에 처칠이 머무는 호텔에 오기 때문이었다. 그들은 블랙 포리스트 가토Black Forest gateau를 앞에 놓고 대화할 수도 있었다. 푸치는 총통이 처칠을 만나면 "무척 기뻐하리라" 확신했다.

이때 저널리스트로서 타고난 처칠의 호기심이 발동했다. 랜돌프도 그러한 성격의 회동을 성사시키고 싶어 했다. 나중에 처칠은 회고록에 이렇게 언급했다. "당시 나는 히틀러에 대해 어떤 국가적 편견도 없었다. 히틀러가 어떤 신조를 믿는지, 무슨 일을 했는지, 성격은 어떤지에 대해 거의 몰랐다."

이틀 동안 처칠과 랜돌프는 미국식 술집이나 햇볕이 따사롭게 비추는 야외 맥주 매장에서 히틀러가 오기를 기다렸다. 영국의 영웅이 마치 비상근 통신원처럼 뮌헨 소재 호텔에서 자기보다 열네 살 어리고 앞으로 가장 가증스러운 적으로 등장할 사람을 기다리며 마음이 들떠 있었다고 생각하니 어색하기 짝이 없다.

두 사람이 만났다면 어떤 상황이 벌어졌을지 상상해 보라. 처칠은 당황스럽게도 영국의 총리와 귀족들이 함께 모여 앞으로 세계적으로 사악한 인물의 대명사로 불릴 히틀러와 사진을 찍는 현장에 합류했을 것이다. 핼리팩스, 체임벌린, 로이드조지, 에드워드 8세 모두 그러한 실수를 저질렀다. (이 상황을 보기 좋게 넘긴 유일한 사람은 처칠의 의회 보좌관인 밥 부스비 하원 의원으로 "히틀러 만세!"라는 과대망상적인 구호를 듣고 나서 유일한 논리적 반응으로 "부스비 만세!"라고 외쳤다는 일화가 유명하다.)

자신이 체류하는 호텔의 응접실이나 술집에 히틀러가 모습을 드러냈다면 처칠은 다정하게 굴지는 않더라도 최소한 정중하게 행동했을 테고 그러한 광경이 1940년의 시대 상황에는 좋게 비칠 리 만무했다.

어쨌거나 히틀러가 나타나지 않기로 결정한 이유가 무엇인지 궁금하다. 히틀러는 뮌헨에서 다른 사람들을 많이 만났다. 하다못해 유니티 미트퍼드Unity Mitford에게 홍차를 사 주면서 그녀를 유혹하기까지 했다. 그렇다면 영국에서 유명할 뿐 아니라 중요한 공직을 골고루 거쳤고, 외교 분야에서 가공할 평판을 지닌 인물을 만나지 않은 이유가 무엇일까?

푸치는 중대한 회합을 주선할 수 있도록 실마리를 달라고 처칠에게 요청했다. 두 사람이 토론을 할 수 있는 근거를 마련하자는 뜻에서 히틀러에게 묻고 싶은 질문을 알려 달라는 것이었다. 푸치의 요청을 받은 처칠은 자신이 우려하고 있는 쟁점을 밝혔다.

처칠은 푸치에게 이렇게 물었다. "당신의 대장이 유대인에게 그토록 격렬하게 폭력을 행사하는 이유는 무엇입니까? 독일에 해를 끼치거나 반항하는 유대인에 분노하는 것은 이해할 수 있습니다. 온갖 직업을 독식하려는 유대인에게 반대하는 것도 이해할 수 있습니다. 하지만 유대인으로 태어났다는 이유만으로 학대하는 것이 말이 됩니까? 사람이 자신의 출생을 결정할 수는 없지 않습니까?"

이렇듯 처칠의 흠잡을 데 없이 자유롭고 인간적인 정서가 푸치를 통해 총통에게 전달되었으므로 두 사람의 만남은 이루어질 수 없었던 것이다.

나치 지도자는 "그렇다면 처칠이 우리에게 무슨 소용이란 말인가?"라고 빈정댔다. "그는 우리의 반대 입장에 서 있으므로 그에게 하등의 관심도 없네."

그 말에 푸치는 "사람들은 당신에 대해서도 똑같이 말합니다."라고 대꾸했다.

내가 추측하기로 히틀러가 처칠을 바람맞힌 까닭은 처칠이 쓸모없고 볼 장 다 본 인물이기 때문만은 아니었다. 활기가 넘치고 독선적인 영국인이 민주주의를 열렬하게 옹호하고 반유대주의에 이상하리만치 예민하게 반응하는 것이 마음에 들지

처칠 팩터

않았기 때문이다.

히틀러는 처칠 일행이 떠날 때까지 일부러 레기나 팔라스트에 가지 않았다. 그후 1916년 두 사람은 역사상 두 번째로 불과 몇백 미터도 떨어지지 않은 가까운 거리에서 서로 대치했다. 이렇듯 처칠과 히틀러는 가까운 거리에 있을 때조차 만나지 못했다. 물론 나중에 히틀러는 공개 석상에서 만나자며 처칠에게 초대장을 여러 차례 보냈지만 번번이 나치에게 유리한 자리가 분명했으므로 처칠은 계속 거절했다.

히틀러가 아직 총통에 취임하기도 전에 일찍이 독일이 악몽을 초래하기 시작했을 때 이미 처칠은 나치 이념의 심장부에서 사악한 모습을 감지했다. "유대인으로 태어났다는 이유만으로 학대하다니 말이 됩니까?"라고 푸치에게 던진 처칠의 질문에는 순수한 정신이 묻어 있다. 그 후 시간이 흐르면서 처칠이 경험한 혼란은 분노로 바뀌었다.

나치주의가 영국 사회의 일각에서 끈질기게 유행하는 동안 처칠은 소수 인종에 대한 히틀러의 학대를 더욱 맹렬히 비난하기 시작했다. 처칠이 예전에 독일에 가보았던 경험이 현실을 직시하는 데 유용하게 작용했다. 원기 왕성한 독일 젊은이들에게서 보복심이 들끓는 모습을 두 눈으로 똑똑히 목격했기 때문이다.

1932년 11월 23일 처칠은 의회에서 선견지명이 두드러지는 연설을 했다. "독일의 거리를 행진하는 건장한 게르만 족 젊은이 무리가 조국을 위해 희생을 감수하겠다는 각오로 눈동자를 반짝이며 찾는 것은 지위가 아닙니다. 바로 무기입니다." 그러면서 독일 젊은이들이 무기를 손에 넣으면 자신들이 잃은 영토를 되찾으려고 휘두를 것이고, 그렇게 되면 프랑스 · 벨기에 · 폴란드 · 루마니아 · 체코슬로바키아 · 유고슬라비아가 일제히 위험에 빠지리라 예언했다. '전쟁 지향적 사고방식'이 유럽 전역에서 솟아나고 있었다. 처칠은 영국 국민에게 위험을 알려야 한다고 주장하면서 영국인은 강하고 억세므로 위기를 감당할 수 있다고 덧붙였다. 물론 다른 의원들은 처칠이 쓸데없이 불안감을 조성하는 전쟁광이라고 비난했다.

6년 후 처칠의 분석은 결코 피할 수 없고 참담하리만치 정확한 진실로 밝혀졌다. 따라서 거의 초반부터 히틀러를 똑바로 판단했던 처칠은 1940년 명망을 얻었다. 게다가 나치주의가 초래할 폐해를 아무도 심각하게 인식하지 못하는 상황에서 일찍이 반나치주의라는 경마에 자신의 정치 생명을 걸었고 이러한 내기는 눈부시게 성공했다.

정치인이라면 누구나 어느 정도는 사건을 다루는 도박꾼이어서 미래에 어떤 일이 벌어질지 예측한 후에 '역사에서 유리한 편'에 서고, 자기 판단을 최대로 유리하게 과시하려고 노력한다. 1902년 처칠은 정치인에게 필요한 자질을 이렇게 설명했다. "정치인에게는 다음 날, 다음 주, 다음 달, 다음 해에 무슨 일이 일어날지 예언하는 능력이 필요하다. 그리고 일어나지 않은 이유를 나중에 설명할 수 있는 능력이 필요하다."

처칠은 비행기를 조종하고, 말라칸드 전장을 말로 달리고, 무인 지대를 엎드려 누비고 다니는 등 위험천만하게 행동하며 평판을 구축하는 것을 즐겼다. 그러면서 자신이 특별한 존재이고, 수호천사나 수호신이 주변을 맴돌아 총알이 획획 빗겨 가고, 행운의 여신이 옆에 서서 자신을 맹목적으로 총애하리라는 자기중심적 사고를 시험해 볼 수 있었다. 프랑스 도빌Deauville이나 르 투케Le Touquet에서 돈을 따려고 도박을 했으며 한 비서의 증언에 따르면 셔츠 자락을 펄럭이며 택시에서 급히 내려 몬테카를로 소재 카지노로 뛰어 들어갔다가 이내 집으로 돌아가는 기차표 값을 벌어 나왔다.

처칠만큼 위험천만해 보이는 상황에 많이 빠졌던 정치인은 일찍이 없었다. 그토록 실수를 많이 저질렀고 살아서 실수를 거론하고 그런데도 승승장구했던 정치인은 없었다. 1932년 뮌헨 소재 호텔을 한가로이 배회했던 시기에도 처칠에게는 도박꾼이라는 평판이 여전히 남아 있었다.

처칠 팩터

이제 1940년 이전 처칠의 경력을 이야기할 때 일반적으로 거론하는 일련의 재앙을 좀 더 자세히 살펴보자. 그러려면 처칠이 이러한 사건에 얼마나 책임이 있는지, 사건이 어느 정도까지 재앙이 되었는지 고려해야 한다.

안트베르펜 대실책

때로는 후손이 동시대인보다 너그러울 수 있다. 1914년 10월 독일 군대가 저지대 국가를 집어삼키고 있었다. 처칠은 안트베르펜의 방어를 손수 지휘하는 책임을 맡았다. 전략적으로 중요한 항구라서 한때 나폴레옹이 "영국의 심장을 조준하는 권총"이라 불렀던 지역이었다. 나중에 언론은 처칠의 행보를 비난했다. 〈모닝 포스트〉는 "값비싼 대가를 치렀고 처칠에게 책임이 있는 실책"이었다고 언급했다. 〈데일리 메일〉은 "귀중한 생명을 희생시킨 실정의 좋은 사례"라고 보도했다. 내각 동료들이 보기에는 해군 장관이 제정신이 아니어서 안트베르펜을 향해 총질을 해 대고, 독일군의 폭격이 쏟아지는 와중에 망토와 요트용 모자를 쓰고 이리저리 휘젓고 다닌 것 같았다.

한 시점에서 처칠은 내각 각료직에서 사퇴하고 군대 지휘권을 달라고 요청하기도 했다. 장군이 되고 싶다면서 애스퀴스에게 승인해 달라고 요청하자 동료 의원들은 도저히 참지 못하고 몸을 흔들며 웃어 댔다.

결국 안트베르펜은 항복했고 영국군 수천 명이 포로로 잡혔다. 영국으로 급히 피신해 집으로 돌아온 처칠은 셋째 자녀인 세라가 태어날 때 집을 비웠다는 이유로 아내 클레먼타인에게 매우 냉담한 대우를 받았다. 하지만 안트베르펜 작전이 그토록 정신 나간 생각이었을까?

1914년 가을 어떤 일이 벌어지고 있었는지 기억해 보라. 독일군은 영국 해협에 있는 항구를 향해 돌진했다. 영국군 입장에서는 오스텐트Ostende와 됭케르크가 함락당하면 플랑드르에 있는 군대를 보강하기가 훨씬 힘들므로 엄청난 재앙이 밀려올 터였다. 안트베르펜 작전의 핵심은 영국군에게 숨 돌릴 틈을 벌어 주고 다른 항구들을 보호하기 위해 열흘가량 버터 달라고 벨기에군을 설득하는 것이었다.

결국 처칠은 엿새 동안 저항할 수 있었고 그 덕택에 다른 항구들을 살렸으므로 그것으로 충분했다. 따라서 각각 10점을 만점으로 안트베르펜 대실책에 점수를 매긴다면, 작전이 성공했으므로 실패 요인 2점, 처칠 요인 9점을 주고 싶다. 처칠이 그곳에 가지 않았다면 벨기에는 끝까지 저항하지 못했을 것이다.

갈리폴리 참사

갈리폴리 전투는 겉보기에 엄청난 폐해가 따랐던 전쟁 참사였다. 1914년 말까지 참호는 스위스에서 영국 해협까지 뻗어 나갔다. 처칠은 상대적으로 임무가 적은 함대를 이용하는 동시에 도살장인 서부 전선을 우회할 길을 찾고 있었다. 영국군이 어디로 갈 수 있을까? 우선 떠오른 발트 해 연안은 독일군이 점령하고 있었다. 그때 '급소'를 노리자는 생각이 떠올랐다. 그래서 독일의 동맹국인 터키를 공격하려 했던 것이다.

처칠은 함대를 파견해 지중해와 흑해를 꿰뚫는 좁은 다르다넬스 해협을 공격함으로써 콘스탄티노플을 점령하여 터키를 전쟁에서 배제시키고, 러시아가 받는 압박을 덜어 주고, 그리스·불가리아·루마니아를 연합국에 합류시키려 했다. 바로 이거다! 그렇게만 되면 틀림없이 독일을 양쪽에서 공격할 수 있을 것이다! (이쯤 해서 처칠이 의기양양하게 지도를 주먹으로 내려치는 장면을 상상해도 좋다.) 하지만 상황은 처칠이 생각한 대로 풀리지 않았다.

총군사 작전은 결국 1916년 막을 내렸다. 그때까지 연합국 사상자는 약 18만 명에 이르렀고 그중 대부분은 콘스탄티노플 근처에 가 보지도 못하고 갈리폴리반도의 해변과 곳에서 질병으로 죽었다.

오스트레일리아군과 뉴질랜드군 다수가 희생당했으므로 갈리폴리 전투는 두 민족에 깊은 고통을 안기고 영국 제국주의 권력에 소원해지는 원인을 제공했다. 커다란 상처를 입은 아일랜드군은 이번 기회를 계기로 자국 독립을 이루기 위해 싸워야겠다고 결심했다. 1915년 5월 처칠은 애스퀴스에게 파면당하면서 완전히 사양길에 접어들었다.

클레멘타인은 당시 상황을 "나는 남편이 너무나 비통한 나머지 죽지 않을까 걱정했다."라고 토로했고, 처칠은 "나는 이제 끝장이야."라고 탄식했다. 그렇다면 다르다넬스 전투에 대해 달리 생각할 여지는 없을까?

적어도 서부 전선의 교착 상태를 부수려고 시도한 전투였다. 처칠은 '플랑드르에서 철조망을 뜯어내는' 작전에 대한 대안을 생각해 내야 한다고 주장했고 그의 말은 확실히 옳았다.

처칠은 휘하에 유능한 해군 장성을 거느리는 운이 따르지 않았고 한 명은 신경쇠약에 걸리기까지 했다. 동료 운도 없어서 늙고 얼굴이 개구리처럼 생긴 제1 군사위원 피셔 경은 끝도 없이 변덕을 부리며 심하게 짜증을 내고 결정적인 순간에 뛰쳐나갔다. 게다가 작전 시기를 조절하거나 필요한 담력을 갖춘 후에 작전을 수행할 수 있는 운도 없었다.

하지만 운이 따르지 않았다는 점을 감안하더라도 작전의 개념 자체에 결함이 있었다는 사실을 받아들여야 한다. 처칠은 콘스탄티노플이 종국에 함락되어 벌어질 사태에 대해 투지 넘치는 가정을 했고, 발칸반도에서 벌이는 작전의 예측 불가능한 결과를 충분히 고려하지 않은 것 같다. 이렇듯 제멋대로 생각해 상황을 지나치게 낙관한 것에 따른 책임은 엄연히 처칠에게 있다.

선박은 침몰했고, 해군 장성들은 허둥댔으며, 군인들은 해안에서 기관총의 총알받이가 되거나 이질에 걸려 쓰러졌다. 무스타파 케말Mustafa Kemal은 영국 제국을 쫓아낸 공을 인정받아 터키의 영웅으로 부상했다. 처칠이 없었다면 틀림없이 해당 작전을 수행하지 않았을 것이므로 다르다넬스 전투에는 실패 요인 10점, 처칠 요인 10점을 매길 수밖에 없다. 카드의 패가 제대로 연이어 터졌다면 처칠의 작전이 성공했겠지만 재앙에 넋이 나간 많은 사람은 처칠의 판단력이 형편없었을 뿐 아니라 처칠이 전쟁에 직접 개입하고 싶어 하는 욕망과 자만심을 품는 바람에 정서적으로 불안하다고 확신했다.

1919년 말 터진 '러시아 실수'를 살펴보더라도 총알도 뚫지 못할 만큼 엄청난 처칠의 자아를 다시 엿볼 수 있다.

러시아 실수

처칠은 공산주의를 전염병, 사회적 해악, 정신적 기형이라 생각하고 거의 발작적으로 적대시했다. 볼셰비즘의 '가증스러운 패륜'을 지적하며 1918년 11월 26일 던디의 선거구민들에게는 이렇게 말했다. "볼셰비키가 난폭한 개코원숭이처럼 도시의 파괴된 잔해와 희생자들의 시체 사이를 껑충껑충 까불며 뛰어다니는 동안 거대한 지역에서 문명이 완전히 말살되고 있다." 이쯤 되면 대체 처칠이 개코원숭이에게 어떤 반감을 품고 있는지 궁금해진다.

1917년 혁명이 발생하고 첫 2년 동안 레닌과 트로츠키가 쥐었던 권력이 매우 불안정했다는 사실을 사람들은 대부분 망각하고 있다. 러시아는 반혁명 운동가 ·

미국인 · 프랑스인 · 일본인 · 체코인 · 세르비아인 · 그리스인 · 이탈리아인으로 넘쳐 났고, 처칠이 육군성에서 열렬하게 격려하는 상당수의 영국 군대가 주둔하고 있었다.

초기에 조심스러운 입장을 취했던 처칠은 전쟁에서 이길 수 있다고 판단하고는 매우 회의적인 성향의 로이드조지에게 공산주의자가 널리 퍼져 있다고 말했다. 영국 장교들에게 격려를 받고 처칠이 제공하는 자금과 지지를 등에 업은 백계 러시아인*이 눈에 띄게 부상했다. 처칠은 로이드조지에게 "이제 볼셰비즘이나 볼셰비키 정권은 절대 살아남을 수 없습니다."라고 큰소리를 쳤다. 처칠은 영국 군대를 다양한 종류의 독가스로 무장시켜 문제를 매듭짓고 싶어 했고, 1919년 10월로 접어들어서는 볼셰비키 혁명에 반대하는 장군들의 성과에 고무되어 직접 러시아에 가려 했다.

방문 계획이 잡히고 처칠은 반레닌 인물로서 빛나는 민주주의를 대표하여 러시아 땅에 발을 디디려 했다. 하지만 상황이 틀어졌다. 트로츠키가 격렬한 반격을 시작했기 때문이다. 처칠은 "나는 개코원숭이들에게 두들겨 맞는 꼴은 당하지 않을 걸세!"라고 큰소리쳤지만 결국 두들겨 맞았다.

반볼셰비키 혁명가들이 도망치고, 영국 군대도 불명예스럽게 대피했다. 공산주의 독재가 본격적으로 시작되었다. 개코원숭이가 유인원이 되었던 것이다.

위대한 정치 풍자 만화가 데이비드 로David Low는 대형 사냥감을 노리는 무능한 사냥꾼으로 처칠을 그리면서 "그는 사자를 사냥하지만 집에는 썩은 고양이만 가져온다."라고 설명을 달았다. 썩은 고양이는 바로 시드니 거리, 안트베르펜 대실책, 갈리폴리 참사, 러시아 실수 등이다.

하지만 처칠의 사냥이 과연 실수였을까? 처칠은 거의 성공했다. 반볼셰비키 혁

---

* White Russians, 볼셰비키에 반대하는 부르주아와 그 추종자들.

명가 유데니치Yudenitch 장군은 페트로그라드Petrograd에 거의 도달했었다. 안톤 데니킨Anton Denikin은 모스크바에 공격을 가할 수 있는 곳까지 거리를 좁혔었다. 원한 만큼 반혁명가들을 지원할 수 있었다면, 로이드조지와 내각이 그토록 조심스럽지 않았다면, 처칠은 아마도 공산주의의 목을 태동할 때부터 조를 수 있었다. 그랬다면 러시아와 동부 유럽의 국민이 70년 동안 독재에 시달리지 않았을 것이고, 강제 노동 수용소에 갇히지도 않았을 것이고, 적색 테러*와 대량 학살을 겪지도 않았을 것이며, 부농층이 살해당하는 사태도 일어나지 않았을 것이다. 처칠의 전략이 성공하지 못했을 수는 있지만 시도할 만한 가치는 분명히 있었다.

따라서 러시아에서 시도한 모험에 대해서는 실패 요인 5점, 처칠 요인 10점을 매기고 싶다. 다음 사례로도 알 수 있듯 처칠의 아이디어는 전반적으로 옳았다.

차나크 실책

차나크Chanak 실책으로 처칠은 정부를 끌어내렸고, 로이드조지의 정치 생명에 종지부를 찍었으며, 자신이 1904년 입당한 자유당을 제물로 바치고, 그 과정에서 자신은 의원 자리를 잃었다.

1922년 9월 무스타파 케말이 이끄는 군대가 갈리폴리반도에 주둔한 영국군과 프랑스군을 위협하면서 위기가 폭발했다. 두 국가 군대는 고대 트로이 유적지 근처 도시인 차나크 또는 차나칼레Canakkale에 주둔 중이었다. 로이드조지 총리는 반터키, 친그리스 인사로서 이슬람교도에 대항하는 기독교 전쟁을 일으키고 싶어 했다. 그러면서 차나크가 터키를 강타할 수 있는 탁월한 구실이 되리라 생각했다.

---

* Red Terror, 혁명 후에 행해진 공포 정치.

이유가 명쾌하지는 않았지만 처칠은 입장을 바꿔 로이드조지의 의견이 옳다고 선언하기로 결정했다. 일반적으로는 아버지처럼 친터키 인사였으므로 이러한 입장 변화는 자연스럽지 않았다. 삶에서도 그랬지만 외교 정책을 결정할 때도 처칠은 어떤 종류의 종교에도 휘둘리지 않았다고 말하는 편이 공정할 것이다. 나는 처칠이 차나크에서 터키와 전투를 벌이고 싶었던 유일한 이유가 다르다넬스 전투의 패배를 설욕해 개인의 정신적 상처를 치유하고 싶은 불순한 동기로 비칠까 봐 걱정스럽다.

다행스럽게도 로이드조지와 처칠은 절호의 기회를 완전히 그르쳤다. 처칠은 1922년 9월 15일 대언론 공식 자료를 배포하면서 해당 국가의 정부에 알리지도 않고 캐나다·오스트레일리아·뉴질랜드가 영국의 군사 행동을 지지했다고 발표했다. 세 국가는 기분이 언짢았을뿐더러 다르다넬스에서 처칠이 초래한 대학살을 더욱 부추기기 위해 군인을 더 파견할 생각이 없었다.

언론과 대중은 깜짝 놀랐다. 〈데일리 메일〉의 1면 머리기사의 제목이 '새로운 전쟁을 멈춰라!'였기 때문이다. 보수주의자들은 로이드조지와 처칠의 행보를 더 이상 묵과할 수 없었으므로 보수당 본부인 칼턴 클럽Carlton Club에 모여 보수당과 자유당의 연립 정부를 와해시켰다. 앤드루 보너 로Andrew Bonar Law는 영국이 세계의 경찰이 될 수는 없다고 말했고 스탠리 볼드윈도 비판에 합세했다.

차나크 위기는 외교 노력으로 해소되었지만 영국 연립 정부가 와해되고 처칠은 자리에서 쫓겨났다. 차나크 실책은 처칠이 로이드조지와 손잡고 저지른 것이므로 실패 요인 4점, 처칠 요인 5점을 매겨야겠다. 점수가 그리 높지는 않지만 정치에 미친 파장은 상당히 컸다.

따라서 처칠이 이러한 커다란 위기를 딛고 정치력을 회복한 것은 갑절로 놀랍다. 1922~1924년을 돌아보면 처칠은 영국 정치의 근본 세력이었고 너무나 큰 인물이었으므로 그가 소속한 자유당이 붕괴하더라도 침몰할 수 없었다. 이내 처칠은 토리당에 재입당하는 문제를 놓고 볼드윈과 의논했다. 자기 발로 토리당을 떠난

지 20년 만이었다. 1924년 11월 원내 다수 의석을 확보한 볼드윈은 49세 변절자인 처칠에게 손을 뻗어 재무 장관으로 임명했다. 처칠 본인조차 매우 놀라 어안이 벙벙한 채로 제의를 수락했다. "농담이 아니라는 사실을 아내한테 납득시키느라 애를 먹었다."

처칠이 재무 장관에 발탁되면서 이점이 무엇이었든 금 본위제로 잘못 복귀하는 정책을 시행함으로써 재앙을 불러왔다고 널리 인식되고 있다.

금 본위제로 복귀

오늘날에는 이 제도가 대실패였다고 누구나 인정한다. 영국 파운드화의 가치는 전쟁 이전의 환율인 4.87달러로 고정시켰다. 이는 파운드화가 과대평가되어 영국 산업에 치명적인 결과를 초래했다는 뜻이다. 수출품 가격이 지나치게 비싸 세계 시장에서 경쟁력을 잃었다. 기업은 직원을 해고하거나 임금을 삭감해 운영비를 줄이려 했다. 파업과 실직에 따른 혼란이 전국을 휩쓸었고 엎친 데 덮친 격으로 1929년 미국에 대공황이 발생하면서 금 본위제 정권은 책임을 회피할 수 없었다.

결국 외환 시장에 일련의 투기성 공격이 발생하면서 영국은 1992년 환율 조정 제도*에서 탈퇴한 것처럼 1931년에는 금 본위제를 포기하겠다고 선언했다. 처칠은 재앙에 대한 책임을 졌고 존 메이너드 케인스John Maynard Keynes는 '처칠이 초래한 경제적 결과The Economic Consequences of Mr. Churchill'라는 제목으로 맹렬하게 비난하는 글을 발표했다. 금 본위제 채택은 재무 장관의 권한으로 내린 결정이므로 처칠은 '비난'을 비켜 갈 수 없었다.

* Exchange Rate Mechanism, 각국 통화 당국이 시장 개입을 통해 환율을 조정하는 국제 협력 제도.

처칠 팩터

여기서는 실책의 파장을 경감시키는 중요한 사항 몇 가지를 살펴볼 수 있을 뿐이다. 첫째, 처칠 자신은 금 본위제를 본능적으로 거부했다. 그는 파운드화가 강세를 보이는 경우에 영국의 산업과 기업에 어떤 문제가 발생할지 예측할 수 있었다. 1925년 2월에는 금 본위제를 채택하자는 안건에 반대했다. "차라리 금융계의 자부심이 줄어들더라도 산업계의 만족이 늘어나는 현상을 보고 싶다." 결정을 내리기 전에 처칠은 금 본위제를 지지하는 이유를 설명해 달라는 장문의 글을 관리들에게 썼고 그들의 불명료한 대답을 받고 나서는 몹시 언짢아했다.

관리들은 '안정성' 때문이라고 모호하게 대답했다. 하지만 자신이 생산하는 제품이 비싼 가격 때문에 시장에서 배척당한다면 어떻게 금 본위제가 영국 제조업자들에게 유익할 수 있을까? 처칠은 1896년 윌리엄 제닝스 브라이언William Jennings Bryan이 금 본위제에 대해 열렬하게 비판했던 내용을 인용했다. "노동자들의 이마에 이 가시관을 눌러 씌워서는 안 된다. 또한 인류를 금 십자가에 매달아 죽여서는 안 된다."

처칠의 생각은 전적으로 옳았다. 하지만 스스로 경제를 잘 알고 있다고 생각하면서 금 본위제가 몹시 좋은 계획이라고 주장하는 똑똑한 사람들에게 둘러싸였던 것이 문제였다. 개중에서도 하늘을 찌를 듯 자신만만했던 사람은 말쑥한 차림의 몬터규 노먼Montagu Norman이었다. 노먼은 처칠에게 "나는 당신을 황금 장관으로 만들어 주겠소."라고 의기양양하게 말했지만, 착각한 것은 노먼만이 아니었다.

런던 시도 노동당도 금 본위제를 찬성했다. 스탠리 볼드윈은 신속하게 금 본위제를 실행해야 한다고 생각했다. 결국 처칠은 1925년 3월 17일 다우닝 가 11번지에서 유명한 만찬 파티를 열고 케인스에게 반대 관점을 피력해 달라고 요청했다. 하지만 그날따라 케인스가 감기에 걸려 몸 상태가 좋지 않았다. 처칠은 금 본위제의 실효를 의심했지만 수적으로 열세에 놓였으므로 마지못해 허용했다.

따라서 처칠은 생각이 달랐지만 금 본위제로 복귀했고 원래 내렸던 판단은 소위 금융 전문가들보다 나았다. 최근 영국 화폐 역사를 기억하는 사람들은, 처칠이

1989년 나이절 로슨Nigel Lawson과 제프리 하우Geoffrey Howe에게 정신을 빼앗겨 참담하게도 유럽 환율 조정 제도에 가입했던 마거릿 대처와 완전히 동일한 입장에 처했었다고 생각한다.

처칠과 대처는 화폐 통제 방법인 고정 환율제에 대해 올바른 직관을 보였다. 두 사람은 오랫동안 반대하다가 '전문가'의 의견에 따랐다. 금 본위제 실시는 경제적 대혼란을 유발했으므로 실패 요인 10점, 다른 장관이라면 재고할 여지 없이 채택했겠지만 처칠은 실행하기 전에 숙고했으므로 처칠 요인 2점을 매기고 싶다.

부분적으로 금 본위제 때문에 경제적 혼란이 발생하면서 처칠과 토리당은 1929년 다시 쫓겨났다. 사상 처음으로 노동당이 토리당을 의석수에서 앞지르고, 처칠은 10년 이상을 야인으로 지내야 했다. 처칠에게는 앞으로 추구할 정치 목표와 명분이 새로 필요했고, 그래서 곧 찾은 방법은 스탠리 볼드윈이 이끄는 토리당 지도부를 포함해 거의 모든 의원을 격분시켰다. '인도에 대한 오판'은 처칠이 저지른 모든 오판 중에서도 오늘날 최악으로 평가받고 있다.

인도에 대한 오판

처칠은 인도에 자치 정부가 들어서지 못하게 막는 것이 자신에게 맡겨진 임무라고 생각했고, 오늘날 보기에는 거의 믿을 수 없을 정도로 거만하고 고집스럽게 임무를 수행했다.

1931년 간디를 반쯤 벌거벗은 승려라고 비난한 일화는 유명하다. 비폭력 저항의 선구자가 "영국 왕이자 인도 황제King-Emperor의 대표"예를 들어 어윈 경Lord Irwin(히틀러와 타협하려 했던 핼리팩스와 동일 인물)과 대화하면서 시민 불복종 운동을 조직하는 행위는 '역겹고' 일종의 테러라고 말했다. 총으로 무장한 아일랜드 독립주의자들과 추호도 망설이지 않고 협상했던 사람치고는 이치에 맞지 않는 발언이었다.

처칠은 유혈 사태가 발생하리라 예언했다. 인도인에게 자치 능력이 없고, 불가촉천민不可觸賤民이 비참한 상황에 처해 있으며, 공동 사회끼리 불가피하게 폭력이 발생하리라고 주장하면서 종말이라는 단어를 썼다. 처칠은 타협이 불가능한 제국주의 몽상가들이 벌이는 운동의 선두에 섰다. 제국주의 몽상가들은 영국의 지배를 고집스럽게 옹호하고, 살이 쪄 볼살이 늘어진 영국인들이 베란다에 앉아 술잔을 기울이며 인도를 소유하는 권리를 신에게 부여받았다고 주장했다.

조심스럽게 변호해 보면 처칠은 당시 상황을 제대로 파악하지 못했다. 모든 정당 심지어 대부분의 토리당 의원도 인도의 독립에 찬성했다. 그런데 처칠은 대체 무슨 꿍꿍이였을까? 나는 처칠의 동기가 엄밀히 순수하지는 않았다고 생각한다. 그는 인도를 잃을지 모른다는 가능성에 분명히 분노했고, 랭커셔Lancashire산 면직물의 수출 시장을 잃는 동시에 영국 제국의 '영광'이 타격을 입을까 봐 화가 났다. 이러한 맥락에서 처칠은 이기적이고 광신적인 애국주의 목적을 추구했던 것 같다.

처칠은 인도를 열렬히 사랑하지는 않았다. 1899년 소위로 인도에 체류하면서 장미를 가꾸고 나비를 수집하고 폴로 경기를 하고 기번의 책을 읽었을 시절을 끝으로 다시는 인도 땅을 밟지 않았다. 심지어 인도 문제에 관한 전문가도 아니어서 하원 위원회에 참석했을 때도 수사법을 사용해 일반적인 내용만을 피력했을 뿐이다. 그런데 참담하게도 인도에 관해 자신의 정치적 입장을 밝혔던 것이다.

처칠은 스탠리 볼드윈을 계승해 토리당을 이끌고 싶었다. 따라서 과거에 토리당을 배신하고 자유당에 들어갔던 전력을 못마땅하게 생각하는 우파 의원들의 환심을 살 필요가 있었다. 자신의 보수주의 성향을 나타내기에 인도는 완벽한 구실이었다. 오늘날 극우 성향의 독립당원들처럼 자신과 지지자들이 괴짜로 대우받으며 왁자지껄하게 기뻐하는 집회에서 처칠은 장황하고 화려하게 연설했다. 그러면서 이렇게 뽐냈다. "우리는 영국을 위해 싸워 온 주로 장교들과 다른 변변치 못한 사람들로 구성된 정신적으로 결함이 있는 일종의 열등한 인종이다."

처칠이 구사한 전략은 실패했고, 인도 법안은 통과되었다. 노동당 정부는 토리당의 동의를 얻어 인도에 자치 정부를 수립하도록 허용함으로써 인도가 오늘날 세계 최대 민주주의로 성장하고 경제 동력원을 구비하는 길을 터 주었다. 그래도 처칠은 패배자로서 품위를 보여서 1935년 행운을 비는 메시지를 간디에게 보냈다. "하는 일에 성공을 거두십시오. 그리하면 더욱 성공할 수 있도록 지지하겠습니다." 하지만 처칠의 예측이 전적으로 틀리지는 않았다는 사실을 명심해야 한다. 1948년 영국의 통치 시대가 결국 막을 내리면서 뒤이어 지역 사회끼리 끔찍한 폭력이 발생하여 약 100만 명이 죽었고, 계급 제도의 문제는 오늘날까지도 끊이지 않는다.

하지만 처칠은 오늘날 보기에 돈키호테처럼 시대에 역행하는 것 같은 정책을 옹호하는 바람직하지 못한 결정을 내렸다. 따라서 인도에 대한 오판에는 실패 요인 5점, 처칠 요인 10점을 줘야겠다.

1935년 볼드윈은 총리로 복귀했지만 이 무렵 처칠은 인도 문제를 포함해 다른 문제까지 반항적 입장을 취했으므로 내각에 자리를 잡을 수 없었다. 그가 다른 사람의 기분을 다시 상하게 할 여지가 여전히 남아 있었기 때문이다. 처칠은 중앙 무대에 다시 진출할 작전이나 명분을 찾을 수 있었을까? 다른 실수를 저질렀을까? 물론이다!

양위 위기

1936년 늦가을 에드워드 8세가 미국인 이혼녀 월리스 심프슨Wallis Simpson과 연애 중이라는 소문이 널리 퍼졌다. 오늘날 듣기로는 이상하지만 당시 두 사람의 연애는 용서받기 어려운 행위로 여겨졌다. 교리를 중요하게 생각했던 스탠리 볼드윈은 마음속으로 공포에 휩싸였다. 왕이 이혼녀와 결혼할 수는 있겠지만 그러려면 퇴위해야 한다고 생각했다.

곤경에 빠진 절망적인 젊은 왕은 발아래로 유빙 조각이 둥둥 떠다니는 것 같았다. 조만간 왕위에 앉아 있을 수 없으리라고 직감했다. 경험이 있으면서 공적으로 비중이 있는 인물이 자신을 지지해 주기를 바랐던 왕은 당연한 수순이지만 처칠을 찾았다. 두 사람은 이미 알고 지낸 사이였다. 처칠은 왕이 블레넘 궁전에 체류했을 때 친분을 쌓았고 연설문을 두 차례 대신 써 주기도 했다.

처칠은 윈저 궁에서 왕과 저녁 식사를 하고 나서 매우 우스운 내용의 편지를 아마도 술에 취해 쓰면서 지금은 왕이 나라를 떠날 시기가 아니라는 분별 있는 주장을 포함해 생존할 수 있는 방법을 귀띔했다. '왕의 정당'을 이끄는 비공식 지도자가 된 처칠은 12월 8일 영국인과 프랑스인이 참석한 주연에서 진탕 즐겁게 마시고 떠들다가 하원 의원들에게 자기 생각을 말해야겠다고 마음먹었다.

이때 처칠의 심중은 왕은 왕이므로 장관들이 심프슨 부인을 탐탁하지 않게 생각한다면 왕이 퇴위할 것이 아니라 장관이 사임해야 한다는 것이었다. 하지만 처칠은 하원의 분위기를 완전히 잘못 파악하고 있었다. 처칠은 하원 의원들의 아우성에 묻혀 다른 목소리를 들을 수 없었지만 하원 의원 대부분은 마지막 며칠 동안 선거구민들의 짜증 나고 청교도적인 불평에 귀를 기울였다.

비난의 소리가 워낙 커졌으므로 처칠은 결국 자신이 하려는 말을 마치지 못하고 자리에 앉아야 했다. 해럴드 니컬슨은 당시 분위기를 이렇게 전했다. "어제 윈스턴이 하원에서 완전히 무너졌다. …… 2년 동안 인내하며 쌓았던 공든 탑이 5분 만에 무너졌다." 심지어 친구들을 포함해 많은 사람이 이번에야말로 처칠의 정치 생명이 완전히 끝났다고 결론을 내렸다. 물론 요즘 사람이라면 처칠의 입장을 수긍했겠지만 어쨌거나 양위 위기는 실패 요인 6점, 처칠 요인 10점이다.

오늘날이라면 군주가 이혼녀와 결혼하더라도 유권자들이 전혀 개의치 않겠지만

(왕위 계승자 부부가 둘 다 결혼한 전력이 있는 사례를 생각해 보라), 당시에는 결코 허용할 수 없었다. 처칠은 정치 생명에 다시 치명타를 입었다. 진보적이고 동정적인 본능 때문에 극단의 군주제 지지자인 동시에 아첨꾼으로 외부에 비쳤던 것이다.

이제 62세인 처칠은 정치 경력이 바닥을 쳐서 회생 가능성이 아예 없어 보였고, 해변 자갈밭 위에서 무기력하게 몸을 퍼덕이고 분수공으로 아무것도 분출하지 못하는 에드워드 왕조 시대의 거대 해양 생물 같았다. 당시에 영국에는 앞으로 3년 반 안에 처칠이 총리가 되리라고 예측하는 사람은 거의 없었다.

처칠이 저지른 실패 중에서 여느 정치인보다 대단하고 입이 딱 벌어질 정도로 놀라운 대실패들을 살펴보자. 윈스턴 처칠의 성격은 어떻다고들 말하는가? 앞에서 나열한 실패 중 어느 하나라도 보통 정치가가 저질렀다면 정치 생명이 영구적으로 끝났을 것이다. 하지만 처칠이 오뚝이처럼 계속 일어설 수 있었던 것은 회복 탄성력이 그만큼 뛰어났기 때문이고 자신의 자아와 사기를 스스로 철저하게 보호했기 때문이다.

또한 매우 외향적이면서 천성적으로 자기 생각을 밖으로 표현하는 성격 덕택이기도 했다. 처칠은 패배를 마음에 묻어 두지 않았고, 갈리폴리 실패를 제외하고는 자책하며 자신을 괴롭히지도 않았다. 앞에서 열거했듯 엄청나고 생생하게 실패를 겪으면서도 근본적인 자아관을 바꾸지 않았고, 인간 존재는 본질적으로 나태하기 마련이므로 자신을 어떻게 판단하느냐에 따라 타인도 그대로 인식한다고 생각했다.

처칠은 신념이 매우 다양했던 덕택에 곤경을 여러 차례 딛고 일어섰다. 1940년 처칠이 기회를 잡지 못했다면 별다른 업적을 남기지 못한 채 '실패자'로 역사의 뒤안길을 걸었으리라고 입심 좋게 약간은 격앙해서 주장하는 사람이 많다. 하지만 이러한 주장은 이치에 맞지 않는다.

현대 정치가 가운데 처칠이 기울인 노력에 필적할 사람은 없다. 처칠은 복지 국가를 창설하고 교도소를 개혁했으며 해군을 구축했다. 제1차 세계 대전을 승리로 이끄는 데 기여했고 총리가 되었다. 게다가 제2차 세계 대전이 발발하기 전에 '실패자'로 여겨졌던 시기 동안 이러한 업적을 달성했다. 처칠이 주도권을 쥐고 시도했던 일이 워낙 많았으므로 차질이 발생하는 경우가 많은 것도 어찌 보면 당연하고, 국민은 행동 방식에서 처칠의 의도를 알 수 있었으므로 처칠은 설사 실수를 저지르더라도 다시 일어설 수 있었다.

하지만 갈리폴리 전투에 구사했던 전략은 유용할 수 있었고, 소비에트 공산주의는 정말 잔인했으며, 주위 압력에 밀려 금 본위제를 실시하는 등 처칠의 생각이 옳았다고 국민이 판단했기 때문만은 아니었다. 처칠보다 그릇이 작은 사람들에게 경력단절을 안긴 실수와 처칠이 저지른 전형적인 실수를 비교하면 어떤 차이가 있는가?

차이를 감지했는가? 정치 경력이 엉망이 되어 연기를 내뿜는 잔해에서 기어 나오는 처칠에게 개인적으로 부패했다고 주장하는 사람은 전혀 없었다.

게다가 사소한 추문도 없었다. 앞에서 열거한 일련의 재앙도 처칠의 진실성에 조금도 흠집을 내지 않았다. 최근에 의혹이 제기되기도 했지만 처칠이 임무를 잘 수행하리라는 믿음을 주는 인물이기 때문만은 아니었다. 이것은 문제의 핵심이 아니다.

처칠은 경제적 이익에 흔들리지 않는 것은 물론 거짓말을 하지도 남을 속이지도 음흉한 방법을 쓰지도 않았다. 그가 특정 입장을 취했던 까닭은 그 입장이 옳다고 생각했거나, 자신의 경력을 발전시키는 데 유익하리라 생각했기 때문이다. 두 가지 관점 모두 옳고 그래서 정치적으로 유용하리라 생각했으므로 전혀 수치심도 거리낌도 없이 두 관점을 동시에 적용했다.

처칠은 쉽게 결정을 내리는 법이 없어서 엄청나게 연구하고 깊이 사고하는 과정을 거쳤다. 상류를 향해 코를 본능적으로 내밀 수 있었던 것은 아가미가 잠길 정도로 상당히 많은 양의 정보를 수집했기 때문이다. 1911년 전쟁이 발발하기 3년 전 대영 제국 국방 위원회Committee of Imperial Defence에 장문의 편지를 보내 프랑스가 어디서 어떻게 굴복할지, 독일이 어디서 공격을 멈출지를 비롯해 전쟁이 터지고 처음 40일 동안 진행할 경과를 정확히 예측했다.

헨리 윌슨Henry Wilson 장관은 편지 내용이 "우스꽝스럽고 현실과 동떨어져 있다고" 언급했다. 하지만 처칠의 예측은 정확한 시기에 모두 현실로 드러났다. 41일째 되는 날 독일이 마른 전투Battle of Marne에서 패배하면서 교착 상태가 시작되었다. 처칠은 공상 과학 소설을 쓰지도 않았고 창밖을 바라보다가 우연히 연필로 몇 자 긁적이지도 않았다.

처칠은 전쟁이 4년을 끌 것이라고 했지만 다른 사람들은 크리스마스면 끝나리라 말했다. 베르사유가 함락되리라 예측했던 처칠은 대부분의 정치인보다 훨씬 많은 정보를 수집했으므로 상황을 제대로 파악했다. 1930년대 중반까지 외무부 관리 랠프 위그럼을 비롯해 정부와 군대에 몸담으면서 유화 정책에 반감을 품은 인물들은 독일에 대해 경각심을 일깨워 줄 사람을 절실히 찾았고 급기야 처칠에게 비밀 정보를 넘겨주었다.

때로 정보를 볼드윈보다 많이 수집했던 처칠은 독일 공군의 전력에 대한 월등한 지식을 펼쳐 보여 총리의 자존심을 건드렸다(나치가 보유한 비행기 대수는 볼드윈이 주장한 것보다 많았다). 처칠은 독일에서 어떤 현상이 벌어지고 있는지 열심히 추적했고, 유대인이 박해당한다는 사실을 1932년부터 줄곧 의회에 알리면서 나치의 이념을 조심해야 한다고 경고했다. 1933년 11월 히틀러가 투표에서 지지율 95퍼센트를 획득하자 처칠은 나치가 "전쟁이 영광스럽다고 선포했고", "이방인과 야만인의 시대 이후로 교육을 병행하지 않으면서 아동에게 강한 폭력 충동을 주입시킨다."라고 주장했다.

세계정세를 정확하게 파악할 수 있었던 까닭에 처칠은 더욱 강력하게 경고했다. 뮌헨에서 함께 술을 마시며 흥청거렸던 늙고 가련한 푸치 한프슈텡글보다 히틀러

266

를 훨씬 명확하게 파악하고 있었기 때문이다.

피아노를 만지작거리는 홍보 담당자 푸치는 결국 괴벨스와 충돌했고, 히틀러에 대해 비애국적 발언을 했다고 유니티 미트퍼드에게 비난을 받았다. 급기야 1937년 에 접어들면서 푸치는 무시무시한 명령을 받았다. 낙하산을 메고 비행기에 올라타 한창 전쟁 중인 스페인의 상공에서 뛰어내려서 공화당 전선의 후미에 침투한 다음 첩보원으로 활동하며 프랑코 장군의 파시스트 군대를 도우라는 지령이었다.

무사히 귀환할 수 있을 것 같지 않았지만 푸치는 명령을 어기면 총살을 당하리라 추측했으므로 여하튼 명령에 따랐다. 비행기가 스페인을 향해 이륙하고 공중에서 시 간이 재깍재깍 흐르는 동안 푸치는 낙하산을 등에 메고 공포에 질려 벌벌 떨었다.

비행기에서 낙하하는 것이 무섭기 때문만은 아니었다. 설사 살아남더라도 스페 인 공화주의자들에게 생포되어 아마도 갈가리 찢겨 죽을 것이었다. 하지만 비행기 가 엔진이 고장 나면서 독일 땅에 불시착했다. 결국 푸치는 다시 독일로 돌아왔던 것이다.

이 사건은 히틀러와 괴벨스가 꾸민 섬뜩한 장난이었다. 무리도 아니지만 어쨌거 나 푸치는 영원히 나치주의를 포기하기로 결심하고 영국으로 도망갔다가 최종적으 로 미국으로 건너갔다. 이처럼 히틀러의 홍보 담당자가 벗어나려 했던 나치 정권의 근본적 야만성을 처칠은 처음부터 꿰뚫어 보았다.

다른 사람과 구별되는 점으로 처칠은 통찰에 따라 행동했다. 바깥세상에서 벌어 지고 있는 현상을 숙고했을 뿐 아니라 이를 바꾸려고 노력했다. 대부분의 정치가들 은 사건의 흐름을 타면서 불가피해 보이는 상황을 감지하고 자신을 맞추어 나가려 한다. 그런 후에는 문제를 잘 포장해 제시하고 결과에 대해 공을 인정받으려 한다.

처칠에게는 몇 가지 고정 관념이 있었다. 무슨 사건이든 영국 제국을 보존하고, 민주주의를 장려하고, 영국의 '위신'을 증진시키는 방향으로 전개되어야 했다. 그리 고 이러한 관념을 실현시키기 위해 괴력을 기울여 사건의 경로를 구부렸다. 아버지

THE TRUTH ABOUT HITLER

By The Right Hon.

WINSTON CHURCHILL
P.C.

IT is not possible to form a just judgment of a public figure who has attained the enormous dimensions of Adolf Hitler until his life work as a whole is before us. Although no subsequent political action can condone wrong deeds or remove the guilt of blood, history is replete with examples of men who have risen to power by employing stern, grim, wicked, and even frightful methods, but who, nevertheless, when their life is revealed as a whole, have been regarded as great figures whose lives have enriched the story of mankind. So may it be with Hitler.

Such a final view is not vouchsafed to us to-day. We cannot tell whether Hitler will be the man who will once again let loose upon the world another war in which civilization will irretrievably succumb, or whether he will go down in history as the man who restored honour and peace of mind to the great Germanic nation and brought them back serene, helpful and strong, to the European family circle. It is on this mystery of the future that history will pronounce Hitler either a monster or a hero. It is this which will determine whether he will rank in Valhalla with Pericles, with Augustus, and with

In this powerful article Mr. Winston Churchill very characteristically and outspokenly states his views on the actions and ambitions of the German leader. The opinions expressed and the deductions made from the facts stated are of course Mr. Churchill's own and are not necessarily endorsed by the "Strand Magazine."
EDITOR.

Washington, or welter in the inferno of human scorn with Attila and Tamerlane. It is enough to say that both possibilities are open at the present moment. If, because the story is unfinished, because, indeed, its most fateful chapters have yet to be written, we are forced to dwell upon the dark side of his work and creed, we must never forget nor cease to hope for the bright alternative.

Adolf Hitler was the child of the rage and grief of a mighty empire and race who had suffered overwhelming defeat in war. He it was who exorcized the spirit of despair from the German mind by substituting the not less baleful but far less morbid spirit of revenge. When the terrible German armies, which had held half Europe in their grip, recoiled on every front and sought armistice from those upon whose lands even then they still stood as invaders ; when the pride and willpower of the Prussian race broke into surrender and revolution behind the fighting lines ; when that Imperial Government, which had been for more than fifty fearful months the terror of almost all nations, collapsed ignominiously, leaving its loyal faithful subjects defenceless and disarmed before the wrath of the sorely-wounded victorious

Allies ; then it was that one Austrian corpo[ral], former house-painter, set out to regain all.

In the fifteen years that have followed th[is] solve he has succeeded in restoring Germa[ny to] the most powerful position in Europe, and not [only] has he restored the position of his country, b[ut he] has even, to a very large extent, reversed the re[sult] of the Great War Sir John Simon, as Fo[reign] Secretary, said at Berlin that he made no di[stinc]tion between victors and vanquished. Such [dis]tinctions, indeed, still exist, but the vanquishe[d are] in process of becoming the victors, and the vi[ctors] the vanquished. When Hitler began, Ger[many] lay prostrate at the feet of the Allies. He ma[y yet] see the day when what is left of Europe w[ill be] prostrate at the feet of Germany. Whateve[r] may be thought about these exploits, they are [cer]tainly among the most remarkable in the w[hole] history of the world.

Hitler's success, and, indeed, his survival [as a] political force, would not have been possible [but] for the lethargy and folly of the French and Br[itish] Governments since the War, and especially i[n]

A May Day speech by Hitler. Over a million and a half people assembled to hear the German leader on this occasion.

1935년 11월 처칠이 〈스트랜드 Strand〉 잡지에 게재한 기사.

의 시계를 찾으려고 댐을 쌓아 강을 막고 강물을 퍼냈던 일화를 생각해 보라.

처칠이 엄청난 실수를 많이 저지른 까닭도 역사의 전체 모습을 바꾸려고 과감히 노력했기 때문이다. 비행기가 공격당하자 조종실 문을 부수고 들어가 조종간을 잡으려 했던 처칠은 운명의 여신이 입은 코트를 낚아채는 툭 튀어나온 커다란 못 같은 존재였다.

1940년 영국이나 세계에는 느긋하게 등을 기대고 앉아 상황을 방관하는 사람은 필요 없었다. 세계와 재앙 사이에 끼어들어 거의 초인적인 의지와 용기를 발휘할 인물이 필요했다. 처칠은 1940년 공직에 복귀하면서 마음이 놓인다고 말했다. 갈리폴리 참사나 러시아 실수 때와 달리 이번에는 총리이자 국방 장관의 자리에 앉아 상황을 주도할 수 있는 권한을 손에 쥐었기 때문이다.

국내와 국외의 경쟁 상대와 비교할 때, 처칠은 스타워즈 탑 트럼프Top Trumps 게임에 등장하는 무적의 카드 같아서 업무량·수사적 기술·유머·통찰에서 단연 최고였다. 기술적 독창성과 순수하고 맹목적인 용맹성에서 경쟁 상대보다 우위였다. 멋진 탑 트럼프 게임을 해 봤다면 처칠이 최대 '포스 팩터Force Factor'를 보유한 인물이라는 말이 무슨 뜻인지 알 것이다. 이제 처칠이 제2차 세계 대전에서 그 카드를 어떻게 던졌는지 살펴보자.

냉담하고 무자비한 명령

16

프랑스 해군에게는 분노할 시간도 없었고 마지막 순간에 대비해 정신을 가다듬을 여유도 없었다. 1940년 7월 3일 오후 5시 54분 포격이 시작되자 그들은 도저히 믿기지 않는다는 분위기에 휩싸였다. 아침에 도착해 자신들의 환호를 받았던 영국 군함들이 그것도 지브롤터 해안에서 함께 싸우며 도시를 피로 물들였던 동맹국인 영국의 군함들이 자신들을 포격하기 시작했던 것이다.

프랑스와 영국은 친구여야 했다. 그런 영국인 친구들이 10분 동안 죽음의 비를 내렸다. 지금도 해군 역사상 최대 규모의 집중 사격으로 꼽히는 포격이었다. 당시 세계 최대 전함인 HMS 후드가 탑재한 직경 38센티미터 포구에서 포격이 시작되었고 75킬로그램 중량의 발사체에서 뿜어져 나온 포탄이 시속 4000킬로미터의 속도로 활 모양을 그리며 푸른 하늘을 갈랐다.

점화는 이상적이었고 표적은 움직이지 않았다. 포격 조건이 완벽했던 것이다. 이때 다른 영국 전함이 포격에 합세하며 굉음을 내기 시작하자 이때 살아남은 프랑스 해군들은 굉음으로 귀에서 피가 흘렀다고 보고했다. HMS 밸리언트Valiant와 HMA 리졸루션Resolution이 포격에 합류했다.

포병들은 더위를 견디며 묵묵히 싸웠고 거대한 포신이 뜨겁게 달아오를 때까지 사격을 멈추지 않았다. 이내 사정거리에 가까워지면서 프랑스 선박들이 눈에 띄기 시작했다. 영국 항공기의 폭격으로 항구의 입구가 파괴되었으므로 프랑스군은 속수무책이었다. 여러 해가 지난 후에 영국 해군이 진술했듯 마치 "그물에 든 물고기를 쏘는 것" 같았다.

프랑스 측 목격자들은 바다에서 포탄이 날아오고 불길이 솟구쳤고, 군인들은 머리가 떨어져 나가거나 심하게 화상을 입거나 불구가 되어 공포에 떨며 "제발 내 숨통을 끊어 줘."라며 동료에게 애원했다. 영국 전함에서 포탄이 날아와 프랑스 최고 전함 브르타뉴Bretagne의 군수품 창고를 명중시키자 마치 인도네시아 크라카타우Krakatoa 화산이 터지는 듯 폭발음이 들렸다.

항구 위로 버섯구름이 솟아오르더니 순식간에 브르타뉴가 전복되었다. 일부 승무원은 불타는 기름을 피하려고 불길한 흑해로 뛰어들어 숨을 참으며 물속을 헤엄쳤다. 보급품은 대부분 바다에 가라앉았다. 영국군은 프랑스 함대가 정박해 있던 알제리의 도시 오랑Oran 근처 메르스엘케비르Mers-el-Kébir 요새화 항구에도 포탄 150개를 발사했다. 포성이 잦아들 무렵에 접어들자 프랑스 선박 다섯 척이 크게 손상되고, 한 척이 파괴되었으며, 프랑스 해군 1297명이 전사했다. 대량 학살이 자행되었고 많은 사람이 이를 가리켜 전쟁 범죄라 불렀다.

굳이 나치가 선동할 필요도 없이 프랑스 전역에 영국에 대한 분노와 증오가 퍼졌다. 영국군이 살상 목적으로 프랑스군에게 포격을 가한 것은 1815년 워털루 전투 이후 처음이었다. 걷잡을 수 없는 불길을 피해 물에 빠진 프랑스 해군의 모습을 담은 포스터와 영국 전쟁 지도자를 피에 굶주린 몰록*으로 묘사한 포스터가 프랑스 전역에 나붙었다. 프랑스에 새로 들어선 비시Vichy 정권과 영국 정부의 관계는 끝장났고, 메르스엘케비르 전투를 둘러싼 기억은 너무 섬뜩해서 오늘날까지도 영국과

---

* Moloch, 이스라엘의 이웃인 암몬 족이 아이를 제물로 바치며 숭배하는 무시무시한 신.

프랑스는 그에 대해 언급을 피할 정도이다.

제임스 소머빌James Somerville 해군 사령관은 자신에게 결정권이 있었다면 결단코 프랑스 함대를 공격하라는 명령을 내리지 않았을 것이라고 증언했다. 영국 해군은 자신들이 그러한 명령을 받았다는 사실을 믿을 수 없었고, 자신들이 일으킨 참사를 보며 마음이 아팠다. 대대로 프랑스 학령기 아동들은 영국인 한 사람이 메르스엘케비르 대학살을 자행하라는 최후 명령을 내렸다고 배운다. 프랑스 교사들의 이러한 가르침은 옳다.

다음 날 자신의 행동을 설명하려고 하원에 등원한 처칠은 사방에서 공격을 받으리라 예상했다. 사실상 무방비 상태에 있는 표적, 다시 말해 영국의 전쟁 상대가 아닌 해군을 향해 가장 치명적인 현대식 무기를 휘둘렀기 때문이다.

나중에 시인했듯 처칠은 의사당을 꽉 메운 의원들 앞에 서서 연설을 하려고 일어섰을 때 '수치심'을 느꼈다. 타자 원고를 들고 있는 손이 바르르 떨렸다. 처칠은 재앙을 초래한 사건을 상세하게 설명하고는 자신의 행동에 대한 판단을 의회에 맡기겠다고 말하며 연설을 맺었다. "또한 국가와 미국에 판단을 맡깁니다. 마지막으로 세상과 역사에 판단을 맡깁니다."

이 말을 끝으로 처칠이 자리에 앉자 기이한 현상이 벌어졌다. 놀랍게도 의원들은 처칠의 행동을 탐탁지 않게 생각하여 침묵으로 일관하지 않고 오히려 환호했다. 의원들은 일제히 기립하여 하원에서는 여러 해 만에 처음으로 한껏 들뜬 분위기로 의사 일정표를 흔들며 기뻐했다.

내각 동료들은 처칠을 에워싸고 그의 등을 두드리며 축하했다. 오늘날 생각하기에는 거의 1300명에 이르는 프랑스 해군이 전사한 것에 대한 이상하고도 무감각한 반응이었다.

의원들의 환호를 받자, 검은 재킷에 줄무늬 회색 바지를 입고 등이 구부정한 처칠의 뺨으로 눈물이 흘러내렸다.

이러한 비극을 제대로 이해하려면 처칠이 프랑스를 얼마나 사랑했는지 알아야 한다. 주치의 찰스 모런Charles Moran이 언젠가 들었듯 처칠에게 "프랑스는 문명국이다".

처칠이 성장할 때 프랑스는 아름다운 시절*이었다. 파리는 부모가 결혼하기로 선택한 장소였고, 빛과 무한한 오락의 도시였으며, 도박으로 벌어들인 돈을 책과 '다른 방향'으로 소비하려고 찾았던 곳이었다. 윈스턴 처칠처럼 애국적인 영국인조차 와인과 치즈, 음식, 우아한 시골 대저택, 카지노의 재미와 유행, 지중해 연안 휴양지 코트다쥐르Côte d'Azur에서 즐기는 쾌적한 일광욕, 탁월한 자연미를 화폭에 담는 즐거움 등 프랑스에서 누리는 생활의 질이 우월하다고 스스럼없이 인정했다. 심지어 처칠이 자진해서 배워 보려고 시도했던 유일한 외국어도 프랑스어였다. 하지만 처칠이 프랑스를 사랑한 깊이는 그 이상이었다.

처칠은 프랑스의 위대함을 믿었다. 하지만 총리로 임명되고 초기에 프랑스 군대의 굴욕을 목격하고 끔찍한 충격에 휩싸였다. 자신이 책상 위에 올려놓은 흉상의 주인공인 나폴레옹이 이끌었던 군대가 아니던가! 처칠은 프랑스를 계속 전쟁에 끌어들이고, 프랑스 정치인들과 장군들의 사기를 북돋워 주려고 최선을 다했다. 들려오는 소식이 점차 암울해지자 네 차례나 프랑스로 직접 날아가 자신의 단호한 영어식 프랑스어로 사기가 꺾인 프랑스 지도자들에게 용기를 북돋워 주려 했다. 처칠은 목숨을 잃을 위험을 무릅쓰고 프랑스에 갔던 것이다.

한번은 플라밍고Flamingo기에 처칠을 태우고 영국으로 돌아오던 조종사가 르아브르Le Havre 근처에 정박한 고깃배를 공격하는 독일 비행기 두 대를 피하려고 갑자기 급강하해야 했다. 그때가 6월 12일이었고 정확히 36시간 후에 프랑스 정부는 처칠에게 다시 전화를 걸어 투르Tours에서 긴급 회담을 하자고 요청했다. 처칠은 헨던Hendon에 모습을 드러냈지만 일기가 워낙 불순해 이륙할 수가 없었다.

---

* belle époque, 제1차 세계 대전 이전의 평화롭던 시절.

"될 대로 되라지." 65세의 처칠은 이렇게 말했다. "무슨 일이 생겨도 나는 갈 걸세. 너무나 심각한 상황이라 날씨에 신경을 쓸 수가 없어." 처칠을 태운 비행기는 폭풍우가 몰아치는 날씨를 뚫고 제시간에 투르에 도착했다. 요즈음 들어도 머리카락이 곤두서는 오싹한 경험이었고 처칠과 함께 갔던 비버브룩과 핼리팩스도 틀림없이 혼이 나갔을 것이다.

투르의 활주로는 독일군 폭격으로 여기저기 구멍이 났고 프랑스 지상 근무 대원들은 누가 착륙했는지 전혀 알지 못한 채 활주로를 어슬렁거리고 있었다. 처칠은 자신이 영국의 총리라고 밝히면서 자동차가 필요하다고 설명해야 했다.

처칠 일행이 관청에 도착했을 때도 환영 파티는커녕 일행을 알아보는 사람조차 없었다. 영국 대표단은 복도를 방황하다가 근처 음식점으로 안내되어 식은 닭고기 요리와 치즈를 대접받았다. 늙고 불쌍한 핼리팩스의 외교 스타일과는 거리가 멀었다.

마침내 프랑스 총리인 폴 레노가 도착해 프랑스의 의무를 해제해 주고, 독일에 항복할 수 있도록 승인해 달라고 참담한 심정으로 요청했다. 처칠은 땅에 떨어진 프랑스의 사기를 북돋워 주려고 특유의 영국식 프랑스어를 구사하며 마지막까지 인내심을 발휘했지만 허사였다.

결국 프랑스는 항복했고 6월 14일 독일군은 샹젤리제 대로로 의기양양하게 진군했다. 당시 프랑스군 책임자였던 눈이 움푹 들어가고 치열이 들쭉날쭉한 페탱 원수는 완전히 패배감에 젖어 있었다. 항복 협정이 체결되고 프랑스군은 북아프리카부터 계속 싸울 기회를 놓쳤다. 이제 영국군은 프랑스군이 앞으로 어떻게 할지, 특히 프랑스 함대에 어떤 일이 벌어질지에 관해 촉각을 곤두세워야 했다.

프랑스 함대는 영국에 이어 유럽에서 두 번째로 큰 함대로서 독일 해군보다 규모가 컸다. 일부 프랑스 선박은 최신식으로 영국보다 장비를 잘 구비했다. 따라서 프랑스 함대가 독일 수중에 들어가면 영국의 이해관계에 치명적인 손실을 입힐 수 있었다. 게다가 솔직히 프랑스 함대가 독일 수중에 넘어가는 것을 어떻게 막을 수 있겠는가? 독일군이 마지노선을 무서운 속도로 뚫고 들어오는 것은 누구나 알고 있는 사실이었다. 어느 곳도 독일 기갑 부대의 공격에서 안전하지 않았다.

영국이 계속 싸우려면 프랑스 함대에 내포한 위험을 제거해야 했다. 게다가 고려해야 할 사항은 더 있었다. 영국이 확실히 계속 싸울 작정이라면 처칠은 자신이 이끄는 나라가 진정으로 투지가 있고, 승리하기 위해 수단과 방법을 가리지 않는다는 사실을 세계에 보여 주어야 했다. 국내에도 국외에도 회의론자들이 있었으므로 이것은 매우 중요한 조치였다.

당시 처칠의 위치가 얼마나 취약했는지, 처칠을 향한 토리당의 불신이 얼마나 깊었는지를 기억해야 한다. 야당인 노동당의 당수 조지 랜즈버리George Lansbury는 전쟁에 반대한다며 사임했고, 여당과 야당을 불문하고 같은 견해를 피력하는 사람이 많았다. 상원에는 영국산 블루치즈를 먹으며 항복할 생각에 급급한 원숭이가 넘쳐났다. 웨스트민스터 공작인 벤더Bendor를 비롯해 브로켓 경Lord Brocket, 런던데리 백작the Earl of Londonderry, 폰손비 경Lord Ponsonby, 댄비 백작the Earl of Danby 같은 주요 유화론자들이 그랬다. 그중 벤더는 화려하고 매력적인 인물로 "전쟁은 유대인과 프리메이슨 비밀 조직이 꾸민 음모의 일부였다."라고 주장했다. 당시는 토리당 출신 총리들이 공작과 백작의 견해에 더욱 관심을 쏟아야 했던 시기였다.

소위 부역자들만 전쟁에 반대한 것은 아니었다. 당시 외무 차관이었던 랩 버틀러는 히틀러가 적당한 조건을 제시해 오면 영국은 타협해야 한다고 스위스 외교관에게 말했다가 들통이 났다. 심지어 처칠의 친구이자 협력자로 알려져 있는 비버브룩도 협상을 해서 평화를 달성해야 한다는 의견에 찬성했다. 언제나 그렇듯 영국 정계는 전쟁을 치르는 것보다 돈 버는 데 혈안인 인물들로 들끓었다.

처칠과 가장 가까운 관리들 중에서도 회의론자들이 있었다. 최근까지 네빌 체임벌린 밑에서 일했으므로 충분히 예상할 수 있는 현상이었다. 처칠의 보좌관인 에릭 실

처칠 팩터

Eric Seal은 상관과 상관의 '과장된 말투'를 놓고 수군거렸고, 새 총리의 매력에 마음이 움직이지 않았던 소수에 속했다(처칠은 "실에게 그의 유빙에서 얼음을 가져오라 하게."라고 자주 말했다).

설상가상으로 무엇보다 중요한 비중을 차지했던 미국의 백악관과 의회에도 전쟁에 회의를 품은 인사들이 있었다. 미국 유권자 대다수가 미국이 전쟁에 개입하는 것에 반대했다. 루스벨트 대통령은 어떤 유럽 분쟁에도 '얽히지' 않겠다고 국민에게 약속했고, 그 약속을 어긴다면 그해 11월에 실시될 대통령 선거에서 고배를 마시리라는 사실을 잘 알고 있었다.

오늘날 미국 보수주의 정치인 중에는 히틀러에 맞서기를 끝내 거부했다는 이유로 네빌 체임벌린을 비난하는 사람이 많다. 유화 정책 자체가 미국 정치에는 일종의 욕이 되었다. 하지만 1940년 5~6월 영국이 인종 차별주의와 반유대주의 독재에 홀로 맞서 싸울 때 미국의 일부 상원 의원은 영국을 즉각 돕기는커녕 뒷짐을 지고 있었다.

육군성 장관은 열렬한 고립주의자인 해리 우드링Harry Woodring으로 미국에서 남아도는 물자를 영국에 보내면서도 5월 23일~6월 3일까지 고의로 수송을 지연시켰다. 그러면서 영국에서 판매되기 전에 소비자에게 적절하게 광고를 해야 하기 때문이라고 주장했다. 그사이 영국군은 지난 100년 동안 최대 군사 재앙으로 꼽히는 됭케르크 전투에서 계속 죽어 가고 있었다.

상원 외교 위원회는 선박과 비행기의 판매를 봉쇄했고, 육군성은 이미 돈을 지불한 프랑스군에게 일부 포탄을 넘겨주지 않았으며, 데이비드 월시David Walsh 상원 의원은 영국이 나치의 해상 침입에 대비해 고속 어뢰정 20대를 구매하려고 거래를 추진하자 이를 방해했다.

물론 미국의 여러 언론과 대통령은 영국에 훨씬 동정적 태도를 보였다. 하지만 루스벨트 대통령은 중립법Neutrality Act과 당시의 일반적인 기류 때문에 권한을 행사하는 데 한계가 있었고, 단순히 신중하게 행동하겠다는 취지에서도 개입하기를 주저했다. 5월 15일 군 지휘권을 장악한 지 일주일이 채 되지 않았을 때 처칠은 루스벨트에게 편지를 보내 미국의 구식 구축함을 보내 주는 형식으로 군사 원조를 요청했다.

처칠은 구축함을 보내 달라고 부탁하면서도 은근하게 위협하는 어조로 편지를 끝맺었다. 영국이 패배한다면 영국 해군을 수용하려는 히틀러의 음모를 막을 세력이 없어서 결국 히틀러가 영국 전함을 이끌고 미국을 공격하리라고 언급했던 것이다. 처음으로 미국 대통령과 대화를 하고 나서도 처칠은 상대방이 어떻게 반응할지 종잡을 수가 없었다.

루스벨트는 절망스러운 상황에 놓여 미국을 구슬리고 엄포를 놓는 처칠의 편지를 읽고 나서 아마도 영국이 다른 유럽 국가들의 전철을 밟을지 모른다는 결론을 내렸을 것이다. 그렇다면 결국 미국을 향해 포구를 겨눌 구축함을 영국에 보낼 이유가 없지 않은가?

결국 처칠은 의도하지 않게 자국에 불리한 주장을 펼쳤던 셈이다. 스스로 감정이 격해진 나머지 영국이 붕괴했을 때 미국이 느낄 불안감을 가라앉히지 않았다. 게다가 국제적 인물인 프랑스 함대의 프랑수아 다를랑 사령관은 영국 자체와 영국의 지속적인 전쟁 수행 능력에 의심을 품고 있었다.

쉽게 발끈하는 성격의 소유자였던 다를랑은 영국이 프랑스를 지원하는 방식이 부적절했다고 분노하면서 단호하게 영국을 혐오하기 시작했다. 영국은 다를랑의 분노를 진정시키고 그가 싸워야 할 나라는 영국이 아니라 독일이라는 점을 상기시켜야 했다. 6월 초 암울하고 슬픈 분위기에서 처칠을 만난 다를랑은 프랑스 함대가 독일 수중에 들어가는 일은 없다고 단언했다. 하지만 다를랑의 말을 신뢰할 수 있을까?

다를랑은 당연히 고결한 사람이므로 휘하 함대가 독일에게 이용당하는 미래는 생각할 수 없다고 믿겠지만, 이미 주위에는 상상할 수 없었던 일들이 많이 일어났

처칠 팩터

다. 독일의 영향권 안에 들어 있는 한 프랑스 전함에 독일 깃발이 꽂힐 가능성은 다분했다. 처칠은 이러한 위험을 무릅쓸 수 없었다.

일부 역사가는 처칠의 행동을 강력하게 비판해 왔다. 리처드 램Richard Lamb은 탁월한 연구 끝에 처칠은 지나치게 잔인하고 충동적이었다고 주장하면서 프랑스와 얽힌 상황을 해결하기 위해 휘하 사령관들에게 시간을 더 주어야 했다고 강조했다. 또한 처칠이 1951년 다시 총리 자리에 오른 것을 부당하게 이용하여 종전 후에 공식적인 역사를 세탁함으로써 자신이 저지른 '학살 행위'에 대한 비판을 효과적으로 제거했다고 말했다.

확실한 점은 처칠이 불도저처럼 일을 추진하면서 전체 과정을 책임졌다는 사실이다. 프랑스가 함락되자마자 처칠은 맵시 있고 빠르고 현대적인 프랑스 전함이 독일 수중에 들어갈 위험성을 인식하고 두려워했다. 6월 22일 열린 전시 내각 회의에서 처칠은 리슐리외Richelieu와 장 바르Jean Bart 등 프랑스 전함의 성능을 언급했다. 그러면서 이 전함들을 폭파하거나 지뢰를 장착해 항구에 가둬야 하고, 함장들은 영국에 투항시키거나 반역자로 처리해야 한다고 주장했다.

핼리팩스는 "협상을 성공으로 이끄는 데 전력을 기울여야 한다."라고 역설하면서 나머지 내각 각료들을 이끌며 처칠을 진정시키려 애썼다. 이틀 후 처칠은 자신의 주장을 다시 피력했다. 휴전 협정이 효력을 발휘했고 프랑스는 전쟁에서 빠졌다. 그렇다면 이 망할 전함에 대해 영국은 어떤 조처를 취해야 할까?

해군 장성들이 내각과 한목소리로 프랑스에 폭력적 방법을 행사하는 계획에 반기를 들었다. 대개 처칠의 명령에 두말없이 따랐던 제1 군사 위원 두들리 파운드Dudley Pound 경조차 프랑스에 등을 돌리는 작전에 동의할 수 없다고 말했다.

그들은 외양간 문 앞에 서 있는 황소처럼 처칠을 맹비난하면서 들이받았다. 북아프리카의 프랑스 항구에 파견되었던 해군 연락 담당자 전원과 해군 장성들이 지브롤터 회의에 소환되었다. 프랑스 함대를 공격하는 것이 좋은 생각일까?

회의에 참석한 현장 전문가들은 아니라고 대답했다. 프랑스에 위협을 가하면 '재앙을 불러오고' 프랑스가 영국에 등을 돌릴 가능성이 더욱 커지리라고 했다. 참석자들이 일제히 이의를 제기했지만 소용이 없었다. 처칠은 회의 참석자들의 망설이는 태도를 독재적인 무관심으로 짓밟았다. 리처드 램은 전쟁에서 이즈음의 처칠은 실질적으로 군사 독재자였다고 주장했다.

7월 1일까지 참모 총장들과 내각 각료들은 처칠의 방식대로 상황을 판단하도록 강요당했다. 프랑스 함대를 무력하게 만들거나 필요하다면 침몰시키려고 캐터펄트 작전Operation Catapult을 출범시켰다. 처칠은 중요하게 생각하지 않았지만 프랑스군은 스스로 판단해서 최선을 다해 자국의 의무를 수행했다. 우선 프랑스 항구에 정박해 있는 선박과 잠수함에 구멍을 뚫고 나머지는 독일이 점령한 프랑스 영토에서 내보냈다. 리슐리외와 기타 선박 스물네 척은 브레스트Brest를 떠나 모로코Morocco까지 항해했다. 장 바르는 생 나제르St Nazaire를 떠났고, 기타 선박은 로리앙Lorient을 떠났다.

실제로 프랑스군은 독일 점령 지역에 단 한 척의 선박도 남겨 놓지 않았지만 처칠은 "무슨 수를 쓰더라도 어떠한 위험을 감수하더라도 프랑스 함대가 독일 수중에 들어가 영국과 다른 나라를 파괴하는 사태가 절대 발생하지 않도록 확실하게 조처를 취해야 했다".

프랑스가 독일과 휴전 협정을 맺기 전에 영국군은 프랑스군에게 독일 점령지 외곽에 있는 북아프리카나 툴롱Toulon으로 함대를 이동하면 별일 없을 것이라고 못 박아 말했다. 이제 신뢰할 수 없는 영국인은 또 약속을 지키지 않았다.

7월 3일 제임스 소머빌이 이끄는 영국 기동 부대가 메르스엘케비르 외곽에 도착하자 프랑스 해군은 곧 공해로 함께 나가 독일군을 상대로 전투를 벌이리라 생각하고 흥분했다. 그때 영국 비행기 무리가 상공에 나타나더니 항구 입구에 지뢰를 떨어뜨렸다. 프랑스군의 의구심은 점점 커졌다.

영국은 프랑스 마르셀 장술Marcel Gensoul 제독과 협상하려고 사절을 파견했다. 장술은 처음에는 사절을 만나지 않겠다고 거절했다. 일개 해군 대령과 협상 자리에 앉는 것은 자기 권위에 금이 가는 처사라고 생각했기 때문이다. 어쨌거나 '후키' 홀랜드'Hookie' Holland 대령은 처칠에게 받은 최후통첩을 장술에게 가까스로 건넬 수 있었다.

프랑스군은 자국 선박을 침몰시키든지, 영국 항구나 서인도 제도로 몰고 가든지, 아니면 결과를 감수하라는 통첩을 받았다. 하루가 지나고 긴장이 증폭되었다. 프랑스 선박에 둘러싸인 영국 사절 후키 홀랜드는 불안한 나머지 연신 라이터를 만지작거렸다. 결국 오후 2시 42분 장술은 '명예로운 의논'을 하려고 영국 대표단을 맞이하겠다는 신호를 보냈다. 따라서 홀랜드는 오후 4시 15분 프랑스 기함인 뒝케르크에 승선했고 두 사람의 회의는 진척을 보이기 시작했다.

장술은 독일이 선박을 나포하려 하면 선박을 미국으로 보내든지 침몰시키라는 다를랑의 명령서를 보여 주었다. 홀랜드는 "우리가 이 사실을 사전에 알았다면 상황은 달라졌을 겁니다."라고 말했다. 장술은 한 걸음 더 나아가 자신이 받은 명령의 범위를 넘기는 하지만 휘하 선박을 자진 무장해제하겠다고 밝혔다. 하지만 그때는 시기적으로 이미 늦었다.

다를랑은 해군 증강 병력을 보냈지만 도착 시기를 알 길이 없었다. 영국 함대와 프랑스 함대 사이에 전면전이 벌어질 것이 뻔했다. 처칠이 "문제를 조속히 해결하라."는 짤막한 전보를 보내면서 프랑스 해군의 운명은 정해졌고 포격이 시작되었다.

처칠이 나중에 말했듯 "그것은 나라를 구하려고 자식의 생명을 거두는 것 같은 끔찍한 결정이었다". 얼음처럼 냉철하게 논리적으로 생각하면 처칠의 결정도 전적으로 정확했다.

어떤 방향으로 생각하더라도 프랑스군은 자국 선박이 실제로 독일군에게 몰수당하거나, 기껏해야 나치와 협상을 벌일 때 이점으로 작용할 뿐이라는 사실을 인식해야 했다. 리처드 램은 독일군이 단순히 '점검'하거나 '감독'하려는 목적으로 프랑스 함대를 '통제'하고 싶어 했다고 주장했다.

램의 이러한 주장은 확실히 타당하지 않다. 독일군은 파리를 점령함으로써 프랑스의 목에 발을 올려놓았다. 그러므로 궁극적으로는 프랑스군에게 명령을 내려 프랑스 선박을 자기 뜻대로 사용할 수 있었다. 프랑스군은 자신들이 영국에게 했던 약속이 무의미하다는 사실을 인식해야 했다. 다를랑과 해군 장성들은 자존심을 죽이고 자주성의 가면을 벗어 버리고 처칠이 제안한 대로 영국 항구나 카리브해로 자국 선박을 이동시켜야 했다. 그렇게 했다면 다를랑은 영웅이 되었을 것이다.

자국 독립에 위협이 되는 요소는 무엇이든 제거하는 것이 총리로서 처칠의 임무였으므로 메르스엘케비르 전투에서 영국군에게 무자비한 명령을 내렸던 그의 판단은 옳았다. 바로 다음 주에 그곳에서 브리튼 전투가 벌어졌기 때문이다.

———

화창한 여름 내내 영국인들은 세계 역사의 방향을 가르는 전투를 목을 길게 빼고 지켜보았다. 전투기들이 영국 남부 상공에서 전투를 벌이며 뿜어내는 비행기구름을 따라 세계의 운명이 그려졌다. 얼굴이 검게 그을린 독일군이 자신들의 정원을 비틀비틀 걷는 광경을 보았고 교외의 거리에는 비행기 조각이 떨어졌다.

영국 공군이 깜짝 놀랄 만한 곡예비행을 선보이며 적기를 격추시키기도 하고, 무시무시한 화염에 휩싸여 추락하기도 하고, 뒤얽힌 고철 더미에 충돌하기도 했다. 시간이 지날수록 영국인은 어떤 위험이 다가오고 있는지 분명히 깨달았다. 영국 공군에 대한 독일 공군의 이번 공격은 영국을 전면적으로 공격하려는 계획의 서곡에 불과했다. 히틀러의 정복 일정에서 다음 목표는 영국이라고 생각할 근거가 충분했다.

사람들은 처칠이 국가의 결속을 강화하고 온 국민의 지지를 얻기 위해 침략 위협

처칠 팩터

을 과장했다고 말하기도 한다. 하지만 나는 정말 그랬을지 의심이 간다. 1940년 6월 영국이 처한 위험이 매우 긴박하다고 생각한 처칠은 총리 관저에 있는 사격장으로 가서 회전식 연발 권총과 만리허Mannlicher 소총으로 사격 연습을 시작했다. 또한 독일군의 침공 시기를 예측하기 위해 매일 조수 간만을 연구했다.

7월 14일 〈도이체 알게마이네 차이퉁Deutsche Allgemeine Zeitung〉은 런던이 바르샤바의 전철을 밟아 잿더미가 되리라 예측했다. 7월 19일 히틀러는 독일 연방 의회에서 연설하면서 영국을 향해 평화를 선택하든지 "끝나지 않을 고통과 비참"을 선택하라고 경고했다. 그러면서 남부 해안을 전면적으로 침공하는 자칭 바다사자 작전을 세웠다.

히틀러가 하늘과 바다의 통제권을 거머쥐었다면 거의 틀림없이 그렇게 했을 것이다. 히틀러는 네덜란드 해안에 바지선 1918척을 집합시켰고, 영국 해협을 건너 휘하 군대를 이동시킬 수 있었다면 영국이 오랫동안 계속 싸우기는 힘들었을 것이다. 방어 시설도 후방 진지도 없었으므로 영국군은 됭케르크에서 패주했다.

영국은 900년 동안 외세에 굴복한 적이 없었으므로 런던은 유럽에서 가장 크고 방만했으며(처칠은 런던을 거대한 살찐 암소라고 불렀다) 방어 태세가 매우 허술했다. 그나마 남아 있는 벽과 흉벽은 로마 시대에 쌓은 것으로 상태가 그다지 좋지 않았다.

히틀러는 영국을 공격하면서 거창한 전략을 펼쳤다. 동부로 가서 러시아와 싸우기 전에 영국을 무너뜨려야 했다. 1940년 7월 윈스턴 처칠에게는 제1차 세계 대전의 형세를 예측했을 때와 마찬가지로 전쟁의 전체 형국과 역학 관계가 분명히 보였다.

처칠은 7월 14일 총리 관저에서 이렇게 언급했다. "히틀러는 침략하든지 패배해야 한다. 패배하면 동부로 가야 할 테고 그러면 패배할 것이다." 처칠은 사태를 언제나 정확하고 명쾌하게 파악하는 능력을 갖췄으므로 만약 영국이 살아남아 버틸 수만 있다면 나치가 아무리 전쟁 기계라 하더라도 한꺼번에 두 전선에서 싸울 수는 없기에 패배하리라 판단했다.

영국이 계속 버틸 수 있었던 것은 처칠 덕택이고 결정적으로 중요한 순간을 넘긴 것도 오로지 처칠 덕택이었다. 그해 여름 처칠의 리더십은 완전히 신비스러웠다. 시적이고 때로 셰익스피어 같은 표현을 구사하는 처칠의 연설을 들은 국민은 자신이 고귀하고 당당한 존재라고 느꼈고, 자신이 현재 하는 일이 과거 어떤 일보다 바람직하고 중요하다고 생각했다.

처칠은 영국인의 결속 정신과 자유정신을 끌어냈다. 여기에는 세상 어느 곳보다 화창한 6월의 영국 날씨도 한몫했다. 게다가 위협을 물리쳐야 하며 영국은 싸우다 죽어 가면서도 지켜야 하는 섬이라고 처칠이 북돋웠던 일반적인 정서를 부드러운 자연의 아름다움이 더욱 부추겼다. 처칠은 영국 공군과 마찬가지로 각자가 역경을 이기고 독재에 저항하는 영웅이라는 자아상을 국민에게 심어 주었다. 또한 테르모필레Thermopylae 전투나 로크스 드리프트Rorke's Drift 전투처럼 소수가 다수에 항거하는 영원하고 희망 가득한 이야기의 주인공이라는 생각을 넣어 주었다.

아드레날린이 솟아나는 활기찬 분위기에서 영국 국민은 정말 놀라운 업적을 달성했다. 지난 120년 동안 영국의 생산품이 독일을 앞질렀던 유일한 시기가 바로 1940년 여름이었다. 영국은 비행기 생산량에서 독일을 앞지르며 가을에 접어들자 독일 공군을 쫓아냈다. 괴링은 휘하 전투기와 폭격기의 관심을 영국의 도시로 돌리면서 다우딩Dowding의 비행장을 포기하는 치명적인 실수를 저질렀다.

독일군은 매우 쉽게 승리할 수도 있었다. 독일군의 접근을 막으려고 영국에 있는 모든 비행기가 총출동한 적이 몇 번 있었다. 이때 괴링이 제공권을 장악했다면 침략 함대가 영국 해협을 무사통과하고 더욱 무섭고 치명적인 공격을 가하면서 프랑스 전함을 차지했을 것이고 그랬다면 히틀러의 자신감은 훨씬 커졌을 것이다.

독일 함대는 노르웨이 작전에서 심하게 타격을 입었다. 이때 프랑스 함대를 손에 쥐고 있었다면 천하무적이 되었을지 모른다. 따라서 처칠이 메르스엘케비르 전투에서 내린 명령은 정말 잔인했지만 필요했다. 이는 중앙아시아 스텝 지대에서 해골을 쌓으며 전의를 불태웠던 군 지도자의 냉혹하고 계산된 행동이었다.

처칠은 확실히 군 지도자여서 현대 민주주의 정치인으로는 생각할 수 없는 방식으로 군사 행동을 주도하고 지휘했다. 프랑스가 항복하기 직전까지도 프랑스 편에서서 최선을 다했다. 승패가 분명해진 이후에도 오랫동안 군인과 물자를 프랑스에 보내도록 조처했다. 하지만 51 하일랜드51st Highland 사단을 헛되이 포기하는 바람에 많은 군인이 전사하거나 생포되는 비극을 겪게 했고, 브르타뉴에서 나치에 맞서 아스테릭스Asterix에서와 같은 보루를 만드느라 시간과 에너지를 낭비했다는 비난을 들었다.

프랑스가 함락당하자 처칠은 논리적으로 유일하게 합당한 결론을 내렸다. 진정한 비극은 장술 제독과 다를링 모두 자신이 속한 세계가 얼마나 급격하게 바뀌었는지 깨닫지 못했던 것이다. 따라서 엄청나게 우울하고 여러 측면에서 혐오스러운 학살을 자행하고도 하원이 처칠의 행동에 그토록 열광했던 것이다.

부분적으로는 영국이 1년 동안 노르웨이부터 됭케르크까지 허둥거리며 대피하기 급급하다가 마침내 전투를 제대로 치렀기 때문이고, 전투가 일방적이었든 승리가 공허했든 적어도 승리했기 때문이다.

좀 더 중요한 이유로는 하원 의원들이 망설이던 끝에 국군 통솔권을 부여해 준 인물이 다행스럽게도 공격적이고 냉혹한 면모를 갖추었다는 사실을 해당 전투를 계기로 확인했기 때문이다. 하원 의원들은 처칠처럼 행동할 수 있는 용기와 배짱을 지닌 정치인은 어디에도 없다는 사실을 잘 알고 있었고, 이제 영국이 전쟁에서 어떻게 승리할 수 있을지 깨달았던 것이다.

그래서 하원 의원들은 의사 일정표를 흔들며 처칠에게 환호했다. 게다가 그것은 처칠이 메르스엘케비르 전투를 매개로 워싱턴에 보내는 메시지였다. 여전히 구식 구축함을 보내지 않는 미국을 향해 영국은 결코 포기하지 않을 것이고 승리하기 위해서라면 무슨 일이든 하겠다는 의지를 표명한 것이다.

처칠은 하원에서 연설하면서 자신의 행동에 대한 판단을 '국가와 미국'에 맡기겠다고 말하며 끝을 맺었다. 그의 연설에서는 두 번째 대상인 미국이 결정적으로 중요했다. 제니 제롬의 아들은 어머니의 조국을 전쟁에 끌어들이지 않는 한 궁극적인 승리를 거둘 희망이 전혀 없다는 사실을 인식하고 있었다.

1. 1892년 18세의 윈스턴 처칠.

2. 처칠의 아버지인 랜돌프.

3. 처칠의 어머니인 제니 제롬.

4. 1894년 아버지 랜돌프와 어머니 제니 제롬, 세계 여행 중 일본에서. 랜돌프는 영국으로 돌아오고 한 달 뒤 45세 나이로 사망했다.

5. 1889년 14세의 윈스턴(오른쪽)과
9세의 잭, 어머니와 함께.

6. 1912년 7월 29일 아르마다 Armada 데이에 어머니와 함께.

7. 1899년 11월 프리토리아에서 보어 전쟁의 포로가 되다.

8. 처칠이 쓰고 1908년 호더 앤 스토턴Hodder and Stoughton 출판사에서 출간한 《나의 아프리카 여행기My African Journey》에서.

9. 1911년 1월 '시드니 거리 포위 사건'. 처칠이 경찰과 근위 보병 사이에 비서관 에디 마시와 함께 서 있다(둘 다 키가 큰 모자를 쓰고 있다).

10. 1916년 이에페르 전투지 근방, 벨기에 뉴
포르에 주둔해 있는 프랑스 군대를 방문하다.

11. 1941년 하원의 폭격 피해 현황을 조사하다.

12. 1924년 보궐 선거에 출마한 처칠이 웨스트민스터의 아베이 지구 보궐 선거를 치르기 전 열린 한 회합에 참석하다. 무소속으로 출마해 불과 43표 차이로 패배했다.

13. 1941년 4월 독일 폭격기의 공격을 당한 브리스틀Bristol을 아내 클레먼타인과 미국 대사 존 길버트 위넌트John Gilbert Winant와 방문하다.

14. 1942년 오스트레일리아 외무 장관 허버트 애버트Herbert Evatt 박사와 함께 사기를 진작시킬 목적으로 방문한 런던 공장에서 한 여성 근로자에게 시가를 받다.

15. 1957년 7월 스네어스브룩에서 열린 보수주의 연합 가든 페스티벌에 참가하다.

16. 1925년 처칠(왼쪽)은 상원 대 하원의 연례 폴로 경기에 참가했다. 처칠이 속한 하원이 6 대 2로 승리했다.

17. 1922년 도빌에서 해수욕하다.

18. 1959년 2월 모로코 마라케시Marrakesh에서 휴가를 보내며.

19. 결혼 첫해에 처칠과 클레먼타인.

20. 1944년 6월 클레먼타인과 딸 메리와 함께 비행 폭탄을 관찰하다.

21. 1945년 5월 치그웰Chigwell에서 선거 운동을 하다.

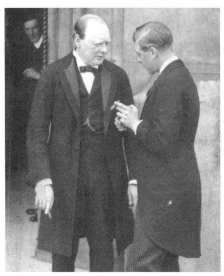

22. 1919년 6월 하원에서 열린 오찬 파티에서 영국 왕세자(후에 에드워드 8세)와 함께.

23. 1938년 3월 29일 히틀러가 오스트리아를 합병한 직후 화이트홀에서 핼리팩스 경과 함께.

24. 1929년 4월 15일 다우닝 가 10번지에서 총리 스탠리 볼드윈과 함께. 이날 처칠은 재무 장관의 신분으로 다섯 번째이자 마지막 예산안을 전달했다.

25. 1934년 로이드조지와 함께.

26. 1945년 7월 15일 스탈린과 최종 회의를 진행하는
동안 포츠담에서 미국 대통령 해리 트루먼과 함께.

27. 1908년 4월 자신의 선거구인 맨체스터 북서 지역에서 선거 운동을 하다.

28. 1943년 6월 1일 카르타고에 있는 로마 원형 경기장에서 연합군에게 연설하다.

29. 1948년 브라이턴의 보수당 회의에서 연설하는 처칠.

30. 1948년 5월 7일 헤이그 소재 유럽 의회에서 연설을 마치고 나서 환호에 감격하다. (유럽 운동의 지도자들: 왼쪽부터 오른쪽으로) 피에 커스텐스Piet Kerstens, 폴 라마디에 Paul Ramadier, 유제프 레팅거Józef Retinger, 드니 드 루즈몽Denis de Rougemont.

31. 처칠은 항공 비행의 초기 선구자이다(1939년).

32. 1915년 탱크 부대를 사열하다.

33. 1944년 3월 공격일 3개월 전 남부 영국에
서 톰슨 기관 단총 '토미'를 시범 사격하다.

34. 1939년 차트웰에서 알베르트 아인슈타인과 함께.   35. 1954년 하웰 원자력 연구소에서.

36. 1939년 10월 전원에 있는 처칠의 집인 차트웰 저택의 서재에서.

37. 1928년 9월 벽돌로 차트웰의 벽을 쌓다.

38. 1940년대 말 차트웰에서 앤서니 이든과 함께.

39. 1945년 3월 25일 몽고메리 장군(베레모를 쓴 사람)을 대동하고 미군 및 연합군과 함께 라인 강을 건너다.

40. 1945년 5월 8일 처칠이 독일과의 전쟁에서 승리했다는 사실을 알리고 화이트홀에서 군중에게 손을 흔든다.

41. 1909년 9월 황제를 추종하는 독일군의 군사 훈련을 참관하다. 그들은 "극적인 표현에 약했다".

42. 1921년 3월 카이로 방문. "정상인과 전혀 화합하지 못하는" T. E. 로런스(왼쪽에서 네 번째), 거트루드 벨(왼쪽에서 세 번째), 클레먼타인(왼쪽).

43. 1942년 카이로에서 '용감한 군인이자 진정한 정치인'인 펀자브 총리 시칸더 하이야트 칸Sikander Hyatt Khan과, 인도의 최고 사령관인 아치볼드 웨이벌Archibald Wavell과 함께.

44. 1943년 6월 8일 북아프리카에 있는 연합군 본부에서. (왼쪽에서 오른쪽으로) 앤서니 이든 외무 장관, 앨런 브룩 경, 아서 테더Arthur Tedder 공군 대장, 앤드루 커닝엄Andrew Cunningham 제독, 해럴드 알렉산더Harold Alexander 장군, 조지 마셜George Marshall 장군, 아이젠하워 장군, 몽고메리 장군.

45. 1943년 11월 테헤란에서 처칠의 69세 생일에 '늙은 곰' 스탈린과 함께.

46. 1944년 11월 11일 '전사 종족의 마지막 생존자'인 드골 장군과 함께. 처칠은 파리에서 드골을 가리켜 '햄스테드Hampstead의 괴물'이라고도 불렀다.

47. 1944년 12월 '책략을 꾸미는 중세
고위 성직자'인 다마스키노스와 함께.
대주교는 그리스에서 공산주의를 좌절
시키려는 처칠의 시도에 주요 역할을
담당했다.

48. 1945년 2월 카이로 근방 그랜드 호텔 뒤락에서 아랍 세계의 '보스 중의 보스'인 이븐사우드 국왕과 함께.

49. 1919년 7월 런던에서 거행된 한 의식에서 존 퍼싱John Pershing 장관과 함께 이야기하다.

50. 1943년 5월 샹그릴라에 있는 대통령 시골 휴양지 근처에서 루스벨트와 함께.

51. 1944년 11월 런던에 있는 로열 앨버트 홀 Royal Albert Hall에서 열린 한 미국 추수 감사절 축하 행사에서 연설하다.

52. 1946년 3월 유명한 '철의 장막' 연설을 하기 위해 트루먼 대통령과 함께 미주리 주 풀턴으로 가는 길에.

53. 1946년 3월 12일 뉴욕에 있는 루스벨트 대통령 묘소에서.

54. 1954년 6월 아이젠하워 대통령과 국무 장관 존 덜레스John Dulles와 회담하기에 앞서 부통령 리처드 닉슨Richard Nixon과 함께.

55. 1954년 클레먼타인이 지켜보는 가운데 처칠이 보수당 회의에서 고별 연설을 마치자 앤서니 이든 경이 박수갈채를 유도하고 있다.

56. 1969년 12월 1일 클레먼타인이 하원 로비에서 남편의 동상을 제막하다.

미국에 구애하다

17

총리직에 오른 초창기부터 처칠은 자신이 해야 할 일을 알았다. 아들인 랜돌프 처칠은 1940년 5월 18일 총리 관저에 있는 아버지의 방에 갔을 때를 이렇게 기록했다. 총리가 세면대 앞에서 구식 면도기로 면도를 하고 있었다.

"얘야, 내가 면도를 다 할 때까지 거기 앉아 신문을 읽어 주겠니?" 나는 그렇게 했다. 2~3분가량 지났을 때 아버지가 상체를 반쯤 돌리며 말했다. "상황을 헤쳐 나갈 길이 보이는구나." 나는 크게 놀라며 되물었다. "우리가 패배를 회피할 수 있다는 말씀이세요?"(믿을 수 있을 것도 같았다.) "아니면 그 개자식을 물리칠 수 있단 말씀이세요?"(믿기가 힘들 것 같았다.)

아버지는 면도기를 세면대에 담그고 휘휘 휘저으며 이렇게 말했다. "물론이지, 암, 물리칠 수 있고말고."

"예, 저도 그러리라 굳게 믿고 있어요. 하지만 어떻게 하실 건데요?"

아버지는 수건으로 얼굴을 닦으며 내게 몸을 돌려 진지하게 말했다. "미국을 끌어들여야지."

아무리 기품이 있더라도 연설할 생각은 하지 마라. 요즘 관점으로 판단하면 모두 완전무결해 보이지 않겠지만 어쨌거나 전략적 결정이라는 측면에 초점을 맞춰라. 처칠이 전쟁에서 어떻게 승리했는지 이해하고 싶다면 어떻게 미국을 구슬리고 설득했는지, 어떻게 미국의 우선순위를 미묘하지만 한 치의 오차도 없이 조종했는지 눈여겨보라.

처칠은 자신처럼 예스럽고 별난 외교 도구를 사용했다. 이것은 처칠의 매력이자 성공 비결이었다. 물론 이러한 도구를 구사하기는 쉽지 않았고 전혀 효과가 없어 보이는 시기도 있었다.

시간을 1년 이상 앞당겨 보자. 전시에 처칠은 외지고 한적한 뉴펀들랜드Newfoundland 에 있는 플레센티아 만Placentia Bay 항구에서 처음으로 루스벨트와 극비리에 만났다. 때는 1941년 8월 10일이었다. 바위와 소나무가 많고 안개가 엷게 깔린 이곳에 대형 포함 두 척이 도착했다. 유럽인이 북아메리카에 첫발을 디딘 이후로 풍경은 바뀌지 않았다. 현대판 '황금 직물의 들판'*처럼 강력한 세력가들이 평화 회담을 하려고 모였다.

한 선박에는 휠체어를 탄 미국 대통령과 그가 이끄는 군대 장성들이 타고 있다. 그들은 햄과 레몬을 포함해 전시에 런던에서 구할 수 없는 산해진미를 선물로 가져왔다.

반대편 선박에는 윈스턴 처칠과 그가 이끄는 무리가 초조하게 기다리고 있다. 그

---

* Field of the Cloth of Gold, 영국의 헨리 8세와 프랑스의 프랑수아 1세가 신하 5000명씩을 거느리고 동맹을 논의하기 위해 만난 곳.

들은 저장고에 보관해 숙성시킨 뇌조 고기 90마리, 포트넘 앤드 메이슨 브랜드의 디저트를 선물로 가져왔다. 자신이 구사할 수 있는 군사적 전략이 바닥나고 있었으므로 처칠은 항해하는 내내 혼블로워*가 주인공으로 등장하는 해군 소설 세 권을 연거푸 읽었다.

깜빡 잊고 미국 시간에 맞춰 시계를 돌려놓지 않은 영국 대표단은 지나치게 일찍 도착했으므로 주위를 약간 배회하다가 약속 장소로 갔다. 그들은 영국 선박 '웨일스의 황태자Prince of Wales'호에서 대형 보트를 내렸다.

당시 기록을 보면 미국 대표단은 '오거스타Augusta'호의 갑판에서 영국 대표단을 기다렸다. 루스벨트는 보조 기구를 다리에 달고 상체를 꼿꼿이 세우고 있어서인지 키가 상당히 커 보였다.

아래에서 사람들이 움직이는 소리가 들렸다. 영국 대표단이 도착해 현문 사다리를 오르고 있었다. 드디어 처칠이 모습을 드러냈다. 일단 눈에 들어오면 누구도 처칠에게서 시선을 뗄 수 없다.

처칠은 길이가 짧은 겹여밈 코트를 입고 요트용 모자를 한쪽 눈 위로 지그시 눌러써서 술에 약간 취한 버스 차장 같아 보인다. 주위에서 유일하게 시가를 입에 물고 있는 처칠은 긴장한 탓에 몸을 꼿꼿이 세우고 제복을 입은 다른 사람들보다 눈에 띄게 키가 작아 보이기는 하지만 어깨는 더 건장하다.

처칠은 마치 경쾌하게 발을 놀리는 권투 선수나 사교 댄서처럼 즉시 앞장서서 현장을 연출한다. 미국 대표단에게 영국 대표단을 한 사람씩 소개하고 서로 인사하고 악수를 나누게 한다. 처칠의 얼굴에는 희색이 퍼진다. 뱃멀미를 해 가며 대서양을 횡단한 9일 동안 내내 기다려온 순간이 다가왔기 때문이다. 이제 미국 대통령 프랭

---

* Hornblower, C. S. 포레스터Forester의 연작 해군 소설에 등장하는 주인공으로 소위 후보생에서 출발해 제독까지 출세하는 인물이다.

클린 D. 루스벨트와 악수할 차례이다. 둘이 만나는 것은 1918년 이후 처음이다.

처칠은 손끝에 힘을 주어 간단하게 경례하고 루스벨트가 상체를 구부려 인사할 수 있도록 조금 거리를 둔 채 의외로 긴 양팔을 벌린다. 처칠은 이번 회합이 얼마나 중요한지 잘 알고 있다.

전쟁 상황은 그다지 순조롭지 않다. 영국 육군은 끊임없이 굴욕을 겪고 있다. 노르웨이에서 두들겨 맞았고 프랑스에서 채였으며 그리스에서 쫓겨났다. 게다가 충격적이게도 군인 수가 훨씬 적은 독일 낙하산 부대에 크레타 섬을 빼앗겼다. 독일의 영국 대공습으로 이미 민간인 3만 명 이상이 생명을 잃었다. 유보트는 영국 선박들을 맹렬하게 공격하고 심지어 캐나다 해안에 있는 회담 장소 근방의 바다까지도 배회하고 있다.

이제 히틀러는 재차 약속을 어기고 러시아로 진군했다. 가능성이 점쳐지듯 러시아가 함락되면 독일 독재자가 대서양부터 우랄산맥을 아우르는 지역을 지배하는 독보적 존재가 될 전망이 크다. 그러면 처칠은 자신이 권좌에서 밀려나고 영국은 어떤 방식으로든 파시즘을 수용하게 되리라는 사실을 인식하고 있다.

루스벨트에게 우아하게 손을 내밀어 악수를 청할 때 처칠은 머릿속으로 미국이 유일한 생명줄이라 생각한다. 하지만 자기 지위에 드리운 암울한 그림자를 처칠의 표정에서는 전혀 찾아볼 수 없다. 오히려 처칠의 얼굴에는 누구도 거부할 수 없는 아기같이 순진한 미소가 번진다.

루스벨트도 미소로 화답한다. 두 사람은 오랫동안 손을 맞잡았고 이틀 동안 처칠은 쉬지 않고 한담을 늘어놓는다. 나토NATO의 전신인 첫 대서양 회의에서 두 사람이 무슨 말을 주고받았는지 정확하게 알 수는 없지만 처칠이 상황을 심하게 과장한 것만은 분명하다. 이 회담에서 처칠의 임무는 두 나라가 운명 공동체라는 인식을 심고, 루스벨트의 타고난 성향을 잘 활용하고, 멀찌감치 거리를 두고 동정을 표현하는 태도를 벗어 버리고 유혈 사태에 관여하는 성숙한 동맹 국가로 미국을 만드는 것이다.

캐나다로 떠날 때부터 처칠은 그러한 분위기를 조성하기 시작했다. 우선 루스벨트에게 "우리 일행이 막 출발했습니다."라고 쾌활한 어조로 전보를 보냈다. "독일군이 지난번에 전쟁을 시작한 것이 바로 27년 전 오늘입니다. 이번 전쟁에서 우리는 제대로 싸워야 합니다. 전쟁은 두 번이면 충분하니까요."

우리라니?

두 번이라니?

백악관 측에서는 약간 주제넘은 발언이라 생각했을 법하다. 미국 정계에서는 어느 누구도 미군을 파견하는 것은 물론 세계 대전에 참전하겠다고 언질을 준 적이 없다.

처칠은 두 나라가 언어와 이상과 문화 등에서 하나라는 개념을 공들여 전개한다. 그렇다면 적도 같아야 하지 않을까? 일요일 아침 아주 멋진 행사가 펼쳐진다. 두 선박의 탑승객들은 한데 섞여 처칠이 고른 노래를 부르면서, 두 나라는 넓은 의미로 신교를 믿어 유산의 뿌리가 같으므로 비도덕적이고 무엇보다 이교도가 이끄는 정권에 맞서 한데 뭉쳐야 한다고 노래한다.

두 나라 대표단은 '앞으로! 기독교 군병들이여Onward Christian Soldiers'와 '신이여! 예부터 도움이 되시고O God Our Help in Ages Past'를 부른다. 마지막으로 과거부터 배를 타고 바다로 나간 사람들에게 신의 자비가 따르기를 구하는 '바다에서 위험에 처한 이들을 위하여For Those in Peril on the Sea'를 부른다. 영국 해군이 부르는 이 찬송가 가사는 바다에 도사리고 있는 위험을 노래한다.

'웨일스의 황태자'가 독일 전함 비스마르크Bismarck와 프린츠 오이겐Prinz Eugen을 추적한 지는 몇 달 되지 않았다. 오늘 함께 찬송가를 부른 사람들은 자매선인 HMS 후드(오랑에서 포문을 열었던 선박)가 거대한 불덩이에 갇혀 폭발하는 장면을 보았다. 두 전함은 거리가 매우 가까웠으므로 그들은 장교와 일반 해군을 합해 1419명의 목숨을 앗아간 재앙의 잔해를 뚫고 지나가야 했다. '웨일스의 황태자'도 포격을 맞았고 군인을 잃었다. 최근에는 갑판에 피가 흘렀었지만 지금은 탁자에 사냥감 새가 놓여 있다.

이것도 영국이 미국에 전달하는 메시지이다. 우리는 싸우고 죽어 가고 있지만 얼마든지 버텨 낼 수 있다. 당신 나라는 어떤가?

루스벨트가 거동이 불편한 점을 고려해 두 지도자는 나란히 앉아 노래하고 기도했다. 처칠은 글을 읽으려고 까만 뿔테 안경을 썼다. 운이 다한 전함에 탑재된 거대한 직경 36센티미터 대포 아래 수백 명이 집결해 있다. 사람들은 목이 메고 눈에는 눈물이 글썽인다. 기자들은 역사적 장면을 목격하고 있다.

마침내 정상 회담이 끝난다. '대서양 헌장Atlantic Charter'이라는 거창한 제목으로 공식 성명이 발표된다. 처칠은 사나운 바다를 가르며 영국으로 돌아간다. 그는 과연 무엇을 안고 돌아갔을까?

처칠이 의회와 대중에게 교묘하게 숨기려고 애썼던 참담한 사실은 그토록 노련하게 각본을 짜고 연출했지만 소득이 전무했다는 것이다.

영국 내각은 '대서양 헌장'을 신속하게 승인했지만 미국 의회는 비준하기는커녕 거들떠보지도 않았다. 처칠의 군사 담당관 이언 제이컵Ian Jacob은 어두컴컴한 대서양을 건너 고국으로 돌아가는 길에 영국 대표단의 실망에 젖은 침묵을 이렇게 정리했다. "단 한 명의 미국 장교도 우리 편에 서서 전쟁을 치르겠다는 의사 표시를 하지 않았다. 그들은 개개인으로는 매력적인 사람들이지만 우리와 다른 세계에 살고 있는 것 같다."

스톡턴Stockton의 공무원 앤드루 쉬비얼Andrew Schivial은 "정상 회담이 완전히 끝나자 어렴풋이 불만에 휩싸이며 몸이 공중에 붕 뜬 것 같았다."라고 기록했다. 영국군이 얻은 것이라고는 낡은 소총 15만 자루였을 뿐 미국 군대는커녕 군대를 보내 주겠다는 약속조차 받지 못했다.

처칠 팩터

뒤돌아보면 영국이 히틀러를 상대로 벌이는 전쟁에 미국이 참전하기까지 2년 4개월이라는 긴 세월이 걸린 것이 믿기지 않는다. 히틀러에게 점령당한 대륙에서 유대인·집시·동성애자·기타 집단이 체계적은 아니더라도 한데 모아져 살해당하고 있었다.

인종을 근거로 사람을 죽이는 나치의 정책이 외부에 널리 알려지지는 않았지만 그렇다고 비밀도 아니었다. 미국인은 양심과 명예를 외면하고 어떻게 그토록 냉담할 수 있었을까?

이 질문에 대해서는 반대 측면을 생각해 보라고 말하고 싶다. 전쟁은 아직까지 미국인의 중요한 이익을 위협하지 않았고, 생생하게 기억에 남아 인류를 부끄럽게 만드는 학살은 머나먼 대륙에서 일어났다. 어떤 정치가가 캔자스 주에 사는 어머니들에게 목숨을 잃을지도 모르는 유럽의 전장으로 아들을 보내는 것이 국민의 의무라고 그럴듯하게 설명할 수 있었을까? 게다가 두 번째로 말이다.

조지 워싱턴 이후로 미국은 외국 분쟁에 참견하지 않는 것을 외교의 기본 원리로 삼았다. 많은 미국인은 제1차 세계 대전에 휘말리게 했다면서 여전히 우드로 윌슨을 미워했다. 영국에 회의적이거나 상당히 적대적인 사람도 많았다.

지금은 이상하게 들리지만 당시 많은 미국인은 영국인이 1814년 백악관에 불을 지르고 다른 나라를 자국 싸움에 끌어들이는 재주가 있는 오만한 제국주의자라고 생각했다.

이런 미국을 설득하는 임무를 누가 맡았을까? 영국에 막대한 손해를 입히고 1940년 말에 고국으로 소환된 악의적인 조지프 케네디도 아니고, 워싱턴 주재 영국 대사도 아니었다. 다름 아니라 몸이 마르고 키가 큰 유화론자로 괴링과 자주 사냥을 다녔던 핼리팩스 백작이었다.

핼리팩스는 영국 외교 사절로서 미국이 지닌 좀 더 순수한 감정에 호소하라는 임무를 띠고 미국 땅을 밟고 나서 끔찍한 시간을 보냈다. 미국에 도착한 직후부터 문화 충돌을 겪고 절망해서 털썩 주저앉아 울었다는 사연이 전해질 정도였다. 그는 미국인의 격식을 차리지 않는 행동, 전화로 통화하는 습관, 회의를 하자며 예기치 않게 불쑥 찾아오는 태도 등을 도통 이해할 수 없었다.

이튼 스쿨을 졸업한 노년의 귀족은 1941년 5월 다시금 고통을 겪어야 했다. 시카고 화이트 삭스 야구 경기에 초대를 받아 관전하다가 핫도그를 건네받았기 때문이다. 먹지 않겠다고 거절했더니 '미국의 어머니Mothers of America'라는 단체의 회원들에게 달걀과 토마토 세례를 받았다. 이는 유화론자라 하더라도 끔찍한 처벌이었을 것이다. 핼리팩스가 고립주의를 포기하라고 미국인들을 설득할 방법은 전혀 보이지 않았다.

그 임무를 맡을 수 있는 사람은 처칠뿐이었다. 첫째, 처칠이 절반은 미국인이었기 때문이다. 일부 동시대 영국인은 미국 혈통이 처칠의 성격에 활기를 부여하고 심지어 장삿속을 심어 주었다고 생각했다. 일례로 베아트리스 웹은 처칠이 영국 귀족보다는 미국 투기자에 가깝다고 언급했다. 둘째, 처칠은 전쟁이 발발하기 전에 미국을 네 차례 방문해서 모두 다섯 달 동안 체류했다. 그만큼 처칠은 미국의 지리를 알았고 미국인을 깊이 존중하고 존경했다.

처칠은 1895년 처음 미국 땅을 밟았을 때 어머니의 친구 부크 코크런Bourke Cockran의 집에 머물면서 그녀가 사용하는 수사법에 영향을 받았다고 말했다. 1900년 들어서는 보어 전쟁에 관해 강연하려고 다시 미국을 찾았다. 그때는 자신을 식민주의 사고방식의 소유자로 생각한 미국인들에게 약간 냉대를 받았다. 처칠의 연설을 듣는 미국인 청중은 군데군데 산재해 있었지만 영웅주의에 대한 처칠의 연설을 듣고 나면 일부는 보어인 편을 드는 경향을 보였다. 이러한 경험이 1920년대 처칠이 취했던 태도에 영향을 미쳤을 가능성이 있다. 당시 처칠은 미국이 특히 카리브해에서 영국의 해군력을 제거하려 시도하자 몹시 분개했다. 에디 마시가 제국주의적 태도를 보인다고 처칠을 책망하면서 "샘 아저씨의 양 볼에 키스해야 합니다."라고 조언

처칠 팩터

하자 처칠은 "맞아, 하지만 네 볼에는 아니지."라고 대꾸했다.

처칠은 반미주의자가 되었고 심지어는 전쟁을 걸어야 할지 모르겠다고 발언했으므로 클레먼타인은 남편이 제 발로 외무 장관 자리를 차 버렸다고 말하기까지 했다. 1929년 다시 미국을 방문한 처칠은 월 스트리트의 붕괴를 목격했고(처칠의 눈앞에서 한 남자가 고층 빌딩에서 떨어져 자살했다) 그도 그럴 것이 금주법 시행에 황당해했다.

한 미국인 금주 운동가가 처칠에게 "독한 술은 분노를 불러오고 독사처럼 쏩니다."라고 주장하자 처칠은 "나는 평생 그런 술을 찾아왔습니다."라고 응수했다.

하지만 1931년 미국을 방문한 것이 처칠에게 결정적으로 중요하게 작용했다. 처칠이 공직에서 물러나고 아마도 정치 인생에서 가장 우파적 성향을 띠었던 시기였을 것이다. 그는 미국인의 사업가 정신을 보았고, 최고 인재들이 정계보다 재계에 진입하는 경향을 감지했다. 아울러 미국인이 일소르파소*를 타면서 영국과 기타 유럽 국가를 추월해 세계 최대 경제 대국으로 부상하고, 세계의 경제 회복이 미국의 팽창과 성장에 달려 있다는 사실을 깨달았던 것이다.

이때부터 처칠은 반미 감정을 버리고 새 신조를 형성하기 시작했다. 즉 영국과 미국은 같은 과거와 전통을 지녔고, 법에 따른 동등한 권리 · 민주주의 · 자유를 대표하는 앵글로 · 색슨 이념의 신탁 관리자인 동시에 특허 사용자라고 강조했다.

'영어가 모국어인 국민' 개념을 집요하게 주장하기 시작했고 영미계인 자신의 혈통이 양국의 결합을 상징한다고 역설했다. 여기에 그치지 않고 양국에서 국적을 통일하자고 제안했고 심지어 파운드화와 달러화를 통합하자고 주장하면서 £$처럼 신기한 상징을 고안해 냈다.

1940년이 되자 처칠은 미국에 구애하기 시작했다. 사랑에 사로잡힌 사람의 마음가짐으로 미국의 지지를 구하기 시작했는데 외부에서 보기에는 비대칭 연애라고

---

* il sorpasso, 이탈리아 고속도로에서 추월에 사용하는 차선.

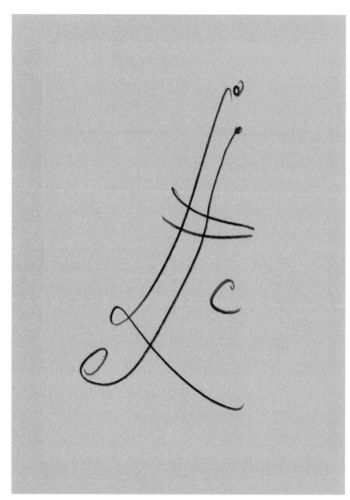

처칠이 영국과 미국의 화폐를 통일하자고 제안하며 고안한 상징.

부를 수도 있었다. 그만큼 양국의 관계는 워싱턴보다 처칠에게 훨씬 의미가 컸다.

처칠이 나중에 말했듯 "사랑에 빠진 어떤 사람도 내가 프랭클린 루스벨트에게 한 만큼 세심하게 애인의 변덕을 맞추려 노력하지 않았다". 루스벨트가 과거에 해군에 복무한 적이 있었으므로 처칠은 그의 환심을 사려고 "과거 해군이 다른 과거 해군에게"라는 표현을 사용해 편지를 썼다. 또한 백악관과 전화로 통화할 기회가 생기면 무조건 통화했고 미국 저널리스트들을 사귀고 총리 관저로 초청했다.

연설할 때는 라디오 청취자가 훨씬 늘어난 미국인 청중을 정통으로 겨냥했다. 1940년 6월 4일에 실시한 위대한 연설은 다음과 같이 직접적인 호소로 끝을 맺었다.

> 비록 유럽의 넓은 지역과 유구한 역사를 자랑하는 유명한 국가들이 나치 정권의 혐오스러운 조직과 게슈타포의 손아귀에 들어갔거나 그럴 가능성이 있더라도 우리는 결코 백기를 들거나 패배하지 않을 것입니다. 우리는 끝까지 싸울 것입니다. 우리는 프랑스에서 싸울 것입니다. 우리는 바다에서도 해양에서도 싸울 것입니다. 우리는 더욱 자신만만하고 힘차게 공중에서도 싸울 것입니다. 어떤 대가를 치르더라도 우리의 섬을 지킬 것입니다. 우리는 해안에서, 육지에서, 들판에서, 거리에서, 언덕에서 싸울 것이며 결코 항복하지 않습니다. 그러리라 한 순간도 믿지 않지만 설사 섬이나 섬의 많은 영토가 정복당하거나 굶주린다면 영국 함대로 무장하고 지키는 바다 너머에서 우리 제국은 투쟁을 멈추지 않을 것입니다. 언젠가 신세계가 전력을 다해 구세계에 구원과 자유를 안길 때까지 말입니다.

신을 향한 기원을 담은 것 같은 문장을 눈여겨보라. 영국은 그때도 지금처럼 신보다 미국 정치에 더욱 이해관계가 컸다. 처칠은 7월 오랑 연설의 절정에 도달했을 때도 똑같은 공식을 사용해 자기 행동에 대한 판단을 '미국'에 맡겼다.

처칠은 미국의 협조를 끌어내는 일에 서서히 진전을 보이기 시작했지만 과정은 힘들었을 뿐 아니라 큰 대가가 따랐다. 우선 '구축함과 기지의 교환 거래destroyers-for-bases deal'를 받아들여야 했다. 낡은 예비 함선 50척을 받는 조건으로 트리니다드Trinidad, 버뮤다, 뉴펀들랜드 소재의 기지를 넘겨주었다. 이렇게 받은 목욕통은 너무 낡아 바다에 거의 뜨지 못했고 그나마 1940년 말까지 아홉 척만 작동했다.

미국은 일부 무기를 판매하기로 동의했다. 하지만 중립법 조항에 따르면 영국은 구매하는 즉시 현금을 지불해야 했다. 1941년 3월 미국의 순양함 한 척이 마치 평면 텔레비전을 차압하는 집행관처럼 마지막 남은 금괴 50톤을 수거하러 케이프타운Cape Town으로 파견되었다. 미국에 있는 영국 기업체들이 헐값에 팔려 나갔다. 파산했다고 영국인들이 항의하기 시작하자 미국 정부는 마치 사회 복지부가 사회보장 혜택을 받으려고 자산을 은닉한다며 일부 노인을 비난하듯 영국의 지불 능력에 의심을 품었다.

처칠이라면 미래에 상환할 것을 조건으로 무기를 계속 공급하는 무기 대여법을 가리켜 공공연하게 '역사상 가장 이타적인 법'이라 불렀을 수도 있다. 사석에서 처칠은 영국이 껍질이 벗겨지고 '뼛속까지' 너덜너덜해지고 있다고 언급했다. 협정 조건에 따라 미국은 영국의 해외 무역을 간섭하겠다고 주장하면서 영국에 매우 필요한 콘비프를 아르헨티나에서 수입하지 못하게 막았다.

무기 대여법은 영국이 자국의 상업 비행 정책을 운영할 권리를 침해했으며 이러한 상황은 전쟁이 끝나고도 계속되었다. 미국 정부의 아마도 이타적이라 알려진 무기 대여법에 따라서, 2006년 12월 31일 당시 재무부 경제 장관 에드 볼스Ed Balls가 미국 정부에 8330만 달러짜리 수표를 마지막으로 건네주면서 지불을 비로소 종료했다는 사실을 생각하면 정말 놀랍다. 전시에 진 부채를 그토록 비굴하고 정확하게 갚은 나라가 영국 말고 또 있었던가?

제2차 세계 대전이 발발한 초기에 미국이 영국에게 지나치게 많은 현금을 받아간 덕분에 불황의 늪에서 빠져나올 수 있었다는 주장이 꾸준히 제기되고 있다. 미국산 전쟁 기계를 처음 가동시킨 동력원은 영국의 금이었고, 워낙 유리한 조건을 내걸었으면서도 1941년 초반 들어 거래 조건이 영국에 지나치게 관대하다고 생각하는 미국 정치인이 많았다. 무기 대여법은 260표 대 165표로 의회를 통과했다. 영국에 그토록 비싼 구명조끼를 던져주지 않겠다고 반기를 들었던 상원 의원 165명은 대체 무슨 생각을 했을까? 영국이 침몰하는 광경을 보고 싶었던 것일까? 아마도 일부 의원은 그러기를 약간이나마 바랐을지도 모른다.

처칠은 그 의원들을 설득해야 했다. 하지만 같은 해 말 바로 그들에게 전폭적인 응원을 받았다. 1941년 복싱 데이*에 의회에 모인 상하원 의원들은 처칠이 연설하려고 몸을 일으키기도 전에 열렬히 환호했다. 그들은 어째서 생각을 바꿨을까?

일본이 선전 포고도 하지 않고 진주만을 기습 공격하는 작은 사건이 발생했고, 며칠 후 히틀러가 미국에 전쟁을 선포하는 정신 나간 결정을 내렸기 때문이다. 결국 이렇게 정세가 바뀌면서 의원들은 미국과 영국이 한 배를 탔다고 판단했을 것이다. 그렇다면 히틀러가 엄청난 전략 실패로 보이는 선전 포고를 감행한 이유는 무엇일까? 미국이 유럽 전쟁에 개입하지 않을 가능성이 여전히 남아 있는 상황에서 미국에 선전 포고를 한 이유는 무엇일까?

미국이 실질적으로 영국의 편에 섰다고 진즉에 결론을 내렸기 때문이다. 1941년 가을로 접어들면서 미국은 영국 수송대의 호위를 돕고, 아이슬란드에 군대를 파견하고, 온갖 종류의 보급품과 훈련을 공급했다. 그렇다. 처칠은 18개월 전 아들인 랜돌프에게 설명했던 전략적 임무를 성공적으로 수행했다. 1941년 말 무렵 처칠은 미국 라디오 방송에서 자국 대통령 다음으로 가장 인기 있는 출연자로 부상했다. 미국이 처칠의 교묘한 책략과 매력과 솔직한 아부에 끌려 들어간 것이다.

진주만이 기습을 당한 지 사흘 후 처칠은 끔찍한 소식을 들었다. '웨일스의 황태

---

* Boxing Day, 크리스마스 다음 날인 12월 26일을 뜻한다.

자'호가 말레이반도 해안에서 일본 어뢰의 공격을 받아 침몰하는 바람에 승선해 있던 327명이 목숨을 잃었다고 했다. 플레센티아 만에 정박해 있던 해군 거의 전원이 전사했다. 게다가 리펄스Repulse호도 침몰했다.

해군 장성들의 회의론을 일축하고 전함을 극동 지역에 파견한 것은 처칠이 단독으로 내린 결정이었다. 전함이 맡은 임무가 무엇인지, 전함을 파견해 어떤 목적을 달성하려 했는지 아무도 몰랐다. 아마도 전략적 논리가 전혀 서 있지 않았을 것이다.

처칠은 영국의 소함대를 파견하면서 루스벨트에게 전함의 화력을 자랑하는 편지를 썼다. "무엇이든 잡아 죽일 수 있는 무기를 보유하는 것보다 더 좋은 일은 없습니다." 하지만 전함들은 일본의 어뢰 투하용 비행기를 잡지 못했고 처칠의 과장된 자랑을 뒷받침하다가 침몰했다. 처칠이 전함을 파견한 목적은 다분히 정치적이어서 영국의 결심이 얼마나 단호한지 영국의 힘이 어디까지 뻗어 나가는지 미국에 다시 한번 과시하려는 것이었다. 그러한 정치적 몸짓은 이중으로 무의미했다. 미국이 이미 전쟁에 발을 들여놓았기 때문이다.

여전히 처칠은 미국이 확실히 참전하도록 쐐기를 박아야 했다. 일본이 진주만을 기습했다는 소식을 듣기가 무섭게 처칠은 루스벨트에게 전화를 걸고 곧장 워싱턴으로 날아갈 채비를 했다. 플레센티아 만에서의 만남 뒤 루스벨트는 처칠이 방에 사람들을 가득 불러 놓고 벽으로 밀어붙이기 시작하는 성격의 소유자라는 사실을 감지했다. 루스벨트는 백악관이 아닌 버뮤다에서 만나자고 제안했고 처칠은 거절했다.

3주 동안 처칠은 루스벨트 대통령 부부가 감당하기 힘든 손님이었다. 루스벨트 대통령에게 의도적으로 자신의 알몸을 보이고("영국 총리는 미합중국 대통령에게 아무것도 숨기지 않습니다."), 미약한 심장마비를 일으켰으며, 상하원에서 연설할 때는 절정에 이르러 고도의 기교를 발휘하며 영국과 미국을 한데 묶는 과도한 감상주의에 젖었다.

연설 내용은 대단하다. 우선 처칠은 어머니에 대한 추억을 떠올린다. 잠언의 구절을 인용하면서 신에게 간청한다. 무솔리니를 풍자적으로 모방하고 영예롭고 고풍스러운 표현을 사용해 과장해서 연기한다. 마치 요다*를 흉내 내듯 "나는 확신합니다."라고 말하지 않고 문장을 도치해 "확신합니다, 나는."이라 말하면서 뜸을 들인다. 처칠이 두 팔을 벌리자 의원들이 일제히 일어난다. 처칠은 의도한 대로 주먹으로 허공을 찌르고, 두 손으로 양복 깃을 잡고, 얼굴을 찡그리고 입을 악문다.

처칠은 청중에게 묻는다. "독일인, 일본인, 이탈리아인이 우리를 어떤 종류의 국민이라 생각합니까?" 청중은 모두 미국인과 영국인이다. 처칠은 이렇게 말을 잇는다. "이제 우리는 여기 함께 모였습니다. 일생에 두 차례 운명의 신이 대서양 너머로 긴 팔을 뻗어 전쟁이 벌어지는 전선에 미국을 갖다 놓으려 합니다. ……" 하지만 이번에 뻗은 긴 팔은 운명의 신이 아니라 처칠의 팔이었다. 처칠은 대서양을 가로질러 미국에 손을 뻗었다.

나중에 해럴드 맥밀런이 썼듯 "유일하게 비범한 인내와 솜씨를 지닌 처칠만이 미국을 유럽 전쟁에 끌어들일 수 있었다".

나는 이 말이 그리 과장이라 생각하지 않는다. 세상은 미국인의 피와 재산을 담보로 결국 참전 결정을 내려야 했던 루스벨트에게 크게 빚을 졌을 수 있다. 하지만 처칠이 없었다면 그러한 일은 성사되지 못했을 것이다. 다른 영국 지도자는 미국을 전쟁에 끌어들인다는 전략 목표를 세우지 못했을 것이고, 그 목표를 달성하기 위해 처칠처럼 지칠 줄 모르는 열정으로 전력 질주하지 못했을 것이다.

참전하기까지 미국이 지나치게 시간을 오래 끌었다고 여전히 비판하고 싶은 생각이 든다면 오마하 해안에 자리 잡고 있는 미군 공동묘지에 가 봐야 한다. 완만하게 경사진 푸른 잔디 위로 완벽하게 대칭을 이루며 정렬한 하얀 석조 십자가 수천 개 사이를 걸으면서 비석에 새겨진 전사자 이름과 펜실베이니아·오하이오·테네

---

* Yoda, 공상 과학 영화 〈스타워즈〉에 나오는 주인공 제다이의 정신적 스승.

시·캔자스·텍사스 등 그들의 출신 주 이름을 읽어 보라. 자신도 모르게 흐르는 눈물을 억제할 수 없을 것이다.

내 세대 사람들은 도저히 이해할 수 없는 용기와 규모로 그들이 생명을 바친 지도 70여 년이 흘렀다. 다른 유럽 전쟁에 개입했을 때 발생한 결과에 대해 경고했던 미국 의원들의 생각은 틀리지 않았다. 그들이 품는 의심은 타당했고 처칠은 그 의심을 극복했다.

나중에 서술했듯 처칠은 일본이 진주만을 기습한 날 밤에 "만족감과 감격에 흠뻑 취해 잠자리에 들었고 이제 구원받았다는 생각이 들어 감사하며 잠을 잤다."라고 서술했다.

자신이 세운 주요 전략 목표를 달성했지만 처칠은 아직 전쟁에서 이기지 못했다.

쪼그라든 섬의 거인

―――

18

왕은 가벼운 공포에 사로잡히는 수준까지 불안해졌다. 어느 금요일 밤 11시 가장 비중이 크면서 몇 가지 면에서 가장 반항적인 신하에게 아직 대답을 듣지 못했기 때문이다. 그래서 비서관에게 연락해 처칠에게 아무 소식이 없는지 물었다. 없다고 했다.

때는 1944년 6월 3일로 원칙대로라면 공격 개시일까지 이틀 남았을 뿐이다. 이번 작전은 역사상 가장 규모가 크고 복잡한 군사 작전으로 전쟁의 승패를 좌우할 터였다. 앞으로 세계의 운명이 어떻게 될지 불확실했고 처칠은 다루기가 완전히 불가능해져 갔다.

네 개 대륙에서 싸웠던 69세의 노련한 참전 용사는 다시 한번 엉뚱한 행동을 하겠다고 나섰다. 국방 장관의 권리로서 HMS 벨파스트를 타고 노르망디 해안에 상륙해 독일 진영을 폭격하는 작전을 손수 지휘하겠다고 고집했던 것이다. 게다가 공격을 개시한 지 하루 이틀 후가 아니라 선발대에 속한 선박과 군인의 물결에 합류하여 기계와 피로 혼탁해져 넘실거리는 바다를 두 눈으로 보고 조개껍데기가 자박자박 밟히는 소리를 들을 계획을 세웠다.

그것은 정신 나간 짓이었다. 최소한 왕의 보좌관인 앨런 경 즉 '토미' 라셀레스

Lascelles는 그렇게 생각했다. 처칠은 5월 30일 버킹엄 궁전에서 왕과 단둘이 점심 식사를 한 후에 이러한 계획을 밝혔다. 작전 지대로 진군해 전함에서 상황을 지켜보겠다고 털어놓았다. 왕은 자신도 가겠다면서 만류하지 말라고 처칠에게 맞섰다.

라셀레스는 마음속으로 '절대 안 될 일'이라고 생각했지만 겉으로는 태연하려고 애를 썼다. 그러면서 여왕이 어떤 심정일지 헤아렸느냐고 왕에게 물었다. 총리의 선택을 젊은 엘리자베스 공주에게도 알려야 했다. 영국 국가와 정부의 수장이 둘 다 영국 해협의 바닥에 가라앉을 가능성도 배제할 수 없었기 때문이다. 라셀레스는 벨파스트를 지휘하는 불쌍한 함장에게도 가혹한 계획이라고 덧붙였다. 지옥 같은 불길에 휩싸일 것이 거의 확실한 전장에서 두 사람의 생명까지 보호해야 하기 때문이다.

그렇게까지 이기적이라는 비난을 듣고 싶지 않았던 왕은 생각에 잠겼다. 라셀레스가 말하는 요지를 납득할 수 있었다. 이렇게 라셀레스는 짧은 시간에 왕을 설득할 수 있었다. 하지만 처칠은 어떻게 할 것인가?

라셀레스는 발 빠르게 왕을 대신해 편지의 초안을 썼고 조지 6세는 신하가 조언한 대로 자기 손으로 편지를 써서 다우닝 가로 보냈다.

친애하는 윈스턴, 어제 우리가 했던 많은 대화에 대해 생각하고 나서 짐도 총리도 공격 개시일에 현장에 가는 것은 옳지 않다는 결론에 도달했소. 혹시 포탄이나 어뢰나 심지어 지뢰라도 터져 당신이 역사의 현장에서 사라진다면 연합국이 지키려는 명분과 나 개인에게 어떤 영향을 미칠지 새삼 강조할 필요가 없으리라 생각하오. 또한 지금 시점에서 군주가 바뀌는 것도 국가와 제국에 심각한 문제가 될 것이오. 우리 둘 다 작전 현장에 가고 싶어 하지만 모든 상황을 고려해 볼 때 총리의 결정을 재고하기를 진지하게 요청하오. 우리가 참전한다면 전장에서 우리가 어떻게 말하든 상관없이 전함이나 우리가 승선한 전함에서 싸우는 군인들이 당황하리라 생각하오.

따라서 앞서 말한 대로 짐은 최고위직 인사들이 일반적으로 행동하는 것처럼 고국에 남아 소식을 기다리는 것이 옳으리라는 결론을 마지못해 내려야겠소. 총리도 이러한 관점에서 상황을 판단하기를 간절히 희망하오. 게다가 희박하기는 하지만 총리의 도움과 지도력을 잃을 위험이 있다고 생각하면 미래에 대한 짐의 불안이 지극히 커질 것이오. 총리를 항상 진실하게 대하는 조지 왕이자 황제 씀

왕이 타진한 우아한 반대 의사는 전혀 효과가 없었다. 처칠은 원래 생각대로 계획을 추진했다. 다음 날 다우닝 가 별관에 있는 상황실에서 회의가 열렸다. 버트럼 램지Bertram Ramsay 해군 사령관이 소환되어 공격 개시일에 처칠이 현장에 갈 수 있는지 왕과 처칠에게 설명하라는 지시를 받았다. 램지는 해당 계획을 무산시키려 무진 애를 썼다. 선박과 프랑스 해안까지 거리는 13킬로미터가 넘으므로 현장에 가더라도 전투 장면을 보지 못하기 때문에 솔직히 런던에 남아 있는 것과 전혀 차이가 없으리라 생각한다고 말했다.

그만 물러나 있으라는 명령을 받고 상황실을 나갔다가 다시 들어온 램지는 계획이 변경되었다는 소리를 들었다. 윈스턴 처칠은 물론 왕도 함께 작전 현장에 간다고 했다. 램지는 크게 당황했고 라셀레스는 당시 상황을 일기에 이렇게 기록했다. "결정을 듣고 그 불행한 사람은 당연히 그렇겠지만 격렬하게 반응했다."

그 시점에 이르자 처칠은 왕이 승선하는 것은 어려우리라고 인식하고 위험 부담을 줄이기로 했다. 그래서 왕이 자신과 함께 벨파스트에 승선하려면 내각의 승인이 필요하리라고 자기 습성대로 '속뜻이 담긴 모호한' 방식으로 선언하면서 마음속으로는 내각에 승인하라고 권유하지 않을 작정이었다. 처칠의 행보를 지켜보던 라셀레스는 처칠이 여전히 전투 현장에 가려 한다는 것을 감지하고 그에 따른 두려움을 나타내면서 반대 입장을 밝혔다.

왕이 서술했듯 "토미의 얼굴 표정이 점점 어두워졌다". 당시 상황을 처칠이 제대

로 인식하지 못하므로 라셀레스는 다시 대화를 중단시키고 왕에게 말했다.

"폐하, 전시에 총리를 새로 찾아야 하는 불상사가 발생한다면 상황을 다루기가 녹록지 않으리라 생각합니다."

처칠은 이렇게 응수했다. "그 문제라면 미리 손을 써 놓았습니다. 어쨌거나 위험 확률은 100 대 1도 되지 않습니다."

그러자 라셀레스는 처칠의 계획은 제국의 총리가 군주의 동의 없이 나라를 벗어날 수 없다는 헌법 조항에 위배된다고 주장했다. 처칠은 HMS 벨파스트가 영국 군함이므로 국외에 해당하지 않는다고 다소 약삭빠르게 받아쳤다. 라셀레스는 처칠이 가려는 장소가 영국 영해에서 멀리 떨어져 있다고 주장했지만 전혀 소용이 없었다. 마치 수코끼리를 꼬리만으로 잡아당기는 것 같았다.

라셀레스는 '이번 경우에 처칠이 부리는 고집은 순수한 이기심'이라 생각하며 회의실을 나왔다. 다우닝 가의 직원들, '퍼그' 이스메이, 클레먼타인 등 모두 반대했지만 현장에서 화약 냄새를 맡고 바다 한가운데 서서 사방으로 포탄과 폭탄이 터지며 솟아오르는 바닷물 기둥을 두 눈으로 보겠다는 처칠의 결심은 결코 흔들리지 않았다. 그렇다면 라셀레스는 다음에 어떻게 했을까?

유일한 방법은 왕이 처칠에게 재차 편지를 쓰는 것이었다. 라셀레스는 자리에 앉아 왕이 처칠에게 보낸 먼젓번 편지보다 더욱 강경하게 나무라는 내용으로 초안을 작성했다.

친애하는 윈스턴, 작전 개시일에 바다에 나가지 말라고 다시 한번 호소하고 싶소. 짐이 처한 입장을 고려하기 바라오. 짐은 총리보다 나이가 젊고, 해군이며, 왕의 자리에 있으므로 모든 활동을 책임지는 수장이오. 그래서 누구보다 바다에 나가고 싶지만 짐은 고국에 머무르기로 동의했소. 짐이 그리 해야 한다고 생각한다면 총리도 똑같이 해야 정당하지 않겠소? 어제 오후에 총리는 과거처럼 왕이 군대를 이끌고 전투에 참전

　　　　　　　　　　　　　　　　　　　　　　　처칠 팩터

하는 것이 좋으리라고 말했소. 하지만 왕이 그렇게 할 수 없는데 총리가 대신 나서는 것은 옳지 않다고 생각하오. 게다가 총리 자신이 처한 입장을 생각해 보시오. 그곳에서 전투 광경도 거의 볼 수 없고, 상당한 위험을 감수해야 할 뿐 아니라 정말 중요한 결정을 내려야 할지도 모르는데 외부에서 총리를 접촉할 수도 없을 것이오. 아무리 전투에 방해가 되지 않는다 하더라도 총리가 선상에 있다는 사실 자체가 사령관과 선장에게 실로 막중한 책임을 추가로 지울 수 있소. 앞서 보낸 편지에서 말했듯 총리가 현장에 간다면 짐이 느끼는 불안은 헤아릴 수 없이 커질 것이고, 총리가 내각 동료들의 의견을 구하지 않고 계획을 강행한다면 그들이 정당하게 분노하는 어려운 입장에 놓이게 될 것이오.

그러니 이 문제를 재고하고, 총리의 개인적인 소원을 이루려고 조국에 대한 높은 의무 기준에서 벗어나지 않기를 진심으로 부탁하오. 총리의 매우 진실한 친구인 조지 왕이자 황제 씀

이제 해당 문제는 위헌 시비까지 불러왔다. 처칠의 참전을 유일하게 막을 수 있다고 생각되는 사람은 왕이었다. 왕은 처칠의 계획을 저지시키려고 편지를 두 번 써야 했고 결국 왕권·내각·군대·조국에 대한 충성을 비롯해 신하가 지켜야 하는 거의 모든 충성 법규를 위반하려 한다고 처칠에게 경고해야 했다. 이것은 상당히 엄중한 발언이었다.

결국 6월 3일 토요일 처칠은 심하게 투덜거리며 뜻을 굽혔다. 자신이 국방 장관이므로 스스로 적절하다고 판단했다면 어떤 전장에든 갈 수 있다고 항변했지만 왕이 노르망디에 가지 못하게 막으면서 자신을 대신해 처칠이 가는 것은 부당하다는 주장을 받아들일 수밖에 없었다. 그래서 "확실히 설득력이 있는 주장이십니다."라고 인정하고 뒤로 물러섰다.

지금껏 인용한 일화는 공격 개시일 전야에 영국 정부가 얼마나 초조했으며 장관

BUCKINGHAM PALACE

June 2nd 1944

My dear Winston,

I want to make one more appeal to you not to go to sea on D day. Please consider my own position I am a younger man than you, I am a sailor, & as King I am the head of all the Services. There is nothing I would like better than to go to sea but I have agreed to stay at home; is it fair that you should then do exactly what I should have liked to do myself? You said yesterday afternoon that it would be a fine thing for the King to lead his troops into battle, as in old days; if the King cannot do this, it does not seem

[right-hand page, partially visible]
...inister should
...on . ill
...considerable
...a critical
...have to
...you may
...bound
...onsibility
...being
...my
...sulting
...d but
...which
...the
...erstand
...gh

...e me

Your very sincere friend
George R.I.

1944년 6월 2일 조지 6세가 처칠에게 보낸 편지.

들과 왕의 관계가 어떻게 발전해 나갔는지 짐작할 수 있는 흥미로운 사례인 동시에 20세기 들어 왕이 총리의 뜻을 구체적으로 철회시켰던 몇 안 되는 사례였다. 토미 라셀레스의 모습을 보면서, 지금까지도 그랬지만 정치가들이 포기해야 했던 많은 결정의 이면에는 보이지 않는 곳에서 영향을 미치는 중진들과 신하들의 역할이 숨어 있다.

하지만 무엇보다 흥미로운 점은 처칠이 그토록 단호하게 전투의 최전선에 다시 나서고 싶어 했던 동기이다. 여기에는 몇 가지 분명한 해답이 있는데 첫째 이유는 그만큼 작전의 성공 여부를 점치기 어려웠기 때문이다.

오늘날 우리는 작전이 성공하리라고 이미 알고 있으니 판단하기 유리하지만 당시에는 작전의 결과를 전혀 예측할 수 없었다. 앨런 브룩은 "전쟁 전체를 통틀어 가장 무시무시한 재앙"이 될 수 있다고 우려했다. 게다가 일기가 나빠질 가능성이 농후했다. 나치 독일의 육군 원수인 에르빈 롬멜Erwin Rommel이 표적 지역의 방어를 갑자기 강화할 수도 있었다. 아이젠하워는 상황이 연합국에 불리해지면 철수하라는 명령을 받아 놓은 상태였다.

노르망디 상륙 작전은 연합국이 몇 년 동안 계획해 온 것으로 유럽 대륙을 되찾을 절호의 기회였다. 게다가 처칠에게는 과거에 위험한 상륙 작전에서 실패했던 그림자가 있었다. 갈리폴리 전투의 기억 때문에도 처칠은 노르망디에 가고 싶다는 열망에 불타올랐다. 다르다넬스에서 저지른 실수 중 옳든 그르든 처칠이 가장 쓰디쓰게 후회한 것은 전장에 직접 가지 못했다는 사실이었다. 이제 당시에 입은 불명예를 씻고, 휘하 부대를 직접 통솔해 전투를 치렀던 빛나는 선례를 따라 자신이 진정한 말버러 가문 사람이라는 사실을 세상에 알리고 싶었다. 처칠은 갈리폴리에서처럼 군대가 꼼짝하지 못하는 상황을 막고, 제1차 세계 대전 당시 서부 전선에서 그랬듯 현장에 있고 싶었던 것이다.

처칠이 노르망디로 향하는 전함에 몸을 싣고 싶었던 이유는 더 있었다. 오늘날 생각해도 충분히 예측할 만한 동기를 틀림없이 간파했을 라셀레스는 전체 상황을 이렇게 정리했다. "사실상 왕은 윈스턴을 구하려고 노력했다. 윈스턴이 벨파스트를 타고 바다에 나가려던 진짜 동기는, 시기적으로 매우 부적절한데도 모험심을 도저히 억누를 수 없었고 아마도 잠재의식에서 비롯했겠지만 '신문 제1면을 장식하는 인물'이 되고 싶은 헛된 욕망에 휩싸였기 때문일 것이다."

나는 라셀레스가 처칠을 제대로 판단했다고 확신한다. 처칠은 앞으로 신문에 실릴 표제를 떠올리는 동시에 습기를 머금어 축축한 시가를 입에 꽉 문 채로 당당하게 함교에 서서 벨파스트에 장착된 직경 30센티미터 대포를 진두지휘하는 자기 모습을 담은 사진을 머릿속에 그렸다. 대포의 역사에서 가장 요란하고 폭발적인 서곡을 연주하는 지휘자의 모습, 이번에는 연설에 그치지 않고 대포를 발사해 영국 사자의 함성을 터뜨리는 권한을 손에 쥔 지휘관의 모습이 외부에 어떻게 비쳐질지 알았다.

왕이 승선하는 계획을 처칠이 지지한 이유도 영국의 군주와 총리가 5년 동안 계속된 전쟁에도 무릎 꿇지 않고 불굴의 의지를 발휘해 본토 탈환을 진두지휘하는 모습으로 세간의 이목을 훨씬 크게 끌 수 있었기 때문이다. 그렇게 되면 바라는 대로 자신이 '신문 제1면을 장식'할 테고, 자신은 물론 자신이 여태껏 달성해 온 업적을 세상에 과시할 수 있을 것이었다. 게다가 영국이 세계에서 차지하는 위상을 드높일 수 있었다.

순진한 젊은 시절 나는 영국이 전쟁에서 승리할 수 있었던 것은 러시아의 희생과 미국의 돈뿐 아니라 영국 전사들의 영웅주의 때문이었다고 믿었다. 내가 읽은 만화 《특공대Commando》에서는 털실로 짠 모자를 쓰고 팔뚝이 엄청나게 굵은 남자들이 거대한 턱을 쫙 벌려 "독일 놈들아! 옜다 한 방 먹어라!"라고 소리 지르면서 총구에서 불을 내뿜으며 잔뜩 움츠린 독일군에게 돌진했다.

나는 일본군에게 잡혀 포로 생활을 했던 한 훌륭한 고전주의자의 수업을 듣고 나서 엘 알라메인 전투가 제2차 세계 대전의 중요한 전환점이었다는 인상을 분명히 받았다. 몽고메리는 롬멜에게 여섯 차례 타격을 입힌 후 맹공격을 퍼붓기 시작했다고 했다. 따라서 전장에서 실제로 어떤 일이 벌어졌는지 읽고 나서 나는 약간 충격을 받았다.

1942년 10월 말 엘 알라메인 전투는 내가 배운 것과 달리 역사의 회전축 역할을 하지 못한 것 같다. 몇몇 영국 역사가는 불손하게도 엘 알라메인 전투가 '불필요한 전투'였다고 주장했다. 연합국은 불과 몇 주 후면 북아프리카에서 독일을 몰아내려고 횃불 작전을 시작할 예정이었다. 엘 알라메인 전투는 결정적인 군사적 승리라기보다는 매우 중요한 정치적 요식 행위로 보인다. 1942년 가을까지 영국의 전적은 주로 수적으로 상당히 열세인 세력과 맞붙어 실책·철수·대참사·포괄적 패배로 얼룩졌다. 마치 국가가 맨체스터 유나이티드Manchester United의 명성을 등에 업고 프리미어 리그에 들어왔다가 결국 턴스털 타운Tunstall Town FC에서 경기하는 꼴이었다. 당시 처칠은 "전투에서 승리할 수가 없다. 승리하기가 매우 어렵다."라고 토로했다.

영국군이 '비겁'과 '줄행랑'으로 알려져 있을 수 있는 작전을 구사한 곳은 노르웨이, 됭케르크, 그리스, 크레타 섬만이 아니었다. 1942년은 상황이 훨씬 악화되어 극동 지역에서 군함 '웨일스의 황태자'호와 리펄스호가 침몰하며 영국의 역사는 암울한 패배로 얼룩졌다. 게다가 싱가포르까지 함락당하자 처칠은 휘하 장군들에게 편지를 써서 마지막 한 명까지 싸우고 불명예스럽게 살아남느니 차라리 죽음을 선택하라고 구체적으로 지시했다.

장군들은 처칠의 지시를 무시하고 대다수가 불명예를 선택해 미얀마의 수도 랑

군Rangoon을 버렸다. 프랑스의 생나제르와 디에프Dieppe를 습격했지만 선전 목적으로 떠들썩하게 선포했을 뿐 인명 피해를 크게 입고 거의 성과도 거두지 못했다. 그때 백악관에서 루스벨트와 만나고 있던 처칠은 리비아의 북동부 항구 도시인 토브루크Tobruk가 함락되었다는 소식이 적힌 분홍색 쪽지를 받았다. 처칠은 끝장을 볼 때까지 싸우라는 명령을 거듭 내린 후에 패배 소식을 전해 들은 터라 더욱 당황했다.

영국군은 수적으로 훨씬 열세인 독일군에게 또 완패했다. 과거에 세상에서 가장 용맹하고 빛나는 승리를 거두던 영국군이 어째서 독일군을 상대해 제 기량을 발휘하지 못하는지에 관해 갖가지 추측이 나돌았다. 이 점을 두고 탁월한 주장을 여럿 내놓았던 맥스 헤이스팅스는 영국군을 혹독하게 비판했다.

헤이스팅스의 설명에 따르면 영국군 장군들은 너 나 할 것 없이 무용지물이었던 것 같다. 몽고메리조차 '역사적인 위대한 장군'이라는 명예를 얻을 자격이 없다. 장군들은 무엇을 어떻게 해야 할지 몰라 허둥대거나 나태해서 현실에 안주할 때가 지나치게 많았다. 위험을 감수하는 것을 피했고 유혈 사태가 발생할까 봐 끔찍이도 몸을 사렸다. 제1차 세계 대전의 기억을 떠올린다면 납득할 수는 있지만 전쟁을 치르는 군대에는 약점이었다. 게다가 장교 계급의 범위가 넓었으므로 장교가 수월한 직업이고 사업보다는 손쉬운 생계 수단이라는 생각으로 입대한 얼간이도 많았다.

영국군의 장비는 열악하거나 적어도 독일군의 장비보다 질이 떨어졌다. 군인 개개인을 비교해 볼 때 영국군에게는 독일군과 같은 종류의 투지가 없다는 끔찍한 회의론이 나돌았다. 맥스 헤이스팅스가 말했듯 "많은 영국군 장교는 독일군과 일본군이 일상적으로 보이는 의지와 헌신이 휘하 군인들에게 부족하다고 인식했다". 랜돌프 처칠은 1942년 다우닝 가에서 아버지와 논쟁을 주고받는 자리에서 "아버지, 영국군이 싸우려 들지 않는 것이 문제입니다."라고 다소 불쾌하게 주장했다.

영국군이 전 세계 전장에서 용맹하게 싸웠던 사례가 수없이 많다는 사실에 어긋나기는 하지만 이 말이 사실이든 아니든 국민이 그렇게 믿고 있는 것이 문제였다.

처칠 팩터

영국군의 기량 저하는 국내에서는 골칫거리였고 국외에서는 조롱거리였다. 1942년 7월 미국인을 대상으로 전쟁에서 승리하기 위해 최선을 다한다고 생각하는 국가를 묻는 조사에서 37퍼센트가 미국, 30퍼센트가 러시아, 14퍼센트가 중국이라고 대답했고 영국이 기울이는 노력을 높이 평가한 사람은 6퍼센트에 불과했다.

정치인으로서 존재 이유가 오로지 영국과 영국 제국의 위상을 드높이는 것이었던 처칠은 이러한 현상을 대하고 당연히 분개와 굴욕을 느꼈다. 싱가포르가 함락당하자 정치적 입지가 바닥으로 떨어지면서 사임까지도 고려했다. 당시 눈에 띄게 좌절했던 처칠은 "우리에게는 군인이 정말 많으므로 지금보다는 훨씬 잘 싸워야 했다."라고 한탄했다. 토브루크가 함락당했다는 소식을 듣고는 "패배와 불명예는 별개이다."라고 탄식했다.

처칠의 자부심은 절대적으로 영국군의 승리와 일치했으므로 경쟁 상대들은 처칠을 괴롭히기가 쉬웠다. 노동당 하원 의원 어나이린 베번Aneurin Bevan은 하원에서 잔인하게도 "처칠은 논쟁마다 이기지만 전투마다 패배한다."라고 비판했다. 엎친 데 덮친 격으로 대중의 불안이 깊어지면서 국내에서 처칠의 입지는 크게 흔들렸다.

1942년 8월 처칠이 모스크바를 찾아 스탈린을 만난 자리에서 그해에 제2 전선은 없으리라 설명하자 소비에트 지도자는 잔인하게 비웃었다. "당신네 영국군은 싸우기를 두려워하는군요. 독일군이 무적이라 생각해서는 안 되죠. 당신네는 조만간 싸워야 할 겁니다. 싸우지 않고서야 전쟁에서 승리할 수 있겠어요?"

이것은 스탈린의 입을 통해 듣기에 상당히 역겨운 말이었다. 스탈린은 1940년 독일·소련 불가침 조약을 체결하여 폴란드를 히틀러와 분할해 차지하기로 결정함으로써 폴란드를 공격할 빌미를 나치에게 제공한 장본인이었기 때문이다. 결국 히틀러가 러시아에 등을 돌리고 바르바로사 작전을 개시하자 충격을 받고 겁에 질린 나머지 어두컴컴한 오두막에 닷새 동안 숨어 지냈다. 그러니 처칠이 스탈린보다 한없이 그릇이 크고 용감하고 위대한 인물인 것은 말할 필요도 없다. 하지만 자신을 둘러싼 비난이 오랫동안 처칠을 괴롭혔고, 그러한 모욕에는 어느 정도 진실이 담겨 있었으므로 처칠의 마음에 훨씬 큰 상처를 남겼다.

어쨌거나 엘 알라메인 전투에서 승리를 거두면서 영국은 국가적 위신을 어느 정도 회복했고 처칠에 가해지는 정치적 위협은 줄어들었다. 오늘날 생각하면 믿기지 않지만 처칠은 스태퍼드 크립스에게 총리 자리를 빼앗길까 봐 더 이상 걱정할 필요가 없었다. 어나이린 베번의 신랄한 야유도 잠잠해졌다. 영국 국민은 그토록 원했던 승리를 거머쥐었다. 하지만 전쟁이 지속될수록 영국의 위상이 차츰 낮아지는 것만은 변하지 않는 사실이었다.

1940년 궁지에 몰렸던 영국은 자유 수호라는 기치를 내걸고 홀로 싸웠다. 1944년까지 연합국이 기울인 노력에서는 일부만 담당했다. 미국이 전쟁 자금을 대고, 러시아는 스탈린그라드 전투Battle of Stalingrad에서만도 독일군 75만 명을 죽이는 등 독일군을 섬멸하기 위해 끔찍한 전투를 벌이고 있었다. 이제 영국이 타국에게 존중받을 권리를 주장하고, 자국의 기량 이상을 발휘하는 싸움꾼이 되려고 노력하는 것은 처칠의 몫이었다.

처칠이 정상 회담을 좋아했고, 제2차 세계 대전 동안 엄청나게 바쁜 여행 일정을 소화한 것도 이 때문이었다. 마틴 길버트 경의 계산에 따르면 처칠은 1939년 9월부터 1943년 11월까지 18만 킬로미터를 여행하면서 바다에서 792시간을 보내고 공중에서 339일을 보내 여느 지도자들보다 훨씬 더 많은 업무를 처리했다. 이러한 자료를 통해 우리는 처칠이 발산한 엄청난 에너지를 목격한다. 보좌관들이 출발 준비를 하는 동안 처칠은 칠순에 가까운 노구를 이끌고 새벽 북아프리카의 추운 비행장에서 옷가방을 깔고 앉아 있었다. 가압 장치가 없는 폭격기의 화물칸에서 시가를 피우려고 산소마스크를 쓴 채 온몸이 흔들렸던 처칠의 모습이 눈에 선하다. 처칠이 사용했던 폭격기는 나중에 같은 항로를 비행하다가 포격을 당해 추락했다.

1943년 1월 26일 아침, 아침 식사 시간에 맞춰 카이로 소재 영국 대사관에 도착한 처칠은 차가운 화이트 와인 한 잔을 달라고 해서 대사 부인을 놀라게 했다. 당시 상황을 앨런 브룩은 이렇게 기록했다.

> 총리는 커다란 잔에 담긴 화이트 와인을 한 번에 죽 들이켜고 혀로 입술을 핥고 나서 재클린Jacqueline에게 이렇게 말했다. "맛이 좋군요. 나는 오늘 아침에 이미 위스키 두 잔과 소다를 마셨고 시가도 두 대 피웠어요." 그때 시각은 아침 7시 30분 직후였다. 우리는 자세가 불편한 상태로 열한 시간 넘게 밤새 비행기를 타고 3700킬로미터를 여행했다. 하지만 총리는 언제나 생생한 모습으로 아침에 위스키 두 잔을 마시고 시가 두 대를 피우고 거기에 와인까지 마셨다!!

히틀러와 스탈린이 벙커에 머무는 동안 처칠은 전투에 뛰어들려고 수단과 방법을 가리지 않았다. 왕과 함께 군함에 승선하기를 열렬하게 바란 것도 그 때문이었다. 세상을 향해 특히 미국을 향해 영국 제국의 상징인 왕과 총리가 손수 유럽 대륙을 탈환하려고 싸우고 있으므로 영국과 영국 제국은 세계에서 여전히 중요한 존재라는 사실을 부각시키려 했던 것이다. 같은 동기로 처칠은 미국이 작전을 이끌고 최종적인 전투의 대부분을 치른다 하더라도, 영국군과 캐나다군이 방대한 침략군의 절반을 구성하는 영광을 누려야 한다고 주장했다.

마침내 상륙 작전이 개시되고 엿새가 지나서 왕의 허락을 받아 노르망디에 도착한 처칠은 자신이 승선한 선박이 독일군에게 '한 방' 먹여야 한다고 주장했다. 선장이 기쁜 마음으로 그 명령을 받아 나치가 있는 방향으로 일제히 사격을 가했다. 이것은 완전히 상징적인 행위였지만 처칠은 흥분으로 몸을 떨었다. 1911년 해군 장관 자리에 올랐지만 선상에서 포격을 해 본 것은 이때가 처음이었다.

마치 직접 전쟁에 참여함으로써, 다시 말해 자신의 존재와 위신을 활용해 영국의 군사적 노력과 기여 정도를 부풀리려는 것 같았다. 1944년 8월에는 상륙 작전을 지켜보기 위해 생트로페St Tropez에 갔고, 같은 달에 이탈리아에 모습을 드러내서 피사를 향해 손수 곡사포를 발사했다. 한 이탈리아 성에서는 450미터 거리에서 독일군이 자신을 향해 대포를 발사하는데도 소풍을 즐겼다.

1944년 12월 처칠은 거의 혼자 힘으로 그리스를 공산주의 세력에서 구했고, 아테네에 입성해 바깥에서 포격 소리가 요란하게 울리는 와중에 기자 회견을 했다. 그리고 다음 해 봄에는 독일에 가서 연합군이 진군하는 광경을 지켜보았다. 3월 초에 들어서는 지크프리트선Siegfried Line에 가서 독일이 조국을 수호하기 위한 상징으로 콘크리트를 사용해 거대한 용의 이빨처럼 국경에 구축한 난공불락의 요새를 보았다. 처칠은 이러한 광경들을 주의 깊게 관찰했지만 이것만으로는 충분하지 않았고, 자신이 거둔 승리에 따르는 황홀경을 온전히 표현하고 싶었다.

그는 브룩, 몽고메리, 윌리엄 심프슨William Simpson 등 장군 20여 명과 해외 주둔 미군 신문 〈스타스 앤드 스트라이프스Stars and Stripes〉 기자 한 명을 불러 일렬로 세웠다. 그리고 "지크프리트선 작전을 시작하세."라고 말하고는 사진 기자들에게 "이것은 위대한 전쟁에 연결된 작전으로 생생하게 재생되어서는 안 됩니다."라고 당부했다.

그리고 바지 앞을 열어 히틀러의 방어 부대를 향해 오줌을 누기 시작하자 동료들도 따라 했다. 나중에 앨런 브룩은 이렇게 기록했다. "결정적으로 중요한 순간에 아래를 내려다보면서 정말 통쾌한 표정을 지으며 어린아이처럼 환하게 웃던 처칠의 모습을 결코 잊을 수가 없다." 조금이라도 처칠을 못마땅하게 생각하는 사람이라면 처칠이 어떤 역경을 겪어 냈는지 생각해 보라. 개에게 자기 영역을 새로 표시할 권리가 있다면 처칠도 마찬가지였다.

몇 주가 지나 처칠은 독일이 점령한 뷔더리히Büderich 지역을 걷겠다고 고집했고 수백 미터 떨어진 라인 강물에 포탄이 떨어지면서 주위가 화염에 휩싸였다. 미국인 심프슨 장군이 처칠에게 다가와 이렇게 보고했다. "총리 앞쪽에 저격병들이 숨어서 다리 양쪽을 계속 사격하고 있습니다. 그리고 이제는 총리 뒤에 있는 길을 겨냥해서 사격하기 시작했습니다. 저는 총리의 신변을 보호하는 책임을 맡을 수 없으니 이곳을 떠나 주셔야겠습니다."

앨런 브룩은 처칠이 다리 난간에 양팔을 올려놓고 있었다고 전했다. "처칠의 얼굴에 나타난 표정은 꼬마들이 바닷가에서 모래성을 쌓고 있다가 유모에게 불려 들어갈 때 같았다." 처칠은 쿠바에서 포화에 휩싸였던 날부터 자신을 전쟁 이야기에 밀어 넣으려 했고, 이번에는 다분히 정치적인 목적이 있었다.

당시 영국의 군사력과 전투 능력은 러시아와 미국에 뒤처졌다. 처칠이 묘사했듯 작은 사자는 거대한 러시아 곰과 커다란 미국 코끼리 사이에 끼어 있었다. 하지만 처칠은 여전히 '3대 강국'을 대표하는 사람으로 자리를 굳건히 지키면서, 어떤 정치 지도자도 상상하지 못하는 방식으로 전쟁을 치르고 있었다. 루스벨트, 히틀러, 스탈린, 무솔리니를 비롯해 어떤 전쟁 지도자도 처칠만큼 전투에 참여해 화젯거리가 되려는 욕구를 강박적으로 지니지 않았다.

처칠은 동부 유럽의 운명을 놓고 스탈린과 대결했듯 순수하게 인격의 힘으로 회의실에서 동등한 권리를 주장했다. 또한 자신과 마찬가지로 영국과 영국 제국도 명예와 존중을 대우받아야 한다고 생각했다. 물론 처칠이 생각하는 우선순위를 국민이나 군대는 결국 액면 그대로 받아들이지 않았다.

영국 국민과 군대는 처칠보다 '영광'이나 '위신'에 관심이 적었다. 아마도 그렇다고 해서 전적으로 잘못은 아닐 것이다. 영국 군대의 투지에 대해 갖가지 무례한 발언이 나오기는 했지만, 영국군은 언론의 자유를 보장하는 유서 깊고 성숙한 민주주의를 겪은 시민이었다. 따라서 자신에게 주어진 명령을 맹목적으로 따라야 한다고는 생각하지 않았다.

영국군이 참전한 것은 끔찍한 이념이나 인종적 패권주의를 지키기 위해서가 아니었다. 그들에게는 연발 권총을 들고 뒤에 서 있다가 망설이는 기색을 보면 머리통을 날리려고 벼르고 있는 소비에트 정치 위원도 없었다. 아마 영국군은 자유를 누리고 이를 지키려고 싸우면서도 그 자유 때문에 전투력에서 뒤처졌을 것이다. 나는 톰슨 기관 단총을 난사하는 사람들이 때로 자신의 성취를 최소화하면서 비뚤어진 만족감을 느꼈는지, 아니면 오히려 영국 축구팀에 대해 국민에게 내재된 비관주의나 심리적 자기방어 같은 것을 느꼈는지 궁금하다.

영국군의 군사 작전 수행은 그렇게 열등하지만은 않았다. 수적으로 열세가 아니라면 어쨌거나 독일이 패배하는 경우는 드물었고 승률이 다른 국가들보다 대개 두세 배 높았기 때문이다. 엘 알라메인 전투에서 승리함으로써 영국군은 북아프리카에 훨씬 수월하게 상륙할 수 있었고, 독일의 중요한 공중 지원을 스탈린그라드에서 우회시킬 수 있었다. 게다가 영국군은 끈기 있게 싸워 결국 승전하는 측에 남았고 그동안 커다란 전과도 많이 쌓았다.

누군가가 말했듯 영국은 마지막 전투를 제외하고 모든 전투에서 패배한다. 아마도 항상 그렇지는 않지만 영국군은 자살 행위에 가깝도록 무모하고 강렬한 충동을 갖추지 못했을 것이다. 하지만 나는 그것이 전적으로 매력 없는 결점이라 생각하지 않는다.

처칠은 영국이 홀로 싸우거나 살아남기 위해 투쟁할 때 국민의 영혼 깊숙한 곳에 호소했고, 어느 누구도 할 수 없었던 방식으로 국민에게 손을 뻗어 그 마음을 어루만졌다. 사람의 마음을 뒤흔드는 예스러운 처칠의 언어는 당시 시대 상황에 적합했다. 하지만 국가가 기나긴 6년 동안 전쟁을 치르면서 피폐해지자 국민에게는 전쟁 이후의 영국을 위해 새로운 비전과 언어가 필요했고, 지칠 대로 지친 처칠은 그것을 발견할 수 없었다.

———

1945년 총선거가 다가오자 처칠은 주치의인 모런 경에게 이렇게 말했다. "이제

처칠 팩터

내가 할 일이 끝났다는 생각이 매우 강하게 듭니다. 내게는 더 이상 전달할 메시지가 없어요. 예전에는 있었습니다. 하지만 지금은 '망할 사회주의자들과 싸우라'는 메시지를 외칠 뿐이에요. 나는 이 용감한 신세계의 존재를 믿지 않습니다." 선거 결과가 나오기 나흘 전인 7월 21일 아침, 처칠은 베를린에서 열리는 승리 축하 가두 행진에 참석했다.

히틀러가 죽었다. 나치의 다른 끔찍한 조직과 함께 총통의 벙커는 폐허가 되었다. 이제 유럽은 평화로운 민주주의가 지배하는 새로운 시대가 열리기를 기대할 수 있었고, 유럽인이라면 누구나 그것이 처칠의 업적이라고 마음속으로 알고 있었다. 결정적으로 중요한 순간에 처칠이 강철 같은 불굴의 의지를 발휘하지 않았다면 세계 평화는 찾아오지 않았을 것이다. 세계 평화야말로 처칠이 안겨 주겠다고 약속하고 싸웠던 명분이었다.

처칠과 애틀리는 서로 다른 지프에 올라타고 일렬로 환호하는 영국군을 사열했다. 이때 처칠의 보좌관인 존 펙John Peck은 특이한 현상을 감지했다.

"들은 이야기가 전혀 없었는데도 나를 비롯해 다른 사람들도 정말 의외라고 느꼈을 것이다. 윈스턴 처칠이 아니었다면 베를린에서 승리를 축하하는 가두 행진 자체가 있을 수 없었을 텐데도, 위대한 전쟁 지도자 윈스턴 처칠보다는 애틀리에게 훨씬 요란한 환호가 쏟아졌기 때문이다. 게다가 연합 결성에 크게 기여하기는 했지만 애틀리 개인이 그때까지 전투에 미친 영향력은 크지 않았다."

7월 25일 오후, 처칠은 포츠담Potsdam 회의가 열렸던 베를린을 떠났고, 스탈린과 해리 트루먼Harry Truman은 처칠이 선거에 승리해 재임 총리로 돌아오리라고 공적인 자리에서도 사적인 자리에서도 장담했다. 다음 날 아침 개표가 거의 끝나 갈 무렵 처칠은 "실제로 몸이 찔린 것 같은 날카로운 통증"에 시달리며 잠에서 깼다.

"우리가 패배하리라는 확신이 불현듯 내 마음을 파고들었다." 처칠의 판단은 옳았다. 노동당은 다른 당들을 전부 합한 것보다 146석 많은 커다란 차이로 승리했다. 처칠과 보수주의자들은 완패했다. 외부 세계는 깜짝 놀랐고 오늘날까지도 사람들은 처칠이 그렇게 심한 질책을 어떻게 견뎌 낼 수 있었는지 의아해한다.

하지만 결코 놀랄 일은 아니었다. 선거에서 승리할 수 있는 근거는 정치인의 업적이 아니라 미래를 위한 약속이다. 변화무쌍한 모습의 소유자였던 처칠은 영국이 복지 국가의 필수 요건을 갖추는 데 기여했고, 전시에 실시한 연설을 통해 전후 노동당 정부가 펼친 주요 개혁의 윤곽을 제시했다. 하지만 실제로 계획을 추진한 것은 애틀리였다.

처칠은 전쟁에서 승리하면서 정당을 초월한 국가적 인물이라는 독특한 지위를 얻었지만 선거에서 패배하는 대가를 치러야 했다. 자신의 정치적 견해에 당당했던 처칠은 거듭 당적을 바꿨다. 보수당과 항상 의견이 일치하지는 않았으므로 처칠이 업적을 달성했다고 해서 보수당에 이롭지는 않았다. 따라서 '처칠에게 환호하고 노동당에게 투표하라'는 노동당의 정치 구호가 선거에서 통했다.

아마도 당시에는 깨닫지 못했겠지만 처칠의 패배는 일종의 승리였다. 위대한 전쟁 영웅이자 정치 지도자가 폭력에 의해 밀려나지 않고, 수백만 유권자가 행사하는 사소하고 야단스럽지 않은 투표에 의해 퇴출되었다는 사실은 처칠이 애초에 지키려 했던 민주주의의 결과였기 때문이다.

클레먼타인이 "아마도 패배의 모습으로 변장한 축복일 거예요."라고 남편을 위로하자, 처칠은 "그렇다면 변장을 아주 제대로 했군."이라고 대꾸했다.

처칠의 은혜를 저버린 것에 대해 유권자들이 죄책감을 느낀다는 말을 듣자 처칠은 "나는 그렇게 생각하지 않네. 그들도 매우 힘든 시기를 겪어 왔지 않은가?"라고 말했다. 처칠은 그만큼 위대한 영혼의 소유자였다.

처칠은 영광을 누려야 할 시기에 자존심을 다쳤지만 활동 무대를 넘나들며 전쟁을 끝냈다. 전쟁을 치르느라 지칠 대로 지친 영국의 국제적 위상은 낮아졌다. 처칠은 탈진했지만 어떤 영국 정치인도 결코 달성하지 못했던 윤리적 거인이라는 국제

처칠 팩터

적 지위를 얻었다. 1911년 〈스펙테이터Spectator〉가 "허약하고 미사여구만 남발하며 원칙도 전혀 없고 심지어 공공 사건에 대한 일관성 있는 견해도 갖추지 못한 인물"이라고 비난했던 사람으로는 괜찮은 지위였다.

처칠이 그릇이 작은 사람이었다면 그 길로 짐을 싸서 차트웰로 들어가 그림을 그리며 여생을 보냈을 것이다. 하지만 처칠은 그러지 않았다. 결코 포기하거나 무릎 꿇지 않고, 오늘날까지 세계를 형성하는 중재 활동을 전개했다.

처칠이 냉전을 이긴 방법

19

이 책의 앞에서 우리는 처칠이 태어난 방을 둘러보았다. 이제 처칠이 전시 총리로 마지막 며칠을 보낸 방으로 가 보자. 이곳은 1920년대 골프 클럽이나 호텔의 퀴퀴한 휴게실처럼 분위기가 침울하다. 밖에는 햇볕이 내리쬐고 정원에는 패랭이꽃과 장미가 눈부시도록 아름답게 피었지만 거대한 철골 구조물로서 증권 거래인들에게 인기가 높은 튜터 양식 건물에 있는 이 방은 어두침침하다.

실내 장식도 우중충하다. 오크가 눈에 띄는 특징이어서 의자도 벽난로도 오크 제품이고, 불행한 음유 시인들이 있던 방까지 큼직한 오크 난간이 구불구불 이어져 있다. 나는 선 채로 당시 그들이 앉아 있던 탁자를 바라본다. 탁자 한가운데 꽂혀 있는 작은 깃발 세 개가 먼지를 잔뜩 입은 채 축 늘어져 있다. 당시 상황에 스며 있던 위선과 불안이 느껴진다.

1945년 7월 17일 포츠담 회의에 참석하려고 독일에 온 처칠은 체칠리엔호프Cecilienhof 궁전에 있는 이 방에 들어섰다. 궁전은 연합국 폭탄 세례에도 무사했던 몇 안 되는 건물의 하나였다. 원래 호엔촐레른Hohenzollern 왕조의 황태자가 기거하려고 지은 궁전이지만 지금도 그렇듯 당시에도 영국 시골 저택을 모방하려는 독일인의 의도가 엿보인다. 포츠담 회의는 처칠이 전시에 참석했던 회의 중에서 마지막이자 가장 성공적이지 못했다. 원래 처칠은 영국에서 회의를 열려고 시도했지만 뜻을 이루지 못했고, 전시에 루스벨트를 영국에 초청하려 애썼던 일도 결국 성사시키지 못했다. 이제 정상 회담 참석자들은 연합군이 점령한 독일에서 러시아가 장악한 구역인 동시에 독일 왕과 황제의 고향인 포츠담에 도착했다.

베를린의 교외 지역에 있는 체칠리엔호프 궁전은 독일의 베르사유로서 여러 궁전과 부속 건물, 잔디와 호수가 있으며 오늘날 유엔 세계 유산으로 지정되었다.

그해 4월 14일 밤 영국 공군은 랭커스터 폭격기 500대를 파견해 고성능 폭탄 1780톤을 투하했다. 이 전략을 수립한 주인공이 바로 처칠이었다. 그는 민간인을 위협하는 구체적이고 공공연한 의도를 품고 지역 폭격을 실시해야 한다고 주장했었다. 군사상 이익이 의심스러웠지만 어쨌거나 공중에서 폭탄을 투하했다. 당시 독일을 공격할 수 있는 유일한 방법이라는 것이 주요 근거였다.

제2 전선을 형성하는 것을 제외하고 지역 폭격은 처칠의 억눌린 공격성을 표현하고, 영국도 적에게 폭력적인 힘을 가할 수 있다는 사실을 미국과 러시아에 과시할 수 있는 유일한 수단이었다. 물론 처칠 자신도 의구심을 품었던 것이 사실이다. 어느 날 저녁 차트웰에서 독일 마을이 불타는 장면을 담은 기록을 보던 처칠은 불쑥 이렇게 말했다. "우리는 짐승인가? 우리가 상황을 여기까지 몰고 온 것인가?"

처칠은 폭격으로 드레스덴을 불구덩이에 던진 작전을 놓고 논쟁이 벌어지자 괴로워했다. 해당 작전으로 2만 5000명이 사망했고 그중 다수는 영국군의 공중 폭탄 투하로 숯이 되었다(처칠은 비밀 기록에서 "테러와 악의적인 파괴에 의한 행동에 지나지 않는다."라고 비난했다). 게다가 영국 공군이 포츠담 궁전을 공격했다는 사실을 나중에 알고 문화를 경시하는 매우 둔감한 처사였다고 노발대발했다. 이제 처칠은 자신과 관계가 없다고 부인할 수 없는 정책의 결과를 눈으로 확인했다.

포츠담 공격만으로 1500명 이상이 사망했고 2만 4000명이 집을 잃었다. 베를린의 폐허를 통과할 때 처칠의 마음은 으레 그렇듯 연민으로 넘쳤다. 그리고 비망록에 이렇게 털어놓았다. "내 증오는 그들의 항복과 함께 죽었다. 나는 그들의 초췌하고 퀭한 모습과 올이 보일 지경으로 닳아빠진 옷을 보고 몹시 마음이 아팠다."

처칠은 독일 국민을 대상으로 전쟁을 벌인 것이 아니고 나치를 박살 내고 싶었을 뿐이다. 이제 성공의 정점에 올라선 처칠은 나치주의가 출현하기 오래전부터 자신이 두려워했던 다른 적이 있다는 사실을 깨달았다. 그 적은 나치주의만큼이나 맹목적으로 이념에 매달렸고, 잔인했을 뿐 아니라 몇 가지 점에서는 맞붙어 싸우기가 나치보다 까다로웠다.

포츠담 회의에서 정상들이 둘러앉았던 탁자는 직경 3미터가량의 커다란 원형으로, 전해지는 이야기에 따르면 러시아 목수들이 포츠담 회의를 위해 특별히 제작했다고 했다. 육중한 오크 탁자에는 그때와 마찬가지로 두껍고 빨간 펠트 천이 덮여 있다. 아마도 자국의 빨간색 국기를 베를린에 내걸고 회의를 조직한 러시아에 경의를 표하기 위해서일 것이다. 포커를 치기에 안성맞춤인 장소로 보이는 회담장에서는 세 대국 중 한 국가가 모든 카드를 쥐고 있는 것 같았다.

4년에 걸쳐 나치와 소비에트가 광견병에 걸린 두 마리 개처럼 서로 목을 물어뜯으며 싸웠던 잔인한 전쟁을 치르고 나서도 스탈린이 여전히 유럽 무대에서만도 640만 명을 동원할 수 있었다는 사실이 믿기 힘들다. 러시아는 2000만 명을 잃었지만 단연코 유럽 최대 군사력을 인정받으며 전쟁을 끝냈다.

소비에트 연방은 스탈린이라는 눈이 반짝거리고 철저한 냉소주의와 무자비한 태도로 무장한 폭군을 맞이했다. 앞부분에서 1942년 스탈린이 영국 군대가 비겁하다고 아무 근거 없이 조롱하면서 처칠을 괴롭혔던 사례를 살펴보았다. 그것이 스탈린의 행동 방식으로 그는 조롱하거나 아첨했고 협박하거나 괴롭히며 죽였다.

스탈린은 적을 숙청하며 권좌에 올랐고 제정 러시아 황제의 장교단, 부농층, 반혁명주의자, 폴란드인 등 자신의 행보에 방해가 되는 집단을 차근차근 모조리 살해하면서 권력을 유지했다. 그는 제2차 세계 대전이 시작하기도 전에 이미 수십만 명의 피를 손에 묻혔다. 스탈린에게 살인광 기질이 있고, 미국인은 스탈린에게 흔쾌히 빠져드는 불쾌한 경향을 보인다는 사실을 처칠은 1943년 11월 테헤란 회담 때 감지했다.

세 대국은 종전 이후 유럽에 대한 대책을 논의했다. 스탈린은 폴란드를 양분하고 상당 지역을 러시아가 소유해야 한다고 진즉부터 주장해 왔다. 그날 저녁 만찬 자리에서는 종전 이후 독일에 대해 자신이 세운 계획을 발표했다.

스탈린은 이렇게 말을 꺼냈다. "독일군 5만 명을 죽여야 합니다. 그들의 작전 참모들도 죽여야 합니다."

그러자 처칠은 이렇게 응수했다. "나는 냉혈한처럼 학살하는 일에 가담할 생각이 없습니다. 따뜻한 피가 흐르는 사람이 할 짓이 아닙니다."

스탈린은 "5만 명을 반드시 총살해야 합니다."라고 힘주어 말했다.

처칠은 얼굴을 붉히며 "조국의 명예를 그런 식으로 더럽히느니 차라리 내가 지금 끌려 나가 총살을 당하겠소."라고 말했다.

이때 프랭클린 루스벨트가 끼어들었다. "내가 협상안을 제시하죠. 5만 명이 아니라 4만 9000명을 죽입시다."

이렇듯 떠들썩하게 토론이 벌어지는 동안 아들인 엘리엇 루스벨트Elliott Roosevelt가 자리에서 일어나 자신은 스탈린의 제안에 진심으로 동의하고 미국 의회도 전폭적으로 지지하리라 확신한다고 발언했다. 그 말에 분노한 처칠은 회의장을 박차고 나갔고 다른 사람들이 애써 설득하고 나서야 겨우 자리로 돌아왔다.

미국인이 이해하지 못했거나 이해하려 들지 않았던 사실은 스탈린이 농담 반 진담 반으로 말했다는 것이다. 전혀 농담이 아닐 수도 있었다. 냉혹하게도 5만 명을 총살하는 것은 스탈린에게는 어려운 일도 아니고 그의 말마따나 비극이 아니라 통계 숫자일 뿐이었다.

1945년 2월에 개최된 얄타Yalta 회담도 상황은 마찬가지였다. 스탈린은 소비에트 연방이 동부 유럽을 지배해야 한다는 주장을 무덤덤하면서도 집요하게 계속 밀어

처칠 팩터

붙였다. 그 무렵 루스벨트는 병세가 위독해 갑자기 의식을 잃기도 했으며, 처칠에게는 러시아의 요구에 반대할 군사력이 없었다. 스탈린은 매력을 발산하며 어설픈 영어를 익살맞게 구사하면서도("당신이 그렇게 말했잖소!You said it!"와 "화장실은 저쪽이오The toilet is over there."는 스탈린이 구사할 수 있는 몇 개 안 되는 관용 표현이었다) 자신이 원하는 메시지는 분명하게 전달했다. 러시아는 혐오스러운 독일·소련 불가침 조약의 이점을 그대로 유지하는 동시에 그리스를 제외한(처칠은 그리스를 두고 이렇게 자랑했다. "그리스는 내가 크리스마스 날 불덩이에서 구출했다.") 동부 유럽과 발칸반도 국가를 모두 차지하겠다는 뜻이었다.

발트 3국과 폴란드도 러시아에게 넘어갈 것이었다. 자국의 통치권과 통합성이 전쟁 원인을 제공했던 폴란드는 전제주의 정권을 만족시키기 위해 다시 한번 배반과 희생을 강요당하고 분할되었다. 루스벨트가 러시아 독재자의 편에 서자 처칠은 거듭 고립되는 것을 실감했다.

1945년 4월 12일 위대한 미국 대통령 루스벨트가 사망하자 처칠은 오늘날 생각하기에는 예상 밖으로 장례식에 불참하기로 결정했다. 두 사람의 관계가 연합국의 승리에 필수 불가결했다는 점을 생각한다면 의외였지만 둘 사이가 점차 소원해졌으므로 충분히 예상할 수 있었다. 여전히 미국은 영국의 전시 공채를 놓고 유리한 조건으로 거래하려고 전력을 기울였고, 대영 육류 수출을 취소하는 등 사소하게 딴죽을 걸었다. 하지만 두 국가는 스탈린, 러시아, 전후 세계에 관한 문제를 놓고 근본적으로 입장 차이를 보였다.

1945년 5월 4일 처칠은 이든에게 편지를 써서 러시아가 폴란드를 차지하려고 쿠데타를 일으킨 것은 "유럽 역사상 유례없는 사건"이라고 언급했다. 5월 13일에는 새로 대통령으로 취임한 트루먼에게 전보를 쳐서 '철의 장막'이 러시아 전면에 쳐졌다고 주장했다. 처칠이 나중에 논란의 도마에 올랐던 '철의 장막'이라는 표현을 처음 사용한 것은 미주리 주 풀턴에서 연설하기 거의 1년 전이었다. 5월 말 처칠은 공산주의가 확산되고 러시아가 동부 유럽을 장악하는 사태가 벌어질 것을 크게 우려해 작전을 주도했고, 이 작전은 주로 역사가 데이비드 레이놀스David Reynolds의 연구를 통해 최근에 비로소 세상의 빛을 보았다.

5월 24일 처칠은 영국 군사 작전 기획자들에게 소위 '상상도 못할 작전Operation Unthinkable'의 실시를 검토하라고 지시했다. 영국군과 미군이 러시아군에 등을 돌리고 동부 유럽에서 밀어낸다는 내용이었다. 그렇다면 해당 작전을 어떻게 수행할 것인가? 세계에서 가장 유능한 전사로 입증된 독일 국방군Wehrmacht을 개입시키려 했다.

작전의 일환으로 처칠은 노획한 독일 무기를 보관했다가 비나치화한 독일 군대에 돌려주면서 소비에트를 공격하게 하자고 몽고메리에게 제안했다. 해당 작전의 전체 내용은 1998년까지 비밀에 부쳐졌고, 그렇게 한 것은 아마도 적절한 조치였을 것이다.

설사 '상상도 못할 작전'이 바람직했더라도 여기에 가담하라고 처칠이 미국을 설득할 수 있을 리 만무했다. 당시 미국이 러시아에 얼마나 관대했는지 파악하려면 1944년과 1945년 초 미국 정계가 세상을 어떻게 보았는지 되짚어 보아야 한다. 태평양에서 발발한 전쟁은 아직 끝나지 않았다. 일본군은 광분한 나머지 몸을 내던지면서까지 처절하게 저항했다. 그들은 게릴라전에 단련되어 있었을 뿐 아니라 창으로 싸우는 전투에도 노련했다. 미국은 결국 승리하리라고 생각했지만 인명 손실이 끔찍한 수준에 이를까 봐 두려웠다. 따라서 러시아가 단호하게 자국 편을 들어 주기를 희망했다.

처칠이 미국을 설득할 수 있었더라도 여전히 의문은 남는다. 이제 러시아와 싸워야 한다고 말한다면 영국의 군대와 유권자들은 무엇이라 반응했을까? '상상도 못할 작전'에 대해 들었다면 영국 대중은 십중팔구 몹시 당황하고 분개했을 것이다. 스탈린의 숙청 계획을 거의 몰랐거나 까마득히 몰랐기 때문이다. 많은 영국인의 마음에 러시아는 자기희생 정신과 용기를 보여 주어 타국 군대를 부끄럽게 만든 영웅으로 자리 잡고 있었다.

일반인이 생각하기에 스탈린은 아직까지는 피에 굶주린 전제 군주가 아니라 소탈하게 파이프를 입에 물고 콧수염을 기른 엉클 조Uncle Joe였다. 1945년 이제 모스크바로 총구를 돌려야 한다는 말을 들었다면 영국 국민은 아마도 처칠이 반공산주의라는 고리타분한 옛날 주장을 들먹거렸을 것이고, 처칠의 생각이 틀렸을 뿐 아니라 망상이라고 생각했을 것이다. 영국 군사 작전 기획자들이 처칠에게 반대의 뜻을 분명하게 밝혔으므로 '상상도 못할 작전'은 사장되었다. 해당 작전을 펼치려면 방대한 규모의 독일 군대와 미국 자원이 필요했으므로 영국 총리도 기획자들이 반대하리라 충분히 예상했을 것이다.

어쨌거나 처칠은 이리저리 궁리하면서 아무리 미친 소리처럼 들리더라도 갖가지 그럴듯한 계획을 생각해 냈다. 전쟁으로 끝을 알 수 없을 정도로 나라가 피폐해진 6년을 보내고 나서도 처칠의 싸움 본능은 조금도 사그라지지 않았으므로 이러한 작전을 계획하기라도 했어야 했다는 주장이 있다. 비현실적이기는 하지만 '상상도 못할 작전'도 공산주의의 위협에 대한 처칠의 깊은 불안을 드러낸 것이므로 최소한 이 점에서는 처칠의 생각이 확실히 옳았다.

유럽 지도를 보는 처칠의 눈에 독일은 폐허가 되었고, 프랑스는 무릎을 꿇었으며, 영국은 녹초가 되었다. 하지만 러시아는 마음만 먹으면 대서양과 북해까지 탱크를 진군시킬 수 있었다. 게다가 동부 유럽의 여러 수도를 집어삼키는 동시에 처칠이 사악하다고 믿는 정부의 형태를 강요하겠다는 야욕을 이미 드러냈다. 어떻게 하면 러시아를 막을 수 있을까? 이는 처칠이 던진 중요한 전략적 질문이었지만, 많은 미국인은 당분간 그러한 질문에 관심조차 없는 것 같았다.

7월 25일 포츠담 회의장을 떠날 때까지 처칠은 회의에서 거의 성과를 거두지 못했다. 처칠은 통역사가 통역하느라 애를 먹을 정도로 탁월한 문구를 구사해 칙칙한 회의실의 공기를 지배했지만, 영국은 새롭게 부상하는 두 초강대국의 그늘에 가려 위상이 눈에 띄게 줄어든 것 같았다.

미국 트루먼 대통령은 이제 미국은 핵무기 구사 능력을 갖췄다고 밝히면서 영국과 제조 기술을 공유하지 않겠다고 선언했다. 미국의 이러한 태도는 영미 기술 공유 협정의 조건을 양심적으로 지켜 왔던 동맹국에게 취하기에는 약간 거만하다고 생각할 수도 있다. 영국은 초기 핵분열에 관한 대부분의 이론적 연구를 수행했고, 레이더 제작 기술 등과 함께 그때까지 축적된 기술을 그대로 미국에 이전해 주었다. 결국 트루먼은 미국 단독으로 히로시마에 원자 폭탄을 투하하겠다고 결정했고 영국에는 단순히 형식적으로만 자문을 구했다.

러시아의 스탈린은 끊임없이 경륜과 재주를 십분 발휘했다. 말할 때는 간단명료하게 핵심을 짚었고, 사실을 거론할 때는 조금도 머뭇거리거나 당황하는 기색이 없었다(스탈린과 달리 처칠은 이따금씩 등을 뒤로 기대고 몇 초 동안 중얼거렸다). 러시아 전제 군주는 스스로 필요하다고 생각할 때는 끊임없이 자신의 치명적 매력을 발산했다. 러시아를 도와준 것에 대해 영국에 더욱 공공연하고 풍부하게 감사의 뜻을 전달하지 못해 미안하다고 처칠에게 말했다. 메뉴를 물어보고 직접 처칠을 찾아와 사인을 받는 등 친절하게 행동했다. 또한 아첨을 좋아하는 노인을 현혹시킬 심산으로 처칠이 듣는 데서 옆 사람에게 "저 사람 참 괜찮아요."라고 말하기도 했다.

스탈린은 겉으로 상냥하게 미소를 짓는 내내 포츠담 회의에서 전쟁 배상금은 물론 전리품을 챙기고 러시아 경제를 살리기 위해 닥치는 대로 자원을 러시아로 실어나르며 동부 유럽을 야금야금 삼키고 있었다. 포츠담 회의에 참석한 지도자들 앞에 소비에트의 손에 놀아나는 폴란드 꼭두각시 정부 관리들이 모습을 드러냈다. 처칠은 그 관리들과 지위가 같은 관리 중에 비공산주의자가 있느냐고 물었다. 없다는 대답이 돌아왔다.

7월 26일 런던으로 돌아온 처칠은 영국 국민에게 해고당했다. 마치 예전에 자신이 어떤 사람인지에 관해 의혹이 있었다는 듯 처칠은 비로소 자신의 진정한 모습을 보였다.

처칠 팩터

70세에 접어든 처칠은 인류가 여태껏 목격한 가장 폭력적인 분쟁을 끝내고 승리했다. 앞으로 비망록을 써야 했다. 차트웰은 사방이 먼지막이 천에 덮여 있고 전시에는 지낼 수 없었다. 양어장에 물고기를 다시 채워 넣고 돼지를 키웠다. 처칠은 자신에게 엄청난 빚을 진 세계와 국민의 박수갈채를 받으며 공적인 생활을 그만둘 수도 있었다. 하지만 이것은 처칠이 사는 방식이 아니었다.

사실상 처음에는 직위를 잃었다는 현실에 적응하기 힘들었다. 딸 메리가 기록했듯 처칠에게 검은 구름이 내려앉았다. 가족은 처칠이 좋아하는 '토끼야, 달리자 달려' 같은 노래를 부르며 흥을 북돋우려 최선을 다했지만 그다지 효과가 없었다. 처칠은 "우리의 비참한 상황"을 언급하는 클레먼타인과 말다툼을 벌였다.

하지만 처칠은 서서히 냉정을 찾기 시작했다. 이탈리아로 그림 그리는 여행을 장기간 떠났다(그곳에서 한때 요령 없게도 피폭 건물을 그렸다가 지역 주민의 원성을 샀다). 또한 야당 당수로 활동했다. 동부 유럽이 공산화하는 현상을 끊임없이 비판했고 러시아는 "악어 군에 속한 현실주의 도마뱀"이라고 주장했다. 그해 말로 접어들면서 트루먼에게 자기 고향인 미주리 주의 풀턴에 있는 '대단한 학교'인 웨스트민스터 대학교에서 연설해 달라는 흥미진진한 초청을 받았다.

1946년 3월 4일 처칠과 트루먼은 백악관을 출발해 기차로 24시간을 달려 미주리 주에 도착했다. 우리는 처칠이 이곳에서 행할 연설의 주제를 오랫동안 구상해 왔고, 자기 생각을 결코 비밀에 부치지 않았다는 사실을 기억해야 한다. 미국 국무장관 제임스 번James Byrne은 처칠에게 연설의 요지를 듣고 "상당히 마음에 들어 하는 것 같았다". 연설 내용에 대해 처칠과 의논했던 클레멘트 애틀리는 2월 25일 처칠에게 "당신의 풀턴 연설은 매우 훌륭하리라 확신합니다."라고 힘을 실어 주었다. 처칠은 기차에 타기 전에 연설 초안을 트루먼 대통령의 군사 고문인 '열정적인' 윌리엄 레이히William Leahy 사령관에게 보여 주었다. 미주리 주에 가까워질 때까지 연설문을 계속 다듬었고 기차가 거대한 강 옆을 지날 때는 자신을 초청한 트루먼 대통령에게 연설문 전문을 보여 주어서 그의 호기심을 충족시켜 주었다. 처칠은 "트루먼이 연설문을 읽고 감탄했다고 말했다."라고 나중에 전했고 연설 내용은 그야말로 훌륭했다.

미주리 주 풀턴에서 행한 처칠의 연설은 현대 정치 담론에서 전례가 없는 역작이었다. 워드 프로세서로 작성하지도 않았고 연설 작성 위원회가 대신 쓰지도 않았다. 거의 5000개 단어에 달하는 연설 내용에는 처칠의 의도가 많이 담겨 있다.

처칠은 토머스 하디풍의 문체(예를 들어 미래라는 뜻으로 after-time을 쓴다)를 쓰기도 하고, 약간 현실성 없이 방위 협력을 제안할 때는 철저하게 현실적인 문체를 사용했다. 어느 시점에 이르자 각국에서 세계 기구의 명령을 받는 국제 공군에 비행 중대를 파견하자고 제안했다. 이것은 1970년대 아동용 텔레비전 프로그램인 〈선더버드 Thunderbirds〉에서만 채택했던 개념이었다. 처칠은 영국과 미국을 연합하는 방안에 대해 깊이 생각했다.

> 우리는 결코 두려워하지 말고 자유의 위대한 원칙과 인간의 권리를 끊임없이 외쳐야 합니다. 이것은 영어권 세계가 공동으로 물려받은 유산으로서 대헌장 Magna Carta, 권리 장전 Bill of Rights, 인신 보호 영장 Habeas Corpus, 배심 재판, 영국 관습법을 거쳐 미국 독립 선언서에 담긴 가장 유명한 표현에서 찾아볼 수 있습니다.
>
> 이것은 어느 국가의 국민이라도 그러한 권리를 소유한다는 뜻이고, 합법적인 행동을 통해, 속박 없고 자유로운 선거를 통해, 무기명 투표를 통해 정부의 특징이나 형태를 선택하거나 바꾸는 권한을 행사해야 한다는 뜻입니다. 언론과 사상의 자유가 널리 보급되어야 하고, 행정부의 영향을 받지 않고 어떤 정당에도 편향되지 않은 사법 재판소가 대다수의 폭넓은 동의를 받거나 시간과 관습으로 존중받는 법을 시행해야 한다는 뜻입니다. 이는 보통 가정이면 모두 누려야 하는 자유로운 권리입니다. 영국인과 미국인이 인류에 보내는 메시지가 여기 있습니다. 우리가 실천하고 있는 것을 전파합시다.

그리고 우리가 전파하는 것을 실천합시다.

　이것은 미국과 영국의 민주주의 옹호자들이 여전히 믿고 있는 이상이자 처칠이 지키기 위해 평생에 걸쳐 싸웠던 명분이다. 이제 처칠은 연설의 절정에 도달했다. 청중이 어렴풋이 기대하고 있는 폭탄선언을 할 차례였다. "세계의 안전과 평화의 전당에 위협이 도사리고 있으며 위협의 정체는 바로 소비에트 연방입니다." 처칠은 러시아 사람에게도 "전쟁 전우인 스탈린 원수"에게도 악감정을 품고 있지 않다고 강조하면서 이렇게 연설했다.

　우리는 러시아가 독일의 공격 가능성을 배제하고 자국의 서부 국경을 안전하게 지켜야 한다는 것을 이해합니다. 세계를 이끄는 국가들 가운데 러시아가 정당한 자리를 차지하는 것을 환영합니다. 바다에 러시아의 깃발이 휘날리는 것을 환영합니다. 무엇보다 대서양을 맞대고 있는 러시아 국민과 우리 국민의 교류가 끊임없이 빈번하게 더욱 증가하는 것을 환영합니다. 하지만 여러분이 유럽의 현재 상황을 나타내는 특정 사실을 내가 본 대로 알려 주기를 원하므로 그 사실을 여러분에게 설명하는 것은 내 의무입니다.

　발트 해의 슈테틴Stettin에서 아드리아 해의 트리에스테Trieste까지 대륙을 가로질러 철의 장막이 쳐졌습니다. 장막 뒤에는 중부 유럽과 동부 유럽에 들어섰던 고대 국가들의 수도가 모여 있습니다. 바르샤바, 베를린, 프라하, 빈, 부다페스트, 베오그라드Belgrade, 부쿠레슈티Bucureşti, 소피아Sofia 등 유명한 도시와 이곳 시민이 소비에트 영역에 들어 있고, 모두 이런저런 형태로 소비에트 영향력의 지배를 받을 뿐 아니라 모스크바의 매우 강도 높고 많은 경우에 계속 증가하는 통제 아래 놓이게 됩니다. 불멸의 영광을 간직한 그리스만 영국, 미국, 프랑스의 감시를 받으며 선거를 치러 자유롭게 자국의 미래를 결정할 수 있습니다. 러시아가 지배하는 폴란드 정부는 독일을 무도하고 부당하게 침략하도록 조장되었고, 현재 독일인 수백만 명이 꿈에도 생각하지 못할 정도로 비통하게 대량으로 추방되고 있습니다. 이러한 동부 유럽 국가에서 수는 매우 적지만 공산당이 두드러지게 성장하여 그 수를 훨씬 초월하는 힘과 지위를 장악하고, 전체주의적 통제력을 획득하기 위해 사방으로 노력하고 있습니다. 경찰 정부가 거의 모든 국가에 들어서고, 지금까지 체코슬로바키아를 제외하고 진정한 민주주의 국가는 없는 실정입니다.

처칠은 원자 폭탄부터 만주의 상황까지 거의 모든 주제를 아우르며 국제 정세를 개략적으로 설명한다. "무기와 명령 체계가 유사한" 영국과 미국이 "특별한 관계"를 구축해야 한다고 주장한다. 또한 유럽 합중국을 결성해 정신적으로 위대한 두 나라인 독일과 프랑스가 형제애를 구현하자고 강조한다.

처칠의 연설은 웅장하고 감동적인 비전을 제시했지만 공산주의를 혹평해서 이목을 끌었다.

처칠은 나치 독일의 위협을 과장한다고 비난받았을 때처럼 공산주의에 대해 "불필요한 우려를 조장"한다고 비난받았다. 런던의 〈타임스〉는 서구 민주주의와 공산주의를 날카롭게 대조한 것은 "결코 적절하지 않았다."라고 혹평하면서 어리석은 논설을 실어 두 정치 신조가 "서로 배울 점이 많다."라고 주장했다.

뉴욕의 〈월 스트리트 저널Wall Street Journal〉은 미국이 영국과 밀접한 협력 관계를 형성하는 새 시대로 진입할 수 있다는 내용에 난색을 표명했다. "미국은 어떤 국가와 동맹 비슷한 것조차 맺고 싶어 하지 않는다." 앞으로 2년 안에 벌어질 사태를 생각한다면 어리석은 주장이었다. 연설로 인해 술렁거림이 거세지자 트루먼은 기자 회견을 열어 처칠이 자신에게 연설 원고를 미리 보여 줬다는 사실을 부정했다.

모스크바는 당연히 거세게 비난하면서 처칠은 손에 수류탄을 들고 미쳐 날뛰는 전쟁광이라고 묘사했다. 〈프라우다Pravda〉는 처칠이 "영어권 국민"이 우월하다는 사악한 인종 이론으로 무장한 나치의 영웅이라고 주장했으며, 스탈린은 인터뷰에서 이 점을 노골적으로 되풀이했다.

유화론자인 버틀러와 나중에 토리당 당수로 취임한 피터 소니크로프트Peter Thorneycroft 등 토리당 의원들은 풀턴 연설로 빚어진 소음을 빌미로 처칠을 반대하는 주장을 펼쳤다. 그들은 오찬 자리에서 "윈스턴은 떠나야 한다."라고 역설했다. 노동당 의원들은 공산주의를 비난하는 처칠의 발언에 몹시 분개하며 연설 내용을 공식적으로 부인하라고 애틀리에게 항의했다. 전형적으로 청렴한 태도의 소유자인 애틀리가 그렇게 하지 않겠다고 거부하자 노동당 의원들은 처칠의 연설이 "세계 평화를 해친다."라고 주장하면서 처칠에 대한 불신임안을 상정했다. 이때 찬성한 93명 중에는 미래의 노동당 총리 제임스 캘러헌도 있었다.

캘러헌이 자신의 과거 행적을 공식적으로 뉘우치지는 않았지만 결국 자신이 어리석은 행동을 했었고 다시 한번 처칠이 옳았다는 사실을 틀림없이 깨달았을 것이다.

동부 유럽을 장악한 공산주의가 그로부터 2년이 채 지나지 않아 처칠 말대로 독재 체제라는 사실이 밝혀졌다. 스탈린은 자신이 지배하는 국가들을 서부 유럽의 경제 통합에서 배제시켰다. 베를린을 봉쇄하고 시민을 굶주리게 만들어 항복을 받아내려 했다. 동구권Eastern Bloc이 새로 탄생하면서 잔인한 일당 체제 국가들이 들어서서 모스크바의 명령에 따르도록 강요당했고, 수많은 사람이 죽거나 협박을 당해 침묵을 지켰다. 나중에 철의 장막 연설로 알려진 풀턴 연설을 통해 처칠은 당시 세계의 전반적인 윤리적 · 전략적 틀을 언급했다. 이것은 단연코 처칠이 원했던 세계가 아니라 러시아가 편집증 증상에 따라 강력히 주장했던 세계였다.

풀턴 연설 이후로 처칠과 의절했던 트루먼은 처칠이 옳았다는 사실을 뒤늦게 깨닫고 자신의 유명한 '봉쇄containment 전략'을 실시했다. 트루먼에 이어 대통령에 취

* 공산당 중앙 기관지.

임한 드와이트 아이젠하워는 공산주의에 대해 처칠보다 훨씬 강경한 입장을 취했다. 1951년 총리로 공직에 복귀한 처칠은 수소 폭탄이라는 위협적 무기가 새로 등장하면서 세계가 긴장 상태에 놓인 것을 몹시 우려했다. 이제 처칠은 평화광이 되었던 것이다.

처칠은 미국·러시아·영국의 정상이 각자 의견을 솔직하게 교환하는 정상 회담 개념에 매달렸다. 그러면서 세계 지도자들이 마음을 합할 수만 있다면 세계 대전을 피할 수 있다고 주장했다.

하지만 당시 처칠의 나이는 이미 76세였다. 전쟁을 치르는 5년 동안 영국을 이끌었고, 6년 동안 야당 지도자로 활동했다. 의원들을 거느리고 선거 운동을 훌륭하게 치러 내느라 밤새 논쟁을 벌이고, 농담과 빈정대는 발언이 담긴 짧고 탁월한 연설문을 작성하고, 아침 7시 30분이면 트럭 운전수처럼 달걀·베이컨·소시지·커피로 아침 식사를 하고 해럴드 맥밀런이 기록했듯 위스키와 소다를 마시고 커다란 시가를 한 대 피웠다.

이렇게 바쁘고 빽빽한 일정은 건강에 나쁜 영향을 미치기 마련이다. 권력을 손에 넣으려는 정신적 욕구는 여느 때처럼 강했지만 건강은 무너지기 시작했다. 처칠은 동맥 경련을 일으켰고 피부 염증을 앓았으며 눈의 이상 증상을 호소했다. 청력에도 문제가 생겨 아이들이 떠드는 소리나 새들이 지저귀는 소리를 더 이상 들을 수 없었다. 저명한 뇌신경 전문의인 러셀 브레인Russell Brain 경은 처칠이 어깨 '뭉침'으로 고생을 했던 까닭은 어깨에서 감각 메시지를 받는 뇌 세포가 죽었기 때문이라고 설명했다.

처칠의 마지막 공직 기간은 거대한 붉은 해가 식으면서 서서히 가라앉아 결국 시야에서 사라지고 말았다는 결말로 끝나지 않았다. 처칠은 소멸하는 화산이 아니었다. 그는 계관 시인 앨프리드 테니슨Alfred Tennyson이 노래한 율리시스처럼 언제나 몸부림치고 싸우고 분투하는 동시에 자신이 해야 할 중요한 일이 여전히 남아 있다고

처칠 팩터

확신했으며 게다가 영리했다.

1953년 3월 스탈린이 사망하자 처칠은 새 출발을 주장할 기회를 잡았다. 그래서 아이젠하워에게 러시아와 정상 회담을 갖고, 영미 동맹 관계를 수립해 세계 평화의 토대를 쌓자고 제안했다. 하지만 아이젠하워는 관심을 보이지 않았다.

1953년 6월 5일 윈스턴 처칠은 뇌졸중을 앓았다. 의사는 생존 가능성이 없다고 진단했지만 처칠은 순수하게 의지로 버텼다. 다음 날 처칠은 입이 비뚤어지고 왼팔을 사용하기 힘든 상태에서도 내각 회의를 주관하겠다고 고집했다. 동료들은 처칠이 조용하고 안색이 약간 창백하다고 생각했을 뿐 아프다는 것을 전혀 눈치채지 못했다.

다음 날 처칠의 상태는 훨씬 나빠져서 몸 왼편이 마비됐다. 그는 안정을 취하기 위해 차트웰로 내려갔고 언론은 총리가 '절대 안정'을 취해야 한다는 말을 들었다. 어느 누구도 이유를 묻지 않았다. 뇌졸중이 발병한 지 일주일이 지나 처칠은 자신의 보좌관 조크 콜빌과 노먼 브룩Norman Brook 장관을 맞이했다. 휠체어를 타고 있던 처칠은 저녁 식사를 마치고 나서 몸을 일으켜 보겠다고 말했다. 당시 일을 브룩은 이렇게 회고했다.

> 콜빌과 나는 그러지 말라고 만류했지만 처칠이 고집을 꺾지 않았으므로 혹시 넘어지면 붙잡을 생각으로 그의 양옆으로 다가섰다. 하지만 처칠은 지팡이를 휘저으며 뒤에서 기다리라고 우리에게 말했다. 그러더니 두 발을 바닥으로 내리고 휠체어의 팔걸이를 움켜쥐고는 땀을 뻘뻘 흘리며 몸을 두 발로 버티고 꼿꼿하게 섰다. 자신이 혼자 설 수 있다는 것을 보이고 나서 처칠은 다시 휠체어에 앉아 시가를 꺼내 물었다. …… 처칠은 병을 이기기로 단단히 마음을 먹었다.

그리고 처칠은 소비에트 측을 만나기로 결심을 굳히고 핵 정상 회담을 열기로 계확함으로써 세계정세의 최전선에 재진입할 기회를 노렸다. 하지만 러시아는 명확한 태도를 보이지 않았고, 아이젠하워는 모호한 태도로 일관했다. 이 계획에 반대했던 내각 동료들은 처칠이 포기하기를 마음속으로나 공개적으로 희망하면서도 세계적으로 유명한 정치인인 처칠이라는 부적을 저버릴까 봐 여전히 두려워했다.

1954년까지 처칠은 사임하라는 은근한 압력을 끊임없이 받았고, 뇌졸중을 이기고 놀라운 업적도 이루었지만 스스로 표현한 대로 다음과 같이 느끼기 시작했다. "해 질 녘 비행을 거의 끝내고 연료도 바닥나 가는 상태로 안전하게 착륙할 곳을 찾는 비행기 같다." 그 비행기는 그 후 거의 1년을 계속 비행하면서 적들과 상당히 많은 친구의 집중 비난을 뚫거나 요리조리 피하다가 결국 1955년 4월 5일 80세에 총리직을 사임했다.

처칠은 마지막 내각 회의를 주재하면서 자신의 사임을 알리고 "인간은 정신이다.", "결코 미국에게 거리를 두지 말라."고 조언했다.

소위 전쟁광은 마지막 공직 기간에 강대국의 통합을 모색하고 '세계 평화'를 증진하겠다는 부질없는 임무를 수행했다. 게다가 수소 폭탄 같은 전대미문의 위협을 경감시키려 애썼다. 하지만 처칠이 뜻을 이루지 못하고 공직을 떠난 지 3개월 후 아이젠하워, 이든, 에드가 포르Edgar Faure, 니콜라이 불가닌Nikolai Bulganin은 제네바에서 정상 회담을 했다.

처칠은 공산주의가 무엇이 잘못인지 본능적으로 알았다. 공산주의는 국민의 자유를 억압하고, 국가가 개인의 결정권을 빼앗아 통제하고, 민주주의를 박탈하는 폭정을 휘둘렀다. 또한 처칠은 불완전하지만 자본주의만이 인간의 욕구를 충족시킬 수 있다고 이해했다.

나는 공산주의가 판을 치던 세대에 속한 사람으로 1989년 이전에 철의 장막 뒤를 가끔씩 여행하면서 처칠이 특히 미주리 주 풀턴에서 놀랍도록 뛰어난 예지를 보여 주었던 연설이 얼마나 옳았는지 깨달았다. 우리는 인간의 기본적 필요를 채워 주지 못하고, 기본적인 여행의 자유를 빼앗는 방식으로 국민을 통제하는 정치 체제의 우스꽝스러운 선전 문구를 읽었고 국민의 두려움을 보았으며 그들의 속삭임을 들었다.

처칠은 나치 독일의 위협을 꿰뚫어 보았듯 공산주의의 모든 현상을 정확하고 명쾌하게 예견했다. 또한 체제 전체가 예기치 않은 속도로 붕괴하리라 예언했다. 처칠의 생각은 옳았고 우리는 살아서 그 기쁨의 순간을 맞았다.

음침한 회의실을 나오니 포츠담의 체칠리엔호프 궁전 밖을 비추는 햇빛이 눈부셨다. 우리는 자전거에 올라타 반제Wannsee 호수를 끼고 있는 정원과 풀밭을 돌았다.

길의 이름이 마우어베그Mauerweg였다. 동독 정권이 도시를 가르기 위해 이곳에 세운 가증스러운 벽은 1989년 소비에트의 공산주의 체제가 붕괴하면서 철거되었다. 이 벽은 한때 공포와 억압의 상징이었지만 지금은 자전거 길로 바뀌었다.

자전거 길의 한쪽으로 햇빛을 받으며 한가롭게 노니는 독일 나체주의자들의 모습이 불쑥 시야에 들어왔다. 구릿빛 피부의 노인들이 맨몸 운동을 하고, 젊은 여성들은 둘씩 짝을 지어 자연과 영감으로 대화하고 있었다. 나는 이 모습을 보며 독일인이 몇 가지 점에서 영국인과 매우 다르다고 생각했다. 일요일 오후 영국 런던의 하이드 파크에서는 결코 볼 수 없는 광경이었다. 하지만 이렇게 벌거벗고 확실히 무방비 상태에 있는 시민은 현대 독일이 표방하는 평화주의와 온화함의 화신이다.

그들은 자신이 선택한 사람에게 투표하고 자신이 하고 싶은 말을 한다. 자신이 원하는 신체 부위에 피어싱을 하며, 자유 시장을 추구하는 자본주의를 신봉하고, 밤에 문 두드리는 소리를 무서워하지 않는다. 그들이 속한 세상은 장벽이 무너지면서 바뀌었다. 이 태양 숭배자들은 스탈린의 이념보다 처칠의 이념을 신봉하는 것이 분명하다.

누가 나체로 백악관을 걸어 다녔는가? 내가 여기서 굳이 대답할 필요는 없을 것 같다.

처칠은 자신이 생각하는 자유와 민주주의의 개념이 결국 승리하고 세상을 지배하리라 믿었다. 풀턴 연설에서 처칠은 전후 세계에 반드시 필요한 틀, 즉 1948년 결성된 나토Nato의 전신인 대서양 동맹을 형성하는 데 기여했다. 후에 대서양 동맹은 러시아와 동부 유럽 전역에서 공산주의가 최종적으로 패배하는 데 중추적 역할을 했다.

처칠은 안보 구조의 중추적인 개념으로서 프랑스와 독일이 화해하고 유럽 합중국을 세우는 비전을 분명하게 제시한 최초의 인물이었다. 오늘날까지도 이 개념은 몇 가지 점에서 상당히 논란이 많을 뿐 아니라, 처칠이 어떤 의도로 유럽 합중국을 세우자고 주장했는지, 앞으로 어떤 현상이 일어나기를 바랐는지, 영국이 어떤 역할을 맡으리라 생각했는지를 둘러싸고도 논란이 있다.

유럽인 처칠

20

다양한 정치 난국에 현대인이 처칠의 말에서 중재 방법을 찾으려 하는 까닭은 그의 예지 능력을 높이 평가하기 때문이다. 그들은 처칠이 남긴 많은 글에서 특정 견해나 행동을 정당화하는 글을 발견하고, 마치 현자이자 전쟁 지도자인 처칠이 죽어서도 계획을 추진할 것처럼 숭배하는 마음을 품을 것이다.

　　현재 영국인들이 처칠의 혼령에게 가장 빈번하게 자문을 구하는 문제로는 단연코 영국과 유럽의 관계라는 매우 다루기 힘든 주제를 꼽을 수 있다. 처칠의 뒤를 이어 총리에 오른 사람이라면 누구나 몹시 고통스러워할 논란거리이기 때문이다. 일부 경우에 해당 문제는 독성이 매우 강해 역대 총리들을 정치적으로 암살하거나 암살 지경까지 몰고 갔다.

　　영국과 유럽의 관계를 둘러싼 논쟁이 거대한 대륙적 동맹에 직면한 영국의 자주성·민주주의·국가 주권 같은 숭고한 문제를 중심으로 펼쳐지면서, '유럽'은 처칠과 절묘하게 맞아떨어지는 주제가 되었다. 현대인은 1940년 활약했던 영웅의 사례를 본보기로 삼아 그 문제를 해결할 수 있으리라 생각할지도 모르겠다.

　　문제는 양쪽 집단이 모두 처칠을 자기 집단으로 분류하면서 유럽 통합 우호론자라고도 유럽 통합 회의론자라고도 주장하는 것이다. 두 파벌이 처칠을 자신들의 예언자로 환호하면서 처칠의 진정한 뜻과 의도를 둘러싼 논쟁은 광분한 종교 마찰의 형태를 띠기도 한다.

예를 들어 2013년 11월 당시 유럽 연합 집행 위원장 조제 마누엘 바호주Jose Manuel Barroso는 유럽 합중국을 설립해야 할 필요성에 관해 연설하면서 1948년 처칠이 했던 발언을 정확하게 그대로 인용했다. 유럽 통합 회의론에 기울어 있던 수많은 네티즌은 이 연설에 분개하여 욕설을 퍼부었다.

일부 네티즌은 처칠을 "뚱뚱하고 거짓말을 일삼는 쓰레기 같은 인간"이라 부르면서 공격했다. 물론 처칠을 옹호하고 바호주를 맹비난하는 사람도 있었다. 한 유럽 통합 회의론자가 '여전히 정치적으로 부정확한stillpoliticallyincorrect'이라는 가명으로 어느 신문 웹사이트에 올린 글을 읽어 보면 당시의 일반적인 분위기가 어땠는지 짐작할 수 있다.

> 우리에게는 2류 외국인 정치인이 비선출직에 앉아 무책임하게 내뱉는 조언 따위는 필요 없다. 그가 브뤼셀의 가로등 기둥에 빨리 매달렸으면 좋겠다. 그는 어째서 우리에게 훈계하는 짓을 멈추고 자기 나라로 가 버리지 않는가? 나는 그 작자가 싫고 그가 세상에서 사라졌으면 좋겠다. 전체 외국인 의원을 포함해 나머지 유럽 연합 집행 위원들과 대부분의 유럽 의회 의원들도 함께 지구에서 사라지면 좋겠다. 그러면 이곳에 있을 권리가 전혀 없는데도 우리 일에 참견하는 외국인들을 모조리 추방할 수 있다.

이러한 지적에 대한 판단은 제쳐두고라도 바호주가 유럽 통합 프로그램의 정당성을 입증할 목적으로 윈스턴 처칠에 대한 기억을 불러일으켰다며 분노가 들끓었다.

이렇게 분노하는 사람들이 인식하는 처칠의 모습은 완고한 영국의 고집과 자주의 화신인 것이 틀림없다. 그렇다면 유럽 연방주의자들은 어떻게 처칠의 생각이 자신들과 같다고 생각할 수 있을까?

처칠 팩터

불화의 뿌리를 파악하려면 무엇보다 처칠의 생각 자체를 면밀하게 검토해서 그가 언급한 유럽 통합이 무슨 뜻인지, 유럽 통합을 통해 무엇을 얻으려 했는지, 영국의 역할은 무엇이라 생각했는지 이해해야 한다. 1950년 6월 프랑스 전 총리 로베르 쉬망Robert Schuman이 대담하게도 느닷없이 쉬망 플랜을 제안하자 영국 하원이 이 문제를 논의하면서 전개한 유명한 논쟁을 살펴보자.

프랑스는 유럽의 석탄과 철강 시장을 공동으로 관리하는 범국가적 조직을 결성하자고 제안하면서 독일 · 이탈리아 · 베네룩스*와 함께 영국도 회담에 참석하라고 촉구했다. 그러면서 유럽 연합 집행 위원회European Commission의 초기 단계인 고등 기관High Authority을 두고, 각국 의원으로 의회를 구성하고 각국 장관으로 위원회를 구성해 궁극적으로 유럽 의회와 유럽 위원회로 발전시킬 계획이라고 했다. 또한 재판소를 두겠다고 제안했는데, 이 재판소는 룩셈부르크에 있으면서 최고의 권한을 소유한 유럽 재판소European Court의 전신이다.

정리하자면 영국은 유럽 연합의 탄생에 협조해 달라는 요청을 받았다. 점토는 여전히 축축하고 거푸집은 미완성이다. 그러므로 영국이 과단성을 발휘해 뛰어들어 프랑스의 초청을 받아들이고 함께 핸들을 틀어쥘 수 있는 기회였다.

하지만 노동당 정부는 딱히 적대적이지는 않았지만 회의적이었다. 영국은 여전히 유럽 최대의 석탄 및 철강 생산국이었다. 따라서 자국의 알짜배기 산업을 유럽이 공동으로 통제하고 장래가 불투명한 체제에 상납할 하등의 이유가 없다고 생각했다. 한 노동당 내각 장관은 "더럼Durham의 광부들이 받아들일 리 만무하다."라고 말하며 반대했고, 애틀리 정부는 프랑스에 거절 의사를 밝히기로 결정했다.

영국 총리는 쉬망에게 편지를 보내 흥미로운 계획을 제안해 주어 고맙기는 하지만 회담에 참석하지 않겠다고 정중하게 거절했다. 영국 해협을 사이에 두고 거주하

---

* 벨기에, 네덜란드, 룩셈부르크의 총칭.

는 양국 국민에게 이 사건은 영국과 유럽의 역사에 절대적으로 결정적인 전환점이 되었다. 이 시점을 계기로 영국은 유럽 버스·기차·항공기·자전거 등의 서비스에서 소외되었다. 영국은 결국 거의 25년이 지난 후에야 합류했지만 이 무렵 유럽 연합의 구조는 이미 영국에 맞지 않았고, 영국 민주 주권에 대한 순수주의자의 개념과 화합하지 않는 방식으로 고정되어 있었다.

처칠이 야당 당수로서 쉬망 플랜에 대해 발언한 내용을 보면 그의 직관력이 돋보인다. 첫째, 처칠은 이 시기에 열정적으로 의정 활동을 펼쳤다. 지정학적 요소를 면밀하게 검토하고 나서 세계 곳곳을 순회하며 장대한 내용의 연설을 했다. 전쟁 회고록을 계속 집필했고 조만간 노벨 문학상도 수상할 것이었다.

75세에 가까운 나이에도 거의 매일 의회에 등원하여 철도 화물 운송비부터 미얀마·한국·어업 관련 문제, 하원에 막 설치한 마이크의 효율성을 포함한 모든 안건에 개입했다.

쉬망 플랜을 둘러싼 논쟁을 기록한 의회 의사록을 읽어 보면 흥미롭게도 처칠의 뜨거운 열정이 연로해도 전혀 수그러들지 않았다는 사실을 알 수 있다. 당시 재무 장관은 스태퍼드 크립스 경(우습게도 전시에 처칠의 경쟁 상대로 알려졌던 근엄한 인물)이었으므로 영국 정부가 프랑스의 제안을 거절한다는 뜻을 쉬망에게 전달하는 것은 크립스의 몫이었다. 처칠은 크립스에게 큰 소리로 있는 대로 야유를 퍼부었다. "완전히 헛소리야! 말도 안 돼!"

불쌍한 크립스는 수업 시간에 버릇없게 구는 학생 때문에 몹시 당황한 화학 선생님처럼 처칠에게 의원들을 존중해 조용히 하든지 계속 말하려면 퇴장해 달라고 요청해야 했다. 오후 5시 24분 연설을 하려고 일어서기 전에 처칠은 오늘날 유럽에서 벌어지고 있는 것과 같은 논쟁을 들었다.

유럽 통합에 회의를 품은 노동당 하원 의원들은 '고등 기관'이 신흥 공동 시장에 관료주의적 통제를 가할 수 있고, 각국 정부의 엄격한 승인을 거치지 않고도 조치를 단행할 수 있다면서 맹렬히 비난했다. 한 노동당 하원 의원은 "대체 이 사람들은 누구인가? 무슨 권리로 우리에게 이래라저래라 명령하려 하는가?"라고 반문했다.

처칠은 요즘 사람들이 장 클로드 융커Jean Claude Juncker와 유럽 연합 집행 위원회에 대해 언급할 때와 같은 단어를 사용해 자기주장을 펼쳤다. "결국은 유럽에 과두정치*를 실시하는 꼴이 되어, 독단적인 권력과 어마어마한 영향력을 행사해 이 나라 국민 전체의 삶에 영향을 미칠 수 있다."

1950년 그날 오후 이 모든 비판에 대해 토리당 소속 유럽 통합 우호론자들은 회의론자들과 마찬가지로 나름대로 전형적인 주장을 펼치며 응수했다.

밥 부스비 토리당 하원 의원은 이렇게 주장했다. "우리는 진정으로 고립되기를 원하는가? 국가 주권이 모든 상황이 결정되고 난 후에 구속에서 풀려난다면 오늘날처럼 악몽의 세기를 맞은 우리에게 재앙을 안길 주요 원인이 될 것이다." 부스비는 자신의 존경하는 친구인 처칠에게 유럽 합중국을 창설하는 데 기여하여 다시 서부 유럽을 구원하고 옳은 길로 이끌어 달라고 촉구하면서 발언을 마쳤다.

이제 야당 당수가 논점을 정리할 차례가 되었다. 처칠은 과연 어느 편에 설 것인가? 그는 매우 안전하게 출발해서 우선 무능하다는 근거를 들어 애틀리 정부를 공격했다. 자신이 총리였다면 생각지도 못하는 사이에 프랑스가 그토록 무례하게 이러한 제안을 하지 않았을 것이라고 쐐기를 박았다. 하지만 주요 문제에 관해서는 자신의 입장을 분명하게 밝혔다. 영국이 쉬망 플랜을 논의하는 자리에 참석해야 한다고 주장하면서 리더십이 무너졌다고 애틀리를 격렬하게 비난했다.

"그는 자신을 파머스턴** 같은 대외 강경주의자로 내세우면서 자신과 소속 정당에

---

* 몇몇 소수가 지배하는 정치 체제.

** Henry John Temple Palmerston, 19세기 중엽 총리를 두 차례 역임한 영국의 정치가로 대표적인 영국 민족주의자이자 보수주의자.

게 찬사가 돌아가게 하려고 애쓴다." 처칠은 어떤 방식으로든 영국을 유럽 통합 계획에서 멀어지게 하려 했던 영국 총리들을 모두 싸잡아 공격하면서, 본질적으로는 영국이 유럽 통합에서 배제되어서는 안 된다는 부스비의 노선에 찬성했다.

> ······ 우리가 상황이 흘러가도록 외부에서 방관하기보다는 토론에 참여하는 편이 훨씬 나을 것입니다. ······ 프랑스 속담에 "자리에 없으면 손해 보기 마련이다les absents ont toujours tort."라는 말이 있습니다. 윈체스터에서 프랑스어를 배우는지는 모르지만(이것은 아마도 유럽 통합에 반대하는 연설을 막 마친 지적인 노동당 하원 의원 리처드 크로스먼Richard Crossman을 겨냥한 농담일 것이다), ······ 영국이 빠진다면 유럽의 균형에 차질이 생깁니다. ······

영국이 개입하지 않으면 유럽권이 모스크바와 워싱턴에 등거리를 유지하는 중립 세력이 될 위험성이 있다고 경고하면서 처칠은 그럴 경우에는 재앙이 따르리라 덧붙였다. 처칠이 총리였다면 영국은 쉬망의 초청을 받아들였을까? 당연히 그랬을 것이다.

처칠은 주권에 대한 기본적인 질문을 거론하고 전형적인 처칠식 국제주의를 주장하면서 연설을 마쳤다. 또한 국방 문제에 관해서는 영국이 이미 나토와 미국과 방어권을 공유한다는 고전적인 유럽 통합 우호론을 펼쳤다. 그렇다면 어째서 유럽과 주권을 공유하는 것이 새삼 고려할 가치가 없는 것일까?

> 세계는 국가들이 상호 의존하는 방향으로 전진합니다. 주변을 둘러보면 그러한 흐름이 우리의 최대 희망이라는 것을 알 수 있습니다. 각 독립 국가의 주권이 결코 침범할 수 없는 것이라면 어째서 모두 하나의 세계 조직으로 결합하는 것입니까? 이는 우리가 선택해야 하는 이상입니다. 어떻게 우리는 영국 해협의 파도와 조류로 보호를 받지 않는 국가들의 운명을 위해 유례없이 서부 유럽을 방어하는 막중한 의무를 지고 있습

니까? 우리는 현재 정부 아래서 열렬히 추구했듯 미국의 보조금으로 나라 살림을 꾸리고 경제적으로 의존하는 것을 어떻게 받아들일 수 있었습니까? 상호 의존성이 필요하다고 믿고 우리를 구원해 줄 수단이라 생각하므로 그러한 행위를 정당화하고 심지어 견딜 수 있는 것입니다. ……

…… 아니 오히려 세계 조직을 만들기 위해 더 나아가 위험을 무릅쓰고 희생을 해야한다고 말하겠습니다. 우리는 순수하게 국가적 동기를 넘어서서 1년 내내 홀로 폭정에 맞서 싸웠습니다. 그렇게 해야 우리가 살 수 있었던 것은 사실이지만 그것이 자신의 명분일 뿐 아니라 1940~1941년 유니언 잭*이 계속 펄럭이며 상징했던 세계의 명분이라 확신했으므로 더욱 용감하게 싸웠습니다. 생명을 바친 군인, 아들을 위해 울었던 어머니, 남편을 잃은 아내는 우리가 자신뿐 아니라 인류의 소중한 명분을 지키려고 싸웠으므로 우주와 영원에 연결되었다고 느끼고 위안과 감화를 받았습니다. 보수당과 자유당은 국가 주권이 불가침이 아니며, 목적으로 향하는 길을 함께 찾아가기 위해서라면 결연히 축소할 수 있다고 선언합니다.

이 글은 처칠이 열렬한 연방주의자로서 유럽 합중국을 옹호한다는 증거이다. 그러한 성격의 글이 여전히 많이 남아 있다. 미국을 여행하고 나서 처칠은 경계와 관세가 없으며 단일 시장이 경제 성장에 기여하는 것에 크게 충격을 받고 1930년 유럽 합중국을 창설하는 비전을 처음 밝힌 것으로 보인다. '유럽 합중국'이라는 제목으로 기사를 썼던 처칠은 해당 용어를 처음 만든 사람으로 알려져 있다.

1942년 10월 전쟁이 한창일 때 처칠은 앤서니 이든에게 편지를 써서 전후 세계를 향한 비전을 펼쳤다. 그의 최대 희망은 러시아를 배제하고 '유럽 합중국'을 창설해 유럽 국가들 사이의 장벽을 "최대로 낮추는 동시에 여행의 제약을 없애는" 것이

---

*　Union Jack, 영국 국기.

었다. 전쟁이 종결되고 나서는 갈리아*와 튜턴**의 통합, 평화의 전당을 이룩하는 토대 등에 관해 열광적인 연설을 했다.

1946년 처칠은 취리히에서 이렇게 말했다.

> 우리는 일종의 유럽 합중국을 세워야 합니다. …… 제대로 진심을 다한다면 유럽 합중국의 구조는 단일 국가가 행사하는 물리적 힘의 영향력이 감소하는 방향으로 형성되어야 합니다. …… 처음에 유럽 국가 전체가 통합에 자발적으로 참여하지 않거나 참여할 수 없다 하더라도 우리는 그럴 의지나 능력이 있는 국가를 모아 단결시켜야 합니다.

하지만 어느 국가를 뜻하는 것일까? 처칠은 영국이 일부여야 한다고 생각했을까? 이따금씩 그렇게 생각했던 것 같다. 그는 1947년 5월 런던의 앨버트 기념 회관에서 유럽 합중국 운동의 의장이자 창설자 신분으로 청중에게 연설하면서 "영국이 결정적인 역할을 담당할 유럽 합중국 개념"을 제시했다. 그러면서 "영국이 유럽 집단의 일원으로 최대한의 역할을 담당해야 할 것이라며" 헌신할 의도를 분명하게 내비쳤다.

1950년 5월에 접어들어 스코틀랜드에서 연설하는 자리에서 쉬망 플랜의 기원은 자신이라고도 주장했다. 여기서도 처칠은 영국이 통합의 일부가 되어야 한다고 분명히 밝혔다.

> 나는 40년 넘게 프랑스와 힘을 합해 일해 왔습니다. 취리히에서는 독일에 손을 뻗어 다시 유럽 집단으로 불러들임으로써 유럽을 이끄는 지도자의 위치를 다시 찾으라고

---

* Gallia, 고대 켈트인의 땅으로 지금의 북이탈리아 · 프랑스 · 벨기에 등을 포함한다.
** Teuton, 게르만 민족의 하나로 지금은 독일 · 네덜란드 · 스칸디나비아 등 북유럽 민족.

처칠 팩터

프랑스에 호소했습니다. 이제 프랑스 외무 장관 쉬망이 프랑스와 독일의 석탄·철광 산업을 통합하겠다고 제출한 제안서가 눈앞에 놓여 있습니다. 이 계획은 프랑스와 독일이 다시 전쟁을 벌이는 사태를 막을 수 있는 중요하고 효과적인 절차인 동시에 궁극적으로는 갈리아와 튜턴이 맞붙은 천 년에 걸친 싸움에 종지부를 찍을 수 있는 길입니다. 현재 프랑스는 내가 희망한 정도 이상으로 상황을 주도해 왔지만 그것만으로는 충분하지 않습니다. 프랑스가 적절한 조건으로 독일과 협상할 수 있으려면 우리가 프랑스 편에 서야 합니다. 유럽을 재건하는 최적의 조건은 영국과 프랑스가 모든 상처를 딛고 힘을 최대로 끌어 모아 협력하는 것입니다. 그러고 나서 두 나라가 명예로운 조건을 제시하는 동시에 후퇴하지 않고 전진하려는 위대하고 자비로운 욕구를 품고 독일에 손을 내밀어야 합니다. 수 세기 동안 프랑스와 영국, 최근 들어서는 독일과 프랑스가 맞붙어 싸우면서 세계를 분열시켰습니다. 이 국가들은 구세계를 지배하는 세력을 구성하고, 유럽 합중국의 중심이 되어 다른 모든 나라를 결집시키겠다는 목적이 있을 때만 동맹을 맺어야 합니다. 하지만 이에 덧붙여 여러분은 대서양 너머에서 부상하며 세계 패권을 획득하기를 갈망하고, 자유라는 명분을 위해 계속 희생할 의지를 보이는 세계 강대국을 승인해야 합니다.

달리 표현하자면 유럽 합중국은 프랑스·독일·영국에게만 유리하지 않고 미국이 원하는 것이기도 했다.

나는 브뤼셀·스트라스부르Strasbourg·헤이그 등에서 처칠이 행한 연설을 인용할 수도 있었지만(이 중 많은 연설에서 처칠은 유럽 청중의 열렬한 갈채를 받고 눈물을 흘리며 연설을 마쳤고, 최소한 한 곳에서는 나름대로 훌륭한 프랑스어로 연설했다), 내가 지적하려는 요점은 거의 전달되었으리라 희망한다. 한 눈을 감고 귀를 반만 열고 듣더라도 처칠이 유럽 합중국을 관장하는 신적 존재인 이유를 이해할 수 있다.

처칠은 공통 농업 정책Common Agricultural Policy이라는 포도를 입에 물고 프랑스의 장 모네Jean Monnet와 쉬망, 벨기에의 폴 스파크Paul Spaak, 이탈리아의 알치데 데 가스페리Alcide De Gasperi와 함께 유럽 올림포스에 자리를 차지하고 앉아 있다. 그러니 브뤼셀에 가면 처칠의 이름을 딴 로터리와 거리가 있고, 스트라스부르 소재 유럽 의회의 벽에 처칠의 얼굴이 새겨져 있는 것이 전혀 의외가 아닌 것이다.

처칠이 유럽 합중국 운동을 창설한 선구자였다는 사실을 뒷받침하는 증거는 매우 많다. 그가 유럽 통합 과정에서 영국이 주도적 역할을 해야 한다고 믿은 것도 사실이다. 하지만 유럽 통합 회의론자들이 매우 잘 알고 있듯 결코 그것만이 진실은 아니다.

유럽 통합 회의론자들이 분노한 까닭은 처칠이 연설하면서 영국과 나머지 유럽 합중국 국가에 다른 비전을 분명하게 제시했기 때문이다. 1930년 처칠은 미국을 모방해 단일 유럽 시장을 만들자는 묘안을 처음 생각해 내고 자기 조국에 대해 다음과 같은 중요한 비전을 내놓았다.

하지만 우리에게는 나름대로 꿈과 임무가 있습니다. 우리는 유럽과 함께 걸어가지만 유럽의 일부가 아닙니다. 우리는 유럽에 연결되어 있지만 구성원이 아닙니다. 우리는 이해관계가 있고 서로 손을 잡고 있지만 유럽에 흡수되어 있지 않습니다. 유럽 정치인이 과거에 우리에게 쓰던 표현대로 "왕이나 군대 대장Captain of the Host이 국가를 대변하지 않습니까?"라고 묻는다면 우리는 수넴Shunem 여인*처럼 "나는 내 민족 사이에 삽니다."라고 대답해야 합니다.

이 말은 의미를 강조할 목적으로 약간 잘못 인용되기도 하지만, 선지자 엘리사Elisha에게 묵을 방을 내주곤 했던 부유한 수넴 여인이 처음 한 대답은 "아닙니다, 나

---

* 구약 성서에 나오는 인물로 경건한 신앙심의 소유자.

처칠 팩터

리."였다. 선지자 엘리사조차 이 너그러운 친구인 수넴 여인이 세계 최초의 영국 유럽 통합 회의론자가 되리라고는 예언할 수 없었지만 말이다.

하지만 연설의 핵심은 이렇다. 처칠은 영국이 유럽 집단과 분리해 존재한다고 생각했고, 드골 장군과 여러 차례 심하게 언쟁하는 과정에서는 영국이 유럽과 공해公海 중 하나를 선택해야 한다면 당연히 공해를 선택하리라고 말했다.

처칠의 세계관에서는 당연히 영국이 유럽 최대 강대국이었을 것이다. 하지만 그렇다고 해서 영국이 맡아야 할 국제적 역할이 제한되지는 않는다. 처칠은 당연히 유럽 합중국을 원했고, 전쟁으로 피폐해진 대륙을 흡족하게 통합하는 데 기여할 중요한 역할이 영국에 있다고 보았다. 하지만 이때도 처칠의 역할은 협정 체결 당사자가 아니라 후원자이자 목격자일 터였다.

영국은 확실히 교회에 있기는 하겠지만 실제로 결혼식을 치르는 당사자가 아니라 성직자나 안내자라고 생각했다. 처칠이 영국을 연방 연합의 일부로 생각하지 않았다는 증거는 그의 행동에서 찾아볼 수 있다. 처칠이 다시 총리직에 오른 것은 1950년 쉬망 플랜을 둘러싸고 논쟁이 벌어진 지 겨우 몇 달이 지난 후였다. 영국이 유럽 석탄 철강 공동체에 합류하는 것을 처칠이 진심으로 원했다면 그때 참여 의사를 밝힐 수 있었다. 처칠에게는 그럴 만한 명성이 있었고 맥밀런과 부스비의 지지를 받았으며, 젊은 에드워드 히스는 해당 논쟁에서 처녀 연설을 하며 영국이 쉬망 플랜에 참여해야 한다고 강력하게 주장했기 때문이다.

일부 사람들은 처칠이 권력을 얻자마자 효과적으로 방향을 전환했고, 쉬망 플랜이 앤서니 이든과 다른 토리당 의원들에게 그다지 인기를 끌지 못하자 유럽 통합주의를 포기했다고 주장한다. 이러한 분석에 따르면 존 메이저*처럼 처칠이 유럽 통합 회의론자를 달래려고 자기 의견을 편리한 대로 조정한다는 분위기가 조성되어

* John Major, 1990년부터 1997년까지 영국 총리를 역임했다.

있었다. 나는 이러한 상황이 처칠과 처칠의 비전을 정당하게 표현한다고 생각하지 않는다. 1950년 6월 27일 처칠이 하원에서 유럽 통합에 관한 자기 견해를 피력했던 중요한 연설로 돌아가 보자.

처칠은 오늘날 우리가 느끼는 불안의 핵심, 즉 영국의 정확한 역할을 언급한다.

> …… 우리가 스스로 결정해야 하는 문제가 있습니다. 그리고 그 문제에 관해 숙고할 시간은 확실히 많습니다. 때가 되어 그러한 상황이 벌어지면 영국은 유럽 연방 연합과 어떤 관계를 맺어야 합니까?
>
> 오늘 결정해야 하는 문제는 아니지만 나는 겸손하게 분명히 대답하려 합니다. 현재 예견할 수 있는 어떤 시기에도 영국이 유럽에 국한된 연방 연합의 평범한 일원이 되리라고는 상상할 수 없습니다. 우리는 장벽을 제거하고 화해의 과정을 밟으며 끔찍한 과거를 잊는 축복을 누리는 동시에 미래와 현재를 아우르는 공통 위험에서 벗어나면서 자연스럽게 발생한 유럽 대륙의 발달을 지지하고 이를 더욱 추진하는 데 기여해야 합니다. 유럽에서 견고하고 구체적인 연방을 조직하는 일이 실용적이지 않더라도 우리는 유럽 통합을 추구하는 운동을 온갖 가능한 방법으로 돕고 후원하고 지지해야 합니다. 유럽 통합을 추진하는 것과 긴밀하게 관계가 있는 수단을 꾸준히 찾아야 합니다.

처칠은 영국이 유럽과 '긴밀한 관계를 맺기를' 원하지만 '평범한 일원'이 되는 것은 상상할 수 없었다. 이러한 입장은 처칠이 정부에 들어서면서 채택했던 것으로 방향을 바꾸지도 변절하지도 않았다.

처칠이 유럽에 등을 지거나 대륙의 세력에 근본적으로 적개심을 품어서가 아니었다. 오히려 처칠은 프랑스에 열정적인 애정을 품어서 아마도 역대 영국 총리 중 가장 노골적으로 프랑스에 우호적인 태도를 취했을 것이다. 다만 영국이 유럽을 뛰어넘어 나머지 다른 세계로 눈을 돌려야 한다고 생각했다.

처칠 팩터

처칠은 정치 경력 내내 상당히 일관성 있게 이러한 주장을 펼쳤다. 1930년에는 다음과 같은 내용의 기사를 써서 원이 세 개인 벤 다이어그램의 교차 부분에 영국이 들어가는 비전을 피력했다. "위대한 영국은 정당한 근거를 들어 하나의 유럽 국가, 영국 제국, 영어를 구사하는 세계의 동반자라는 세 가지 역할을 동시에 수행할 수 있습니다. 이 세 가지는 선택적 역할이 아니라 삼중의 복합적 역할입니다. ……"

영국 제국은 오래전에 사라졌지만 무경계 국제주의는 요즈음 들어 훨씬 합리적으로 들린다. 오늘날처럼 전체 GDP에서 유럽 연합이 차지하는 몫이 계속 감소하고, 미국이 세계 최대 경제국으로 건재하며, 과거 영국 연방 국가들의 경제가 눈부시게 성장하는 세상에서 처칠의 주장은 영국의 위치와 역할을 여전히 합리적으로 보는 방식이다.

1945년 선거에서 처칠이 승리했다면 쉬망 플랜을 어떻게 다뤘을지 예측하기는 쉽지 않다. 하지만 노동당과 같은 실수를 저지르지는 않았으리라는 것만은 확실하다. 처칠은 틀림없이 회담에 참석했을 것이다. 아마도 맹렬한 에너지를 내뿜으며 논쟁을 벌여 정부 차원에서 접근하자고 다른 유럽 국가들을 설득했을지 모른다. 그래서 오늘날까지도 실행하기 매우 어려울 뿐 아니라 이따금씩 분노를 불러일으키는 계획을 포기시키고, 각 국가에서 민주적으로 선출된 정부가 '초국가적인' 조직의 지배를 받을 수 있게 했을 것이다.

1948년 처칠이 권좌에 앉아 있었다면, 처칠이 회담에 참석하자고 강력히 주장했다면, 유럽 회담의 초창기에 처칠 요인이 작용했다면, 유럽에는 지금의 유럽 연합과 다르게 더욱 영미 경향의 민주적인 형태의 조직이 들어섰을 수도 있다.

1950년이 되자 영국이 참여하기에는 시기적으로 지나치게 늦었다. 그렇다, 노동당은 기차를 놓쳤고 그것은 분명 실수였다. 하지만 실제로 모네와 쉬망은 영국이 회담에 나오지 않기를 바랐다. 그러지 않았다면 정신없이 신속하게 회담을 소집하지 않고 영국에 대답할 만한 시간을 주었을 테고, 초국가주의에 동의하라는 참가 조건을 내걸지도 않았을 것이다.

1950년대 유럽에서 펼쳐지는 상황을 보며 처칠은 특정 원한이나 후회도 소외감도 느끼지 않았다. 오히려 공동 시장을 형성하는 계획이 발전해 가는 모습을 지켜보며 부모가 자식을 바라보는 심정으로 자랑스러워했다. 유럽 국가들을 결집하고, 유대 관계를 단단하게 결속하여 다시는 전쟁이 일어나지 않게 만들자고 주장한 사람도 처칠이었다. 오늘날 이러한 생각이 엄청난 성공을 거두었다는 사실을 누가 부인할 수 있겠는가?

창립의 공이 처칠에게도 있는 나토와 더불어 현재의 유럽 연합인 유럽 공동체European Community는 로마 제국에서 선정을 펼쳤던 5현제賢帝 시대 이후로 어느 때보다 오랫동안 국민에게 평화와 번영을 안겼다. 그렇다고 해서 체제의 단점을 부정하는 것은 아니다. 또한 1950년 처칠이 분명하게 예견했듯 영국처럼 역사가 길고 자랑스러운 민주주의를 일종의 '초국가적인' 정부로 통합하려 했던 무리수를 축소하려는 것도 아니다.

요즘 같으면 처칠은 어떻게 했을까? 유럽을 어떻게 통합했을까? 근로 시간 규정에 대해 어떻게 생각했을까? 공통 농업 정책에 대해서는 무엇이라고 말했을까? 어떤 의미에서는 이러한 질문 모두 터무니없다.

이렇듯 불만스러운 어투로 우리의 위대한 인물을 다그칠 수 없다. 처칠은 우리의 목소리를 들을 수 없고 신탁은 묵묵부답이기 때문이다.

따라서 우리가 할 수 있는 일은 이러한 종류의 질문에 대해 고려할 가치가 있고 상당히 일관성 있는 처칠의 사고를 연구함으로써 일반적인 원칙을 몇 가지 이끌어 내는 것이다.

처칠은 갈등을 극복할 수 있다면 프랑스와 독일이 연합하기를 원했을 것이고, 평생 자유주의 시장 체제를 찬성했으므로 거대한 관세 자유 지역을 설정해 자유 무역을 실시하자는 계획에 찬성했을 것이다.

유럽 조직이 미국과 굳건하고 밀접하게 연합하고, 그 관계를 단단하게 다지는 데 영국이 적극적으로 기여하기를 바랐을 것이다.

또한 독단적인 러시아를 포함해 잠재적인 외부 위협에 대항하는 보루로서 유럽 합중국이 중요하다는 사실을 간파했을 것이다.

처칠은 정부 수반의 지위로 유럽 통합에 직접 관여하고 싶어 했다. 오늘날 우리가 알고 있는 대로라면 세계 지도자들이 모이는 중요한 정상 회담에 처칠이 빠질 리 만무하다.

그는 스스로 지키려 애썼고 평생 섬겨 온 민주주의와 하원의 주권을 보호하려고 전력을 기울이고 싶었을 것이다.

1917년 3월 5일 저녁 처칠은 자유당 하원 의원인 알렉산더 매캘럼 스콧Alexander MacCallum Scott과 함께 어두컴컴한 의회를 나서다가 뒤를 돌아보며 이렇게 말했다. "이곳을 보세요. 이 아담한 장소가 바로 우리와 독일의 차이입니다. 이곳 덕택에 우리는 그럭저럭 성공으로 향하는 길을 걷지만, 이곳이 없는 독일은 효율성이 탁월한데도 결국 재앙을 맞는 거죠."

물론 이러한 희망 사항은 현재의 관점에서는 자가당착 같다. 하지만 처칠이 1945년 선거에서 승리해 살아남았다면, 벽에 바른 석회가 마르기 전에 프레스코화를 그리는 데 참여했다면 이러한 자가당착은 결코 발생하지 않았을 것이다.

유럽 대륙에 남긴 처칠의 유산은 경이롭고 적절했다. 영국이 정확히 어떤 역할을 맡기를 의도했든지 간에 처칠은 70년 동안 서부 유럽에서 전쟁을 몰아냈던 주역이었다.

그리고 오늘날 처칠의 영향력은 유럽에서 아주 멀리 떨어진 지역까지 좀 더 바람직한 방향으로 퍼져 나가고 있다고 말할 것이다.

현대 중동의 창시자

21

전성기 시절 유람 요트 크리스티나호는 바다를 항해했던 어떤 개인용 선박에도 뒤떨어지지 않는 호화로움을 과시했다. 벽에는 인상파 화가들의 그림이 걸려 있고, 수조에는 살아 있는 갯가재가 헤엄치고, 술집의 높은 의자에는 고래 가죽을 씌웠다. 아리스토텔레스 오나시스Aristotle Onassis가 수집한 이국적인 품목들 중에서도 가장 중요한 것은 그가 초대한 손님들이었다. 오나시스가 아주 가는 거미줄을 쳐서 잡은 특산품 나비인 셈이다.

우선 선상에 메릴린 먼로가 보인다. 프랑크 시내트라, 엘리자베스 테일러, 리처드 버턴 등이 요트의 난간에서 일제히 건배를 하고 갑판 의자에 앉아 있다가 결혼 문제로 티격태격 싸우느라 특별실로 내려가는 모습을 목격할 수도 있다. 오나시스가 초청한 세계 유명 인사 중에서 누구보다 밝게 빛났던 처칠이 1961년 4월 11일 모습을 드러냈다.

선체가 하얗고 굴뚝이 노란 크리스티나호(노르망디 상륙 작전에 참전했던 캐나다 해군 군함을 개조했다)는 79번가 쪽에 계류점을 두고 허드슨강을 정면으로 바라보며 정박해 있다. 갑판에서는 환영 파티가 한창이었고 정기선과 예인선이 경적을 울리고 뉴욕 소속 소방정은 미국에서 가장 유명한 영국인(아직 비틀즈가 상륙하기 2년 전이다)의 도착을 알리며 경쾌하게 물을 내뿜었다.

저녁 만찬 시간이 다가오고 있었다. 듬직한 하녀 두 명의 부축을 받으며 86세의 윈스턴 처칠이 갑판을 밟았다. 뇌졸중을 경미하게 한 차례 더 앓았으므로 치열이 비틀어지기는 했지만 얼굴은 평소처럼 토실하고 순진해 보였다. 눈물이 찔끔찔끔 나오기는 해도 두 눈동자는 여전히 맑았고 목에는 점박이 나비넥타이를 맸다. 1908년 결혼할 당시 에드워드 7세에게 하사받은 금 손잡이 지팡이로 반들반들한 갑판을 톡톡 두드리며 걸었다. 처칠의 가슴속에는 심신을 상쾌하게 해 줄 진수성찬과 알코올을 기대하는 옛 열정이 꿈틀거렸다.

물론 처칠에게는 이즈미르Izmir 태생 선박왕 오나시스와 마주 앉아 카지노에서 자신의 도박을 방해하는 '빌어먹을 자식들'에 관해 대화하는 것이 쉽지만은 않았다. 하지만 당시 처칠은 그다지 괘념치 않았다. 1911년 애스퀴스와 6주 동안 유람선으로 지중해를 여행하는 동안에는 애스퀴스가 고대 유적지를 지나치게 많이 조사한다고 투덜댔다. 하지만 적어도 오나시스와 함께 있을 때는 고전 교육이 상대적으로 부족한 것에 대해 기분이 언짢아지지 않았다.

처칠은 유람선을 탔을 때 뭇사람들의 시선을 받으며 여행하고 육지와 바다의 풍경으로 눈을 돌려 쉴 새 없이 기분을 전환할 수 있는 분위기를 좋아했다. 지금은 1895년 스무 살 청년이었을 때 어머니의 친구인 부크 코크런의 집에 머물면서 웅변의 비결을 배웠던 시절에 처음 보았던 광경을 수십 년을 훌쩍 넘겨 다시 바라보고 있다.

처칠이 처음 방문했을 때 뉴욕은 물리적으로 보잘것없었다. 큼직하고 멋진 벽돌 건물이 몇 채 들어서고 온갖 종류의 웅성거리는 소음이 존재하며 많은 굴뚝에서 연기가 솟아올랐다. 하지만 아이들은 누더기를 걸쳤고 이민자들이 거주하는 빈민가 거리에 말 사체가 며칠이고 방치되어 있을 정도였다. 뉴욕은 에너지와 야망이 넘치는 도시였지만 규모에서는 19세기 말 맨체스터나 리버풀이나 글래스고Glasgow 정도였다. 따라서 처칠이 처음 보았을 때 뉴욕의 스카이라인은 런던과 비교할 수 없이 초라했다.

하지만 세월이 흘러 1961년 어둠이 깔려 있기는 했지만 처칠이 바라보는 맨해튼은 눈이 휘둥그레지기에 충분할 정도로 호화로웠다. 철강과 유리 등으로 건축된 건물은 꿈에도 생각지 못한 높이로 솟아 있고 셀 수 없이 많은 창문에서 쏟아지는 불빛이 바닷물에 비쳐 반짝거렸다. 이제 볼품이 없고 우중충하고 빈약한 곳은 오히려 런던이었다.

이제 뉴욕의 스카이라인은 처칠이 평생 목격해 왔고 달성하려고 힘써 왔던 변화의 구현이었다. 고층 건물들은 도시 생활의 새로운 모습 정도가 아니라 미국이 부상하고 영국이 쇠퇴하는 20세기를 상징했다. 1942년 유명한 시장 관저Mansion House 연설에서 처칠은 영국 제국의 청산을 맡으려고 총리가 된 것은 아니라고 말했지만 결과적으로 상황은 그렇게 흘러갔다.

처칠은 그러한 변화를 예리하게 감지했다. 처칠이 '영어를 구사하는 국민'의 승리를 입에 못이 박이도록 언급한 까닭은 그저 영국과 미국의 정치적 · 군사적 동맹을 확실히 다지려는 의도 때문만은 아니었다. 이는 심리적인 책략으로서 자신을 방어하는 수단이기도 했다. '영어를 구사하는 국민'이라는 표현은 영국이 느끼는 굴욕감을 가리고 합리화하는 방법의 하나였다. 세계에서 영국이 차지하는 중요성은 상대적으로 쇠퇴했지만 가까운 사촌이자 처칠이 꾸준히 지적했듯 가치, 언어, 민주주의, 자유로운 발언, 독립적인 사법부 등이 동일한 동료 영어 구사 국민이 부상하면서 영국의 쇠퇴를 상쇄할 수 있었다.

어쨌거나 처칠은 미국의 승리가 어느 정도는 영국의 승리이고, 과거의 식민지가 누리는 영광은 결국 본국의 영광을 반영한다고 스스로 설득하려 했던 것 같다. 물론 이러한 논리에 수긍하지 않는 사람도 있기는 하지만 쓸 만한 생각이었다.

많은 사람은 처칠의 인생 이야기가 부분적으로는 제국의 이양을 뜻한다고 말할지 모른다. 페르시아가 그리스에 굴복하고, 그리스가 로마에 굴복한 것처럼, 영국은 제국주의의 횃불을 미국에 넘겨주었다. A. J. P. 테일러Taylor는 제2차 세계 대전을 가리켜 "영국을 승계하는 전쟁"이라고 언급했다. 이 분석이 옳다고 인정한다면 누가 승리했는지는 분명하다. 70년이 지나고 나서 미국이 군사적·정치적·경제적으로 여전히 세계 최대 강대국이라는 사실을 깨닫고 나니 놀라울 따름이다.

그날 밤 크리스티나호에서 식사를 하는 동안 윈스턴 경을 찾는 비밀 전화가 걸려 왔다. 처칠의 개인 보좌관인 앤서니 몬터규 브라운은 백악관에 전화를 걸어 '교환원 17번'을 찾으라는 지시를 들었다. 상대는 새로 취임한 존 F. 케네디로 미국 대통령 전용기를 보내 줄 테니 처칠이 워싱턴에 와서 자신과 "이틀을 함께 지낼 수 있는지" 물었다. 브라운은 신속하게 판단을 내려야 했고, 친절한 제안에 매우 감사하지만 거절하기로 결정했다. 처칠의 거동이 워싱턴 방문 일정을 감당하지 못할 정도로 불편했고 청력도 계속 나빠졌기 때문이다.

처칠은 여전히 활력과 명석함을 유지하고 있었으므로 그때 둘의 회동이 성사되지 못한 것은 끝내 안타깝다. 두 사람은 예전에 만난 적이 있기는 하다. 두 번 모두 케네디가 대통령에 선출되기 전으로 한 번은 크리스티나호에 승선한 처칠이 말쑥한 차림의 케네디를 웨이터로 착각했고, 또 한 번은 대통령이 되고 싶어 하는 케네디의 야망에 대해 매우 친근하게 대화했다(가톨릭 신자여서 걱정이라고 케네디가 말하자 자신은 언제나 종교 문제를 해결하고 좋은 기독교인으로 남을 수 있었다고 말했다). 이것은 처칠이 미국 대통령 집무실에서 현직 미국 대통령을 만날 수 있는 마지막 기회였다. 처칠은 1900년 윌리엄 매킨리William McKinley를 시작으로 대부분의 미국 현직 대통령을 만났었다.

케네디는 '자유 진영'의 지도자였고, 처칠은 신체적으로는 등이 굽었지만 활력은 여전히 솟구쳤다. 존 F. 케네디가 직면한 문제에 대해 처칠은 분명히 잘 알고 있었을 것이므로 두 사람이 만났다면 새 제국은 옛 제국에게 비결을 전수받았을 것이다.

처칠은 냉전의 얼개를 이끌고 소비에트 공산주의에 과감히 맞서는 정책을 주도

　　　　　　　　　　　　　　　　　　　　　　　　　　　　　　　　　처칠 팩터

적으로 펼쳤다. 이제 미국의 새 대통령인 케네디가 그 정책을 베를린과 쿠바 등에 적극적으로 채택하고 있었다. 처칠이 앞장섰던 유럽 합중국 운동은 미국과 케네디가 지지하는 명분이었다. 또한 지정학 분야에서는 영국이 종전 이후로 휘청거리고 수에즈 운하의 지배권을 잃고 나서 미국이 제국주의를 승계해야 한다는 주장이 일었다. 당시 처칠이 맡았던 역할은 지금에 와서는 기억조차 희미하지만 당시에는 대단히 중요했다.

윈스턴 처칠은 현대 중동의 아버지 중 한 사람이었다. 그러므로 처칠이 세계 최대의 정치적 재앙 지역을 만드는 데 한몫했고, 언제라도 터질 수 있는 고성능 폭약 같은 중동을 미국에게 넘겼다고 생각할 만한 근거가 있다. 미국이 이스라엘의 방위를 보장하겠다고 최초로 약속한 인물은 존 F. 케네디였다. 그렇게 보장할 수밖에 없도록 영토상의 모순을 만들어 냈다면서 영국을, 주로 처칠을 비난하는 목소리가 높다. 처칠이 잘못했을까? 아니라면 누구를 원망해야 할까?

내가 이 글을 쓰는 시점에서 이스라엘은 가자 지구에 있는 아랍인 기지를 폭격하고, 하마스•는 이스라엘을 겨냥해 로켓을 발사하고 있다. 시리아에서 발생하는 사상자의 수는 점점 늘어나고 있다. 원리주의 광신도들이 북부 이라크의 방대한 지역을 점령했다. 지도 전체에 처칠의 지문이 묻어 있다.

오늘날 요르단의 지도를 보라. 무엇이 보이는가? 사우디아라비아에서 요르단까지 약 640킬로미터로 뻗어 있는 괴상야릇한 삼각지대가 눈에 띈다. 처칠이 낮술을 마신 결과로 생겨났다고 일부 사람들이 주장하는 이 지역은 오늘날까지도 '윈스턴의 딸꾹질Winston's hiccup'이라 불린다. 이 이야기의 진위 여부는 확실하지 않다. 다만 경계를 그을 때 처칠이 영향력을 행사했다는 사실에는 누구도 토를 달지 않는다. 비정상적이든 아니든 이 지역은 지금까지도 남아 있다.

• Hamas, 이슬람교 원리주의를 신봉하고 이스라엘에 저항하는 팔레스타인 무장 단체.

처칠은 현대 이스라엘 국가를 창설하는 데 반드시 필요했던 인물로서 당시 영국 정부의 무기력하리만치 일관성 없는 태도를 조정하는 임무를 맡았다. 그는 이라크 국가가 있어야 한다고 생각하고, 옛 터키 제국에 속한 세 개의 주 바스라Basra · 바그다드 · 모술Mosul 즉 시아파 · 수니파 · 쿠르드Kurd 족을 결집시켰다. 현대 이라크에 고통을 안긴 체제를 초래한 개인을 지목하고 싶거나, 현재 발생 중인 분쟁에 대해 누구에게라도 책임을 뒤집어씌우고 싶다면, 당연히 조지 W. 부시, 토니 블레어, 사담 후세인을 가리킬 것이다. 하지만 그 비참한 국가가 안고 있는 문제의 핵심을 파악하고 싶다면 당시 윈스턴 처칠이 맡았던 역할을 살펴봐야 한다.

처칠의 경력은 몇 가지 주요 시점에서 중동과 관계가 있었지만(그리고 중동Middle East 이라는 용어를 만들어 냈다고 알려져 있다) 무엇보다 식민 장관으로 수행했던 역할이 가장 중요하다. 1920년대 말 식민 장관직을 제의받고 처칠은 약간 뜻밖이라고 생각했지만 로이드조지가 처칠을 적임자로 믿었던 이유는 쉽게 파악할 수 있다. 처칠은 전쟁에서 승리하는 데 기여하는 탱크 · 비행기 · 기타 기술 등으로 영국군을 무장시켰다. 전쟁 장관으로 재임할 때는 복무 기간이 가장 길었던 군인에게 가족과 재회할 수 있는 기회를 가장 먼저 주는 등 제대 전력을 능숙하게 구사해 폭동을 진압했다. 전쟁이 발발하기 전에 얼스터Ulster 회담에서는 매력과 설득력을 발휘했는데 당시 상황은 이러한 재능을 상당히 크게 요구했다. 제1차 세계 대전은 특히나 중동 지역에 몇 가지 해결하기 어려운 문제를 남겼기 때문이다.

매우 우수한 인물인 조지 너대니얼 커즌George Nathaniel Curzon이 재임 중이었지만 식민 장관은 외무 장관보다 비중이 떨어지는 자리처럼 들릴 수 있다. 하지만 이것은 1921년 당시 영국 제국의 규모를 모르는 소리이다. 제1차 세계 대전은 소유욕

에서 비롯된 분쟁이 아니었다. 영국은 제국을 팽창시키지 않겠다는 분명한 목표를 세우고 전쟁에 참여했다. 하지만 월터 리드Walter Reid가 지적했듯 1914~1919년 영국이 지배하는 세계의 표면적은 '9퍼센트' 팽창했다.

처칠이 식민 장관으로 취임했을 당시 영국은 면적이 3600만 평방킬로미터에 이르고 58개국을 지배하는 제국의 절정기에 있었으므로 처칠은 약 4억 5800만 명의 생명과 희망을 책임져야 했다. 영국 제국은 트라야누스Trajanus 대제가 다스리던 로마 제국의 여섯 배로 세계 최대였다. 영국 국기가 지구 지표면 4분의 1에 휘날리고 영국 해군 경비력이 미치지 않는 바다나 대양을 찾아보기 힘들었다. 또한 영국 해군은 처칠 덕택에 훨씬 현대식으로 향상되었다.

이러한 방향에서 생각하면 처칠이 식민 장관의 자리에 뛰어들었다고 말해도 그다지 뜻밖은 아니다. 처칠의 주위에는 T. E. 로런스Lawrence와 거트루드 벨Gertrude Bell처럼 매우 유능하고 유명한 아랍 전문가들이 포진했다. 처칠은 시아파와 수니파의 차이점처럼 그때까지 파악하기 힘들었던 문제를 열심히 파고들어 공부했다. 우선 카이로에서 회담을 소집하고 눈부신 외교 실력을 발휘했다.

언론은 카이로 회담에 회의적인 반응을 보이면서 처칠이 제국 궁전을 뜻하는 '더르바르durbar'에서 여봐란듯이 웅장한 의식용 회합을 열고 싶어 하고, '동양의 척도'로 국가를 다스리려 한다고 비난했다. 하지만 중동의 상황은 전체적으로 난장판이었으므로 누군가는 이를 수습하는 책임을 떠맡아야 했다.

영국은 최고의 의도와 동기를 품고 제1차 세계 대전 동안 일련의 약속을 했지만 그 약속은 서로 상충되어 실현시키기가 어려웠다. 극도로 곤경에 몰리고 독일 잠수함 작전으로 국민이 아사할 위험에 처했던 국가가 궁여지책으로 했던 약속이라고 말하는 편이 나을 것이다.

영국이 내세운 약속은 셋이었다. 첫째, 영국은 1915년 맥마흔McMahon-후세인Hussein 서한의 형식으로 아랍 부족에게 약속했다. 이집트 총독 헨리 맥마흔 경이 유창한 말주변을 발휘해 하삼 왕국의 왕 후세인에게 쓴 일련의 편지 형식을 빌렸다. 후세인 왕은 예언자 마호메트의 혈통이라 주장하는 가문의 출신으로 턱수염을 기른 원로였다. 편지의 골자는 영국 정부가 팔레스타인에서 이라크와 페르시아 국경까지를 아우르는 거대 독립 아랍 왕국의 출범에 찬성하고 후세인과 그 가문의 왕권을 인정한다는 것이었다. 당시 독일과 손을 잡고 있던 터키에 대항해 아랍이 반란을 일으키도록 부추기기 위해서였다. 편지는 효과가 있어서 실제로 반란이 발생했고, 영화 〈아라비아의 로런스Lawrence of Arabia〉가 생생하게 묘사하고 극도로 과장했지만 전략적으로는 하찮은 반란이었다.

둘째, 영국은 서부 전선에서 끔찍한 피해를 당한 프랑스에 약속했다. 전쟁이 끝나고 나서 앞으로 프랑스가 받을 영광을 제시하는 것은 정치적 처신으로 생각되었다. 1916년 체결한 사이크스 피코Sykes-Picot 비밀 협정에 따르면 프랑스는 미래에 바그다드를 포함하고 시리아부터 북부 이라크까지 뻗은 지역을 차지하기로 했다. 우연히도 해당 지역은 2014년 '이라크와 시리아의 이슬람 정부Islamic State of Iraq and Syria, ISIS'의 광신자들이 세우겠다고 선언한 '칼리프 국가caliphate'와 닮았다. 프랑스와 맺은 비밀 협정과 아랍 부족과 맺은 좀 더 공개적인 약속을 절충하는 방법에 관해서 영국은 전혀 명쾌한 의견을 밝히지 않았고 솔직히 절충할 길이 보이지 않았다.

셋째, 영국은 소위 밸푸어 선언Balfour Declaration을 통해 가장 희비극적이고 일관성 없는 공약을 했다. 1917년 11월 2일 영국 외무 장관 밸푸어가 월터 로스차일드Walter Rothschild 경에게 보낸 편지 형식을 빌려 맺은 약속은 외무부가 발표한 허튼소리 중에서도 정교한 걸작이었다.

폐하의 정부는 팔레스타인에 유대 민족의 국가 본거지 한 곳을 세우는 계획에 찬성하고, 이 목적을 신속히 실현할 수 있도록 최선의 노력을 기울일 것입니다. 이 때문에 팔레스타인에 거주하는 기존 비유대인 사회의 시민권과 종교적 권리는 물론 다른 국가에서 유대인이 누리는 권리와 정치적 지위는 전혀 침해받지 않으리라 확신합니다.

이 글을 달리 표현하자면 영국 정부는 유대 민족과 같은 시간에 같은 케이크 조각을 먹을 비유대인 사회의 권리를 침해하지 않는 한, 유대 민족이 케이크 조각을 먹는 데 찬성한다는 뜻이었을 수 있다.

영국이 어째서 이렇게 별난 선언을 해야 했을까? 부분적으로는 이상주의 때문이었다. 비도덕적인 유대인 대학살이 자행된 이후로 러시아에서는 유대인에게 고국을 찾아 주자는 운동이 서서히 확산되었다. 특정 시점에서 영국은 우간다에 자리를 마련하려고 시도하기도 했지만, 히브리 민족의 구약 성서에 기록되어 있는 팔레스타인이 가장 유력한 후보지였다. 팔레스타인은 상대적으로 인구 밀도가 여전히 낮고, "땅이 없는 민족에게 민족이 없는 땅을" 주고 싶다는 함성에 밸푸어는 어느 정도 영국의 공식적인 목소리를 실어 주었을 뿐이다.

밸푸어가 좀 더 실용적으로 생각했을 수도 있다. 제1차 세계 대전 이전에 반유대주의를 실시했던 러시아에 보복할 수 있는 최고의 방법이라는 근거에서 제1차 세계 대전이 한창일 당시에 유대인의 동정이 독일 쪽으로 기울 수 있다는 불안이 팽배했다. 처칠이 나중에 직접 시인했듯 밸푸어 선언은 부분적으로 특히 미국 국내에 있는 유대인의 지지를 얻기 위한 것이었다. 선언이 갈피를 잡지 못하는 속성을 뚜렷이 보이는 까닭은 영국 제국군의 다수를 구성하고 있는 수백만 이슬람교도(최소한 인도에서는)들을 소원시키지 않으려는 상반되는 욕심을 품었기 때문이다.

앞에서 나열한 세 가지 약속을 검토해 보면 틀림없이 영국은 같은 낙타를 세 번 팔았다.

이러한 혼란을 청산해야 할 임무를 어깨에 지었던 처칠은 1921년 3월 카이로 소재의 호화로운 세미라미스 호텔Semiramis Hotel에 모든 핵심 인사와 더불어 당시 영국 제국의 비공식 인물들을 불러 모았다. 호텔 로비에는 흥분한 친아랍파의 목소리가 울려 퍼졌다.

"거티Gertie!" T. E. 로런스가 우아하지만 남자다운 벨을 보며 소리쳤다.

"여보게, 잘 있었나!"라고 거트루드 벨이 대답했다.

이때 처칠이 로비로 성큼성큼 걸어 들어왔다. 호텔 밖에서는 소수의 아랍인이 시위를 벌였고, 그중 일부는 '처칠을 타도하라'는 플래카드를 들고 있었다. 처칠의 손에는 이젤이 들려 있었고 수행원은 와인 한 병이 담긴 통을 들고 뒤를 따랐다.

처칠은 정원에 자리를 잡고 전시회를 열어도 될 만큼 그림을 많이 그릴 기세로 창작력을 한껏 발휘하기 시작했다. 하지만 가장 크고 극적인 캔버스는 중동의 정치적 풍경이었다.

회의를 진행하는 동안 처칠은 피라미드 여행을 조직했고, 참석자 전원은 스핑크스 앞에서 낙타를 타고 사진을 찍었다. 처칠은 승마 실력이 뛰어났지만 낙타 혹에서 미끄러졌다. 통역은 중요한 여행객인 처칠이 위험에 처했다고 생각해 낙타 대신 말을 타라고 권했다.

그러자 처칠은 "낙타를 타면서 시작했으니 낙타를 타고 끝내겠습니다."라고 말하고는 오늘날 우리가 사진에서 확인할 수 있고 회의를 진행하는 동안 내내 그랬듯 낙타 고삐를 단단하게 잡았다.

카이로 회담이 끝나 갈 때가 되자 처칠은 맥마흔-후세인 서한에 적힌 내용을 실행하는 절차를 밟았다. 후세인 왕의 네 아들 중 파이살Faisal(프랑스는 파이살을 시리아에서 축출했다)은 이라크 왕국, 압둘라Abdullah는 지금의 요르단이면서 현재 그의 가문이 안락하게 뿌리를 내리고 있는 트랜스요르단Transjordan의 왕위에 올랐다. 로런스는 정상회담이 탁월하게 성공했다고 생각했고, 11년 후 처칠에게 편지를 써서 평화가 10년 이상 지속되었으므로 회담의 성과는 괜찮았다고 지적했다.

처칠의 임무는 여기서 끝나지 않았다. 이제 밸푸어 선언에 내포된 모순을 무마할 방법을 찾아내야 했다. 다음 방문지인 예루살렘에서 처칠은 솔로몬 같은 지혜와 정당한 태도로 사태를 처리했다.

처칠은 우선 아랍인을, 다음으로는 유대인을 연이어 만났다. 그가 만난 첫 집단은 '아랍 팔레스타인 회의 집행 위원회Executive Committee of the Arab Palestine Congress'였다. 하지만 처칠은 해당 집단에게서 좋은 인상을 받지 못했고, 마음속으로는 팔레스타인이 터키에 대항하는 다른 아랍 세력에 합류하는 데 실패했다는 생각을 굳혔다.

팔레스타인이 취하는 입장의 요지는 유대인이 떠나야 한다는 것이었다. 따라서 밸푸어 선언은 폐지되어야 했다. "유대인은 많은 땅을 파괴하는 계획을 매우 적극적으로 주장한다. …… 유대인은 이기적이고 이웃을 배척할 뿐 아니라 주변 민족과 섞이지 않는다. …… 유대인은 세계 어느 곳에 있든 하나이다." 팔레스타인은 유대인 정착민과 타협하려 들지 않았고 어떤 형태로든 화해하려는 움직임을 보이지 않았다. 공동 관리지, 공동 규칙, 공동 주권, 연방 설립 등 어떤 조건도 받아들이지 않고 유대인에게 나가라고 말했다. 이스라엘 외무 장관이었던 아바 에반Abba Eban이 나중에 주장했듯 "팔레스타인은 영락없이 기회를 놓쳤고" 원래 의도했던 방향을 고수했다.

처칠은 팔레스타인의 주장을 주의 깊게 듣고 나서 실용적인 조언을 제시했다. 밸푸어 선언의 두 가지 측면으로 기존 민족들의 시민적 권리와 정치적 권리를 보호해야 한다고 강조했다. 선언에서는 유대인이 정착할 수 있는 국가 본거지 한 곳이라는 단서를 달았다고 강조하면서 유대인이 독점하지 않는 공동 거주지가 생겨나리라고 애매하게 말했다.

그러면서 처칠은 "한 가지 약속이 유효하면 반대편 약속도 유효하다. 그리고 우리는 두 약속을 성실하게 지키는 것으로 평가받을 것이다."라고 양측에 말했다. 그러면서 밸푸어가 유대 민족에게 했던 약속을 어길 방법이 없다고 덧붙였다.

밸푸어 선언이 발표된 시기는 전쟁이 한창 진행 중이어서 승리할지 패배할지 알 수 없을 때였으므로, 제1차 세계 대전의 승리로 확실하게 결정되었다고 간주해야 한다. …… 더욱이 세계 곳곳에 흩어져 있는 유대인이 재통합할 수 있는 국가 본거지 한 곳과 국가 중심지 한 곳이 있어야 한다는 점은 분명히 옳다. 그렇다면 그곳은 유대인이 3000년 이상 절실하고 깊숙하게 연결되어 있다고 생각해 온 팔레스타인 땅이어야 하지 않겠는가?

다음에는 유대인 대표단이 발언했다. 그들의 연설은 윈스턴 처칠의 마음을 움직일 목적으로 훨씬 정교하게 계산한 결과였다.

"…… 우리 유대인들과 시온주의자들이 수립한 프로그램은 우리와 아랍인 사이에 진실한 우정을 형성할 것을 특별히 강조하고 있습니다. 2000년 동안 망명과 학대를 겪고 고향으로 돌아오는 유대인은 다른 국가의 권리를 거부하려 한다는 의심을 살 이유가 없습니다. ……"

처칠은 분쟁을 중재하는 로마 시대 지방 총독처럼 엄숙하게 말했다. 한쪽 부족은 더욱 발전하고 문명화한 집단일 수 있지만 소유권을 빼앗길 위기에 처한 부족에 대해 의무가 있다. 유대인 정착민은 '분별'과 '인내'를 베풀어야 한다. 아울러 타인의 경고가 아무리 부당하더라도 이를 잠재워야 한다.

나중에 히브리 대학에서 연설하면서 처칠은 이러한 메시지를 반복했다. 유대인에게는 무거운 책임이 있다고 말했다. 유대인은 젖과 꿀이 흐르는 땅을 만들 기회를 손에 쥐었다고 언급하면서 다음과 같이 경고했다. "따라서 국가를 수립하는 단계마다 팔레스타인인 전원에게 윤리적·물질적 혜택이 돌아가야 한다."

그리고 처칠은 그 땅에 심을 상징적인 나무를 받았고, 상징적으로 이 나무는 부러졌다. 야자나무 말고는 심을 것이 없었고 묘목은 무성하게 자라지 못했다.

일부 사람은 아랍과 유대의 문제를 처리할 때 처칠이 지나치게 순진했거나 전혀 솔직하지 못했다고 주장한다. 1921년 3월 처칠은 맥마흔-후세인 서한에 기록된 약속 사항에는 요르단의 서안 지구가 포함되지 않는다고 결론을 내렸다. 후세인의 아들인 압둘라 왕국의 일부가 아니라는 이유였다.

이것은 밸푸어가 약속한 대로 유대인의 조국을 창설하겠다는 신호탄이었고 이 과정에서 처칠은 유대인이 꾸민 거대한 국제적 음모의 도구였다고 비난하는 사람이 많았다.

현재 일부 미치광이들은 처칠의 어머니인 제니 제롬이 유대인 혈통이라고 주장한다. (이것은 전혀 사실이 아니다. 제니의 아버지는 프랑스 신교도인 위그노 교도의 후손으로 북미 원주민의 피가 섞였다고 주장할 수는 있어도 유대인은 아니다.) 그들은 자신들의 주장이 사실이라는 근거로 처칠이 어니스트 카셀Ernest Cassel, 헨리 슈트라코슈 경Sir Henry Strakosch, 버나드 바루크Bernard Baruch 같은 유대인 은행가와 자본가에게 거액의 기부금을 받으면서 생각이 왜곡되었다고 지적했다. 오늘날이라면 처칠의 개인적인 경제 상황이 〈프라이빗 아이Private Eye〉*의 시험을 통과하지 못할 것은 뻔하다. 〈가디언Guardian〉의 1면에 큼직하게 나면 모양새도 좋지 않을 것이다. 처칠은 이러한 사람들에게 때에 따라 상당한 거액을 받기도 했다. 하지만 당시는 지금과 상황이 달라 의원들과 장관들의 급여가 훨씬 적었으므로 개인적으로 수입을 거둘 필요가 있었고, 따라서 정치가가 지지자들에게 경제적으로 지원을 받는 것은 전혀 이례적 행위가 아니었다.

나는 처칠이 기부금을 받았더라도 유대인에 대한 견해를 바꾸거나 팔레스타인에 대해 다른 결정을 내렸으리라 생각하지 않는다. 처칠은 아버지 랜돌프와 마찬가지로 기본적으로 평생 친유대주의자로서 풍부한 에너지 · 자신감 · 노력 · 가정생활 등 자신이 공유하는 유대인의 특징을 높이 샀다.

1920년 처칠은 신문에 다음과 같은 내용으로 기사를 썼다. "유대인을 좋아하는 사람도 있고 그렇지 않은 사람도 있지만, 사려 깊은 사람은 유대인이 여태껏 세

* 1961년 창간되어 격주로 발간되는 풍자 잡지.

상에 출현한 인종 중에서 단연코 가장 우수하다는 사실을 의심하지 않는다." 처칠이 미발표 기사에 타인에게 어느 정도 적개심을 유발하고 '히브리 흡혈귀'로 불리는 것에 대해서는 유대인 자신에게도 부분적으로 책임이 있을 수 있다는 생각을 썼다고 추정되듯, 처칠은 저속한 감성에 젖는다는 비난을 이따금씩 받았다. 하지만 그 기사의 원저자가 누구인지를 둘러싸고는 논란이 있고, 이 기사가 결코 발표되지 않았다는 사실이 무엇보다 중요하다.

마틴 길버트 경이 명확히 설명했듯 처칠은 유대인이 훌륭하다고 생각하고, 유대인을 고용하고, 유대인과 함께 있는 것을 좋아했으며, 유대인의 조국을 설립해야 한다고 믿었다. 처칠은 시온주의자가 아니었지만 "시온주의에 몰두했다".

모두가 사실이다. 그렇다고 처칠이 반이슬람교도는 물론 어떤 의미에서 반아랍인사였다는 뜻은 아니다. 1904년과 1920년대 처칠은 '동양주의orientalism에 기울어' 실제로 아랍식 복장을 하고 윌프레드 스코인 블런트*와 교류하기도 했다. 처칠은 두건을 쓴 아라비아의 로런스를 영웅으로 숭배했고, 워렌 독터**가《윈스턴 처칠과 이슬람 세계Winston Churchill and the Islamic World》에서 지적했듯 마음속에 언제나 영국 제국은 1920년 '이슬람교도 8700만 명'의 고향이므로 세계 최대의 이슬람 강대국이라는 사실을 새기고 있었다.

처칠은 영국의 위신에 손상이 갔기 때문만이 아니라 앞으로 힌두교도가 이슬람교도를 억압하는 사태가 벌어질까 봐 걱정해서 인도의 상실을 심하게 책망했다. 게다가 이슬람 부대는 영국 제국에 귀중한 자산이었으므로 이슬람교도가 영국에 선의를 품는 것이 상당히 중요했다. 제1차 세계 대전 때 터키가 반대편에 서기는 했지

---

* Wilfrid Scawen Blunt, 영국의 시인이자 작가. 아내와 함께 중동지역을 여행하고 자신들의 농장에서 아라비아어의 혈통을 보존하기 위해 힘썼다. 무신론자가 되었고 영국 제국주의에 반대했다. 처칠의 친구로서 처칠의 아버지인 랜돌프 처칠의 전기를 집필하는 작업을 도왔다.

** Warren Dockter, 케임브리지 대학 역사학과 교수.

처칠 팩터

만 처칠은 그리스보다 터키 편에 서는 경향을 보였다.

1940년 영국에 우방이 절실히 필요했던 어두운 시기에 처칠이 어떻게 행동했는지 되새겨 보자. 처칠은 10만 파운드를 들여 런던 리젠트 파크Regent's Park에 회교 사원을 세웠는데 이것은 이슬람교 세계의 주목을 끌기 위한 시도였다.

따라서 유대인이 팔레스타인으로 들어가는 길을 포장할 때, 1922년 영국 정부의 공식 보고서인 백서를 작성하면서 이민을 늘리자고 촉구할 때, 처칠은 그것이 세계에서 방치된 불모지를 위하는 것은 물론 두 사회 전체를 위해 최선이라고 진심으로 믿었다. 그는 유대인과 아랍인이 나란히 살아갈 수 있으리라 생각했다.

처칠은 유대인 기술자 슐로모Schlomo가 젊은 아랍인 모하메드Mohammed에게 트랙터를 사용하도록 적극 도와주고 관개 기술을 가르쳐 주는 장면을 상상했다. 사막에 과수원이 만발해 두 민족이 번영을 누릴 수 있으리라 상상했다. 이러한 처칠의 비전을 어느 정도 뒷받침한 것은 연로한 후세인 왕이 간행물 〈알 키블라al-Qibla〉에 팔레스타인은 "본래의 후손인 유대인이 사랑하는 성스러운 고향"이라고 썼다는 사실이다. 이 하삼 왕국의 왕은 정확히 처칠처럼 몽상적인 예언을 했다.

"유대인은 에너지를 발휘하고 노력하여 성공하는 능력을 입증했다. …… 유대인 망명자들이 고향으로 돌아오는 것은 밭과 공장과 시장에서 아랍 형제에게 물질적으로나 정신적으로 실험적인 학습의 기회를 부여할 것이다." 하지만 상황은 그러한 방향으로 펼쳐지지 않았다. 몇 해가 지나고 특히 나치의 박해가 시작되면서 유대인 이민이 증가하자 긴장은 악화했다.

결국 처칠은 초기 시온주의자들의 배려와 공유 정신을 지나치게 낙관적으로 생각했다. 그들은 자기 농장에 아랍인을 고용하려 하지 않았다. 그러자 아랍인이 시위를 벌이고 폭동을 일으켰으며, 영국 식민지의 불쌍한 군인들은 아랍인에게 총을 발사하라고 내몰렸다. 영국에는 심각하게 부당한 사태가 벌어지고 있다고 생각하는 사람이 늘어났다.

1937년 정세가 매우 악화했으므로 팔레스타인에 내재한 문제의 진상을 파악할 목적으로 필 위원회Peel Commission가 구성되었다. 처칠이 위원회에서 했던 비밀 증언을 들어 보면, 유대인 이민의 문호를 개방하여 요르단의 서안 지구에 유대인 국가를 창설하면서 자신이 무슨 일을 하고 있다고 상상했는지 정확하게 파악할 수 있다.

"…… 우리는 아주 먼 미래의 어느 날 어떻게든 정의와 경제적 편리성이 구현되어 해당 지역에 현재 거주민 수보다 훨씬 많은 인구 수백만 명이 거주하는 거대한 유대인 국가가 들어서리라는 비전을 달성하려고 매진해 왔다. ……"(오늘날 처칠의 비전이 어떻게 실현되었는지 보라. 팔레스타인에 거주하는 이스라엘인은 800만 명이 넘고 그중 75퍼센트가 유대인이다.)

필 위원회에서 처칠은 마땅히 아랍인을 보호해야 하고 유대인이 아랍인을 고용하지 않는 것은 잘못이라고 주장하면서도, 시온주의자들의 계획이 근본적으로 진보적이고 개화되어 문명적이라고 생각했다. 이러한 발전은 궁극적으로 모두에게 이익이므로 아랍인이 발전에 걸림돌이 되는 것은 용납할 수 없었다.

그러면서 처칠은 "나는 여물통에 있는 개가 여물통에 대해 최종적인 권리가 있다고는 인정할 수 없다."라고 언급했다. 이것은 미국이 아메리카 원주민을 겨냥하고, 오스트레일리아가 오스트레일리아 원주민을 겨냥해서 말하는 속담 같았다. 처칠의 견해에 따르면 사회 향상에 관한 자신의 휘그주의 개념에 반대하는 것은 불합리했다.

어떤 경우에도 처칠은 자신이 '이질 인종'을 팔레스타인에 들여왔다는 사실을 부인했고, 정복자는 오히려 아랍인들이라고 생각했다. 그리스도가 살았던 시대에 팔레스타인의 인구는 훨씬 많았고 주로 유대인이었지만 7세기에 전세가 역전되었다. "세계 역사의 장에 이슬람교도가 등장해서 무리 지어 해당 지역을 휩쓸고 모두 산산조각 냈다. 과거에 농작물을 가꾸었던 언덕 위의 계단식 밭이 아랍인이 통치하면서 사막으로 바뀌었다."

위원회는 질문 세례를 퍼부으며 처칠을 압박했다. 이러한 현상이 언제 역전되리라고 생각했는가? 유대인이 언제 다시 다수가 될 것인가? "영국 정부는 심판관으로

처칠 팩터

서 권력을 유지해야 한다."

여기서 처칠은 낭만적이지는 않더라도 지나치게 낙관적이었고 어느 정도 선에서 자신도 이러한 사실을 분명히 인식했다. 영국은 아마도 유대인과 아랍인 사이에서 지속적으로 공정한 역할을 수행할 수 있을 정도로 오랫동안 팔레스타인에서 권한을 행사할 수 없었다.

1921년 식민 장관에 취임했을 당시 처칠은 역사상 최대 제국이기는 하지만 이미 경제적인 고무 밴드가 파산 지경까지 늘어난 국가를 이끌어야 했다. 영국이 메소포타미아를 위임 통치할 때 처칠이 맡은 사명은 무엇이었을까? 그렇다. 중동의 원유가 아직 영국의 전략적 사고를 지배하지 않은 것이 흥미롭기는 하지만 부분적으로는 원유 획득으로 이익을 취하는 것이었다. 1938년 영국에서 소비하는 원유의 57퍼센트는 미국에서 수입했고 중동에서 수입한 양은 전체의 22퍼센트에 불과했다.

처칠이 겨냥한 주요 목적은 이라크 관광 진흥원에서 탐탁지 않게 여길 어투로 "볼품없는 마을 십여 곳이 늪지가 많은 강과 지독하게 더운 사막 사이에 끼여 있고, 반쯤 헐벗고 대개는 굶주린 수백 가구가 거주한다."라고 서술했던 지역의 순찰 비용을 절감하는 것이었다. 인도에 투자할 수도 있는데 이런 쓰레기 더미에 보병을 주둔시키는 낭비를 할 이유가 없지 않은가? 그래서 처칠은 군비 지출을 줄이고 공군에 의존해서 비행기로 사격이나 포격을 가해 영국의 목적을 달성하기로 결정했다. 이렇게 결정함으로써 나중에 발생한 몇 가지 추한 사건에 대해 처칠은 직접적인 책임은 없었지만 영국 비행기가 민간인을 폭격한 사태가 벌어지자 몹시 슬퍼했다.

이뿐만 아니라 처칠은 세계가 사담 후세인을 몹시 증오했던 죄목, 다시 말해 전쟁에서 가스를 사용하자고 찬성했다. 처칠이 항의했지만 다행히도 그의 이러한 야심은 좌절되었다. "사람들을 총알로 죽이는 것은 합법적이라 생각하면서, 재채기를 하게 만드는 것은 야만적이라고 생각하는 이유를 도저히 납득할 수 없다."

영국이 메소포타미아에서 어떻게 행동하든 처칠은 가능한 한 적은 비용으로 전쟁을 종결시키기로 마음먹었다. 그래서 고작 연간 800만 파운드를 절감하려고 바그다드를 포기하고 남쪽에 있는 바스라Basra로 위임 통치령을 제한하는 방안을 제시하기도 했다.

이러한 전략을 구상한 요지는 영국이 위신을 높이거나 식민 통치로 거드름을 피우려는 잘못된 욕망에 연연해 해당 지역을 붙들고 있지는 않겠다는 것이었다. 식민 장관으로 취임하기 전인 1919년 처칠은 메소포타미아와 팔레스타인의 위임 통치권을 터키에게 넘겨주자고 제안했다. 또한 이라크를 상대하고 나서는 "나는 이라크를 몹시 싫어하고 우리가 애당초 그곳에 가지 않았더라면 좋았을 것이다. 마치 배은망덕한 화산의 꼭대기에 앉아 있는 것 같다."라고 말했다. 이 발언은 2003년 미국이 이끄는 다국적군이 이라크를 침략하기 전에 귀담아들어야 했을 것 같다.

이라크와 팔레스타인에서 영국이 맡은 사명은 해당 지역의 궁핍한 경제 환경에 적합하도록 질서를 확립하여, 해외에서 영국 군사력을 감축하더라도 위임 통치를 승계한 정권이 영국에 최대한 우호적인 자세를 취하도록 준비 작업을 하는 것이다. 영국은 그 후로도 훨씬 오랫동안 영향력을 행사했지만 공식적으로는 1932년까지 이라크를 위임 통치했다. 하지만 제2차 세계 대전 말에 이르자 팔레스타인을 보유하려는 영국의 노력은 운을 다했다.

이제 유대인의 이민은 윤리적으로나 물리적으로나 막을 수 없었다. 아랍인의 반항이 여느 때보다 격렬했으므로 영국군은 밸푸어 원칙을 필사적으로 지지하면서도 양측을 공정하게 대하려고 노력했다. 영국군은 여전히 유대인 이민의 속도를 제한하려고 노력했으므로 그 와중에 나치 강제 수용소의 피해자들을 팔레스타인에 이주하도록 허용하기는커녕 오히려 수용소에 억류하는 끔찍한 사태를 벌이기도 했다.

유대인 테러리스트들은 조국을 만들어 준 영국을 향해 총을 쏘고 폭탄을 터뜨리기 시작했고 팔레스타인의 영국 장관이었던 모인 경을 살해했다. 클레먼타인 처칠은 모인 경 소유의 요트를 타고 남태평양을 여행하면서 상냥한 미술상인 테런스 필

처칠 팩터

립과 즐거운 시간을 보냈었다. 유대인 테러리스트들은 단순히 임무를 수행하고 있던 영국군을 살해해 노동당 외무 장관인 어니스트 베빈Ernest Bevin을 격노하게 만들었다.

시온주의를 신봉했던 윈스턴 처칠조차 동요하면서 그들의 공격은 "배은망덕하고 혐오스러운 행위"라고 분노했다. 맨체스터 태생으로 시온주의 운동의 아버지인 차임 바이츠만Chaim Weizmann과 처칠의 관계도 결코 예전 같지 않았다. 결국 영국은 말 그대로 열쇠를 매트 밑에 밀어 넣고 팔레스타인을 떠났다. 영국 국기가 내려가고 새 국가가 탄생했다.

이러한 현상은 같은 해 좀 더 위엄을 갖춰 인도에서도 발생했으며 처칠이 생애 말년에 정계를 위대하게 퇴장하기 시작한 시기에 맞춰 전 세계적으로 확산되었다. 처칠은 영국 국기가 말레이반도를 시작으로, 말라위Malawi, 싱가포르, 수에즈에서 내려가는 광경을 지켜보았고, 결국 미국은 1956년 흔들거리는 구제국의 군사적 허세에 대한 지원을 중단했다.

말년에 비통한 심정을 토로했듯 처칠은 "나는 많은 업적을 거뒀지만 결국 아무것도 이루지 못했다". 처칠 본인도 확실히 알았겠지만 물론 이 말은 헛소리이다. 그가 중동에서 거둔 업적만을 생각해 보자.

요르단은 경계를 그을 때 처칠의 팔이 흔들리기는 했지만 지금까지 놀랍도록 안정을 유지하고 있다. 이라크는 카이로 회담 이후 40년 동안 영국의 영향권 안에 남아 있고, 이라크가 생산하는 원유는 영국이 제2차 세계 대전에서 살아남고 승리하는 데 귀중한 자원으로 쓰였다. 처칠이 산파 역할을 맡았던 이스라엘의 탄생에 관한 현대인의 견해는 스스로 유대 국가의 가치를 믿는지를 묻는 실존적 질문에 따라 달라진다.

밸푸어 선언이 영국 외교 정책에서 최대 단일 실책이라고 생각하는 사람이라면 처칠이 해당 선언을 실질적으로 발효시킨 것은 잘못이라고 판단할 것이 틀림없다.

반면에 2000년 동안 학대에 시달린 유대인에게 그들이 과거에 차지했었고 지금은 상대적으로 인구가 희박한 땅을 고국으로 안겨 준 행위가 옳았다고 생각한다면, 유대인의 재능을 활용해 사막에 꽃을 피울 수 있다고 희망한다면, 중동 지역에 불완전하기는 하지만 최소한 민주주의 국가가 하나쯤 있어도 괜찮다고 생각한다면 아마도 처칠을 영웅으로 생각할 것이다.

처칠은 '젖과 꿀이 흐르는' 땅을 이룩하겠다는 비전이 양측의 근시안적이고 이기적인 태도 때문에 철저하게 배반당하리라는 사실을 1920년대에는 알 수 없었다. 이스라엘이 팔레스타인을 다루는 수치스러운 방식으로도, 팔레스타인이 자행하는 테러로도, 팔레스타인 지도자들의 전반적으로 통탄할 자질로도 처칠을 비난해서는 안 된다. 또한 이라크의 분열로도 처칠에게 책임을 물을 수 없다.

오스만 제국이 허물어지고 나서 세 주를 합병한 것은 좋은 계획이었다. 아랍 지도자들은 약속받은 대로 합병하여 강력한 단일 아랍 국가를 세우고 싶다고 말했다. 하지만 어떤 이라크 지도자도 위대함과 관용을 보이며 분연히 일어나 국가를 통합하지 못한 것은 처칠의 잘못이 아니다.

처칠이 이슬람 극단주의가 내포한 위험성을 확실히 파악하고 맹렬히 비난하기는 했지만, 아랍 지도자들이 실패한 것으로 인해 비난을 받을 이유는 없다. 아마도 조각난 중동에서 여러 지역과 파벌이 다투는 분쟁을 끝내는 유일한 방법은 총독이 인정사정없이 폭력을 휘두르고, 핵심 권력에 의무적으로 충성하는 체제를 갖춘 새로운 로마 제국을 만드는 것이었다. 하지만 이러한 방법은 로마인들에게도 그다지 효과가 없었을 뿐 아니라 중동에는 많은 이유로 용인될 수 없었다.

실제로 처칠의 이상은 영국 제국을 영구화하는 것이 아니라 상대적으로 위엄을 갖추며 효과적으로 분리시키는 것이었다. 자유와 민주주의를 추구하려 했던 처칠의 목표가 저마다 독립을 하려고 뛰어든 제국의 자손들에게 기치가 된 것은 역설이었다.

1941년 발표된 대서양 헌장이 미국에는 별다른 쓸모가 없었을지 모른다고 리처드 토이는 지적했지만, 나중에 넬슨 만델라Nelson Mandela와 기타 '아프리카 지도자들'의 이념에는 영향을 미쳤다.

1961년 '웨일스의 황태자'호의 갑판에 섰을 당시 처칠과 영국의 위상은 축소된 상태였다. 처칠은 노쇠했고 영국은 전쟁을 치르며 파산하여 경제적으로도 군사적으로도 상당히 위축되었다. 이것은 미국이 확실히 예측하고 묵인했던 결과였다.

그때 영국에는 백만장자들이 부족했으므로 처칠은 갱 같은 야심가 아리스토텔레스 오나시스의 환대에 의존해야 했다. 지금 처칠은 뉴욕 소재 엠파이어스테이트 빌딩에서 길게 뻗은 그림자 아래 섰다. 미국이 국방 예산을 줄인 탓에 영국을 포함한 서부 유럽 국가 전체의 국방비가 줄어들면서 엠파이어스테이트 빌딩은 런던의 빅벤을 상대적으로 왜소해 보이게 만들었다.

처칠은 이제 미국이 세계의 운명을 쥐고 있음을 깨달았고 그의 그러한 생각은 옳았다. 우리가 살고 있는 시대에 팔레스타인의 상황을 주시하고, 이스라엘을 설득하고, 은혜를 모르는 화산 같은 이라크를 다루는 역할은 미국으로 넘어갔다. 처칠은 영국 제국주의자로서는 어쩔 수 없이 실패했으며 이상주의자로서는 성공했다.

'영어를 구사하는 국민'이라는 편리한 개념은 처칠의 사고를 전 세계에 보급하는 데 유용하게 작용했다. 오늘날 영어 구사 국민의 수는 과거 영국 제국에 속했던 사람보다 훨씬 많아 20억 명에 가깝고 게다가 매년 늘어나고 있다. 중국인 영어 구사자의 수가 영국인보다 많고, 지난 10년 동안 유럽 연합 집행 위원회는 비공식적으로 영어를 공용어로 채택하고 있다.

세계적으로 민주주의 국가의 수가 증가했고 전쟁 횟수는 감소했다. 미국이 이끄는 자유 시장과 자유 무역 체제를 어떻게 생각하든 미국은 수많은 인구를 빈곤에서 끌어 올리고 있다. 이러한 현상은 처칠이 달성하려고 싸웠고 영국과 미국이 공통 과제로 생각했던 이상이다.

처칠은 크리스티나호에서 밤을 지내면서 어머니가 태어난 땅을 생애 마지막으로 보았다. 다음 날에는 아이들와일드Idlewild 공항*으로 가서 코냑 두 병, 와인 일곱 병, 브랜디 한 병, 스틸턴 치즈 1킬로그램이 기다리는 영국행 비행기에 올랐다.

말이 난 김에 언급하자면 크리스티나호는 재정난에 허덕이던 그리스 정부에 의해 팔려 런던 동부의 한 조선소에 정박해 있다.

오늘날 런던에는 전 세계에서 찾아든 사람들이 구사하는 언어가 300개에 달한다. 처칠은 세계를 많이 변혁시켰을 뿐 아니라 공직을 떠날 무렵에는 물론 의도하지는 않았겠지만 현대 다문화 영국을 만드는 과정을 밟기 시작했다.

---

* 존 F. 케네디 국제공항의 옛 이름.

오늘날 처칠이라는 이름의 의미

———

22

윈스턴 처칠과 클레먼타인 처칠이 품은 사랑의 힘에 물음표를 달고 싶은 충동이 인다면 두 사람이 결혼 생활 내내 주고받은 수많은 쪽지와 연애편지를 읽어 봐야 한다. 1963년 아내의 78세 생일에 처칠은 이렇게 썼다.

> 내 사랑하는 사람,
> 이 편지로 내 애틋한 사랑과 키스를
> 무한히 보냅니다.
> ───────────
> 내 글은 별로 재미없고
> 시시하지만
> 펜이 움직여 내 마음을 전합니다.
> 언제고 영원한 당신의 윈스턴 씀

　　이제 88세가 된 처칠은 편지에서 과거처럼 글을 술술 쓰지 못한다고 한탄하며 다른 사람들이 글을 쓰는 속도가 빨라 놀란다고 썼다. 다른 하원 의원들이 매우 허약해진 처칠의 모습을 보고 충격을 받기는 하지만 처칠은 여전히 하원에 등원했다. 그는 클레먼타인이 강하게 설득하자 마지못해 재선거에 출마하지 않겠다고 동의하고 1964년 7월 마지막으로 하원에 갔다.

평생 독소를 투입해 자기 몸을 괴롭혔던 점을 고려할 때 처칠이 장수할 수 있었던 요인은 끝까지 견뎌 내고 결코 굴복하지 않고 계속 싸우는 성격이었다. 하지만 처칠은 자신이 해야 할 일이 끝났고, 자신의 경력이 역사에 묻히기 시작했다는 사실을 인식했다. 그래서 딸 다이애나에게 이렇게 말했다. "내 삶은 끝났지만 아직 종을 친 것은 아니다." 아마도 세상의 찬사를 갈구해 왔기 때문에 처칠은 자신의 업적을 생각하며 울적해하기도 했지만 그러한 기분에 휩싸이는 것은 옳지 않다.

당시 처칠의 유산은 곳곳에 널려 있었고 처칠이라는 문화 요소가 사회 전반에 퍼져 있었다. 케임브리지 처칠 대학은 이미 졸업생을 배출하고 있었다. 지역 사회들은 자발적으로 나서서 거리, 막다른 골목, 광장 등 430여 곳에 처칠의 이름을 붙여 오늘날까지 전하고 있다. 1964년 처칠이 하원을 떠나자 비틀스의 존 윈스턴 오노 레논은 '당신 손을 잡고 싶어I Wanna Hold Your Hand'라는 곡이 수록된 앨범을 발표해 150만 장을 팔았다.

처칠의 이름을 본뜬 레논이 출생했던 1940년 10월 처칠은 최대 위기를 맞은 영국을 살리기 위해 탁월한 리더십을 발휘했다. 1964년 국방 장관에 취임해 10년 넘게 처칠과 함께 하원을 이끌었던 데니스 윈스턴 힐리Denis Winston Healey는 런던 남동쪽 모팅엄Mottingham 출신으로 1917년 처칠의 팬인 부모 밑에서 출생했고, 1952년 신기하게도 자신이 이름을 본뜬 인물이 총리로 재임할 때 하원에 입성했다. 이렇게 영국 국민이 처칠의 이름을 본떴다는 사실은 처칠의 삶에 대해 시사하는 점이 크다.

1917년 출생해 처칠의 이름을 본뜨고 하원에 입성할 당시 42세에 불과했던 힐리의 기록을 깰 인물이 있을까? 시간을 더 거슬러 올라가 소설 《폴다크Poldark》의 작가 윈스턴 그레이엄Winston Graham이 맨체스터에서 출생한 1908년 처칠은 맨체스터 북서부에서 실시한 보궐 선거에 출마했고, 33세의 나이로 통상 장관에 임명되어 내 각에 들어갔으며, 직업소개소를 만들었을 뿐 아니라 아동 노동 착취를 금지하는 조 치를 취했다.

그리고 전후 영국과 세계를 통틀어 수천 명까지는 아니더라도 아프리카계 카리 브해 아동 다수를 포함해 많은 윈스턴이 전쟁 지도자인 처칠을 존경하는 뜻에서 이 름을 본떴다.

처칠이라는 이름은 위대한 문학 작품에도 등장해서 조지 오웰George Orwell이 디스 토피아dystopia를 가상 무대로 쓴《1984》의 주인공도 윈스턴 스미스였다. 영화에 등 장하는 여러 윈스턴 중 유명 인물로는 〈펄프 픽션Pulp Fiction〉에서 하비 케이틀Harvey Keitel이 연기한 배짱 있고 자신만만한 윈스턴 울프Winston Wolf가 있다. 그는 주인공 존 트래볼타John Travolta가 차 뒤에서 우발적으로 총을 쏴서 누군가의 머리를 날려 버렸 을 때 불려 와서 엉망진창인 현장을 깨끗이 처리한다.

나이트클럽 · 술집 · 선술집 등에도 처칠의 이름이 붙어 있다. 영국에서 선술집 20여 곳의 간판에 처칠의 이름과 퍼그를 닮은 얼굴이 새겨져 있어 처칠은 동시대 어느 인물보다 이름을 많이 남겼다.

이름에는 기호학적 기능이 있으므로 특히나 선술집 주인들은 처칠의 이름을 간 판에 새기고 싶어 한다. 처칠은 주류 선전에 활용할 수 있는 세계 최고의 광고 모델 이다. 하지만 처칠의 이름을 본떠서 처칠 에스코트 에이전시가 생긴 이유는 무엇일 까? 그들은 피와 노력과 눈물과 땀 외에 무엇을 제공하는가?

어느 날 런던 서쪽에 자리한 헤어필드Harefield를 자전거로 지나가다가 '처칠 이발 소'가 눈에 띄었다. 안에 들어가니 귀걸이를 달고 몸에 문신을 한 사내가 앉아 목 뒤 에 면도를 받고 있었고 모자에는 처칠의 모습을 담은 유화가 그려져 있었다. 나는 작은 시골 이발소에까지 윈스턴 처칠의 사진이 있는 이유가 무엇일지 생각해 봤다. 처칠에게 두드러지게 뛰어난 점이 많기는 했지만 처칠의 머리 스타일은 전혀 유명하지 않았고 오히려 그 반대였기 때문이다.

그때 머리 스타일이 윈스턴 같은 사람이 넘쳐 난다는 생각이 퍼뜩 들었다. '어이, 대머리 양반! 당신도 영웅이 될 수 있소. 안으로 들어와서 남은 머리카락을 잘 다듬어 보시오.' 이것이야말로 '처칠 이발소'가 세상에 전하는 메시지였다.

처칠 브랜드가 무엇을 뜻하려 했든 주로 긍정적인 점이 연상되지만 반드시 그런 것은 아니다.

오늘날 영국에서 윈스턴의 이름을 본뜬 아기들이 얼마나 될까? 처칠의 이름과 브랜드의 가치는 강력하지만 상당한 변화를 겪어 온 것도 사실이다. 사후 50년 동안 그의 명성은 계속 공격을 받아 왔기 때문이다. 사람들은 처칠을 향해 공격용 미사일을 차례로 발사해 왔다.

집중 포화에 참여한 사람 가운데 우파 인물인 데이비드 어빙David Irving은 처칠이 히틀러를 상대로 불필요하게 전쟁을 벌였을 뿐 아니라 코번트리Coventry를 폭격하고 (사실과 다르다), 폴란드 지도자인 브와디스와프 시코르스키Władysław Sikorski를 암살하는 범죄를 계획했다고(터무니없는 주장이다) 비난했다.

하지만 최근 들어 처칠을 향한 가장 신랄한 공격은 의도는 악하지 않지만 처칠의 연설·편지·기사 등이 정치적으로 부적절하고 도덕적으로 부패한 생각과 언어를 담았다고 주장한다. 이 밖에도 처칠은 인종 차별주의자, 성차별주의자, 시온주의자, 아리아인과 앵글로·색슨 우월주의자, 우생학 신봉자라고 비난을 받는다. 살균 처리되지 않은 처칠이 시간 간격이 점차 벌어지면서 우리의 섬세한 현대적 취향에 약간 물들어 가는 것 같다.

처칠의 말을 교묘하게 요리하면 사람들이 용인하기 힘든 말로 들릴 수 있다(런던에 거주하는 한 여성은 "내 딸 친구들은 너 나 할 것 없이 처칠을 인종 차별주의자라고 생각한다."라고 말했다). 게다가 처칠을 향한 비판에는 교육 기관이 당황하기에 충분할 정도로 진실이 담겨 있다. 1995년 교육성이 유럽 전승을 기념할 목적으로 제2차 세계 대전의 역사를 담아 모든 학교에 배포한 35분짜리 비디오에서 처칠에 관한 내용은 단 14초였다.

처칠에게 현대의 잣대를 적용하는 데 반대하는 온갖 종류의 주장이 있다. 사회의 차이에 대한 처칠의 생각을 현대의 시각으로 해석하면 그를 인종 차별주의자로 여길 만한 구석이 있기는 하지만 실제로 처칠은 인종을 불문하고 사람을 학대하는 행위를 증오했다. 데르비시군을 학살했다는 이유로 키치너에게 분노했던 사례를 생각해 보라. 또한 아프리카 서부 원주민들을 경멸하고 살육을 저지른 루가드 부부에게 분노했다. 권리를 타고나기라도 한 듯 백인이 다른 인종을 지배해서는 안 될뿐더러 사람은 각자의 가치에 따라 대우받아야 한다고 믿었다.

1921년 식민 장관이었던 처칠은 영국 제국 안에서는 "누구라도 적임자를 특정 지위에 오르지 못하게 가로막는 인종·피부색·신조 등의 장벽이 없어야 한다."라고 선언했다. 또한 널리 공격을 받기는 했지만 인종을 구분하는 처칠의 견해는 1874년 출생한 사람치고는 전혀 특이하지 않았고, 의식적이든 무의식적이든 처칠과 생각이 같은 사람이 많았다.

때로 처칠은 적의 위선을 찌르며 즐거워했다. 전쟁이 한창일 때 루스벨트가 백악관 오찬에 처칠을 초대하여 인도 독립을 맹렬하게 주장하는 출판업자 오그던 리드 Mrs. Ogden Reid 옆에 앉혔다.

리드 여사는 으레 처칠에게 이렇게 물었다. "이 비참한 인도인들에 대해 어떤 조치를 취하실 생각인가요?"

처칠은 이렇게 대답했다. "이야기를 더 진척시키기 전에 한 가지를 분명하게 짚고 넘어갑시다. 인도인이라면 자비로운 영국 통치를 받으며 놀라운 속도로 증가하고 있는 인도의 누런 인디언을 말하는 겁니까? 아니면 내가 알기로 거의 멸종 위기에 놓인 미국의 붉은 인디언을 말하는 겁니까?"

두 사람의 입담에서 나는 처칠이 승리했다고 생각한다.

인종 문제에 대해 시대에 뒤떨어진 생각을 한다며 처칠을 끊임없이 공격하는 사람들이 기억해야 할 사실이 있다. 처칠이라면 결코 용납하지 않았을 적극적인 인종 차별 정책을 미국은 1960년대 말까지 계속 시행했다는 점이다.

그렇다. 우생학을 지지하거나 정신 박약자에게 불임 시술을 시켜야 한다고 주장하는 등 요즈음이라면 매우 사악하게 들리는 말을 처칠이 한 것은 사실이다. 1910년 젊은 장관이었던 처칠은 애스퀴스에게 편지를 써서 이렇게 경고했다. "근면하고, 원기 왕성하고, 우수한 혈통에 꾸준히 제약을 가하는 상황과 맞물려 정신 박약자와 정신 이상자가 비정상적으로 급격하게 증가하는 추세는 도저히 묵과할 수 없는 국가적·인종적 위험입니다."

하지만 처칠만 이렇게 주장한 것은 아니다. '얼간이moron'를 분리시키자는 법안이 당시 의회에서 압도적 표차로 통과되었다. 이 시대 사람들은 정신 박약자라는 주제에 대해 정신이 박약했을 뿐 아니라 심리학과 유전학을 제대로 이해하지 못했다.

1927년 위대한 미국 법관 올리버 웬델 홈스Oliver Wendell Holmes가, 정신 박약자 어머니에게 태어나서 역시 정신 박약자라는 꼬리표가 붙은 캐리 벅Carrie Buck에게 불임 시술을 시키는 데 동의하는 판결을 내렸다는 사실을 참고한다면 당시 상황을 파악하는 데 유용할 것이다. 당시 홈스는 "저능아는 3대로 충분하다."라고 말했다. 1907~1981년 미국은 6만 5000명에게 강제로 불임 시술을 실시했다.

처칠이 10~20년 전 같은 취지로 발언했을 수는 있지만 감사하게도 이렇게 미친 아이디어를 실천에 옮기지는 않았다.

그렇다. 오늘날 기준으로 생각하면 처칠은 적어도 남성 우월주의자가 틀림없다.

하원에 여성 최초로 입성한 낸시 애스터가 1919년 자신에게 그토록 냉정한 이유가 무엇이냐고 묻자 처칠은 상당히 심리적인 대답을 했다. "당신이 내 욕실에 들어왔을 때 나를 지킬 수 있는 물건이라고는 스펀지뿐이라는 생각이 들기 때문입니다." 영국의 공립 남학교를 졸업한 학생이라면 이렇게 대답할 만하다.

1944년 3월 정말 끔찍한 사태가 벌어졌다. 버틀러가 제출한 교육 법안을 놓고 하원에서 토론이 벌어졌을 때 보수당 여성 하원 의원 셀마 카자레 키어Thelma Cazalet-Keir가 여성 교사에게 남성 교사와 동등한 급여를 지급하는 수정안을 제출했다. 처칠은 평의원석에서 자신을 비판하는 의원들에게 굴욕을 안길 기회를 잡았다고 생각했다. 그래서 비밀 투표를 실시하고 자기 측 하원 의원들을 부추겨 여성 교사에게 동등한 급여를 지불하는 안건을 425표 대 23표로 부결시켰다.

이 행위로 처칠은 마땅히 비난을 받았지만 사람들은 그가 패멀라 플라우든과 바이올렛 애스퀴스처럼 현명한 여성을 사랑했다는 사실을 알고 있었으므로 여성 혐오자라고 비난하지는 못했다. 또한 처칠은 동등한 급여를 받을 여성의 권리를 결국 인정했다. 1955년 초 처칠이 의회에 마지막으로 제출한 법안 중에는 학교, 공공 서비스, 지역 정부에 근무하는 여성에게 남성과 동등한 급여를 보장하는 내용이 있었다. 1958년에는 여성이 케임브리지 처칠 대학에 남성과 평등한 조건으로 입학할 수 있어야 한다고 제안하면서 조크 콜빌에게 이렇게 언급했다. "여성이 전쟁에서 수행한 일을 생각해 보면 동등하게 대우를 받아 마땅하다고 믿는다." (처칠 대학은 결국 1972년 여성의 입학을 허용했다.)

사실 처칠은 제국주의자이자 시온주의자였으므로 그렇다고 비난할 수는 있다. 하지만 공정한 사람이라면, 처칠이 두 주의를 지지한 이유가 문명을 진보시킨다고 믿었기 때문이라는 사실을 인정해야 한다. 인도에 대해 언급할 때 처칠이 사용한 어휘를 들어 보면 심사가 뒤틀린 사람 같기도 하다("간디는 델리의 문에 손발이 묶인 채로 거대한 코끼리에게 밟혀야 마땅하다."). 하지만 인도의 지배 계급이 아내의 순사*, 결혼 지참금, 불가촉천민 제도 등 야만적인 관습을 유지한다고 생각했기 때문이라는 점을 고려해야 한다.

제국을 증오하는 사람은 자신이, 예를 들어 노예 제도나 여성 할례를 혐오하는

---

* 殉死, 아내가 남편의 시체와 함께 산 채로 화장되는 옛날 인도 풍습.

이상으로 제국주의를 혐오하는지 스스로에게 물어봐야 한다. 처칠이 믿는 제국주의에는 광신적 애국자의 확대된 이기주의를 초월하는 요소가 있었다. 다른 많은 정치인과 달리 처칠은 마음속으로 진정한 이상주의자였다고 나는 생각한다. 처칠은 영국이 위대하며 세계를 문명화하는 사명을 지녔다고 믿었으므로 요즈음 들으면 정신 나간 것 같은 발언을 했던 것이다.

반처칠주의자들은 처칠이 했다는 황당한 발언들을 오랜 세월에 걸쳐 찾아냈다. 그들의 뼈는 그림 한구석에서 비참하게도 색이 바래 널려 있다. 하지만 그들은 방대하고 빛나는 풍경의 일부에 지나지 않을 뿐 아니라 해럴드 윌슨Harold Wilson부터 마거릿 대처, 콰메 은크루마Kwame Nkrumah, 피델 카스트로Fidel Castro, 넬슨 만델라처럼 다양한 분야에서 처칠을 모방하거나 기억하고 그의 천재성에 관심을 기울이는 정치인들을 저지할 수는 없었다.

이것은 처칠의 이야기가 단순한 정치 신조보다 훨씬 규모가 크고 고무적이면서 불굴의 인간 정신을 나타내기 때문이다. 요즈음의 관점에서는 처칠의 견해가 끔찍하게도 구식으로 들릴 수 있지만 기본 특징은 영원히 영감과 감동을 더욱 크게 불러올 것이다.

2013년 한 해 동안 21만 2769명의 최다 기록을 세우며 차트웰의 정원을 휘젓고 다니는 방문객 무리를 보라. 이 유명한 저택은 건축술의 걸작이 아니다. 성격이 까칠한 사람이라면 스타일이 땅딸하고 붉은 벽돌이 무거운 분위기를 자아낸다고 말할지 모르겠다. 주변 지대는 완만하고 꽤나 쾌적하지만 집은 위풍당당한 저택에 미치지 못한다.

그런데도 방문객이 끊이지 않는 이유는 차트웰에서 처칠의 정신을 느껴 보기 위해서이다. 같은 이유로 2013년만 해도 전해보다 38퍼센트 증가한 50만 명이 지하의 국무 조정실 옆에 있는 처칠 전략 상황실을 찾았다. 그곳에서 과거 총리의 물리적 존재를 느끼기 위해서이다. 처칠이 바쁜 일정을 소화하려고 쪽잠을 잘 때 사용

　　　　　　　　　　　　　　　　　　　　　　　　　　　　처칠 팩터

했던 간이침대, 영국 해안을 방어하려고 앞에 펼쳐 보았던 지도, 늘 가까이 두었던 재떨이에 담긴 이상한 갈색 동물 분비물 화석처럼 생긴 시가를 보러 간다.

그곳에서 방문객은 자포자기의 순간에 발휘했던 처칠의 용맹하고 위대한 정신을 느낀다. 이것은 단 한 명의 수정주의자도 처칠을 제대로 명중시키지 못한 까닭이기도 하다. 해가 거듭하면서 수정주의자들이 발사한 총알이 날아갔지만 처칠은 말라칸드 전장의 포화를 통과했을 때처럼 백마를 타고 모자를 공중에 휘휘 저으며 침착하게 털끝 하나 다치지 않고 전장을 가로지른다.

———

나는 처칠의 창의적인 삶에서 여태껏 적절하게 토의되지 않았던 점이 있다고 생각했으므로 포부가 크고 품성이 고매한 처칠의 자질이 무엇일지 궁금했다. 그래서 어느 더운 오후 차트웰을 다시 방문해 순례자들의 무리에 끼어 보기로 마음먹었다.

런던 남부로 향하는 동안 나는 처칠이 목요일 오후 4시 30분 타자수를 동반하고 푸들인 루푸스Lufus를 데리고 런던을 떠나는 장면을 머릿속에 떠올렸다. 처칠은 매주 〈이브닝 스탠더드Evening Standard〉를 사려고 크리스털 팰리스Crystal Palace 옆에 있는 신문 가판대 앞에서 걸음을 멈췄다. 그때마다 상인은 밖으로 나와 인사하면서 신문 값을 받지 않겠다고 사양했다. 그러면 처칠은 자신이 피우고 있던 시가를 상인에게 건네주었다. (처칠은 차트웰의 정원사에게도 피우고 있던 시가를 건네주었다. 그 불쌍한 사내는 암으로 사망했다.) 오늘날 어떤 정치가가 자신이 반쯤 피운 시가를 다른 사람에게 줄 수 있겠는가?

차트웰에 도착하자 우리는 곧장 들판을 가로질러 크고 둥근 수영장을 지나 연못 옆에 있는 화실로 향했다.

처칠은 갈리폴리 전투에서 참패하고 나서 우울한 나날을 보내다가 1915년 고딜밍Godalming 근처 호Hoe 농장에서 그림을 그리기 시작했다. 그리고 처칠은 대단하지 않은 대상이라도 놀랍게 변신시키는 글솜씨를 발휘해서, 자신이 손에 붓을 들기 시작한 계기를 설명했다.

어느 일요일 시골에서 아동용 그림물감으로 조금씩 그림을 그려 보다가 다음 날 아침이 밝자 유화 도구 일습을 장만했다.

물감·이젤·캔버스 등을 갖추고 나니 이제 꼼짝없이 그림을 그려야 했다. 하지만 결코 만만하지 않았다! 팔레트에는 형형색색 물감이 담기고, 하얀 캔버스는 매끈하게 윤이 나고, 새 붓은 자신의 운명을 온몸으로 지탱하며 공중에 우유부단하게 매달려 있다. 내 손은 마치 묵비권을 행사하는 것 같다. 그런데도 하늘은 누가 보기에도 파랬고 농도는 옅었다. 그러니 캔버스의 윗부분에는 파란색 물감에 흰색 물감을 섞어 얹어야 했다. 굳이 화가 수업을 받지 않았더라도 어떤 색깔인지 느낄 수 있었다. 이것이 그림을 그리는 출발점이다.

그래서 팔레트에 있는 파란 물감을 약간 덜어 내 아주 작은 붓으로 매우 신중하게 섞고 눈처럼 하얀 캔버스에 그지없이 조심스럽게 콩알만 한 점을 찍었다. 깊이 생각하고 망설이다가 시도한 도전이었지만 무척 소심하게 머뭇거린 끝에 나온 경직된 움직임이었으므로 별다른 변화가 없었다. 그때 밖에서 자동차가 큰 소리를 내며 다가왔다. 자동차에서 재빨리 내린 사람은 존 래버리John Lavery 경의 재주꾼 아내였다. "그림을 그리시려고요? 대체 무엇을 망설이세요? 제게 붓을 줘 보세요, 큰 것으로요."

그녀는 붓을 테레빈유에 담갔다가 팔레트에 파란색과 흰색 물감을 섞어 묻히고 나서 캔버스에 몇 번 대담하고 크게 휘저었다. 누구도 거스를 수 없는 동작이었다. 어떤 불행한 운명도 경쾌하고 격한 움직임에 대항해 보복하지 않았다. 캔버스가 내 눈앞에서 무기력하게 웃어 보였다. 드디어 마법이 풀린 것이다. 무기력하게 행동을 억제하던 태도가 눈 녹듯 사라졌다. 나는 가장 큰 붓을 집어 들고 격렬하게 내 포로 위에 떨어뜨렸다. 그때부터 캔버스에 대한 두려움이 사라졌다.

전체를 화실로 쓰는 창문이 높고 오래된 오두막에는 벽난로를 바라보며 이젤이 서 있다. 그 옆에는 새우 눈을 뜨고 거만하게 앉아 있는 랜돌프의 초상화가 캔버스 한쪽이 찢어진 채로 놓여 있다. 처칠이 '그 꿈'을 꾸고 나서 수리하려고 마음먹고 갖다 놓은 그림이었다.

문이 달려 있지 않은 높다란 장식장이 벽에 기대어 서 있다. 한때 여기에는 쿠바 아바나에서 보내온 다양한 종류의 시가를 전시했지만 지금은 수백 개의 튜브형 물감이 일렬로 진열되어 있다. 화실을 둘러본 사람이면 처칠이 예술에 어떤 열정을 쏟는지 느낄 수 있다. 등받이가 없는 걸상, 이젤, 팔레트, 우산, 화가 작업복, 테레빈유, 아마인유 등 캔버스를 공략하기 전에 화가가 갖춰야 할 물품이 군대식으로 정리되어 있다.

화실을 두루 둘러보면 처칠에게 그림이 심심풀이 과시용이 아니었다는 사실을 알 수 있다. 처칠은 이곳에서 빈둥거리지 않았다. 바닥부터 천장까지 화실을 빙 둘러 처칠이 평생 그렸던 작품 539점의 일부가 일렬로 전시되어 있다.

처칠을 열렬하게 숭배하는 사람이라도 처칠을 기교 면에서 그림의 대가라고 부르지는 않을 것이다. 다른 도구를 사용하지 않고 손으로만 인간의 모습을 캔버스에 재현한 거장은 아니었기 때문이다. 처칠은 대상을 실물에 가깝게 표현하려고 실물 환등기를 사용해 사진을 캔버스에 투영하기도 했다. 이러한 방법을 사용해서 라인 아웃°에 있는 럭비 선수의 표정을 한동안 엄밀하게 연구했고, 꼬리 감는 원숭이처럼 생긴 밸푸어 부부의 모습을 관찰했다. 하지만 자신의 성격을 표현한 작품도 많았고 때로 멋진 작품을 탄생시키기도 했다.

차트웰에 동행한 친구 두 명과 함께 나는 처칠이 무엇에 매료되었는지 금세 알아차렸다. 처칠은 색채가 밝고 화사할수록 좋아했으며 이러한 색채를 혼합해 자연을

° line-out, 터치라인 밖으로 나간 공을 던질 때 이를 잡으려고 양 팀 선수들이 줄을 서 있는 상황.

묘사하며 즐거워했다. 분홍색 궁전 벽, 멋진 황토색 잔해, 푸른 하늘, 멀리 보이는 눈 덮인 산맥의 능선 등을 사랑했다.

처칠은 피라미드가 드리운 그림자나 지중해 해안에 부딪히는 파도를 비추는 빛 등을 욕심껏 그려 낼 수는 없었지만 녹음이 짙은 잣나무, 노란빛이 감도는 녹색 잔디, 밝은 파란 하늘, 분홍빛이 도는 오랜 건물들을 익숙하게 자주 표현했다.

처칠의 그림을 보고 있자면 붓에 물감을 묻혀 캔버스에 쏟아 낸 열정과 재능을 느낄 수 있다. 내 동료는 처칠의 그림을 보고 "분위기가 매우 밝고 상당히 낙천적이에요."라고 언급했다. 나도 그 말에 동의한다. 처칠은 자신의 그림을 보는 사람을 만족시키고 그들에게 선물을 안기려 했으며 그 의도는 결국 성공했다. 처칠이 그린 풍경화 한 점이 모네의 한 작품과 같은 가격인 100만 달러에 팔리기도 했다.

사람들이 처칠의 그림에 끌리는 까닭은 세련된 걸작이라서가 아니라 오히려 그렇지 않기 때문이다. 처칠은 즐겁게 그림 솜씨를 시도해 보고, 비웃음을 자초하기도 하고, 실수도 했지만 무엇보다 중요하게 적극적으로 자신을 던져 도전했다.

이러한 처칠의 노력은 실패하기도 하고 성공하기도 했다. 이것이야말로 처칠이 1940년 초여름 어두침침하고 담배 연기 자욱한 화실에서 구현한 정신이었다. 붓을 처음 잡은 처칠의 손은 텅 빈 무시무시한 캔버스를 앞에 놓고 어찌할 줄을 몰랐다. 하지만 이내 처칠은 붓을 물감에 담갔다가 활기 넘치게 캔버스 위를 활보하면서 눈 앞에 보이는 광경을 밝은 색채를 사용해 낭만적으로 표현해 냈다. 그림은 처칠이 자신에게 의심을 품고 비난을 보내는 사람들에게 보내는 최종적인 대답이었다.

1964년 무렵 영국은 많은 측면에서 20세기 초반 처칠이 의회에 입성했을 때와 비교할 수 없을 정도로 발전했다. 권위에 대한 맹종이나 계급 의식이 줄어들었고,

브리튼 전투의 조종사들이 공립 학교 출신이었다는 사실만 생각하더라도 발전 정도를 가늠할 수 있다. 그만큼 소수가 다수의 계급에서 배출되었다.

처칠이 청년 시절 정장용 모자를 쓰고 맨체스터를 거닐다가 우연히 빈민가에서 목격했던 가혹한 가난은 대부분 사라졌다. 여성에게 해방이 찾아오고, 전쟁 후에 고등 교육이 엄청나게 확산되고, 전국 보건 의료 제도가 수립되었으며, 역경에 처한 국민을 돕기 위해 복지 국가 개념이 자리 잡기 시작했다.

이와 같은 변화가 생겨나는 데 처칠이 담당했던 역할에 대해서는 의견이 분분하다. 하지만 나는 1945~1950년 집권한 노동당 정부가 처칠에게 큰 빚을 졌다고 생각한다. 20세기 들어 처음 수십 년 동안 처칠과 로이드조지가 업적을 남겼을 뿐 아니라 처칠이 직관을 발휘해 전시 연합 정부를 수립했기 때문이다. 처칠은 1943년 3월 21일 '전쟁 이후'라는 제목으로 연설하면서, 건강·연금·사회 보장 제도가 크게 바뀌리라 예견했다. 나중에 애틀리가 언급했듯 "처칠은 전 세계 보통 사람을 향해 믿기지 않을 정도로 풍부하게 연민을 느낀다".

처칠은 영국에 이민자가 대거 몰려드는 현상이 발생하리라 예측하면서 '호텐토트' 운운하며 달가워하지 않았다. 하지만 앤드루 로버츠가 정확하게 지적했듯 이민 증가는 부분적으로 처칠이 영국을 위대한 제국주의 국가로 발전시키겠다는 비전을 품었기 때문에 생겨난 결과였다.

그래서 처칠과 토리당 내각은 이러한 문제를 파악하고 문을 닫기가 어렵다. 영국에 대해 품었던 제국주의적 개념으로 판단해 보면 처칠은 사실상 요즈음 다민족 사회의 창설자였다.

전반적으로 영국에서 발생했던 혁명은 헌법의 핵심을 그대로 보존한 온건한 형태였다. 처칠은 1928년 당시 두 살이었던 엘리자베스 여왕 2세를 처음 만나고 나

˙ Hottentots, 남아프리카의 미개 인종.

서 아내인 클레먼타인에게 여왕이 "나이는 어리지만 놀랍게도 권위와 깊은 사고가 돋보였다."라고 언급했다.

두 살 아이에게서 권위의 분위기를 감지했다는 말이 약간 아부라고 생각할 수도 있지만 처칠은 여왕이 즉위하는 장면을 총리의 신분으로 지켜보았다. 아니 처칠이 그때까지 살아서 총리가 되었으므로 여왕이 즉위할 수 있었다고 말하는 편이 더 정확하다. 영국에 찾아온 변화나 향상도 과거에 나치의 위협에 굴복했다면 전혀 실현될 수 없었기 때문이다. 처칠을 비판하는 사람들도 이러한 주장에 대해서는 이의를 제기하지 않는다.

나치에 굴복했다면 민주주의가 정착되지 못했을 것이므로 노동당 정부도 위대한 개혁 정책을 실시할 수 없었을 것이다. 언론의 자유와 시민의 권리가 억압을 당하고 노조도 탄압을 받아 사라졌을 것이다. 런던은 활기차고 멋진 세계적 수도로 부상하지 못하고, 팝스타의 부모들이 자녀에게 윈스턴이 아닌 아돌프라는 이름을 붙이는 암울한 사회가 되었을 것이다.

영국인의 국민성은 대체로 윈스턴 처칠의 성격과 비슷해서 유머러스하지만 때로 호전적이고, 무례하지만 전통을 고수하고, 한결같지만 감상적이고, 온갖 종류의 말장난과 언어유희를 즐기고, 음식과 술에 예민하다.

처칠은 그의 이상을 지지한다고 주장하는 정치가뿐 아니라 다양한 종류의 사람들에게 중요한 인물이다. 학교 성적이 그다지 좋지 않은 사람, 대학을 졸업하지 못한 사람, 수학에서 두각을 나타내지 못한 사람에게 역할 모델이기 때문이다.

처칠은 부모의 기대에 부응하지 못할까 봐 걱정하는 사람, 스스로 실패자라고 느끼는 사람, 우울증에 시달리는 사람, 건강을 해칠 정도로 음식을 먹거나 흡연하거나 음주하는 사람, 스스로 불리한 조건을 무릅쓰고 분투해야 한다고 느끼는 사람을 대변한다.

이러한 범주에 속하는 사람은 정말 많다.

1965년 1월 24일 윈스턴 처칠은 90세를 일기로 사망했다. 웨스트민스터 의사당에 안치된 처칠의 모습을 보려고 30만 추모 인파가 몰려들었다. 웰링턴 공작 이후로 평민의 유해를 일반에 공개한 것은 처음이었다. 당시 사진에는 내 부모 세대에 속한 영국인들의 모습이 담겨 있다. 헐렁한 바지에 펠트로 만든 중절모를 쓴 노인들과 두꺼운 코트를 입고 머리에 스카프를 두른 여인들이 눈에 띄는가 하면, 몸에 꼭 끼는 바지를 빼입은 청년, 머리카락을 붉게 물들이고 눈에 마스카라를 칠하고 빨간 립스틱을 바른 짧은 치마 차림의 아가씨들도 있다. 사람들은 구식 카메라를 손에 쥐고 장례식을 지켜보며 눈물을 흘린다.

　　성 바울 대성당에서 장례식을 치른 후에 처칠의 시신은 '헤이븐고어 Havengore'호에 실려 타워 피어 Tower Pier를 출발해 워털루 Waterloo로 향했고 템스강의 부두를 지나는 동안 시민들은 기중기를 들어 올려 경의를 표시했다. 고인의 관은 특별 기차로 옥스퍼드셔의 블래던에 도착해 자신이 태어난 방의 창문에서 첨탑이 보이는 교회의 땅에 묻혔다.

　　마을이나 길가를 둘러봐도 처칠의 안식처를 가리키는 특별한 표지판도 안내문도 찾아볼 수 없다. 나는 교회 묘지 입구의 문을 통과해 묘지를 바라보며 섰다. 커다란 석조 평판에 새겨진 처칠의 이름은 이끼가 끼고 여러 자연적 변화를 맞으면서 약간 흐릿해지기 시작했다.

　　처칠은 아버지, 어머니, 아내, 동생, 자녀들과 함께 잠들어 있다. 이제 마지막으로 처칠의 위대한 정신에 대해 깊이 생각해 보려 한다. 처칠이 무슨 일을 어떻게 했는지가 아니라, 그 엄청난 에너지가 어디서 솟아났는지 숙고해 보려 한다.

처칠 요인

23

나는 윈스턴 처칠에 대해 생각하고 글을 쓰기를 좋아하지만 살짝 두렵기도 하다. 처칠이 상당히 재미있는 사람이라는 생각이 가장 먼저 떠오르기는 하지만 처칠의 삶을 공정하게 판단하면 믿기지 않을 정도로 강렬한 에너지와 풍부한 재능을 지닌 천재라는 생각을 떨칠 수 없기 때문이다.

처칠이 달성한 성취의 일부라도 따라 해 보려고 부족하나마 노력한 사람들은 약간 참담할 수 있다. 정치가, 저널리스트, 역사가, 화가가 되고 싶었던 사람들이라면 대체 처칠이 어떻게 이 모든 분야를 두루 섭렵할 수 있었는지 의아해한다.

이 무렵 나는 처칠의 손자 니컬러스 솜스를 사보이 그릴Savoy Grill에서 만나 점심 식사를 하면서 오랫동안 이야기를 나누었다. 웨이터가 가져온 계산서의 액수가 상당히 처칠다웠다. 나는 마지막으로 중요한 질문을 던졌다. 솜스의 할아버지인 처칠은 대형 전함의 연료를 석탄 대신 휘발유로 대체해 역사를 바꿨다. 그렇다면 처칠을 움직인 연료는 무엇이었을까? 처칠을 전진하게 만든 동력은 무엇이었을까?

솜스는 곰곰이 생각에 잠기더니 할아버지는 평범한 사람이었다고 뜻밖의 대답을 했다. 처칠은 집안일을 하고 취미 생활을 하는 등 영국인들이 일반적으로 하고 싶어 하는 일을 했다는 것이다. "여러 면에서 할아버지는 가정이 있는 보통 남자였습니다.”

물론 그렇지만 가정이 있는 보통 남자는 셰익스피어와 디킨스의 작품을 합쳐 놓은 것보다 많은 단어를 글로 남기지 못하고, 노벨 문학상을 받지 못하고, 네 개 대륙에서 벌어진 무장 분쟁에서 무수한 사람을 죽이지 못한다. 또한 총리 두 차례를 포함해 국가의 온갖 요직을 거치지 못하고, 두 번의 세계 대전에서 승리하는 데 핵심 역할을 하지 못하고, 자신이 그린 그림이 사후 100만 달러에 팔리지도 못한다. 나는 처칠이 발산했던 정신적 에너지의 궁극적 원천을 찾아내려 애썼다.

정신적 에너지란 무슨 뜻인가? 심리적 에너지를 뜻하는가, 아니면 생리적 에너지를 뜻하는가? 처칠은 유전이나 호르몬 분비에서 우월한 인자를 타고났는가, 아니면 어린 시절에 겪은 심리적 조건화의 결과인가? 아마도 두 가지가 결합했을 것이다.

윌리엄 버틀러 예이츠William Butler Yeats는 이렇게 노래했다. “어떤 사람은 축축한 삭정이를 태운다. 어떤 사람은 작은 공간에서도 쉽게 불붙는 세상을 태운다.” 세상 전체를 연소시키는 12기통 6리터짜리 엔진이 있다면 그것은 바로 처칠이었다. 내가 열다섯 살 무렵 읽은 글에서 심리학자 앤서니 스토Anthony Storr는 처칠이 달성한 가장 크고 중요한 승리는 ‘자기 자신을 이긴 것’이라고 언급했다.

처칠은 자신이 학교에서 체구가 작고 발육이 더디고 비겁했다고 생각했다. 크리켓 공이 날아왔을 때 공을 피해 달아났던 일화를 기억해 보라. 그래서 처칠은 의지력을 발휘해 비겁한 태도와 말 더듬는 버릇을 고치기로 마음먹었고, 아령을 사용해 36킬로그램의 약골을 찰스 아틀라스*의 몸처럼 만들기로 다짐했다. 자신의 비겁한 태도를 극복하고 나자 다른 단점을 고치기는 쉬웠다.

나는 이러한 분석이 훌륭하기는 하지만 다음과 같은 질문에 대답하기에는 부족하다고 생각한다. 처칠은 어째서 자신의 두려움을 극복하기로 마음먹었을까? 처칠

---

* Charles Atlas, 유명한 이탈리아 출신 미국인 보디빌더로 보디빌딩 방법을 개발했다.

은 정말 비겁했을까? 비겁한 학생이 끔찍한 교장의 밀짚모자를 박살 낼 수 있을까? 지금쯤이면 대부분의 독자가 상당히 많은 정보를 습득해 처칠의 심리가 무엇인지 파악했을 것이므로 여기서 더 이상 설명하지 않아도 될 것 같다.

그렇다면 처칠에게는 어떤 요인이 숨어 있었을까? 첫째, 두말할 필요도 없이 아버지가 있었다. 처칠은 아버지에게 거부당하고 비난을 받아 고통스러워했고, 아버지의 기대에 부응하지 못할까 봐 공포에 떨었으며, 아버지가 사망한 후에는 아버지에게 복수하고 그를 뛰어넘고 싶어 했다. 둘째, 어머니가 있었다. 처칠의 어머니는 정말 대단한 여인이었다. 제니는 처칠을 압박하는 동시에 도와주는 결정적인 역할을 담당했다. 처칠이 얻는 명예가 부분적으로는 어머니 자신의 명예였기 때문이다. 어머니가 아들을 군대에 넣어 주려고 아마도 빈던 블러드와 잠자리까지 함께했으리라는 생각이, 말라칸드 전투에서 용맹하게 싸울 수 있도록 처칠을 어느 정도까지 채찍질했는지 짐작해 볼 따름이다.

셋째, 처칠이 출현했던 일반적인 역사적 맥락이 있다. 처칠이 태어났을 때 영국은 전성기였고 제국을 유지하려면 초인적인 노력과 에너지가 필요했다. 이러한 노력 덕택에 빅토리아 여왕 시대에는 제국의 규모가 지금보다 클 수 있었다.

솜스는 이렇게 언급했다. "당시 영국인은 지금보다 다부지고 억셌습니다. 할아버지 주위에는 어디를 가든 언제나 당신을 닮으려는 사람들이 있었어요."

그리고 당시에는 누구나 자연적인 자기중심 성향, 위신과 존경을 받고자 하는 욕구를 어느 정도 공통으로 품었다. 나는 처칠이 머릿속에 비밀스러운 삼단 논법을 새겨 넣고 있었다고 늘 생각했다.

영국은 세상에서 가장 위대한 제국이다.
처칠은 영국 제국에서 가장 위대한 인물이다.
따라서 처칠은 세상에서 가장 위대한 인물이다.

앤드루 로버츠는 이 삼단 논법이 옳지만 지나치게 겸손한 표현이라고 말하면서 이렇게 수정했다.

> 영국은 지금껏 세상에서 가장 위대한 제국이다.
> 처칠은 영국 제국에서 가장 위대한 인물이다.
> 따라서 처칠은 세계 역사에서 가장 위대한 인물이다.

이 삼단 논법은 진실이기는 하지만 처칠에게 부당한 측면도 있다. 처칠은 엄청난 자아의 소유자였지만 유머와 역설을 구사했고 깊은 인류애를 지녔으며 공무에 헌신했다. 타인을 이해하고 연민을 품었으며, 국민에게는 선거를 통해 자신을 내쫓을 민주적 권리가 있다는 신념을 믿었다. 1922년 던디 선거와 1945년 처칠이 겪은 굴욕감을 상기해 보라.

이것이 바로 내가 생각하는 처칠의 위대한 정신이다. 헤어지기 전에 솜스는 처칠의 감수성과 너그러운 마음을 엿볼 수 있는 일화를 소개했다.

> 전쟁이 한창이던 어느 날 저녁, 국방성에서 청소부로 일하는 여성이 집에 가는 버스를 타려고 길을 걷다가 도랑에서 무언가를 보았다. 분홍색 리본으로 묶여 있고 '일급비밀'이라고 적힌 파일이었다.
> 그 여성은 얼른 도랑에서 파일을 꺼내 비옷 속에 감추고 집으로 가져갔다. 어머니에게 파일을 받아 든 아들은 상당히 중요한 극비 문서라는 사실을 즉시 알아챘다. 그래서 뜯어보지 않고 곧장 국방성으로 향했다.
> 아들이 파일을 들고 도착했을 때는 이미 밤이 상당히 깊어 모두 퇴근한 후였고 아들은 정문을 지키는 사람들에게 무례한 대우를 받았다.
> 그들은 파일을 놔두고 가면 누군가 아침에 처리할 것이라는 말만 되풀이했다. 하지만

처칠 팩터

아들은 아니라고 말하면서 장교에게 직접 전달할 때까지 자리를 뜨지 않겠다고 말했다. 결국 계급이 높은 사람이 와서 확인한 결과 해당 파일은 안치오Anzio 전투를 위한 전투 명령서로 밝혀졌다.

다음 날 전쟁 내각이 소집되어 보안에 구멍이 뚫린 경위를 파악하고, 안치오 상륙 작전을 계획대로 실행해야 할지 결정해야 했다.

파일을 세심하게 살펴본 각료들은 파일이 물에 잠겨 있던 시간이 아주 짧았으므로 청소부의 이야기가 맞는다는 결론을 내리고 모든 정황을 감안해 이탈리아 침공을 계획대로 감행하기로 결정했다.

처칠은 참모 총장에게 이렇게 물었다. "이런 일이 어떻게 일어난 것인가?" 참모 총장이 청소부 여성과 그의 아들이 한 일을 전하자 처칠은 울기 시작했다.

"그녀에게 대영 제국 훈작사를 수여하게나!"

그 길로 처칠의 보좌관인 조크 콜빌은 국왕 보좌관 토미 라셀레스를 찾아가 국방성 청소부에게 훈장을 수여할 수 있는지 타진했다. 마침 국왕 탄신일이 다가왔으므로 국왕은 청소부에게 대영 제국 훈장Member of Order of the British Empire, MBE을 수여했다.

여기서 사연을 덧붙이자면 처칠은 1945년 공직을 잃으면서 이임 총리의 특권으로 훈장 수여자 명단을 올리고 그중 다섯 번째였던 국방성 청소부에게 대영 제국 훈작사DBE를 수여했다.

나는 이 이야기가 사실임을 처칠에 관한 기록을 찾아 입증하려 했지만 실패했다. 하지만 이 이야기는 틀림없이 사실이다. 윈스턴 처칠은 자신의 방식대로 행동하기를 좋아했고 그가 그렇게 해 주어 우리는 감사할 따름이다.

호머Homer는 인간을 가리켜 대대로 잎사귀와 같다고 말했다. 나도 이 말이 옳다고 생각한다. 인간은 언젠가 죽을 운명을 타고난 것을 비롯해 잎사귀와 비슷하다.

외계인이 지구를 호기심 가득한 눈으로 들여다보면서 인간은 엄밀하게 말해 개인이 아니라 같은 유기체의 일부라는 결론을 내릴 수도 있겠다고 나는 늘 생각해 왔다.

인간은 서로 비슷하게 생겼고 함께 바스락거리며 같은 바람에 이리저리 날린다. 그래서 그토록 많은 역사가와 사료 편찬가가 인류 이야기는 위대한 사람과 빛나는 행동만의 이야기가 아니라는 톨스토이의 문구를 인용하는 것이다.

이제 수십 년에 걸쳐 소위 위인들은 사회의 역사라는 방대한 조류에서 겉치레에 불과한 거품이고 부수적 현상이라고들 말한다. 이러한 관점에서 진정한 이야기의 주제는 막강한 경제력, 기술의 진보, 옥수수 가격의 변화, 무수히 많은 일상적인 인간 행동의 압도적인 무게 등이다.

나는 윈스턴 처칠의 이야기가 모든 허튼소리를 단박에 억누르는 반박의 소리라고 생각한다. 처칠은 홀로 세상을 바꾸었기 때문이다.

세계사에 엄청난 영향을 미친 사람을 꼽기는 쉽지만 대부분 히틀러나 레닌처럼 나쁜 사람이기 십상이다. 세상을 개선하려고 과감하게 행동하고, 인류에 자유와 희망을 안기는 방향으로 운명의 저울을 기울였던 개인을 얼마나 생각해 낼 수 있을까?

분명 그다지 많지 않을 것이다. 1940년 역사가 필요로 할 때 처칠 요인을 소유했던 사람이 유일하다. 이제 그 의문을 상당히 긴 시간 곰곰이 생각해 보고 나서 나는 이전에도 이후에도 처칠에 필적할 사람이 전혀 없다고 확신한다.

감사의 글

이 책은 호더Hodder 출판사의 탁월한 편집자 루퍼트 랭커스터Rupert Lancaster가 생각해 낸 아이디어에서 출발했다. 몇 년 전 루퍼트는 처칠 에스테이트Churchill Estate를 찾아가 윈스턴 처칠 경의 사망 50주기를 기념하는 행사를 준비하자고 제안했다. 마침 처칠 에스테이트도 비슷한 생각을 했던 참이었고 나를 적임자로 지목했다. 따라서 루퍼트, 고던 와이즈Gordon Wise, 처칠 에스테이트와 관련한 단체의 전 직원에게 감사한다. 내 훌륭한 에이전트 나타샤 페어웨더Natasha Fairweather에게 감사한다. 영어를 구사하는 사람들이 책을 쉽게 읽을 수 있도록 현명한 조언을 해 준 미국인 편집자 레베카 설리턴Rebecca Saletan에게 감사한다.

마틴 길버트가 언젠가 언급했듯 처칠의 포도밭에서 일하는 것은 특권이었다. 처칠 기록 보관소Churchill Archives 소속의 박학다식한 앨런 팩우드에게 큰 빚을 졌다. 팩우드는 자녀들을 수영장에 데려가는 것처럼 정말 불편한 시간에도 기꺼이 전화를 받아 주었고, 온갖 종류의 특이한 서류를 찾도록 도와주었다.

또한 차트웰, 전략 상황실, 블레넘 궁전에서 근무하는 훌륭한 직원들과 큐레이터들에게 아낌없이 친절한 안내를 받았다.

앤드루 로버츠는 허트포드 가Hertford Street 5번지에서 오랜 시간 동안 알코올로 장전한 개인 교습을 두 차례나 해 주었다.

데이비드 캐머런David Cameron은 1940년 5월 루카치Lukacs의 책에서도 분명하게 찾을 수 없는 중추 회의가 열렸던 정확한 장소를 알아내는 수고를 아끼지 않았다.

처칠의 가족 중 니컬러스 솜스와 셀리아 샌디스Celia Sandys는 할아버지인 처칠에 대해 매우 유용한 이야기를 들려주었고, 책의 한 장은 그리스에 거주하는 처칠의 증손자 휴고 딕슨Hugo Dixon의 집에 체류하며 썼다.

무엇보다 테네시 대학과 케임브리지 대학 소속인 위대한 워렌 독터(우리 가족은 독터 박사Doctor Dockter로 부른다)가 활기차게 연구 활동을 펼치면서 나를 격려해 준 덕택에 이 책이 세상의 빛을 볼 수 있었다. 우리는 힘을 모아 처칠의 벙커부터 침실, 제1차 세계 대전 당시 머물렀던 야영지 등을 샅샅이 조사했고 이론에 대해 토론했으며 워렌의 무궁무진한 지식으로 토론 내용이 다채롭고 흥미진진해졌다.

처칠이 남긴 유명한 말이 있다. "책을 쓰는 것은 일종의 모험이다. 처음에는 장난감이자 재미있는 놀이이다. 그러다가 애인이 되고 거장이 되었다가 폭군이 된다. 마지막 단계는 자신의 노예 상태와 화해하면서 그 괴물을 죽여 대중에게 던져 준다."

책의 노예가 된다는 처칠의 말은 옳다. 그래서 나는 우리 집을 점령하고 거대한 고무풍선 하숙인처럼 끊임없이 요구를 해 대는 폭군 처칠을 견뎌 주고 탁월한 제안들을 제시해 준 아내 마리나에게 특별히 감사하고 싶다.

출판사가 쓴 감사의 글

저자와 출판사는 처칠에 대한 자료를 제공해 준 주요 처칠 관련 조직은 물론 이 책에 관해 연구하고 집필하는 과정에서 아낌없이 지원해 주고 조언을 해 준 케임브리지 처칠 대학의 처칠 기록 관리소Churchill Archives Centre에 감사한다.

사진을 연구해 준 세실리아 매케이Cecilia Mackay에게 감사한다. 처칠 헤리티지 Churchill Heritage를 위해 저작권 문제를 처리해 준 커티스 브라운Curtis Brown 소속 리처드 파이크Richard Pike에게 감사하고, 처칠 기록 관리소의 소장품에서 영상을 제공해 준 나탈리 애덤스Natalie Adams와 세라 르워리Sarah Lewery에게 감사한다.

윈스턴 처칠과 처칠의 살아 있는 유산을 보존하는 단체에 대해 좀 더 상세히 알고 싶다면 www.winstonchurchill.org를 방문하라.

당신은 처칠처럼 생각할 수 있는가?

thinklikechurchill.com/book에서 더욱 자세히 살펴보라.

참고 문헌*

케임브리지 대학 워렌 독터 박사가 작성한 이 참고 문헌 목록은 본문에 인용되거나 언급된 작품을 포함해 이 책의 출간 준비 과정에서 참고한 자료를 포함한다.

주요 출처
A. 미출간 자료

I. 국가 문서

Cabinet papers (CAB)

Hansard: House of Commons Debates

Prime Minister's papers (PREM)

II. 개인 논문

(Leo) Amery papers, Churchill College, Cambridge (AMEL)

(Julian) Amery papers, Churchill College, Cambridge (AMEJ)

Broadwater Collection, Churchill College, Cambridge (BRDW)

Chartwell Manuscripts, Churchill College, Cambridge (CHWL)

(Clementine) Churchill papers, Churchill College, Cambridge (CSCT)

(Lord Randolph) Churchill papers, Churchill College, Cambridge (RCHL)

(Randolph) Churchill papers, Churchill College, Cambridge (RDCH)

(Winston) Churchill papers, Churchill College, Cambridge (CHAR & CHUR)

Churchill Additional Collection, Churchill College, Cambridge (WCHL)

(John) Colville papers, Churchill College, Cambridge (CLVL)

---

* 이후 출처에 관한 설명은 분류나 각 장 표시, 본문과 관련된 키워드만 우리말로 옮기고 상세한 명시는 원서의 내용을 그대로 따랐다.

처칠 팩터

B. 출간 자료

참고: 따로 언급하지 않는다면 출간 장소는 런던이다.

III. 윈스턴 처칠이 저술한 주요 작품

Churchill, Winston, *A History of the English-Speaking Peoples*, Vols I-IV (1956-8)

_____ *Amid These Storms: Thoughts and Adventures* (New York, 1932)

_____ *Great Contemporaries* (1937)

_____ *Ian Hamilton's March* (1900)

_____ *India-Speeches* (1931)

_____ *London to Ladysmith Via Pretoria* (1900)

_____ *Lord Randolph Churchill*, Vols I-II (1906)

_____ *Marlborough: His Life and Times*, Vols I-IV (1933-8)

_____ *My African Journey* (1908)

_____ *My Early Life: A Roving Commission* (1930)

_____ *Painting as a Pastime* (1948)

_____ *Savrola: A Tale of Revolution in Laurania* (1899)

_____ *The River War: An Account of the Reconquest of the Sudan*, Vols I-II (1899)

_____ *World War II*, Vols I-VI (1948-53)

_____ *The Story of the Malakand Field Force: An Episode of Frontier War* (1898)

_____ *The World Crisis* Vols I-V (1923-31)

IV. 공식 전기

Churchill, Randolph S., *Winston S. Churchill Vol. I: Youth 1875-1900* (1966)

Churchill, Randolph S., (ed.) *Companion Volume I, Parts 1 and 2* (1967)

_____ *Winston S. Churchill Vol. II: Young Statesmen 1901-1914* (1967)

_____ (ed.), *Companion Volume II, Parts 1, 2, and 3* (1969)

Gilbert, Martin, *Winston S. Churchill Vol. III: 1914-1916* (1971)

Gilbert, Martin, (ed.) *Companion Volume III, Parts 1 and 2* (1972)

_____ *Winston S. Churchill Vol. IV: 1916-1922* (1975)

_____ (ed.), *Companion Volume IV, Parts 1, 2, and 3* (1977)

_____ *Winston S. Churchill Vol. V: 1922-1939* (1976)

_____ (ed.), *Companion Volume V, Parts 1, 2, and 3* (1979)

_____ *Winston S. Churchill Vol. VI: Finest Hour 1939-1941* (1983)

_____ (ed.), *Companion Volume VI: The Churchill War Papers, Parts 1, 2, and 3* (1993, 1995, 2000)

_____ *Winston S. Churchill Vol. VII: The Road to Victory 1941-1945* (1986)

_____ *Winston S. Churchill Vol. VIII: Never Despair 1945-1965* (1988)

V. 주요 문헌

Boyle, P., (ed.) *The Churchill-Eisenhower Correspondence, 1953-1955* (Chapel Hill, 1984)

James, Robert R., (ed.) *Winston S. Churchill: His Complete Speeches, 1897-1963, Vols 1-8* (1974)

Kimball, W., (ed.) *Churchill and Roosevelt, the Complete Correspondence Vols 1-3* (Princeton, 1984)

Sand, G., (ed.) *Defending the West: The Truman-Churchill Correspondence, 1945-1960* (Westport, 2004)

Soames, Mary, (ed.) *Speaking For Themselves: The Private Letters of Sir Winston and Lady Churchill: The Personal Letters of Winston and Clementine Churchill* (1999)

Woods, F., (ed.) *Young Winston's Wars: The Original Despatches of Winston S. Churchill, War Correspondent, 1897-1900* (1972)

VI. 일기, 비망록, 모노그래프

Aga Khan III, *Memoirs of Aga Khan: World Enough and Time* (1954)

Asquith, Herbert, *Memories and Reflections: The Earl of Oxford and Asquith,* Vols I-II (1928)

Barnes, John and Nicholson, David, (eds) *The Diaries of Leo Amery Vol. I 1896-1929* (1980)

_____ *The Empire At Bay: The Leo Amery Diaries Vol. II 1929-1945: The Empire At Bay* (1988)

Beaverbrook, Lord Maxwell, *Politicians and the War* (1928)

_____ *The Decline and Fall of Lloyd George* (1963)

Berman, Richard, *The Mahdi of Allah* [introduction by Churchill] (London, 1931)

Bonham Carter, Violet, *Winston Churchill as I Knew Him* (1965)

Bonham, Mark and Pottle, Mark, (eds) *Lantern Slides: The Diaries and Letters of Violet Bonham Carter, 1904-1914* (Phoenix, 1997)

Brock, Michael and Eleanor, (eds) *H.H. Asquith: Letters to Venetia Stanley* (Oxford, 1982)

Butler, R.A., *The Art of the Possible: The Memoirs of Lord Butler* (1979)

Campbell-Johnson, Alan, *Mission with Mountbatten* (1951)

Cantrell, Peter, (ed.) *The Macmillan Diaries* (2003)

Colville, Jock, *The Fringes of Power: Downing Street Diaries 1939-1955* (1985)

_____ *Action This Day-Working with Churchill* (1968)

_____ *The Churchillians* (1981)

Ferrel, Robert, *The Eisenhower Diaries* (New York, 1981)

Haldane, J. Aylmer, *How We Escaped from Pretoria* (Edinburgh, 1900)

Hamilton, Ian, *Gallipoli Diary*, Vols I-II (1920)

Hart-Davis, Duff, *King's Counsellor: Abdication and War-The Diaries of Sir Alan Lascelles* (2006)

Lloyd George, David, *Memoirs of the Peace Conference*, Vols I-II (New Haven, 1939)

Macmillan, Harold, *War Diaries: Politics and War in the Mediterranean* (1975)

_____ *Autobiography*, Vols I-VI (1966-73)

Mayo, Katherine, *Mother India* (1927)

Moran, Lord, *Winston Churchill: The Struggle for Survival* (1966)

Nicolson, Nigel, (ed.) *Harold Nicolson: Diaries and Letters 1930-1939* (1966)

_____ *Harold Nicolson: Diaries and Letters 1939-1945* (1970)

_____ *Harold Nicolson: Diaries and Letters 1945-1962* (1971)

Pottle, Mark, (ed.) *Champion Redoubtable: Diaries and Letters of Violet Bonham Carter, 1914-1945* (1998)

Roosevelt, Elliott, (with James Borough) *An Untold Story: The Roosevelts of Hyde Park* (1973)

_____ *As He Saw It* (1974)

Shuckburgh, Evelyn, *Descent to the Suez: Foreign Office Diaries 1951-1956* (1987)

Thompson, Walter H., *I was Churchill's Shadow* (1951)

_____ *Sixty Minutes With Winston Churchill* (1953)

_____ *Beside The Bulldog: The Intimate Memoirs of Churchill's Bodyguard* (2003)

Weizmann, Chaim, *Trial and Error: The Autobiography of Chaim Weizmann* (New York, 1949)

Williamson, Philip and Baldwin, Edward (eds) *Baldwin Papers: A Conservative Statesman* (Cambridge, 2004)

부차적 출처

참고: 따로 언급하지 않는다면 출간 장소는 런던이다.

VII. 선정 자료, 비망록, 모노그래프

Addison, Paul, *Churchill on the Home Front, 1900-1955* (1992)

_____ *Churchill: The Unexpected Hero* (2005)

Ansari, Humayun, *The Making of the East London Mosque, 1910-1951* (2011)

Ball, Stuart, *The Conservative Party and British Politics 1902-1951* (1995)

_____ *Winston Churchill* (2003)

_____ *Parliament and Politics in the Age of Churchill and Attlee: The Headlam Diaries 1935-1951* (2004)

_____ (ed., with Anthony Seldon) *Recovering Power: The Conservatives in Opposition Since 1867*

Bennett, G.H., *British Foreign Policy During The Curzon Period 1919-24* (1995)

Brendon, Piers, *Winston Churchill* (1984)

_____ *The Decline and Fall of the British Empire, 1781-1997* (2010)

Cannadine, David, *Ornamentalism: How the British Saw Their Empire* (Oxford, 2002)

_____ (ed., with Roland Quinault), *Winston Churchill in the Twenty First Century* (2004)

Catherwood, Christopher, *Churchill's Folly: How Winston Churchill Created Modern Iraq* (2004)

Charmley, John, *Churchill: The End of Glory–A Political Biography* (1994)

_____ *Churchill's Grand Alliance 1940-1957* (1995)

_____ *A History of Conservative Politics 1900-1996* (1996)

Cohen, Michael, *Churchill and the Jews, 1900-1948* (1985)

Cowles, Virginia, *Winston Churchill: The Era and The Man* (1963)

D'este, Carlo, *Warlord: A Life of Churchill at War 1874-1945* (2008)

Dockter, A. Warren, *Winston Churchill and the Islamic World: Orientalism, Empire and Diplomacy in the Middle East* (2014)

Farmelo, Graham, *Churchill's Bomb: A Hidden History of Science, War and Politics* (2013)

Fishman, Jack, *My Darling Clementine: The Story of Lady Churchill* (1963)

Fisk, Robert, *The Great War For Civilisation: The Conquest of the Middle East* (2005)

Foster, R.F., *Lord Randolph Churchill: A Political Life* (Oxford, 1981)

처칠 팩터

Fromkin, David, *A Peace to End All Peace: The Fall of the Ottoman Empire and the Creation of the Modern Middle East* (New York, 1989)

Gilbert, Martin, *Churchill's Political Philosophy* (1981)

_____ *Winston Churchill: The Wilderness Years* (1981)

_____ *World War II* (1989)

_____ *Churchill: A Life* (1991)

_____ *In Search of Churchill* (1994)

_____ *History of the Twentieth Century* (2001)

_____ *Churchill and America* (2005)

_____ *Churchill and the Jews* (2007)

Hastings, Max, *Finest Years: Churchill as Warlord, 1940-45* (2009)

Herman, Arthur, *Gandhi and Churchill: The Epic Rivalry that Destroyed an Empire and Forged Our Age* (2008)

Higgins, Trumbull, *Winston Churchill and the Dardanelles* (1963)

Hyam, Ronald, *Elgin and Churchill at the Colonial Office 1905-1908: The Watershed of the Empire-Commonwealth* (1968)

Irons, Roy, *Churchill and the Mad Mullah of Somaliland: Betrayal and Redemption 1899-1921* (2013)

James, Lawrence, *Churchill and Empire: Portrait of an Imperialist* (2013)

James, Robert Rhodes, *Lord Randolph Churchill* (1959)

_____ *Churchill: A Study in Failure, 1900-1939* (1981)

Jenkins, Roy, *Churchill: A Biography* (New York, 2001)

Karsh, Efraim, *The Arab-Israeli Conflict. The Palestine 1948 War* (Oxford, 2002)

Kennedy, Paul, *Engineers of Victory: The Problem Solvers who Turned the Tide in the Second World War* (2013)

Kumarasingham, Harshan, *A Political Legacy of the British Empire: Power and the Parliamentary System in Post–Colonial India and Sri Lanka* (2013)

Lloyd George, Robert, *David and Winston: How a Friendship Changed History* (2005)

Louis, Wm Roger, (ed., with Robert Blake) *Churchill: A Major New Assessment* (1993)

Lovell, Mary S., *The Churchills: A Family at the Heart of History* (2011)

Macmillan, Margaret, *Peacemakers: Six Months that Changed the World* (2002)

Manchester, William, *The Last Lion: Winston Spencer Churchill: Visions of Glory 1874-1932*

(New York, 1983)

_____ *The Last Lion: Winston Spencer Churchill: Alone 1932-1940* (New York, 1988)

_____ *(with Paul Reid) The Last Lion: Winston Spencer Churchill* (New York, 2012)

Marder, Arthur, *From Dreadnought to Scapa Flow*, Vols I–IV (1965)

de Mendelssohn, Peter, *The Age of Churchill: Heritage and Adventure, 1874-1911* (1961)

Middlemas, Keith and Barnes, John, *Baldwin: A Biography* (1969)

Mukerjee, Madhusree, *Churchill's Secret War: The British Empire and the Ravaging of India during World War II* (2011)

Muller, James, (ed.) *Churchill as a Peacemaker* (New York, 1997)

Overy, Richard, *Why the Allies Won* (1997)

_____ *The Battle of Britain: The Myth and the Reality* (2002)

Ramsden, John, *Man of the Century: Winston Churchill and Legend since 1945* (2002)

Reid, Walter, *Empire of Sand: How Britain Made the Middle East* (2011)

Reynolds, David, *In Command of History: Churchill Fighting and Writing World War II* (2004)

_____ *From World War to Cold War: Churchill, Roosevelt and the International History of the 1940s* (2006)

Roberts, Andrew, *The Holy Fox: A Biography of Lord Halifax* (1991)

_____ *Eminent Churchillians* (1994)

_____ *Hitler and Churchill: Secrets of Leadership* (2003)

_____ *Masters and Commanders: How Roosevelt, Churchill, Marshall and Alanbrooke Won the War in the West* (2008)

Rose, Jonathan, *The Literary Churchill: Author, Reader, Actor* (2014)

Rose, Norman, *Churchill: An Unruly Life* (1994)

Russell, Douglas, *Winston Churchill–Soldier: The Military Life of a Gentleman at War* (2005)

Seldon, Anthony, *Churchill's Indian Summer: The Conservative Government 1951-55* (1981)

Sheldon, Michael, *Young Titan: The Making of Winston Churchill* (2013)

Taylor, A.J.P., (ed.) *Churchill: Four Faces and the Man* (1969)

Toye, Richard, *Lloyd George and Churchill: Rivals for Greatness* (2007)

_____ *Churchill's Empire: The World that Made Him and the World He Made* (2010)

_____ *The Roar of the Lion: The Untold Story of Churchill's World War II Speeches* (2013)

Walder, David, *The Chanak Affair* (1969)

Wallach, Janet, *The Desert Queen: The Extraordinary Life of Gertrude Bell* (1996)

Wilson, Jeremy, *Lawrence of Arabia: The Authorized Biography of T.E. Lawrence* (1989)

Wrigley, C.J. (ed.), *Warfare, Diplomacy and Politics: Essays in Honour of A.J.P. Taylor* (1986)

_____ *Winston Churchill: A Biographical Companion* (Santa Barbara, 2002)

_____ *A.J.P. Taylor: Radical Historian of Europe* (2006)

_____ *Churchill* (2006)

Young, John, *Winston Churchill's Last Campaign: Britain and the Cold War 1951-1955* (1996)

출처에 관하여

1. 히틀러의 제안

25쪽   "총리는 …… 굳혔다." Cabinet Meeting Minutes, 28 May 1940, confidential annex; CAB 65/13. See also John Lukacs, *Five Days in London, May 1940* (New Haven, 1999).

28쪽   '항공기 공장'. Cabinet Meeting Minutes, 28 May 1940, confidential annex; CAB 65/13.

28쪽   '나치에 우호적'. Lady Nelly Cecil; Lynne Olson, *Troublesome Young Men: The Rebels Who Brought Churchill to Power and Helped Save England* (London, 2008), p. 66.

29쪽   '타고난 지도자'. Lloyd George, *The Daily Express*, 17 September 1936.

29쪽   "오늘날 …… 인물". Lloyd George to T. Phillip Cornwell-Evans, 1937; William Manchester, *The Last Lion: Winston Spencer Churchill, Alone: 1932-1940* (London, 1988), p. 82.

29쪽   "히틀러가 …… 것이다." Ward Price, *Daily Mail*, 21 September 1936; also see Lynne Olson, *Troublesome Young Men*, p. 123.

30쪽   '끔찍한 헛소리'. Lord Halifax Diary, 27 May 1940; see Andrew Roberts, *Holy Fox: The Life of Lord Halifax* (London, 2011), p. 221.

31쪽   "나는 …… 있습니다." Hugh Dalton, *Memoirs: The Fateful Years, 1931-1945* (London, 1957), pp. 335-336.

32쪽   '신성한 여우'. See Andrew Roberts, *Holy Fox: The Life of Lord Halifax*.

2. 처칠이 없는 세상

37쪽   "총통이 …… 싶습니다." Lord Halifax, July 1938 (date unconfirmed); Lukacs, *Five Days*, p. 64.

처칠 팩터

38쪽	"영국에서 …… 끝장났다." Joe Kennedy, *Boston Globe*, 10 November 1940.
39쪽	'쫓아낸'. Albert Speer, *Inside the Third Reich* (London, 1970).
40쪽	'강제 이주는 결국 청산을 뜻했다.' See Hannah Arendt, *Eichmann in Jerusalem: A Report on the Banality of Evil* (London, 1963); David Cesarani, *Becoming Eichmann: Rethinking the Life, Crimes and Trial of a "Desk Murderer"* (Boston, 2006).
40쪽	"비정상적인 …… 빠져들었다". Winston Churchill, House of Commons, 18 June 1940, *Hansard*, HC Deb, Vol. 362 cc51-64; http://hansard.millbanksystems.com/commons/1940/jun/18/war-situation.
41쪽	'다른 모든 체제'. Winston Churchill, House of Commons, 11 November 1947; Robert Rhodes James (ed.), *Winston S. Churchill: His Complete Speeches, 1897-1963*, Vol. 7 (1974), p. 7566.
43쪽	'영국 인구'. Otto Brautigam, *So hat es sich zugetragen: Ein Leben als Soldat und Diplomat* (Wurzburg, 1968), p. 590.

3. 거만한 코끼리

48쪽	"나는 …… 거야." Winston Churchill, 13 May 1940; Norman Rose, *Churchill: The Unruly Giant* (London, 1995), p. 327.
49쪽	'침울한 침묵'. Lynne Olson, *Troublesome Young Men*, p. 330.
49쪽	"당신도 …… 우울해집니다." Nancy Dugdale; Andrew Roberts, *Eminent Churchillians* (London, 2010; ebook edition).
49쪽	'거만한 코끼리'. Lord Hankey to Samuel Hoare, 12 May 1940, HNKY 4/32, Hankey Papers, Churchill College Cambridge.
49쪽	'매혹적인 사내들'. David Margesson coined the phrase. See Graham Stewart, *Burying Caesar: The Churchill-Chamberlain Rivalry* (London, 2003).
50쪽	"포도주와 …… 나온다며". Lord Halifax; Julian Jackson, *The Fall of France: The Nazi Invasion of 1940* (London, 2004) p. 210.
50쪽	'뚱뚱한 아기'. Lady Alexandra Metcalf; Roberts, *Eminent Churchillians*.
51쪽	"집이 …… 없나요?" Winston Churchill, House of Commons, 13 May 1901; Virginia Cowles, *Winston Churchill: The Era and the Man* (London, 1953), p.

86.

51쪽   "나는 …… 것이다." Winston Churchill; see Martin Gilbert, *Churchill: A Life* (New York, 1991), p. 169.

51쪽   '블레넘의 쥐'. Rose, *Unruly Giant*, p. 66.

51쪽   "나는 …… 증오한다." Winston Churchill to Hugh Cecil, 24 October 1903 (letter not sent); R. C. Kemper (ed.), *Winston Churchill: Resolution, Defiance, Magnanimity, Good Will* (Missouri, 1996), p. 145.

52쪽   '오스카 와일드가 저질렀던 유형의 부도덕한 행위'. Papers on WSC's successful libel action against A. C. Bruce Pryce, CHAR1/17, Churchill Papers.

53쪽   "사진 …… 있었나요?" A. J. Balfour; Roy Jenkins, *Churchill: A Biography* (London, 2001), p. 145.

53쪽   "그는 …… 보였다." Rose, *Unruly Giant*, p. 136.

53쪽   "그는 …… 못했다". Jenkins, *Churchill*, p. 251.

54쪽   '반쯤 …… 탁발승'. Winston Churchill, 'A Seditious Middle Temple Lawyer' speech at Winchester House, 23 February 1931, in R. R. James, *Churchill Speeches*, pp. 4982-4986.

56쪽   "정말 …… 건강하다." Lord Randolph to Mrs Leonard Jerome, 30 November 1874; Randolph Churchill, *Winston S. Churchill: Youth, 1874-1900* (London, 1966), p. 1.

57쪽   '표범 같은'. Mary Lovell, *The Churchills: A Family at the Heart of History* (London, 2011), p. 65.

57쪽   "어머니는 …… 사랑했다." Winston Churchill, *My Early Life* (London, 1996 edition), p. 28.

57쪽   '아빠 …… 아버지'. Lord Randolph Churchill to Winston Churchill, 13 June 1894; CHAR 1/2/83.

57~59쪽 "단순한 …… 전락하리라". Lord Randolph Churchill to Winston Churchill, 9 August 1893; CHAR 1/2/66-68.

59쪽   "미숙한 …… 없다." Lord Randolph Churchill to Winston Churchill, 21 April 1894; CHAR 1/2/78.

59쪽   '최근 학자들은'. See John H. Mather, 'Lord Randolph Churchill: Maladies Et Mort', The Churchill Centre, http://www.winstonchurchill.org/learn/myths/myths/his-father-died-of-syphilis; accessed 26 August 2014.

60쪽   "앞서 …… 없다." Lord Derby to Lloyd George, August 1916; Gilbert, *Churchill: A Life*, p. 365.

60쪽   '보잘것없다'. Teddy Roosevelt to Theodore Roosevelt Jr, 23 May 1908; Theodore Roosevelt Papers, Manuscripts division. The Library of Congress. Martin Gilbert, *Churchill and America* (London, 2008), p. 50.

4. 아버지의 영향

64쪽   "물론 …… 몰라." Winston Churchill, 'The Dream'; Martin Gilbert, *Winston S. Churchill*, Vol. 8: *Never Despair* (London, 1988), pp. 364~372.

65쪽   "들창코 …… 닥쳐!" Lady Randolph to Lord Randolph Churchill, 15 February 1886; CHAR 28/100/12-14.

65쪽   "아들이 …… 가르쳤다." Lord Randolph Churchill, 23 October 1893; Rose, *Unruly Giant*, p. 29.

67쪽   "의회에서 …… 겁니다." Lord Randolph Churchill to Sir Stafford Northcote, 3 March 1883; Winston Churchill, *Lord Randolph Churchill* (New York, 1907), p. 192.

67쪽   "양쪽 …… 생각하는". Sir Stafford Northcote, ibid., p. 177.

68쪽   '대개는 기회주의'. John Charmley, *A History of Conservative Politics since 1830* (London, 2008), p. 59.

68쪽   '땅딸보 랜디' 등. Mary Lovell, *The Churchills: In Love and War* (London, 2012), p. 88.

68~69쪽   '서둘러 …… 노인'. Lord Randolph Churchill, 1886; Winston Churchill, *Lord Randolph Churchill*, p. 860.

69쪽   "글래드스턴 …… 탄식한다." Winston Churchill, *Lord Randolph Churchill*, p. 229.

69쪽   "나는 …… 했다.", "엘리야 …… 사람". Winston Churchill, 'The Dream', Gilbert, *Churchill*, Vol. 8: *Never Despair*, pp. 364~372.

70쪽   "나는 …… 있습니다!" Rose, *Unruly Giant*, p. 287.

72쪽   "고선이 …… 잊었다." Anne Sebba, *American Jennie: The Remarkable Life of Lady Randolph Churchill* (London, 2010), p. 158.

73쪽   '처칠의 값은 얼마인가?' Rose, *Unruly Giant*, p. 287.

73쪽   "우리에게는 …… 합니다." Lynne Olson, *Troublesome Young Men*, p. 298.

73쪽   "마치 …… 과정이었다." Winston Churchill, 10 May 1940; Gilbert, *Churchill: A Life*, p. 645.

5. 대범하거나 고결한 행동이 과도할 수는 없다

78쪽   "비행기가 …… 상태입니다." 'In the Air', CHAR 8/319.

78쪽   '죽음이 …… 것이군.' Winston Churchill, ibid.

79쪽   "우리는 …… 있다." Winston Churchill said this to his pilot, Ivon Courtney; Gilbert, *Churchill: A Life*, p. 248.

80쪽   '5000번'. See Gilbert, *Churchill: A Life*, p. 248.

80쪽   "자네가 …… 있네." Sunny Marlborough to Winston Churchill, March 1913, Gilbert, *Churchill: A Life*, p. 248.

80쪽   '어리석고', '…… 않다'. F. E. Smith to Winston Churchill, 6 December 1913; Michael Sheldon, *Young Titan: The Making of Winston Churchill* (London, 2013), p. 294.

80쪽   '사악하다'. Lady Londonderry to Winston Churchill, July 1919; Gilbert, *Churchill: A Life*, p. 414.

80쪽   "나는 …… 같다." Winston Churchill to Clementine Churchill, 29 November 1913; Mary Soames, *Clementine Churchill: The Biography of a Marriage* (London, 2003), p. 116.

81쪽   "오후 …… 했습니다." Captain Gilbert Lushington to Miss Hynes, 30 November 1913; Gilbert, *Churchill: A Life*, p. 252.

81쪽   '영영 …… 못했다'. For correspondence see Martin Gilbert, *In Search of Churchill* (London, 1995), pp. 280-284.

82쪽   '불길한 예감'. See Winston Churchill, *Thoughts and Adventures: Churchill Reflects on Spies, Cartoons, Flying, and the Future* (London, 1949), pp. 133-149.

83쪽   "내 …… 스치고". Douglas Russell, *Winston Churchill: Soldier*, p. 121.

83쪽   "총알이 …… 지나갔다." Winston Churchill, *A Roving Commission: My Early*

Life (New York, 1930), p. 84.

84쪽 　"근처 …… 쓰러졌다." Rose, *Unruly Giant*, p. 47.

84쪽 　"다른 …… 주었다." Winston Churchill to Lady Randolph Churchill, 22 December 1897; Randolph Churchill, *Winston S. Churchill: Youth*, p. 350.

85쪽 　'열두 명의'. For Churchill's account see Winston Churchill, 'The Sensations of a Cavalry Charge', *My Early Life*, pp. 182-196.

85쪽 　"다시 ……(……같았다)." Gilbert, *Churchill: A Life*, p. 97.

85쪽 　"내가 …… 2분이었다." Winston Churchill to Ian Hamilton, 16 September 1898; BRDW V 1/1, The Broadwater Collection, Churchill College Cambridge.

86쪽 　'이 …… 있다.' See Winston Churchill, *The Boer War: London to Ladysmith Via Pretoria and Ian Hamilton's March* (London, 2008 edition), p. 287.

86쪽 　'독일군이 …… 들을'. See A. D. Gibb, "Captain X", in *With Winston Churchill at the Front* (London, 1924).

87쪽 　"나는 …… 없었다." Winston Churchill to Jack Churchill, 2 December 1897; CHAR 28/152A/122.

6. 위대한 독재자

96쪽 　"글 …… 뚜렷한". Geoffery Wheatcroft, 'Winston Churchill, the Author of Victory', Review of Peter Clark, *Mr. Churchill's Profession: Statesman, Orator, Writer* in *Times Literary Supplement*, 18 July 2012.

96쪽 　"엉터리 …… 대가". Martin Stannard, *Evelyn Waugh* (London, 2013), p. 440.

96쪽 　"문학 …… 기술". Waugh, *Letters of Evelyn Waugh* (London, 2010), p. 627.

96쪽 　"처칠은 …… 무지하다." J. H. Plumb, taken from Michael Cohen, *Churchill and the Jews, 1900-1948* (London, 2013), p. 4.

96쪽 　"쇼핑 …… 어색하다." See J. H. Plumb, 'The Historian', in A. J. P. Taylor et al. (eds), *Churchill: Four Faces and the Man* (London, 1969), p. 130.

97쪽 　"1953년 …… 적었다." Peter Clark, *Mr. Churchill's Profession*, 'Prologue', p. ix.

98~99쪽 　"이 …… 시작되었다." Winston Churchill, *The Morning Post*; from F. Woods, *Winston S. Churchill: War Correspondent, 1895-1900*, pp. 300-302.

100쪽 　'하루에 400미터를'. Winston Churchill, 10 September 1898, Camp Omdurman;

Woods, *War Correspondent*, pp. 143-147.

100쪽   "'부상당한 …… 하다." Winston Churchill, *The River War: An Historical Account of the Reconquest of the Soudan*, Vol. II (London, 1899), p. 225.

101쪽   "재정적으로 …… 실수". Winston Churchill to Lady Randolph, 21 October 1897 C.V., I, Pt. 2, p. 807.

101쪽   "부족들과 …… 않았다." Winston Churchill, dispatch from Nowshera, 16 October 1897; Woods, *War Correspondent*, p. 85.

102쪽   "당신이 …… 단속하겠습니다." Lady Jeune to H. Kitchener, 1898, Gilbert, *Churchill: A Life*, p. 90.

102쪽   "거짓말을 …… 성품". Rose, *Unruly Giant*, p. 154.

103쪽   "바리새인이 …… 저지른다." Gilbert, *Churchill: A Life*, p. 19.

104쪽   '정확한지 의심스러워했지만'. Jenkins, *Churchill*, p. 8.

105쪽   '자본 이득세'. Clark, *Mr. Churchill's Profession*, Appendix: 'Churchill and the British Tax System'.

106쪽   "책장을 …… 메아리친다." J. H. Plumb, *The Making of an Historian: The Collected Essays of J. H. Plumb* (New York, 1988), p. 240.

107쪽   "과거는 …… 가장행렬이다." J. H. Plumb quoted in A. J. P. Taylor, *Churchill Revised: A Critical Assessment* (London, 1969), p. 169.

7. 영어에 생명을 불어넣다

113쪽   "그래도 …… 일이군." For the entire ordeal see Cowles, *Churchill: The Era and the Man*, p. 102, Gilbert, *Churchill: A Life*, p. 163.

113쪽   '대뇌 작용 결함'. Gilbert, *Churchill: A Life*, p. 164.

115쪽   "엠파이어의 …… 일어선다!" Douglas Russell, *Winston Churchill: Soldier—The Military Life of a Gentleman at War* (London, 2005), p. 65. See also Cowles, *Churchill: The Era and the Man*, p. 40. However, Churchill himself says that 'no very accurate report of my words has been preserved'. Winston Churchill, *My Early Life*, p. 71.

115쪽   "때로는 …… 유용하다." See Winston Churchill, 'The Scaffolding of Rhetoric', November 1897, https://www.winstonchurchill.org/images/pdfs/for_

educators/THE_SCAFFOLDING_OF_RHETORIC.pdf; accessed 29 August 2014.

115쪽 "청중은 …… 휩싸인다." Ibid.

115쪽 "학구적이면서 …… 듯". Michael Sheldon, *The Young Titan: The Making of Winston Churchill* (London, 2014), p. 31.

116쪽 "처칠은 …… 않는다." H. W. Massingham, *The Daily News*; Jenkins, *Churchill*, p. 75.

116쪽 "처칠과 …… 않는다." Quoted from Richard Toye, *The Roar of the Lion: The Untold Story of Winston Churchill's World War Two Speeches* (London, 2013), p. 18.

116~117쪽 "무엇을 …… 것이다." Winston Churchill, *Savrola: A Tale of Revolution in Laurania* (London, 1897), pp. 88-91.

118쪽 "처칠은 …… 않았다." Colin Cross (ed.), *Life with Lloyd George: The Diary of A. J. Sylvester, 1931-45* (London, 1975), p. 148.

118쪽 "윈스턴은 …… 맙니다." Edwin Montagu to H. H. Asquith, 20 January 1909; Toye, *Roar of the Lion*, p. 21.

118쪽 "나는 …… 쓴다." Winston Churchill to Lady Randolph Churchill, 1898, quoted from Norman Rose, *Churchill: An Unruly Life* (New York, 1998), p. 45.

118쪽 '용어의 부정확성'. Winston Churchill, 22 February 1906, *Hansard*, HC Deb, Vol. 152 cc531-86.

118쪽 "급속도로 …… 인종". Jock Colville, *Fringes of Power: Downing Street Diaries 1939-1955* (London, 2004), p. 563.

121쪽 "참으로 …… 증오했다!" Evelyn Waugh to Ann Flemming, 27 January 1965; Toye, *Roar of the Lion*, p. 70.

121쪽 '라디오용 인물'. Ibid.

122쪽 "연설할 …… 생각한다." Toye, *Roar of the Lion*, pp. 69-70.

122쪽 "망할 …… 거짓말쟁이", "허튼소리 집어치워". Ibid., pp. 95, 131.

122쪽 "그가 …… 아니지요?" Ibid., p. 126.

122쪽 "게티즈버그에서 …… 되었다." Ibid., p. 69.

123쪽 "탤벗, …… 걸세." Ibid., p. 28.

124쪽 "처칠이 …… 않았다." Harold Nicolson to Ben and Nigel Nicolson, 21 September 1943; Nigel Nicolson (ed.), *Harold Nicolson: Diaries and Letters 1939-1945* (London, 1967), p. 321.

124쪽   "청중은 …… 새겨집니다." Winston Churchill, 'The Scaffolding of Rhetoric',
         November 1897, https://www.winstonchurchill.org/images/pdfs/for_
         educators/THE_SCAFFOLDING_OF_RHETORIC.pdf; accessed 29 August 2014.

124쪽   '자유를 …… 풀려난'. Winston Churchill speech notes, CHAR 9/172.

124~125쪽 "나는 …… 없었네." Lord Ismay, *The Memoirs of Lord Ismay* (London, 1960),
         pp. 179-180.

125쪽   '그토록 소수'. For Churchill's 'Finest Hour' speech see *Hansard*, HC Deb, 18
         June 1940, Vol. 362 cc51-64.

127쪽   '앵글로 …… 내린'. For the whole speech see http://www.winstonchurchill.
         org/learn/speeches/speeches-of-winston-churchill/1941-1945-war-
         leader/987-the-end-of-the-beginning; accessed 29 August 2014.

8. 따뜻한 마음

134쪽   "대체 …… 그러나?" Elizabeth Nel, *Winston Churchill by His Personal
         Secretary* (London, 2007), p. 40.

135쪽   "저는 …… 알아요." Winston Churchill to Lady Randolph Churchill, 11 June
         1886; Gilbert, *Churchill: A Life*, p. 13.

135쪽   '오리엔탈리즘'. Lady Gwendoline Bertie to Churchill, 27 August 1907;
         Randolph Churchill (ed.), *Winston S. Churchill Companion*, Vol. 2, Pt. 1
         (London, 1969), p. 672.

136쪽   "남편은 …… 해요." Rose, *Unruly Life*, pp. 203-204.

137쪽   "자기중심적인 …… 무료해진다." Margot Asquith, 23 January 1915; Michael and
         Eleanor Brock (eds), *Margot Asquith's Great War Diary 1914-1916: The View
         from Downing Street* (London, 2014), p. 74.

137쪽   "상당히 …… 같다." Winston Churchill, June 1941, Martin Gilbert (ed.), *The
         Churchill War Papers: The Ever-Widening War 1941*, Vol. 3, p. xxxvii.

138쪽   "맨 …… 간다." See http://www.winstonchurchill.org/support/the-churchill-
         centre/publications/finest-hour/issues-109-to-144/no-138/863-action-this-
         day-fh-138; accessed 29 August 2014.

138쪽   "커다란 …… 때문이다." A. Dewar Gibb, *With Winston Churchill at the Front*

(London, 1925), Chapter 8.

139쪽   "매우 ······ 덕택이었다." Russell, *Winston Churchill: Soldier*, p. 377.

139쪽   "오스카 ······ 행위". CHAR 1/17.

139쪽   '영국 ······ 태도'. For the Wigram story see Gilbert, *Churchill: A Life*, pp. 542-560.

140쪽   '노아의 ······ 인형'. Soames, *Clementine Churchill*, p. 95.

142쪽   "처칠 ······ 같았다." A. Dewar Gibb, *At the Front with Winston Churchill*, Chapter 8.

142쪽   '여자 친구를 만나기'. Soames, *Clementine Churchill*, p. cxix.

142쪽   '날라리 버팀목'. Mary Soames, Crosby Kemper Lecture 1991; John Perry, *Winston Churchill* (New York, 2010) p. 157.

143쪽   "유모는 ······ 털어놓았다." Winston Churchill, *My Early Life*, p. 5.

144쪽   "잔인하고 비열하다." Winston Churchill to Lady Randolph Churchill, 29 October 1893; CHAR 28/19/24-27.

144쪽   "바깥 ······ 합니다." Gilbert, *Churchill: A Life*, pp. 42-43.

145쪽   "내가 ······ 안심했다." Ibid., p. 53.

145쪽   "뱀이 ······ 했습니다." Winston Churchill to Lord Randolph Churchill, 10 April 1882; CHAR 28/13/8.

9. 사랑하는 클레먼타인

150쪽   "그 ······ 것입니다." Winston Churchill to Clementine [Hozier] Churchill, 7 August 1908, Mary Soames (ed.), *Speaking For Themselves: The Personal Letters of Winston and Clementine Churchill* (London, 1999), p. 11.

150쪽   "내가 ······ 눈동자", "어리숙하고 ······ 자립적", "외로움을 느낀다." Winston Churchill to Clementine [Hozier] Churchill, 8 August 1908, ibid., p. 12.

151쪽   "딱정벌레가 ······ 생각했습니다." Rose, *Unruly Life*, p. 61.

152쪽   "어느 ······ 의심스럽습니다." Rose, *Unruly Life*, p. 60. The lady friend of Lloyd George has been only identified as Miss G- G-, 'whose family was quite well-known in Liberal circles'. See Rose, *Unruly Life*, p. 356.

152쪽   "이 ······ 않는가?" Gilbert, *Churchill: A Life*, p. 210.

153쪽   '아내의 울화'. See Paul Addison, 'Churchill and Women', http://www.
         churchillarchive.com/education-resources/higher-education?id=Addison;
         accessed 30 August 2014.

153쪽   '아름다운 폴리 해킷'. Gilbert, *Churchill: A Life*, p. 42.

153쪽   "내가 ······ 아름답다." Winston Churchill to Lady Randolph Churchill, 4
         November 1896; CHAR 28/22/18-23.

153쪽   '(자신의 ······ 것이다)'. See Sheldon, *Young Titan*, pp. 181-192.

154쪽   "함께 ······ 시절". Pamela Plowden to Winston Churchill, May 1940; Gilbert,
         Churchill: A Life, p. 645.

155쪽   "그 ······ 살았다." Winston Churchill, *My Early Life*, p. 387.

155쪽   "내가 ······ 생각하서." Jenkins, *Churchill*, p. 138.

157쪽   "공직도 ······ 잃었다." Winston Churchill, *Thoughts and Adventures*, p. 213.

157쪽   "처칠이 ······ 능력이다." Gilbert, *Churchill: A Life*, p. 459.

157쪽   "당신이 ······ 실망스럽습니다." Jenkins, *Churchill*, p. 362.

157~159쪽 "다우닝 ······ 씁니다." Clementine Churchill to Winston Churchill, 27 June
         1940; Soames, *Speaking for Themselves*, p. 454.

159쪽   "이 ······ 모릅니다." Roberts, *Hitler and Churchill*, p. 68.

159쪽   "너무나 ······ 잠들다." Soames, *Clementine Churchill*, p. 284.

159~160쪽 "첫 ······ 남편". Soames, 'Father always came first, second and third', *Daily
         Telegraph*, 16 August 2002.

160쪽   "우리는 ······ 않아요." Gilbert, *Churchill: A Life*, p. 357.

160쪽   "기세가 ······ 소유자", "어린 ······ 보러". See Christopher Wilson, 'The Most
         Wicked Woman in High Society', *Daily Mail*, 29 March 2014.

161쪽   "이곳은 ······ 삶이잖아요?" Soames, *Clementine Churchill*, p. 298.

161쪽   "비둘기는 ······ 인사했다." Ibid., pp. 269-270.

163쪽   "오, ······ 왔어요." Clementine Churchill to Winston Churchill, 20 April 1935;
         Soames, *Speaking for Themselves*, p. 399.

163쪽   "내 ······ 좋겠네요." Winston Churchill to Clementine Churchill, 13 April 1935;
         ibid., p. 398.

170쪽	"아가씨, …… 저지르겠소.", "아가씨, …… 몰랐어요." Dominique Enright, *The Wicked Wit of Winston Churchill* (London, 2011), Kindle edition.

170쪽   "바깥 …… 말이지." Susan Elia MacNeal, *Mr. Churchill's Secretary* (London, 2012), p. UNKNOWN.

171쪽   "윈스턴, …… 넣겠어요.", "내가 …… 마시겠소." Martin Gilbert, *In Search of Churchill: A Historian's Journey* (London, 1994), p. 232.

171쪽   "이것은 …… 영어이다." See http://www.winstonchurchill.org/learn/speeches/ quotations/famous-quotations-and-stories; accessed 31 August 2014.

171쪽   "미래에는 …… 것이다." See http://standuptohate.blogspot.co.uk/p/winston-churchill-and-anti-fascist.html; accessed 31 August 2014.

171~172쪽   "내가 …… 십자가였다." See http://www.winstonchurchill.org/learn/speeches/ quotations/quotes-falsely-attributed; accessed 31 August 2014.

172쪽   "그럴 …… 데려오시오." Derek Tatham to Winston Churchill, 19 September 1949; G. B. Shaw to Derek Tatham, 16 September 1949. See CHUR 2/165/ 72-82.

172쪽   '구강 청결제'. Michael Richards, 'Alcohol Abuser'; see http://www. winstonchurchill.org/learn/myths/myths/he-was-an-alcohol-abuser; accessed 31 August 2014.

173쪽   "자신의 …… 말라." Andrew Roberts, *Hitler and Churchill*, p. 137.

174쪽   "윈스턴, …… 취했군요.", "부인, …… 겁니다." See 'Drunk and Ugly: The Rumour Mill', http://www.winstonchurchill.org/support/the-churchill-centre/publications/chartwell-bulletin/2011/31-jan/1052-drunk-and-ugly-the-rumor-mill; accessed 31 August 2014.

174쪽   "처칠은 …… 쏟았다." Clayton Fritchley 'A Politician Must Watch His Wit', in *The New York Times Magazine* (3 July 1960), p. 31.

175쪽   "옥새 …… 말하게." Andrew Marr, *A History of Modern Britain* (London, 2009), p. 19.

175쪽   "끝의 …… 끝". Winston Churchill, 10 November 1942; Toye, *Roar of the Lion*, p. 148.

175쪽   "나는 …… 문제이다." Winston Churchill on his seventy-fifth birthday. Celia

Sandys, *From Winston with Love and Kisses: The Young Churchill* (Texas, 2013), p. 12.

175쪽   "우리가 …… 만든다." Winston Churchill, 28 October 1943; See http://www.winstonchurchill.org/learn/speeches/quotations/famous-quotations-and-stories; accessed 31 August 2014.

175쪽   "술이 …… 많다." Michael Richards, 'Alcohol Abuser', see http://www.winstonchurchill.org/learn/myths/myths/he-was-an-alcohol-abuser; accessed 31 August 2014.

175쪽   "가슴살을 …… 될까요?", "처칠 …… 말합니다.", "이 …… 감사하겠습니다." Enright, *Wicked Wit*.

176쪽   "내 …… 청산시키겠네." Winston Churchill, 5 July 1943; Nigel Nicolson (ed.), *Harold Nicolson Diaries and Letters: 1939-1945*, Vol. 2, p. 303.

176쪽   '양의 …… 양'. See D. W. Brogan, *Safire's Political Dictionary* (London, 2008), p. 352.

176쪽   "내가 …… 되었습니다." Winston Churchill, 28 January 1931, House of Commons, *Hansard*, HC Deb, Vol. 247 cc999-1111.

176쪽   "신의 …… 것이다." Winston Churchill, quoted in *Life*, 16 February 1948, p. 39.

176쪽   "핑크색 …… 불과". Richard Langworth (ed.), *Churchill: By Himself* (New York, 2013) p. 57.

176~177쪽 "그들에게 …… 하게.", "그렇다고 …… 전하게." Enright, *The Wicked Wit of Winston Churchill*, p. 139.

177쪽   "그들이 …… 모가지죠!" Winston Churchill, 30 December 1941, Canadian Parliament, Ottawa; Langworth, *Churchill*, p. 24.

177~178쪽 '트라이피비언', '비굴하지 않은'. Ibid., p. 48.

178쪽   "클럽을 …… 가져와요.", "쉬어번 …… 해요." Ibid., p. 54.

178쪽   "세상에, 맙소사." Pearson, *Private Lives*, p. 155.

11. 당대 가장 진보적인 정치가

184쪽   "이러한 …… 한다니!" Sheldon, *Young Titan*, pp. 127-128.

184쪽   '흑인처럼'. Winston Churchill to Clementine Churchill, 17 April 1924; Soames, *Thinking For Themselves*, p. 281.

184쪽   "황인종이 …… 없다." Winston Churchill to Neville Chamberlain, 27 March 1939; See 'Did Singapore Have to Fall?' http://www.winstonchurchill.org/support/the-churchill-centre/publications/finest-hour/issues-109-to-144/no-138/903-part-5-did-singapore-have-to-fall; accessed 31 August 2014.

184쪽   "폭파하거나 …… 쏘고". John Pearson, *Private Lives*, p. 183.

184쪽   '저지능 미개인'. Gilbert, *Winston S. Churchill*, Vol. 4: *The Stricken World*, p. 227.

184쪽   "끔찍한 …… 질환". Paul Addison, *Churchill: The Unexpected Hero*, p. 93.

184~185쪽 "볼셰비키를 …… 낫겠다." Gilbert, *Churchill: A Life*, p. 408.

185쪽   "호랑이에게 …… 것". Madhusree Mukerjee, *Churchill's Secret War: The British Empire and the Ravaging of India During World War II* (London, 2010), p. 14.

185쪽   "유혈 …… 것", "목을 조르고". Paul Addison, *Churchill on the Home Front, 1900-1955* (London, 1992), p. 216.

186쪽   "어떤 …… 쇠퇴시킵니다." Winston Churchill, 28 April 1909, House of Commons, *Hansard*, HC Deb, Vol. 4 cc342-411.

187쪽   "결정적으로 …… 사례". Alan S. Baxendale, *Winston Leonard Spencer-Churchill: Penal Reformer* (London, 2010), p. 191, n. 66.

187쪽   "보험은 …… 구제". Randolph Churchill and Martin Gilbert, *Winston S. Churchill: Young Statesman 1901-1914*, p. 294.

188쪽   "이러한 …… 있다." Winston Churchill to Clementine Churchill, 14 September 1909; Addison, *Churchill on the Home Front 1900-1950*, p. 86.

188쪽   "원래의 …… 유물이다." Gilbert, *Churchill: A Life*, p. 211.

189쪽   "해당 …… 없습니다." Ibid., pp. 212-213.

189쪽   "귀족들이 …… 싫었습니다." Jenkins, *Churchill*, p. 182.

190쪽   '보복'. See 'Winston Churchill', *Daily Telegraph*, 2 March 2010.

190쪽   "그들은 …… 있다." Gilbert, *Churchill: A Life*, p. 231.

190쪽   "그들은 …… 합니다." Gilbert, *Churchill: A Life*, p. 232.

190쪽   "어떤 …… 것". Ibid., p. 377.

191쪽   '다루기 힘들고', '비이성적'. Ibid., p. 478.

191쪽   "변하지 …… 토리당원". Addison, *Home Front*, p. 101.

192쪽 "윈스턴은 …… 없다." Richard Toye, *Lloyd George and Churchill: Rivals for Greatness* (London, 2012), p. 47.

193쪽 "머리카락이 곤두섰다." Jenkins, *Churchill*, p. 81.

194쪽 "그것은 …… 소수였다." James C. Humes, *Churchill: The Prophetic Statesman* (New York, 2012), p. 68.

194쪽 "처칠은 …… 원했다." James Muller, *Churchill as a Peacemaker* (London, 2003), p. 14.

195쪽 "한편으로는 …… 자유로운". Addison, *Home Front*, p. 26.

195쪽 "원칙에서는 …… 자유주의". Rose, *Unruly Life*, p. 208.

195쪽 "기존의 …… 수단이다." Gilbert, *Churchill: A Life*, pp. 465~468.

12. 학살에 영광이란 없다

202쪽 '식량도 …… 들었다.' Gilbert, *Churchill: A Life*, p. 393.

203쪽 "베르사유 …… 어리석었다." Winston Churchill, *The Second World War*, Vol. 1: *The Gathering Storm* (London, 1986), p. 6.

204쪽 "이 …… 인물". Gilbert, *Winston S. Churchill*, Vol. 5: *Prophet of Truth 1922-1939*, p. 805.

205쪽 "처칠은 …… 보였다." Pat Buchanan, *Churchill, Hitler and the Unnecessary War: How Britain Lost Its Empire and the West Lost the World* (New York, 2008), p. 59.

205쪽 "윈스턴만큼 …… 있다." Peregrine Worsthorne, 'Why Winston Churchill is Not Really a War Hero', *The Week*, 22 October 2008.

205쪽 "윈스턴은 …… 슬프다." Jenkins, *Churchill*, p. 240.

205~206쪽 "윈스턴은 …… 군인이다.", '맛있다'. Michael and Eleanor Brock (eds), *Margot Asquith's Great War Diary*, p. 54; Gilbert, *Churchill: A Life*, pp. 294~295.

206쪽 "네 …… 죽였어." Andrew Roberts, Review of *Warlord: A Life of Churchill at War, 1874-1945* by Carlo D'Este, *Daily Telegraph*, 10 April 2009.

207쪽 '비겁한 죄악'. Rose, *Unruly Life*, p. 39.

207쪽 '아프리카 서부'. Sheldon, *Young Titan*, pp. 129~131.

208쪽 "내가 …… 희망한다." Winston Churchill's maiden speech in the House of

Commons, 18 February 1901; Jenkins, *Churchill*, p. 72.

209쪽 "우리가 …… 있나요?", "거의 …… 있습니다." Langworth, *Churchill*, p. 251.

210쪽 "아침 …… 드리웠다." Winston Churchill, *The Second World War: The Gathering Storm*, p. 201.

13. 걸어 다니는 선박

216쪽 "가시철조망을 …… 돌파하는". Winston Churchill to John French, 10 April 1915; Winston Churchill, *The World Crisis, 1911-1918* (London, 2005), pp. 313-314.

216쪽 "이 …… 흡사합니다." Ibid., p. 314.

217쪽 '육상 전함'. H. G. Wells, 'The Land Ironclads', in the *Strand Magazine*, December 1903.

217쪽 '틀림없이 …… 것이라고'. See Winston Churchill to H. H. Asquith, 5 January 1915, CHAR 13/44/32-35.

217쪽 "롤러 …… 만들었다." '편리한', "적을 …… 것". Winston Churchill, minutes 18 January 1915, 'Statement on the Introduction of the Tank', CHAR 2/109.

218쪽 "참호 …… 것이다." Ibid.

219쪽 "기관총으로 …… 트랙터". Tennyson D'Eyncourt to Winston Churchill, 22 February 1915. Gilbert, *Churchill*, Vol. 4: *The Challenge of War*, (London, 1973), p. 553.

219쪽 "제안한 …… 처칠 쏨." Gilbert, *Churchill: A Life*, p. 298.

221~222쪽 "당신이 ……" (중략) "…… 바랍니다." Tennyson D'Eyncourt to Winston Churchill, 14 February 1916, CHAR 2/71/14.

222쪽 "행정부와 …… 처사". Gilbert, *Churchill: A Life*, p. 373.

222쪽 "위험하고 …… 돌아왔다." Ibid., p. 376.

224쪽 '벨리 반도'. Norman McGowan, *My Years with Churchill* (London, 1958), p. 94.

225쪽 '기계가 …… 구한다', "기계의 …… 수단이다." Gilbert, *Churchill: A Life*, p. 370.

14. 100마력짜리 정신 엔진

234쪽   'KBO'. See 'Churchill: Leader and Statesman', http://www.winstonchurchill.
org/learn/biography/biography/churchill-leader-and-statesman; accessed 1
September 2014.

235쪽   "사람들은 …… 하나요?" Lou Channon, *Ronald Reagan: The Presidential
Portfolio–A History Illustrated from the Collection of the Ronald Reagan Library
and Museum* (London, 2001).

236쪽   "남편과 …… 때문이다." Eleanor Roosevelt, 'Churchill at the White House', in
The Atlantic, 1 March 1965 (published posthumously); http://www.theatlantic.
com/magazine/archive/1965/03/churchill-at-the-white-house/305459/;
accessed 1 September 2014.

238쪽   "이처럼 …… 있었다." Rose, *Unruly Life*, p. 173.

238쪽   '망할 숫자들'. Winston Churchill, *Lord Randolph Churchill*, Vol. 2 (London,
1906), p. 184.

238쪽   '페르시아어'. William Manchester, *The Last Lion*, p. 786.

238쪽   "윈스턴 …… 소유자". Stanley Baldwin, 'Churchill & his Contemporaries',
http://www.winstonchurchill.org/learn/myths/churchill-trivia/528-
contemporaries; accessed 1 September 2014.

238쪽   '검은 개'. Gilbert, *In Search of Churchill*, p. 210.

239쪽   "그날 …… 기분이다." Ibid., p. 26.

239~240쪽 "총리의 …… 23일". Winston Churchill, *The Second World War*, Vol. 4, pp.
623-624.

241쪽   "처칠이 …… 것이다." Max Hastings, *Finest Years: Churchill as Warlord 1940-
45*, p. 93.

15. 역사를 걸고 도박하다

246~247쪽 "나는 …… 노력했다." Martin Gilbert, *Churchill and the Jews: A Lifelong
Friendship* (London, 2007), pp. 98-99.

247쪽   "당신의 …… 말이오." Ernst Hanfstaengl, *Hitler–The Missing Years* (London,

1957), p. 185.

247쪽 "무척 기뻐하리라". Winston Churchill, *The Second World War*, Vol. 1, p. 40.

247쪽 "당시 …… 몰랐다." Ibid, p. 40.

247쪽 "히틀러 만세!", "부스비 만세!" Robert Rhodes James, *Robert Boothby: A Portrait of Churchill's Ally* (London, 1991), p. 138.

248쪽 "당신의 …… 않습니까?" Winston Churchill, *The Second World War*, Vol. 1, p. 40.

248쪽 "그렇다면 …… 말인가?", "그는 …… 없네.", "사람들은 …… 말합니다." Hanfstaengl, *Hitler*, p. 187.

249쪽 "유대인으로 …… 됩니까?" Jenkins, *Churchill*, p. 469.

249쪽 "독일의 …… 무기입니다." Martin Gilbert, *Churchill: The Power of Words* (London, 2012), p. 101.

250쪽 "정치인에게는 …… 필요하다." Langworth, *Churchill*, p. 505.

251쪽 "값비싼 …… 실책", "귀중한 …… 사례". Gilbert, *Churchill: A Life*, p. 286.

252쪽 '급소'. Winston Churchill, House of Commons, 11 November 1942, *Hansard*, HC Deb, 385 cc8-56.

253쪽 "나는 …… 끝장이야." Gilbert, *Churchill: A Life*, p. 321.

253쪽 '플랑드르에서 …… 뜯어내는'. Soames, *Clementine Churchill*, p. 134.

254쪽 '가증스러운 패륜'. Gilbert, *Churchill: A Life*, p. 410.

254쪽 "볼셰비키가 …… 있다." Clifford Kinvig, *Churchill's Crusade: The British Invasion of Russia, 1918-1920* (London, 2007), p. 85.

255쪽 "이제 …… 없습니다." Gilbert, *Churchill; A Life*, p. 415.

255쪽 "나는 …… 걸세!" Kinvig, *Churchill's Crusade*, p. 154.

255쪽 "그는 …… 가져온다." David Low, 'Winston's Bag', in *The Star*, 21 January 1920.

257쪽 '새로운 …… 멈춰라!' *Daily Mail*, 18 September 1922; Andrew Mango, *Ataturk* (London, 2004), p. 352.

258쪽 "농담이 …… 먹었다." Gilbert, *Churchill: A Life*, p. 465.

258쪽 '비난'. See J. Maynard Keynes, *The Economic Consequences of Mr Churchill* (London, 1925).

259쪽 "차라리 …… 싶다." Geoffrey Best, *Churchill: A Study in Greatness* (London, 2001), p. 119.

259쪽   "노동자들의 ······ 된다." Michael Kazin, *A Godly Hero: The Life of William Jennings Bryan* (New York, 2006), p. 61.

259쪽   "나는 ······ 주겠소." Liaquat Ahaned, *Lords of Finesse: 1929, The Great Depression, and the Bankers who Broke the World* (New York, 2011), p. 235.

260쪽   '역겹고'. Winston Churchill, 23 February 1931; Richard Toye, *Churchill's Empire* (London, 2011), p. 176.

261~262쪽   "우리는 ······ 인종이다." Gilbert, *Churchill: A Life*, p. 501.

262쪽   "하는 ······ 지지하겠습니다." Toye, *Churchill's Empire*, p. 188.

263쪽   "어제 ······ 무너졌다." Addison, *Home Front*, p. 323.

265쪽   '실패자'. Robert Rhodes James, *Churchill: A Study in Failure, 1900-1939* (London, 1981).

266쪽   "우스꽝스럽고 ······ 있다고". Humes, *Churchill: The Prophetic Statesman*, p. 32.

266쪽   "전쟁이 ······ 선포했고", "이방인과 ······ 주입시킨다." Langworth, *Churchill*, pp. 122-123.

16. 냉담하고 무자비한 명령

274쪽   "그물에 ······ 것". Robert Philpott interviewed in Philip Graig, 'Mass murder or a stroke of genius that saved Britain? As closer ties with France are planned, the "betrayal" they still can't forgive', *Daily Mail*, 5 February 2010.

275쪽   "또한 ······ 맡깁니다." Winston Churchill, 4 July 1940, House of Commons, *Hansard*, HC Deb, Vol. 362 cc1043-51.

276쪽   "프랑스는 문명국이다." Lord Moran, Interview in *Life*, 22 April 1966, p. 106.

276쪽   '다른 방향'. Gilbert, *Churchill: A Life*, p. 180.

277쪽   "될 ······ 되라지.", "무슨 ······ 없어." Gilbert, *Winston S. Churchill*, Vol. 6: *Finest Hour, 1939-1941*, p. 526.

278쪽   "전쟁은 ······ 일부였다." Michael Cohen, *Britain's Moment in Palestine: Retrospect and Perspectives, 1917-1948* (London, 2014), p. 14.

279쪽   '과장된 말투'. Jonathan Rose, *The Literary Churchill*, p. 296.

279쪽   "실에게 ······ 하게." Hastings, *Churchill as a Warlord*, p. 106.

281쪽   '학살 행위'. Richard Lamb, *Churchill as War Leader* (London, 1991).

281쪽 "협상을 …… 한다." Sheila Lawlor, *Churchill and the Politics of War, 1940-1941* (London, 1994), pp. 57-58.

282쪽 "무슨 …… 했다." Winston Churchill, *The Second World War: Their Finest Hour*, p. 197-198.

283쪽 '명예로운 의논'. See 'Battle Summary No. 1', http://www.hmshood.org.uk/reference/official/adm234/adm234-317.htm; accessed 2 September 2014.

283쪽 "우리가 …… 겁니다." David Brown, *The Road to Oran: Anglo-French Naval Relations, September 1939-July 1940* (London, 2004), p. xxix.

283쪽 "문제를 …… 해결하라". 'Diary of Events', 3 July 1940, CHAR 9/173A-B.

283쪽 "그것은 …… 결정이었다." Winston Churchill, 4 July 1940, House of Commons, *Hansard*, HC Deb, Vol. 362 cc1043-51.

285쪽 "끝나지 …… 비참". Adolph Hitler, 19 July 1940; David Jablonsky, *Churchill and Hitler: Essays on the Political-military Direction of Total War* (London, 1994), p. 220.

285쪽 "히틀러는 …… 것이다." Gilbert, *Winston S. Churchill*, Vol. 6: *Finest Hour, 1939-1941*, p. 663.

288쪽 '국가와 미국'. Winston Churchill, 4 July 1940, House of Commons, *Hansard*, HC Deb, Vol. 362 cc1043-51.

17. 미국에 구애하다

291쪽 "얘야, …… 끌어들여야지." Gilbert, *Winston S. Churchill*, Vol. 6, *Finest Hour, 1939-1941*, p. 358.

295쪽 "독일군이 …… 충분하니까요." David Roll, *The Hopkins Touch: Harry Hopkins and the Forging of the Alliance to Defeat Hitler* (London, 2013), p. 137.

296쪽 "단 …… 같다." John Keegan, *The Second World War* (New York, 1989), p. 539.

296쪽 "정상 …… 같았다." Toye, *Roar of the Lion*, p. 114.

298~299쪽 "샘 …… 합니다.", "맞아, …… 아니지." Rose, *Unruly Life*, p. 183.

299쪽 "독한 …… 씁니다.", "나는 …… 찾아왔습니다." John Ramsden, *Man of the Century: Winston Churchill and His Legend since 1945*, (London, 2009) p.

132.

301쪽   "과거 …… 해군에게". See Admiral Boyce, 'Former Naval Persons', http://www.winstonchurchill.org/support/the-churchill-centre/publications/finest-hour-online/1305-qformer-naval-personsq; accessed 2 September 2014.

301쪽   "비록 …… 말입니다." Winston Churchill, 'We Shall Fight them on the Beaches', 4 June 1940, http://www.winstonchurchill.org/learn/speeches/speeches-of-winston-churchill/128-we-shall-fight-on-the-beaches; accessed 2 September 2014.

301쪽   '미국'. Winston Churchill, 4 July 1940, *Hansard*, HC Deb, Vol. 362 cc1043-51.

302쪽   '역사상 …… 법'. Winston Churchill, 24 August 1945, *Hansard*, HC Deb, Vol. 413 cc955-58.

302쪽   '뼛속까지'. Gilbert, *Churchill and America* (London, 2008) p. 219.

304쪽   "무엇이든 …… 없습니다." Gilbert, *The Churchill War Papers*, Vol. 3: *The Ever-Widening War*, p. 1399.

304쪽   "영국 …… 않습니다." Richard Langworth, *Churchill's Wit: The Definitive Collection* (New York, 2009), p. 16.

305쪽   "나는 확신합니다." (중략) "이제 …… 합니다." Winston Churchill, 'Address to the Congress of the United States', 26 December 1941; Gilbert, *Power of Words*, p. 294.

305쪽   "유일하게 …… 있었다." Gilbert, *Winston S. Churchill*, Vol. 7: *Road to Victory, 1941-1945*, p. 553.

306쪽   "만족감과 …… 잤다." Gilbert, *Churchill and America*, p. 245.

18. 쪼그라든 섬의 거인

310쪽   '절대 …… 일'. Alan 'Tommy' Lascelles, *King's Counsellor: Abdication and War–The Diaries of Sir Alan Lascelles* (London, 2006), p. 224.

310~311쪽   "친애하는 …… 씀". King George VI to Winston Churchill, 31 May 1944; CHAR 20/136/10.

311쪽   "결정을 …… 반응했다." Lascelles, *King's Counsellor*, p. 226.

311쪽   "토미의 …… 어두워졌다." Ibid., p. 226.

312쪽 "폐하, …… 생각합니다.", "그 …… 않습니다." Ibid., p. 226.

312쪽 '이번 …… 이기심'. Ibid., p. 226.

312~313쪽 "친애하는 …… 씀." King George VI to Winston Churchill, 2 June 1944; CHAR 20/136/4.

313쪽 "확실히 …… 주장이십니다." Lascelles, *King's Counsellor*, p. 227.

315쪽 "전쟁 …… 재앙". Max Hastings, *Overlord: D-Day and the Battle for Normandy 1944* (London, 2012), p. 1.

316쪽 "사실상 …… 것이다." Lascelles, *King's Counsellor*, p. 228.

317쪽 '불필요한 전투'. For instance see Correlli Barnett, *The Battle of El Alamein* (London, 1964).

317쪽 "전투에서 …… 어렵다." Vincent O'Hara, *In Passage Perilous: Malta and the Convoy Battles of June 1942* (Indiana, 2012), p. 67.

318쪽 "많은 …… 인식했다." Max Hastings, 'After a series of military defeats even Churchill started to fear that our Army was simply too yellow to fight', *Daily Mail*, 21 August 2009.

318쪽 "아버지, …… 문제입니다." Andrew Roberts, *Masters and Commanders: The Military Geniuses Who Led the West to Victory in World War II* (London, 2008), p. 287.

319쪽 "우리에게는 …… 했다." Max Hastings, 'On Churchill's Fighting Spirit', *The Financial Times*, 4 September 2009; http://www.ft.com/cms/s/0/e6824d52-98e2-11de-aa1b-00144feabdc0.html#axzz3CBVtTd9C; accessed 3 September 2014.

319쪽 "패배와 …… 별개이다." Robert Dallek, *Franklin D. Roosevelt and American Foreign Policy, 1932-1945* (Oxford, 1995), p. 347.

319쪽 "처칠은 …… 패배한다." Rose, *Unruly Giant*, p. 389.

319쪽 "당신네 …… 있겠어요?" Martin Gilbert, *Winston S. Churchill: Road to Victory, 1941-1945* (New York, 1986), p. 185.

321쪽 "총리는 …… 마셨다!!" Arthur Bryant, *The Turn of the Tide: A History of the War Years Based on the Diaries of Field-Marshal Lord Alanbrooke, Chief of the Imperial General Staff* (New York, 1957), p. 464.

321쪽 '한 방'. Winston Churchill to President Roosevelt, 14 June 1944; Winston Churchill, *The Second World War*, Vol. 6: *Triumph and Tragedy*, p. 28.

322쪽	"지크프리트선 …… 시작하세.", "이것은 …… 됩니다." See account of Ralph Martin, *Additional Churchill Papers*, WCHL 15/2/6.
322쪽	"결정적으로 …… 없다." Gilbert, *Churchill: A Life*, p. 829.
322~323쪽	"총리 …… 주셔야겠습니다." Ibid., p. 832.
323쪽	"처칠의 …… 같았다." Ibid., p. 832.
324~325쪽	"이제 …… 않습니다." Rose, *Unruly Life*, p. 394.
325쪽	"들은 …… 않았다." Gilbert, *Churchill: A Life*, p. 852.
325쪽	"우리가 …… 파고들었다." Gilbert, *Winston S. Churchill*, Vol. 8: *Never Despair*, p. 106.
326쪽	'처칠에게 …… 투표하라'. Adrian Fort, *Nancy: The Story of Lady Astor* (London, 2012), p. 304.
326쪽	"아마도 …… 거예요.", "그렇다면 …… 했군." Addison, *Churchill: Unexpected Hero*, p. 215.
326쪽	"나는 …… 않은가?" John Severance, *Winston Churchill: Soldier, Statesman, Artist* (New York, 1996), p. 115.
327쪽	"허약하고 …… 인물". *The Spectator* upon news of Churchill's appointment to First Lord of the Admiralty; quoted from Rose, *Unruly Life*, p. 88.

19. 처칠이 냉전을 이긴 방법

332쪽	"우리는 …… 것인가?" Rose, *Unruly Life*, p. 337.
332쪽	"테러와 …… 않는다." Winston Churchill, Cabinet minutes, 28 March 1945; David Reynolds, *In Command of History: Churchill Fighting and Writing the Second World War* (London, 2005), p. 481.
333쪽	"내 …… 아팠다." Gilbert, *Churchill: A Life*, p. 850.
334쪽	"독일군 …… 합니다." (중략) "내가 …… 죽입시다." Lord Moran, *Winston Churchill: The Struggle for Survival, 1940-1965* (London, 1966), p. 163.
335쪽	"당신이 …… 말했잖소!", "화장실은 저쪽이오." Richard Collier, *The War that Stalin Won: Tehran-Berlin* (London, 1983), p. 240.
335쪽	"그리스는 …… 구출했다." Best, *Churchill: A Study in Greatness*, p. 271.
335쪽	"유럽 …… 사건". Winston Churchill, *The Second World War*, Vol. 6, p. 438.

336쪽   '그렇게 ······ 것이다.' See David Reynolds, *From World War to Cold War: Churchill, Roosevelt, and the International History of the 1940s* (Oxford, 2006).

338쪽   "저 ······ 괜찮아요." David Carlton, *Churchill and the Soviet Union*, p. 144.

339쪽   "우리의 ······ 상황". Rose, *Unruly Life*, p. 255.

339쪽   "악어 ······ 도마뱀". Gilbert, *Winston S. Churchill*, Vol. 8: *Never Despair*, p. 161.

339쪽   '대단한 학교'. Gregory Sand, *Defending the West: The Truman-Churchill Correspondence, 1945-1960* (London, 2004), p. 6.

339쪽   "상당히 ······ 같았다." Gilbert, *Churchill and America*, p. 367.

339쪽   "당신의 ······ 확신합니다." Fraser J. Harbutt, *The Iron Curtain* (Oxford, 1988), p. 172.

339쪽   '열정적인'. Ibid., p. 180.

340쪽   "트루먼이 ······ 말했다." Ibid., p. 180.

340~342쪽 "우리는 ······ 실천합시다.", "우리는 ······ 실정입니다." Winston Churchill, 5 March 1946, Fulton, Missouri. See http://www.winstonchurchill.org/learn/speeches/speeches-of-winston-churchill/120-the-sinews-of-peace; accessed 3 September 2014.

342쪽   "무기와 ······ 유사한", "특별한 관계". Ibid.

342쪽   "결코 ······ 않았다.", "서로 ······ 많다." Gilbert, *Churchill: A Life*, p. 867.

342쪽   "미국은 ······ 않는다." Ibid., p. 868.

343쪽   "세계 ······ 해친다." Geoffrey Williams, *The Permanent Alliance: The Euro-American Relationship, 1945-1984* (London, 1977), p. 19.

344쪽   '뭉침'. Lord Moran, *Churchill: Struggle for Survival*, p. 337.

345쪽   '절대 안정'. Gilbert, *Churchill and America*, p. 421.

345쪽   "콜빌과 ······ 먹었다." Gilbert, *Winston S. Churchill*, Vol. 8: *Never Despair*, p. 856.

346쪽   "해 ······ 같다." James Muller, *Churchill as a Peacemaker*, p. 323.

346쪽   "인간은 정신이다.", "결코 ······ 말라." Gilbert, *Churchill: A Life*, p. 939.

352쪽 　 "우리에게는 …… 있다." See 'stillpoliticallyincorrect', http://disqus.com/ telegraph-795480a5f59311af7dfc5b92f96f73d7/; accessed 3 September 2014.

353쪽 　 "더럼 …… 만무하다." Alex May, *Britain and Europe Since 1945* (London, 2014), p. 18.

354쪽 　 "완전히 …… 돼!" Winston Churchill, House of Commons, 26 June 1950, *Hansard*, HC Deb, Vol. 476 cc1907-2056.

354쪽 　 '고등 기관'. For instance, see James Carmichael, House of Commons, 26 June 1950, *Hansard*, HC Deb, Vol. 476 cc1907-2056.

355쪽 　 "결국은 …… 있다." Maurice Edelman, 27 June 1950, *Hansard*, HC Deb, Vol. 476 cc2104-59.

355쪽 　 "우리는 …… 것이다." Robert Boothby, ibid.

355~356쪽 "그는 …… 애쓴다.", "우리가 …… 생깁니다." Winston Churchill, ibid.

356~357쪽 "세계는 …… 선언합니다." Winston Churchill, ibid.

357쪽 　 '유럽 합중국', "최대로 …… 없애는". Gilbert, *Churchill: A Life*, p. 731.

358쪽 　 "우리는 …… 합니다." Winston Churchill, 'Speech to the Academic Youth', 19 September 1946; http://www.churchill-society-london.org.uk/astonish.html; accessed 3 September 2014.

358쪽 　 "영국이 …… 개념", "영국이 …… 것이라며". Winston Churchill, *Winston Churchill's Speeches: Never Give In!* (London, 2007), pp. 439-442.

358~359쪽 "나는 …… 합니다." Robert Rhodes James, *Churchill Speaks: Winston S. Churchill in Peace and War: Collected Speeches, 1897-1963* (London, 1980), p. 930.

360쪽 　 "하지만 …… 합니다." Winston Churchill, 'Why Not the United States of Europe', *News of the World*, 29 May 1938; quoted from Gilbert (ed.), *Power of Words*, pp. 199-200.

362쪽 　 "우리가 …… 합니다." Winston Churchill, House of Commons, 27 June 1950, *Hansard*, HC Deb, Vol. 476 cc2104-59.

363쪽 　 "위대한 …… 역할입니다." Winston Churchill, 'Why Not the United States of Europe', *News of the World*, 29 May 1938.

365쪽 　 "이곳을 …… 거죠." Kevin Theakston, *Winston Churchill and the British*

Constitution (London, 2004), p. 132.

21. 현대 중동의 창시자

372쪽   "영국을 …… 전쟁". C. J. Wrigley, *A.J.P. Taylor: Radical Historian of Europe* (London, 2006), p. 315.

373쪽   '윈스턴의 딸꾹질'. See Frank Jacobs, 'Winston's Hiccup', *New York Times*, 6 March 2013; http://opinionator.blogs.nytimes.com/2012/03/06/winstons-hiccup/?_php=true&_type=blogs&_r=0; accessed 3 September 2014.

375쪽   '9퍼센트'. See Walter Reid, *Empire of Sand: How Britain Made the Middle East* (London, 2011).

375쪽   '동양의 척도'. *Spectator*, 'The Question of the Mandates', 28 August 1920.

376~377쪽   "폐하의 …… 확신합니다." A. J. Balfour to Walter Rothschild, 2 November 1917; Gudrun Krämer, *A History of Palestine: From the Ottoman Conquest to the Founding of the State of Israel* (Princeton, 2011), p. 149.

377쪽   "땅이 …… 땅을". Israel Zangwill, 'The Return to Palestine', *New Liberal Review* (December 1901), p. 615.

378쪽   "거티!", "여보게, …… 있었나!" Shareen Brysac and Karl Meyer, *Kingmakers: The Invention of the Modern Middle East* (London, 2009), p. 176.

378쪽   '처칠을 타도하라'. Jack Fishman, *My Darling Clementine: The Story of Lady Churchill* (London, 1966), p. 92.

378쪽   "낙타를 …… 끝내겠습니다." Janet Wallach, *Desert Queen: The Extraordinary Life of Gertrude Bell-Adventurer, Adviser to Kings, Ally of Lawrence of Arabia* (New York, 2005), p. 300.

379쪽   "유대인은 …… 하나이다." Cohen, *Churchill and the Jews*, p. 90.

379쪽   "팔레스타인은 …… 놓쳤고". Oded Balaban, *Interpreting Conflict: Israeli-Palestinian Negotiations at Camp David II and Beyond* (New York, 2005), p. 60.

379쪽   "한 …… 것이다." Winston Churchill's reply to Mousa Kasem El-Hussaini; Howard Grief, *The Legal Foundation and Borders of Israel Under International Law: A Treatise on Jewish Sovereignty Over the Land of Israel* (Jerusalem,

2008), p. 446.

379~380쪽 "밸푸어 …… 않겠는가?" Winston Churchill's reply to Mousa Kasem El-Hussaini, in Gilbert, *Winston S. Churchill*, Vol. 4: *The Stricken World* p. 565.

380쪽 "우리 …… 없습니다." Gilbert, *Winston S. Churchill*, Vol. 4: *The Stricken World* p. 567.

380쪽 '분별', '인내'. Norman Rose, 'Churchill and Zionism', in Robert Blake and William Roger Louis (eds), *Churchill: A Major New Reassessment of His Life in Peace and War* (London, 1996), p. 156.

380쪽 "따라서 …… 한다." Gilbert, *Churchill: A Life*, p. 435.

381~382쪽 "유대인을 …… 않는다." Michael Makovsky, *Churchill's Promised Land: Zionism and Statecraft* (New Haven, 2007), p. 85.

382쪽 '히브리 흡혈귀'. Cohen, *Churchill and the Jews*, p. 138.

382쪽 '동양주의에 기울어'. Lady Gwendoline Bertie to Churchill, 27 August 1907; Randolph Churchill and Martin Gilbert, *Winston S. Churchill*, Vol. 2, Companion, Pt. 1, p. 672. See also Warren Dockter, 'The Influence of a Poet: Wilfrid S. Blunt and the Churchills', *The Journal of Historical Biography*, Vol. 10 (Autumn 2011), pp. 70-102.

382쪽 '이슬람교도 8700만 명'. Warren Dockter, *Winston Churchill and the Islamic World: Orientalism, Empire and Diplomacy in the Middle East* (London, 2014).

383쪽 "본래의 …… 고향", "유대인은 …… 것이다." Isaiah Friedman, *Palestine, a Twice-Promised Land: The British, the Arabs & Zionism-1915-1920* (London, 2000), p. 171.

384쪽 "우리는 …… 왔다." Addison, *Unexpected Hero*, p. 101.

384~385쪽 "나는 …… 없다." (중략) "영국 …… 한다." Palestine Royal Commission, Minutes of evidence, 12 March 1937; CHAR/2/317/8666, 8728, pp. 503, 507.

385쪽 "볼품없는 …… 거주한다." Cohen, *Churchill and the Jews*, p. 67.

385쪽 "사람들을 …… 없다." Winston Churchill in War Office minutes, 22 May 1919; Gilbert, *Winston S. Churchill*, Vol. 4, Companion, Pt. 1, p. 649.

386쪽 "나는 …… 같다." Ronald Hyam, 'Churchill and the British Empire', in Blake and Louis, *Churchill*, p. 174.

387쪽 "배은망덕하고 …… 행위". Gilbert, *Winston S. Churchill*, Vol. 8: *Never Despair*,

p. 1233.

387쪽   "나는 …… 못했다." Rose, *Unruly Life*, p. 424.

389쪽   '아프리카 지도자들'. Toye, *Churchill's Empire*, p. 316.

22. 오늘날 처칠이라는 이름의 의미

393쪽   "내 …… 씀". Gilbert, *Winston S. Churchill*, Vol. 8: *Never Despair*, p. 1342.

394쪽   "내 …… 아니다." Gilbert, *Churchill: A Life*, p. 956.

397쪽   "누구라도 …… 한다." Toye, *Churchill's Empire*, p. xii.

397쪽   "이 …… 생각인가요?", "이야기를 …… 겁니까?" Langworth, *Churchill*, p. 569.

398쪽   "근면하고, …… 위험입니다." See Gilbert, 'Churchill and Eugenics', http://www.winstonchurchill.org/support/the-churchill-centre/publications/finest-hour-online/594-churchill-and-eugenics; accessed 4 September 2014.

398쪽   "저능아는 …… 충분하다.", Ibid.

398쪽   "당신이 …… 때문입니다." Langworth, *Churchill's Wit*, p. 101.

399쪽   "여성이 …… 믿는다." Langworth, *Churchill*, p. 442.

399쪽   "간디는 …… 마땅하다." Arthur Herman, *Gandhi & Churchill: The Epic Rivalry that Destroyed an Empire and Forged Our Age* (London, 2009), p. 273.

402쪽   "어느 …… 사라졌다." Winston Churchill, *Thoughts and Adventures*, pp. 234–235.

405쪽   "처칠은 …… 느낀다." Gilbert, *Winston S. Churchill*, Vol. 8: *Never Despair*, p. 1361.

406쪽   "나이는 …… 돋보였다." Gilbert, *Churchill: A Life*, p. 487.

23. 처칠 요인

412쪽   '자기 …… 것'. See Anthony Storr, 'The Man', in Taylor et al. (eds), *Churchill: Four Faces and the Man*, pp. 210-211.

본문에 있는 사진과 삽화

58쪽   1890년 처칠이 어머니에게 보낸 편지. Photo: CHAR-28-018-042 b, The Papers
         of Sir Winston Churchill, Churchill Archives Centre, Churchill College. ©
         Winston S. Churchill. Reproduced with permission of Curtis Brown, London
         and on behalf of the Estate of Sir Winston Churchill and the Sir Winston
         Churchill Archive Trust.

71쪽   (위쪽) 디즈레일리의 유령과 함께 있는 랜돌프, cartoon by Tenniel from *Punch*,
         7th August 1886; (아래쪽) 아버지의 유령을 뒤에 두고 하원에서 연설하는 처칠,
         cartoon by E.T.Reed depicting Churchill's maiden speech in the Commons,
         18th February 1901, with the ghost of Randolph behind him, from *The
         Balfourian Parliament, 1900-1905*, by Henry W. Lucy (Hodder & Stoughton,
         London, 1906).

119쪽   1941년 4월 27일 방송된 처칠의 연설문 원고. Photo: CHAR 09/181B/180, The
         Papers of Sir Winston Churchill, Churchill Archives Centre, Churchill College.
         © Winston S. Churchill. Reproduced with permission of Curtis Brown,
         London on behalf of the Estate of Sir Winston Churchill and the Sir Winston
         Churchill Archive Trust.

156쪽   1908년 8월 12일 처칠이 리턴 공작부인 패멀라에게 보낸 편지, from a private
         collection. Photo: Christie's Images / Bridgeman Images. © Winston S.
         Churchill. Reproduced with permission of Curtis Brown, London and on
         behalf of the Estate of Sir Winston Churchill.

220쪽   1916년 10월 1일 처칠이 '육상 전함'에 관해 H. G. 웰스에게 보낸 편지. Photo: C-238-
         7, H. G. Wells Papers, Courtesy of The Rare Book & Manuscript Library of
         the University of Illinois at Urbana-Champaign. © Winston S. Churchill.
         Reproduced with permission of Curtis Brown, London on behalf of the Estate
         of Sir Winston Churchill and the Sir Winston Churchill Archive Trust.

268쪽   1935년 11월 처칠이 〈스트랜드〉 잡지에 게재한 기사. Photo: CHAR 5/518A/34 pp10-11, The Papers of Sir Winston Churchill, Churchill Archives Centre, Churchill College. ⓒ Winston S. Churchill. Reproduced with permission of Curtis Brown, London on behalf of the Estate of Sir Winston Churchill and the Sir Winston Churchill Archive Trust.

300쪽   처칠이 영국과 미국의 화폐를 통일하자고 제안하며 고안한 상징. Photo: WCHL 6/13, Other Deposited Collections Relating to Sir Winston Churchill, Churchill Archives Centre, Churchill College, Cambridge. ⓒ Winston S. Churchill. Reproduced with permission of Curtis Brown, London on behalf of the Churchill Family.

314쪽   1944년 6월 2일 조지 6세가 처칠에게 보낸 편지. Photo: CHAR 20/136/4, The Papers of Sir Winston Churchill, Churchill Archives Centre, Churchill College Cambridge. Private Crown Copyright. Reproduced with permission of Curtis Brown, London on behalf of the Sir Winston Churchill Archive Trust.

도판 목록

케임브리지 소재 처칠 기록 보관소에 소장되어 있는 사진들을 브로드워터 컬렉션Broadwater Collection을 대표하는 런던 소재 커티스 브라운의 허락을 받아 수록했다.

1부

가족 사진

1. 1892년 18세의 윈스턴 처칠, 캔퍼드 마그나에 있는 고모 코넬리아의 집에서. Photo: Peter Harrington Ltd.
2. 랜돌프 스펜서 처칠 경. Photo: Universal History Archive/UIG/Bridgeman Images.
3. 1921년의 제니 제롬. Photo: The Illustrated London News Picture Library, London/ Bridgeman Images.
4. 1894년 일본을 여행 중인 랜돌프 경과 제니 제롬. Photo: BRDW I Photo 2/26, The Broadwater Collection, Churchill Archives Centre, Churchill College.
5. 1889년 어머니와 함께 윈스턴(오른쪽)과 잭. Photo: BRDW I Photo 1/8, The Broadwater Collection, Churchill Archives Centre, Churchill College.

6. 1912년 7월 아르마다 데이에 런던에 있는 얼스코트에서 랜돌프 부인과 아들 처칠. Photo: PA Photos.

위험한 상황

7. 1899년 11월 프리토리아에 억류된 처칠. Photo: BRDW I Photo 1/18, The Broadwater Collection, Churchill Archives Centre, Churchill College.
8. '하마 캠프'에서 관찰 사다리에 올라가다. Illustration from *My African Journey* by Winston S. Churchill (Hodder and Stoughton, London, 1908). Photo: LIB 37, Churchill Archives Centre, Churchill College. © Winston S. Churchill. Reproduced with permission of Curtis Brown, London on behalf of the Estate of Sir Winston Churchill and the Master, Fellows and Scholars of Churchill College, Cambridge.
9. 1911년 1월 런던 시드니 거리에서 경찰과 근위 보병과 함께. Photo: BRDW I Press 1/213, The Broadwater Collection, Churchill Archives Centre, Churchill College.
10. 1916년 벨기에 뉴포르에 주둔한 프랑스 27사단을 방문하다. Photo: BRDW I Photo 2/57, The Broadwater Collection, Churchill Archives Centre, Churchill College.
11. 1941년 하원의 폭격 피해 현황을 조사하다. Photo: BRDW I Photo 1/43, The Broadwater Collection, Churchill Archives Centre, Churchill College.

서민에게 인기 있는 정치인

12. 1924년 선거 운동을 하다. Photo: Mirrorpix.
13. 1941년 4월 브리스틀을 방문한 처칠. Photo: Popperfoto/Getty Images.
14. 1942년 5월 한 여성 근로자에게 시가를 받는 처칠. Photo: Keystone/Alamy.
15. 1957년 7월 스네어스브룩에서 열린 우드포드 지구 보수 연합 가든 페스티벌에 참가하다. Photo: Illustrated London News Ltd/Mary Evans.

휴가를 보내는 처칠

16. 1925년 라넬라그에서 열린 해링턴 챌린지컵 대회에서 상원 대 하원의 연례 폴로 시합을 벌이고 있다. Photo: Hulton Archive/Getty Images.
17. 1922년 프랑스 도빌에서 해수욕하는 처칠. Photo: BRDW I Photo 1/110, The Broadwater Collection, Churchill Archives Centre, Churchill College.
18. 1959년 2월 모로코 마라케시에서 성벽의 거리를 그리다. Photo: M. McKeown/Daily Express/Getty Images.

2부

아내 클레먼타인

19. 결혼 첫해에 처칠과 클레먼타인. Photo: adoc-photos/Corbis.
20. 1944년 6월 클레먼타인과 딸 메리와 함께 비행 폭탄을 관찰하다. Photo: PA Photos.
21. 1945년 5월 치그웰 선거 캠페인에서 처칠과 클레먼타인. Photo: PA Photos.

영향력 있는 정치인

22. 1919년 6월 하원에서 열린 오찬 파티에서 영국 왕세자와 함께. Photo: PA Photos.
23. 1938년 3월 런던 화이트홀에서 핼리팩스 경과 함께. Photo: Getty Images.
24. 1929년 4월 다우닝 가 10번지 내각실에서 총리 스탠리 볼드윈과 함께. Photo: Christie's, London/Bridgeman Images.
25. 1934년 로이드조지와 처칠. Photo: Mirrorpix.
26. 1945년 7월 스탈린과 최종 회의를 진행하는 동안 포츠담에서 미국 대통령 해리 트루먼과 함께. Photo: U. S. Army, courtesy Harry S. Truman Library.

위대한 웅변가

27. 1908년 4월 자신의 선거구인 맨체스터 북서 지역에서 선거 운동을 하다. Photo: Ullstein/TopFoto.
28. 1943년 6월 카르타고에 있는 로마 원형 경기장에서 연합군에게 연설하다. Photo: ⓒ Imperial War Museum, London (NA 3255).
29. 1948년 브라이턴의 보수당 회의에서 연설하는 처칠. Photo: Mirrorpix.
30. 1948년 5월 헤이그 소재 유럽 의회에서 연설을 마치다. Photo: Kurt Hutton/Picture Post/Getty Images.

과학과 혁신

31. 1939년 비행 장비를 갖춘 처칠. Photo: Ullstein/TopFoto.
32. 1915년 독일 라인을 방문했을 때 탱크 부대를 사열하다. Photo: ⓒ Imperial War Museum, London (Q 34662).
33. 1944년 3월 영국 남부에서 드와이트 아이젠하워 장군과 나란히 톰슨 기관 단총 '토미'를 시범 사격하다. Photo: Getty Images.
34. 1939년 차트웰의 장미 정원에서 알베르트 아인슈타인과 함께. Photo: Getty Images.

35. 1954년 옥스퍼드 근방 하웰에 있는 영국 정부 산하 원자력 연구소를 방문하다. Photo: Crown Copyright, by kind courtesy of Graham Farmelo.

차트웰

36. 1939년 10월 차트웰의 서재에서. Photo: Topical Press/Hulton Archive/Getty Images.
37. 1928년 9월 벽돌로 차트웰의 벽을 쌓는 처칠. Photo: Topical Press/Hulton Archive/Getty Images.
38. 1940년대 말 차트웰에서 앤서니 이든과 함께. Photo: BRDW I Photo 1/343, The Broadwater Collection, Churchill Archives Centre, Churchill College.

3부

승리로 향하는 길

39. 1945년 3월 25일 몽고메리 장군을 대동하고 미군 및 연합군과 함께 라인 강을 건너는 모습. Photo: RA/Lebrecht Music & Arts.
40. 1945년 5월 8일 전승일에 화이트홀에서 군중에게 손을 흔드는 처칠. Photo: Major Horton/IWM/Getty Images.

국제 정치인

41. 1909년 9월 독일군의 군사 훈련을 관찰하다. Photo: BRDW I Photo 2/44, The Broadwater Collection, Churchill Archives Centre, Churchill College.
42. 1921년 3월 일행과 함께 카이로의 피라미드를 방문한 처칠. Photo: BRDW I Photo 2/83, The Broadwater Collection, Churchill Archives Centre, Churchill College.
43. 1942년 카이로에서 시칸더 총리와 웨이벌 장군과 함께. Photo: BRDWI Photo 7/21. The Broadwater Collection, Churchill Archives Centre, Churchill College.
44. 1943년 6월 8일 북아프리카에 있는 연합군 본부에서. Photo: Mirrorpix.
45. 1943년 11월 30일 테헤란의 영국 공사관 만찬장에서 스탈린과 함께. Photo: Lt. Lotzof/IWM/Getty Images.
46. 1944년 11월 11일 파리에서 드골 장군과 휴전 기념 퍼레이드에 참석하다. Photo: BRDW II Photo 8/10/22, The Broadwater Collection, Churchill Archives Centre, Churchill College.

47. 1944년 12월 그리스의 대주교 다마스키노스와 함께. Photo: BRDW I Photo 1/76, The Broadwater Collection, Churchill Archives Centre, Churchill College.

48. 1945년 2월 카이로에서 이븐사우드 국왕과 함께. Photo: BRDW I Photo 9, The Broadwater Collection, Churchill Archives Centre, Churchill College.

특별한 관계

49. 1919년 7월 한 의식에서 퍼싱 장군과 함께. 퍼싱은 영국 장교에게 메달을 수여하고 영국 왕세자는 미군을 사열한다. Photo: Corbis.

50. 1943년 5월 샹그릴라에서 처칠과 루스벨트 대통령. Photo: courtesy of the Franklin D. Roosevelt Presidential Library and Museum, Hyde Park, New York.

51. 1944년 11월 런던에 있는 로열 앨버트 홀에서 열린 미국 추수 감사절 축하 행사에서 연설 중인 처칠. Photo: BRDW V Photo 3/5, The Broadwater Collection, Churchill Archives Centre, Churchill College.

52. 1946년 3월 트루먼 대통령과 함께 미주리 주 풀턴으로 가는 길에. Photo: Abbie Rowe, National Park Service, courtesy Harry S. Truman Library.

53. 1946년 3월 뉴욕의 하이드 파크에 있는 루스벨트 대통령의 묘소에서. Photo: Library of Congress Prints and Photographs Division, Washington, D.C. 20540.

54. 1954년 6월 워싱턴 D. C.에 도착한 후에 미국 부통령 리처드 닉슨과 함께 자동차 안에서. Photo: Bettmann/Corbis.

유산

55. 1954년 블랙풀에서 열린 보수당 회의에서 고별 연설을 마치고 기립 박수를 받다. Photo: Brian Seed/Lebrecht Music & Arts.

56. 1969년 런던에서 처칠 부인이 하원 로비에 오스카 니먼이 조각한 남편 동상을 제막하다. Photo: Keystone/HIP/TopFoto.

본문 인용 허락

연설, 연설 원고, 공문서, 대중 매체, 윈스턴 처칠 경의 편지와 작품에서 선택 발췌한 내용은 윈스턴 처칠 재산권The Estate of Winston S. Churchill을 대표하는 런던 소재 커티스 브라운의 허락을 받아 수록했다. ⓒ Winston S. Churchill

클레먼타인 스펜서 처칠의 편지, 랜돌프 처칠 부부의 편지, 윈스턴 처칠 경의 꿈에서 선택 발췌한 내용은 케임브리지 소재 The Master, Fellows and Scholars of Churchill College를 대표하

1874년	11월 30일 옥스퍼드셔 블렌하임에서 출생하다.
1876년	처칠 가족이 더블린으로 이사하다.
1880년	처칠 가족이 영국으로 돌아오다.
1882년	애스콧Ascot 소재 세인트조지 스쿨에 입학하다.
1884년	호브Hove 소재 브런즈윅 스쿨Brunswick School에 입학하다.
1886년	아버지가 재무 장관에 임명되다.
1887년	해로 스쿨에 입학하다.
1893년	샌드허스트 육군 사관 학교에 입학하다.
1894년	제4 왕립 경기병 연대에 입대하다.
1895년	아버지가 사망하다. 쿠바에서 벌어진 미국–스페인 전쟁을 취재해 〈데일리 그래픽〉에 기사를 쓰다. 미국을 처음으로 방문하다.
1896년	인도에 배속되어 독학하다.
1897년	〈데일리 텔레그래프〉 소속으로 말라칸드 전장의 포위 공격을 취재하고, 인도의 북서 변경주에서 말라칸드 야전군의 활동을 목격하다.
1898년	첫 책 《말라칸드 야전군 이야기The story of the Malakand Field Force》를 출간하다. 수단에서 벌어진 옴두르만 전투에 참전하고 〈모닝 포스트〉 소속으로 전투 상황을 취재하다.
1899년	올덤 선거구에 보수당 후보로 보궐 선거에 출마했다가 낙선하다. 남아프리카에서 전쟁 포로가 되었다가 탈출하면서 국가 영웅이 되다.
1900년	올덤 선거구에서 보수당 하원 의원으로 당선되다. 미국과 캐나다를 방문해 연설하다.
1901년	하원에서 처녀 연설을 하다.
1904년	토리당에서 자유당으로 이적하다.

1905년	식민 차관에 임명되다.
1907년	아프리카를 여행하다.
1908년	통상 장관으로 승진하다.
	클레먼타인 호지어와 결혼하다.
1909년	다이애나 처칠이 태어나다.
1910년	내무 장관에 임명되다.
1911년	시드니 거리에서 벌어진 포위 작전 현장에 나타나다.
	랜돌프 처칠이 태어나다.
	해군 장관에 임명되다.
1913년	영국군 항공대Royal Naval Flying Corps를 창설하다.
1914년	제1차 세계 대전이 발발하다.
	안트베르펜 방어를 지휘하다.
	세라 처칠이 태어나다.
1915년	다르다넬스 전투에 참전하다.
	해군 장관에서 축출되다.
	랭커스터 공작령 대법관으로 좌천되다.
1916년	중령으로 임명되어 왕립 스코틀랜드 보병 연대 6대대를 지휘하다.
1917년	군수 장관으로 정부에 복귀하다.
1918년	제1차 세계 대전이 휴전되다.
	매리골드 처칠이 태어나다.
1919년	육군과 공군의 수장인 전쟁 장관에 임명되다.
1921년	식민 장관에 임명되다.
	식민성 중동 부서를 창설하다.
	요르단과 이라크를 건국하고 카이로 회담을 주재하다.
	매리골드 처칠이 사망하다.
1922년	차나크 위기가 터지다.
	던디 선거구에서 낙선하다.
	메리 처칠이 태어나다.

처칠 팩터

1924년	토리당으로 다시 이적하다.
	재무 장관으로 임명되다.
1925년	영국에 금 본위제를 도입하다.
1926년	대파업이 발생하다.
1929년	처칠이 미국을 방문하다.
1931년	인도 독립에 관한 견해 차이로 내각에 합류하지 못하다.
	뉴욕에서 교통사고를 당하다.
1932년	정치 야인의 생활을 시작하다.
	독일에서 아돌프 히틀러를 거의 만날 뻔하다.
1933년	히틀러가 독일 총리에 임명되다.
1935년	스탠리 볼드윈이 총리로 임명되다.
1936년	퇴위 위기가 닥치다.
1937년	네빌 체임벌린이 총리로 임명되다.
1938년	뮌헨 조약Munich Agreement이 협정되다.
1939년	해군 장관으로 재임명되다.
	8월 23일 독일·소련 불가침 조약이 체결되다.
	9월 1일 히틀러가 폴란드를 침략하면서 제2차 세계 대전을 일으키다.
1940년	5월 10일 총리로 임명되다.
	5월 28일 계속 싸우자고 내각을 설득하다.
	5~6월 영국군이 됭케르크에서 퇴각하다.
	6월 파리가 함락되다.
	6월 22일 프랑스에 비시 정권이 들어서다.
	7월 3일 메르스엘케비르에 주둔한 프랑스 함대를 공격하라고 명령하다.
	7월 10일 브리튼 전투가 시작되다.
1941년	4월 30일 영국 군대가 그리스에서 철수하다.
	6월 22일 히틀러가 독일·소련 불가침 조약을 파기하고 바르바로사 작전을 개시하다.
	8월 14일 대서양 헌장에 서명하다.

	12월 7일 일본이 진주만을 폭격하면서 미국이 전쟁에 참전하다.
1942년	2월 싱가포르가 함락되다.
	8월 22일 스탈린그라드 전투가 시작되다.
	11월 엘 알라메인 전투가 시작되다.
1943년	9월 3일 이탈리아 본토를 침공하다.
	8월 1차 퀘벡 회담에 참석하다.
	11월 테헤란 회담에 참석하다.
1944년	6월 6일 노르망디 상륙 작전을 개시하다.
	9월 2차 퀘벡 회담에 참석하다.
1945년	2월 얄타 회담에 참석하다.
	4월 12일 프랭클린 루스벨트가 사망하다.
	4월 30일 히틀러가 자살하다.
	5월 8일 유럽 전승 기념일.
	7월 포츠담 회담에 참석하다.
	7월 보수당이 총선거에서 참패하면서 총리직에서 물러나다.
	9월 2일 제2차 세계 대전이 끝나다.
1946년	3월 5일 미주리 주 풀턴에서 실시한 평화의 연설에서 '철의 장막'을 언급하다.
	9월 19일 취리히에서 '유럽 합중국' 연설을 하다.
1951년	10월 25일 토리당이 1951년 총선거에서 승리하면서 총리로 복귀하다.
1953년	6월 심각한 뇌졸중을 앓다.
	10월《제2차 세계 대전The Second World War》으로 노벨 문학상을 수상하다.
1955년	4월 6일 총리직에서 물러나다.
1961년	아리스토텔레스 오나시스 소유의 선박 크리스티나호를 타고 생애 마지막으로 미국을 방문하다.
1963년	존 F. 케네디 미국 대통령에게 최초의 미국 명예 시민으로 임명되다.
1964년	10월 15일 우드포드 하원 의원직을 사임하다.
1965년	1월 24일 아버지가 사망한 지 70년 후 사망하다.

처칠 생애 주요 세계사와 한국사

	1874~1893	1894~1913
처칠 (1874. 11. 30.~ 1965. 1. 24.)	1874 11월 출생 1876 더블린으로 이사 1880 영국으로 돌아옴 1882 세인트조지 스쿨에 입학 1884 브런즈윅 스쿨에 입학 1886 아버지가 재무 장관에 임명됨 1887 해로 스쿨에 입학 1893 샌드허스트 육군 사관 학교에 입학	1894 제4 왕립 경기병 연대에 입대 1895 아버지 사망 1898 첫 책 출간 1899 남아프리카에서 전쟁 포로였다가 탈출 1900 올덤 하원 의원에 당선 1904 토리당에서 자유당으로 이적 1905 식민 차관에 임명됨 1908 클레먼타인과 결혼 1910 내무 장관에 임명됨
세계사	1871 프로이센의 독일 통일 1875 프랑스 제3공화정 수립 1878 베를린 회의 1879 토머스 에디슨 전구 발명 1882 독일, 오스트리아, 이탈리아 삼국 동맹 1884 청불 전쟁 1885 제국주의 서구 열강의 아프리카 분할 시작. 청·일 톈진 조약 체결 1887 프랑스의 인도차이나 식민 지배	1894 드레퓌스 사건 1898 무술 정변(청) 1899 보어 전쟁. 헤이그 평화 회의 1901 노벨상 제정 1902 영일 동맹. 쿠바 공화국 설립 1904 러일 전쟁 1905 피의 일요일 사건 1906 프랑스 '아미앵 헌장' 공포 1912 쑨원 중화민국 선포
한국사	1871 신미양요 1875 운요호 사건 1876 강화도 조약 1879 지석영 종두법 실시 1882 임오군란. 조미 수호 통상 조약 1883 〈한성순보〉 발간 1884 갑신정변 1885 거문도 사건. 배재학당·광혜원 설립 1886 육영공원·이화학당 설립	1894 동학 농민 운동. 갑오개혁 1895 을미사변 1896 독립 협회 설립. 아관 파천 1897 대한 제국 성립 1898 만민 공동회 개최. 〈황성신문〉 발행 1905 을사조약 1907 국채 보상 운동. 헤이그 특사 사건. 고종 황제 퇴위. 한일 신협약 1908 동양 척식 주식회사 설립 1909 안중근 이토 히로부미 사살 1910 경술국치(국권 피탈). 토지 조사 사업 시작 1911 신민회 105인 사건

처칠 생애 주요 세계사와 한국사　　　　　　　　　　　　467

1914~1933	1934~1953	1954~1965
1915 다르다넬스 전투 참전. 해군 장관에서 축출 1917 군수 장관으로 복귀 1919 전쟁 장관에 임명됨 1921 식민 장관에 임명됨. 식민성 중동 부서 창설. 요르단과 이라크 건국. 카이로 회담 주재 1924 토리당으로 재이적. 재무 장관에 임명됨 1925 영국에 금 본위제 도입 1932 재야 생활 시작	1936 퇴위 위기 1940 총리로 임명됨. 프랑스 함대에 공격 명령 1941 대서양 헌장에 서명 1943 테헤란 회담 참석 1945 얄타 회담 참석. 포츠담 회담 참석. 보수당의 선거 참패로 총리직에서 물러남 1946 풀턴 연설에서 '철의 장막' 언급. 취리히에서 '유럽 합중국' 연설 1951 총리로 복귀 1953 노벨 문학상 수상	1955 총리직에서 물러남 1961 크리스티나호를 타고 마지막으로 미국을 방문 1963 존 F. 케네디 미국 대통령에게 최초의 미국 명예 시민으로 임명됨 1964 우드포드 하원 의원직 사임 1965 아버지가 사망한 지 70년 후 사망
1914 제1차 세계 대전 발발 1917 러시아 혁명 1919 파리 강화 회의. 중국 5·4 운동 1921 레닌 신경제정책 실시. 중국 공산당 창당. 1922 소련 창설. 이탈리아 무솔리니 집권 1923 터키 공화국 설립 1929 세계 경제 공황 발발 1933 히틀러 집권. 뉴딜 정책 실시	1937 중일 전쟁 1939 제2차 세계 대전 발발 1941 태평양 전쟁 발발. 대서양 헌장 발표 1943 카이로 회담. 테헤란 회담 1945 포츠담 회담. 일본 항복. 아랍 연맹 결성 1946 뉘른베르크 재판 종료. 필리핀 독립 1947 인도와 파키스탄 분리 독립. 트루먼 독트린 발표 1948 1차 중동 전쟁	1954 알제리 독립 전쟁 시작 1955 바르샤바 조약 기구 체결 1956 제2차 중동 전쟁. 이집트 수에즈 운하 국유화 선언. 헝가리 자유화 운동 1957 소련 스푸트니크호 발사 1958 유럽 경제 공동체 설립 1959 싱가포르 자치국 선언 1960 존 F. 케네디 대통령 당선. 베트남 전쟁 1962 알제리 독립. 쿠바 미사일 위기 1963 케네디 대통령 암살됨
1914 조선 총독부 광업령 공포. 대한 광복군 정부 수립 1915 조선 의학회 결성 1919 3·1 운동. 대한민국 임시 정부 수립. 대한 애국 부인회 조직 1920 청산리 대첩 1923 경성 제국 대학 개교 1926 6·10 만세 운동 1927 신간회 조직 1929 광주 학생 항일 운동 1930 한국 독립당 결성 1933 한글 맞춤법 통일안 발표	1934 진단학회 조직 1936 조국 광복회 결성 1940 창씨개명 실시. 김구 대한민국 임시 정부 주석 취임 1942 조선어 학회 사건 1944 조선 건국 동맹 결성 1945 8·15 광복 1946 1차 미소 공동 위원회 개최 1947 북한 인민 위원회 수립. 제주 3·1절 발포 사건 1948 대한민국 정부 수립 1950 한국 전쟁 1953 한국 휴전 협정 조인	1954 사사오입 개헌 1958 진보당 사건. 북한 천리마 운동 시작 1960 4·19 혁명. 장면 내각 수립 1961 5·16 군사 정변. 박정희 정부 수립 1963 제3공화국 출범 1964 6·3 항쟁 1965 한일 협정 체결

처칠 팩터

인명

ㄱ

가넷, 테레사 152
간디, 마하트마 54, 185, 260, 262, 399
고든, 찰스 84
고션, 조지 72
골딩, 론 174
괴링, 헤르만 28, 43, 49, 50, 204, 286, 297
괴벨스, 파울 요제프 120, 167, 267
구데리안, 하인츠 21, 35, 42
그레이 경, 에드워드 205
그레이, 스펜서 80
그레이엄, 윈스턴 394
그렌펠, 에티 153
그린우드, 아서 20, 26, 30
글래드스턴, 윌리엄 67~69, 186
기번, 에드워드 99, 103, 104, 237, 261
길버트, 마틴 133, 171, 320, 382

ㄴ

노먼, 몬터규 259
노스코트 경, 스태퍼드 67
니컬슨, 해럴드 102, 123, 124, 263

ㄷ

다를랑, 프랑수아 37, 280, 283, 284
대처, 마거릿 112, 260, 400
더그데일, 낸시 49, 204
더비 경(에드워드 조지 빌리어스 스탠리) 60
데인코트, 유스터스 테니슨 218, 219, 221, 222
도슨, 조프리 29
돌턴, 휴 31
듀어기브, 앤드루 138, 139, 141, 142

드골, 샤를 171, 175, 361
디즈레일리, 벤저민 69, 70, 72

ㄹ

라운트리, 시봄 192, 193
래부셰르, 헨리 139
랜즈버리, 조지 278
램, 리처드 281, 282, 284
램지, 버트럼 311
러브, 메이벌 153
러싱턴, 길버트 와일드먼 80, 81
레노, 폴 24, 277
레논, 존 윈스턴 오노 93, 394
레닌, 블라디미르 일리치 194, 254, 255, 416
레이히, 윌리엄 339
로, 데이비드 255
로, 앤드루 보너 257
로런스, T. E. 375, 378
로버츠, 앤드루 134, 405, 414
로이드조지, 데이비드 29, 32, 41, 51, 114, 118, 152, 185~188, 196, 202, 203, 221, 222, 247, 255, 257, 374, 405
루가드 경, 프레더릭 207, 208, 397
루가드, 플로라 207, 208, 397
루덴도르프, 에리히 223
루스벨트, 시어도어 60
루스벨트, 엘리너 236
루스벨트, 엘리엇 334
루스벨트, 프랭클린 D. 224, 236, 246, 279, 280, 292~296, 301, 304, 305, 318, 323, 332, 334, 335, 397
리드, 오그던 397
리드, 월터 375
리벤트로프, 요아힘 폰 37, 40

처칠 팩터

1판 1쇄 발행 2018. 04. 07. | 1판 4쇄 발행 2024. 05. 27. | 지은이 보리스 존슨 | 옮긴이 안기순 | 발행인 박강휘 | 발행처 김영사 | 등록 1979년 5월 17일(제406-2003-036호) | 주소 경기도 파주시 문발로 197(문발동) 우편번호 10881 | 값은 뒤표지에 있습니다. ISBN 978-89-349-7888-6 03900

번역

안기순

좀 더 나은 세상을 꿈꾸는 독자들에게 새로운 시대정신과 미래의제를 제공하는 일에 관심을 두어서 인물 평전은 물론, 세계의 흐름을 읽고 바람직한 해결책을 제시하는 다양한 정치·경제·사회과학 분야의 책들을 국내에 소개하고 있다. 이화여자대학교 영어영문학과를 졸업하고 동대학 교육대학원에서 영어교육을 전공했다. 미국 워싱턴대학교에서 사회사업학 석사학위를 취득한 후 보건복지 비영리 단체인 아시안 카운슬링 앤 리퍼럴 서비스Asian Counseling and Referral Service에서 카운슬러로 근무했다. 옮긴 책으로는 《마크 트웨인 자서전》《셰익스피어》《레오나르도 다 빈치 평전》《루시 모드 몽고메리 자서전》《워너비 오프라》《블랙먼 판사가 되다》 등 다수의 평전이 있으며, 이외에도 과거 어느 때보다 풍요로운 세상에 살고 있지만 전혀 행복하지 않은 이유를 파헤친 뤼트허르 브레흐만의 《리얼리스트를 위한 유토피아 플랜》, 일론 머스크의 첫 공식 전기 《일론 머스크, 미래의 설계자》, 시장의 도덕적 한계와 시장지상주의의 맹점을 논한 마이클 샌델의 《돈으로 살 수 없는 것들》, 페이스북 최고운영책임자 셰릴 샌드버그의 《린인》과 《옵션 B》, 전 세계가 존경하는 사회사상가 로버트 라이시의 《로버트 라이시의 자본주의를 구하라》 등 다수가 있다.